Martin Cruz [illegible]
son premier [illegible] thrillers des années 80.
Après le Moscou des dernières années de l'ère Brejnev, dont il donnait une vision d'une authenticité saisissante, il nous fait voir avec la même précision le Moscou d'aujourd'hui, le règne des premiers capitalistes, des trafiquants et des mafieux.

Paru dans Le Livre de Poche :

GORKY PARK

L'ÉTOILE POLAIRE

MARTIN CRUZ SMITH

Red Square

ROMAN TRADUIT DE L'ANGLAIS PAR JEAN ROSENTHAL

ALBIN MICHEL

Titre original :

RED SQUARE

PREMIÈRE PARTIE

Moscou
6 août — 11 août 1991

CHAPITRE 1

A Moscou, la nuit d'été est comme un feu qui fume. Les étoiles et la lune pâlissent. Les couples se lèvent, s'habillent et s'en vont dans les rues. Les voitures circulent avec leurs phares éteints.

« Là-bas. » Jaak vit une Audi qui passait dans la direction opposée.

Arkadi coiffa ses écouteurs, tapota le récepteur. « Sa radio est en panne. »

Jaak fit demi-tour au milieu du boulevard et prit de la vitesse. L'inspecteur avait des yeux au regard fuyant, un visage musclé et il était penché sur le volant comme s'il cherchait à le tordre.

Arkadi éteignit une cigarette, la première de la journée. Bien sûr, il n'était qu'une heure du matin, il n'y avait donc pas tellement de quoi se vanter.

« Plus près, dit-il en ôtant les écouteurs. Assurons-nous que c'est bien Rudy. »

Devant eux brillaient les lumières du périphérique qui entourait la ville. L'Audi s'engagea sur la rampe d'accès pour se mêler au flot de la circulation. Jaak se glissa entre deux poids lourds transportant des plaques d'acier qui bringuebalaient à chaque ondulation de la chaussée. Il doubla le premier, puis l'Audi et un camion-citerne. Au passage Arkadi avait aperçu le profil du conducteur, mais il y avait deux personnes dans la voiture, et non pas une. « Il a pris un passager. Il faut voir », dit-il.

Jaak ralentit. Le camion-citerne ne le dépassa pas, mais une seconde plus tard, l'Audi arriva à leur hauteur. Le conducteur, Rudy Rosen — un homme tout en rondeurs dont on voyait les mains potelées posées sur le volant —, était le banquier privé des différentes mafias, une sorte de Rothschild local, qui approvisionnait en devises les premiers capitalistes de Moscou. La personne assise auprès de lui était une femme, avec cet air égaré que donne au visage slave un régime amaigrissant, quelque chose entre le sensuel et le vorace, avec des cheveux blonds et courts bien coupés ramenés sur le col de son blouson de cuir noir. Quand l'Audi doubla, la jeune femme tourna la tête pour toiser la voiture des policiers, une Jigouli 8 deux portes, comme si c'était un tas de ferraille. La trentaine, estima Arkadi. Elle avait des yeux sombres, une grande bouche aux lèvres pleines, un peu entrouvertes, comme si elle avait faim. L'Audi se rabattit, suivie d'un rugissement de moteur de hors-bord : une Suzuki 750 venait de se glisser entre les deux voitures. Le motocycliste portait un casque noir, un blouson de cuir noir et des santiags noires agrémentées de verroterie étincelante. Jaak leva le pied : le motard était Kim, le garde du corps de Rudy.

Arkadi se pencha pour écouter de nouveau dans son casque. « Toujours en panne.

— Il nous entraîne vers le marché. Il y a là-bas des gens qui te feront la peau s'ils te reconnaissent. » Jaak se mit à rire. « Evidemment, on saura alors qu'on est au bon endroit.

— Bien raisonné. » Dieu nous garde des raisonneurs, songea Arkadi. D'ailleurs, si on me reconnaît, ça voudra dire que je suis encore en vie.

Le flot de la circulation s'engouffrait dans la même bretelle de sortie. Jaak tenta de suivre l'Audi, mais une file de « rockers » — des motards — vint s'interposer. Des svastikas et des aigles tsaristes ornaient le dos de leurs blousons, tous baignant dans les vapeurs d'essence jaillissant des tuyaux d'échappement qu'on avait débarrassés de leur silencieux.

En haut de la rampe, on avait poussé sur le côté des barrières de chantier. La voiture rebondit comme s'ils traversaient un champ de patates et pourtant Arkadi aperçut de hautes silhouettes se découpant contre le ciel qui pâlissait au nord. Une Moskvitch doubla, des tapis flottant au vent par ses vitres ouvertes. Une antique Renault transportait sur son toit tout un salon. Devant, une armada de stops formait une flaque rouge.

Les rockers rangèrent leurs motos en cercle, en faisant rugir leurs moteurs avant de s'arrêter. Des voitures et des camions stationnaient tant bien que mal, qui sur un tertre, qui dans une cuvette. Jaak arrêta le moteur de la Jigouli et la laissa en première : la voiture n'avait pas de point mort ni de blocage de la boîte. Il mit pied à terre avec le sourire d'un crocodile tombé sur des singes en train de jouer. Arkadi descendit, arborant un blouson molletonné et une casquette de toile. Il avait les yeux noirs et une expression ahurie, comme s'il rentrait tout juste d'un long séjour dans un trou profond pour observer les changements survenus à la surface, ce qui n'était pas loin de la vérité. C'était ça, le nouveau Moscou.

Les silhouettes qu'ils avaient aperçues étaient des tours, avec des lumières rouges tout en haut pour signaler leur présence aux avions. A leur pied, il distinguait les formes blanchâtres des pelleteuses, des bétonneuses, des piles de bonnes briques et des monceaux de méchantes barres métalliques qui s'enfonçaient dans la boue. Des gens circulaient autour des voitures et il en arrivait sans cesse d'autres, on aurait dit un congrès d'insomniaques. Mais pas de somnambules par ici ; au contraire, c'était le bourdonnement affairé du marché noir.

Au fond, songea Arkadi, c'était un peu comme se promener dans un rêve. Il y avait là des cartouches de Marlboro, de Winston, de Rothmans, et même de véritables murailles d'abominables cigarettes cubaines. Des cassettes vidéo de films d'action américains ou de pornos suédois vendues en gros. De la verrerie polonaise étincelait dans ses caisses d'origine. Deux hommes en survêtement posaient non pas des essuie-glaces, mais des pare-brise entiers — et qui plus est neufs, découpés directement sur la chaîne de montage et non pas pris sur la voiture d'une pauvre cloche. Et les produits alimentaires ! Non pas des poulets bleuis, morts de malnutrition, mais des quartiers de bœuf pendus aux crochets d'un camion de boucher. Des Gitans allumaient des lampes à essence auprès des petites mallettes pour étaler des roubles en or de l'époque tsariste à l'état neuf, qu'on vendait dans leur enveloppe de plastique scellée. Jaak désigna une Mercedes blanc métallisé. D'autres lampes apparurent, recréant l'atmosphère d'un bazar ; il pourrait bien y avoir des chameaux à brouter au milieu des voitures, se dit Arkadi, ou des négociants chinois déroulant des pièces de soie. Formant un camp à elle toute seule, il y avait la mafia tchétchène, des hommes au teint brouillé, avec des visages criblés de petite vérole et des cheveux noirs, vautrés comme des pachas dans leur voiture. Même dans ce décor, les Tchétchènes tenaient les autres à distance respectueuse.

L'Audi de Rudy Rosen était stationnée à une place de choix, en plein milieu du marché, près d'un camion qui déchargeait des radios et des magnétoscopes. Une file de clients dociles s'était formée devant la voiture sous le regard de Kim qui était planté là, un pied posé sur son casque, à une dizaine de mètres. Il avait des cheveux longs qu'il écartait de son visage aux traits fins, presque délicats. Son blouson était molletonné comme une cuirasse et ouvert sur un petit modèle de Kalachnikov qu'on appelait le Malysh, « le petit garçon ».

« Je vais me mettre dans la queue, annonça Arkadi à Jaak.

— Pourquoi Rudy fait-il ça ?

— Je vais lui demander.

— Il est gardé par un vampire coréen qui va surveiller chacun de tes gestes.

— Relève les numéros et puis surveille Kim. »

Arkadi se mit dans la file d'attente pendant que Jaak traînait auprès du camion. De loin, les magnétoscopes avaient l'air de robustes appareils soviétiques. Pour les consommateurs des autres sociétés, la miniaturisation était une qualité ; les Russes en général tenaient à montrer ce qu'ils achetaient, pas à le cacher. Mais le matériel était-il neuf ? Jaak passa son doigt sur les bords, cherchant les brûlures de cigarette révélatrices d'un appareil d'occasion.

Pas trace de la femme aux cheveux d'or qui était dans la voiture de Rudy. Arkadi sentit qu'on l'observait et il se tourna vers un visage dont le nez avait été cassé tant de fois qu'il avait fini par être coudé. « Quel est le taux de change ce soir ? demanda l'homme.

— Je ne sais pas, avoua Arkadi.

— Ici, on vous fait la gueule si on a autre chose que des dollars. Ou des coupons de touriste. Est-ce que j'ai l'air d'un connard de touriste ? » Il fouilla dans ses poches, en tira des billets tout froissés. Il en brandit une poignée. « Des zlotys. » Il en brandit une autre. « Des forints. Vous vous rendez compte ? J'ai suivi ces deux-là depuis le Savoy. Je croyais que c'étaient des Italiens, figurez-vous que c'étaient un Hongrois et un Polonais.

— Il devait faire rudement sombre, dit Arkadi.

— Quand je m'en suis aperçu, j'ai failli les tuer. J'aurais d'ailleurs dû le faire pour leur épargner la peine d'essayer de vivre avec des forints et des zlotys. »

Rudy abaissa la vitre du côté passager et lança à Arkadi : « Suivant ! » A l'attention de l'homme qui attendait avec ses zlotys, il ajouta : « Ça va prendre un moment. »

Arkadi monta dans la voiture. Rudy était bien enveloppé dans un costume croisé, un coffret ouvert sur les genoux. Il avait des cheveux clairsemés peignés avec soin sur son crâne, des yeux au regard humide sous de longs cils, et un reflet bleuté sur ses joues un peu molles. Il avait une bague en grenat à la main qui tenait une calculatrice. La banquette arrière était un vrai bureau où s'alignaient en bon ordre dossiers, ordinateur portable, batterie pour ordinateur et boîtes de logiciels, manuels et disquettes.

« Une vraie banque mobile, dit Rudy.

— Sur mes disquettes, je peux enregistrer tous les comptes d'épargne de la République de Russie. Une autre fois, je pourrai vous faire une sortie imprimante.

— Merci. Rudy, un centre informatique ambulant ne donne pas une vie très satisfaisante. »

Rudy brandit un jeu vidéo. « Parlez pour vous. » Arkadi renifla. Il y avait, accroché au rétroviseur, quelque chose qui ressemblait à une mèche verte.

« C'est un purificateur d'air, expliqua Rudy. A l'essence de pin.

— Ça sent les dessous de bras parfumés à la menthe. Comment pouvez-vous respirer ?

— Je trouve que c'est une odeur plus saine. Je sais que je suis comme ça — l'hygiène, les microbes ; c'est mon problème. Qu'est-ce que vous faites ici ?

— Votre radio ne marche pas. Laissez-moi la regarder. »

Rudy tressaillit. « Vous allez travailler dessus ici ?

— C'est ici que nous voulons l'utiliser. Faites comme si nous menions une transaction normale.

— Vous disiez que ce serait sans risque.

— Mais pas sans panne. Tout le monde nous regarde.

— Des dollars ? Des deutschemarks ? Des francs ? » demanda Rudy.

Le plateau de la petite caisse était bourré de billets

de nationalités et de couleurs différentes. Il y avait des francs qui ressemblaient à des portraits délicatement colorés à la main, des lires avec des chiffres astronomiques et le visage de Dante, d'énormes deutschemarks débordant d'assurance et, surtout, des compartiments bourrés de dollars américains verts et craquants comme des brins d'herbe. Aux pieds de Rudy se trouvait une serviette de cuir gonflée qui, supposa Arkadi, en contenait beaucoup plus. Auprès du levier de vitesses, il y avait aussi un paquet enveloppé dans du papier d'emballage. Rudy retira les billets de cent dollars du plateau, dévoilant un émetteur et un magnétophone à minicassette.

« Faites comme si je voulais acheter des roubles, dit Arkadi.

— Des roubles ? fit Rudy, son doigt se figeant au-dessus de la calculatrice. Qui voudrait acheter des roubles ? »

Arkadi manipula un moment le bouton commandant le volume de l'émetteur puis régla la fréquence. « C'est bien ce que vous faites, vous achetez des roubles contre des dollars ou des deutschemarks ?

— Laissez-moi vous expliquer. Je fais du change. C'est un service que je rends aux acheteurs. Je contrôle le taux, je suis la banque, alors c'est toujours moi qui gagne de l'argent et toujours vous qui en perdez. Arkadi, voyons, personne n'achète des roubles. »

Les petits yeux de Rudy rayonnaient de compassion. « La seule vraie monnaie soviétique, c'est la vodka. La vodka est le seul monopole d'Etat qui fonctionne vraiment.

— Vous avez de ça aussi », dit Arkadi en jetant un coup d'œil vers l'arrière. Le plancher était jonché de bouteilles argentées de vodka Starka, Russkaïa et Kuban.

« C'est du troc comme à l'âge de pierre. Je prends ce qu'ont les gens. Je les aide. Je suis étonné de ne pas avoir des colliers de silex ou des doublons. En tout cas, le taux est de quarante roubles pour un dollar. »

Arkadi essaya le bouton « marche » du magnétophone. Les minuscules bobines ne bougèrent pas. « Le cours officiel est de trente roubles.

— Oui, et l'univers tourne autour du trou du cul de Lénine. Sauf votre respect. C'est drôle, je fais affaire avec des hommes qui seraient prêts à trancher la gorge de leur mère mais que la notion de bénéfice embarrasse. » Rudy redevint sérieux. « Arkadi, si seulement vous arriviez à imaginer le profit comme autre chose qu'un crime : c'est ça, les affaires. Ce que nous faisons actuellement est légal et normal dans le reste du monde.

— Et lui, il est normal ? » fit Arkadi en regardant vers Kim. Les yeux fixés sur la voiture, le garde du corps avait le visage aplati d'un masque.

« Kim est là pour la galerie, fit Rudy. Je suis comme la Suisse, neutre, je suis le banquier de tout le monde. Tout le monde a besoin de moi. Arkadi, nous sommes le seul domaine de l'économie qui marche. Regardez. La mafia du Grand Bassin, la mafia de Baumanskaïa, les garçons du coin qui savent livrer la marchandise. La mafia de Lioubertsi, des types un peu plus brutaux, un peu plus bêtes, ils ont juste besoin de s'améliorer.

— Comme votre associé Borya ? fit Arkadi en essayant de resserrer la bobine avec une clé.

— Borya, c'est un bel exemple de réussite. N'importe quel autre pays serait fier de lui.

— Et les Tchétchènes ?

— D'accord, les Tchétchènes sont différents. Ça ne les gênerait pas si nous étions tous un tas de crânes. Mais rappelez-vous une chose, la plus grande mafia, c'est encore le Parti. N'oubliez jamais ça. »

Arkadi ouvrit l'émetteur et en retira les piles. Par la vitre, il voyait que les clients commençaient à s'énerver, bien que Rudy ne parût pas du tout pressé. Au contraire, après son agacement du début, il était d'humeur sereine et discoureuse.

Le problème, c'était que l'émetteur provenait de la milice, et que ce n'était jamais du matériel fiable. Arkadi resserra les bornes des piles. « Vous n'avez pas peur ?

— Je suis entre vos mains.

— Vous n'êtes entre mes mains que parce que nous en avons assez pour vous expédier dans un camp.

— Des preuves indirectes concernant des délits n'impliquant pas de violences. Au fait, une autre façon de dire "des délits n'impliquant pas de violences", c'est le mot "affaires". La différence entre un criminel et un homme d'affaires, c'est que l'homme d'affaires a de l'imagination. » Rudy jeta un coup d'œil à la banquette arrière. « J'ai assez de matériel ici pour équiper une station spatiale. Vous savez, votre émetteur, c'est la seule chose dans cette voiture qui ne marche pas.

— Je sais, je sais. » Arkadi souleva les contacts et remit doucement les piles en place. « Il y avait une femme dans votre voiture. Qui est-ce ?

— Je ne sais pas. Je ne sais *vraiment* pas. Elle avait quelque chose pour moi.

— Quoi donc ?

— Un rêve. De vastes projets.

— Rentables ? »

Rudy se permit un modeste sourire. « J'espère bien. Qui fait des rêves de pauvreté ? D'ailleurs, c'est une amie.

— Vous n'avez pas l'air d'avoir d'ennemis.

— A part les Tchétchènes, non, je ne pense pas.

— Les banquiers ne peuvent pas se permettre d'avoir des ennemis.

— Arkadi, nous sommes différents. Vous voulez la justice. Pas étonnant que vous ayez des ennemis. J'ai des objectifs moins nobles : le profit et le plaisir, comme tous les gens sains d'esprit à travers le monde. Lequel de nous deux rend le plus service aux autres ? »

Arkadi tapa sur l'émetteur avec le magnétophone.

« J'adore regarder des Russes bricoler, observa Rudy.

— Vous étudiez les mœurs des Russes ?

— Il faut bien. Je suis juif. »

Les bobines se mirent à tourner.

« Ça marche, annonça Arkadi.

— Qu'est-ce que je peux dire ? Une fois de plus, je suis stupéfait. »

Arkadi remit l'émetteur et le magnétophone en place sous les liasses de billets.

« Soyez prudent, dit Arkadi, s'il y a un problème, criez.

— Kim m'évite les problèmes. » Tandis qu'Arkadi ouvrait la portière pour descendre, Rudy ajouta : « Dans un endroit comme ici, c'est vous qui devriez faire attention. »

Comme la file d'attente dehors avançait, Kim la repoussa de quelques bourrades énergiques. Il lança à Arkadi un regard noir en le frôlant.

Jaak avait acheté un poste de radio à ondes courtes qu'il tenait à la main comme une valise de l'âge spatial. L'inspecteur voulait ranger son acquisition dans la Jigouli.

En revenant vers la voiture, Arkadi demanda : « Parle-moi de cette radio. Ondes courtes, grandes ondes, ondes moyennes ? Fabrication allemande ?

— Toutes les ondes, fit Jaak, mal à l'aise sous le regard inquisiteur d'Arkadi. Fabrication japonaise.

— Ils n'avaient pas d'émetteur ? »

Ils passèrent devant une ambulance qui proposait des ampoules de morphine et des seringues jetables encore sous la cellophane de leur emballage américain stérile. Un motard de Leningrad vendait du LSD dans son side-car ; l'université de Leningrad avait la réputation d'avoir les meilleurs chimistes. Quelqu'un qu'Arkadi avait connu dix ans plus tôt comme pickpocket prenait maintenant des commandes d'ordinateurs : des ordinateurs russes, du moins. Des pneus roulaient d'un car pour atterrir tout droit dans les bras du client. Des chaussures de femme et des sandales étaient disposées debout sur un joli châle.

Il y eut un éclair blanc et un bruit de verre brisé derrière eux, au milieu du marché. Sans doute une ampoule de magnésium. Une bouteille cassée, se dit Arkadi, mais quand même, Jaak et lui s'arrêtèrent pour se diriger vers l'endroit où l'incident s'était produit. Un second éclair jaillit comme un feu d'artifice, éclairant tous les visages qui s'éloignaient. Puis la lumière éblouissante vira à un orange banal, le genre de feu que les hommes allument dans un bidon d'essence pour se réchauffer les mains un soir d'hiver. De petites étoiles s'élevèrent en dansant dans le ciel. L'odeur âcre du plastique se mêlait aux relents entêtants de l'essence.

Des hommes reculèrent en trébuchant, leurs manches en feu, et, tandis que la foule se dispersait et qu'Arkadi se frayait un chemin, il vit Rudy Rosen conduisant un phaéton flamboyant, très droit, le visage noirci, les cheveux embrasés, les mains crispées sur le volant, brillant de sa propre lumière, mais immobile au milieu des épais nuages toxiques qui tourbillonnaient à l'intérieur pour sortir par les vitres soufflées de sa voiture. Arkadi s'approcha suffisamment pour voir à travers le pare-brise les yeux de Rudy qui s'enfonçaient dans la fumée. Il était mort. Il y avait ce silence, ce regard vide au milieu des flammes.

D'autres véhicules se déplaçaient autour de la voiture qui flambait. Un flot de tapis, de pièces d'or, de magnétoscopes. Tout un exode massif vers la sortie. L'ambulance avançait au pas, roulant sur une ombre apparue dans le faisceau de ses phares, suivie par un cortège de Tchétchènes. Les motos se séparèrent en plusieurs groupes, cherchant des ouvertures dans l'enclos où se tenait le marché.

Des hommes pourtant restaient et, tandis que les étoiles flottaient au-dessus d'eux, ils se battaient pour participer au pillage. Arkadi lui-même sauta en l'air pour attraper un deutschemark en feu, puis un dollar, puis un franc, tous les billets sillonnés de filets d'or brûlant.

CHAPITRE 2

Bien que le sol fût encore dans l'ombre, Arkadi voyait bien qu'il était sur le site de quatre tours de vingt étages groupées autour d'une place centrale : trois des tours étaient revêtues de béton précoulé et la dernière n'en était encore qu'au stade des poutrelles métalliques et des grues squelettiques, que la lumière timide de l'aube faisait paraître tout à la fois fragiles et gigantesques. Sans doute au rez-de-chaussée y aurait-il des restaurants, des cabarets, peut-être un cinéma et, au milieu de la place, quand les bulldozers et les bétonneuses seraient parties, s'aligneraient des cars et des taxis. Pour l'instant il y avait une camionnette du laboratoire municipal, la Jigouli et la carcasse noircie de l'Audi de Rudy Rosen posée sur un tapis noir de verre carbonisé. Les portières de l'Audi n'avaient plus de vitres et la chaleur de l'incendie avait fait exploser puis brûler les pneus, si bien que c'était la puanteur du caoutchouc brûlé qui était la plus forte. Comme s'il écoutait, Rudy Rosen était assis au volant, droit et raide.

« Les éclats de verre ont l'air d'être également répartis », observa Arkadi. Polina suivait avec son Leica d'avant-guerre et prenait une photo tous les deux pas. « Plus près de la voiture, qui est une Audi

1 200 quatre portes, le verre a fondu. Les portières gauches sont fermées. Capot fermé, phares calcinés. Portières droites fermées. Coffre fermé, feux arrière calcinés. » Il n'y avait rien d'autre à faire que de se mettre à quatre pattes.

« Le réservoir d'essence a explosé. Pot séparé du tuyau d'échappement. » Il se releva. « Plaque minéralogique maintenant noircie mais on peut distinguer un numéro de Moscou et le véhicule a été identifié comme appartenant à Rudik Rosen. D'après la surface couverte par les éclats de verre, le feu semble avoir pris à l'intérieur du véhicule et non à l'extérieur.

— En attendant, bien sûr, les rapports d'expert », ajouta Polina pour préserver sa réputation d'irrespect. Jeune et menue, le médecin légiste arborait, été comme hiver, un manteau et un sourire narquois, et elle avait les cheveux relevés grâce à toute une ribambelle d'épingles solidement arrimées. « Vous devriez faire enlever l'épave par une grue. »

Les commentaires d'Arkadi étaient pris en note par Minine, un inspecteur aux yeux creux de fanatique. Derrière lui, un cordon de miliciens parcourait les lieux. Des chiens policiers entraînaient leurs maîtres autour des tours, courant d'un pilier à un poteau, levant la patte ici et là.

« La peinture extérieure est écaillée, reprit Arkadi. Tout comme le chrome des poignées extérieures. » Autant pour les empreintes, se dit-il ; néanmoins, il s'enroula un mouchoir autour de la main pour ouvrir la porte avant droite. « Merci », fit Polina. La portière s'ouvrit sans effort et des cendres vinrent se répandre sur les chaussures d'Arkadi.

« Il ne reste rien de l'intérieur de la voiture, continua-t-il. Les sièges ont brûlé jusqu'au cadre et aux ressorts. Le volant semble avoir fondu et disparu.

— La chair résiste mieux que le plastique, observa Polina.

— Les tapis de plancher en caoutchouc ont fondu autour de ce qui semble être des flaques de verre. La banquette arrière a brûlé jusqu'aux ressorts. Batterie d'ordinateur calcinée et résidus de métaux non ferreux. Particules d'or provenant sans doute des conducteurs. » C'était tout ce qui restait de l'ordinateur dont Rudy était si fier. « Plaques métalliques de disquettes d'ordinateur. » Les méga-octets d'informations. « Couverts de cendre. » C'étaient les fichiers.

A regret, Arkadi vint examiner l'avant. « Traces de flammes sur le levier de vitesses. Fragments de cuir calciné. Résidus de plastique, piles dans la boîte à gants.

— Naturellement. La chaleur était intense. » Polina se pencha pour prendre une photo avec son Leica. « Au moins deux mille degrés.

— Sur le siège avant, dit Arkadi, un coffret. Le plateau est vide et calciné. Sous le plateau, plusieurs petits contacts métalliques, quatre piles, peut-être les restes d'un émetteur et d'un magnétophone. Autant pour la surveillance. Sur le siège aussi un rectangle métallique, sans doute le couvercle d'une calculette. La clé de contact est dans la position "arrêt". Deux autres clés sur le trousseau. » Ce qui l'amena au conducteur. Ce n'était pas ce qu'Arkadi préférait. A vrai dire, c'était le moment où il serait volontiers allé faire quelques pas en fumant une cigarette.

« Avec les brûlés, il faut ouvrir l'objectif au maximum si on veut avoir des détails », dit Polina.

Des détails ? « Le corps est ratatiné, poursuivit Arkadi, trop calciné pour qu'on puisse vérifier tout de suite s'il s'agit d'un individu de sexe masculin ou féminin, enfant ou adulte. La tête est appuyée sur l'épaule gauche. Les vêtements et les cheveux ont brûlé ; on aperçoit des portions de crâne à travers, les dents ne paraissent pas récupérables pour des moulages. Pas trace de chaussures ni de chaussettes. »

Ce qui n'était pas une description bien exacte du nouveau Rudy Rosen, plus petit, plus noir, installé sur les ressorts confortables de son véhicule. Cela ne rendait pas compte de sa métamorphose en os et en goudron, de l'étrange nudité d'une boucle de ceinture pendant sur la cavité pelvienne, des orbites vides ou de l'or fondu de ses plombages, du pantalon volatilisé, de la façon dont sa main droite était crispée sur sa direction comme s'il traversait l'enfer, ni du fait que le plastique nacré du volant avait fondu sur ses doigts comme du caramel rose. Cela ne donnait aucune idée de la mystérieuse façon dont les bouteilles de vodka s'étaient liquéfiées en une flaque vitreuse, ou dont les devises étrangères et les cigarettes s'étaient évanouies en fumée. « Tout le monde a besoin de moi », disait Rudy. Plus maintenant.

Arkadi détourna la tête et constata que, si noir que fût maintenant Rudy Rosen, le visage de Minine n'exprimait que de la satisfaction, comme s'il estimait que ce pécheur avait à peine assez souffert. Arkadi le prit à part et lui désigna quelques-uns des miliciens chargés de passer le secteur au peigne fin et qui s'emplissaient les poches. Le sol était jonché de marchandises abandonnées dans la panique de l'évacuation. « Je leur ai dit d'identifier et de faire l'inventaire de tout ce qu'ils trouvaient.

— Ça ne voulait pas dire qu'ils le gardent. »

Arkadi prit une profonde inspiration. « Exact.

— Regardez ça, fit Polina en promenant une épingle à cheveux sur un coin de la banquette arrière. Du sang séché. »

Arkadi revint vers la Jigouli. Jaak était assis à l'arrière, en train d'interroger leur unique témoin, le même malchanceux qu'Arkadi avait rencontré quand il attendait de parler à Rudy. L'homme au nez cassé qui avait trop de zlotys. Jaak l'avait épinglé juste au moment où il allait quitter les lieux.

Selon ses papiers d'identité et sa carte de travail, Gary Oberlian était infirmier dans un hôpital, résidait à Moscou et, s'il fallait en croire ses tickets de rationnement, il avait droit à une nouvelle paire de chaussures.

« Tu veux voir sa carte d'identité ? » proposa Jaak. Il releva les manches de Gary. Sur la partie intérieure de l'avant-bras gauche on voyait l'image d'une femme nue assise dans un verre de vin et tenant à la main l'as de cœur.

« Il aime le vin, les femmes et les cartes », dit Jaak. Sur l'avant-bras droit, il y avait un bracelet de piques, de cœurs, de carreaux et de trèfles. « Il adore les cartes. » Sur le petit doigt gauche, un cercle de piques renversés. « Ça veut dire condamnation pour hooliganisme. » A l'annulaire droit, un cœur transpercé d'un couteau. « Ça veut dire qu'il est prêt à tuer. Disons que Gary n'est pas un enfant de chœur. Disons que Gary est un récidiviste qui a été appréhendé à une réunion de trafiquants et qui devrait coopérer.

— Allez vous faire foutre », fit Gary. A la lueur du jour, son nez cassé faisait penser à une soudure mal faite.

« Tu as encore tes forints et tes zlotys ? demanda Arkadi.

— Allez vous faire foutre. » Jaak relut ses notes. « Le témoin déclare qu'il a parlé à ce putain de défunt parce qu'il croyait que le défunt était quelqu'un qui lui devait de l'argent. Il a alors quitté la putain de voiture du défunt et, cinq minutes plus tard, il se trouvait à une distance d'environ dix mètres quand cette putain de voiture a explosé. Un homme que le témoin connaît sous le nom de Kim a lancé une seconde putain de bombe dans la voiture et puis a détalé.

— Kim ? demanda Arkadi.

— C'est ce qu'il dit. Il affirme aussi qu'il s'est brûlé les mains en essayant de sauver le défunt. » Jaak fouilla dans les poches de Gary pour en extraire des poignées de deutschemarks et de dollars à demi calcinés.

La journée allait être chaude. Déjà les perles de rosée de l'aube se transformaient en gouttes de sueur. Arkadi regarda un drapeau éclairé par le soleil, qui pendait mollement au sommet de la tour Ouest. HÔTEL DU NOUVEAU MONDE ! Il s'imagina le drapeau gonflé par la brise et la tour appareillant comme un brigantin. Il avait besoin de sommeil. Il avait besoin de trouver Kim.

Polina s'agenouilla par terre à droite de la voiture. « Encore du sang », cria-t-elle.

Au moment où Arkadi déverrouilla la porte de l'appartement de Rudy Rosen, Minine s'avança avec un gros pistolet-mitrailleur Stechkine. Certainement pas le modèle standard. Arkadi admira l'arme, mais Minine l'inquiétait. « Tu pourrais scier une chambre en deux avec ce truc-là, lui dit-il. Mais s'il y a quelqu'un ici, on aurait ouvert la porte ou bien on l'aurait fait sauter d'un coup de fusil. Un pistolet ne va pas nous aider beaucoup maintenant. Ça fait simplement peur aux dames. » Il gratifia d'un hochement de tête rassurant les deux balayeuses qu'il avait emmenées pour être témoins de la perquisition. Elles répondirent en découvrant timidement des dents en métal. Derrière elles, deux techniciens du laboratoire de médecine légale enfilèrent des gants de caoutchouc.

On fouille la maison de quelqu'un qu'on ne connaît pas, et on est un enquêteur, se dit Arkadi. On fouille la maison de quelqu'un qu'on connaît, et on est un voyeur. C'est bizarre. Cela faisait un mois qu'il observait Rudy Rosen, mais jamais encore il ne l'avait fait de l'intérieur.

Porte d'entrée capitonnée avec judas. Salle à manger-living, cuisine, chambre avec télé et magnétoscope, une autre pièce transformée en bureau, une salle de bains avec un jacuzzi. Des rayonnages avec des collections reliées de grands classiques (Gogol, Dostoïevski), des biographies de Brejnev et de Moshe Dayan, des albums de timbres et de vieux numéros d'*Israel Trade*, de *Soviet Trade*, de *Business Week* et de *Playboy*. Les techniciens commencèrent aussitôt l'examen des lieux, Minine sur leurs talons pour s'assurer que rien ne disparaissait.

Dans un buffet de cuisine, il y avait du whisky américain et du cognac japonais, ainsi que du café danois dans des sacs en papier alu. Pas de vodka. Dans le réfrigérateur, du poisson fumé, du jambon, du pâté et du beurre avec une étiquette finlandaise, un pot de crème aigre et, dans le congélateur, un gâteau glacé avec des décorations roses et vertes en forme de fleurs et de feuilles. C'était le genre de pâtisserie qu'on vendait autrefois dans toutes les crémeries mais qui était aujourd'hui une fantaisie qu'on ne trouvait que sur les tables les plus raffinées — un peu moins rare, disons, qu'un œuf de Fabergé.

Il y avait des kilims sur le sol du living-room. Aux murs, deux photographies, l'une d'un violoniste en tenue de soirée et l'autre de sa femme à un piano. Leurs visages avaient la même rondeur et le même air grave que celui de Rudy. La fenêtre donnait sur la rue Donskaïa et, par-dessus les toits, au nord, on apercevait la Grande Roue qui tournait lentement dans le parc Gorki.

Arkadi passa dans un bureau avec une table de travail en érable, un téléphone et un fax. Il y avait un transformateur branché sur la prise de courant : Rudy avait donc utilisé son ordinateur portable chez lui. Dans les tiroirs, des crayons, des trombones, du papier à lettres avec en-tête de la boutique de Rudy à l'hôtel, un livret de caisse d'épargne et un reçu.

Minine ouvrit une penderie et écarta des survêtements américains et des costumes italiens. « Fouille les poches, dit Arkadi. Inspecte les chaussures. »

Dans la commode de la chambre à coucher, même

les sous-vêtements avaient des étiquettes étrangères. Une brosse en sanglier sur le récepteur de télévision. Sur la table de nuit, des cassettes vidéo de voyage, un masque en satin pour dormir et un réveil.

Un masque pour dormir, voilà ce qu'il fallait maintenant à Rudy, songea Arkadi. Sans risque, mais pas à l'abri d'une panne, ce n'était pas ça qu'il avait dit à Rudy ? Pourquoi les gens le croyaient-ils ?

Une des balayeuses l'avait suivi sans plus de bruit que si elle se déplaçait en pantoufles. Elle déclara : « Olga Semionovna et moi, on partage un appartement. Nous avons des Arméniens et des Turcs dans les autres pièces. Ils ne s'adressent pas la parole.

— Des Arméniens et des Turcs ? Estimez-vous heureuse qu'ils ne se massacrent pas », fit Arkadi. Il ouvrit la fenêtre de la chambre qui donnait sur un garage dans la cour. Rien d'accroché dehors. « L'appartement communautaire, c'est la mort de la démocratie. » Il réfléchit un instant. « Evidemment, la démocratie est la mort de l'appartement communautaire. »

Minine entra sur ses entrefaites. « Je suis d'accord avec le commissaire principal. Ce qu'il nous faut, c'est quelqu'un qui ait de la poigne.

— Vous pouvez dire ce que vous voulez, reprit la balayeuse, autrefois il y avait de l'ordre.

— C'était un ordre brutal, mais efficace, dit Minine, et toutes deux se tournèrent vers Arkadi avec un tel air d'expectative qu'il eut le sentiment d'être un chien enragé sur un piédestal.

— D'accord, l'ordre ne manquait pas », conclut-il.

Installé au bureau, Arkadi remplit le protocole de perquisition : la date, son nom, en présence de — il nota à cet endroit les noms et adresses des deux femmes —, en vertu du mandat de perquisition numéro tant, ai pénétré dans la résidence du citoyen Rudik Abramovitch Rosen, appartement 4A, 25, rue Donskaïa.

Arkadi eut de nouveau l'œil attiré par le fax.

L'appareil avait des boutons en anglais — par exemple, *Redial*, le bouton de rappel. D'un geste hésitant, il souleva le combiné et pressa le bouton. Il y eut diverses tonalités dans l'écouteur, puis une sonnerie, puis une voix.

« Ici Feldman.

— J'appelle de la part de Rudy Rosen, dit Arkadi.

— Pourquoi ne peut-il pas téléphoner lui-même ?

— Je vous expliquerai quand nous parlerons.

— Vous n'avez pas appelé pour parler ?

— Il faut que nous nous rencontrions.

— Je n'ai pas le temps.

— C'est important.

— Je vais vous dire ce qui est important. On va fermer la bibliothèque Lénine. Elle tombe en ruine. On éteint les lumières, on ferme les salles. Ça va devenir une tombe comme les pyramides de Gizeh. »

Arkadi fut surpris que quelqu'un ayant un rapport avec Rudy s'intéressât à la situation de la bibliothèque Lénine. « Il faut quand même qu'on parle.

— Je travaille tard.

— N'importe quelle heure me va.

— Devant la bibliothèque, demain à minuit.

— Minuit ?

— A moins que la bibliothèque ne s'effondre sur moi.

— Attendez que je vérifie le numéro de téléphone.

— Feldman. F-E-L-D-M-A-N. Professeur Feldman. » Il récita le numéro et raccrocha.

Arkadi reposa le combiné.

« Formidable machine. »

Minine eut un rire amer pour quelqu'un d'aussi jeune. « Ces salopards du labo vont tout déménager alors que nous, nous pourrions avoir l'usage d'un fax.

— Pas question, on laisse tout, surtout le fax.

— Les provisions et l'alcool aussi ?

— Tout. »

La seconde balayeuse ouvrit de grands yeux. La

force magnétique du remords lui fit baisser le regard sur les perles de glace à la vanille qui laissaient une trace sur le tapis d'Orient entre elle et le réfrigérateur.

Minine ouvrit brusquement la porte du congélateur. « Elle a mangé la glace pendant que nous avions le dos tourné. Et le chocolat a disparu.

— Olga Semionovna ! » La première balayeuse, elle aussi, était scandalisée.

L'accusée tira une main de sa poche, ses jambes parurent fléchir à la hauteur de ses genoux comme si le poids de la barre de chocolat révélatrice était trop lourd pour elle. Des larmes ruisselèrent dans les plis de ses joues et tombèrent de son menton tremblant comme si elle avait volé un calice en argent sur un autel. C'est fantastique, se dit Arkadi, nous avons fait pleurer une vieille femme pour du chocolat. Comment ne pas succomber ? Le chocolat était un mythe exotique, une bouffée d'Histoire, comme les Aztèques.

« Alors, qu'est-ce que tu en penses ? demanda Arkadi à Minine. Faut-il l'arrêter, ne pas l'arrêter, lui flanquer une rossée ou simplement la laisser partir ? Ce serait plus grave si elle avait pris la crème aigre. Mais je veux avoir ton opinion. »

Arkadi était vraiment curieux de voir jusqu'où allait le zèle de son assistant.

« Je suppose, dit enfin Minine, que pour cette fois nous pouvons la laisser partir.

— Si tu le penses. » Arkadi se tourna vers les femmes et dit : « Citoyennes, ça veut dire que vous allez toutes les deux devoir aider un peu plus les représentants de l'ordre. »

Les garages soviétiques constituaient un mystère car, légalement, les simples citoyens ne pouvaient pas acheter de la tôle ondulée et pourtant, des garages construits dans ce matériau continuaient à surgir comme par magie dans les cours et à se multiplier par rangées entières dans les petites rues. La seconde clé de Rudy Rosen les fit accéder au mystère qui se dressait dans la cour. Arkadi ne toucha pas à l'ampoule qui pendait du plafond. A la lumière du soleil, il aperçut une boîte à outils, des bidons d'huile de moteur, des essuie-glaces, des rétroviseurs et des couvertures qu'on gardait pour protéger la voiture en hiver. Sous les couvertures, il n'y avait rien de plus insolite que des pneus. Minine et les hommes du labo pourraient plus tard relever les empreintes sur l'ampoule et sonder le sol. Les balayeuses, pendant tout ce temps, étaient restées timidement sur le seuil de la porte ouverte ; les vieilles chéries n'avaient pas essayé de faire main basse ne serait-ce que sur une clé à molette.

Pourquoi n'était-il pas fatigué ou affamé ? Il était comme un homme fiévreux mais sans maladie diagnostiquée. Quand il retrouva Jaak dans le hall de l'hôtel Intourist, l'inspecteur était en train d'avaler des tablettes de caféine pour rester éveillé.

« Gary raconte n'importe quoi, fit Jaak. Je ne vois pas Kim tuer Rudy. C'était son garde du corps. Tu sais, j'ai tellement envie de dormir que si on trouve Kim, il va me descendre et je ne m'en apercevrai même pas. Il n'est pas ici. »

Arkadi promena un regard circulaire dans le hall. Tout à fait à gauche, il y avait une porte tournante donnant sur la rue et dehors, l'éventaire Pepsi, devenu un point de ralliement pour les prostituées moscovites. Dans la baraque était installé un groupe d'hommes de la sécurité qui, scrupuleusement, ne laissaient entrer que les prostituées qui payaient. Campés dans l'obscurité caverneuse du hall, des touristes attendaient un car ; ils devaient être là depuis un bon moment et ils avaient cette immobilité des bagages abandonnés. Les guichets de renseignements non seulement étaient vides, mais semblaient exprimer l'éternel mystère de Stonehenge : pourquoi les avait-on construits ? Il n'y avait un peu d'animation que sur la droite où un patio semi-espagnol sous une coupole vitrée attirait le regard vers les tables d'un bar et le scintillement des machines à sous en acier inoxydable.

La boutique de Rudy dans le hall avait les dimensions d'un grand placard. Dans une vitrine étaient exposées des cartes postales représentant des vues de Moscou, de monastères, les couronnes ornées de fourrure des princes d'antan. Au mur du fond étaient accrochés des colliers d'ambre et des châles de paysanne en étamine. Sur les étagères de côté, des poupées en bois peintes à la main de taille croissante s'entassaient autour de panonceaux proclamant qu'on acceptait ici les cartes Visa, Master Card et American Express.

Jaak ouvrit la porte vitrée. « C'est tant quand on paie avec une carte de crédit, annonça-t-il, et moitié prix quand on paie en devises fortes, ce qui, quand on pense que Rudy a acheté les poupées à des idiots pour une poignée de roubles, lui laissait encore un bénéfice de mille pour cent.

— Personne n'a tué Rudy pour des poupées », déclara Arkadi. Prenant un mouchoir, il ouvrit le tiroir du comptoir et feuilleta un livre de comptes. Rien que des chiffres, pas une note. Il faudrait que Minine vienne ici aussi, avec les gars du labo.

Jaak s'éclaircit la voix et dit : « J'ai un rendez-vous. Je te retrouve au bar. »

Arkadi referma la boutique et traversa la cour jusqu'aux machines à sous. Elles exhibaient des cartes ou bien des prunes, des cloches et des citrons sur des roues de loteries, avec des instructions en anglais, en espagnol, en allemand, en russe et en finnois. Tous les joueurs étaient des Arabes qui circulaient sans entrain, posant des boîtes de jus d'orange « Si Si » pour entasser leurs jetons. Au milieu des machines, un employé versait un flot argenté de jetons dans un compteur mécanique, une boîte en métal avec une manivelle qu'il actionnait furieusement. Il sursauta quand Arkadi lui demanda du feu. Arkadi surprit son propre reflet sur le flanc d'un des appareils : un homme pâle avec des cheveux bruns et plats et qui aurait eu bien besoin d'un peu de soleil et d'un rasoir, mais pas assez terrifiant pour justifier la façon dont l'employé lui tendait son briquet d'une main tremblante.

« Vous avez perdu votre compte ? demanda-t-il.

— C'est automatique », répondit l'employé.

Arkadi lut les chiffres sur les petits cadrans du compteur. Déjà 7 950. Quinze sacs de jute étaient pleins et bien fermés, cinq sacs vides attendaient.

« Combien coûte le jeton ? demanda-t-il.

— Quatre jetons pour un dollar.

— Quatre pour... Bah, je ne suis pas très fort en mathématiques, mais ça me semble assez pour partager. » Comme l'employé promenait autour de lui un regard affolé, Arkadi reprit : « Je plaisantais. Détendez-vous. »

Jaak était assis tout au fond du bar, en train de sucer des morceaux de sucre tout en bavardant avec Julya, une blonde élégante vêtue de cachemire et de soie. Un paquet de Rothmans et un exemplaire de *Elle* étaient ouverts auprès de son espresso.

Quand Arkadi vint les rejoindre, Jaak poussa un morceau de sucre à travers la table. « C'est un bar à devises étrangères, ils ne prennent pas de roubles.

— Laissez-moi vous inviter à déjeuner, proposa Julya.

— Nous restons purs », protesta Jaak.

Elle eut le rire un peu rauque d'une femme qui fume beaucoup. « Je me souviens d'avoir dit ça moi aussi. »

Jaak et Julya avaient été autrefois mari et femme. Ils s'étaient rencontrés pour ainsi dire au travail et étaient tombés amoureux — situation qui n'avait rien d'exceptionnel dans leurs professions respectives. Elle était partie pour avoir une vie plus facile. Ou bien c'était lui. Dur à dire.

Le buffet proposait des pâtisseries et des sandwiches sous des panonceaux vantant les mérites d'un cognac espagnol. Le sucre était-il du sucre de canne importé de Cuba ou bien du simple mais honnête sucre de betterave soviétique ? se demanda Arkadi. Il aurait pu devenir un connaisseur. Des Australiens et des Américains échangeaient des propos ennuyeux au bar. A des tables voisines, des Allemands draguaient des prostituées avec du champagne doux.

« Comment sont-ils, les touristes ? demanda Arkadi à Julya.

— Vous voulez dire, ceux qui ont des goûts spéciaux ?

— Quel genre de gens est-ce ? »

Elle le laissa lui allumer sa cigarette et tira une longue bouffée. Elle croisa lentement ses jambes interminables, attirant les regards de tout le bar. « Oh, je me spécialise dans les Suédois. Ils sont froids, mais propres, et ce sont des clients réguliers. D'autres filles se spécialisent dans les Africains. Il y a bien eu un meurtre ou deux, mais dans l'ensemble les Africains sont gentils et généreux.

— Et les Américains ?

— Les Américains ont la trouille, les Arabes sont poilus, les Allemands sont bruyants.

— Et les Russes ? » demanda Arkadi. Il pensait à ce que lui avait dit Rudy : passionnés, mélancoliques.

« Les Russes. Je plains les hommes russes. Ils sont paresseux, inutiles, ivrognes.

— Mais au lit ? interrogea Jaak.

— C'est de ça dont je parlais », dit Julya. Elle regarda autour d'elle. « C'est si bas-de-gamme ici. Vous saviez qu'il y a des filles de quinze ans qui font le trottoir ? demanda-t-elle à Arkadi. La nuit, les filles font la tournée des chambres en frappant aux portes. Je n'arrive pas à croire que Jaak m'ait demandé de venir ici.

— Julya travaille au Savoy », expliqua Jaak. Le

Savoy était un établissement finlandais juste au coin de l'immeuble du KGB. C'était l'hôtel le plus cher de Moscou.

« Les gens du Savoy affirment qu'ils n'ont pas de prostituées, déclara Arkadi.

— Précisément. C'est très classe. D'ailleurs, je n'aime pas le mot prostituée. »

« Putana » était le terme utilisé le plus souvent pour les prostituées de luxe qui travaillaient en devises étrangères. Arkadi eut le sentiment que Julya n'aimerait pas ce mot-là non plus.

« Julya est une secrétaire multilingue, dit Jaak. Une bonne secrétaire, d'ailleurs. »

Un homme en survêtement posa son sac de sport sur une chaise et commanda un cognac. Quelques foulées, un petit cognac ; ça paraissait un bon régime russe. Il avait les cheveux touffus d'un Tchétchène, mais les portait longs sur la nuque, courts sur les côtés, avec une mèche bouclée teinte en orange. Le sac paraissait lourd.

Arkadi observait l'employé. « Il n'a pas l'air heureux. Rudy était toujours ici quand il faisait ses comptes. Si c'est Kim qui a tué Rudy, qui va le protéger maintenant ? »

Jaak consulta un calepin. « D'après l'hôtel, "dix machines à sous louées par la coopérative de Trans-Kom Services à la société Recreativos Franco représentent une moyenne totale de recette s'élevant à environ mille dollars par jour". Pas mal. "On compte les jetons chaque jour et on contrôle avec les compteurs installés au dos des appareils. Ils sont verrouillés ; seuls les Espagnols peuvent y avoir accès et les remettre à zéro." Tu as vu...

— Vingt sacs », dit Arkadi.

Jaak fit le calcul. « Chaque sac contient cinq cents jetons et vingt sacs font deux mille cinq cents dollars. Ça fait donc mille dollars par jour pour l'Etat et mille cinq cents pour Rudy. Je ne sais pas comment il s'y prenait, mais à en juger par les sacs, il battait les compteurs. »

Arkadi se demandait qui était TransKom. Ça ne pouvait pas être simplement Rudy. Pour ce genre d'importation, il fallait le patronage du Parti, un organisme officiel disposé à être associé.

Jaak se tourna vers Julya. « Réépouse-moi.

— Je vais me marier à un Suédois, un cadre. J'ai des amies à Stockholm qui l'ont déjà fait. Ça n'est pas Paris, mais les Suédois aiment bien quelqu'un qui soit capable de gérer l'argent et qui sache recevoir. J'ai déjà eu des propositions.

— Et on parle de fuite des cerveaux, dit Jaak à Arkadi.

— Il y en a un qui m'a donné une voiture, lança Julya.

— Une voiture ? fit Jaak d'un ton plus respectueux.

— Une Volvo.

— Naturellement. Ton cul ne doit toucher que du cuir étranger. » Jaak prit un ton suppliant : « Aide-moi. Pas à cause des voitures ni des bagues, mais parce que je ne t'ai pas renvoyée chez toi la première fois qu'on t'a ramassée dans la rue. » Il expliqua à Arkadi : « La première fois que je l'ai vue, elle portait des bottes en caoutchouc et un matelas. Elle se plaint de Stockholm mais elle arrivait d'un bled de Sibérie où on prend de l'antigel pour aller chier.

— Ça me rappelle, fit Julya, sans se démonter, que pour mon visa de sortie j'aurai peut-être besoin d'une déclaration de toi affirmant que je ne te dois rien.

— Nous sommes divorcés. Nous avons des rapports basés sur le respect mutuel. Est-ce que je peux t'emprunter ta voiture ?

— Viens me voir en Suède. » Julya trouva une page de magazine qu'elle était prête à sacrifier. Elle écrivit une adresse d'une écriture pleine de boucles, plia la marge et déchira la page le long du pli. « Ça n'est pas un service que je te rends. Pour ma part, Kim est la dernière personne que j'aurais envie de trouver. Vous êtes sûrs que je ne peux pas vous offrir à déjeuner ?

— Je vais juste m'offrir encore un morceau de sucre avant de partir, dit Arkadi.

— Sois prudent, dit Julya à Jaak. Kim est timbré. Je préférerais que tu ne le trouves pas. »

En sortant, Arkadi s'aperçut encore une fois dans le miroir du bar. Plus sinistre qu'il ne pensait, pas le genre de visage à faire rêver de soleil. Quel était donc ce vieux poème de Maïakovski ? « Regardez-moi, vous tous, et enviez-moi : j'ai un passeport soviétique ! » Maintenant, tout le monde voulait simplement un passeport pour s'en aller. Le gouvernement, auquel personne ne s'intéressait, s'était effondré au milieu de discussions hargneuses comme il en éclate dans un bordel où l'on n'a pas eu un client depuis vingt ans.

Qu'est-ce qui pourrait expliquer ce magasin, ce pays, cette vie ? Une fourchette avec trois dents sur quatre, deux kopecks. Un hameçon, vingt kopecks, d'occasion certes, mais les poissons n'étaient pas difficiles. Un peigne, grand comme une moustache mitée, soldé à deux kopecks au lieu de quatre.

Bien sûr, c'était un magasin où on faisait des remises, mais dans un autre monde, plus civilisé, est-ce que tout cela n'était pas des déchets ? Est-ce que tout cela ne serait pas jeté à la poubelle ?

Certains articles n'avaient pas de fonction apparente. Une trottinette en bois avec des roues en bois grossièrement taillées, mais sans guidon ni poignées auxquelles se tenir. Une étiquette en plastique sur laquelle était gravé le numéro « 97 ». Quelle chance y avait-il pour que quelqu'un eût quatre-vingt-dix-sept chambres, quatre-vingt-dix-sept placards de vestiaire ou quatre-vingt-dix-sept n'importe quoi et qu'il ne lui manquât que le numéro « 97 » ?

Peut-être était-ce seulement l'*idée* d'acheter. Parce qu'il s'agissait d'une coopérative et que les gens voulaient acheter... quelque chose.

Sur la troisième table était posée une savonnette, découpée dans un savon plus grand et déjà utilisé, pour vingt kopecks. Un couteau à beurre rouillé, cinq kopecks. Une ampoule électrique noircie avec un filament cassé, trois roubles. Pourquoi, quand une ampoule neuve valait quarante kopecks ? Comme il n'y avait pas d'ampoules neuves à vendre dans les magasins, on emportait celle-là à son bureau, on la replaçait sur la lampe de son bureau et on rapportait chez soi l'ampoule qui fonctionnait de façon à ne pas vivre dans l'obscurité.

Arkadi s'esquiva par la porte de derrière et traversa la cour boueuse jusqu'à la seconde adresse, une laiterie, en tenant une cigarette dans la main gauche, ce qui signifiait que Kim ne se trouvait pas dans la coopérative. Plus haut dans la rue, Jaak faisait semblant de lire un journal dans une voiture.

Dans la crémerie, il n'y avait pas de lait, pas de beurre, mais, dans les salles glacées, s'entassaient des boîtes de sucre. Les comptoirs vides étaient tenus par des femmes en blouse et bonnet blancs dont le visage respirait l'ennui. Arkadi souleva un carton de sucre vide.

« Vous avez de la crème fouettée ? demanda Arkadi à une employée.

— Non, répondit-elle, l'air surpris.

— Du fromage blanc ?

— Bien sûr que non. Vous êtes fou ?

— Oui, mais quelle mémoire ! » dit Arkadi. Il exhiba sa carte rouge de policier, fit le tour du comptoir et franchit les portes battantes au fond du magasin. Un camion stationnait devant la plate-forme de déchargement et on transbordait du lait directement dans un autre camion ne portant aucune inscription. La gérante du magasin sortit d'une salle réfrigérée ;

avant que la porte ne se refermât, Arkadi aperçut des meules de fromage et des mottes de beurre.

« Tout ce que vous voyez est réservé. Nous n'avons rien, rien ! » annonça-t-elle.

Arkadi poussa la porte. Un homme d'un certain âge était blotti dans un coin comme une souris. D'une main, il brandissait un certificat le désignant comme citoyen inspecteur volontaire pour lutter contre les accapareurs et les spéculateurs. Son autre main tenait une bouteille de vodka.

« On reste au chaud, petit père ? demanda Arkadi.

— Je suis un ancien combattant. » Le vieil homme montra du goulot de sa bouteille la médaille accrochée à son chandail.

« Je vois ça. »

Arkadi arpenta l'entrepôt. Pourquoi une crémerie avait-elle besoin de bacs métalliques ?

« Tout ici est une commande spéciale pour des invalides et des enfants », fit la gérante.

Arkadi ouvrit un bac et découvrit des paquets de farine entassés comme des sacs de sable. Quand il en ouvrit un autre, des grenades roulèrent à ses pieds avant de se répandre sur le sol de l'entrepôt. Il souleva le couvercle d'un troisième et des citrons vinrent se déverser sur les grenades.

« Pour des invalides et des enfants ! » cria la gérante.

Le dernier bac était bourré de cartouches de cigarettes.

Arkadi, évitant soigneusement de marcher sur les fruits, sortit sur la plate-forme. Les hommes qui chargeaient le lait détournèrent la tête.

En sortant du magasin, sa cigarette toujours dans la main gauche, Arkadi traversa une cour jonchée de verre brisé pour regagner la rue principale. Là, des immeubles d'habitation rouillaient aux jointures, le long des tuyaux d'écoulement et des châssis des fenêtres. Les voitures avaient la tôle froissée et la peinture écaillée des épaves. Des gosses se cramponnaient à un manège couleur de rouille sans sièges. L'école semblait bâtie en briques de rouille. Au bout de la rue, la permanence du Parti était revêtue de marbre blanc comme un sépulcre.

A la dernière adresse fournie par Julya où l'on pourrait trouver Kim, Arkadi laissa tomber sa cigarette en approchant d'une boutique d'animaux dont le plâtre de la façade s'était écaillé par plaques larges comme des continents. Il entendit Jaak et la voiture arriver tout près derrière lui.

Les seuls animaux à vendre semblaient être des poussins et des chats qui regardaient et miaulaient derrière le treillage de leurs cages. La vendeuse était une jeune Chinoise occupée à découper pour un client ce qui ressemblait à du foie. Il passa derrière le comptoir, puis dans l'arrière-boutique, tandis que la fille le suivait avec son couperet en lui disant : « On n'entre pas. »

Dans le fond, il y avait des sacs de sciure et de granulés pour animaux, un réfrigérateur avec un calendrier pour l'année du Rat, des étagères avec des grands bocaux de thé, de champignons et de morilles, des racines de ginseng en forme d'homme et des petits pots portant des étiquettes en russe et en chinois comme il en avait vu dans les herboristeries de Sibérie. Ce qui semblait être du goudron dans un bocal était de la bile d'ours noir ; un flacon plus grand était plein d'une masse grumeleuse : c'était du sang de porc coagulé, excellent pour la soupe. Il y avait des hippocampes séchés et des pénis de cerf qui ressemblaient à des poivrons. Des pattes d'ours, encore une gâterie illicite, étaient suspendues à une corde. Un tatou s'agitait, à demi mort, au bout d'une ficelle.

« On n'entre pas », insista la fille. Elle n'avait sans doute pas plus de douze ans et le couperet semblait aussi long que son bras.

Arkadi s'excusa et sortit. Une autre porte donnait sur un escalier jonché de graines d'oiseaux qui conduisait jusqu'à une porte métallique. Il frappa en se plaquant contre le mur. « Kim, nous voulons t'aider. Viens, qu'on puisse parler. Nous sommes des amis. »

Il y avait quelqu'un à l'intérieur. Arkadi entendit des pas prudents sur le plancher et un bruit qui ressemblait à un froissement de drap. Quand il frappa plus fort, la porte s'ouvrit toute grande. Il pénétra dans un entrepôt plongé dans l'obscurité à l'exception d'un carton à chaussures qui brûlait au milieu de la pièce ; il sentit l'odeur d'essence à briquet qu'on avait versée dessus. Le long des murs s'entassaient des cartons avec des téléviseurs, sur le plancher un matelas, une boîte à outils, un réchaud. Il écarta les rideaux et aperçut par la fenêtre ouverte un escalier d'incendie menant à une courette où s'amoncelait la camelote du magasin : sacs de graines, treillage métallique, poussins morts. L'occupant des lieux était parti. Arkadi essaya le commutateur. L'ampoule avait disparu aussi. Voilà qui témoignait d'une certaine prévoyance.

Arkadi fit tout le tour de la pièce, regardant derrière les cartons, avant de revenir vers la boîte qui brûlait. Le bruit des flammes était tout à la fois doux et furieux, comme un incendie miniature. Il ne s'agissait pas d'une boîte à chaussures. Sur le côté, il y avait une inscription : « Sindy » et l'image d'une poupée avec une queue de cheval blonde assise à une table en train de servir le thé. Il la reconnut car les poupées Sindy étaient le produit d'importation le plus populaire à Moscou : on en voyait dans les vitrines de tous les magasins de jouets, mais jamais sur les rayons. L'illustration du carton montrait aussi un chien, peut-être un pékinois, assis au pied de la poupée en agitant la queue.

Jaak se précipita pour éteindre le feu.

« Non », dit Arkadi en le retenant.

Les flammes commencèrent à mordre l'image. Au moment où les cheveux de Sindy s'embrasaient, son visage s'assombrit comme si l'inquiétude la gagnait. On aurait dit qu'elle soulevait la théière puis qu'elle se levait tandis que la partie supérieure de son corps se consumait. Le chien attendait patiemment tandis que le carton brûlait autour de lui. Puis toute la boîte ne fut plus qu'une masse noire, tordue, sillonnée encore de traînées rouges qui viraient au gris, avec une couche de cendres sur laquelle Arkadi souffla. Dans le carton se trouvait une mine calcinée, ses deux percuteurs dressés, armés, attendant que le pied de Jaak les enfonce.

CHAPITRE 3

Arkadi dessina une voiture sur un bout de papier. Les crayons de couleur, songea-t-il, étaient à peu près la seule chose dont il manquait. Les aménagements faits quand on avait réintégré à son poste le commissaire principal Renko comprenaient un bureau et une table de conférence, quatre fauteuils, des classeurs et un placard abritant un coffre à combinaison. Il fallait ajouter à cela deux machines à écrire portables, « modèle luxe », deux téléphones rouges avec des cadrans et deux téléphones intérieurs jaunes qui n'en avaient pas. La pièce comportait deux fenêtres avec des rideaux, un plan de Moscou au mur, un tableau noir sur un pied à roulettes, un samovar électrique et un cendrier.

Polina disposa sur la table une vue panoramique en noir et blanc du chantier de construction et des photos de l'Audi, puis des gros plans en couleurs de la voiture éventrée et du conducteur. Minine rôdait dans la pièce d'un air affairé. Jaak, qui n'avait pas dormi depuis quarante-huit heures, s'agitait comme un boxeur essayant de se relever avant d'être déclaré KO.

« C'est la vodka qui a rendu l'incendie si violent, observa Jaak.

— Tout le monde pense à la vodka, ricana Polina. Ce qui brûle vraiment, ce sont les sièges, parce qu'ils sont en polyuréthane. C'est pour ça que les voitures se consument si vite, parce qu'elles sont essentiellement en plastique. Le siège adhère à la peau comme du napalm. Une voiture, c'est juste un engin incendiaire sur roues. »

Arkadi était sûr que, il n'y avait pas si longtemps, Polina était l'étudiante en pathologie qui remettait les meilleurs rapports, illustrés et annotés avec un soin scrupuleux.

« Sur ces clichés, je montre d'abord Rudy encore dans la voiture, puis après que nous l'avons eu détaché de la banquette et retiré de là, puis une photo des ressorts pour montrer ce qui est tombé de ses poches : des clés d'acier intactes, des kopecks fondus avec des détritus qui traînaient sur le plancher, les parties métalliques du siège, y compris ce qui restait de notre émetteur. Bien sûr, les cassettes ont brûlé, si jamais il y a eu quelque chose dessus. Sur les premiers clichés, vous remarquerez que j'ai entouré en rouge une trace d'explosion sur la paroi près du levier de vitesses. » On la voyait en effet, juste à côté des tibias et des chaussures calcinées de Rudy Rosen. « Autour, il y avait des traces de sodium rouge et de sulfate de cuivre, ce qui serait compatible avec un engin incendiaire explosif. Comme il ne subsiste aucun vestige d'un déclencheur à retardement ou d'un détonateur, je suppose qu'il s'agissait d'une bombe conçue pour s'allumer au contact. Il y avait aussi de l'essence.

— Ça, dit Jaak, c'est quand le réservoir a sauté. »

Arkadi dessina un levier dans la voiture et, avec un feutre rouge, un cercle autour de la base. « Et Rudy ?

— La chair dans cet état est dure comme du bois

et, en même temps, les os cassent dès qu'on découpe. Ça n'est pas facile de détacher les vêtements. Je vous ai apporté ceci. » D'un sac en plastique, Polina sortit un grenat récemment taillé et une petite flaque d'or durci, ce qu'il restait de la chevalière de Rudy. La calme fierté qui se lisait sur son visage rappela à Arkadi le chat qui rapporte des souris à son maître.

« Vous avez vérifié ses dents ?

— Voici un schéma dentaire. L'or a coulé et je ne l'ai pas trouvé, mais il y a des traces de plombage sur la seconde molaire inférieure. Tout cela, bien sûr, n'est qu'un préliminaire à une autopsie complète.

— Je vous remercie.

— Juste une chose, ajouta-t-elle. Il y a trop de sang.

— Rudy a sans doute eu pas mal de coupures, dit Jaak.

— Les gens qui meurent brûlés n'explosent pas, répondit Polina. Ce ne sont pas des saucisses. J'ai trouvé du sang partout. »

Arkadi était mal à l'aise. « Peut-être que l'agresseur s'est coupé.

— J'ai envoyé des échantillons au labo pour vérifier le groupe sanguin.

— Bonne idée.

— Je vous en prie. » Assise le menton relevé, l'air dédaigneux, elle faisait vraiment penser à un chat.

Jaak dessina un plan du marché au tableau noir, montrant la position respective de la voiture de Rudy, de Kim, de la file d'attente des clients puis, à une vingtaine de mètres, celle du camion avec les magnétoscopes. Il y avait un autre groupe rassemblé autour d'une ambulance, avec un vendeur d'ordinateurs et une camionnette de caviar ; puis un espace vide et un demi-cercle où se trouvaient les joailliers gitans, les rockers, les marchands de tapis, la Jigouli.

« Sacrée soirée. Avec les Tchétchènes là-bas, on a eu de la chance que tout ne saute pas. » Jaak examinait le tableau noir. « Notre seul témoin déclare que c'est Kim qui a tué Rudy. D'abord, j'ai eu du mal à le croire, mais en regardant qui était assez près pour lancer une bombe, ça se tient.

— Vous en êtes arrivé à cette conclusion d'après les souvenirs de ce que vous avez vu dans l'obscurité au milieu de la confusion ? demanda Polina.

— Comme beaucoup de choses dans la vie. » Arkadi chercha des cigarettes sur son bureau. Manque de sommeil ? Un peu de nicotine allait arranger ça. « Ce que nous avons ici, c'est un vrai marché noir, pas le petit marché noir de citoyens ordinaires qu'on rencontre de jour, mais le marché noir qui se tient la nuit pour des criminels. Un territoire neutre et une victime très neutre en la personne de Rudy Rosen. » Il se souvint de Rudy se comparant lui-même à la Suisse.

« Vous savez, ça ressemblait à une combustion spontanée, reprit Jaak. Vous rassemblez assez de bandits, de drogue et de vodka, vous lancez quelques grenades à main et il va bien se passer quelque chose.

— Un type comme ça a sans doute escroqué quelqu'un, suggéra Minine.

— J'aimais bien Rudy, déclara Arkadi. Je l'ai forcé à participer à cette opération et c'est par ma faute qu'il a été tué. » La vérité était toujours gênante. Jaak semblait peiné de l'écart d'Arkadi, comme un bon chien qui voit son maître trébucher. Minine, de son côté, paraissait éprouver une sinistre satisfaction. « La question est : pourquoi deux bombes incendiaires ? Il y avait tant d'armes dans le coin, pourquoi ne pas tirer sur Rudy ? Notre témoin...

— Notre témoin est Gary Oberlian, lui rappela Jaak.

— Qui identifie Kim comme étant l'agresseur, poursuivit Arkadi. Nous avons vu Kim avec un Malysh. Ç'aurait été plus facile pour lui de vider tout un chargeur sur Rudy que de lancer une bombe. Il n'avait qu'à appuyer sur la détente.

— Pourquoi, demanda Polina, deux bombes au lieu d'une seule ? La première suffisait à tuer Rudy.

— Il ne s'agissait peut-être pas seulement de tuer Rudy, répondit Arkadi. Il s'agissait peut-être de brûler la voiture. Tous ses dossiers, toute sa documentation — les prêts, les contrats, les dossiers, les disquettes, tout ça était sur la banquette arrière. »

Jaak reprit : « Quand on tue quelqu'un, on a envie de quitter le secteur. On n'est pas d'humeur à déménager des dossiers.

— Maintenant, observa Arkadi, tout est parti en fumée. »

Polina passa à un sujet plus gai. « Si Kim était près de la voiture quand l'explosion s'est produite, il a peut-être été blessé. C'était peut-être son sang.

— J'ai alerté les hôpitaux et les cliniques pour qu'on signale toute personne venant se faire soigner pour des brûlures, précisa Jaak. Je vais ajouter "coupures". J'ai simplement du mal à croire que Kim se serait retourné contre Rudy. A défaut d'autres qualités, Kim était loyal.

— Où en est-on pour l'appartement de Rudy ? » demanda Arkadi tout en suivant jusqu'à un tiroir du bas l'odeur à la fois excitante et repoussante de tabac éventé.

« Les gens du labo ont relevé les empreintes, dit Polina. Jusqu'à maintenant ils n'ont trouvé que celles de Rudy. »

Au fond d'un tiroir, Arkadi dénicha un paquet oublié de Belomor, ce qui donnait bien la mesure de son désespoir ; il demanda : « Vous n'avez pas terminé l'autopsie ?

— Il faut prendre son tour à la morgue, je vous l'ai dit, répondit-elle.

— Prendre son tour à la morgue ? C'est le comble. » Il alluma la Belomor. Il s'en échappa une bouffée de vapeurs noirâtres comme les fumées d'échappement d'un diesel. C'était difficile de la fumer et de l'écarter de son visage en même temps, mais Arkadi fit un vaillant effort.

« Vous regarder fumer, c'est comme regarder un homme en train de se suicider, dit Polina. Personne n'a besoin d'attaquer ce pays, il n'y a qu'à parachuter des cigarettes. »

Arkadi détourna la conversation. « Et chez Kim ? »

Jaak signala qu'une fouille plus approfondie de l'entrepôt avait révélé la présence d'autres cartons vides ayant contenu des radios de voiture de marque allemande, des baskets italiennes, des matelas, des bouteilles de cognac vides, des graines pour les oiseaux et du baume du tigre.

« Toutes les empreintes relevées dans l'entrepôt correspondaient au dossier que la milice a sur Kim, ajouta Polina. Les empreintes sur l'escalier de secours n'étaient pas nettes.

— Le témoin a identifié Kim comme étant l'homme qui a lancé une bombe dans la voiture de Rudy. Vous avez trouvé une mine dans sa chambre. Quels doutes peut-il encore y avoir ? demanda Minine.

— Nous n'avons pas réellement vu Kim, reprit Arkadi. Nous ne savons pas qui était là.

— Quand on a ouvert la porte, ça brûlait à l'intérieur, intervint Jaak. Tu te rappelles quand tu étais gosse ? Ça ne t'est jamais arrivé de coller un étron dans un sac et de mettre le feu au sac pour voir les gens l'écraser sous leur semelle ?

— Non », fit Minine en secouant la tête, il n'avait jamais rien fait de pareil.

« On faisait ça tout le temps, continua Jaak. Simplement, au lieu d'un étron, il y avait une mine. Je n'arrive pas à croire que je me sois laissé prendre. Presque. » Une photo posée devant Jaak montrait le boîtier oblong de la mine, les deux percuteurs dressés.

C'était une petite mine militaire antipersonnel

avec une charge de trinitrotoluol, le modèle surnommé « souvenir de ». L'inspecteur leva les yeux et reprit son calme. « C'est peut-être une guerre des gangs. Si Kim est passé chez les Tchétchènes, Borya va le rechercher. Je parie que la mine était là pour Borya. »

Polina n'avait même pas ôté son manteau. Elle se leva et boutonna le col d'un geste vif qui exprimait à la fois la décision et le dégoût. « La mine dans le carton était pour vous. La bombe dans la voiture vous était sans doute destinée aussi, dit-elle à Arkadi.

— Non », répliqua-t-il, et il allait expliquer à Polina combien son raisonnement ne collait pas quand elle partit, en fermant la porte sur le dernier mot qu'elle avait prononcé. Arkadi éteignit la Belomor et considéra ses deux inspecteurs. « Les enfants, il est tard. Ça suffit pour la journée. »

Minine se leva à regret. « Je ne comprends toujours pas pourquoi nous devons laisser un milicien dans l'appartement de Rosen.

— Nous voulons que les choses restent un moment en l'état. Nous avons laissé là-bas des articles de valeur.

— Les vêtements, le téléviseur, le livret de caisse d'épargne ?

— Je pensais aux aliments, camarade Minine. » Minine était le seul membre du Parti de l'équipe, Arkadi le gratifiait d'un « camarade », comme on lance de temps en temps un seau d'eau sale à un cochon.

Arkadi avait parfois l'impression que, pendant son exil, Dieu avait soulevé Moscou pour le retourner à l'envers. C'était une autre ville qu'il avait trouvée à son retour, qui n'était plus sous la main grise du Parti. Le plan fixé au mur montrait une ville différente, bien plus colorée, dessinée au pastel.

Le rouge, par exemple, était pour la mafia de Lioubertsi, un faubourg ouvrier de l'est de Moscou. Kim était insolite en ce qu'il était coréen, mais à part cela, il était typique des jeunes qui grandissaient là. Les « Lioubers » étaient les dépossédés, les garçons sans école pour élite, sans diplôme universitaire ni relations au Parti, qui au cours des cinq dernières années avaient émergé des stations de métro de la ville d'abord pour s'attaquer aux punks, puis pour offrir leur protection aux prostituées, aux trafiquants du marché noir, aux services gouvernementaux. Des cercles rouges désignaient les sphères d'influence de Lioubertsi : le complexe touristique du parc Ismaïlovo, l'aéroport de Domodedovo, les vendeurs de magnétoscopes de la rue Chabalovka. Le champ de courses était tenu par un clan juif, mais c'était à Lioubertsi qu'ils achetaient du muscle.

Le bleu était pour la mafia du Grand Bassin, un faubourg du nord en cul-de-sac où les gens habitaient des casernes. Des cercles bleus signalaient leur intérêt pour les cargaisons volées à l'aéroport de Cheremetievo et pour les prostituées de l'hôtel Minsk, mais leur principale activité, c'était les pièces détachées de voiture. L'usine automobile Moskvitch, par exemple, était dans un cercle bleu. Borya Goubenko non seulement s'était élevé au sommet du Grand Bassin, mais il avait aussi placé Lioubertsi sous son influence.

Le vert islamique était pour les Tchétchènes, des musulmans du Caucase. Un millier d'entre eux vivaient à Moscou, avec des renforts qui arrivaient en longs cortèges de voitures, tous obéissant aux ordres d'un chef tribal du nom de Makhmoud. Les Tchétchènes étaient les Siciliens des mafias soviétiques.

La pourpre royale était réservée à la mafia moscovite de Baumanskaïa, qui tenait le quartier entre la prison de Lefortovo et l'église de l'Epiphanie. Leur base commerciale était le marché Rizhski.

Enfin, il y avait le brun pour les gars de Kazan ;

c'étaient plutôt des spécialistes du vol à la tire qu'une mafia organisée. Ils faisaient aussi des descentes sur les restaurants de l'Arbat, transportaient la drogue et avaient des prostituées mineures dans les rues.

Rudy Rosen avait été leur banquier à tous. En suivant simplement Rudy dans son Audi, Arkadi était parvenu à tracer ce plan — plus chatoyant mais plus sombre — de Moscou. Six matins par semaine, du lundi au samedi, Rudy observait la même routine. Le matin, il allait en voiture jusqu'à un établissement de bains tenu par Borya dans le quartier nord de la ville, puis en repartait avec lui pour acheter des pâtisseries au parc Ismaïlovo où il retrouvait les Lioubers. En fin de matinée, café à l'hôtel National avec son contact de la Baumanskaïa. Déjeuner à l'Ouzbékistan avec son ennemi Makhmoud. Le circuit d'un moderne homme d'affaires moscovite, toujours escorté comme son ombre par Kim à moto.

Dehors, la nuit était encore claire. Arkadi n'avait ni sommeil ni faim. Il avait l'impression d'être le parfait homme nouveau soviétique, conçu pour un pays sans nourriture ni repos. Il se leva et quitta le bureau. Assez pour aujourd'hui.

Il y avait un grillage à chaque palier de l'escalier pour arrêter les « plongeurs », les prisonniers qui tentaient de s'évader. Peut-être pas seulement les prisonniers, songea Arkadi en descendant.

Dans la cour, la Jigouli était garée près d'un fourgon bleu pour chiens policiers. Deux bêtes au poil hérissé étaient enchaînées au pare-chocs avant. Théoriquement, Arkadi avait deux voitures officielles, mais il n'avait de bons d'essence que pour une, car les puits de pétrole de Sibérie étaient épuisés par l'Allemagne, le Japon et même par les frères de Cuba, ne laissant qu'un mince filet pour la consommation intérieure. Il avait dû aussi prélever sur sa seconde voiture le delco et la batterie pour que la première continue à fonctionner, car amener la

Jigouli à l'atelier, c'était comme l'envoyer faire un tour du monde où elle serait peu à peu dépouillée sur les docks de Calcutta ou de Port-Saïd. Le problème de l'essence était déjà suffisant. C'était à cause de l'essence que les défenseurs de l'Etat se glissaient d'une voiture à l'autre avec un siphon en caoutchouc et un bidon. C'était pour cela aussi que des chiens étaient attachés aux pare-chocs.

Arkadi entra par la portière droite et se glissa jusqu'au volant. Les chiens tirèrent jusqu'au bout de leurs chaînes, attaquèrent sa portière à coups de griffes. Il pria et tourna la clé. Ah, il restait au moins un dixième du réservoir. Il y avait quand même un Dieu là-haut.

En tournant deux fois de suite à droite, il se retrouva rue Gorki, avec ses vitrines encore éclairées. Qu'y avait-il à vendre ? Un pot de confiture de goyave trônait sur un piédestal entouré d'un paysage de sable et de palmiers. Dans la boutique suivante, des mannequins se disputaient un coupon de chintz. Les magasins d'alimentation exposaient des poissons fumés irisés comme des flaques de pétrole.

Place Pouchkine, la foule débordait sur la chaussée. Un an plus tôt, on sentait la joie de vivre et la tolérance entre les porte-voix concurrents. On brandissait une douzaine de drapeaux différents : lituanien, arménien, rouge tsariste, le blanc et bleu du Front démocratique. On les avait maintenant tous chassés, sauf deux, celui du Front et, sur le côté opposé des marches, la bannière rouge du Comité pour le salut de la Russie. Chaque étendard avait son millier d'adhérents qui s'efforçaient de crier plus fort que l'autre groupe. Entre les deux, il y avait des escarmouches, de temps en temps un corps tombait qu'on bourrait de coups de pied et qu'on traînait plus loin. La milice s'était discrètement retirée sur les bords de la place et sur l'escalier du métro. Les touristes observaient, à l'abri dans leur McDonald's.

Des voitures étaient immobilisées, mais Arkadi

parvint à se glisser dans une ruelle menant à une cour bordée de platanes, une sorte de bras mort à l'écart des lumières et des klaxons de l'avenue. Des chaises et une table de jardin étaient disposées là, attendant. Arrivé au bout, il remonta une rue rendue plus étroite par des camions garés à cheval sur le trottoir. C'étaient de gros véhicules aux roues massives, l'arrière fermé par une bâche. Curieux, Arkadi klaxonna. Une main écarta un pan, révélant des hommes des Forces spéciales, en tenue grise et casque noir, avec boucliers et matraques. Des insomniaques armés — la pire espèce, se dit Arkadi.

Le bureau du procureur lui avait proposé un appartement moderne dans une banlieue en pleine expansion, peuplée d'apparatchiks et de jeunes membres des professions libérales, mais il avait tenu à se sentir à Moscou. Et c'était le cas dans l'angle formé par la Moskova et la Yauza, dans un immeuble de trois étages derrière une église désaffectée où l'on produisait du liniment et de la vodka. On avait redoré le clocher de l'église pour les jeux Olympiques de 1980, mais on avait vidé tout l'intérieur afin de faire de la place aux réservoirs en tôle galvanisée et aux machines à embouteiller. Comment les distillateurs décidaient-ils quelle partie de leur production était de la vodka et quelle autre était de l'alcool officinal ? Mais cela avait-il la moindre importance ?

Tout en ôtant les essuie-glaces et le rétroviseur extérieur pour la nuit, Arkadi se souvint que le poste de radio à ondes courtes de Jaak était toujours dans le coffre de la voiture. Son matériel sous le bras, il examina le magasin d'alimentation du coin. Fermé, évidemment. Il pouvait soit faire son travail, soit manger : c'était la seule alternative, semblait-il. Si cela pouvait le consoler, la dernière fois qu'il avait réussi à aller au marché, il avait eu le choix entre de la tête ou des pieds de veau. Rien entre les deux, comme si la carcasse de l'animal avait disparu dans un trou noir.

Comme on ne pouvait accéder à l'immeuble qu'en pressant des numéros sur un digicode, quelqu'un avait charitablement écrit le code près de la porte. A l'intérieur, les boîtes aux lettres étaient noircies, là où les vandales avaient fourré des journaux par les fentes et y avaient mis le feu. Au premier étage, il s'arrêta chez une voisine pour prendre son courrier. Veronica Ivanovna, avec les yeux brillants d'une enfant et les cheveux gris et pendants d'une sorcière, était ce qui dans l'immeuble ressemblait le plus à une concierge.

« Deux lettres personnelles et une facture de téléphone, dit-elle en les lui tendant. Je n'ai rien pu vous rapporter à manger parce que vous n'avez pas pensé à me laisser votre carte d'alimentation. »

Derrière elle, son appartement était illuminé par la lueur d'un téléviseur. Tous les vieux de l'immeuble semblaient s'être rassemblés sur des chaises et des tabourets devant l'écran pour regarder ou plutôt pour écouter, les yeux fermés, l'image grisâtre et professorale d'un visage à la voix basse et rassurante qui déferlait comme une vague jusqu'à la porte ouverte.

« Vous êtes peut-être fatigué. Tout le monde est fatigué. Vous êtes peut-être troublé. Tout le monde est troublé. Nous vivons une époque difficile, une époque de tension. Mais voici venue l'heure de guérir, de renouer le contact avec les forces positives naturelles qui vous entourent. Visualisez. Laissez votre fatigue s'écouler par le bout de vos doigts, laissez les forces positives vous envahir. »

« Un hypnotiseur ? demanda Arkadi.

— Entrez donc. C'est le programme le plus populaire de la télévision.

— Ma foi, convint Arkadi, c'est vrai que je suis fatigué et désemparé. »

Les voisins d'Arkadi étaient penchés en arrière sur

leurs sièges comme devant la chaleur rayonnante d'un feu de cheminée. C'était le collier de barbe qui allait d'une oreille à l'autre et sous le menton qui donnait à l'hypnotiseur cet air sérieux et universitaire. Ça et les épaisses lunettes qui grossissaient ses yeux, au regard intense et fixe comme ceux d'une icône. « Ouvrez votre être et détendez-vous. Nettoyez votre esprit des vieux dogmes et des vieilles angoisses parce qu'elles n'existent que dans votre esprit. Souvenez-vous, l'univers a besoin de passer par vous. »

« J'ai acheté un cristal dans la rue, annonça Veronica. Ces gens les vendent partout. On pose un cristal sur le poste de télévision et ça concentre les émanations droit sur vous, comme une balise. Ça l'amplifie. »

De fait, Arkadi aperçut une rangée de cristaux alignés sur le récepteur.

« Pensez-vous que ce soit mauvais signe quand il est plus facile d'acheter des pierres que de la nourriture ? demanda-t-il.

— Vous ne trouverez de mauvais signes que si vous les cherchez.

— C'est bien là le problème. Dans mon travail, je passe mon temps à les chercher. »

Dans son réfrigérateur, Arkadi prit un concombre, un pot de yaourt et du pain rassis qu'il mangea debout près d'une fenêtre ouverte, en regardant vers le sud, par-dessus l'église, du côté du fleuve. Le quartier était plein de vieilles ruelles sillonnant de vraies collines et il y avait, caché derrière l'église, un véritable atelier où l'on faisait du charbon de bois. Derrière les maisons, il y avait des cours qui abritaient autrefois des vaches et des chèvres, ce qui paraissait aujourd'hui délicieusement pittoresque. C'étaient les quartiers plus récents de la ville qui avaient l'air abandonnés. La moitié des enseignes au néon au-dessus des usines étaient allumées, l'autre moitié éteintes, délivrant des messages illisibles. Le fleuve lui-même était noir et calme comme l'asphalte.

La salle de séjour d'Arkadi comprenait une table à plateau laqué avec une boîte à café emplie de marguerites, un fauteuil, une grosse lampe de cuivre et un si grand nombre de rayonnages que la pièce semblait avoir été construite à l'abri d'un barrage de livres, d'un rempart de livres de poche allant de la poétesse Akhmatova à l'humoriste Zochtchenko et où se trouvait aussi Makarov, le pistolet 9 mm qu'il rangeait derrière la traduction de *Macbeth* de Pasternak.

Il y avait une douche et des toilettes dans le couloir qui donnait sur une chambre avec encore d'autres livres. Le lit était fait, observa-t-il non sans une certaine fierté. Par terre, il y avait un magnétophone, des écouteurs et un casque. Sous le lit il trouva des cigarettes. Il savait qu'il devrait s'allonger et fermer les yeux, mais il se surprit à revenir traîner dans le vestibule. Il n'avait pas encore sommeil, pas plus qu'il n'avait faim. Histoire de s'occuper, il regarda de nouveau dans le réfrigérateur. Il restait encore dedans un récipient en carton contenant un produit baptisé « Baie de la Forêt » et une bouteille de vodka. Le récipient exigea un véritable massacre pour permettre à un filet de jus brun et sablonneux de gicler dans un verre. A en juger d'après le goût, c'était soit de la pomme, soit de la prune ou de la poire. C'est à peine si on arrivait à le diluer avec de la vodka.

« A Rudy. » Il but et se servit un autre verre.

Puisqu'il avait la radio de Jaak, il la posa sur la table et l'alluma pour obtenir une cacophonie d'émissions sur ondes courtes ; de différents coins de la terre parvenaient des éructations en arabe et les voyelles onctueuses de la BBC. Entre les messages, la planète semblait bourdonner indifféremment, envoyant peut-être ces forces positives dont parlait l'hypnotiseur. Sur les ondes moyennes, il entendit une discussion en russe à propos du guépard d'Asie.

« Le plus magnifique des félins du désert, le guépard occupe un territoire qui s'étend du sud du Turkménistan jusqu'au plateau Oustiourt. On connaît mal la répartition géographique de ces superbes bêtes puisqu'on n'a vu aucun spécimen à l'état sauvage depuis trente ans. » Ce qui donnait à ces affirmations à propos du guépard à peu près autant de valeur que des billets de banque du temps des tsars, se dit Arkadi. Mais il aimait l'idée de guépards rôdant encore dans le désert soviétique, bondissant sur l'onagre ou la gazelle goitreuse, prenant de la vitesse, fonçant parmi les tamaris et jaillissant vers le ciel.

Il s'aperçut qu'il était revenu près de la fenêtre de la chambre. Veronica, qui habitait l'étage en dessous, affirmait qu'il faisait chaque nuit un kilomètre d'une pièce à l'autre. Il occupait son territoire, voilà tout.

A la radio, une voix différente, une voix de femme, lisait les informations concernant la dernière crise dans les pays Baltes. Il écoutait distraitement tout en pensant à la mine retrouvée chez Kim. Tous les jours on volait des armes dans les dépôts militaires. Les camions de l'armée allaient-ils ouvrir boutique à chaque coin de rue ? Moscou allait-il devenir le prochain Beyrouth ? Une couche de fumée flottait sur la ville. Plus bas, la même fumée tourbillonnait autour de caisses de vodka vides.

Il revint dans la salle de séjour. Il y avait quelque chose d'étrangement tendancieux dans ces nouvelles et pourtant la voix lui parut vaguement familière. « L'organisation de droite "Drapeau Rouge" a déclaré qu'elle prévoyait un rassemblement ce soir sur la place Pouchkine à Moscou. Bien que les Forces spéciales soient en état d'alerte, les observateurs estiment que le gouvernement une fois de plus ne bougera pas, attendant que l'escalade du désordre lui donne l'excuse de disperser les opposants politiques aussi bien de droite que de gauche. »

L'aiguille du cadran était entre 14 et 16 sur les ondes moyennes et Arkadi s'aperçut qu'il était en train d'écouter Radio Liberté. Les Américains avaient deux stations de propagande, la Voix de l'Amérique et Radio Liberté. La Voix de l'Amérique, dont le personnel était américain, avait les accents onctueux de la raison. Radio Liberté fonctionnait avec des émigrés et des transfuges russes et offrait donc un vitriol qui convenait mieux à son auditoire. On avait bâti au sud de Moscou toute une ceinture de dispositifs de brouillage, simplement pour bloquer Radio Liberté, ce qui parfois faisait monter et descendre la longueur d'onde de la station. Bien que le brouillage continu eût cessé, c'était la première fois depuis lors qu'Arkadi entendait la station.

La journaliste parlait calmement d'émeutes à Tachkent et à Bakou. Elle apportait de nouvelles précisions sur le gaz toxique utilisé en Géorgie, sur l'augmentation des cancers de la thyroïde à Tchernobyl, faisait état de combats sur la frontière avec l'Iran, d'embuscades au Nagorny-Karabakh, de rassemblements islamiques au Turkestan, de grèves de mineurs dans le bassin du Don, de grèves de cheminots en Sibérie, d'une vague de sécheresse en Ukraine. Dans le reste du monde, les habitants d'Europe de l'Est semblaient toujours fuir à bord de canots de sauvetage l'Union soviétique en train de couler. Si cela pouvait être une consolation, les Indiens, les Pakistanais, les Irlandais, les Anglais, les Zoulous et les Boers faisaient de leur mieux, chacun dans sa partie du globe, pour la transformer en enfer. Elle conclut en disant que le prochain bulletin d'informations serait diffusé dans vingt minutes.

Tout homme raisonnable aurait été déprimé, mais Arkadi consulta sa montre. Il se leva, retrouva des cigarettes et avala d'un trait un deuxième verre de vodka. Le programme entre les deux bulletins d'informations était consacré à la disparition de la mer d'Aral. L'irrigation des champs de coton de l'Ouzbékistan avait épuisé les fleuves se jetant dans la mer d'Aral, laissant des milliers de bateaux de pêche et des millions de poissons échoués dans la vase. Combien de nations pouvaient se vanter d'avoir supprimé une mer tout entière ? Il se leva pour aller changer l'eau de ses marguerites.

Le bulletin d'informations arriva à la demie, mais dura juste une minute. Arkadi écouta le joyeux pépiement des chants folkloriques biélorusses jusqu'au bulletin suivant une demi-heure plus tard, qui dura cette fois dix minutes. Les nouvelles n'avaient pas changé ; c'était sa voix à elle qu'il voulait écouter. Il posa sa montre sur la table. Il remarqua qu'il avait des rideaux de dentelle. Bien sûr, il savait que ses fenêtres avaient des rideaux, mais un homme peut oublier ce genre de détails jusqu'au moment où il s'assied tranquillement. De la dentelle faite à la machine, bien sûr, mais très jolie, avec un motif floral qui se fondait dans la pâle lumière de dehors.

« Ici Irina Asanova qui vous présente les informations », annonça-t-elle.

Elle ne s'était donc pas mariée, ou alors elle n'avait pas changé de nom. Et sa voix était à la fois plus pleine et plus sèche, ce n'était plus une voix de jeune fille. La dernière fois qu'il l'avait vue, elle traversait un champ couvert de neige, partagée entre l'envie de partir et l'envie de rester. Les termes du marché étaient que si elle partait, lui restait. Il avait écouté sa voix tant de fois depuis lors, d'abord lors des interrogatoires quand il craignait qu'on ne l'eût arrêtée, puis plus tard dans les salles de l'hôpital psychiatrique où le souvenir qu'il gardait d'elle justifiait son traitement. Lorsqu'il travaillait en Sibérie, il se demandait parfois si elle existait encore, si elle avait jamais existé, si elle n'était pas une illusion. Quand il raisonnait, il savait que jamais il ne la reverrait ni ne l'entendrait. Mais de façon irrationnelle, il s'attendait toujours à trouver son visage au prochain coin de rue, ou à entendre sa voix à travers une pièce. Comme un homme qui a une affection cardiaque, il s'attendait à chaque seconde à ce que son cœur s'arrêtât. Sa voix sonnait bien, elle semblait en forme.

A minuit, quand le programme recommença, il finit par éteindre la radio. Il fuma une dernière cigarette auprès de la fenêtre. Le clocher de l'église brillait comme une flamme d'or sur la grisaille, sous la voûte de la nuit.

CHAPITRE 4

Le musée avait un plafond bas de catacombe et il y régnait une atmosphère étouffante. Des dioramas éteints s'alignaient le long des murs comme des chapelles abandonnées. Tout au fond, en guise d'autel, des caisses ouvertes abritaient des plaques ternies et des étendards poussiéreux.

Arkadi se rappelait la première fois où on l'avait laissé entrer, vingt ans auparavant, tout comme il se rappelait le regard fantomatique et le ton sépulcral de son vieux guide, un capitaine dont le seul devoir consistait à insuffler aux visiteurs le sens de l'héritage glorieux et de la mission sacrée de la milice. Il manœuvra le commutateur d'une vitrine. Rien.

L'interrupteur suivant fonctionnait et illumina la maquette en perspective d'une rue de Moscou des années trente, avec les voitures en forme de corbillard de cette époque, des personnages masculins marchant d'un pas important, des femmes trottinant avec des sacs, des garçons cachés derrière les lampadaires, tous apparemment normaux, sauf, au coin de la rue, une poupée avec le col de son manteau relevé jusqu'au bord de son chapeau qui avait l'air d'une paranoïaque en miniature. « Pouvez-vous découvrir qui est l'agent secret ? » avait demandé fièrement le capitaine.

Le jeune Arkadi était arrivé avec d'autres élèves du lycée, un portrait de groupe d'une ricanante hypocrisie. « Non », répondirent-ils en chœur sans sourciller tout en échangeant entre eux des grimaces.

Encore deux commutateurs qui ne marchaient pas, puis une scène représentant un homme pénétrant furtivement dans une maison pour plonger la main vers un manteau accroché dans le vestibule. Dans un salon voisin, une famille de figurines en plâtre écoutait avec ravissement la radio. Une légende révélait que quand ce « maître criminel » avait été capturé, il avait en sa possession un millier de manteaux. Quelle richesse incomparable !

« Pouvez-vous me dire, avait demandé le capitaine, comment ce criminel a pu rapporter chez lui ces manteaux sans éveiller les soupçons ? Réfléchissez avant de répondre. » Dix visages sans expression se tournèrent vers lui. « Il les portait sur lui. » Le capitaine regarda chaque garçon dans les yeux pour que chacun pût comprendre la brillante intelligence et le talent d'invention de l'esprit criminel. « Il les *portait*. »

D'autres maquettes poursuivaient ce survol historique du crime en Union soviétique. C'était sans grande subtilité, songea Arkadi. Il n'y avait qu'à voir les photos d'enfants massacrés, la hache, les cheveux sur la hache. Dans une autre vitrine, des corps exhumés, un autre meurtrier au visage à demi effacé par toute une vie passée à boire de la vodka, une autre hache soigneusement conservée.

Deux scènes en particulier étaient conçues pour provoquer des sursauts d'horreur. L'une montrait un voleur de banque qui s'enfuyait dans la voiture de Lénine, ce qui était un peu comme si on avait volé un âne au Christ. L'autre représentait un terroriste avec une fusée de fabrication artisanale qui avait manqué de peu Staline. Trouvez le crime, se dit Arkadi : essayer de tuer Staline ou le manquer.

« Ne vous attardez pas sur le passé », dit Rodionov sur le pas de la porte. Le procureur général lança son avertissement sans sourire. « Désormais, Renko, nous sommes les hommes de l'avenir. »

Le procureur général était le supérieur d'Arkadi, l'œil des tribunaux de Moscou, la main qui guidait tous les enquêteurs de Moscou. Plus encore, Rodionov était aussi un député siégeant au Congrès des députés du peuple, le robuste symbole de la démocratisation de la société soviétique à tous les niveaux. Il avait la carrure d'un contremaître, les boucles argentées d'un comédien et la douce main d'un apparatchik. Peut-être, quelques années auparavant, n'était-il qu'un maladroit bureaucrate parmi d'autres ; aujourd'hui, en tout cas, il avait la grâce particulière de ceux qui ont l'habitude des caméras, et une voix faite pour les débats publics. Comme s'il réunissait deux amis chers, il présenta Arkadi au général Penyaguine, un homme plus imposant, plus âgé, avec des yeux au regard flegmatique enfoncés dans leurs orbites ; il arborait sur son uniforme d'été bleu un brassard noir. Le chef de la Brigade criminelle était mort voilà quelques jours à peine. Penyaguine était maintenant à la tête du service et, bien qu'il eût deux étoiles sur ses épaulettes, c'était manifestement le nouvel ours du cirque et il prenait exemple sur Rodionov. L'autre compagnon du procureur général était un personnage tout à fait différent, un visiteur à l'air désinvolte du nom d'Albov, qui avait l'air moins russe qu'américain.

D'un geste, Rodionov balaya les vitrines et les cartons d'un geste de la main et dit à Arkadi : « Penyaguine et moi sommes chargés de mettre de l'ordre dans les archives du ministère. Tout ça va être liquidé et remplacé par des ordinateurs. Nous sommes maintenant membres d'Interpol car, comme le crime devient plus international, nous devons réagir avec imagination, dans un esprit de création, et sans œillères idéologiques qui ne sont plus de mise. Songez un peu à ce que ce sera quand nos ordinateurs seront connectés à ceux de New York, de Bonn, de Tokyo. Déjà des représentants soviétiques participent activement à des enquêtes à l'étranger.

— Personne ne pourra plus s'échapper nulle part, dit Arkadi.

— Cette perspective ne vous excite pas ? » demanda Penyaguine.

Arkadi voulait plaire. Il avait jadis abattu un procureur, ce qui rendait un peu délicates ses relations actuelles avec l'administration. Mais était-il fasciné par cette perspective ? Voir le monde devenir une seule et unique boîte !

« Vous avez travaillé autrefois avec les Américains, rappela Rodionov à Arkadi. Vous en avez souffert. Nous en avons tous souffert. C'est le côté tragique des erreurs. Le département a été privé de vos services durant des années cruciales. Votre retour parmi nous fait partie du processus vital de guérison dont nous nous enorgueillissons tous. Puisque c'est le premier jour de Penyaguine à la Criminelle, je tenais à lui faire connaître un de nos plus brillants commissaires.

— Il paraît que vous avez exigé certaines conditions quand vous êtes revenu à Moscou, déclara Penyaguine. On m'a dit qu'on vous avait attribué deux voitures. »

Arkadi acquiesça. « Avec dix litres d'essence. Ça va pour de courtes poursuites.

— Vous avez votre équipe d'inspecteurs, votre propre médecin légiste, lui rappela Rodionov.

— J'ai pensé qu'un médecin légiste qui ne dépouillerait pas les morts était une bonne idée. » Arkadi jeta un coup d'œil à sa montre. Il avait cru qu'ils allaient quitter le musée pour se retrouver dans la salle de conférence habituelle autour de la grande table avec son tapis vert et toute une équipe d'assistants occupés à prendre des notes.

« Ce qui est important, reprit Rodionov, c'est que Renko voulait mener des enquêtes indépendantes en ne rendant compte directement qu'à moi. Je le considère comme un éclaireur d'avant-garde de nos forces régulières et, plus il opère de façon indépendante, plus essentielle devient la ligne de communication entre lui et nous. » Il se tourna vers Arkadi et son ton se fit plus grave. « C'est pourquoi il nous faut discuter de l'enquête Rosen.

— Je n'ai pas eu le temps d'examiner le dossier », observa Penyaguine.

Comme Arkadi hésitait, Rodionov précisa : « Vous pouvez parler devant Albov. Il s'agit d'une conversation ouverte, démocratique.

— Rudik Abramovitch Rosen, récita par cœur Arkadi, né en 1952 à Moscou, parents aujourd'hui décédés. Diplômé de mathématiques de l'université d'Etat de Moscou. Un oncle dans la mafia juive qui contrôle le champ de courses. Pendant ses vacances scolaires, le jeune Rudy aidait à fixer les cotes. Service militaire en Allemagne. Accusé d'avoir changé de l'argent pour les Américains à Berlin, mais pas condamné. Est revenu à Moscou. Responsable du parc automobile à la Commission des activités culturelles pour les masses, il revendait au détail des toilettes de couturier dans les voitures. Directeur de la gare de triage au Comité moscovite de l'industrie de la farine et de l'avoine, où il volait par conteneurs entiers. Jusqu'à hier, gérait une boutique de souvenirs dans un hôtel à partir de laquelle il contrôlait les machines à sous du hall et le bar, ce qui lui fournissait des devises étrangères pour ses opérations de change. Entre les machines à sous et le bureau de change, Rudy gagnait de l'argent des deux côtés.

— Il prêtait des fonds aux différentes mafias, c'est ça ? demanda Penyaguine.

— Les mafias ont trop de roubles, expliqua

Arkadi. Rudy leur a montré comment investir leur argent et le transformer en dollars. Il était la banque.

— Ce que je ne comprends pas, reprit Penyaguine, c'est ce que vous et votre équipe allez faire, maintenant que Rosen est mort. Qu'est-ce qui s'est passé ? Un cocktail Molotov ? Pourquoi ne laissons-nous pas un simple inspecteur s'occuper du meurtrier de Rosen ? »

Le prédécesseur de Penyaguine à la Criminelle avait été cet oiseau rare qui était bel et bien sorti du rang, aussi aurait-il compris sans qu'on lui fournît aucune explication. Tout ce qu'Arkadi savait à propos de Penyaguine, c'est qu'il avait été un officier politique et non pas un homme de terrain. Il essaya de faire doucement son éducation. « Dès que Rudy a accepté de cacher dans sa caisse mon émetteur et mon magnétophone, je l'ai pris sous ma responsabilité. C'est comme ça. Je lui avais dit que je pourrais le protéger, qu'il faisait partie de mon équipe ; au lieu de cela, il s'est fait tuer.

— Pourquoi aurait-il accepté de cacher une radio pour vous ? » Albov intervenait pour la première fois. Son russe était parfait.

« Rudy avait une phobie. Il s'était fait bizuter dans l'armée. Il était juif, il était gros et les sergents se sont réunis pour le fourrer dans un cercueil plein d'excréments et ont cloué le couvercle pour toute une nuit. Depuis lors, il redoutait tout contact physique, il avait peur de la saleté et des germes. J'en avais juste assez pour l'envoyer plusieurs années dans un camp, mais il ne pensait pas qu'il pourrait survivre. Je me suis servi de cette menace pour l'obliger à prendre l'émetteur.

— Que s'est-il passé ? interrogea Albov.

— Comme d'habitude, l'équipement fourni par la milice est tombé en panne. Je suis monté dans la voiture de Rudy et j'ai tripoté l'appareil jusqu'à ce qu'il fonctionne. Cinq minutes plus tard, Rudy brûlait.

— Quelqu'un vous a-t-il vu avec Rudy ? demanda Rodionov.

— Tout le monde m'a vu avec lui. J'imaginais que personne ne me reconnaîtrait.

— Kim ne savait pas que Rosen travaillait pour vous ? » lança Albov.

Arkadi révisa son opinion. Même si Albov avait l'aisance physique et l'impeccable assurance d'un Américain, c'était un Russe. Dans les trente-cinq ans, cheveux bruns, yeux noirs et regard sentimental, costume anthracite, cravate rouge, la patience d'un voyageur qui campe avec des barbares.

« Non, dit Arkadi. En tout cas, c'est ce que j'ai pensé.

— Qu'est-ce que vous savez sur Kim ? fit Rodionov.

— Mikhaïl Senovitch Kim, dit Arkadi. Coréen, vingt-deux ans. Maison de correction, colonie pénitentiaire pour mineurs, bataillon disciplinaire du Génie. Mafia Lioubertsi, vols de voitures, attaques à main armée. Il circule en Suzuki, mais on peut s'attendre à le voir piquer la première moto venue dans la rue et, bien sûr, il porte un casque, alors comment l'identifier ? On ne peut pas arrêter tous les motards de Moscou. Un témoin l'identifie comme étant l'agresseur. Nous le recherchons, mais nous recherchons aussi d'autres témoins.

— Mais ce sont tous des criminels, fit remarquer Penyaguine. Les meilleurs témoins étaient probablement les tueurs.

— C'est généralement le cas », déclara Arkadi.

Penyaguine frissonna. « Tout ça me semble un coup caractéristique des Tchétchènes.

— A vrai dire, répondit Arkadi, les Tchétchènes ont plutôt un faible pour les couteaux. D'ailleurs, je ne pense pas que le but était seulement de tuer Rudy. Les bombes ont calciné la voiture qui était une banque ambulante informatisée, bourrée de disquettes et de dossiers. A mon avis, c'est la raison pour laquelle ils ont utilisé deux bombes, pour être bien sûrs de leur coup. Ils ont fait du bon boulot. Tout a disparu maintenant, avec Rudy.

— Ses ennemis doivent être contents, murmura Rodionov.

— Il y avait sans doute plus de preuves compromettantes sur ses amis dans ces disquettes que sur ses ennemis, dit Arkadi.

— On dirait, fit Albov, que vous aimiez bien Rosen.

— Il est mort brûlé vif. Disons, si vous voulez, que j'ai compati.

— Vous décririez-vous comme un commissaire anormalement compatissant ?

— Chacun a sa façon de travailler.

— Comment va votre père ? »

Arkadi réfléchit un moment, plus pour s'adapter à ce changement de terrain que pour trouver une réponse.

« Pas bien. Pourquoi me demandez-vous ça ?

— C'est un grand homme, répondit Albov, un héros. Plus célèbre que vous, si vous me permettez. C'était par curiosité.

— Il est âgé.

— Vous l'avez vu récemment ?

— Si je le vois, je lui dirai que vous avez demandé de ses nouvelles. »

La conversation d'Albov avait la démarche lente mais délibérée d'un python. Arkadi s'efforça d'en suivre le rythme.

« S'il est vieux et malade, vous devriez le voir, vous ne croyez pas ? suggéra Albov. C'est vous qui choisissez vos inspecteurs ?

— Oui, fit Arkadi en essayant de répondre à la seconde question.

— Kuusnets, c'est un drôle de nom... Je veux dire : pour un inspecteur.

— Jaak Kuusnets est le meilleur homme que j'ai.

— Mais il n'y a pas beaucoup d'Estoniens qui

soient inspecteurs à Moscou. Il doit vous être particulièrement reconnaissant et fidèle. Des Estoniens, des Coréens, des juifs : on a du mal à trouver des Russes dans votre affaire. Bien sûr il y a des gens qui estiment que le problème se pose dans tout le pays. » Albov avait le regard méditatif d'un bouddha. Il le tourna vers le procureur et le général. « Messieurs, votre commissaire semble avoir tout à la fois une équipe et un but. Les temps que nous vivons exigent que vous laissiez l'esprit d'initiative se développer et non pas que vous lui fassiez obstacle. J'espère que nous n'allons pas faire la même erreur avec Renko qu'autrefois. »

Rodionov pouvait faire la différence entre un feu rouge et un feu vert. « Mon service est bien entendu totalement derrière notre commissaire.

— Je ne peux que répéter que la milice le soutient pleinement, ajouta Penyaguine.

— Vous êtes du bureau du procureur ? demanda Arkadi à Albov.

— Non.

— C'est ce que je pensais. » Arkadi additionna le costume et la parfaite aisance. « Sécurité d'Etat ou ministère de l'Intérieur ?

— Je suis journaliste.

— Vous avez fait venir un *journaliste* à cette réunion ? demanda Arkadi à Rodionov. Mes communications directes avec vous passent par un journaliste ?

— Un journaliste international, précisa Rodionov. J'avais besoin d'un point de vue plus sophistiqué.

— Rappelez-vous, fit Albov, le procureur est aussi député du peuple. Il faut maintenant penser aux élections.

— Ma foi, voilà qui est en effet bien sophistiqué, lança Arkadi.

— L'essentiel, poursuivit Albov, c'est que j'ai toujours été un admirateur. Nous sommes à un tournant de l'Histoire. C'est Paris pendant la Révolution,

Petrograd pendant la Révolution. Si des hommes intelligents ne peuvent pas travailler ensemble, quel espoir y a-t-il pour l'avenir ? »

Arkadi était encore abasourdi après leur départ. Peut-être, la prochaine fois, Rodionov allait-il arriver avec le comité de rédaction des *Izvestia* ou des caricaturistes de *Krokodil.*

Et qu'allait-il advenir des caisses et des dioramas du musée de la milice ? Allaient-ils vraiment être remplacés par un centre informatique ? Et que deviendraient toutes ces haches sanglantes, ces couteaux et ces manteaux élimés du crime soviétique ? Pouvait-on les entreposer quelque part ? Bien sûr, se répondit-il aussitôt, car l'esprit bureaucratique conservait tout. Pourquoi ? Parce qu'on pourrait en avoir besoin, vous savez. Au cas où il n'y aurait pas d'avenir, il y avait toujours un passé.

C'était Jaak qui conduisait, passant d'une file à l'autre comme un pianiste virtuose qui monte et descend un clavier.

« Ne te fie pas à Rodionov ni à ses amis, dit-il à Arkadi en obligeant une nouvelle voiture à se serrer sur le côté.

— Tu n'aimes personne du bureau du procureur.

— Les procureurs sont des merdes politiques, ils l'ont toujours été. Pardonne-moi. » Jaak lui lança un coup d'œil. « Mais ils sont membres du Parti. Même s'ils quittent le Parti, même s'ils deviennent députés du peuple, au fond de leur cœur, ils sont membres du Parti. Toi, tu n'as pas quitté le Parti, tu en as été expulsé, c'est pour ça que j'ai confiance en toi. La plupart des enquêteurs du procureur ne quittent jamais leur bureau. Ils font partie du mobilier. Toi, tu sors. Bien sûr, tu n'irais pas loin sans moi.

— Merci. »

Tenant le volant d'une main, Jaak tendit de l'autre à Arkadi une liste de numéros et de noms. « Les plaques d'immatriculation du marché noir. Le camion le plus proche de Rudy quand sa voiture a sauté est immatriculé à la ferme collective du chemin Lénine. Je pense qu'il était censé transporter des betteraves à sucre et pas des magnétoscopes... Il y a quatre voitures tchétchènes. La Mercedes est immatriculée au nom d'Apollonia Goubenko.

— Apollonia Goubenko, répéta Arkadi comme s'il dégustait les syllabes. Voilà un nom bien rond.

— C'est la femme de Borya, dit Jaak. Naturellement, Borya a sa propre Mercedes. »

Ils se rabattirent devant une Lada dont le pare-brise était rafistolé avec des épingles, du papier et de la colle. Les pare-brise étaient difficiles à trouver. Le chauffeur conduisait avec la tête penchée à l'extérieur.

« Jaak, qu'est-ce qu'un Estonien fabrique à Moscou ? demanda Arkadi. Pourquoi ne défends-tu pas ta bien-aimée Tallin contre l'Armée rouge ?

— Epargne-moi ces conneries, répliqua Jaak. J'étais dans l'Armée rouge. Ça fait quinze ans que je n'ai pas mis les pieds à Tallin. Ce que je sais des Estoniens, c'est qu'ils vivent mieux et qu'ils se plaignent plus que n'importe qui d'autre en Union soviétique. Je vais changer de nom.

— Fais-toi appeler Apollo. Evidemment, tu aurais encore un accent... Ce charmant petit claquement balte.

— Merde pour les accents. Je déteste ce sujet. » Jaak fit un effort pour se calmer. « A propos d'âneries, on reçoit des coups de fil d'un entraîneur du Komsomol de l'Etoile Rouge, qui affirme que Rudy était un si fervent supporter du club que les boxeurs là-bas lui ont offert un de leurs trophées. L'entraîneur pense qu'il devrait se trouver parmi les affaires de Rudy. Un idiot, mais entêté. »

Comme ils approchaient de la perspective Kalinine, un car essaya de couper la route à Jaak. C'était un autocar italien avec de grandes vitres, des chromes partout et deux rangées de visages abêtis : un peu comme une trirème méditerranéenne, se dit Arkadi. La Jigouli accéléra dans une giclée de fumée bleue. Jaak donna juste le coup de frein qu'il fallait pour menacer le chrome du pare-chocs avant du bus, puis fonça avec un rire triomphant. « L'Homo sovieticus a encore gagné ! »

A la station d'essence, Arkadi et Jaak se mirent dans des files d'attente séparées pour des pâtés en croûte et de l'eau minérale. Vêtue comme une laborantine en blouse et bonnet blancs, la vendeuse de pâtés essayait de chasser les mouches de son étal. Arkadi se rappela le conseil d'un ami qui cueillait des champignons : éviter ceux qui étaient entourés de mouches mortes. Il se promit d'examiner le sol quand il arriverait à la voiture à bras.

Une file bien plus longue, entièrement masculine, s'étirait devant une boutique de vodka au coin de la rue. Des ivrognes s'affaissaient et s'appuyaient les uns contre les autres comme des piquets cassés sur une palissade. Leurs vêtements avaient la grisaille des vieux haillons, leurs visages étaient striés de rouge et de bleu, mais ils se cramponnaient à leur bouteille vide, sachant très bien que pas une bouteille neuve ne franchirait le comptoir si ce n'était en échange d'une vide. Elle devrait aussi avoir la bonne dimension : pas trop grande, pas trop petite. Il faudrait ensuite passer devant les miliciens plantés à la porte pour contrôler les tickets des gens qui n'étaient pas de la ville et qui essayaient d'acheter de la vodka réservée à Moscou. Tandis qu'Arkadi observait la scène, un client épanoui sortit du magasin, serrant précieusement sa bouteille comme un œuf, et la file avança d'un pas.

Il y avait un choix à faire et c'est ce qui ralentissait la file dans laquelle se trouvait Arkadi. Des pâtés à la viande ou au chou. Comme la farce était toute symbolique — un délicat soupçon de porc haché ou de chou bouilli, d'abord plongé dans la graisse bouillante puis qu'on avait laissé refroidir et figer —, c'était un choix qui exigeait une certaine finesse de palais sans même parler d'appétit.

La queue pour la vodka n'avançait pas non plus, arrêtée dans sa progression par un client qui s'était évanoui en entrant dans la boutique et qui avait fait tomber sa bouteille vide. Elle avait roulé dans le caniveau avec un bruit cristallin.

Arkadi se demandait ce que faisait Irina. Toute la matinée, il avait refusé de s'avouer qu'il pensait à elle. Tout d'un coup, avec le tintement de la bouteille, ce son si étrange, il la vit en train de déjeuner non pas dans la rue, mais dans une cafétéria occidentale étincelante de chromes, avec des miroirs brillamment éclairés, des chariots chargés de tasses de porcelaine.

« Viande ou chou ? »

Il lui fallut un moment pour revenir à la réalité.

« Viande ? Chou ? » répéta la vendeuse en brandissant deux pâtés à l'aspect identique. Elle avait un visage rond et aux traits épais, les yeux enfoncés dans un pli de chair. « Allons, tous les autres savent ce qu'ils veulent.

— Viande, dit Arkadi, et chou. »

Elle grommela, percevant l'indécision plutôt que l'appétit. C'était peut-être ça son problème, se dit Arkadi, le manque d'appétit. La fille lui rendit sa monnaie et lui tendit deux pâtés agrémentés de serviettes en papier dégoulinantes de graisse. Il inspecta le sol. Pas de mouches mortes, mais celles qui bourdonnaient alentour avaient un air déprimé.

« Vous n'en voulez pas ? » interrogea la vendeuse.

Arkadi voyait encore Irina, il sentait contre lui la tiède pression de son corps et ce qui montait à ses narines, ce n'était pas d'âcres relents de graisse, mais une fraîche odeur de draps propres. Il avait l'impression de passer rapidement par des stades progressifs de démence, ou bien c'était Irina qui évoluait de l'oubli à l'inconscient, puis aux zones de conscience de son esprit.

Comme la vendeuse se penchait vers lui, une transformation s'opéra. Au milieu de son visage apparut ce qui restait de l'embarras d'une jeune fille, avec ses yeux tristes perdus entre ses bajoues, et elle haussa ses épaules rondes d'un air d'excuse.

« Mangez-les, n'y pensez pas. Je ne peux pas faire mieux.

— Je sais. »

Quand Jaak apporta les eaux minérales, Arkadi lui offrit les deux pâtés.

« Non merci, fit Jaak avec un mouvement de recul. Je les aimais bien avant de commencer à travailler avec toi. Tu m'en as gâché le goût. »

CHAPITRE 5

Dans la rue Boutirski, après une longue devanture où s'étalaient de la lingerie et des dentelles, se dressait un immeuble aux fenêtres munies de barreaux, avec une allée à l'entrée de laquelle se trouvait un poste de garde et qui descendait jusqu'aux escaliers de la porte d'entrée. A l'intérieur, un officier remit à Arkadi et à Jaak de petits disques d'aluminium numérotés. Une grille en fer forgé avec un motif en forme de cœur glissa dans la paroi et ils suivirent un gardien dans une salle au parquet nu, avant de descendre un escalier aux marches bordées de caoutchouc puis de s'engager dans un corridor de stuc calcifié éclairé par des ampoules protégées par un grillage.

Une seule personne s'était jamais échappée de la prison Boutirski et c'était Dzerjinski, le fondateur du

KGB. Il avait acheté le gardien. En ce temps-là, un rouble représentait quelque chose.

« Nom ? » demanda le gardien.

Une voix derrière la porte de la cellule dit : « Oberlian.

— Chef d'accusation ?

— Spéculation, refus d'obtempérer, refus de coopérer avec les organismes officiels... Je n'en sais foutre rien. »

La porte s'ouvrit. Gary était planté là, torse nu, sa chemise nouée en turban sur sa tête. Avec son nez insolemment cassé et son torse couvert de tatouages, il avait plutôt l'air d'un pirate abandonné sur une île déserte depuis douze ans que d'un homme qui n'avait passé qu'une seule nuit en prison.

« Spéculation, refus d'obtempérer et de coopérer. Excellent témoin », dit Jaak.

La salle d'interrogation était d'une simplicité monastique : chaises de bois, bureau métallique, icône de Lénine. Arkadi remplit le formulaire : la date, la ville, son propre nom sous le titre impressionnant de « commissaire chargé des affaires très importantes par mandat du procureur général de l'URSS, venu interroger Oberlian, Gary Semionovitch, né le 11 mars 1960 à Moscou, passeport numéro RS AOB 425807, de nationalité arménienne... ».

« Naturellement », observa Jaak.

Arkadi continua. « Niveau d'instruction et qualification ?

— Enseignement professionnel. Mécanique médicale, répondit Gary.

— Chirurgie du cerveau », commenta Jaak.

Célibataire, infirmier, pas membre du Parti, dossier criminel pour coups et blessures et détention de drogue.

« Distinctions gouvernementales ? » demanda Arkadi.

Jaak et Gary éclatèrent de rire.

« C'est la question suivante sur le formulaire, dit Arkadi. Ils pensent sans doute à l'avenir. »

Quand il eut écrit l'heure exacte, l'interrogatoire commença, revenant sur les points que Jaak avait déjà soulevés sur les lieux du crime.

Gary avait quitté la voiture de Rudy et s'éloignait quand il l'avait vue sauter et Kim alors avait lancé une seconde bombe.

« Tu avais dépassé la voiture de Rudy ? demanda Jaak. Comment as-tu vu tout ça ?

— Je me suis arrêté pour réfléchir.

— Toi, tu t'es arrêté pour *réfléchir ?* demanda Jaak. A quoi ? »

Comme Gary gardait le silence, Arkadi demanda : « Est-ce que Rudy t'a changé tes forints et tes zlotys ?

— Non, fit Gary, le visage sombre.

— Tu étais furieux.

— Je l'aurais étranglé.

— Sauf qu'il y avait Kim ?

— Oui, mais Kim l'a fait à ma place. » Le visage de Gary s'éclaira.

Arkadi dessina un « X » au milieu d'une page et tendit le stylo à Gary. « Voici la voiture de Rudy. Marque l'endroit où tu étais, puis indique ce que tu as vu d'autre. »

Concentré, Gary dessina un bonhomme aux membres tracés d'une main incertaine. Il ajouta un rectangle avec des roues : « Camion avec du matériel électronique. » Entre lui et Rudy, une silhouette noircie : « Kim ». Un rectangle avec une croix : « Ambulance. » Encore un rectangle : « Peut-être une camionnette. » Des lignes avec des têtes. « Des Gitans. » Des carrés plus petits avec des roues : « Des voitures tchétchènes.

— Je me souviens d'une Mercedes, observa Jaak.

— Ils étaient déjà partis.

— *Ils ?* demanda Arkadi. Qui ça, *ils ?*

— Le conducteur. Je sais que l'autre était une femme.

— Tu peux la dessiner ? »

Gary dessina une silhouette avec une grosse poitrine, des talons hauts et des cheveux bouclés. « Peut-être blonde. Je sais qu'elle était bien roulée.

— Un réel don d'observation, fit remarquer Jaak.

— Alors, dit Arkadi, tu l'as vue aussi hors de la voiture.

— Oui, sortant de celle de Rudy. »

Arkadi examina la feuille dans un sens puis dans l'autre. « Bon dessin. »

Gary hocha la tête.

C'était vrai. Avec son corps couvert de tatouages et son visage cabossé, Gary avait tout à fait l'air du petit bonhomme sur la page, rendu plus humain par le dessin.

Le marché aux voitures du port Sud était bordé par la perspective du Prolétariat et une boucle de la Moskova. On commandait les voitures neuves dans un hall de marbre blanc. Personne n'y entrait : il n'y avait pas de voitures neuves. Dehors, des joueurs disposaient des plaques de carton sur le sol pour des parties de bonneteau. Des palissades de chantier étaient couvertes d'offres (« Pneus état moyen pour Jigouli 1985 ») et de demandes (« Cherche courroie ventilateur pour Peugeot 64 »). A tout hasard, Jaak nota le numéro de téléphone pour les pneus.

Au bout de la palissade se trouvait un chemin de terre où s'alignaient des Jigouli et des Japorojet d'occasion, des Trabant allemandes à moteur deux-temps et des Fiat italiennes aussi rouillées que des épées anciennes. Les acheteurs circulaient en scrutant le dessin des pneus, le compteur kilométrique, le capitonnage, s'agenouillant avec une torche à la main pour voir si, à l'arrêt, le moteur perdait de l'huile de façon importante. Chacun était un expert. Même Arkadi savait qu'une Moskvitch construite dans la lointaine Ijevsk était supérieure à une Moskvitch montée à Moscou et que le seul indice était l'insigne sur la calandre. Autour des voitures rôdaient des Tchétchènes en survêtement. Des hommes bruns, corpulents, qui vous lançaient des regards appuyés sous leurs sourcils bas.

Tout le monde trichait. Les vendeurs de voitures allaient à la cabane en bois du directeur adjoint des ventes du marché pour apprendre — selon le modèle, l'année et l'état du véhicule — quel prix ils pouvaient demander (et sur lequel ils paieraient des taxes) et qui n'avait aucun rapport avec la somme qui s'échangeait en réalité entre vendeur et acheteur. Chacun — vendeur, acheteur et directeur adjoint des ventes — comprenait que le prix réel serait trois fois plus élevé.

Les Tchétchènes étaient ceux qui fraudaient de la façon la plus éhontée. Dès l'instant qu'un Tchétchène avait en main le titre de propriété, il ne payait que le prix officiel et le vendeur avait à peu près autant de chances de voir le reste de son argent que de retirer un os des mâchoires d'un lion. Bien entendu, les Tchétchènes revendaient aussitôt la voiture au prix fort. La tribu amassait ainsi des fortunes au marché du port Sud. Pas sur toutes les transactions — cela découragerait les gens d'amener de nouvelles voitures — mais un pourcentage raisonnable. Les Tchétchènes écumaient le marché comme si c'était un troupeau de moutons qui leur appartenait entièrement.

Jaak et Arkadi descendirent jusqu'au milieu de la file et l'inspecteur désigna de la tête une voiture garée toute seule au bout de l'allée. C'était une vieille limousine noire Tchaïka, un ancien véhicule gouvernemental avec une calandre en chrome découpé et astiqué pour briller comme un miroir. Des rideaux étaient tirés devant les vitres de la banquette arrière.

« Saloperie d'Arabes, dit Jaak.

— Ils ne sont pas plus arabes que toi, répondit Arkadi. Je croyais que tu n'avais pas de préjugés. Makhmoud est un vieil homme.

— J'espère qu'il a quand même eu la force de te montrer sa collection de crânes. »

Arkadi poursuivit son chemin tout seul. La dernière voiture à vendre était une Lada si cabossée qu'on aurait dit qu'on l'avait fait rouler jusqu'au marché cul par-dessus tête. Deux jeunes Tchétchènes avec des sacs de tennis s'arrêtèrent pour lui demander où il allait. Quand Arkadi mentionna le nom de Makhmoud, ils l'escortèrent jusqu'à la Lada, le poussèrent à l'arrière, lui palpèrent les bras, les jambes et le torse pour s'assurer qu'il n'avait pas d'arme ni de magnétophone et lui dirent d'attendre. L'un se dirigea vers la Tchaïka, l'autre s'installa à l'avant, ouvrit son sac et se retourna pour glisser une arme entre les deux sièges avant, de telle sorte que le canon reposât sur les genoux d'Arkadi.

C'était une carabine « Ours » neuve à un seul canon, scié au milieu et trafiqué pour tirer des plombs. Les pare-soleil avaient une frange de perles, le tableau de bord était décoré de photos de vignes, de mosquées, et d'autocollants d'AC/DC et de Pink Floyd. Un Tchétchène plus âgé s'installa au volant et, sans se soucier d'Arkadi, ouvrit un Coran qu'il se mit à lire en psalmodiant. Il avait une grosse chevalière en or au petit doigt de chaque main. Un autre vint s'installer auprès d'Arkadi avec une brochette d'agneau enveloppée dans du papier ; il offrit des bouts de viande à tout le monde, y compris à Arkadi, mais pas de façon amicale, plutôt comme s'il était un hôte méprisé. Il ne leur manquait que des moustaches et des bandoulières, se dit Arkadi. La Lada avait l'arrière tourné vers le marché mais, dans le rétroviseur, il apercevait de temps en temps Jaak en train d'examiner différentes voitures.

Les Tchétchènes n'avaient rien à voir avec des Arabes. C'étaient des Tartares, une vague occidentale de la Horde d'Or, venue s'installer dans leur repaire du Caucase. Arkadi examina les cartes postales du tableau de bord. La ville avec la mosquée était leur capitale montagneuse de Groznyï, comme dans *Ivan Groznyï — Ivan le Terrible*. Est-ce que ça ne rendait pas les Tchétchènes un peu tordus de grandir avec un nom comme ça ?

Le premier Tchétchène revint enfin, accompagné d'un garçon qui n'était guère plus gros qu'un jockey. Il avait un visage en forme de cœur avec des marques ocre sur le front et un regard brillant d'ambition. Il chercha dans le blouson d'Arkadi la carte d'identité, l'examina et la remit en place. Il dit à l'homme au fusil : « Il a tué un procureur. » Aussi, lorsque Arkadi descendit de voiture, lui témoigna-t-on un certain respect.

Arkadi suivit le jeune garçon jusqu'à la Tchaïka où on lui ouvrit la portière arrière. Une main émergea et le tira à l'intérieur par son col.

Les vieilles Tchaïka avaient un style soviétique imposant : plafond capitonné, cendrier décoré, sièges avec ganse tressée, climatisation, beaucoup de place pour le garçon et le chauffeur à l'avant, et pour Makhmoud et Arkadi à l'arrière. Et aussi des vitres à l'épreuve des balles, il en était sûr.

Arkadi avait vu des photographies de personnages momifiés exhumés des cendres de Pompéi. Ils ressemblaient à Makhmoud, voûtés et desséchés, sans cils ni sourcils, avec la peau d'un gris de parchemin. Même sa voix paraissait brûlée. Il se retourna avec raideur, comme s'il était monté sur pivot, pour tenir son visiteur à distance et le fixer de ses petits yeux soulignés d'une touche de khôl.

« Excusez-moi, fit Makhmoud. C'est à cause de cette opération. La merveille de la science soviétique. On vous arrange les yeux pour qu'on n'ait plus besoin de porter de lunettes. Le seul endroit au monde où l'on pratique cette opération. Ce qu'on ne vous dit pas, c'est qu'après cela on ne voit qu'à une certaine distance. Le reste du monde est flou.

— Qu'avez-vous fait ? demanda Arkadi.

— J'aurais tué le docteur. Je veux dire, j'aurais

vraiment pu le tuer. Et puis j'ai réfléchi. Pourquoi avais-je subi cette opération ? Par vanité. J'ai quatre-vingt-dix ans. Ça a été une leçon. Dieu merci, je ne suis pas impuissant. » Il toisa Arkadi. « Maintenant, je peux vous voir. Vous n'avez pas l'air en très bonne forme.

— J'ai besoin de conseils.

— Je crois que vous avez besoin de plus que de conseils. Je les ai laissés vous garder là-bas pendant que je posais quelques questions sur vous. J'aime bien me renseigner. La vie est si variée. J'ai été dans l'Armée rouge, l'armée blanche, l'armée allemande. On ne peut rien prévoir. Il paraît que vous avez été commissaire principal, bagnard et de nouveau commissaire. Vous êtes plus embrouillé que moi.

— Certainement.

— Vous n'avez pas un nom courant. Vous êtes apparenté à Renko, ce fou de la dernière guerre ?

— Oui.

— Il y a un mélange dans vos yeux. Je vois un rêveur dans un œil et un idiot dans l'autre. Vous comprenez, je suis si vieux aujourd'hui que j'y regarde à deux fois et que je connais la valeur des choses. Sinon, on devient dingue. J'ai renoncé aux cigarettes, voilà deux ans, pour mes poumons. Il faut être positif pour faire ça. Vous fumez ?

— Oui.

— Les Russes sont une race mélancolique. Les Tchétchènes sont différents.

— C'est ce qu'on dit. »

Makhmoud sourit. Ses dents paraissaient démesurées, comme celles d'un chien. « Les Russes fument. Les Tchétchènes brûlent.

— Rudy Rosen a brûlé. »

Pour un vieil homme, Makhmoud changea rapidement d'expression.

« Lui et son argent, à ce qu'on m'a dit.

— Vous étiez là », lança Arkadi.

Le chauffeur se retourna. Bien qu'il fût costaud, il

était presque aussi jeune que le garçon assis auprès de lui, avec de l'acné au coin d'une bouche boudeuse, des cheveux longs derrière, courts sur les côtés, et une frange teinte en orange. C'était l'athlète du bar de l'Intourist.

« C'est mon petit-fils Ali, dit Makhmoud. L'autre est son frère, Beno.

— Belle famille.

— Ali a beaucoup d'affection pour moi, alors il n'aime pas entendre ce genre d'accusation.

— Ça n'est pas une accusation, répondit Arkadi. J'étais là aussi. Nous sommes peut-être tous deux innocents.

— J'étais chez moi en train de dormir. Sur ordre du docteur.

— A votre avis, qu'est-ce qui a bien pu arriver à Rudy ?

— Avec ces remèdes que je prends et les tubes d'oxygène, j'ai l'air d'un cosmonaute et je dors comme un bébé.

— Qu'est-il arrivé à Rudy ?

— Vous voulez mon avis ? Rudy était juif et un juif croit qu'il peut s'asseoir à la table du diable et empêcher celui-ci de lui arracher le nez d'un coup de dents. Peut-être que Rudy connaissait trop de diables. »

Six jours par semaine, Rudy et Makhmoud prenaient un café turc ensemble tout en discutant des taux de change. Arkadi se souvenait d'avoir vu le grassouillet Rudy attablé avec Makhmoud le décharné et s'être demandé qui mangerait l'autre.

« Vous étiez le seul dont il avait peur. »

Makhmoud refusa le compliment. « Nous n'avions aucun problème avec Rudy. Il y a d'autres gens à Moscou qui pensent que les Tchétchènes devraient retourner à Groznyï, à Kazan, à Bakou.

— Rudy disait que vous vouliez le descendre.

— Il mentait. » Makhmoud écarta cette idée du

ton impérieux d'un homme habitué à exiger d'être cru.

« C'est difficile de discuter avec les morts, observa Arkadi avec tout le tact dont il était capable.

— Est-ce que vous avez Kim ?

— Le garde du corps de Rudy ? Non. Il doit être en train de vous chercher. »

Makhmoud se tourna vers l'avant de la voiture : « Beno, pourrions-nous avoir du café ? »

Beno lui tendit une bouteille thermos, une petite tasse avec des soucoupes, des cuillères et des morceaux de sucre dans un sac en papier. Le café s'écoula de la thermos comme une boue noire. Makhmoud avait de grandes mains, des doigts et des ongles incurvés, le reste de sa personne s'était peut-être ratatiné avec l'âge, mais pas les mains.

« Délicieux », fit Arkadi. Il sentait son cœur en pleine fibrillation.

« Les mafias autrefois avaient de vrais chefs. Otarik était un producteur de théâtre et, s'il aimait un spectacle, il louait toute la salle pour lui. Pour les Brejnev, c'était comme s'il faisait partie de la famille. Un personnage, un gangster, mais il tenait parole. Vous vous souvenez d'Otarik ?

— Je me rappelle qu'il était membre de l'Union des écrivains, même s'il avait fait vingt-deux fautes de grammaire dans sa demande d'admission, répliqua Arkadi.

— Oh, écrire n'était pas sa principale occupation. De toute façon, ils sont remplacés aujourd'hui par ces nouveaux hommes d'affaires comme Borya Goubenko. Autrefois, une guerre des gangs, c'était une guerre des gangs. Aujourd'hui, il faut que je surveille mon dos des deux côtés, à cause des hommes de main et de la milice.

— Qu'est-ce qui est arrivé à Rudy ? Est-ce qu'il était impliqué dans une guerre des gangs ?

— Vous voulez dire une guerre entre les hommes d'affaires moscovites et les Tchétchènes assoiffés de sang ? C'est toujours nous les chiens enragés, les Russes sont toujours les victimes. Je ne m'adresse pas à vous personnellement, mais en tant que nation, vous voyez tout à l'envers. Est-ce que je pourrais vous donner un petit exemple pris dans ma vie ?

— Je vous en prie.

— Saviez-vous qu'il existait une République tchétchène ? Une république à nous. Si je vous ennuie, arrêtez-moi. Le pire crime des gens âgés, c'est d'ennuyer les jeunes. » Tout en disant cela, Makhmoud reprit Arkadi par son col.

« Allez-y.

— Des Tchétchènes avaient collaboré avec les Allemands, alors en février 1944, on a organisé des rassemblements de masse dans tous les villages. Il y avait des soldats et des fanfares. Les gens ont cru que c'était une fête militaire, tout le monde est venu. Vous savez ce que sont ces places de village — un haut-parleur à chaque coin jouant de la musique et proclamant des avis à la population. Eh bien, cet avis-là, c'était que les gens avaient une heure pour réunir leur famille et leurs biens. On ne donnait aucune raison. Une heure. Vous imaginez la scène. D'abord les supplications, qui étaient inutiles. La panique quand il a fallu rechercher les petits enfants, les grands-parents, les forcer à s'habiller et les traîner dehors pour leur sauver la vie. Quand il a fallu décider ce qu'on devait emporter, ce qu'on pouvait porter. Un lit, une commode, une chèvre ? Les soldats ont chargé tout le monde dans des camions. Des Studebaker. Les gens pensaient que les Américains étaient derrière tout ça et que Staline les sauverait ! »

Dans le regard de Makhmoud, Arkadi distinguait le noir de l'iris aussi fixe que l'objectif d'un appareil photo. « En vingt-quatre heures, il ne restait pas un Tchétchène dans la République tchétchène. Un demi-million de personnes, parties. Les camions les ont emmenées jusqu'à des trains, dans des fourgons de marchandises pas chauffés qui ont roulé semaine après semaine en plein hiver. Des milliers sont morts. Ma première femme, mes trois aînés. Qui sait sur quelle voie de garage les gardes ont jeté leurs corps ? Quand on a enfin laissé les survivants descendre des wagons, ils se sont retrouvés au Kazakhstan, en Asie centrale. Chez nous, la République tchétchène a été liquidée. On a donné des noms russes à nos villes. On nous a supprimés des cartes, de l'Histoire, des encyclopédies. Nous avons disparu.

« Vingt, trente ans se sont passés avant que nous réussissions à revenir à Groznyï, et même à Moscou. Comme des fantômes, nous rentrons chez nous pour voir des Russes dans nos maisons, des enfants russes jouant dans nos cours. Et ils nous regardent en disant : "Sales bêtes !" Maintenant, dites-moi qui a été la sale bête ? Ils nous montrent du doigt en criant : "Voleur !" Dites-moi, qui est le voleur ? Quand n'importe qui meurt, on trouve un Tchétchène et on dit : "Assassin !" Croyez-moi, j'aimerais retrouver le meurtrier. Pensez-vous que je devrais les plaindre aujourd'hui ? Ils méritent tout ce qui leur arrive. Ils nous méritent. » Le regard de Makhmoud se fit plus intense, comme des charbons éteints se ranimant, puis s'éteignant. Ses doigts se desserrèrent et lâchèrent le revers d'Arkadi. La fatigue dessina sur son visage un sourire crispé. « Excusez-moi, j'ai froissé votre blouson.

— Il l'était déjà.

— Tout de même, je me suis emporté. » Makhmoud lissa le revers d'Arkadi. « Je n'aimerais rien tant que retrouver Kim, dit-il. Un peu de raisin ? »

Beno leur tendit une jatte en bois débordant de raisin vert. Arkadi maintenant ne distinguait pas tant un air de famille entre lui, Ali et Makhmoud qu'une similitude d'espèce, comme le bec d'un faucon. Arkadi prit une grappe. Makhmoud ouvrit un canif avec une lame recourbée pour se couper avec soin une grappe. Quand il eut mangé, il abaissa la vitre et cracha les pépins sur le sol.

« J'ai un diverticule. Je ne suis pas censé les avaler. C'est terrible de vieillir. »

CHAPITRE 6

Polina relevait des empreintes dans la chambre de Rudy quand Arkadi arriva du marché aux voitures. Il ne l'avait jamais vue sans son imperméable auparavant. En raison de la chaleur, elle était en short, elle avait noué les pans de sa chemise sur son ventre, remonté ses cheveux dans un fichu et, avec ses gants de caoutchouc et sa petite brosse en poil de chameau, elle avait l'air d'une enfant jouant à la maîtresse de maison.

« Nous avons déjà relevé les empreintes, dit Arkadi en posant sa veste sur le lit. A part celles de Rudy, les gens du labo n'ont rien trouvé.

— Alors, dit Polina avec entrain, vous n'avez rien à perdre. La taupe humaine est dans le garage à sonder le sol pour voir s'il n'y a pas de traces. »

Arkadi ouvrit la fenêtre qui donnait sur la cour et vit Minine en veste et en chapeau sur le seuil du garage. « Vous ne devriez pas l'appeler comme ça.

— Il vous déteste.

— Pourquoi ? »

Polina leva les yeux au ciel, puis grimpa sur une chaise pour saupoudrer le miroir au-dessus de la commode. « Où est Jaak ?

— On nous a promis une autre voiture. S'il l'a, il ira à la ferme collective du chemin Lénine.

— Ma foi, c'est la saison des patates, Jaak pourra leur donner un coup de main. »

A toutes sortes d'endroits bizarres — sur une

brosse à cheveux et sur une tête de lit, à l'intérieur de la porte d'une armoire à pharmacie et sous le couvercle des toilettes — on apercevait les ovales ombrés des empreintes qu'elle avait relevées. D'autres avaient déjà été prises et transférées sur des plaques de verre posées sur la table de nuit.

Arkadi enfila des gants de caoutchouc. « Ça n'est pas votre travail, dit-il.

— Ça n'est pas le vôtre non plus. Les commissaires principaux sont censés laisser les inspecteurs faire le vrai boulot. J'ai la formation pour ce genre de choses et je suis meilleure que les autres, alors pourquoi ne le ferais-je pas ? Savez-vous pourquoi personne ne veut faire des accouchements ?

— Pourquoi ? » Il regretta aussitôt d'avoir posé la question.

« Les docteurs ne veulent pas mettre des bébés au monde parce qu'ils ont peur du sida et parce qu'ils ne se fient pas aux gants de caoutchouc soviétiques. Ils en portent trois ou quatre les uns par-dessus les autres. Essayez un peu de faire un accouchement en portant quatre paires de gants. Ils ne font pas d'avortements non plus, pour la même raison. Les médecins soviétiques préféreraient disposer les femmes à une centaine de mètres d'eux et les regarder exploser. Bien sûr, il n'y aurait pas autant de bébés si les préservatifs soviétiques n'étaient pas d'aussi mauvaise qualité que les gants de caoutchouc.

— C'est vrai. » Arkadi s'assit sur le lit et examina la pièce. Bien qu'il eût suivi Rudy depuis des semaines, il en savait encore trop peu sur le personnage.

« Il n'amenait pas de femme ici, expliqua Polina. Il n'y a pas de biscuits, pas de vin, pas même une capote. Les femmes laissent des choses : des épingles à cheveux, des tampons démaquillants, de la poudre sur un oreiller. Ici, c'est trop impeccable. »

Combien de temps allait-elle rester juchée sur cette chaise ? Elle avait les jambes plus blanches et plus musclées qu'il ne l'aurait cru. Peut-être un moment avait-elle eu envie d'être ballerine. Des boucles noires s'échappaient de son fichu et rebiquaient sur sa nuque.

« Vous opérez pièce par pièce ? interrogea Arkadi.

— Oui.

— Vous ne devriez pas être dehors avec vos amis à jouer au volley-ball ou quelque chose comme ça ?

— Il est un peu tard pour le volley-ball.

— Avez-vous relevé des empreintes sur les cassettes vidéo ?

— Oui. » Elle lui lança un regard mauvais dans le miroir.

« Je vous ai fait obtenir plus de temps à la morgue », annonça Arkadi pour l'adoucir. Est-ce que ce n'est pas la façon de se concilier une femme, songea-t-il, que de lui offrir davantage de temps à passer dans une morgue ? « Pourquoi voulez-vous examiner encore le cadavre de Rudy ?

— Il y avait trop de sang. J'ai eu les résultats du laboratoire sur le sang dans la voiture. En tout cas, c'était son groupe.

— Bon. » Si elle était contente, lui aussi. Il alluma le téléviseur et le magnétoscope, inséra une des cassettes de Rudy, appuya sur « marche » et « avance rapide ». Accompagnées d'un bredouillement précipité, des images défilèrent à toute allure sur l'écran. La ville dorée de Jérusalem, le mur des Lamentations, une plage méditerranéenne, une synagogue, une orangeraie, de grands hôtels, des casinos, un avion d'El Al. Il ralentit le défilement pour comprendre le commentaire qui avait des accents plus gutturaux que le russe.

« Vous parlez hébreu ? demanda Arkadi à Polina.

— Pourquoi au nom du ciel parlerais-je hébreu ? »

La seconde cassette montrait en accéléré la blanche cité du Caire, des pyramides et des chameaux, une plage sur la Méditerranée, des bateaux voguant sur le Nil, un muezzin sur un minaret, une plantation de palmiers-dattiers, de grands hôtels, un appareil d'Egyptair.

« Arabe ? demanda Arkadi.

— Non plus. »

Le troisième documentaire de voyage s'ouvrait sur un café en plein air et se poursuivait par des gravures du Munich médiéval, des vues aériennes de Munich reconstruit, des touristes sur la Marienplatz, une cave à bière, des musiciens en culotte de cuir jouant des polkas, un stade olympique, l'Oktoberfest, un théâtre rococo, un ange de la paix tout doré, une autobahn, un autre café en plein air, les Alpes toutes proches, la traînée d'un jet de la Lufthansa. Il revint en arrière sur les Alpes pour écouter un commentaire tout à la fois pesant et exubérant.

« Vous parlez allemand ? » demanda Polina. Le miroir dûment saupoudré commençait à ressembler à une collection d'ailes de papillon, chacune ayant la forme d'un ovale plein de spirales.

« Un peu. » Arkadi avait passé ses années de service militaire à Berlin à écouter les conversations des Américains et il avait appris un peu l'allemand avec cette farouche ardeur que mettent les Russes à aborder la langue de Bismarck, de Marx et d'Hitler. Ce n'était pas seulement que les Allemands étaient l'ennemi traditionnel ; c'était parce que, pendant des siècles, les tsars avaient importé des Allemands comme contremaîtres, sans parler du fait que les nazis avaient considéré tous les Slaves comme des sous-hommes. Tout cela faisait une accumulation de rancunes nationales.

« *Auf wiedersehen,* dit le téléviseur.

— *Auf wiedersehen,* fit Arkadi en éteignant le poste, *Polina, auf wiedersehen.* Rentrez chez vous, voyez votre petit ami, allez au cinéma.

— J'ai presque fini. »

Pour l'instant, Polina semblait avoir flairé plus de choses qu'Arkadi dans l'appartement. Il savait que ce n'étaient pas tant les indices qui manquaient que l'esprit même des lieux. La phobie de Rudy devant tout contact physique avait donné un appartement solitaire et stérile. Pas de cendrier, même pas de mégots. Il avait envie d'une cigarette, mais il n'osait pas troubler l'hygiène de l'appartement. La seule faiblesse charnelle de Rudy semblait être la nourriture.

Arkadi ouvrit le réfrigérateur. Du jambon, du poisson et du fromage de Hollande étaient encore au frais, et en quantités imposantes même pour un homme qui venait de manger en guise d'amuse-gueule le raisin de Makhmoud. Tous ces produits venaient sans doute de chez Stockmann, le grand magasin d'Helsinki qui, moyennant paiement en devises fortes, fournissait la communauté étrangère de Moscou en assortiments de smorgasbords, en mobilier de bureau et en voitures japonaises ; pas question de vivre comme des Russes. Dans sa croûte de cire le fromage étincelait comme un chapeau de champignon.

Polina apparut sur le seuil de la chambre, ayant déjà enfilé une manche de son imperméable. « Vous examinez les pièces à conviction ou vous les consommez ?

— En fait, je les admire. Voici du fromage venant de vaches qui broutent de l'herbe poussant sur des digues hollandaises à quinze cents kilomètres d'ici et il n'est pas aussi rare que le fromage russe. La cire est un bon support pour les empreintes, non ?

— L'humidité n'est pas l'atmosphère la plus propice.

— C'est trop humide pour vous ?

— Je n'ai pas dit que je ne pourrais pas le faire, je ne voulais simplement pas vous donner trop d'espoir.

— Est-ce que j'ai l'air d'un homme qui a trop d'espoir ?

— Je ne sais pas ; aujourd'hui, vous êtes différent. » Ça ne ressemblait pas à Polina d'être incertaine à propos de quelque chose. « Vous... »

Arkadi posa un doigt sur ses lèvres. Il entendait un bruit à peine audible, comme le ventilateur d'un réfrigérateur, sauf qu'il était justement à côté du réfrigérateur.

« C'est une chasse d'eau, dit Polina. Il y a des gens qui se soulagent à l'heure pile. »

Arkadi entra dans les toilettes et toucha les tuyaux. En général les canalisations vibraient et résonnaient. Ce bruit-là était plus léger, plus mécanique que liquide et il se situait à l'intérieur de l'appartement de Rosen, pas en dehors. Le bruit s'arrêta.

« A l'heure pile ? demanda Arkadi.

— Sonnante. J'ai regardé, mais je n'ai rien trouvé. »

Arkadi passa dans le bureau de Rudy. Rien n'avait bougé dans la pièce, le téléphone et le fax étaient silencieux. Il pressa le bouton du fax et un clignotant rouge « alarme » s'alluma. Il pressa davantage et le voyant se mit à clignoter comme une balise. Le volume était au minimum. Il tira la table et trouva du papier qui s'était enroulé entre le meuble et le mur. « Première règle de toute enquête : ramasser ce qui traîne, dit-il.

— Je n'en étais pas encore arrivée ici. »

Le papier était encore chaud. En haut de la feuille on lisait la date et l'heure de transmission : une minute auparavant. Le message, dactylographié en anglais, disait : « *Where is Red Square* [1] *?* »

N'importe qui avec un plan pouvait répondre à cette question. Il lut le message précédent. L'heure de transmission était soixante et une minutes plus tôt : « *Where is Red Square ?* »

On n'avait même pas besoin d'un plan. Il suffisait de demander à n'importe qui au monde, sur le Nil, dans les Andes ou même au parc Gorki.

Il y avait cinq messages au total, chacun envoyé à

1. *Red Square* signifie en anglais littéralement « carré rouge », mais désigne aussi la place Rouge à Moscou.

l'heure précise, avec la même question insistante : « *Where is Red Square ?* » Le premier message disait aussi « *If you know where Red Square is, I can offer contacts with international society for ten per cent finder's fee.* » « Si vous savez où se trouve Red Square, je peux proposer contacts avec société internationale moyennant commission dix pour cent. »

Une commission pour trouver la place Rouge, ça semblait de l'argent facilement gagné. La machine avait automatiquement imprimé le long numéro de téléphone du poste émetteur en haut de la page. Arkadi appela l'international qui lui répondit que l'indicatif du pays était l'Allemagne et que la ville était Munich. « Vous avez un appareil comme ça ? demanda-t-il à Polina.

— Je connais un garçon qui en a un. » Ça suffisait. Arkadi écrivit sur le papier à lettres de Rudy : « Ai besoin davantage informations. » Polina inséra la page, décrocha le combiné et composa le numéro, qui répondit par un long sifflement. Une lumière s'alluma sur un bouton qui disait « transmission » et quand elle le pressa, le papier commença à s'enrouler.

« S'ils essaient de joindre Rudy, fit Polina, ils ne savent pas qu'il est mort.

— C'est ce que je pense.

— Vous allez donc avoir des renseignements sans intérêt ou vous trouver dans une situation embarrassante. J'ai hâte de voir ça. »

Ils attendirent une heure sans avoir de réponse. Arkadi finit par descendre inspecter le garage où Minine sondait le sol avec le manche d'une pelle. L'ampoule qui pendait au plafond avait été remplacée par une autre plus forte. On avait rangé les pneus sur le côté et entassé suivant leurs tailles les courroies de caoutchouc et les bidons d'huile numérotés et étiquetés. La seule concession de Minine à la chaleur avait été d'ôter son manteau et sa veste ; il avait gardé sur sa tête son chapeau qui projetait une ombre jusqu'au milieu de son visage. L'homme sur la lune, songea Arkadi. En apercevant son supérieur, Minine se figea dans une sorte de garde-à-vous maussade.

Pour Arkadi, le problème était que Minine incarnait l'enfant nain classique. Non pas qu'il fût petit, mais Minine était le type même du mal-aimé, celui qui se sentait toujours méprisé. Arkadi aurait pu le faire muter ailleurs — un commissaire n'avait pas à accepter tous ceux qu'on lui envoyait — mais il ne tenait pas à servir de justification à l'attitude de Minine. Et puis, il avait horreur de voir bouder un homme laid.

« Commissaire Renko, avec les Tchétchènes qui mènent la danse, je crois que je serais plus utile dans la rue que dans ce garage.

— Nous ne savons pas si les Tchétchènes sont en cause, et j'ai besoin de quelqu'un de sûr pour faire ça. Il y a des gens qui planqueraient des pneus sous leur manteau. »

Minine semblait imperméable à l'humour. Il dit : « Vous voulez que je monte surveiller Polina ?

— Non. » Arkadi tenta de montrer un intérêt humain. « Il y a quelque chose de nouveau chez toi, Minine. Qu'est-ce que c'est ?

— Je ne sais pas.

— Oh, c'est ça. » Sur la chemise de Minine assombrie par la sueur, on voyait l'insigne émaillé d'un drapeau rouge. Arkadi ne l'aurait jamais remarqué si l'inspecteur n'avait pas ôté sa veste. « L'insigne d'une organisation ?

— Une organisation patriotique, répondit Minine.

— Très classe.

— Nous voulons défendre la Russie, faire révoquer les prétendues lois qui dépouillent le peuple de ses richesses pour les distribuer à un petit groupe de vautours et de trafiquants, nous sommes partisans d'un nettoyage de la société et qu'on mette un terme au chaos et à l'anarchie. Vous n'y voyez pas d'inconvénient ? » C'était un défi autant qu'une question.

« Oh, non. Sur toi, c'est parfait. »

En allant chez Borya Goubenko, Arkadi eut l'impression que la soirée d'été était tombée comme une chape de silence. Des rues vides, des taxis garés devant les hôtels et refusant de charger d'autres clients que des touristes. Un magasin semblait pris d'assaut ; ceux qui se trouvaient à sa droite et à sa gauche étaient si vides qu'ils semblaient abandonnés. Moscou avait l'air d'une ville cannibalisée, une ville sans produits alimentaires, sans essence ni aucun article de base. Arkadi avait lui aussi l'impression d'avoir été cannibalisé, comme s'il lui manquait une côte, un poumon, une partie du cœur.

Il y avait quelque chose d'étrangement rassurant dans le fait que quelqu'un en Allemagne eût demandé en anglais à un spéculateur soviétique des nouvelles de la place Rouge. C'était la confirmation que la place Rouge existait toujours.

Borya Goubenko prit une balle dans un seau, la posa sur son tee, fit signe à Arkadi de faire attention au swing arrière, se concentra, remonta si loin le club qu'il semblait lui entourer le corps, puis se détendit et envoya la balle sur une ligne.

« Vous voulez essayer ? proposa-t-il.

— Non merci. Je me contenterai de regarder », répondit Arkadi.

Une douzaine de Japonais, leurs tees posés sur des carrés d'herbe en matière plastique, levaient haut leurs clubs et expédiaient des balles de golf qui volaient comme des points blancs de plus en plus petits à l'autre bout du hangar. Le claquement irrégulier des balles retentissait comme un tir d'armes à feu — ce qui convenait fort bien au cadre puisque cette usine fabriquait autrefois des chemises de balles. Pendant la terreur blanche, la guerre patriotique et du temps du pacte de Varsovie, des ouvriers avaient fabriqué des millions de cartouches de cuivre et d'acier. Pour en faire un practice de golf, on avait retiré les chaînes de montage et peint le sol dans un vert pastoral. Deux presses hydrauliques impossibles à déplacer étaient masquées par des arbres découpés dans du contreplaqué, détail apprécié des Japonais qui portaient des casquettes de golf même pour jouer en intérieur. A part Borya, les seuls joueurs russes qu'Arkadi pouvait apercevoir étaient une mère et sa fille en jupes courtes assorties qui prenaient une leçon de golf.

Sur le mur du fond, les balles venaient s'écraser contre une toile verte où s'inscrivaient selon la hauteur des distances différentes : cent cinquante, deux cents, trois cents mètres.

« J'avoue, dit Borya, que je gonfle un peu les chiffres. Le secret des affaires, c'est un client heureux. » Il prit la pose pour Arkadi. « Qu'est-ce que vous en pensez ? Le premier champion russe amateur ?

— Au moins. »

La puissante carcasse de Borya était adoucie par un somptueux chandail pastel, ses cheveux en désordre étaient plaqués en mèches dorées et bien lisses autour d'un visage attentif et anguleux avec des yeux d'un bleu de cristal.

« Voyez-vous, fit Borya en prenant une autre balle dans le seau, j'ai passé dix ans à jouer au football pour l'armée. Vous connaissez la vie : un salaire formidable, un appartement, une voiture, dès l'instant qu'on a des résultats. Vous êtes blessé, vous commencez à dégringoler et tout d'un coup vous vous retrouvez à la rue. Vous passez directement du haut en bas de l'échelle. Tout le monde est prêt à vous payer une bière, mais ça s'arrête là. Voilà la récompense de dix ans d'efforts et de genoux bousillés. Les vieux boxeurs, les vieux lutteurs, les vieux joueurs de hockey, c'est toujours la même histoire. Pas étonnant qu'ils entrent dans la mafia. Ou pire encore, qu'ils se mettent à jouer au football américain. En tout cas, j'ai eu de la chance. »

Plus que de la chance. Borya semblait s'être métamorphosé en un personnage nouveau et rayonnant de succès. Dans le nouveau Moscou, personne n'était aussi populaire et prospère que Borya Goubenko.

Derrière le practice de golf, des machines à sous tintaient à côté d'un bar décoré d'affiches Marlboro, de cendriers Marlboro et de lampes Marlboro. Borya prépara son coup. Si tant est que ce fût possible, il paraissait encore plus robuste que du temps où il jouait. Et le pelage luisant, comme un lion bien soigné. Il leva son club et se figea, préparant son coup.

« Parlez-moi de ce club, fit Arkadi.

— Réservé aux membres, cotisation payable en devises fortes. Plus on rend ça exclusif, plus les étrangers veulent s'y inscrire. Je vais vous dire le secret, dit Borya.

— Encore un secret ?

— L'emplacement. Les Suédois ont englouti des millions dans un golf de dix-huit trous en dehors de la ville. Il va y avoir des salles de conférence, un centre de télécommunications, une supersécurité pour que des hommes d'affaires et des touristes puissent venir sans même séjourner à Moscou. Mais ça me paraît stupide. Si je voulais investir de l'argent quelque part, je voudrais voir quelle allure ça a vraiment. D'ailleurs, les Suédois sont installés au diable. En comparaison, nous sommes en plein centre, juste sur le fleuve, pratiquement en face du Kremlin. Regardez ce que ça a demandé : un peu de peinture, du gazon artificiel, des clubs et des balles. Nous sommes dans tous les guides et les magazines étrangers. Tout ça, c'était l'idée de Rudy. » Il toisa Arkadi de la tête aux pieds. « Quel sport pratiquiez-vous ?

— Le football à l'école.

— A quel poste ?

— La plupart du temps goal. » Arkadi n'allait pas se vanter d'exploits athlétiques devant Borya.

« Comme moi. C'est le meilleur poste. Vous étudiez la situation, vous voyez l'attaque, vous apprenez à prévoir. Le jeu se réduit à quelques coups de pied. Et quand on s'engage, on y va à fond, pas vrai ? Si on essaie de se ménager, c'est comme ça qu'on se fait blesser. Pour moi, bien sûr, jouer était une façon de voir le monde. Je ne savais pas ce que c'était que la bonne cuisine avant d'aller en Italie. Il m'arrive encore d'être arbitre dans des matches internationaux, histoire de faire quelques bons repas. »

« Voir le monde » devait être une description bien atténuée des ambitions de Borya, songea Arkadi. Goubenko avait grandi dans les « casernes de Khrouchtchev » en béton du Grand Bassin. Pour les Russes, « Khrouchtchev » était synonyme de « taudis ». Borya avait dû être élevé à la soupe à l'oseille et aux espoirs d'oseille, et le voilà qui parlait de restaurants italiens.

« A votre avis, demanda Arkadi, qu'est-ce qui est arrivé à Rudy ?

— Je pense que ce qui est arrivé à Rudy est une catastrophe nationale. Il était le seul véritable économiste du pays.

— Qui l'a tué ? »

Sans hésiter, Borya répondit : « Les Tchétchènes. Makhmoud est un bandit qui n'a aucune idée du style occidental ni de la façon dont on traite les affaires à l'Ouest. Le fait est qu'il tient tout le monde en respect. Plus on le craint, plus il aime ça. Peu importe que ça ferme un marché. Plus les gens sont inquiets, plus les Tchétchènes sont forts. »

Sur les tees à un rang au-dessus, les Japonais tirèrent une salve groupée suivie de « Banzaï ! » excités.

Borya sourit et les désigna du bout de son club. « Ils vont de Tokyo à Hawaii pour un week-end de golf. Le soir, il faut que je les mette dehors.

— Si ce sont les Tchétchènes qui ont tué Rudy, reprit Arkadi, il a fallu passer sur Kim. Malgré sa réputation — costaud, arts martiaux — il n'a pas l'air de l'avoir beaucoup protégé. Quand votre meilleur ami, Rudy, cherchait un garde du corps, ce n'est pas à vous qu'il a demandé conseil ?

— Rudy avait toujours beaucoup d'argent sur lui et il se préoccupait de sa sécurité.

— Et Kim ?

— Les usines de Lioubertsi sont en train de fermer. Le problème pour intervenir sur le marché libre, disait toujours Rudy, c'est qu'on fabrique de la merde. Quand j'ai proposé Kim à Rudy, j'ai pensé que je leur rendais un service à tous les deux.

— Si vous trouvez Kim avant nous, qu'est-ce que vous ferez ? »

Borya braqua son club sur Arkadi et baissa la voix. « Je vous appellerai. Je n'y manquerai pas. Rudy était mon meilleur ami et je pense que Kim a aidé les Tchétchènes, mais croyez-vous que je mettrais en danger tout ceci, tout ce que j'ai réussi, pour satisfaire une sorte de vengeance primitive ? C'est la mentalité d'autrefois. Il faut rattraper le reste du monde, sinon on sera à la traîne. Nous nous retrouverons tous dans des immeubles vides à mourir de faim. Il faut changer. Vous avez une carte ? demanda-t-il soudain.

— Une carte du Parti ?

— Nous recueillons les cartes de visite et nous faisons un tirage une fois par mois : le gagnant a une bouteille de Chivas Regal. » Borya se retint de sourire, de justesse.

Arkadi se sentait comme un idiot. Pas un idiot ordinaire, mais un idiot démodé, qui n'était plus au courant des usages.

Borya reposa son club et entraîna fièrement Arkadi vers le buffet. Dans des fauteuils capitonnés aux couleurs rouge et noir de Marlboro, étaient installés d'autres Japonais en casquette de base-ball et des Américains en chaussures de golf. Arkadi soupçonnait Borya d'avoir trouvé exactement le décor d'une salle d'attente d'aéroport, cadre naturel pour l'homme d'affaires en voyage. Ils auraient pu être à Francfort, Singapour, en Arabie Saoudite — n'importe où — et pour cette raison même, ils se sentaient chez eux. Au-dessus du bar, un téléviseur retransmettait CNN. Le buffet surchargé offrait un assortiment d'esturgeon et de truite fumée, de caviar rouge et noir, de caviar d'aubergine, de chocolat allemand et de pâtisseries géorgiennes autour de bouteilles de champagne doux, de Pepsi, de vodka au poivre, de vodka au citron et de cognac arménien cinq étoiles. Arkadi était étourdi par toute cette odeur de nourriture.

« Nous organisons aussi des soirées dansantes, des tournois et des réceptions pour des sociétés, précisa Borya. Pas de prostituées, pas de call-girls. Rien de plus innocent. » Comme Borya ? L'homme non seulement était passé du football à la mafia, mais il avait franchi le second pas, le plus abrupt, qui permettait de devenir un chef d'entreprise. La façon dont il avait jeté sur ses épaules son chandail occidental, son regard direct, les gestes de ses mains soignées, tout proclamait : homme d'affaires.

Borya eut un petit geste discret de propriétaire et une serveuse en uniforme arriva aussitôt pour poser sur la table devant Arkadi un plat de harengs argentés. Le poisson semblait nager sous ses yeux.

« Vous vous souvenez encore de poissons non pollués ? demanda Borya.

— Pas tellement, merci. » Arkadi chercha désespérément une dernière cigarette dans son paquet. « Où vous procurez-vous le poisson ?

— Comme tout le monde. J'échange ceci, je troque cela.

— Au marché noir ? »

Borya secoua la tête. « Directement. Rudy disait toujours qu'il n'y avait pas une ferme ni une pêcherie collective qui n'était pas prête à faire des affaires si on pouvait offrir autre chose que des roubles.

— Rudy vous disait ce qu'il fallait proposer ? »

Borya soutint le regard d'Arkadi. « Rudy au début était un fan de football. Il a fini par devenir un frère aîné. Il voulait simplement me voir heureux. Il me donnait des conseils. Ça ne me paraît pas un crime.

— Ça dépend du genre de conseils. » Arkadi avait envie de provoquer une réaction.

Les yeux de Borya étaient limpides comme de l'eau, sans une ride. « Rudy disait toujours que ce n'était pas la peine d'enfreindre la loi, qu'il suffisait de la réécrire. Il voyait loin.

— Connaissez-vous une Apollonia Goubenko ? demanda Arkadi.

— C'est ma femme. Je la connais très bien.

— Où était-elle la nuit où Rudy est mort ?

— Quelle importance ?

— Il y avait une Mercedes immatriculée à son nom sur le marché noir à trente mètres de l'endroit où Rudy est mort. »

Borya mit un peu plus longtemps à répondre. Il jeta un coup d'œil au téléviseur où un char américain roulait dans un désert. « Elle était avec moi. Nous étions ici.

— A deux heures du matin ?

— Je ferme souvent après minuit. Je me rappelle que nous sommes rentrés à la maison dans ma voiture parce que celle de Polly était au garage, en réparation.

— Vous avez deux voitures ?

— A nous deux, Polly et moi, nous avons deux Mercedes, deux BMW, deux Volga et une Lada. A l'Ouest, les gens peuvent investir en actions et en titres. Nous, nous avons des voitures. L'ennui, c'est que, dès qu'une belle voiture va au garage, quelqu'un l'emprunte. Je peux essayer de trouver qui.

— Vous êtes certain qu'elle était avec vous ? Parce qu'on a vu une femme dans la voiture.

— Je traite les femmes avec respect. Polly a sa propre personnalité, elle n'a pas à répondre devant moi de chaque seconde de son temps, mais ce soir-là, elle était avec moi.

— Est-ce que quelqu'un d'autre vous a vus ici ?

— Non. Le secret des affaires, c'est de rester près de la caisse enregistreuse et de s'enfermer à clé.

— Il y a des tas de secrets dans les affaires », dit Arkadi.

Borya se pencha en avant, paumes ouvertes. Arkadi avait beau savoir que c'était un solide gaillard, il fut surpris de son envergure. Il se souvenait que Borya le footballeur sortait en rugissant des buts de l'armée pour arrêter des coups de pied de penalty. Goubenko laissa retomber ses mains. Il reprit d'une voix douce : « Renko ?

— Oui ?

— Je ne m'en vais pas tuer Kim, c'est votre boulot. Si vous voulez rendre service à la société, tuez Makhmoud aussi. »

Arkadi regarda sa montre. Huit heures du soir. Il avait déjà manqué le premier bulletin d'informations et son esprit commençait à vagabonder. « Il faut que j'y aille. »

Borya pilota Arkadi vers le bar. Il avait dû envoyer un autre signal car la serveuse surgit avec deux paquets de cigarettes que Borya fourra dans la poche de la veste d'Arkadi.

La mère et la fille se frayèrent un chemin au milieu des tables. Elles avaient les mêmes traits fins et les mêmes yeux gris. Quand la femme parla, elle avait un léger zozotement. Arkadi fut soulagé de percevoir une imperfection.

« Borya, ton professeur t'attend.

— Le pro, Polly. Le pro. »

« Hier, des nationalistes arméniens ont de nouveau attaqué des troupes soviétiques, faisant dix morts et autant de blessés, commença Irina. L'objectif de l'attaque était un dépôt de l'armée soviétique que les Arméniens ont pillé, emportant des armes légères, des fusils d'assaut, des mines, un char, un camion, des mortiers et des canons antichars. Le Soviet suprême de Moldavie a proclamé hier sa souveraineté, trois jours après que le Soviet suprême de Géorgie en eut fait autant. »

Arkadi dressa la table avec du pain bis, du beurre, du thé et des cigarettes, et s'installa devant la radio comme s'il avait invité le poste à dîner. Il aurait dû retourner à l'appartement de Rudy ; pourtant il était là, un homme sans volonté, juste à temps pour l'émission d'Irina. Elle annonçait des nouvelles apocalyptiques, mais peu importait.

« Pour la troisième journée consécutive, les émeutes ont continué au Kirghiztan, entre Kirghiz et Ouzbeks. Des véhicules blindés ont patrouillé les rues d'Och après que les Ouzbeks eurent pris le contrôle des hôtels de touristes du centre et eurent tiré à l'arme automatique sur les bureaux du KGB. Les victimes de ces troubles atteignent maintenant le chiffre de deux cents et on envisage de drainer le canal Ouzgen pour trouver éventuellement d'autres corps. »

Le pain était frais, le fromage était doux. Une brise légère passait par la fenêtre ouverte et le rideau s'agitait comme une jupe. « Un porte-parole de l'Armée rouge a reconnu aujourd'hui que des insurgés afghans avaient franchi la frontière soviétique. Depuis le retrait des troupes soviétiques d'Afghanistan, la frontière est devenue accessible aux trafiquants de drogue et aux extrémistes religieux, qui poussent les républiques d'Asie centrale à lancer une guerre sainte contre Moscou. »

Au nord, le soleil s'attardait sur l'horizon, au-dessus des dômes à bulbe et des cheminées. La voix d'Irina était un rien plus rauque et son accent sibérien semblait un peu plus policé et moins marqué. Arkadi se rappelait ses gestes, parfois exubérants, et ses yeux, couleur d'ambre. Tendant l'oreille, il se surprit à se pencher vers la radio. Il se sentit ridicule, comme s'il devait entretenir de son côté la conversation.

« Les mineurs du Donetz ont réclamé hier la démission du gouvernement et la dissolution du Parti, et annoncé le déclenchement d'une nouvelle grève. Des arrêts de travail ont commencé aussi dans les vingt-six mines du bassin de Karaganda et dans vingt-neuf mines de Rostov-sur-le-Don. Des meetings de soutien aux grévistes ont été organisés par les mineurs de Sverdlovsk, de Tcheliabinsk et de Vladivostok. »

Les nouvelles n'avaient pas d'importance ; il les entendait à peine. C'étaient sa voix et son souffle qui lui parvenaient à plus de quinze cents kilomètres de distance.

« Hier soir à Moscou, le Front démocratique a organisé un rassemblement devant le parc Gorki pour demander l'interdiction du parti communiste. A la même heure, des membres de l'organisation d'extrême droite "Drapeau Rouge" se sont réunis pour défendre le Parti. Les deux groupes ont réclamé le droit de défiler sur la place Rouge. »

C'était Shéhérazade, se dit Arkadi. Soir après soir, elle racontait des histoires d'oppression, d'insurrection, de grèves et de catastrophes naturelles, et il l'écoutait comme si elle égrenait des contes évoquant des pays exotiques, des épices magiques, des cimeterres étincelants et des dragons aux yeux de nacre avec des écailles d'or. Aussi longtemps qu'elle lui parlait.

CHAPITRE 7

A minuit, Arkadi attendait devant la bibliothèque Lénine, admirant les statues des écrivains et des savants russes dont la silhouette se dressait au bord du toit. Il se rappelait avoir entendu dire que le bâtiment était près de s'effondrer. C'était vrai que les statues semblaient à deux doigts de sauter dans le vide. Quand une ombre émergea de l'immeuble et referma la porte à clé, Arkadi traversa la rue et se présenta.

« Un commissaire principal ? Ça ne m'étonne pas. » Feldman portait un bonnet de fourrure, une serviette sous le bras et ressemblait à Trotski, dont il avait même le petit bouc saupoudré de neige blanche. Il se dirigea d'un pas vigoureux vers le fleuve, Arkadi lui emboîta le pas. « J'ai ma clé. Je n'ai rien volé. Vous voulez perquisitionner ? »

Arkadi ignora sa proposition. « Comment est-ce que *vous,* vous connaissez Rudy ?

— C'est la seule heure pour travailler. Je remercie Dieu d'être un insomniaque, c'est votre cas aussi ?

— Non.

— Vous en avez pourtant l'air. Voyez donc un médecin. A moins que ça ne vous gêne pas.

— Rudy ? reprit Arkadi.

— Rosen ? Je n'ai pas grand-chose pour vous. Nous nous sommes rencontrés une fois, voilà une semaine. Il voulait discuter art.

— Pourquoi art ?

— Je suis professeur d'histoire de l'art. Je vous l'ai dit au téléphone. Vous êtes un sacré policier, je le sens déjà.

— Qu'est-ce que vous a demandé Rudy ?

— Il voulait tout savoir sur l'art soviétique. L'art soviétique d'avant-garde a été la période la plus créatrice, la plus révolutionnaire de l'Histoire, mais les

Soviétiques sont des ignorants. Je ne pouvais pas faire l'éducation de Rosen en une demi-heure.

— Vous a-t-il posé des questions sur des toiles en particulier ?

— Non. Mais je vois où vous voulez en venir, et c'est amusant. Pendant des années, le Parti a réclamé du réalisme socialiste : les gens accrochaient à leurs murs d'énormes tableaux représentant des tracteurs et cachaient leurs chefs-d'œuvre de l'avant-garde derrière les toilettes ou sous leur lit. Voilà maintenant qu'ils les ressortent. Moscou, tout d'un coup, est plein de conservateurs de musée. Vous aimez le réalisme socialiste ?

— C'est un des secteurs où je suis le plus faible.

— Vous parlez d'art ?

— Non. »

Feldman considéra Arkadi d'un œil intéressé, plus méfiant. Ils étaient dans le parc derrière la bibliothèque, où des marches descendaient entre les arbres jusqu'au fleuve près de l'angle sud-ouest du Kremlin. Des projecteurs transformaient les basses branches en treillis d'or qui viraient au noir.

« Comme je l'ai dit à Rosen, les gens oublient qu'au début de la Révolution il y avait véritablement de l'idéalisme. Famine et guerre civile mises à part, Moscou était l'endroit le plus excitant du monde. Quand Maïakovski disait : “Faisons des places nos palettes et des rues nos pinceaux”, il le pensait. Chaque mur était un tableau. Il y avait des trains, des bateaux, des aéroplanes, des ballons peints. Du papier peint, des assiettes et des emballages de chewing-gum étaient créés par des artistes qui croyaient sincèrement qu'ils étaient en train de construire un monde nouveau. En même temps, les femmes défilaient pour réclamer l'amour libre. On croyait que tout était possible. Rosen m'a demandé combien un de ces emballages de confiserie pouvait valoir aujourd'hui.

— La même question m'est venue à l'esprit », reconnut Arkadi.

Feldman dévalait les marches d'un air écœuré.

« Comme l'art d'avant-garde était mal vu, vous avez choisi une spécialité plutôt suicidaire. C'est comme ça que vous avez pris l'habitude de travailler tard le soir ? demanda Arkadi.

— Voilà une observation qui n'est pas totalement stupide, fit Feldman en s'arrêtant net. Pourquoi le rouge est-il la couleur de la révolution ?

— C'est traditionnel ?

— Préhistorique, pas traditionnel. Les deux plus anciennes habitudes de l'homme des cavernes étaient le cannibalisme et la tendance à se peindre en rouge. Les Soviétiques sont les seuls à le faire encore. Regardez ce que nous avons fait au génie de la Révolution. Décrivez-moi la tombe de Lénine.

— C'est un cube de granit rouge.

— C'est un édifice constructiviste inspiré par Malevitch. C'est un carré rouge sur la place Rouge. Ce monument représente bien plus que la personne de Lénine exposée là comme un hareng fumé. L'art en ce temps-là était partout. Tatline avait conçu un gratte-ciel pivotant plus haut que l'Empire State Building. Popova dessinait des toilettes de haute couture pour les paysannes. Les artistes de Moscou allaient peindre les arbres du Kremlin en rouge. Lénine s'y opposa, mais les gens croyaient que tout était possible. C'était une époque d'espoir, de fantaisie.

— Vous faites des conférences là-dessus ?

— Personne ne veut m'entendre. Les gens sont comme Rosen, ils veulent seulement vendre. Je passe mes journées à authentifier des œuvres d'art pour des idiots.

— Rosen avait quelque chose à vendre ?

— Ne me demandez pas. Nous avions rendez-vous il y a deux jours. Il n'est pas venu.

— Alors pourquoi pensez-vous qu'il avait quelque chose à vendre ?

— Aujourd'hui, on vend tout ce qu'on a. Rosen disait qu'il avait trouvé quelque chose. Mais il n'a pas précisé quoi. »

Sur le quai, Feldman regarda autour de lui avec une telle ferveur qu'Arkadi pouvait presque s'imaginer des arbres peints dans le jardin du Kremlin, des amazones filant rue Gorki, des dirigeables remorquant des affiches de propagande au clair de lune.

« Nous vivons sur les ruines archéologiques de ce nouveau monde qui n'a jamais été. Si nous savions où creuser, qui sait ce que nous découvririons ? » lança Feldman et, tout seul, il s'engagea d'un pas vif sur le pont.

Arkadi déambula le long du mur du quai en direction de son appartement. Il n'avait pas sommeil, mais il n'avait pas l'impression d'être un insomniaque. Ce seul mot le rendait nerveux.

Il ne rencontra pas d'amazones le long du fleuve. Seulement des pêcheurs qui appâtaient leurs hameçons. Il avait passé deux ans de son exil sur un chalutier dans le Pacifique. Il avait toujours admiré la façon dont, à la tombée du jour, le navire le plus rouillé, le plus anonyme devenait une éblouissante et complexe constellation d'étoiles, avec les feux de pêche accrochés aux mâts, les bouts-dehors, les plats-bords, la passerelle, la rampe et le pont. L'idée lui venait maintenant qu'on pourrait en faire autant pour les pêcheurs nocturnes de Moscou, avec leurs lampes électriques frontales, leurs ceintures et le bout de leur canne à pêche.

Peut-être le problème n'était-il pas l'insomnie. Peut-être qu'il était fou. Pourquoi essayait-il de trouver qui avait tué Rudy ? Quand une société tout entière s'effondrait comme un amoncellement de poutres pourries, qu'est-ce que ça changeait de savoir qui avait tué un trafiquant ? D'ailleurs, ça n'était pas le monde réel. Le monde réel était là-bas, là où vivait Irina. Ici, il n'était qu'une ombre de plus dans une caverne, où de toute façon il n'arrivait pas à trouver le sommeil.

Droit devant lui, Saint-Basile se dressait comme une cohorte de Maures enturbannés éclairés de dos par les projecteurs allumés toute la nuit sur la place. Dans l'ombre, au pied de la cathédrale, se trouvait une centaine de soldats de la caserne du Kremlin, en tenue de campagne avec radio portative et mitraillette.

La place Rouge elle-même se dressait comme une vaste colline de pavés. Sur la gauche, le Kremlin était illuminé, ses briques presque blanches, avec des créneaux découpés ajoutant des notes gracieuses à la forteresse qui semblait s'étendre jusqu'à la muraille de Chine. Les flèches au-dessus des portes faisaient penser à des églises capturées, ligotées, traînées depuis l'Europe, érigées comme trophées à un tsar, et couronnées maintenant d'étoiles rubis. Chatoyant sous les lumières braquées vers le ciel, le Kremlin était à mi-chemin entre le rêve et la réalité, telle une immense et oppressante vision. Une limousine noire sortit par la porte Spasski, jaillissant comme une chauve-souris, et s'éloigna sur les pavés. Au loin, à l'entrée de la place, un panneau publicitaire pour Pepsi-Cola recouvrait sur quatre étages la façade du musée de l'Armée. Sur sa droite, la façade classique en pierre du Goum, le grand magasin le plus vaste et le plus désert du monde, se ratatinait dans l'obscurité. Installés sur le toit du Goum et sur le mur du Kremlin, des caméras surveillaient sans cesse les parages, mais aucun projecteur n'éclairait assez pour pénétrer la vallée d'ombre au milieu de la place où se trouvait Arkadi. Un individu là-bas ne serait qu'un point clignotant sur un écran gris. Les dimensions mêmes et le terrible vide de la place Rouge n'avaient pas tant pour effet d'élever l'âme que de la masquer et de laisser entendre à quel point elle était sans importance.

A l'exception d'une seule âme. Sur son lit de mort, Lénine avait supplié qu'on ne lui érigeât pas de monument. Le mausolée que Staline avait fait bâtir pour lui était un entassement vengeur de cryptes, une ziggourat trapue de pierres rouges et noires sous les remparts du mur du Kremlin. Des gradins vides de marbre blanc l'entouraient : c'était là que les dignitaires s'asseyaient pour le défilé du 1er Mai. Le nom de Lénine était inscrit en lettres rouges au-dessus de la porte du mausolée. Là, deux gardes d'honneur, de jeunes sergents en gants blancs et aux visages pâles comme des figures de cire, vacillaient d'épuisement.

La circulation était interdite sur la place, mais alors qu'Arkadi se retournait, une Zil noire déboucha de la rue Tcherni et, fonçant à la vitesse des véhicules officiels, passa devant le Goum en direction du fleuve avant de s'enfoncer dans les ténèbres qui entouraient Saint-Basile. Il y eut un crissement de pneus, une déchirante protestation dont les échos retentirent sur toute la place.

La Zil revint. Comme les phares de la voiture n'étaient pas allumés, Arkadi se rendit compte trop tard qu'elle venait droit sur lui. Quand il se mit à courir en direction du musée, la Zil le suivit, son pare-chocs pratiquement sur les talons d'Arkadi. Il fonça à gauche vers le mausolée et la lourde voiture vint lui couper la route, dans un rugissement. Il évita le pare-chocs arrière et se précipita vers la rue Tcherni. La Zil pencha sur le côté, retrouva son équilibre et se lança à sa poursuite en décrivant un cercle plus large, la force centrifuge de la voiture s'accélérant.

Là où dans sa fuite il coupait la trajectoire de la limousine, Arkadi plongea. Il roula sur le sol, se releva et tourna vers Saint-Basile un regard vacillant, mais il glissa sur les pavés. Les phares se dressèrent devant lui. Il tomba sur un genou et leva un bras devant ses yeux.

La Zil stoppa juste devant lui. Quatre uniformes émergèrent des halos lumineux qui l'éblouissaient. Des uniformes vert foncé de généraux avec des étoiles de cuivre, des épaulettes à frange et des mosaïques de médailles derrière des cordons de galon doré. Comme il retrouvait sa vision normale, Arkadi constata que les hommes dans leurs uniformes avaient quelque chose de bizarrement ratatiné, qu'ils se soutenaient les uns les autres. Quand le chauffeur descendit de voiture, il faillit tomber. Il portait un chandail et une veste civils, avec une casquette de sergent-major. Il était ivre et ses yeux ruisselaient de larmes qui coulaient sur ses joues.

« Belov ? demanda Arkadi en se levant.

— Arkacha, fit la voix de Belov, profonde et creuse comme si elle sortait d'un tonneau. Nous sommes allés chez toi et tu n'étais pas là. Nous sommes allés à ton bureau et tu n'y étais pas. On roulait un peu au hasard quand on t'a aperçu et là-dessus tu es parti en courant. »

Arkadi reconnaissait vaguement les généraux, même s'ils étaient des versions grisonnantes et rabougries des officiers à la taille impressionnante qui traînaient dans le sillage de son père. C'était là les vaillants héros du siège de Moscou, les commandants des unités blindées de l'offensive de Bessarabie, l'avant-garde de la poussée sur Berlin, chacun arborant un ordre de Lénine décerné « pour action décisive ayant modifié de façon significative le cours de la guerre ». Sauf que Chouksine, qui faisait toujours claquer une cravache sur ses bottes, était maintenant si ratatiné et si penché qu'il ne dépassait guère le haut de ses bottes ; qu'Ivanov, qui tenait toujours à porter l'étui à cartes de son père, était maintenant voûté comme un gorille. Kouznetsov était devenu potelé comme un enfant, alors que Goul était un squelette, sa vigueur et sa férocité ne se manifestant plus que par des touffes de poils jaillissant de ses sourcils et de ses oreilles. Bien qu'Arkadi les eût détestés toute sa vie — méprisés plutôt, car ils le houspillaient plutôt par flagornerie que par méchanceté —, il était stupéfait de les voir aussi faibles.

Boris Sergueïevitch était différent. C'était le sergent Belov, le chauffeur de son père, le même garde du corps qui escortait le jeune Arkadi dans le parc Gorki. Boris, plus tard, devint l'inspecteur Belov, bien que cette promotion dût moins à une érudition juridique qu'à une grande soumission aux ordres et à une loyauté à toute épreuve. Il n'avait jamais manifesté à Arkadi autre chose que de l'adoration. L'arrestation puis l'exil d'Arkadi étaient des choses que Belov n'avait jamais comprises — comme, par exemple, le français ou la mécanique quantique.

Belov ôta sa casquette et la glissa sous son bras gauche comme s'il se présentait au rapport. « Arkadi Kirilovitch, j'ai la douloureuse tâche de t'annoncer que ton père, le général Kyril Ilitch Renko, est mort. »

Les généraux s'avancèrent pour serrer la main d'Arkadi.

« Il aurait dû être maréchal, dit Ivanov.

— Nous étions compagnons d'armes, fit Chouksine. Je suis entré dans Berlin avec votre père. »

Goul agita un bras rouillé. « J'ai défilé sur cette même place avec votre père et j'ai déposé un millier de drapeaux fascistes aux pieds de Staline.

— Nos plus sincères condoléances pour cette perte immense », sanglota Kouznetsov comme une vieille tante.

Belov reprit : « L'enterrement est prévu pour samedi. C'est tôt, mais comme d'habitude, ton père a laissé des instructions pour tout. Il voulait que je te remette cette lettre.

— Je n'en veux pas.

— Je ne sais absolument pas ce qu'il y a dedans. »

Belov essaya de fourrer à l'intérieur de la veste d'Arkadi une enveloppe. « C'est d'un père à son fils. »

Arkadi écarta sans douceur la main de Belov. Il était étonné de sa brutalité envers un ami et par la profondeur de la répulsion que lui inspiraient les autres. « Non merci. »

Chouksine fit un pas chancelant en direction du Kremlin. « *En ce temps-là* on appréciait l'armée. La puissance soviétique signifiait quelque chose. *En ce temps-là* les fascistes chiaient dans leur froc chaque fois qu'on se mouchait. »

Goul enchaîna. « Aujourd'hui, nous rampons devant les Allemands pour leur lécher le cul. Voilà ce que c'est que de les avoir laissés se relever.

— Et qu'est-ce que ça nous rapporte d'avoir sauvé les Hongrois, les Tchèques et les Polonais, sinon qu'ils nous crachent à la figure ? » La passion qu'Ivanov mit dans sa question était trop forte pour lui. L'ancien porte-étui à cartes s'affala sur l'aile de la voiture. Ils étaient tous si imbibés de vodka que, Arkadi s'en rendit compte, une allumette les aurait fait flamber comme des chiffons.

« C'est nous qui avons sauvé le monde, vous vous souvenez ? lança Chouksine. Nous avons sauvé le monde ! »

Belov se fit suppliant. « Pourquoi ?

— C'était un tueur, dit Arkadi.

— C'était la guerre.

— Vous croyez, demanda Goul, que nous, nous aurions perdu l'Afghanistan ? Ou l'Europe ? Ou une seule république ?

— Je ne parle pas de la guerre, fit Arkadi.

— Lis la lettre, supplia Belov.

— Je parle de meurtre, répondit Arkadi.

— Arkacha, je t'en prie ! » Belov avait le regard implorant d'un chien. « Pour moi. Il va lire la lettre ! »

Les généraux vinrent se regrouper autour de lui. Une simple poussée et nul doute qu'ils s'effondreraient, se transformeraient en tas de poussière, se dit Arkadi. Qui donc voyaient-ils ? se demanda-t-il. Lui, son père, qui ça ? Ce pourrait être son moment de triomphe vengeur, le vieux fantasme d'un enfant. Mais c'était trop pathétique et les généraux, si grotesques qu'ils puissent paraître, étaient également infiniment humains à cet ultime stade de radotage édenté. Il prit la lettre. Elle avait quelque chose de lumineux, son nom était inscrit en hautes lettres avec des pleins et des déliés. Dans sa main l'enveloppe paraissait légère comme si elle était vide.

« Je la lirai plus tard, promit Arkadi en s'éloignant.

— Cimetière de Vagankovskoïe, lui lança Belov. Dix heures du matin. »

Soit je la jette, songea Arkadi, soit je la brûle.

CHAPITRE 8

Le lendemain, c'était le dernier jour de ce qu'on appelait l'« enquête à chaud », le dernier jour d'état d'alerte des gares et des aéroports, le moment culminant des déceptions et des discussions. Arkadi et Jaak partirent sur de fausses pistes les entraînant vers le nord, l'ouest et le sud, puis un quatrième tuyau les expédia où on avait aperçu Kim, jusqu'à ce cul-de-sac qu'on appelait le Lioubertsi.

« Un nouvel informateur ? » interrogea Arkadi. C'est lui qui conduisait, ce qui était toujours un signe de mauvaise humeur.

« Totalement nouveau, insista Jaak.

— Ce n'est pas Julya, fit Arkadi.

— Ce n'est pas Julya, affirma Jaak.

— Tu lui as quand même emprunté sa Volvo ?

— Certainement. Mais ça n'est pas Julya, c'est un Gitan.

— Un Gitan ! » Arkadi dut faire un effort pour ne pas quitter la route.

« Tu dis toujours que c'est moi qui ai des préjugés, fit Jaak.

— Quand je pense aux Gitans, je pense à des poètes et des musiciens, mais pas à des informateurs fiables.

— Eh bien, pourtant, répliqua Jaak, ce type vendrait son frère et voilà ce que j'appelle un informateur fiable ! »

La moto de Kim était là. Une Suzuki exotique, bleu nuit, une sculpture reliant deux cylindres à deux roues, appuyée sur une béquille chromée derrière un immeuble de cinq étages. Arkadi et Jaak firent le tour de la machine et l'admirèrent sous tous les angles, en jetant de temps en temps un coup d'œil à l'immeuble. Les étages supérieurs avaient des balcons fermés au mépris de tous les règlements. Le sol était jonché de déchets qui semblaient avoir plu des fenêtres : cartons, ressorts de matelas, bouteilles cassées. Le groupe de bâtiments suivant était à cent mètres. C'était un paysage inachevé d'immeubles bâtis loin les uns des autres, de canalisations d'égouts reposant dans des tranchées béantes, d'allées cimentées qui s'entrecroisaient parmi les mauvaises herbes. Mais personne ne se promenait. Le ciel était envahi de cette espèce particulière de brume qui exprimait tout à la fois la pollution industrielle et le désespoir.

Le Lioubertsi était tout ce que les Russes redoutaient, un quartier loin du centre, qui n'était ni Moscou ni Leningrad, qui devait se faire oublier et rester invisible comme si la steppe commençait ici, à seulement vingt kilomètres des faubourgs de Moscou. Là se trouvait la vaste population dont le chemin allait tout droit de l'aide sociale à l'école professionnelle, puis à la chaîne de montage et à la longue file d'attente pour la vodka, et cela jusqu'à la tombe.

Les Moscovites redoutaient aussi le Lioubertsi car les jeunes ouvriers d'usine qui peuplaient ce quartier prenaient le train pour Moscou afin de rosser les gosses de privilégiés de la ville. Il était bien naturel que les Lioubers se fussent regroupés en une mafia particulièrement douée pour le vandalisme lors des spectacles de rock et dans les restaurants.

Jaak s'éclaircit la voix.

« Dans la cave, dit-il.

— La cave ? » Arkadi était rien moins que ravi. « Si nous descendons dans la cave, il nous faudrait des gilets pare-balles et des lampes. Tu n'en as pas demandé ?

— Je ne savais pas que Kim serait ici.

— Tu ne croyais pas vraiment à ton informateur fiable, hein ?

— Je ne voulais pas faire de vagues », répondit Jaak.

L'ennui, c'était que les caves du Lioubertsi n'étaient pas des caves ordinaires car, jusqu'à une époque récente, les cours privés d'arts martiaux étaient illégaux. En réaction, les athlètes lioubers étaient passés dans la clandestinité, aménageant en gymnases secrets des caves à charbon et des chaufferies. S'aventurer seul dans un sous-sol du Lioubertsi était une perspective à laquelle Arkadi ne trouvait rien d'attrayant, mais il savait qu'il faudrait une journée entière pour obtenir de Moscou l'équipement spécial.

Trois babouchkas, assises sur les marches de l'immeuble, surveillaient un terrain de jeux où de jeunes enfants grimpaient dans un bac à sable fabriqué avec des planches pourries. Des garçons plus âgés tournaient sur un manège sans sièges. Les femmes avaient la tête grisonnante et des manteaux noirs comme des corbeaux russes.

« Tu te souviens, demanda Jaak, du club de Komsomols qui avait appelé à propos d'un trophée pour Rudy ?

— Vaguement.

— Est-ce que je t'ai dit qu'ils continuent à appeler ?

— Tu crois que c'est le bon moment pour en parler ? demanda Arkadi.

— Et ma radio ? demanda Jaak.

— Ta radio ?

— Je l'ai achetée ; j'aimerais l'écouter. Tu oublies tout le temps de me la rapporter.

— Passe chez moi ce soir pour la prendre. »

Ils ne pouvaient pas rester plantés devant la moto toute la journée, se dit Arkadi. On les avait déjà repérés.

« C'est moi qui ai le pistolet, dit Jaak, alors je vais entrer.

— Sitôt que quelqu'un va arriver, il va se mettre à courir. Comme c'est toi qui as le pistolet, tu attends ici et tu l'arrêtes. »

Arkadi monta les marches. Les femmes le regardèrent comme s'il venait d'un autre système solaire. Il essaya un sourire. Non, on n'acceptait pas les sourires ici. Il regarda le terrain de jeux. Désert. Les enfants couraient après des bourres semblables à du coton qui tombaient des arbres. Il se retourna pour jeter un coup d'œil à Jaak qui, assis sur la moto, surveillait l'immeuble.

Il fit le tour du rez-de-chaussée jusqu'au moment où il découvrit un escalier menant à une porte d'acier. Elle n'était pas fermée à clé et de l'autre côté, il faisait noir comme dans un puits. Il cria : « Kim ! Mikhaïl Kim ! Je veux te parler ! »

Il n'obtint pour toute réponse qu'un silence profond. C'était le bruit des champignons en train de pousser, se dit Arkadi. Il n'avait aucune envie d'entrer dans la cave. « Kim ? »

Il tâtonna jusqu'au moment où il trouva une chaîne. Quand il tira dessus, une douzaine de faibles ampoules apparurent, accrochées à un fil électrique directement punaisé à des poutres nues, et qui ne fournissaient pas tant un éclairage que des repères dans l'obscurité. Quand il se pencha, il eut l'impression de glisser dans de l'eau.

Du sol au plafond il n'y avait qu'un mètre cinquante, parfois moins. C'était un petit réduit creusé dans un tunnel qui suivait et contournait des canalisations et des robinets. Le dessous de l'immeuble craquait comme un navire. Il arracha les toiles d'araignée qui lui couvraient le visage et retint son souffle.

La claustrophobie était comme une vieille amie venue l'accompagner pour ce voyage. L'essentiel était d'avancer sans s'arrêter d'une petite ampoule à la suivante. De respirer plus régulièrement. De ne pas penser à la masse de la maison qui l'écrasait. De ne pas penser à la piètre qualité de la construction soviétique. De ne pas imaginer un instant que le tunnel ressemblait à une tombe humide.

Quand il parvint à la dernière ampoule, Arkadi se glissa par un second panneau et se retrouva à quatre pattes dans une pièce basse et sans fenêtre au plâtre bien lisse recouvert de peinture et éclairée par un tube fluorescent. Sur le sol, il y avait des matelas, des poids et des poulies. Les poids étaient de construction artisanale : des roues d'acier sommairement taillées pour glisser sur des barres. Les poulies étaient composées de plaques d'acier découpées auxquelles on avait fixé des câbles. Aux murs, un miroir en pied et une photo de Schwarzenegger faisant jouer tous ses muscles. Un lourd sac de sable était accroché à une chaîne fixée au plafond. Il y avait dans l'air une forte odeur de sueur et de talc.

Arkadi se redressa. Derrière, se trouvait une seconde pièce avec des bancs et des poids posés sur des blocs. Des livres de culturisme et de diététique s'étalaient sur un matelas. Sur un banc bien lisse on voyait l'empreinte d'une espadrille. Fixée au plafond au-dessus du banc, il y avait une plaque de métal et un interrupteur au mur. Arkadi éteignit la lumière pour ne pas se détacher comme une cible. Il monta sur le banc, souleva la plaque et la fit glisser. Il commençait à se hisser là-haut quand le canon d'un pistolet vint s'appuyer contre sa tempe.

Il faisait noir. Arkadi avait la tête à moitié passée dans le plancher derrière l'escalier du hall de l'immeuble. Le banc était à des kilomètres de ses pieds qui battaient le vide. Des relents d'urine arrivaient du vestibule. Il aperçut un tricycle sans roues ; dans un coin, des restes de paquets de cigarettes et de préservatifs et, à l'autre bout du pistolet automatique, Jaak.

« Tu m'as fait peur, dit Jaak en braquant le pistolet vers le plafond.

— C'est vrai ? » Arkadi avait l'impression qu'il n'y avait pas que ses pieds qui se balançaient dans le vide.

Jaak le hissa jusqu'à lui. L'entrée faisait face à la rue du côté opposé à celui par lequel ils étaient entrés. Arkadi se pencha vers les boîtes aux lettres. Comme d'habitude on les avait fait brûler. Bien entendu, l'éclairage de l'entrée était cassé. Pas étonnant que les gens se fassent tuer.

Jaak était très gêné. « Tu mettais un temps fou, alors j'ai fait le tour pour voir s'il y avait une autre issue juste au moment où tu sortais de ton trou.

— Je ne le ferai plus.

— Tu devrais avoir un pistolet, dit Jaak.

— Si j'avais une arme, ce serait suicidaire. »

Arkadi avait encore le vertige quand ils sortirent.

« Si on surveillait la moto », proposa Jaak.

Quand ils eurent fait le tour du bâtiment, la belle moto de Kim avait disparu.

La milice remorquait les épaves de voitures jusqu'à un quai proche du port Sud, emplacement commode pour les presses et les ateliers de mécanique du quartier du Prolétariat. Tout ce qui était peu ou prou réutilisable avait été enlevé. Il ne restait là que des squelettes de voitures et ils avaient une sorte de dignité, comme des fleurs séchées. Du quai, on découvrait toute l'extrémité sud de Moscou ; ce n'était pas Paris, bien sûr, mais le paysage avait une certaine grandeur, avec parfois le dôme doré d'une église étincelant à l'ombre des cheminées d'usines.

Le ciel du soir était encore clair. Arkadi trouva Polina au bout du quai, travaillant avec un pinceau, des pots de peinture et des carrés de contre-plaqué. Elle avait déboutonné son imperméable, concession à la douceur du temps.

« Votre message paraissait urgent, dit Arkadi.

— J'ai pensé que vous devriez voir ceci.

— Quoi ? fit-il en regardant autour de lui.

— Vous verrez. »

Il perdait patience. « Il n'y a aucune urgence ? Vous êtes juste en train de travailler ?

— Vous travaillez aussi.

— Oh, je mène une existence obsédante mais vide. Vous n'avez pas envie d'aller danser ou voir un film avec un ami ? » Les bulletins d'informations d'Irina avaient commencé et il savait qu'il préférerait faire autre chose que d'être ici.

Polina étala de la peinture verte sur un carré de bois posé en équilibre sur l'aile d'une Zil dont on avait retiré les portières et les banquettes. Elle-même faisait un assez joli tableau, songea Arkadi. Si elle avait un chevalet et un peu plus de technique... mais elle se contentait d'appliquer la peinture à grands coups de pinceau. Elle parut sentir que l'esprit d'Arkadi vagabondait. « Comment ça a marché avec Jaak ?

— Ça n'a pas été notre jour de gloire. » Il regarda par-dessus son épaule. « C'est très vert.

— Vous êtes critique ?

— Les artistes sont si susceptibles. Je voulais dire “superbement, généreusement vert”. » Il recula pour examiner le paysage du fleuve aux eaux noires, des grues grises et des cheminées dont la silhouette se fondait dans un ciel laiteux. « Qu'est-ce que vous peignez exactement ?

— Le bois.

— Ah. »

Polina avait quatre pots de peinture verte étiquetés SC 1, SC 2, SC 3, SC 4, à côté de quatre autres pots de rouge étiquetés SR1, SR2, SR3, etc. Chaque pot avait son pinceau. La peinture verte empestait. Il fouilla dans sa poche, mais il avait laissé les Marlboro de Borya dans son autre veste. Quand il finit par trouver les Belomor, Polina souffla pour éteindre son allumette.

« Explosifs, dit-elle.

— Où ça ?

— Vous vous souvenez, dans la voiture de Rudy, nous avons trouvé des traces de sodium rouge et de sulfate de cuivre ? Comme vous le savez, ça peut correspondre à un dispositif incendiaire.

— La chimie n'a jamais été mon fort.

— Ce que nous n'arrivions pas à comprendre, poursuivit Polina, c'était pourquoi on ne trouvait pas de mécanisme d'horlogerie ni de commande à distance. J'ai fait quelques recherches.Vous n'avez pas besoin d'une source d'allumage séparée si vous combinez le sodium rouge et le sulfate de cuivre. »

Arkadi regarda de nouveau les pots étalés à ses pieds. SR : sodium rouge, une peinture marine rouge, d'un carmin foncé avec une nuance d'ocre. SC : sulfate de cuivre, une horrible marmite verte aux relents démoniaques. Il referma sa pochette d'allumettes. « Vous n'avez pas besoin de détonateur ? »

Polina posa le carré humide sur la banquette avant de la Zil et en apporta un autre sur lequel la peinture verte était sèche. Elle colla du papier adhésif brun par-dessus la planche. « Le sodium rouge et le sulfate de cuivre sont individuellement assez inoffensifs. Mais si on les réunit, une réaction chimique se produit qui génère assez de chaleur pour provoquer une ignition spontanée.

— Spontanée ?

— Mais ni immédiate ni nécessaire. C'est cela qui est intéressant. C'est une arme binaire classique : deux moitiés d'une charge explosive séparées par une membrane. Je suis en train d'expérimenter différentes barrières, comme l'étamine, la mousseline et le papier pour mesurer les délais et l'efficacité. J'ai déjà disposé des planches peintes dans six voitures. »

Polina prit le pinceau d'une boîte marquée SR 4 et se mit à couvrir le papier de larges traînées de sodium rouge. Arkadi remarqua qu'elle commençait par un « W » comme un peintre en bâtiment. « S'ils s'enflammaient tout de suite, vous le sauriez maintenant, dit-il.

— Oui.

— Polina, est-ce que nous n'avons pas des techniciens de la milice avec des blockhaus, des combinaisons protectrices et des pinceaux à très long manche pour faire ce genre d'expérience ?

— Je suis plus rapide et meilleure qu'eux. »

C'est vrai que Polina allait vite. Elle évitait de faire tomber des gouttes rouges dans les pots verts et en moins d'une minute, elle avait recouvert la planche tapissée de papier, si bien qu'elle avait une surface uniformément rouge.

« Ainsi, dit Arkadi, quand le sodium rouge filtre à travers le papier et entre en contact avec le sulfate de cuivre, ça dégage de la chaleur et ça prend feu ?

— C'est ça l'idée, exposée très simplement. »

Polina prit dans sa poche d'imperméable un bloc-notes et un stylo, puis elle nota les numéros de peinture et l'heure à la seconde près. Tenant à la main la planche qu'elle venait de peindre et un pinceau, elle se dirigea vers la rangée d'épaves. Arkadi l'accompagna. « Je ne peux pas m'empêcher de penser que vous seriez mieux à gambader dans un parc ou à partager une glace avec quelqu'un. »

Les voitures alignées sur le quai étaient en accordéon, rouillées et complètement désossées. Une Volga était si tordue que son arbre de transmission était braqué vers le ciel. Une Niva au nez camus avait son volant qui passait par la banquette avant. Ils aperçurent une Lada dont le bloc moteur reposait dangereusement à l'arrière. Autour du quai se dressaient des usines noircies et des dépôts militaires. Sur le fleuve, le dernier hydroglisseur de la soirée voguait comme un serpent de lumières.

Polina posa la planche rouge sur la pédale de frein d'une conduite intérieure Moskvitch et peignit un « 7 » sur la portière avant gauche. En voyant Arkadi s'approcher des six autres voitures au bout du quai, elle dit : « Vous feriez mieux d'attendre. »

Ils s'installèrent dans une Jigouli dont on avait enlevé le pare-brise et les roues, ce qui leur donnait une vue dégagée sur le port et la rive d'en face.

« Une bombe à l'intérieur d'une voiture, murmura Arkadi, Kim à l'extérieur, ça me paraît faire un peu double emploi.

— Pour l'assassinat de l'archiduc Ferdinand, qui a déclenché la Première Guerre mondiale, observa Polina, il y avait vingt-sept terroristes avec des bombes et des pistolets postés tout le long de l'itinéraire du cortège.

— Vous avez fait une étude sur les assassinats ? Rudy n'était qu'un banquier, pas un héritier du trône.

— Dans les attaques contemporaines menées par des terroristes, surtout contre des banquiers de l'Ouest, la bombe dans une voiture est l'arme de prédilection.

— Mais vous avez vraiment étudié ça. » Ça lui faisait un coup.

« Je suis encore intriguée par le sang dans la voiture de Rudy, avoua Polina.

— Je suis certain que vous finirez par trouver.

Vous savez, il y a autre chose dans la vie que... la mort. »

Polina avait les boucles brunes d'une jeune fille peinte par Manet, songea Arkadi. Elle aurait dû être en jupe longue avec un col de dentelle, assise à une table en fer forgé sur une herbe tachetée de soleil et non pas dans une épave sur un quai en train de parler des morts. Il remarqua qu'elle l'observait.

« Vous menez vraiment une existence vide, n'est-ce pas ? demanda-t-elle.

— Attendez un peu », fit Arkadi. Voilà que, sans préambule et sans logique aucune, le cours de la conversation semblait s'être renversé.

« Vous l'avez dit vous-même, fit-elle remarquer.

— Eh bien, vous n'avez pas besoin d'être d'accord.

— Parfaitement, dit Polina. Vous avez le droit de mener votre existence vide, mais vous critiquez la façon dont je mène la mienne, bien que je travaille pour vous jour et nuit. »

La première voiture sauta avec un son étouffé comme un tambour mouillé. Il y eut un éclair blanc se mêlant à l'explosion du pare-brise et des vitres. Au bout d'un instant, et tandis que des éclats de verre retombaient encore en pluie, l'intérieur de la voiture s'emplit de flammes. Polina nota l'heure sur son bloc.

« Il n'y avait pas de fusée ni de détonateur ? interrogea Arkadi. Rien que des produits chimiques ?

— Juste ce que vous avez vu, mais avec des solutions à différentes concentrations. J'en ai d'autres avec du phosphore et de la poudre d'aluminium. Là, il faut un détonateur ou un choc pour déclencher l'explosion.

— Celle-ci m'a paru joliment efficace », observa Arkadi.

Il s'attendait à une sorte de combustion spontanée, mais pas à une explosion d'une telle violence. Le feu avait déjà bien pris : la banquette avant et le tableau de bord étaient en proie à des flammes qui produisaient une fumée sombre et toxique. Comment pouvait-on jamais échapper à un incendie de voiture ? « Merci de ne pas m'avoir laissé m'approcher davantage, dit Arkadi.

— Je vous en prie, c'est tout naturel.

— Et je vous prie de m'excuser pour avoir formulé des critiques même sous-entendues sur votre dévouement professionnel, puisque vous êtes le seul membre de l'équipe qui ait fait montre de compétence. Je suis vraiment impressionné. »

Tandis que Polina le dévisageait pour voir s'il n'y avait aucune moquerie dans ses propos, il alluma une cigarette. « J'ouvrirais bien la vitre s'il y en avait une », dit-il.

La seconde voiture s'enflamma avec la même force explosive que la première, mais la bombe du troisième véhicule était plus faible — il y eut à peine une explosion, suivie pourtant d'une flamme dévorante. Pour la quatrième, les choses se passèrent comme pour la première. Arkadi était devenu maintenant un observateur averti, capable d'apprécier les différentes phases. D'abord le jaillissement d'éclats de verre, l'éclair aveuglant de la mise à feu, le *whooomp !* de l'air comprimé, puis l'épanouissement des flammes rosées et de la fumée brune et toxique. Polina prenait des notes. Elle avait des mains délicates que les manches retroussées de son manteau faisaient paraître plus menues encore. Ses brèves observations étaient aussi lisibles que des caractères d'imprimerie.

Belov avait dit qu'il y aurait une cérémonie funèbre pour son père. Allait-on enterrer le corps ou se contenterait-on d'une urne de cendres ? Ils pourraient se passer du crématorium et apporter ici le corps du vieil homme pour une somptueuse chevauchée posthume dans un des chariots embrasés de Polina. Irina pourrait donner cette nouvelle dans son bulletin d'informations comme nouvel exemple d'atrocité russe.

L'idée vint à Arkadi que les voitures n'étaient pas faites pour les Russes. Tout d'abord, les Russes n'avaient pas assez de routes qui n'aient ni boue ni glace. Point plus important encore, il ne fallait pas confier des véhicules capables d'une certaine vitesse aux mains de gens ayant un penchant pour la vodka et à la mélancolie.

« Vous aviez prévu autre chose pour ce soir ? demanda Polina.

— Non. »

La cinquième et la sixième voiture explosèrent presque simultanément, puis brûlèrent de façon très différente, l'une se transformant en une boule de feu et l'autre, la carcasse déjà calcinée, s'affaissant dans un rideau de flammes. Aucune voiture de pompiers n'était encore arrivée. L'époque des équipes de nuit était passée depuis longtemps et, à cette heure-ci, dans les usines autour du quai, il ne restait que des veilleurs de nuit. Arkadi se demanda combien de quartiers de la ville Polina et lui pourraient transformer en brasier avant qu'on s'en aperçût.

Tout en feuilletant ses notes, Polina dit : « J'aurais bien aimé mettre des mannequins dans les voitures.

— Des mannequins ?

— Des figures de cire. Il m'aurait fallu aussi des thermomètres. Je n'ai même pas pu trouver de thermomètres de four.

— Tout est si difficile à trouver.

— Parce que la combustion chimique est imprécise, surtout en ce qui concerne le délai précédant l'ignition.

— J'ai l'impression que ç'aurait été plus précis pour Kim de vider sur Rudy un chargeur de fusil-mitrailleur. Non pas que ce ne soit pas formidable de regarder toutes ces voitures sauter. C'est un peu comme un satî : vous savez, quand les femmes indiennes s'immolent sur le bûcher funéraire de leur mari ? On dirait un grand satî au bord du Gange, sauf que nous sommes à Moscou, que ce n'est pas le milieu de la journée, mais le milieu de la nuit et que nous n'avons pas pris la peine d'amener la moindre veuve. Pas même des mannequins. A cela près, c'est presque romantique.

— Ce n'est pas une approche très analytique, remarqua Polina.

— Analytique ? Je n'aurais même pas besoin d'un thermomètre de four. J'ai senti Rudy. Il était à point. »

Polina était piquée au vif. Arkadi lui-même était choqué de ce qu'il venait de dire. Que pouvait-il ajouter maintenant ? Qu'il était fatigué, énervé, qu'il avait envie d'être chez lui, l'oreille collée à la radio ? « Je vous demande pardon, dit-il. C'était moche de ma part.

— Je pense que vous feriez mieux de trouver un autre médecin légiste, dit Polina.

— Je pense que je ferais mieux de m'en aller. »

Comme il partait, la septième voiture explosa, projetant vers le ciel des fontaines d'éclats de verre. Après le fracas de la détonation, le verre en retombant fit un bruit de carillon et se répandit en cristaux à ses pieds. La Moskvitch brûlait comme une chaudière emballée, des flammes blanches jaillissant d'une vitre à l'autre, émettant des ondes de chaleur qui contraignirent Arkadi à reculer. Quand la banquette prit feu, les flammes cédèrent la place à d'épaisses volutes d'une fumée violacée chargée de gaz toxique. La peinture bouillonnait, le quai tout entier était parsemé d'éclats de verre brillants comme des charbons ardents.

Arkadi remarqua que Polina prenait de nouveau des notes. Elle aurait fait un bon assassin, songea-t-il. Elle était un bon médecin légiste. Et lui, un idiot.

CHAPITRE 9

« C'est triste pour Rudy. Il était très humain, chaleureux, il s'intéressait à la jeunesse soviétique. » Antonov tressaillit en voyant un garçon faire reculer l'autre dans un coin du ring et lui faire sauter son protège-dents. « Il venait souvent ici, pour encourager les gosses, pour leur dire de rester dans le droit chemin. » Antonov eut un hochement de tête compatissant vers le boxeur assiégé qui se dégageait. « Cogne-le, cogne-le, *bouge !* Allons, pas mal comme imitation de l'hélice ! Bref, Rudy était comme un oncle. Ici, ce n'est pas le centre de Moscou. Ces petits ne vont pas dans des écoles spécialisées pour ballerines. Cogne ! Mais la jeunesse est notre bien le plus précieux. Au Komsomol, chaque garçon, chaque fille a une chance équitable. Les maquettes d'avion, les échecs, le basket-ball. Je parie que Rudy sponsorisait tous les clubs ici. Recule ! Pas toi ! *Lui !* »

Jaak n'était pas encore arrivé. Polina avait appelé, mais la morgue était bien le dernier endroit où Arkadi avait envie de commencer la journée. Elle n'avait donc jamais son content de sang ? D'un autre côté, regarder des garçons se bourrer de coups ne se révélait pas le traitement idéal pour la migraine. Antonov donnait l'impression d'un homme dont le cerveau avait depuis longtemps été endurci par les coups. Il avait des cheveux gris taillés en brosse, un visage banal et, dans ses poings, si noueux qu'il paraissait avoir des jointures supplémentaires, il tenait un maillet et un chronomètre. Les garçons sur le ring portaient des casques de cuir, des maillots et des shorts. Ils avaient la peau pâle comme la chair d'une patate sauf là où ils avaient été touchés. On aurait dit parfois qu'ils boxaient, et puis l'instant d'après qu'ils dansaient mal. A part le ring, le gymnase du Komsomol du quartier Leningrad abritait aussi des tapis de lutte et des poids, si bien que les parois retentissaient des ahanements des lutteurs et des haltérophiles. C'étaient deux types psychologiques différents, songea Arkadi : les haltérophiles étaient des solistes du grognement, tandis que les lutteurs avaient hâte de s'emmêler les membres. Une lumière tamisée pénétrait par les fenêtres blanchies à la chaux et il flottait dans l'air d'âcres relents de sueur. Des espaliers encadraient la porte surmontée d'un panneau qui disait : LES CIGARETTES ET LE SUCCÈS NE VONT PAS ENSEMBLE ! Cela rappela à Arkadi qu'il avait machinalement mis le blouson où il y avait les deux paquets de Marlboro de Borya, ce qui montrait bien que chaque chose a son bon côté.

« Rudy était un passionné de sport — c'est pour ça que vous m'avez demandé de venir ? Vous aviez un trophée pour lui ?

— Il est vraiment mort ? demanda Antonov.

— Tout ce qu'il y a de plus mort.

— Enchaîne, enchaîne ! » cria Antonov en direction du ring. Il reprit à l'attention d'Arkadi : « Laissez tomber pour la coupe.

— Laisser tomber ? » Antonov avait appelé deux fois dans la même journée au bureau à propos du trophée.

« Qu'est-ce que Rudy va faire d'une coupe maintenant ?

— C'est bien ce que je me demandais, fit Arkadi.

— Je ne veux pas me montrer irrespectueux, mais j'avais une question à vous poser. Dites-moi, imaginez, dans une coopérative, que la personne qui signe les chèques meure. Est-ce que ça veut dire que son associé touche l'argent qui reste sur le compte ?

— Vous étiez associé avec Rudy ? »

Antonov ricana, comme si la question était absurde. « Pas moi personnellement, non. Le club. Excusez-moi. Ne change pas ton attaque ! Si tu es droitier, reste droitier ! »

Arkadi commençait à se réveiller. « Le club et Rudy ?

— Les Komsomols locaux ont le droit de former des coopératives. Ça n'est que justice et ça aide parfois d'avoir un partenaire officiel quand on veut faire venir certains équipements.

— Des machines à sous ? » lança Arkadi. Il avait deviné juste.

Antonov se souvint de son chronomètre et abattit son maillet sur un seau. Les deux boxeurs s'éloignèrent l'un de l'autre en trébuchant, ni l'un ni l'autre capables de lever un gant.

« C'est parfaitement légal », fit Antonov, et il ajouta en baissant la voix : « TransKom Services, avec un K majuscule. »

TransKom, la Ligue de la jeunesse communiste plus Rudy, ça valait bien les machines à sous de l'Intourist. Vu à la lumière des talents de Rudy, ce petit club de Komsomols minable, c'étaient des scories transformées en or. Pour Arkadi, c'était une victoire, certes bien mince par rapport à ce que ce serait de retrouver Kim.

« Vous verrez, reprit Antonov, le club figure sur les papiers de la coopérative. Il y avait les noms des associés, le bilan d'exploitation, les comptes en banque, tout.

— Vous avez ces papiers ?

— Rudy les avait tous, répondit Antonov.

— Alors, je crois que Rudy les a emportés avec lui. »

Les morts étaient bien pervers.

A la morgue, on était patient. Des chariots s'alignaient dans le couloir, les corps étendus sous des draps maculés attendant leur tour de passer sur la table avec une totale indifférence. Peu leur importait de pourrir faute de formol. Personne ne s'offusquait si un commissaire allumait une luxueuse cigarette américaine pour masquer la puanteur. Rudy était dans un tiroir, ses organes reposant dans un sac en plastique entre ses jambes. Mais Polina était partie.

Arkadi la retrouva au milieu d'une file d'attente d'un millier de personnes faisant la queue pour des betteraves dans le petit jardin public près de la rue Petrovka. La pluie tombait en une bruine régulière et insinuante qui étincelait autour des réverbères. Quelques parapluies étaient déployés, mais pas beaucoup, car les gens devaient avoir les deux mains libres pour tenir leurs paniers. A la tête de la file, des soldats entassaient des sacs dans la boue. Avec son imperméable boutonné jusqu'au menton, les gouttes de pluie constellant de perles ses cheveux sombres, Polina donnait l'impression d'être poussée en avant par un mille-pattes aux yeux fiévreux et aux joues creuses. Ailleurs, on faisait la queue pour des œufs et pour du pain et il y avait une file qui faisait le tour d'un kiosque où l'on vendait des cigarettes. Des gens zélés patrouillaient pour s'assurer que personne ne sautait son tour. Arkadi n'avait pas ses tickets, si bien que toute cette abondance ne l'avançait à rien.

« Je suis venue ici après le quai, annonça Polina, pour terminer Rudy. Je vous disais qu'il y avait trop de sang. Il est tout à vous maintenant. »

Arkadi ne pensait pas qu'il pût jamais y avoir trop de sang pour Polina, mais il garda un air approbateur. Manifestement, elle avait travaillé toute la nuit.

« Polina, je suis désolé pour ce qui s'est passé sur le port. Je suis terrible quand il s'agit de médecine légale. Vous avez plus de cran que moi. »

Derrière Polina, une femme avec un châle gris, des sourcils gris et une moustache se pencha vers lui pour demander : « Vous essayez de resquiller ?

— Non.

— On devrait fusiller les gens qui resquillent, reprit la femme.

— Ayez-le à l'œil », conseilla l'homme qui était derrière elle. C'était un petit personnage aux airs de bureaucrate avec un impressionnant porte-documents, du genre susceptible de contenir pas mal de betteraves. Tout au bout de la queue, Arkadi aperçut des visages qui le regardaient avec une fureur contenue. Les gens avançaient d'un à la fois sans se lâcher, se serrant pour former un mur qu'il ne pourrait pas entamer.

« Depuis combien de temps faites-vous la queue ? demanda Arkadi à Polina.

— A peine une heure. Je vais vous prendre des betteraves, dit-elle en foudroyant du regard le couple derrière elle. Qu'ils aillent se faire foutre.

— Qu'entendez-vous par "trop de sang" ? »

Polina haussa les épaules. « Décrivez-moi les explosions quand Rudy est mort, dit-elle. Ce que vous avez vu exactement.

— Deux jaillissements de flammes, fit Arkadi. Le premier était surprenant : il était d'un blanc éblouissant.

— C'était le mélange sodium rouge-sulfate de cuivre. Et le second jaillissement ?

— Le second était très vif aussi.

— Autant ?

— Moins. » Il les avait déjà comparés dans son esprit. « Nous n'avions pas une vue très nette, mais c'était peut-être plus orange que blanc. Et puis nous avons vu des billets en train de brûler monter dans la fumée.

— Donc, deux jaillissements de flammes, mais seulement un assez brûlant pour faire comme un éclair dans la voiture. Avez-vous senti quelque chose après la seconde explosion ?

— Une odeur d'essence.

— Le réservoir ?

— Il a sauté plus tard. » Arkadi regarda une bagarre devant le kiosque où un client prétendait qu'on ne lui avait donné que quatre paquets pour le mois et non pas cinq. Deux soldats l'enlevèrent comme une valise, un bras passé autour de son cou et l'autre entre ses jambes, puis le jetèrent dans un fourgon. « Gary nous a dit que Kim avait lancé une bombe dans la voiture. Ça aurait pu être un cocktail Molotov, une bouteille d'essence.

— C'était mieux que ça, déclara Polina.

— Qu'est-ce qui est mieux ?

— De l'essence solidifiée. L'essence solidifiée colle et brûle et brûle encore. C'est pour ça qu'il y avait tant de sang. »

Arkadi ne comprenait toujours pas. « Avant, vous disiez que les brûlures ne provoquaient pas de saignements.

— J'ai de nouveau examiné le corps de Rosen. Il n'avait tout bonnement pas le nombre ni le genre de coupures susceptibles de donner tout ce sang dans la voiture et dehors. Je sais que le labo a dit que c'était son groupe sanguin, mais cette fois j'ai vérifié moi-même. Ce n'était pas son groupe. Ce n'était même pas du sang humain. C'était du sang de bétail.

— Du sang de bétail ?

— Filtrez le sang à travers un linge et conservez le sérum. Mélangez-le à de l'essence avec un peu de café ou de bicarbonate de soude. Agitez jusqu'à solidification.

— Une bombe à base de sang et d'essence ?

— C'est une technique de guérilla. J'aurais compris plus vite si le rapport du labo avait été exact, dit Polina. On peut épaissir l'essence en utilisant du savon, des œufs ou du sang.

— Ça doit être pour ça qu'il y a pénurie », dit Arkadi.

Le couple derrière Polina ne perdait pas un mot de leur conversation. « Ne prenez pas d'œufs, lui conseilla la femme, il y a des salmonelles dans les œufs.

— Ça, rétorqua le bureaucrate, c'est une rumeur sans fondement lancée par des gens qui veulent garder tous les œufs pour eux. »

La queue avança encore d'un pas. Arkadi avait envie de battre la semelle pour se réchauffer. Polina était en sandales, mais à voir son manque de réaction devant la pluie, le sang et l'absurdité de cette attente, elle aurait aussi bien pu être un buste en plâtre. Son attention tout entière était concentrée sur les balances qui approchaient. La pluie redoublait. Des gouttes ruisselaient le long de ses tempes et faisaient des entrelacs sur ses cheveux ramenés en chignon.

« Est-ce qu'ils vendent au poids ou à la pièce ? demanda-t-elle à ses voisins.

— Ma chère, répondit la vieille femme, ça dépend s'ils ont des balances trafiquées ou de petites betteraves.

— Est-ce qu'on a les feuilles aussi ? demanda Polina.

— Pour les feuilles, c'est une autre queue », dit la femme.

Arkadi reprit : « Vous avez fait du bon travail. Je suis désolé que ça ait dû être aussi macabre.

— Si ça me gênait, répliqua Polina, ça voudrait dire que je me suis trompée de profession.

— C'est peut-être moi qui me suis trompé de profession », fit Arkadi.

Devant la balance, l'essentiel des transactions se limitait à un morne et silencieux échange de roubles et de tickets d'alimentation contre des betteraves, même si toutes les quatre ou cinq personnes il s'en trouvait une pour lancer des accusations de trucage et pour réclamer une portion plus grande — dénonciations vibrantes de frustration, d'exaspération et de rage et qui amenaient les gens à se rapprocher anxieusement jusqu'au moment où les soldats les repoussaient et faisaient avancer le client, si bien que la queue était agitée de constants remous. Du moins la pluie lavait-elle les betteraves, faisant ressortir leur couleur écarlate sous un lampadaire. A cette lumière, Arkadi constatait que les sacs entassés derrière la balance gardaient des traces de leur voyage cahoteux depuis la campagne : de la boue et des marques tachaient la grosse toile humide. Les sacs les plus détrempés étaient maculés de rouge vif : le sol autour d'eux était imbibé de rouge et les plateaux de la balance étaient teintés d'un vermillon couleur de vinasse tacheté d'épluchures de betterave. Dans les reflets de l'eau qui ruisselait des sacs, le jardin public tout entier se reflétait comme dans un gros objectif rouge. Polina baissa les yeux vers ses doigts de pied et ses sandales ouvertes qui se teignaient déjà de rose. Arkadi vit son visage prendre une pâleur de cire et il la rattrapa au moment où elle s'effondrait.

« Ça n'est pas la morgue, ça n'est pas la morgue », dit-elle.

Arkadi lui passa un bras par-dessus son épaule et, la portant à moitié, l'entraîna loin du jardin public et dans la rue Petrovka en quête d'un endroit où elle pourrait s'asseoir. De l'autre côté de la rue, une ambulance franchissait la grille d'une résidence couleur jaune clair, le genre de construction très révolutionnaire que le Parti adorait utiliser comme bureaux. Il semblait s'agir d'une sorte de clinique.

Dès qu'il l'eut fait entrer dans la cour, Polina insista : « Pas de médecin. »

Sur un côté de la cour se trouvait un porche rustique au bois bizarrement peint de coqs claironnants et de cochons dansants. Ils pénétrèrent dans un café désert. De petites tables étaient entourées par des bancs capitonnés de cuir et une rangée de tabourets s'alignait le long d'un bar au rebord rembourré. Derrière le comptoir on apercevait un arsenal de presse-oranges.

Polina s'assit sur un banc, posa sa tête entre ses genoux et dit : « Merde, merde, merde, merde, merde. »

Une serveuse surgit de la cuisine pour les chasser, mais Arkadi brandit sa carte de police et demanda du cognac.

« C'est une clinique médicale ici. Nous ne servons pas de cognac.

— Alors, du cognac médicinal.

— En dollars. »

Arkadi posa sur la table un paquet de Marlboro. La serveuse regarda, immobile. Il ajouta l'autre paquet.

« Deux paquets.

— Et trente roubles. »

Elle disparut pour revenir quelques instants plus tard et, d'un large mouvement circulaire, posa devant eux un flacon de cognac arménien avec deux verres, puis elle rafla les cigarettes et l'argent.

Polina se redressa et renversa la tête en arrière. Ses cheveux pendaient en tristes bouclettes. « C'est la moitié de votre salaire hebdomadaire, dit-elle.

— Je le mettais de côté pour quoi ? Pour des betteraves ? »

Il lui servit un verre qu'elle vida d'un trait.

« De toute façon, dit-il je ne pense pas que vous ayez vraiment envie de bortsch, dit-il.

— Saleté de corps humain ! Une fois qu'on sait ce qui s'est passé, ça n'est pas mieux, c'est pire. » Elle essaya de respirer à fond. « C'est pour ça que je suis sortie. Et puis j'ai vu les files d'attente et je me suis glissée dans la plus proche. Si on va faire des courses, personne ne vous demande de revenir travailler. »

Au bar, la serveuse plongea la main sous son tablier pour chercher un briquet, alluma une cigarette et exhala la fumée avec une sensualité qui lui voila le regard. Arkadi l'envia.

« Pardonnez-moi, lança-t-il. Quel genre de clinique est-ce ici ? Un café avec des banquettes de cuir et un éclairage tamisé, c'est plutôt élégant.

— C'est pour les étrangers, répondit la serveuse. C'est une clinique diététique. »

Arkadi et Polina échangèrent un regard. Il devait y avoir de l'hystérie dans l'air, songea-t-il, car elle semblait prête tout à la fois à rire et à pleurer, et lui-même éprouvait le même sentiment. « Allons, fit-il, Moscou est certainement le bon endroit pour ça.

— Ils ne pouvaient pas trouver mieux », renchérit Polina.

Arkadi vit ses joues reprendre des couleurs. C'était intéressant de voir avec quelle rapidité quelqu'un de jeune se remettait : c'était comme les roses. Il lui versa un autre verre et s'en servit un. « C'est insensé, dit Polina. C'est *L'Enfer* de Dante avec des queues pour le pain. Il y a peut-être une clinique diététique en enfer.

— Les Américains iraient, répondit-elle. Ils feraient de l'aérobic. »

Elle arborait un vrai sourire, peut-être parce que lui-même souriait vraiment. Il avait suffi d'apprécier ensemble la démence. « Moscou pourrait bien être l'enfer. Ce pourrait être l'enfer ici, dit-elle.

— Bon cognac. » Arkadi leur emplit encore deux verres. Ça faisait un effet terrible sur un estomac vide. « A l'enfer », ajouta-t-il. Il sentait l'humidité qui imprégnait ses vêtements monter comme de la vapeur. Il appela la serveuse. « Il est à base de quoi, ce régime ?

— Ça dépend. » Elle plissait les lèvres autour de la cigarette. « Ça dépend si vous êtes à un régime de fruits ou à un régime de légumes.

— Un régime de fruits ? Vous entendez ça, Polina ? Par exemple ? demanda-t-il.

— Des ananas, des papayes, des mangues, des bananes. » La serveuse énumérait tous ces noms avec nonchalance, comme si elle connaissait parfaitement chacun de ces fruits.

« Des papayes, répéta Arkadi. Polina, vous et moi serions prêts à faire la queue sept ou huit ans pour une papaye. Je ne suis pas sûr de savoir à quoi ça ressemble. On pourrait me donner une patate et je serais sans doute ravi. Et puis je ne perdrais pas de poids. Pour des gens comme vous et moi, le luxe c'est du gâchis. » Il demanda à la serveuse : « Pourriez-vous nous montrer une papaye ? »

Elle les examina longuement.

« Non.

— Il n'y a sans doute même pas de papayes, observa Arkadi. Elle dit juste ça pour impressionner ses amis. Vous vous sentez mieux ?

— Je ris, alors je dois me sentir un peu mieux.

— Je ne vous avais encore jamais entendue rire. C'est un joli bruit.

— Oui. » Polina se balançait lentement d'avant en arrière. Son sourire disparut. « A la faculté de médecine, nous nous demandions les uns aux autres : "Quelle est la pire façon de mourir ?" Après Rudy, il me semble que je sais. Croyez-vous à l'enfer ?

— En voilà une drôle de question.

— Oh, vous êtes comme le diable. Vous trouvez dans votre travail une jubilation secrète, comme si vous étiez venu empoigner les damnés. C'est pour ça que Jaak aime travailler avec vous.

— Pourquoi travaillez-vous avec moi ? » Il ne pensait pas qu'elle allait démissionner maintenant.

Polina réfléchit un moment. « Vous me laissez faire les choses bien. Vous me laissez m'intéresser à l'affaire. » Arkadi savait que c'était là le problème. La morgue était un simple théâtre en noir et blanc, de gens morts ou vivants. Polina avait fait montre d'un détachement d'analyste, d'un déterminisme aveugle parfait pour étiqueter les morts comme autant de spécimens froids et inertes. Mais un médecin légiste qui s'intéressait à l'enquête en dehors de la morgue commençait à considérer les corps comme des gens vivants, et alors le cadavre sur la table devenait l'incarnation du pire et du dernier soupir de quelqu'un sur terre. Il l'avait dépouillée de son éloignement professionnel. Dans une certaine mesure, il l'avait corrompue.

« Parce que vous êtes futée. »

Arkadi en resta là.

« J'ai réfléchi à ce que vous disiez hier soir, reprit-elle. Kim avait une arme. Pourquoi utiliser deux sortes de bombes différentes sur Rudy ? C'est une façon bien compliquée de le tuer.

— Il ne s'agissait pas seulement de le tuer ; l'important était de le faire brûler. Ou de brûler tous les dossiers, toutes les disquettes d'ordinateur, tous les renseignements susceptibles de le rattacher à quelqu'un d'autre. Je suis de plus en plus sûr de ça.

— Alors, je vous aide.

— Un vrai héros du Travail Rouge. » Il leva son verre.

Polina but son cognac et soutint son regard.

« On m'a raconté que vous étiez parti une fois, fit-elle. A cause d'une femme, à ce qu'on m'a dit.

— Où entendez-vous toutes ces choses ?

— Vous éludez la question.

— Je ne sais pas ce que les gens racontent. J'ai quitté le pays pour une brève période, et puis je suis revenu.

— Et la femme ?

— Elle n'est pas revenue.

— Qui avait raison ? » interrogea Polina.

Ça, se dit Arkadi, c'est une question que seuls posaient les gens très jeunes.

CHAPITRE 10

Irina disait : « Le ministre de la Défense soviétique a reconnu que des troupes soviétiques ont attaqué des civils à Bakou pour empêcher le renversement du régime communiste d'Azerbaïdjan. L'armée s'était tenue à l'écart quand des activistes azéris avaient déclenché des émeutes contre les Arméniens de la capitale, mais elle est intervenue quand un groupe d'Azéris a menacé d'incendier les bureaux du Parti. Des chars et de l'infanterie ont franchi les barrages dressés par des militants anticommunistes et ont donné l'assaut à la ville, tirant des balles dum-dum et mitraillant des immeubles d'habitation sans qu'il y ait eu provocation. Des centaines, peut-être des milliers de civils, estime-t-on, ont trouvé la mort dans cette opération. Malgré les rumeurs répandues par le KGB, d'après lesquelles les militants azéris étaient équipés de mitrailleuses lourdes, on n'a retrouvé parmi les corps que des fusils de chasse, des poignards et des pistolets. »

Arkadi avait quitté Polina et s'était hâté de rentrer à temps pour entendre le premier bulletin d'Irina. Un verre avec une femme, puis on se précipite pour écouter la voix d'une autre. Quelle vie sophistiquée, songea-t-il.

« La justification officielle donnée à cette intervention militaire était les violences commises contre les Arméniens par des militants exhibant des documents qui les identifiaient comme des dirigeants du Front populaire azéri. Comme le Front ne délivre pas ce genre de document, on soupçonne une fois de plus une provocation du KGB. »

Tout en écoutant, Arkadi passa une chemise et une veste sèches.

Qui avait raison ? Elle. Lui. Il n'y avait pas de choix possible, pas de bien ou de mal, de noir ou de blanc. Il aurait souhaité un aveuglant rayon de certitude ; même se tromper aurait été un soulagement. Il avait tant de fois reculé dans ses souvenirs que ses traces avaient dû user la pierre, et pourtant il ne savait pas ce qu'il aurait pu faire d'autre. Il avait dit à Polina : « Nous ne saurons jamais. »

Irina continuait : « De plus en plus fréquemment, Moscou a évoqué des tensions nationalistes pour justifier la présence permanente de troupes de l'armée soviétique dans différentes républiques, dont les pays Baltes, la Géorgie, l'Arménie, l'Azerbaïdjan, l'Ouzbékistan et l'Ukraine. Des blindés et des lance-missiles qui étaient censés être envoyés à la casse, en vertu de l'accord sur le contrôle des armements avec l'OTAN, ont tout au contraire été déplacés sur des bases situées dans les républiques dissidentes. En même temps, on a retiré de ces secteurs des missiles à tête nucléaire pour les faire revenir sur le territoire de la République de Russie. »

C'était à peine s'il entendait ses paroles. Toutes les rumeurs qui lui parvenaient étaient pires que ses bulletins ; la réalité était pire que ses informations. Aussi, comme un apiculteur détachant le miel d'un rayon, il réussissait à n'entendre que sa voix et pas les mots. Ce soir, elle avait un ton plus sombre. Avait-il plu à Munich ? Y avait-il des encombrements sur l'autobahn ? Etait-elle avec quelqu'un ?

Elle aurait pu dire n'importe quoi, il aurait continué à l'écouter. Il avait parfois l'impression qu'il allait s'envoler par la fenêtre et tournoyer dans le ciel au-dessus de Moscou. Il allait se guider sur cette voix comme sur une balise qui l'entraînerait, l'entraînerait, l'entraînerait loin.

Quand, aux commentaires d'Irina, succéda un enregistrement, Arkadi quitta son appartement non pas avec des ailes mais avec des essuie-glaces, les fixa à sa voiture et plongea dans la circulation nocturne. La nuit et la pluie s'alliaient pour brouiller les rues et barbouiller le pare-brise de taches lumineuses. Arrivé au quai, il dut s'arrêter pour laisser passer un convoi de camions militaires aussi long et aussi lent qu'un train de marchandises. En attendant, il chercha à tâtons des cigarettes dans son blouson ; ses doigts rencontrèrent une enveloppe et il tressaillit en reconnaissant la lettre que Belov lui avait donnée sur la place Rouge. Son nom était écrit sur l'enveloppe, tracé avec une plume fine en lettres qui commençaient comme des coups d'épée et se terminaient en boucles informes, comme si la main avait été trop faible pour manier un stylo ou un couteau.

Polina s'était demandé quelle était la pire façon de mourir. La lettre à la main, posée sur sa paume avec des traînées de pluie ruisselant sur son nom, Arkadi découvrait la réponse. C'était de se rendre compte que quand on mourait, ça n'intéressait personne. C'était de s'apercevoir qu'on était déjà mort. Il n'éprouvait pas cela maintenant et il ne l'éprouverait jamais. Le seul fait d'entendre Irina l'excitait à tel point qu'il sentait chaque battement de son cœur. Qu'est-ce que son père avait écrit ? La sagesse, se dit-il, serait de jeter la lettre dans la rue. La pluie l'entraînerait dans une bouche d'égout, le fleuve l'emporterait jusqu'à la mer où le papier se déplierait avant de se décomposer et où l'encre coulerait et disparaîtrait comme du poison. Mais il la remit dans sa poche.

Minine le fit entrer dans l'appartement de Rudy.

L'inspecteur était très énervé car le bruit courait que la spéculation allait devenir légale. « Ça sape la base de notre enquête, dit-il. Si nous ne pouvons pas poursuivre les trafiquants de devises, qui pouvons-nous bien arrêter ?

— Il reste encore les meurtriers, les violeurs et les voleurs dangereux. Tu auras toujours du travail », dit Arkadi d'un ton rassurant en lui tendant son chapeau et son manteau. Faire quitter l'appartement à Minine, c'était comme déterrer une taupe. « Va dormir un peu, je vais te remplacer ici.

— La mafia va ouvrir des banques.

— Très probablement. Il paraît que c'est comme ça que ça commence.

— J'ai perquisitionné partout, annonça Minine en s'approchant à contrecœur de la porte. Rien de caché dans les livres, dans les placards, sous le lit. J'ai laissé une liste sur le bureau.

— Tout ça est d'un ordre inquiétant, n'est-ce pas ?

— Eh bien...

— C'est ce que je pensais aussi, dit Arkadi en commençant à refermer la porte. Et ne t'inquiète pas du manque de crimes. A l'avenir, nous aurons une classe plus élégante de criminels : des banquiers, des courtiers, des hommes d'affaires. Pour ces enquêtes-là, il te faudra beaucoup de sommeil. »

Quand il se retrouva seul, le premier endroit où se rendit Arkadi fut le bureau, pour voir si aucun nouveau message n'était arrivé sur le fax. Le papier était vierge et portait au verso le même petit point au crayon qu'il avait laissé après avoir arraché les messages concernant Red Square. Il prit la liste de Minine. L'inspecteur avait éventré le matelas de Rudy, fouillé le placard et les tiroirs, dévissé des commutateurs, sondé des plinthes, démonté et remonté tout l'appartement sans rien trouver.

Arkadi laissa de côté la liste de Minine. Ce qu'il pourrait y avoir à découvrir, songea-t-il, serait plus visible. Tôt ou tard, un appartement s'adaptait à un homme comme une coquille. Il pouvait bien disparaître, sa silhouette demeurait dans un fauteuil usé, sur une photo, une miette de nourriture, une lettre oubliée, dans l'odeur d'espoir ou de désespoir qui flottait dans les pièces. Arkadi adoptait cette méthode en partie parce que les moyens techniques mis à la disposition des enquêteurs laissaient à désirer. La milice avait investi dans du matériel allemand et suédois, des spectrographes et des oscillographes qui restaient inutilisés faute de pièces détachées, par manque de fonds. Il n'y avait aucun programme informatique permettant de comparer les groupes sanguins, et encore moins quelque chose d'aussi risiblement hors d'atteinte que les « empreintes génétiques ». Les laboratoires de médecine légale soviétique possédaient du vieux matériel de chimie composé d'éprouvettes noircies, de becs Bunsen et de serpentins de verre comme on n'en voyait plus à l'Ouest depuis cinquante ans. C'était malgré l'équipement qu'elle avait, et non pas à cause de lui, que Polina avait arraché des réponses au corps de Rudy Rosen.

Comme la chaîne des indices substantiels avait tendance à être fragile, un enquêteur soviétique comptait davantage sur des éléments plus vagues, sur des nuances et sur la déduction. Arkadi connaissait des policiers qui étaient persuadés qu'à partir d'une interprétation suffisamment claire de la scène d'un homicide, ils pouvaient déduire le sexe, l'âge, la profession et les habitudes d'un meurtrier. Le seul endroit dans toute l'Union soviétique où l'on permettait à l'analyse psychologique de s'épanouir, c'était dans le domaine de l'investigation criminelle.

Bien sûr, les policiers soviétiques s'étaient toujours appuyés aussi sur les aveux. Les aveux, ça résolvait tout. Mais ça ne marchait vraiment qu'avec les amateurs et les innocents. Makhmoud ou Kim n'allaient pas plus avouer un crime que se mettre tout d'un coup à parler latin.

Qu'est-ce que cet appartement lui avait dit jusqu'à maintenant ? Une seule chose : « Où est Red Square ? »

Rosen était-il religieux ? Il n'y avait ni menora ni Torah ni châle de prière ni bougies pour le jour du Sabbat. Les portraits de ses parents représentaient le strict minimum d'histoire familiale ; les maisons russes en général étaient des galeries de photos où les ancêtres en sépia s'étalaient dans des cadres ovales. Où étaient les photos que Rudy avait de lui-même ou de ses amis ? Il était d'une hygiène maniaque : les murs étaient lisses, astiqués, pas une trace de clou pour déparer l'espace vide, comme s'il avait lui-même effacé toute trace.

Arkadi inspecta les rayonnages. *Business Week* et *Israel Trade* étaient en anglais et témoignaient d'une certaine ambition internationale. L'album de timbres évoquait-il une jeunesse solitaire ? A l'intérieur on trouvait l'aquarium habituel de timbres grand format représentant des poissons tropicaux émis par des nations miniatures et des petites villes à travers le monde. Dans une pochette en papier se trouvaient des timbres en vrac de différentes variétés : des deux kopecks tsaristes, des « Liberté » français, des « Franklin » américains. Pas de carrés rouges de valeur. Il entassa les livres et passa dans la chambre où il posa la pile en équilibre sur la table de nuit. Le masque pour dormir avait quelque chose de poignant, donnant à penser qu'un mélange de nourriture trop riche et de pilules de régime donnait des nuits difficiles.

Il n'y avait pas de siège dans la chambre. Arkadi ôta ses chaussures, s'assit sur le lit et eut aussitôt le choc d'entendre le gémissement des ressorts attendant le poids de Rudy. Il amassa les oreillers derrière son dos, comme l'aurait fait Rudy, et se mit à feuilleter les magazines et les livres.

Chaque foyer avait sa petite ration de classiques, rien que pour prouver une certaine culture. Rudy avait la sienne. Arkadi trouva souligné le passage humoristique de l'immortel *Fille du capitaine* de Pouchkine où un hussard propose à un jeune homme de lui apprendre à jouer au billard : « C'est absolument essentiel, pour nous autres soldats », dit-il. « On ne peut pas toujours rosser des juifs, tu sais, alors il n'y a rien d'autre à faire que d'aller à l'estaminet jouer au billard et pour faire ça, il faut savoir jouer. »

« Ou rosser des juifs avec des queues de billard », avait-on griffonné sous la ligne. Arkadi reconnut l'écriture de Rudy qu'il avait vue dans son livre de comptes.

Au beau milieu des *Ames mortes* de Gogol, Rudy avait marqué : « ... pendant quelque temps, Tchichikov a rendu impossible aux trafiquants de gagner leur vie. Il a notamment réduit presque au désespoir les juifs polonais, tant étaient invincibles, presque surnaturelles, la rectitude, l'incorruptibilité qui l'empêchaient de se convertir en un petit capitaliste... ». En marge, Rudy avait ajouté : « Rien ne change. »

Il devait y avoir davantage, se dit Arkadi. Grâce à l'émigration juive, la mafia de Moscou avait de bons rapports avec les criminels israéliens. Il alluma la télévision et remit la cassette sur Jérusalem, passant en accéléré d'une séquence à une autre, du mur des Lamentations au casino.

Son esprit revint à ce qu'avait dit Polina : « Trop de sang. » Il était d'accord. Si on pouvait épaissir de l'essence avec du sang, on pouvait l'épaissir aussi avec une douzaine d'autres produits plus faciles à se procurer. Il avait récemment vu du sang sous une autre forme bizarre, mais il n'arrivait plus à se rappeler où.

Il regarda de nouveau la cassette égyptienne. Cela vous réchauffait de voir les teintes fauves du désert du Sinaï tandis que la pluie crépitait sur les vitres, et il s'approcha du récepteur, comme on se blottit devant une cheminée. Il chercha des cigarettes dans son blouson et, avant de se rappeler qu'il les avait données, il avait tiré la lettre de sa poche. Il pouvait compter le nombre de celles qu'il avait reçues de son père. Une par mois quand Arkadi était au camp de pionniers. Une par mois quand le général était en Chine, à l'époque où les relations avec Mao étaient solides et fraternelles. Toutes ces missives étaient des rapports précis, quasiment militaires, qui se terminaient pas des injonctions à Arkadi d'être travailleur, responsable et digne de confiance. Une douzaine de lettres au total. Il en avait reçu encore une après avoir choisi l'université plutôt que l'école d'officiers. Il était impressionné parce que son père citait la Bible, et plus précisément l'épisode où Dieu réclamait à Josué le sacrifice de son fils unique. C'était là où Staline avait fait mieux que Dieu, disait le général, car non seulement il aurait permis l'exécution mais Josué en aurait d'autant plus chanté ses louanges. D'ailleurs, il y avait certains fils qui, comme des veaux un peu faibles, n'étaient bons que pour le sacrifice. Trop de sang ? Pour son père, il n'y en avait jamais assez.

Le père désavouait son fils, le fils désavouait son père, l'un supprimant l'avenir, l'autre le passé, et aucun des deux n'osant mentionner, Arkadi y songeait tout à coup, le seul moment où ils habiteraient pour toujours ensemble. A la datcha, l'homme et le jeune garçon avaient contemplé depuis le quai des pieds pris dans les eaux tièdes et paresseuses de la rivière qui coulait au bord de la pelouse de la datcha. Les pieds étaient nus : ils ne flottaient pas plus qu'ils ne plongeaient dans l'eau ; non, ils paressaient sous la surface comme des fleurs subaquatiques. Un peu plus loin, Arkadi distinguait la robe blanche de sa mère ondoyant et se balançant dans le courant et, pour son esprit d'enfant, c'était comme un geste d'adieu.

Des felouques tanguaient et croisaient sur les eaux du Nil. Arkadi s'aperçut qu'il avait délibérément cessé de regarder le téléviseur. Il remit la lettre dans sa poche aussi délicatement que s'il maniait un rasoir, puis éjecta la cassette égyptienne du magnétoscope et introduisit celle de Munich. Il lui accorda davantage d'attention maintenant parce qu'il comprenait vaguement l'allemand et parce qu'il avait besoin de se concentrer sur autre chose que sur la lettre. Il regardait cela, bien sûr, avec des yeux de Russe.

« *Wilkommen zu München...* » Ainsi commençait la cassette. Sur l'écran apparaissait une gravure de moines médiévaux arrosant des tournesols, faisant rôtir un sanglier, versant de la bière. Ça n'avait pas l'air d'une vie si terrible. L'image suivante montrait le Munich moderne reconstruit. Le commentaire parvenait à se vanter de cet exploit de phénix sans faire d'allusion directe à la moindre guerre mondiale, laissant entendre qu'un fléau « triste et tragique » avait réduit la ville en ruines. Munich avait été libéré par les Américains et on sentait dans les images qui défilaient sur l'écran l'ambiance classique d'un centre commercial américain. Depuis la silhouette du bouffon à clochettes tournant dans la tour de l'Horloge de Marienplatz jusqu'au mur en échiquier du Vieux Tribunal, chaque site historique était stérilisé dans un pittoresque de bazar. Pratiquement toutes les autres images montraient une brasserie en plein air ou couverte, comme si ce breuvage était un sacrement d'innocence — mis à part, évidemment, la brasserie d'où était parti le putsch de Hitler. Munich pourtant ne manquait pas d'attraits. Les gens avaient l'air si riches et si bien habillés qu'on aurait dit qu'ils avaient fait leurs courses sur une autre planète. Les voitures paraissaient inexplicablement propres et leurs klaxons avaient des sonorités de cor de chasse. Des cygnes et des canards envahissaient les lacs de la ville et le fleuve qui la traversait ; quand, pour la dernière fois, avait-on vu un cygne à Moscou ?

« Munich est une ville qui porte l'empreinte des bâtisseurs royaux, poursuivait le commentateur. La Max-Joseph-Platz et le Théâtre national ont été construits par le roi Maximilien Joseph, Ludwigstrasse par son fils, le roi Louis Ier, l'"Avenue Dorée" de Maximilianstrasse par le fils de Ludwig, le roi Maximilien II, et Prinz-Regentenstrasse par son frère, le prince régent Léopold.

« Ah, mais allons-nous voir la brasserie où Hitler et ses Chemises Brunes ont entamé leur première marche prématurée pour le pouvoir ? Verrons-nous la place où Goering a reçu la balle destinée à Hitler et s'est ainsi acquis à jamais le cœur du Führer. Allons-nous visiter Dachau ? Ah, l'histoire de Munich est si bourrée de gens et d'événements que nous ne pouvons pas tout voir sur une seule cassette ». Arkadi convenait que son attitude était injuste, teintée de jalousie et d'envie.

« Lors de l'Oktoberfest de l'an dernier, les participants ont bu plus de cinq millions de litres de bière et consommé sept cent mille poulets, soixante-dix mille pieds de porc et soixante-dix bœufs rôtis... »

Eh bien, ils pourraient toujours venir faire un régime à Moscou. Arkadi regardait d'un œil vitreux l'étalage quasi pornographique de victuailles. « Après l'opéra au Théâtre national — "bâti grâce à une taxe sur la bière" —, rafraîchissement dans une brasserie romantique en sous-sol. Après un tour sur l'autobahn, arrêt buffet dans une brasserie en plein air. Après une ascension de la Jungfrau, une bière bien gagnée dans une auberge rustique. »

Arkadi arrêta la cassette, la rembobina jusqu'à l'excursion alpine. Panorama des Alpes aboutissant à l'escarpement de pierre et de neige du Zugspitz. Randonneurs en culottes de cuir. Gros plan d'edelweiss. Silhouettes de montagnards se découpant bien au-dessus. Passages de nuages.

Tables dans le jardin de l'auberge. Chèvrefeuille grimpant sur du plâtre jaune. Abrutissement des Bavarois après le déjeuner, à l'exception d'une femme en manches courtes et lunettes de soleil. Plan de coupe sur la traînée d'un jet de la Lufthansa émergeant des nuages.

Arkadi rembobina pour repasser la scène du jardin. La qualité de la cassette semblait la même, mais il manquait tout à la fois la voix du commentateur et la musique. Il y avait à la place le crissement des chaises et les rumeurs de la circulation en bruit off. Les lunettes de soleil étaient une erreur ; sur une cassette professionnelle, on les aurait ôtées. Il fit quelques aller et retour entre les Alpes et l'avion. Les nuages étaient les mêmes. La scène du jardin de la brasserie avait été insérée.

La femme leva son verre. Des cheveux blonds tombèrent en arrière comme une crinière dégageant ses larges sourcils et ses joues plus larges encore. Menton court, taille moyenne, la trentaine. Lunettes de soleil, collier d'or, chandail noir à manches courtes, sans doute du cachemire — autant de contrastes plus sensuels que jolis. Les ongles rouges. Une peau claire. Des lèvres rouges entrouvertes avec le même air mou et insouciant dont elle avait un jour gratifié Arkadi par une vitre de voiture, un demi-sourire retroussant un coin de sa bouche. Sa bouche qui disait : « Je t'aime. » C'était facile de lire les mots sur ses lèvres parce que c'était en russe qu'elle faisait cette promesse.

CHAPITRE 11

« Je ne sais pas, dit Jaak. Tu l'as vue mieux que moi. Je conduisais. »

Arkadi tira les rideaux, si bien que son bureau n'était plus éclairé que par la lueur de la brasserie en plein air. Sur le téléviseur de contrôle, un verre était levé, immobilisé par le bouton « pause » du magnétoscope.

« La femme qui était dans la voiture de Rosen nous a regardés.

— Elle t'a regardé, fit Jaak. Moi, j'avais les yeux sur la route. Si tu crois que c'est la même femme, ça me suffit.

— Il nous faut des tirages à partir de la cassette. Qu'est-ce qui se passe ?

— Il nous faut Kim ou les Tchétchènes ; c'est eux qui ont tué Rudy. Rudy t'a pratiquement dit qu'ils allaient le faire. Si elle est allemande, si nous mettons des étrangers dans le coup, il va falloir élargir le cercle et partager avec le KGB. Tu sais comment ça se passe : on les fournit et ils nous chient dessus. Tu les as prévenus ?

— Pas encore. Quand nous en aurons davantage. » Arkadi éteignit l'appareil de contrôle.

« C'est-à-dire ?

— Un nom. Peut-être une adresse en Allemagne.

— Tu vas leur passer cette affaire sous le nez ? »

Arkadi tendit la cassette à Jaak. « Nous ne voulons pas les embêter avant d'avoir quelque chose de précis. Peut-être que la femme est encore ici.

— Tu as vraiment des couilles en cuivre. Ça doit sonner quand tu marches.

— Comme un chat avec un grelot à son collier, dit Arkadi.

— De toute façon, ces salauds s'attribueraient tout le mérite. » Jaak accepta sans entrain la cassette et puis son visage s'éclaira tandis qu'il brandissait des clés de voiture. « J'ai emprunté la bagnole de Julya. La Volvo, naturellement. Quand j'aurai fait ta course, je vais à la ferme collective du chemin Lénine. Tu te souviens du camion où j'ai acheté ma radio ? Il est possible qu'ils aient vu quelque chose quand Rudy a été tué.

— Je t'apporterai ton poste, promit Arkadi.

— Apporte-le à la gare de Kazan. J'ai rendez-vous à quatre heures avec la mère de Julya au bar des Rêves.

— Julya ne sera pas là ?

— Pas question qu'elle aille à la gare de Kazan, mais sa mère arrive par le train. C'est comme ça que j'ai eu la voiture. A moins que tu ne veuilles garder la radio.

— Mais non. »

Quand il fut seul, Arkadi ouvrit son placard et enferma dans son coffre l'original de la cassette de Munich. Il était venu à son bureau tôt pour en faire une copie. Qui donc était paranoïaque ?

Il ouvrit les fenêtres. La pluie avait cessé, laissant des traînées sur les fenêtres de la cour. L'horizon était un cercle de cheminées humides brandies comme des pelles. Un temps parfait pour un enterrement.

L'homme au ministère du Commerce extérieur dit : « Pour une entreprise à capitaux mixtes, il faut une association entre un groupe soviétique — une coopérative ou une usine — et une société étrangère. Ça facilite les choses si l'on est patronné par une organisation politique soviétique...

— Vous voulez dire du Parti ?

— Oui, pour dire les choses simplement, mais ça n'est pas nécessaire.

— C'est du capitalisme ?

— Non, ce n'est pas du pur capitalisme ; c'est un stade intermédiaire du capitalisme.

— Une entreprise à capitaux mixtes peut-elle sortir des roubles ?

— Non.

— Peut-elle faire sortir des dollars ?

— Non.

— C'est en effet un stade très intermédiaire.

— Elle peut exporter du pétrole. Ou de la vodka.

— Nous avons tant que ça de vodka ?

— Pour la vente à l'étranger.

— Toutes les entreprises de ce genre, interrogea Arkadi, doivent obtenir votre approbation ?

— Elles devraient, mais ce n'est pas toujours le cas. En Géorgie ou en Arménie, les gens ont tendance à faire leurs arrangements eux-mêmes ; c'est pourquoi la Géorgie et l'Arménie n'expédient plus rien à Moscou. » Il eut un petit rire. « Les salopards. » Son bureau était au dixième étage, avec une vue sur les nuages de pluie allant d'est en ouest. Mais il n'y avait pas de fumée d'usine, car les pièces détachées n'étaient pas arrivées de Sverdlovsk, de Riga ou de Minsk.

« Sous quelle rubrique TransKom a-t-il été enregistré ?

— Importation d'équipements de loisirs. Affaire

patronnée par le Komsomol du quartier Leningrad. Des gants de boxe, des choses de ce genre j'imagine.

— Des appareils à sous ?

— Apparemment.

— En échange de quoi ?

— De personnel.

— Des gens ?

— J'imagine.

— Quel genre de gens ? Des boxeurs olympiques, des chercheurs de physique nucléaire ?

— Des guides de tourisme.

— Pour faire du tourisme où ?

— En Allemagne.

— L'Allemagne a besoin de guides soviétiques ?

— Apparemment. »

Arkadi se demandait à quoi l'homme pourrait encore croire. Que Lénine bébé laissait des pièces sous son oreiller en échange de ses dents ?

« TransKom a des dirigeants ?

— Deux. »

L'homme consulta le dossier ouvert devant lui. « Il y a beaucoup de postes, mais tous tenus par deux personnes, Rudik Abramovitch Rosen, citoyen soviétique, et Boris Benz, résidant à Munich, Allemagne. L'adresse de TransKom est celle de Rosen. Il peut y avoir un certain nombre d'investisseurs, mais nous n'avons pas leur liste. Excusez-moi. » Il recouvrit le dossier avec un exemplaire de la *Pravda.*

« Le ministère n'a pas de noms pour les guides de tourisme ? »

L'homme replia le journal en deux puis en quatre. « Non. Vous savez, des gens viennent ici enregistrer une société d'importation de pénicilline et vous découvrez qu'ils font venir des chaussures de basket ou qu'ils construisent des hôtels. Dès l'instant où il existera ici les conditions d'un marché libre, il suffira d'arroser le terrain.

— Qu'est-ce que vous ferez quand le capitalisme sera en plein boom ?

— Je trouverai bien quelque chose.

— Vous avez l'esprit inventif ?

— Oh oui. » Il prit dans un tiroir une pelote de ficelle, en coupa un bon mètre qu'il fourra dans son blouson avec la *Pravda*. « Je vais vous raccompagner. Je sortais déjeuner. » Les bureaucrates vivaient du beurre, du pain et des saucisses qu'ils rapportaient chez eux des cafétérias. Le blouson était vague avec des poches comme des bajoues tachetées de graisse.

Le cimetière de Vagankovskoïe était entretenu amoureusement mais nonchalamment. Un tapis de feuilles mouillées qui n'avaient pas été balayées entourait les tilleuls, les bouleaux, les chênes ; les pissenlits foisonnaient au bord de l'allée et tout reposait dans la douce étreinte d'une nature pourrissante. Nombre de pierres tombales avaient des bustes de piliers du Parti taillés dans le granit et le marbre noir : compositeurs, savants, écrivains du réalisme socialiste au front large et au regard impérieux. Des âmes plus timides étaient représentées par des photographies insérées comme des camées dans la pierre. Comme les tombes étaient protégées par des grilles en fer, les visages sur les dalles semblaient regarder de l'intérieur de cages à oiseaux noires. Pas tous, pourtant. La première tombe près de l'entrée était celle du comédien-chanteur voyou Visotski, et un tel amoncellement de marguerites et de roses fraîchement arrosées par la pluie s'y entassait qu'elle était comme agitée par la rumeur de bourdons.

Arkadi retrouva le convoi funèbre de son père au milieu de l'allée centrale. Des cadets portant une étoile de roses rouges et un coussin tapissé de décorations étaient suivis par un employé poussant une charrette et un cercueil, puis derrière venaient une douzaine de généraux traînant les pieds, en uniforme vert foncé et gants blancs, deux musiciens avec des trompettes et deux avec des tubas cabossés jouant une marche funèbre d'après une sonate de Chopin.

Belov, en civil, fermait le cortège. Ses yeux s'éclairèrent quand il aperçut Arkadi. « Je savais que tu viendrais. » Gravement, il serra la main d'Arkadi dans les siennes. « Bien sûr, tu ne pouvais pas ne pas être là, ç'aurait été une honte. Tu as vu la *Pravda* de ce matin ?

— Je l'ai utilisée pour envelopper un repas.

— Je savais que tu voudrais voir ça. » Il tendit à Arkadi un article qui semblait avoir été méticuleusement déchiré du journal avec une règle.

Arkadi s'arrêta pour lire la notice nécrologique : « Le général d'armée, Kyril Ilitch Renko, un éminent chef militaire soviétique... » C'était un long texte et il le lut par bribes. « ... Après être sorti de l'Académie militaire M. V. Frunze... le rôle important de K. I. Renko dans la grande guerre patriotique fut une page étincelante de sa biographie. Commandant une brigade de chars, il se trouva isolé par la première vague de l'invasion fasciste, mais rallia les forces des partisans et organisa des raids derrière les lignes ennemies... combattit avec succès devant Moscou, participa à la bataille de Stalingrad, à la campagne dans les steppes et aux opérations autour de Berlin... Après la guerre, il fut chargé de stabiliser la situation en Ukraine et fut nommé ensuite au commandement de la région militaire de l'Oural. » Autrement dit, songea Arkadi, le général, habitué maintenant aux massacres, fut responsable de l'exécution en masse de nationalistes ukrainiens, opération si sanglante qu'il fallut l'exiler dans l'Oural. « ... Il s'est vu décerner deux fois le titre de héros de l'Union soviétique, a été décoré à quatre reprises de l'ordre de Lénine, de l'ordre de la révolution d'Octobre, à trois reprises de l'ordre du Drapeau Rouge, à deux reprises de l'ordre de Souvorov (première classe), à deux reprises de l'ordre de Koutouzov (première classe)... »

Belov avait épinglé sur sa veste toute une plaque

de rubans fanés. Ses cheveux blancs coupés en brosse formaient sur son crâne une sorte de chaume clairsemé et de petites excroissances de chair mal rasées dépassaient de son col.

« Merci. » Arkadi fourra la notice nécrologique dans sa poche.

« Tu as lu la lettre ? demanda Belov.

— Pas encore.

— Ton père a dit que ça expliquerait tout.

— Ça doit être une sacrée lettre. » Il faudrait plus qu'une lettre, se dit Arkadi ; il faudrait un énorme volume relié en cuir noir.

Les généraux marchaient en tête d'un pas grinçant. Arkadi n'avait aucune envie de les rejoindre. « Boris Sergueïevitch, vous souvenez-vous d'un Tchétchène du nom de Makhmoud Khachboulatov ?

— Khachboulatov ? » Ce changement de sujet prit Belov au dépourvu.

« Ce qui est intéressant, c'est que Makhmoud prétend avoir été dans trois armées : l'armée blanche, l'Armée rouge et l'armée allemande. D'après l'état civil, il a quatre-vingt-dix ans. En 1920, durant la guerre civile, il devait avoir dix-neuf ans.

— C'est possible. Il y avait beaucoup d'enfants dans les deux camps, les Blancs et les Rouges. C'était une époque terrible.

— Disons que du temps de Hitler, Makhmoud était dans l'Armée rouge.

— Tout le monde a servi, d'une façon ou d'une autre.

— Je me demandais : en février 1944, mon père était-il dans la région militaire tchétchène ?

— Non, non, nous marchions sur Varsovie. L'opération tchétchène était une opération d'arrière-garde.

— Qui ne méritait guère qu'un héros de l'Union soviétique y consacre du temps.

— Qui ne méritait pas une seconde de son temps », déclara Belov.

N'était-ce pas merveilleux, songea Arkadi, de voir à quel point certaines personnes se retiraient complètement ? Belov n'avait que récemment quitté le bureau du procureur ; Arkadi maintenant venait de lui poser une question sur le chef de la mafia tchétchène et le vieux soldat n'avait absolument pas fait le rapprochement, comme si son esprit avait déjà pris sa retraite quarante ans auparavant.

Ils reprirent leur marche en silence. Arkadi se sentait observé. En marbre et en bronze, les morts surveillaient leurs tombes. Un danseur de pierre blanche tournoyait rêveusement. Un explorateur hésitait, boussole en main. Devant un bas-relief de nuages, un pilote relevait ses lunettes d'aviateur. Ils avaient tous le même regard sombre, à la fois paisible et agité.

« Bien sûr, murmura Belov, c'était un cercueil fermé. »

Arkadi était distrait car, sur une allée parallèle, s'avançait dans la direction opposée un autre cortège plus long, avec une charrette vide, une fanfare plus importante de cors et de tubas et, dans le cortège, des visages familiers. Soutenant de chaque côté une veuve, il aperçut le général Penyaguine et Rodionov, le procureur, tous deux avec un brassard noir sur la manche. Arkadi se souvint que le prédécesseur de Penyaguine à la Criminelle était mort voilà seulement quelques jours ; sans doute la femme était-elle l'épouse du disparu. Dans le sillage de ces trois personnages suivait à pas lents une escorte d'officiers de la milice, de fonctionnaires du Parti et de membres de la famille arborant des expressions pétrifiées d'ennui et de chagrin. Aucun d'eux ne remarqua Arkadi.

Son cortège s'était engagé dans une allée de pins hirsutes et s'arrêta devant une grille ouverte sur un trou fraîchement creusé dans la terre. Arkadi regarda alentour. Comme les tombes soviétiques n'étaient pas des dalles anonymes, il eut l'impression qu'on le présentait aux nouveaux voisins de son père. Ici se dressait la statue d'un chanteur écoutant de la musique gravée dans le granit ; là, un athlète avec des muscles de bronze brandissait un javelot de fer. Derrière les arbres, des fossoyeurs accroupis fumaient une cigarette, les mains sur leurs pelles. Auprès de la tombe ouverte, on apercevait une petite plaque de marbre blanc, presque au ras du sol. L'espace était limité à Vagankovskoïe et, parfois, on entassait maris et femmes les uns par-dessus les autres, mais, Dieu merci, pas cette fois.

Tandis que les généraux s'alignaient au bord de la tombe, Arkadi reconnut les quatre qu'il avait vus sur la place Rouge. Chouksine, Ivanov, Kouznetsov, Goul paraissaient encore plus petits à la lumière du jour, comme si les hommes qu'il avait craints et détestés étant enfant avaient été magiquement métamorphosés et ratatinés en scarabées avec des carapaces de serge verte et de brocart doré, leur poitrine creuse raidie par des rangées de médailles militaires, de décorations et de plaques, un scintillant ferraillement de rubans, d'étoiles de cuivre et de médaillons. Tous pleuraient des larmes chargées de vodka.

« Camarades ! » D'une main tremblante, Ivanov déplia un bout de papier et se mit à lire. « Nous disons adieu aujourd'hui à un grand Russe, à un amoureux de la paix qui était pourtant un homme forgé... »

Arkadi ne cessait d'être étonné par la foi qu'inspiraient les mensonges aux gens. Comme si les mots avaient le moindre rapport avec la vérité. Cette bande d'anciens combattants n'était rien d'autre que des petits bouchers faisant de fades adieux à un grand boucher. Qu'on débarrasse leurs articulations de leur arthrite et ils enfonceraient le couteau aussi vigoureusement qu'ils le faisaient dans leur glorieuse jeunesse. Et dire qu'ils croyaient tous les mensonges qu'ils débitaient...

Lorsque Chouksine prit la place d'Ivanov, Arkadi

aurait voulu, comme les fossoyeurs, une cigarette et une pelle.

« "Ne reculez pas d'un pas !" ordonna Staline. Oui, Staline. Son nom est encore sacré sur mes lèvres... »

« Le général favori de Staline », voilà comment on appelait son père. Quand ils étaient encerclés, sans vivres et sans munitions, d'autres généraux osaient capituler avec leurs hommes encore en vie. Le général Renko ne se rendit jamais ; il ne l'aurait pas fait même s'il n'avait eu rien d'autre que des morts à commander. D'ailleurs, les Allemands ne l'avaient jamais pris. Il était passé à travers les lignes pour rejoindre les défenseurs de Moscou, et une célèbre photographie le montrait avec Staline en personne, comme deux démons défendant l'enfer, examinant une carte du métro pour préparer le déplacement de troupes d'une station à une autre.

Le bedonnant Kouznetsov arriva à son tour et se balança au bord de la tombe.

« Aujourd'hui, alors que tous les efforts sont déployés pour calomnier la glorieuse mission de notre armée... »

Leurs voix avaient le tremblement creux de violoncelles cassés. Arkadi les aurait plaints s'il ne s'était souvenu comment ils débarquaient dans la datcha, comme de pauvres ombres de son père, pour les soupers à minuit et les chansons d'ivrognes qui s'achevaient sur le rugissement de l'armée « Arrrrrrraaaaaaaagh ! ! ! »

Arkadi ne savait pas très bien pourquoi il était venu. Peut- être pour Belov, qui avait fidèlement entretenu l'espoir d'une réconciliation entre le père et le fils. Peut-être pour sa mère. Elle devait être là, gisant auprès de son meurtrier. Il s'avança pour épousseter la terre de la plaque blanche.

« Puissance soviétique, édifiée sur l'autel sacré de vingt millions de morts... », ronronnait Kouznetsov.

Non, songea Arkadi, ils n'étaient pas métamorphosés en scarabées. C'était trop de bonté, trop kafkaïen.

Ils étaient plutôt comme des chiens à trois pattes, blanchis sous le harnais, séniles mais enragés, aboyant auprès d'une fosse.

Goul chancelait ; sa tunique verte alourdie de médailles pendait sur son corps décharné. Il ôta son képi, révélant des cheveux couleur de cendre. « Je me souviens de ma dernière rencontre avec K. I. Renko il y a très peu de temps. » Goul posa sa main sur le cercueil de bois sombre à poignées de cuivre, élancé comme un skiff. « Nous évoquions le souvenir de nos frères d'armes dont le sacrifice brûle dans nos cœurs comme une flamme éternelle. Nous parlions de la période actuelle de doute et d'automortification, si différente de notre détermination de fer. Je vous répète maintenant les mots que le général a prononcés alors devant moi. "A ceux qui seraient prêts à salir le Parti. A ceux qui oublient les péchés historiques des juifs. A ceux qui voudraient déformer notre histoire révolutionnaire, avilir et humilier notre peuple. A ceux-là je dis : mon drapeau était, est et sera toujours rouge ! " »

« Ma foi, c'est à peu près tout ce que je peux supporter, dit Arkadi à Belov en redescendant l'allée.

— Ça n'est pas fini, fit Belov en le rattrapant.

— C'est bien pour ça que je m'en vais. » Goul pérorait toujours.

« Nous espérions que tu dirais quelques mots maintenant qu'il est mort.

— Boris Sergueïevitch, si j'avais enquêté sur la mort de ma mère, j'aurais arrêté mon père. Je l'aurais bien volontiers tué.

— Arkacha...

— La seule idée que ce monstre est mort paisiblement dans son lit va me hanter jusqu'à la fin de mes jours. »

Belov baissa la voix. « Ça n'a pas été le cas. »

Arkadi s'arrêta. Il se contraignit à rester calme. « Tu disais que c'était un cercueil fermé. Pourquoi ? »

Belov avait du mal à trouver son souffle. « A la fin, la douleur était si forte. Il disait que la seule chose qui le maintenait d'une pièce, c'était le cancer. Il ne voulait pas mourir comme ça. Il disait qu'il préférait mourir comme un officier.

— Il s'est tiré une balle dans la tête ?

— Pardonne-moi. J'étais dans la pièce voisine. Je... »

Comme les genoux de Belov se dérobaient sous lui, Arkadi le fit asseoir sur un banc. Il se sentait incroyablement stupide ; il aurait dû lire plus tôt ce qu'il y avait sur le visage du vieil homme. Belov fouilla dans sa poche, se retourna et tendit un pistolet à Arkadi. C'était un revolver Nagant noir avec quatre balles trapues polies comme du vieil argent. « Il voulait que tu aies ceci.

— Le général a toujours eu un grand sens de l'humour », observa Arkadi.

On s'affairait à un kiosque auprès de la tombe de Visotski quand Arkadi revint vers la porte du cimetière. Maintenant que le soleil était sorti, des fans achetaient des insignes, des affiches, des cartes postales et des cassettes du chanteur, mort dix ans plus tôt et plus populaire que jamais. Le tram numéro 23 s'arrêtait juste en face ; c'était la boutique de souvenirs la mieux desservie de Moscou. Autour de la porte se pressaient des mendiants, des paysannes avec des fichus blancs et des visages hâlés par le soleil, des infirmes avec des béquilles et des culs-de-jatte. Ils se rassemblaient autour des adorateurs quittant la petite chapelle jaune du cimetière. Des couvercles de cercueil drapés de crêpe et des couronnes de laurier et d'œillets à l'odeur entêtante étaient appuyés contre le devant de l'église, des séminaristes vendaient des Bibles sur une table pliante, quarante roubles pour le Nouveau Testament.

Avec le pistolet de son père dans sa poche, Arkadi se sentait un peu étourdi et avait quelque difficulté à trier tout cela. Il voyait le cérémonial du chagrin — une veuve astiquant la photo sur une pierre tombale — avec les mêmes yeux dont elle regardait un rossignol piquant un ver sur une tombe. Il avait perdu tout sens de la hiérarchie des choses. Un fourgon funéraire s'arrêta devant la porte et la famille en descendit en s'aidant du marchepied. On fit glisser par l'arrière un cercueil qui échappa aux porteurs et heurta le sol avec un bruit sourd. Une fille de la famille eut une grimace comique. Cela reflétait bien les sentiments d'Arkadi. Devant la porte, le groupe piétinait toujours sur le trottoir. Arkadi ne se sentait d'humeur à parler ni au procureur ni au général, aussi s'esquiva-t-il dans l'église.

A l'intérieur se trouvait une foule de fidèles, les touristes du deuil et du spirituel. Tous debout : il n'y avait pas de bancs. L'atmosphère évoquait celle d'une gare de chemin de fer pittoresque et encombrée, avec de l'encens en guise de fumée de cigarette et, au lieu d'un haut-parleur un chœur invisible dont les voix planaient sous le plafond voûté en chantant la gloire de l'Agneau de Dieu. Des icônes — des œuvres byzantines, des visages noircis par le temps dans des cadres d'argent étincelants — pendaient des murs peints comme les pages d'un manuscrit enluminé. Les cierges étaient des mèches suspendues dans des coupes de verre pleines d'huile. Des bidons étaient disposés à des endroits stratégiques sur le sol pour entretenir les flammes. On trouvait des cierges à trente, cinquante kopecks ou un rouble selon la taille. Ils brûlaient et crachotaient dans des flaques de cire nacrée ; des chandeliers luisaient comme des arbres se consumant doucement. Lénine avait décrit la religion comme une flamme hypnotique. Des femmes en noir faisaient la quête sur des plateaux de cuivre tapissés de feutre rouge. Sur la gauche, une échoppe vendait des cartes postales de reliques miraculeuses. Sur la droite, trois femmes, elles aussi en robes et foulards noirs, mains croisées sur la poitrine, gisaient dans des cercueils ouverts entourés de cierges dont la cire ruisselait sur des bras de fer forgé.

Dans une chapelle auprès des cercueils, un prêtre enseignait à un jeune garçon comment saluer en inclinant la tête, puis il lui montrait comment faire le signe de croix à la manière orthodoxe avec trois doigts et non pas deux. Arkadi se trouva poussé par la simple pression des corps dans le « coin du diable », où l'on entendait les confessions. Un prêtre dans un fauteuil roulant levait les yeux d'un air d'attente, sa longue barbe aussi blanche que les rayons de la lune. Arkadi avait le sentiment d'être un intrus car son incroyance n'était pas une attitude institutionnelle : c'était la fureur d'un fils qui avait délibérément et rageusement quitté le camp de son père. Son père pourtant n'était pas un croyant ; c'était sa mère qui se glissait en secret comme un oiseau dans les rares églises ouvertes dans le Moscou de Staline — pour ce que ça l'avait avancée... Les kopecks tombaient. La cire dégoulinait. Les plateaux d'aumônes circulaient parmi les fidèles, tandis que les glorieux accents de la musique se déployaient, invoquant, chant après chant, le Tout-Puissant : *Entendez-nous et veillez sur nous.* Non, se dit Arkadi, mieux valait prier pour qu'Il fût aveugle et sourd. Des voix imploraient : *Et soyez miséricordieux, soyez miséricordieux, soyez miséricordieux.* La miséricorde était bien la dernière chose que le général eût jamais voulue.

Arkadi contourna le champ de courses pour gagner la rue Gorki, fixa le gyrophare bleu sur le toit de la voiture, appuya sur le klaxon et fonça dans la file centrale tandis que les agents de police, comme autant de sémaphores en ciré et bâton blanc, dégageaient la voie devant lui. La pluie avait recommencé, balayant la rue en rafales, faisant jaillir sur le trottoir des parapluies aux motifs fleuris. Il n'allait nulle part en particulier. Ce qu'il recherchait, c'était le bruit de l'eau giclant sous les pneus, la vision floue qu'offrait un pare-brise sans essuie-glaces, le flot des lumières qu'il croisait, le mélange des vitrines qui défilaient. A l'hôtel Intourist, des prostituées se précipitèrent comme des pigeons pour se mettre à l'abri.

Sans freiner, Arkadi tourna dans la perspective Marx. La pluie transformait la large place en un lac que les taxis traversaient comme des canots à moteur. Si tu allais assez vite, tu pourrais te déplacer dans le temps, se dit-il. Ainsi la rue Gorki avait retrouvé son vieux nom de Tverskaïa, la perspective Marx était rebaptisée Mokhovaïa et la rue Kalinine, juste en face, était redevenue la Nouvelle Arbat. Il imaginait le fantôme de Staline errant dans la ville, désemparé, perdu, regardant par les fenêtres, effrayant les bébés ; ou, pis encore, voyant les noms d'autrefois sans être le moins du monde troublé.

A travers le rideau de pluie, Arkadi s'aperçut que l'agent de la circulation avait arrêté un taxi au milieu de la place. Des camions lui barraient le passage sur la droite ; sur sa gauche, arrivaient des voitures. Il écrasa la pédale de frein et se mit à donner des coups de volant tandis que le visage de l'agent et celui du chauffeur de taxi apparaissaient, bouche bée dans la lumière des phares. La Jigouli vint déraper jusqu'à leur bas de pantalon.

Arkadi sauta à terre. Le policier portait une coiffe en plastique par-dessus sa casquette. Il avait un permis de conduire dans une main et un billet bleu de cinq roubles dans l'autre. Le chauffeur de taxi, lui, avait un visage étroit avec des sourcils que la frayeur faisait remonter jusqu'à la naissance des cheveux. Tous deux semblaient avoir été frappés par la foudre et attendre le grondement du tonnerre.

Le milicien regarda le pare-chocs miraculeusement arrêté à quelques centimètres de lui. « Vous avez failli nous tuer. » Il brandit le billet de cinq roubles, ramolli et détrempé par la pluie. « Parfait, c'est de la corruption. Cinq malheureux roubles. Vous pouvez m'embarquer et me fusiller, pas besoin de m'écraser. Quinze ans de métier et je gagne deux cent cinquante roubles par mois. Vous croyez que ma famille peut vivre avec ça ? J'ai deux balles dans le corps et on m'a mis à un feu rouge comme si ça compensait. Maintenant, vous voulez me tuer pour un pot-de-vin ? Je m'en fous. Ça m'est complètement égal.

— Vous n'êtes pas blessé ? demanda Arkadi.

— Pas de problème. » Le chauffeur de taxi récupéra son permis et s'engouffra dans sa voiture.

« Et vous ? » demanda Arkadi au policier — il voulait être sûr.

« Mais non, merde, tout le monde s'en fout d'ailleurs. Fidèle au poste, camarade », fit le policier en saluant. Il retrouva son courage quand Arkadi tourna le dos. « Comme si vous n'aviez jamais eu un petit supplément. Plus vous montez, plus vous ramassez. Tout en haut, c'est une mangeoire en or. »

Arkadi retourna s'asseoir dans sa voiture et alluma une Belomor. Il était trempé — trempé et probablement fou. Au moment d'embrayer, il remarqua que l'agent avait arrêté toute la circulation pour lui.

Il roula plus prudemment le long du fleuve. La grande question était de savoir s'il devait s'arrêter pour remettre les essuie-glaces. Est-ce que ça valait la peine de se faire encore plus mouiller rien que pour mieux voir ? Etait-il assez bon conducteur pour que ça change quelque chose ?

Des nuages l'accompagnaient dans sa course tandis que la route piquait vers le sud, près de la piscine où se trouvait jadis l'église du Sauveur, et il se trouva obligé de rouler sur le trottoir et de s'arrêter. C'était stupide. Staline avait fait démolir l'église. Combien de Moscovites se souvenaient en fait de l'église du Sauveur ? C'était pourtant comme ça qu'on reconnaissait la piscine. Quand Arkadi fut descendu de voiture pour remettre ses essuie-glaces, il cessa de s'y intéresser. Extérieurement, la voiture avait l'air d'un bocal tapissé de feuilles mortes et l'intérieur était aussi étouffant qu'une tombe. Il avait besoin de marcher un peu.

Etait-il ému ? Sans doute. Tout le monde d'ailleurs n'était-il pas tout le temps ému ? Avait-il jamais existé quelqu'un, éveillé ou endormi, qui eût connu une absence totale d'émotion ? A sa droite, un bouquet d'arbres sombrait dans la vapeur qui montait de la piscine. Il descendit puis remonta parmi les arbres, utilisant les branches comme une main courante jusqu'au moment où il arriva à une vraie balustrade métallique, froide et humide au toucher et où il se hissa sur une terrasse bétonnée.

Il passa devant les vestiaires aux portes et aux volets clos puis parvint au bord de l'eau. La vapeur montait de la surface, non pas en volutes mais blanche et épaisse comme de la fumée. C'était la plus grande piscine de Moscou, une usine idéale pour fabriquer le brouillard qui l'enveloppait et dont le chlore lui piquait les yeux. Il s'agenouilla. L'eau était chauffée, plus qu'il ne s'y attendait. Il aurait pensé que la piscine était fermée, mais les lampes étaient allumées, des halos jaunâtres flottant dans la brume. Il entendit le clapotis de l'eau contre les parois, et puis non pas des mots, mais plutôt quelqu'un en train de fredonner. Il ne savait pas très bien d'où venait le bruit, mais il crut entendre des pas sur le pourtour de la piscine. Quelle qu'elle fût, la personne qui fredonnait le faisait comme quelqu'un qui se croit totalement seul. A la légèreté du pas et de la voix, Arkadi devina qu'il s'agissait d'une femme, sans doute une employée ou une surveillante qui se sentait chez elle.

Le brouillard rendait tout très confus. Arkadi se souvenait d'un vieux matelot sur un chalutier, qui avait écouté pendant une heure une lointaine corne de brume avant de découvrir que le son provenait d'une bouteille ouverte à dix mètres de là. « Chattanooga Tchou-tchou », voilà ce qu'elle fredonnait. Un classique. A moins qu'il n'y eût personne, car soudain ce fut le silence. En attendant qu'elle recommence, il essaya d'allumer une cigarette, mais l'allumette fut immédiatement trempée et la cigarette se décomposa en papier mouillé et en tabac. Pleuvait-il fort ? Il l'entendit chantonner depuis une autre direction, droit devant lui et un peu plus haut, presque au niveau des lampadaires. Sa voix s'affaiblit, se tut et il entendit le fléchissement d'un plongeoir. Il y eut une tache blanche qui fila à travers la vapeur puis le *plouf !* étouffé d'un plongeon réussi.

Arkadi résista à la tentation d'applaudir ce qui était à son avis un exploit inhabituel à chacun de ses stades : trouver l'échelle, grimper les barreaux à tâtons, s'avancer sur la haute planche et garder l'équilibre tout en repérant du bout des doigts de pied l'extrémité du plongeoir pour finir par prendre appui sur la planche et s'envoler dans... le néant. Il s'attendait à l'entendre remonter à la surface ; elle devait être une bonne nageuse, du genre à faire des longueurs à grandes brasses souples et infatigables. Mais il n'y avait aucun bruit, à part le tambourinement régulier de la pluie et la rumeur à peine audible de la circulation sur la route du quai.

« Holà ! » cria Arkadi. Il se redressa et suivit le bord. « Holà. »

CHAPITRE 12

Les autres clients du bar des Rêves de la gare de chemin de fer de Kazan portaient des valises, des sacs de toile ou de plastique, des cartons, si bien qu'Arkadi ne se sentait pas déplacé avec le poste de radio de Jaak. La mère de Julya était une robuste paysanne habillée de vêtements mis au rebut que lui avait envoyés au long des années son élégante fille aux longues jambes : manteau en peau de lapin, jupe en denim et collants de dentelle. Elle prit des saucisses et de la bière tandis qu'Arkadi commandait du thé. Jaak avait une demi-heure de retard.

« Julya ne veut pas aller chercher sa propre mère au train. Elle ne veut même pas envoyer Jaak. Non, elle envoie un étranger. » Elle toisait Arkadi. Il avait un blouson qui sentait le linge humide et qui bâillait autour du pistolet dans sa poche. « Vous ne m'avez pas l'air très suédois.

— Vous avez l'œil.

— Elle a besoin de ma permission pour partir, vous savez. C'est la raison pour laquelle je suis ici. Mais la princesse ne va pas s'abaisser à venir elle-même au train. Et maintenant, il faut que nous attendions ?

— Laissez-moi vous commander une autre saucisse.

— Vous allez claquer tout votre argent. »

Ils attendirent encore une demi-heure, puis il l'accompagna dehors jusqu'à la queue pour les taxis. Des nuages atténuaient les lumières sur le dôme des deux autres gares de l'autre côté de la place Komsomol. Les taxis ralentissaient en approchant de la queue, inspectaient les clients éventuels et passaient leur chemin.

« Un tram serait peut-être plus rapide, dit Arkadi.

— Julya m'a dit d'utiliser ça en cas d'urgence. » Elle brandit un paquet de Rothmans et aussitôt une voiture particulière s'arrêta dans un crissement de pneus. Elle sauta à l'avant et abaissa la vitre pour lui dire : « Je vous préviens, je ne rentre pas chez moi en manteau de lapin. Peut-être que je ne rentrerai pas du tout. »

Arkadi retourna au bar des Rêves. Toujours pas de Jaak. Il n'avait jamais été aussi en retard.

La gare de Kazan était « la Porte de l'Orient ». Dans la salle des renseignements les murs étaient tapissés de panneaux affichant les départs sous un dôme en brique aux airs de mosquée. Un Lénine en bronze avançant à grands pas, la main droite levée, ressemblait étrangement à Gandhi. Une jeune Tadjik portait un foulard de couleur vive sur ses tresses et un imperméable sombre sur un pantalon flottant bariolé. Des boucles d'oreilles en or tintaient contre son cou.

Tous les porteurs étaient tartares. Arkadi reconnut les hommes de la mafia de Kazan à leurs blousons de cuir noir ; ils faisaient la tournée de leurs prostituées, des filles russes au teint brouillé vêtues de jeans. Une boutique dans le coin diffusait de la musique sur cassettes — de la lambada —, dans l'espoir d'attirer le chaland. Arkadi se sentait stupide de trimbaler sa radio. Il était passé à son appartement et l'avait contemplée pendant une heure avant de se décider à la restituer à son légitime propriétaire, comme si c'était le seul poste à Moscou qui pût capter Radio Liberté. Il allait s'en procurer un.

Sur les quais, des patrouilles de l'armée recherchaient les déserteurs. Dans la cabine d'une locomotive, Arkadi aperçut deux mécaniciens, un homme et une femme. Lui, musclé et torse nu, était assis aux manettes ; elle portait un pull-over et une salopette. Il ne voyait pas leurs visages mais il pouvait imaginer ce qu'était la vie sur les rails, à manger et dormir derrière un moteur diesel, tout le pays défilant par la fenêtre.

Arkadi revint au bar des Rêves, traversant une salle d'attente si bondée et si silencieuse que ç'aurait pu être un asile de fous ou une prison. Des rangées et des rangées de visages étaient levées vers l'image muette et ondulante de danseurs folkloriques sur un écran de télévision. Des miliciens secouaient les ivrognes assoupis. Des familles entières d'Ouzbeks étaient installées sur d'énormes sacs gros comme des oreillers qui contenaient tous leurs biens en ce monde. Au bar, deux jeunes Ouzbeks en casquette de tricot jouaient au Coffre au Trésor : pour cinq kopecks, ils manipulaient une commande qui contrôlait la main d'un robot dans une cage vitrée. Le fond de la cage était tapissé de sable et sur cette plage miniature étaient répandus des prix qui, avec un peu de chance, glisseraient le long d'un toboggan pour atterrir dans les mains du gagnant. Un tube de pâte dentifrice de la taille d'une cigarette, une brosse à dents avec une unique rangée de poils, une lame de rasoir, une tablette de chewing-gum, une savonnette. Chaque objet l'un après l'autre échappait au joueur. En y regardant de plus près, Arkadi constata que les prix étaient là depuis des années. La brosse à dents aux poils jaunis, les emballages froissés, les veinures de la savonnette étaient moins des trésors que de la camelote déplacée de temps en temps mais jamais capturée. Pourtant, les jeunes garçons jouaient avec enthousiasme, nullement découragés puisque l'idée n'était pas tant d'empocher que d'attraper.

Au bout d'une heure et demie, Arkadi renonça. Jaak ne viendrait pas.

La ferme collective du chemin Lénine était au nord de la ville sur la route de Leningrad. Des femmes, enveloppées dans des foulards pour se protéger de la pluie, brandissaient des bouquets et des sacs de pommes de terre à l'intention des voitures et des camions qui passaient.

A l'endroit où Arkadi quitta l'autoroute, la chaussée devenait aussitôt un chemin de terre qui serpentait au milieu d'un village de cabanes sombres aux avant-toits peints, de maisons plus récentes en parpaings et de petits jardins avec des piquets de tomates et des tournesols. Des vaches noir et blanc erraient sur la route et dans les cours. Au bout du village, la route se séparait en deux. Il choisit l'embranchement où les ornières étaient les plus profondes.

Autour de Moscou, la campagne n'était que vastes champs de patates. On les ramassait encore à la main en se pliant en deux. Pour la récolte on réquisitionnait des étudiants et des soldats qu'on voyait traîner derrière les paysans qui, eux, emplissaient infatigablement des sacs ; à tout moment, des resquilleurs pouvaient toujours venir glaner quelques patates dans un champ. Mais Arkadi ne vit personne, rien que le brouillard, la terre retournée et une lueur au loin. Il suivit la route jusqu'à une pile de cartons, de sacs de jute et d'épis de maïs qui brûlaient. C'était une sale habitude des paysans de mélanger des ordures à la tourbe pour l'incinération. Mais on ne le faisait généralement pas le soir et pas sous la pluie. Autour du feu il y avait des enclos à bestiaux, des camions et des tracteurs, des réservoirs d'eau et d'essence, une grange, un garage, un appentis. Les fermes collectives étaient de petites exploitations où les travailleurs partageaient en fonction du temps qu'ils y passaient. Il devait bien y avoir quelqu'un de garde, mais personne ne répondit à son coup de klaxon.

Arkadi descendit et avant de s'en être rendu compte il marcha dans l'eau qui envahissait la cour en provenance d'une fosse à l'air libre. L'âcre odeur de la chaux dominait les relents de basse-cour. Dans la fosse, des déchets, des eaux sales et des os d'animaux dépecés flottaient dans une sorte de mélasse criblée de gouttes de pluie. Le feu était moitié aussi haut que lui. Il flambait par endroits et brûlait lentement ailleurs, des flammes s'épanouissant çà et là autour des journaux, rongeant des patates pourries. Un bidon dévala du haut du bûcher jusqu'en bas, auprès de deux chaussures d'homme disposées avec soin. Arkadi en ramassa une et la lâcha tout aussi vite. La chaussure était brûlante, elle fumait littéralement.

La cour tout entière rougeoyait. Les tracteurs étaient des modèles anciens avec des herses rouillées, mais les deux camions étaient neufs, l'un d'eux était le même que celui où Jaak avait acheté sa radio. Des machines agricoles — moissonneuses, ramasseuses, charrues — étaient disposées le long du hangar ; des liserons avaient poussé tout autour, leurs vrilles s'enroulant autour des dents, leurs pétales repliés pour la nuit. Rien ne bougeait dans les enclos ; il n'y avait pas de grognements de porcs, pas de tintements nerveux de clochettes de chèvres.

Le garage était ouvert. Il n'y avait pas de commutateur en état de marche, mais à la lueur du feu Arkadi put distinguer une Moskvitch blanche à quatre portes immatriculée à Moscou coincée entre des bidons d'huile et un démonte-pneu. Les portières de la voiture étaient fermées à clé.

La grange était en ciment, avec des stalles vides sur un côté. L'autre côté faisait office d'abattoir. Un manteau était accroché à un mur. Arkadi mit un moment à s'apercevoir que c'était une vache pendue à un crochet. On l'avait mise la tête en bas et elle bourdonnait non pas d'abeilles mais de mouches. En dessous était posé un seau recouvert d'une étamine noircie de sang séché. A côté, il y avait une longue palette à suif pour touiller la graisse. Le sol était cimenté, avec des rainures où le sang s'écoulait jusqu'à une rigole centrale. A une extrémité on pouvait voir des tables à dépecer, des hachoirs à viande et des marmites à suif grosses comme des timbales posées devant un âtre sur leurs pieds griffus. Sur les tables étaient disposées des fioles de parfum étiquetées « Bile d'ours noir — Qualité supérieure », avec une étiquette en chinois de l'autre côté. Il y en avait d'autres aussi sur lesquelles on pouvait lire « Musc de cerf » et « Poudre de corne » ; ces deux derniers flacons prétendaient tout à la fois provenir de Sumatra et renfermer les pouvoirs régénérants de la corne de rhinocéros.

Les doubles portes du hangar étaient entrouvertes, tordues là où on avait forcé la serrure avec une pince. Arkadi les ouvrit toutes grandes pour faire entrer la lueur du feu. Jusqu'au plafond s'entassaient dans leurs cartons des magnétoscopes, des lecteurs de disques compacts, des ordinateurs, des disques durs et des jeux vidéo. Des survêtements et des tenues de chasse étaient suspendus à des portemanteaux et une photocopieuse japonaise était posée sur des dalles de marbre italien — tout cela évoquant un magasin des douanes, sauf qu'on était au beau milieu d'un champ de patates. Il comprit que la ferme collective du chemin Lénine ne travaillait plus depuis des années comme une véritable exploitation agricole. Sur le sol était posé un tapis de prière, sur une table de jeu des dominos et un journal. Les articles étaient en caractères arabes mais le titre était à moitié en russe et disait *Groznyï Pravda.*

Arkadi sortit pour s'approcher du feu. Il était inégal, flambant ici à travers des copeaux de bois, consumant là de la paille humide. Des chiffons couverts de peinture brûlaient avec leur auréole particulière de couleur. Il prit un manche de pioche qui brûlait, attisa les flammes et ne trouva rien que des noms de marque calcinés, Nike tombant sur Sony et s'écroulant sur JVC, menaçant de s'effondrer sur lui.

En reculant, il remarqua que les reflets du feu révélaient d'étroites traces de pas menant, entre l'abattoir et le hangar, à une prairie de hautes herbes folles qui masquaient deux remblais, des petits murs de terre sans utilité apparente. Au bout d'un des murets, des marches en ciment descendaient jusqu'à un panneau d'acier fermé par un volant bloqué par une barre métallique et un gros cadenas.

Le second remblai avait un panneau similaire, mais sans barre de fer. Arkadi l'ouvrit et pénétra à l'intérieur en s'accroupissant, car il sentait combien l'espace était réduit. Son briquet émit une faible lueur, suffisante pour lui permettre de constater qu'il s'était aventuré dans une casemate datant de la guerre. Des bunkers — des abris de béton armé enterrés comme celui-ci — avaient été construits tout autour de Moscou puis mis dans la naphtaline quand l'holocauste nucléaire ne s'était pas produit. Un système compliqué de ventilation et de détecteurs de radiations entourait le panneau. Sur un long bureau s'alignaient une douzaine de téléphones ; il en reconnut deux d'entre eux qui provenaient de son service, des modèles à fréquence radio complètement dépassés. Il y avait même un système Iskra à haute fréquence, téléphone et modem intacts. Il décrocha un récepteur et reçut dans les oreilles une volée de parasites, mais il fut stupéfait de constater que la ligne était encore branchée. Il revint dans la cour. Il y avait trop d'eau pour repérer des traces distinctes de pneus. Il en fit le tour sans trouver d'autres marques, sauf certaines conduisant à la route — mais c'était par là qu'il était arrivé. Il lui vint à l'esprit que, puisque les pneus du camion et du tracteur n'étaient pas barbouillés de chaux, l'inondation était récente. Il n'y avait pas d'eau ailleurs.

Dans les reflets du feu, la flaque était couleur d'or fondu, même si Arkadi savait qu'à la lumière du jour elle ressemblerait à du lait coupé d'eau. Il estima que la fosse devait mesurer à peu près cinq mètres carrés. Il enfonça sa pioche : la fosse avait au moins deux mètres de profondeur. Un objet surgit à la surface qui ressemblait à une tranche de saucisse ; en roulant sur elle-même, la tranche révéla les bajoues rondes, les oreilles pointues et le groin d'un porc, une tête rendue lisse et sans poils par la chaux corrosive, puis elle roula encore et sombra de nouveau. Des plumes et des poils restèrent collés sur la mousse. Une puanteur plus forte que celle de la simple pourriture imprégnait le brouillard.

Arkadi sonda le milieu de la fosse avec sa pioche et heurta du métal. Il heurta du métal et du verre. En marchant le long de la fosse, il repéra le contour d'une voiture sous la surface. Il respirait maintenant par à-coups, et pas seulement à cause de l'odeur. Il croyait entendre Jaak à l'intérieur de la voiture ; il tapait sur le toit de la Volvo de Julya en hurlant. Non pas que le bruit montât de la fosse, mais Arkadi pouvait le sentir.

Il ôta son blouson et ses chaussures et plongea. Il garda les yeux fermés pour se protéger de la chaux et trouva son chemin à tâtons le long de la vitre jusqu'à la portière, découvrit une poignée et tira sans résultat à cause de la pression de l'eau. Il remonta à la surface, respira un bon coup et replongea. Son plongeon dérangea le contenu de la fosse et des choses invisibles remontèrent, le cognant, le poussant comme pour essayer de l'écarter de la portière. La seconde fois qu'il remonta pour reprendre haleine, la surface de la fosse était encombrée par tous les résidus du fond qui dégageaient une odeur de mort envahissante.

Au troisième plongeon, il parvint à coincer ses deux jambes contre la voiture et à entrebâiller la portière. Ce fut suffisant. A mesure que l'eau s'infiltrait, la pression s'égalisait, de plus en plus vite. Il tint bon parce qu'il avait cessé de monter et de descendre. Quand la porte s'ouvrit, l'eau s'engouffra, et Arkadi avec. Il nagea à l'aveuglette jusqu'à la banquette avant, puis passa derrière où Jaak commençait à flotter.

Avec la succion de l'eau la portière se referma. Les yeux toujours fermés, Arkadi repéra la poignée intérieure, mais la porte refusait de bouger et, avec Jaak qui dansait dans tous les sens autour de lui, il n'arrivait pas à trouver une prise suffisante pour ses pieds. Quelle belle voiture, bien étanche, se dit Arkadi. Il abaissa la vitre et, alors que l'intérieur s'emplissait, la portière s'ouvrit et d'un coup de pied il se projeta dehors, tirant Jaak derrière lui.

Il rampa jusqu'au bord de la fosse et traîna l'inspecteur par les bras jusqu'à la cour. Jaak n'avait pas l'air trop mal en point — mouillé, les yeux grands ouverts, ses cheveux bouclés emmêlés comme une toison d'agneau — mais il était trop froid, trop peu coopératif, on ne sentait de pouls ni au poignet ni au cou et ses iris auraient aussi bien pu être en verre. Arkadi essaya le bouche-à-bouche, soulevant les bras de Jaak, puis lui frappant la poitrine jusqu'au moment où une goutte d'eau explosa au centre d'un des yeux de Jaak qui ne cilla même pas. La main d'Arkadi trouva par hasard une petite blessure sur la nuque de Jaak par où une balle avait dû entrer. Mais pas d'orifice de sortie. Petit calibre : la balle avait sans doute juste rebondi sur le cerveau.

Le cochon remonta à la surface de la fosse. Mais non, cette tête-là était plus petite, l'oreille plus courte, suivie par la forme en X de membres étendus. Arkadi comprit que, s'il avait eu du mal à sortir de la voiture, c'était parce qu'à l'arrière il y avait deux corps et non pas un seul. Quel beau coin de pêche que cette fosse ! Avec la pioche, il tira le corps et le mit à côté de Jaak. C'était un homme plus âgé, ce n'était pas un Coréen ni un Tchétchène, le visage était mou et sale, mais les traits familiers. Tué de la même façon, un trou dans la nuque, de la taille du petit doigt. Un brassard de crêpe sur la manche gauche permit à Arkadi de le reconnaître : c'était Penyaguine.

Qu'est-ce que le chef de la Brigade criminelle faisait avec Jaak ? Pourquoi Penyaguine était-il à la ferme collective du chemin Lénine ? S'il s'agissait d'un pot-de-vin, depuis quand les généraux venaient-ils se faire payer personnellement ? Arkadi résista à la tentation de le réexpédier dans la fosse.

Au lieu de cela, il ouvrit le blouson de Penyaguine pour prendre le passeport intérieur du mort, son laissez-passer du ministère et sa carte du Parti. Dans le petit cahier de vinyle qui contenait la carte, une liste de numéros de téléphone était pressée contre l'image de la joue humide de Lénine.

Les clés de voiture dans la poche de Penyaguine ouvraient la portière de la Moskvitch du garage. Sous la tablette du tableau de bord se trouvait un porte-documents bourré de ces dossiers officiels soviétiques en carton bouilli et fermant par des rubans — directives et mémorandums du ministère, brouillons de rapports et « analyses correctes »—, ainsi que deux oranges et une tranche de jambon enveloppés dans un exemplaire du « Résumé des nouvelles » de l'agence Tass, *pour usage officiel exclusivement*.

Arkadi referma le porte-documents et la voiture, effaça ses empreintes sur la portière, remit les clés dans la poche de pantalon de Penyaguine et demanda de l'aide en utilisant la radio de sa propre voiture. Il revint à Jaak et vida les poches de l'inspecteur des clés qu'elles contenaient. Il y avait deux clés d'appartement et une troisième de grande taille qu'on aurait dit conçue pour ouvrir la porte d'un château fort. Les clés de la Volvo étaient sans doute dans la voiture. Celui qui l'avait poussée dans la fosse s'était sans doute contenté de mettre le levier de la boîte sur « drive ».

Il contourna le corps de Jaak. Cela en valait-il la peine ? Il avait des picotements sur tout le corps. Il se retrouva devant le feu qui flambait furieusement, les cartons ronflant dans les flammes malgré la pluie. Il se rappela les paroles de Rudy : « Légal et normal dans le reste du monde. » Kim les avait roulés. Jaak avait touché au but. Et pour quoi ? Les choses n'allaient pas mieux, c'était pire. Un carton enflammé dégringola du haut de la pyramide, un cube qui roulait éclairé de l'intérieur et de l'extérieur. Il vint s'écraser, se fendre et crachoter sur un amas de bouse russe. « Il y a des choses qui ne changent jamais » : Rudy avait dit cela aussi.

Arkadi renversa un seau et laissa l'eau ruisseler sur sa tête, son torse et son dos. En attendant une réponse à son appel radio, il avait fait du feu dans l'âtre de l'abattoir en utilisant du carton et du charbon. La cour était maintenant illuminée comme un cirque avec un camion générateur, des lampes, une dépanneuse, une voiture de pompiers et deux camionnettes du laboratoire ; au milieu de tout cela s'agitaient les silhouettes des troupes du ministère courant en tous sens en tenue de combat. Mais la seule personne à se trouver dans l'abattoir avec Arkadi était Rodionov, le procureur, qui se tenait dans l'ombre près de la porte. A la lumière dansante du feu dans la cheminée, la vache pendue au croc de boucher avait l'air de s'agiter. De l'eau ruisselait des pieds d'Arkadi pour couler dans les rainures ensanglantées du sol.

« Kim et les Tchétchènes travaillent manifestement ensemble, dit Rodionov. Il me semble clair que ce pauvre Penyaguine a été enlevé et amené ici, abattu soit avant, soit après son arrivée et que l'inspecteur a été ensuite assassiné. Vous êtes d'accord ?

— Oh, je comprends que Kim ait tué Jaak, fit Arkadi. Mais pourquoi se donner la peine d'abattre le chef de la Brigade criminelle ?

— Vous venez de donner la réponse à votre propre question. Ils voulaient évidemment se débarrasser de quelqu'un d'aussi dangereux que Penyaguine.

— Penyaguine ? Dangereux ?

— Un peu de respect, je vous prie. » Rodionov jeta un coup d'œil vers la porte.

Arkadi s'approcha du billot de boucher, où une serviette recouvrait les vêtements civils qu'on avait apportés du bureau du procureur. Ses chaussures et son blouson étaient posés à côté. On pouvait bien les brûler. Il entreprit de se sécher avec la serviette.

« Pourquoi y a-t-il ici des troupes du ministère ? Où est la milice ?

— Souvenez-vous, répondit Rodionov, que nous sommes en dehors de Moscou. Nous avons pris les hommes disponibles.

— On peut dire qu'ils n'ont pas traîné et on dirait qu'ils sont prêts à partir en guerre. Y a-t-il une chose que je n'aie pas remarquée ?

— Non, fit Rodionov.

— J'aimerais ajouter cela à l'enquête sur Rosen.

— Absolument pas. Le meurtre de Penyaguine est une attaque contre l'appareil judiciaire tout entier. Je ne vais pas expliquer au comité central que nous avons ajouté le nom du général Penyaguine à l'enquête sur la mort d'un vulgaire spéculateur. Je n'arrive pas à croire que ce matin encore Penyaguine et moi étions ensemble à un enterrement. Vous ne pouvez pas vous imaginer le choc que cela m'a fait.

— Je vous ai vus.

— Que faisiez-vous au cimetière ?

— J'enterrais mon père.

— Oh, grommela Rodionov, comme s'il s'était attendu à une excuse témoignant d'un peu plus d'imagination. Mes condoléances. »

De l'autre côté de la porte, la cour était si pleine de lampes à incandescence qu'elle semblait en feu. Un treuil remontait la Volvo de la fosse et l'eau ruisselait en fontaines par les portières.

« Je vais classer l'enquête sur Rosen dans l'enquête sur Penyaguine », fit Arkadi en enfilant un pantalon sec.

Rodionov poussa un soupir comme si on venait de lui imposer une décision difficile. « Il nous faut quelqu'un qui travaille à plein temps sur l'affaire Penyaguine et rien d'autre. Quelqu'un de neuf, de plus objectif.

— Qui allez-vous charger de ça ? Qui que ce soit, il devra passer du temps à se faire expliquer l'affaire Rudy.

— Pas nécessairement.

— Vous allez amener quelqu'un à froid ?

— Dans votre intérêt. » Rodionov jeta un coup d'œil à la ronde pour bien montrer sa solidarité avec Arkadi. « Les gens vont dire que si Renko avait retrouvé Kim, Penyaguine serait encore en vie. On vous reprochera aussi bien la mort tragique de votre inspecteur que celle du général.

— Nous n'avons aucune preuve que Penyaguine ait été enlevé. Tout ce que nous savons, c'est qu'il est ici. »

Rodionov prit un air peiné. « Ce genre d'insinuation et d'hypothèse est déplacé. Vous voyez bien que vous êtes trop près de cette enquête. »

La chemise d'Arkadi était comme une voile avec des manches. Il la glissa dans son pantalon et enfila ses chaussures pieds nus. « Alors, à qui confiez-vous l'enquête ?

— A un homme plus jeune, à quelqu'un qui puisse apporter plus d'énergie à cette affaire. En fait, ce policier connaît très bien Rosen, il ne devrait y avoir aucun problème de coordination.

— De qui s'agit-il ?

— De Minine.

— Mon Minine ? Le petit Minine ? »

Rodionov se fit plus ferme. « Je lui ai déjà parlé. Nous le faisons monter d'un grade pour qu'il ait la même autorité que vous. Je pense que nous avons fait une erreur en vous faisant revenir à Moscou, en chantant vos louanges et en vous lâchant dans la ville. Vous devriez faire attention, sinon vous allez tomber encore plus bas que la dernière fois. Je dois vous dire que non seulement Minine va apporter plus d'énergie à cette affaire, mais qu'il va lui donner aussi une orientation plus nette.

— Il tuerait ce seau si vous lui disiez de le faire. Il est ici maintenant ?

— Je lui ai dit de ne pas venir avant que vous ne soyez parti. Faites-lui parvenir un rapport.

— Les deux enquêtes vont se chevaucher.

— Mais non. »

Arkadi avait déjà pris son blouson sur le billot. Il le reposa. « Qu'est-ce que vous essayez de dire ? »

Tout en répondant, Rodionov avança prudemment

dans le hangar. « C'est une affaire qui exige une action énergique. Le meurtre de Penyaguine, ce n'est pas seulement la perte d'un individu isolé, c'est un coup assené au corps de l'Etat. Tout ce que nous faisons, notre service et notre milice, doit avoir un but ultime : trouver et arrêter les éléments responsables. Nous devrons tous faire des sacrifices.

— Quel est le mien ? »

Le procureur leva vers lui un visage plissé de compassion. Le Parti produisait encore de grands acteurs, songea Arkadi.

« Minine, expliqua Rodionov, va reprendre aussi l'enquête Rosen. Ça fera partie de cette affaire comme vous le suggériez vous-même. Demain, je veux que lui soient remis tous vos dossiers et toutes vos pièces à conviction sur l'affaire Rosen — ainsi, bien entendu, qu'un rapport sur les événements de ce soir.

— Mais il s'agit de mon affaire.

— Le débat est terminé. Votre inspecteur est mort. Minine est affecté à une nouvelle affaire. Vous n'avez pas d'équipe et vous n'avez pas d'enquête. Vous savez, je crois que nous vous en avons trop demandé. Après l'enterrement de votre père, vous avez dû avoir un choc affectif.

— Je le ressens encore.

— Prenez un peu de repos », fit Rodionov. Comme il tendait son blouson à Arkadi, le contenu d'une poche résonna contre un carrelage.

« Mon Dieu, une antiquité, fit Rodionov quand Arkadi exhiba le Nagant.

— Un bijou de famille.

— Ne braquez pas cette arme sur moi, fit le procureur en s'éloignant du revolver.

— Personne ne la braque sur vous.

— Ne me menacez pas.

— Je ne vous menace pas. Je me posais simplement des questions. Penyaguine et vous étiez au cimetière pour saluer une dernière fois... » Il se frappa la tête avec le pistolet pour ranimer sa mémoire.

« Asoyan. Penyaguine avait succédé à Asoyan. » Le procureur se dirigeait vers la porte.

« C'est ça. Je n'ai jamais rencontré Asoyan. J'ai oublié, de quoi est-il mort au fait ? »

Mais le procureur s'échappa vers les lumières aveuglantes de la cour.

CHAPITRE 13

En rentrant en ville, Arkadi se gara derrière les immeubles d'habitation à côté du stade Dynamo, là où la lampe bleue d'un commissariat de la milice au coin de la rue annonçait ce qui avait l'air d'être un bar ouvert toute la nuit. Dans la rue, un ivrogne et sa femme avaient un entretien conjugal, il disait quelque chose et elle le giflait. Il disait autre chose et elle le giflait de nouveau. Il courbait la tête sous les coups comme s'il était d'accord avec elle. Un autre ivrogne, bien vêtu encore que sa tenue fût un peu poussiéreuse, marchait en cercle comme s'il avait un pied cloué au trottoir.

A l'intérieur du poste, le policier de service aidait à calmer un ivrogne qui, torse nu et rendu aveugle par le méthanol, essayait de voler, heurtant ses bras tatoués contre le mur et dirigeant un chœur de pochards qui criaient de différentes cellules. Au passage, Arkadi montra sa carte sans prendre la peine de l'ouvrir. Il était peut-être habillé de façon bizarre, mais dans cette foule, il présentait assez bien. Au premier étage, où toutes les portes étaient capitonnées de gris, un tableau d'affichage exhibait des photos d'anciens combattants d'Afghanistan appartenant à la milice. Dans la salle Lénine — lieu de réunion pour l'endoctrinement politique et l'entretien du moral —, des miliciens étaient affalés sur de longues tables, une serviette sur le visage.

La clé de Jaak ouvrait la porte d'une pièce au sol recouvert de linoléum et aux murs peints en jaune. Comme le bureau « clandestin » d'un commissariat abritait différents inspecteurs travaillant à des heures différentes, l'ameublement était réduit au minimum et la décoration anonyme. Deux bureaux face à face près de la fenêtre, quatre sièges, quatre gros coffres-forts d'avant-guerre. Une affiche de voiture, une affiche de football et une photo d'une foire internationale étaient collées au mur. Dans un angle, une porte ouvrait sur un urinoir, emplissant la pièce de ses effluves nauséabonds. Les bureaux partageaient trois téléphones. Une ligne extérieure, une ligne intérieure et un branchement direct avec la rue Petrovka. Dans les tiroirs, de vieilles liasses avec le visage de criminels recherchés, des descriptions de voitures, des calendriers vieux de dix ans. Autour des pieds de chaque bureau, le linoléum avait des brûlures de cigarettes.

Arkadi s'assit et en alluma une. Il songea qu'il avait toujours cru qu'un jour Jaak filerait en Estonie, qu'il prendrait un nouveau départ : ardent nationaliste pour défendre héroïquement la toute jeune république. Il était persuadé que Jaak avait la capacité de mener une vie différente. A la place de celle-ci. La différence entre Jaak et lui n'était pas si grande, mort ou vivant.

Le premier coup de téléphone qu'il donna fut à son bureau.

On répondit à la seconde sonnerie : « Ici Minine. »

Arkadi raccrocha.

Un naïf demanderait peut-être pourquoi Minine n'était pas allé à la ferme collective du chemin Lénine. Arkadi savait par expérience qu'il y avait deux formes d'enquête : l'une qui déterrait des renseignements et l'autre, plus traditionnelle, qui les dissimulait. La seconde était en fait plus difficile puisqu'elle exigeait quelqu'un pour couvrir les lieux du crime et quelqu'un pour contrôler l'information au bureau. En tant que supérieur d'Arkadi, Rodionov était l'homme qui devait se trouver à la ferme collective. Minine, Minine le travailleur, le promu, se verrait confier la collecte de toutes les preuves et tous les dossiers présentant le moindre rapport entre le général martyr Penyaguine et Rudy Rosen.

Arkadi tira de sa poche la brève liste de numéros de téléphone qu'il avait prise dans le livret du Parti de Penyaguine. Il reconnut le premier : c'était celui de Rodionov, les deux autres étaient des numéros de Moscou, mais qu'il ne connaissait pas. Il jeta un coup d'œil à sa montre : deux heures du matin, l'heure où tous les bons citoyens devraient être chez eux. Il décrocha la ligne directe et composa un des numéros inconnus.

« Oui ? fit une voix d'homme, qui s'éveillait calmement.

— Je téléphone à propos de Penyaguine, annonça Arkadi.

— Qu'est-ce qu'il a ?

— Il est mort.

— C'est une terrible nouvelle. » La voix restait douce, avec une bonne élocution, plus calme qu'auparavant. « A-t-on arrêté quelqu'un ?

— Non. »

Il y eut un silence, puis la voix reprit : « Je veux dire : comment est-il mort ?

— Par balle. A la coopérative.

— Qui est à l'appareil ? » Le ton raffiné de la voix était insolite, comme du bouleau russe recouvert d'une laque étrangère.

« Il y a eu une complication, ajouta Arkadi.

— Quelle complication ?

— Un inspecteur.

— Qui est-ce ?

— Vous ne voulez pas savoir comment il est mort ? »

Il y eut un silence à l'autre bout du fil. Arkadi croyait presque entendre une intelligence se mettre en état d'alerte. « Je sais qui est à l'appareil. »

On raccrocha, mais pas avant qu'Arkadi eût reconnu à son tour la voix de Max Albov. Parce que, même s'ils ne s'étaient rencontrés que durant une heure, c'était récemment, et en compagnie de Penyaguine.

Il composa l'autre numéro, avec l'impression d'être un pêcheur de nuit lançant sa ligne dans une eau noire pour voir ce qui allait mordre.

« Allô ! » Cette fois, c'était une femme, bien réveillée, qui criait par-dessus le bruit de fond d'une émission de télévision. Elle zozotait légèrement. « Qui est à l'appareil ?

— Je téléphone à propos de Penyaguine.

— Une seconde ! »

Tout en attendant, Arkadi écouta ce qui lui parut être un Américain lancé dans un ennuyeux récit émaillé d'explosions et du crépitement d'armes légères.

« Qui est à l'appareil ? » Un homme avait pris le téléphone.

« Albov », répondit Arkadi. Certes, il n'avait pas un ton aussi suave que le journaliste, mais il modula un peu sa voix et puis il y avait tout ce vacarme à l'autre bout du fil. « Penyaguine est mort. »

Il y eut une pause, pas un silence. Après une petite transition musicale, l'Américain dont on entendait la voix en fond sonore passa à une autre histoire. Le crépitement des armes légères continua cependant, avec une résonance qui suggérait un vaste espace.

« Pourquoi appelez-vous ?

— Il y a eu des problèmes, fit Arkadi.

— La pire chose à faire c'est d'appeler. Ça m'étonne d'un homme aussi subtil que vous. » La voix était énergique avec l'humour et l'assurance rayonnante d'un chef qui a réussi. « On ne commence pas à s'affoler au milieu de la partie.

— Je suis inquiet. »

Il y eut le claquement d'une balle bien frappée, un tonnerre d'applaudissements et des cris enthousiastes de « Banzaï ! » Arkadi maintenant se représentait un bar aux couleurs de Marlboro et des golfeurs satisfaits. Il croyait entendre le tintement de la caisse enregistreuse et, dans des tonalités moins métalliques, les lointaines cascades des appareils à sous. Il croyait voir aussi Borya Goubenko, la main refermée autour du combiné, et qui commençait à s'inquiéter.

« Ce qui est fait est fait, reprit Borya.

— Et l'inspecteur ?

— Vous devriez savoir que ce n'est pas une conversation à avoir au téléphone, répliqua Borya.

— Et ensuite ? » demanda Arkadi.

C'était maintenant le milieu de la nuit. La voix américaine à la télévision s'était muée en murmure rassurant. Arkadi percevait presque la lueur de l'écran brillant comme un feu de camp, et toutes ces informations identiques accompagnant où qu'ils se trouvent les hommes d'affaires en voyage. « Qu'est-ce qu'on fait maintenant ? »

Autrefois, c'était les Américains qui allaient sauver la Russie. Puis ç'avait été les Allemands. Ceux qui allaient s'en charger maintenant ne manqueraient pas d'apporter leurs clubs de golf chez Borya, se dit Arkadi : celui-ci avait bien dit que les Japonais étaient toujours les derniers à partir. « Qu'est-ce qu'on fait ? » répéta-t-il. Il entendit le départ d'une autre balle. Rebondissait-elle sur les silhouettes d'arbres en contre-plaqué plantés sur le sol de l'usine ? Ou bien s'envolaient-elles dans un superbe élan jusqu'à la toile vert gazon du mur du fond ?

« Qui est à l'appareil ? » fit Borya, puis il raccrocha.

Laissant Arkadi avec... avec rien du tout. D'abord, il n'avait pas enregistré les conversations. Ensuite, et s'il l'avait fait ? Il n'avait surpris aucun aveu, rien qu'on ne pût expliquer par le manque de sommeil, le bruit, un malentendu, une ligne mauvaise. Et si Penyaguine avait leurs numéros de téléphone ? On avait présenté Albov comme étant un ami de la milice, et la milice protégeait la salle de golf de Borya Goubenko. Et si Albov et Goubenko se connaissaient ? Tous deux appartenaient à la société du nouveau Moscou, ils n'étaient pas des ermites. Arkadi n'avait la preuve de rien du tout, sauf que l'affaire Rosen avait entraîné Jaak jusqu'à une ferme collective où il avait été tué et retrouvé dans la même voiture que Penyaguine. Arkadi avait bousillé l'affaire Rosen. Il n'avait toujours pas Kim, et Minine, en ce moment même, était en train de s'emparer des pièces à conviction qu'il avait en sa possession.

D'un autre côté, Jaak était peut-être mort, mais ce n'était pas un mauvais policier. Arkadi inspecta tous les tiroirs, fouilla dessous et finit par trouver la grosse clé de Jaak. Tout policier travaillant avec une couverture avait son propre coffre, un endroit fermé à clé où il pouvait entreposer les fruits de son travail. Il essaya la grosse clé tour à tour sur les quatre antiques coffres-forts, cherchant une gorge, jusqu'au moment où la dernière serrure céda et où la porte blindée s'ouvrit sur les trois étagères abritant les secrets de la vie de Jaak. Sur le rayon du bas se trouvaient les dossiers classés, noués d'un ruban rouge, le soubassement de la mémoire professionnelle de Jaak. En haut se trouvaient des objets personnels : des photos d'un garçon et d'un homme qui pêchaient, du même garçon et d'un homme tenant une maquette d'avion, de ce garçon devenu grand, en uniforme et en qui on pouvait reconnaître Jaak posant avec une femme toute heureuse mais un peu embarrassée et qui lissait son tablier. Ils se tenaient sur les marches d'une datcha. La lumière éclairait les yeux de Jaak mais ceux de sa mère étaient dans l'ombre. Il y avait encore une photo de soldats dans leur tente, qui chantaient et parmi eux Jaak à la guitare. Des papiers de divorce, vieux de huit ans, déchirés et recollés. Un instantané de Jaak avec Julya, à l'époque où elle avait les cheveux bruns, image un peu brouillée parce qu'ils dévalaient le toboggan d'un parc d'attractions, elle aussi déchirée et recollée.

Sur l'étagère du milieu, il y avait un Code pénal gris bourré de divers addenda concernant les modifications quotidiennes des lois : formulaires d'enquêtes, de perquisitions, d'interrogatoires ; annuaire relié de carton rouge des inspecteurs de la région de Moscou ; des balles de Makarov en vrac. Il y avait une photo de Rudy prise au cours d'une surveillance, un cliché de l'identité judiciaire de Kim datant de quelques années, les vues prises par Polina du marché noir et de la carcasse calcinée de la voiture de Rudy. Il y avait aussi une enveloppe officielle. Arkadi l'ouvrit et y trouva la cassette allemande qu'il avait remise à Jaak avec deux images développées. Jaak avait donc fait tirer des photos.

C'étaient les portraits des femmes dans la brasserie en plein air. Au verso de l'une d'elles, Jaak avait écrit « Identifiée par une source fiable comme étant "Rita", émigrée en Israël en 1985... ».

Un nom romantique, Rita, un diminutif de Margarita. La source en question devait être Julya. Si Rita avait épousé un juif et quitté la Russie, Julya en effet se souviendrait d'elle.

Israélienne ? La combinaison des cheveux blonds, du chandail noir et de la chaîne d'or parut à Arkadi relever du style allemand classique, s'ajoutant à une bouche rouge et pleine et à des pommettes typiquement slaves. Pourquoi n'était-elle pas sur la cassette de Jérusalem au lieu d'être sur celle de Munich ? Pourquoi Arkadi l'avait-il vue dans la voiture de Rudy et avait-il surpris chez elle un regard laissant entendre que lui et sa Jigouli ne lui étaient que trop familiers ? Pourquoi l'avait-il vue prononcer avec ses lèvres sur la cassette : « Je t'aime » ?

La seconde photo était identique. Au verso, Jaak avait écrit : « Identifiée par la réceptionniste du Soyouz comme une madame Boris Benz. Allemande. Arrivée le 5/8, départ le 9/8. » Deux jours auparavant.

L'hôtel Soyouz n'était pas un des meilleurs de Moscou, mais c'était le plus proche de l'endroit où Jaak et lui l'avaient aperçue avec Rudy.

La ligne directe sonna. Il décrocha.

« Qui est à l'appareil ? » demanda Minine.

Arkadi posa le combiné sur le bureau et partit sans bruit.

Maintenant, ils devaient surveiller son appartement. Arkadi se rendit en voiture sur la rive sud du fleuve, se gara et fit quelques pas pour rester éveillé.

La nuit, Moscou était superbe. L'autre jour, quand il était dans ce café avec Polina, il avait récité un poème d'Akhmatova. « Je bois à notre maison en ruine, à la douleur de ma vie, à notre solitude partagée ; et je lève mon verre à ta santé, à la santé de tes lèvres mensongères qui nous ont trahis, à tes yeux d'un froid mortel et sans pitié et aux dures réalités : le monde est brutal et rude, Dieu en fait ne nous a pas sauvés. » Polina la romantique avait insisté pour qu'il dise les vers encore une fois.

Moscou était la ville en ruine, un paysage urbain qui, la nuit, semblait à demi brûlé. Un lampadaire pourtant révélait une grille en fer ouverte sur une cour où de gracieux tilleuls entouraient un lion de marbre sur un piédestal. Une autre lumière, transversale, brillait sur la coupole azurée et parsemée d'étoiles d'or d'une église. Comme si, à Moscou, tout ce qui n'était pas affreux n'osait se montrer que la nuit.

Arkadi était surpris de se trouver si amer. Il aurait volontiers toléré un arrière-fond de bassesse et de corruption, à condition de pouvoir effectuer son travail avec un certain degré d'efficacité, comme un chirurgien pourrait se contenter de réduire des fractures au milieu d'une catastrophe sans fin. Son honnêteté devenait pour lui une coquille, une façon tout à la fois de nier et d'accepter la confusion générale. Quelle contradiction, se dit Arkadi : un mensonge, en un mot. Pourtant, s'il avait perdu Rudy et Jaak, s'il n'avait même jamais aperçu Kim et s'il exerçait sans doute une mauvaise influence sur Polina, à quoi en fait était-il bon ?

Que voulait-il ? Ce qu'il voulait, c'était être loin. Pendant des années, il s'était montré patient, mais, la semaine dernière, il avait eu le sentiment que chaque seconde était un grain de sable de plus roulant entre ses doigts — et ce, depuis l'instant où il avait entendu à la radio la voix d'Irina.

S'il éprouvait cette impression, peut-être n'était-il pas dans la ville qu'il fallait. Etait-ce possible de fuir les ruines de sa vie d'autrefois ?

Le central télégraphique de la rue Gorki était ouvert vingt-quatre heures sur vingt-quatre. A quatre heures du matin, son vaste hall était peuplé d'Indiens, de Vietnamiens et d'Arabes qui télégraphiaient chez eux et de Soviétiques tout aussi désespérés cherchant à joindre les membres de leur famille à Paris, Tel-Aviv ou Brighton.

L'air sentait la cendre et cette odeur s'attardait sur les dents. Des gens étaient installés avec des formulaires de télégrammes pour rédiger des messages à cinq kopecks le mot, des hommes roulant en boule des tentatives avortées, des femmes méditant plus longuement sur un texte. Des familles s'entraidaient, formant un cercle de têtes, en général des têtes brunes avec des foulards de couleurs vives. Un garde venait parfois patrouiller pour s'assurer que personne ne s'allongeait sur un banc, ce qui obligeait les ivrognes de la salle à déployer tous leurs efforts pour maintenir leurs membres assemblés dans la position assise. Il existait une expression : un Russe n'est pas ivre tant qu'il y a encore un seul brin d'herbe à quoi se cramponner. C'était peut-être un texte de loi, Arkadi n'en était pas sûr. De l'autre côté du haut comptoir, des employés observaient une attitude d'hostilité silencieuse. Ils donnaient à voix basse de longs coups de téléphone personnels, tournaient le dos pour lire en secret des romans, disparaissaient pour aller faire une sieste discrète. Leur mauvaise humeur compréhensible tenait à ce que leurs horaires ne leur permettaient pas de faire leurs courses pendant les heures de bureau. Des horloges au-dessus du comptoir donnaient l'heure : quatre heures du matin à Moscou, douze heures à Vladivostok, dix-neuf heures à New York.

Arkadi s'arrêta devant le comptoir pour examiner les deux photos identiques, l'une d'une prostituée russe en Israël, l'autre d'une touriste allemande bien habillée. Avaient-elles été correctement identifiées ? Ni l'une ni l'autre ? Les deux ? Jaak avait sans doute la réponse.

Au verso d'un formulaire de télégramme, il fit un croquis de la voiture de Rudy, avec la position approximative de Kim, de Borya Goubenko, des Tchétchènes, de Jaak et de lui-même. Sur le côté, pour lui donner un nom, il ajouta Rita Benz. Sur un second formulaire, il écrivit « TransKom » et inscrivit les noms du Komsomol de Leningrad, de Rudy et de Boris Benz. Sur un troisième, sous la rubrique « Ferme collective du chemin Lénine » : Penyaguine, le meurtrier de Rudy, peut-être des Tchétchènes. A en juger par le sang, peut-être Kim. Rodionov certainement. Sur un quatrième, sous le mot « Munich » : Boris Benz, Rita Benz et « X » pour quiconque avait demandé à Rudy : « *Where is Red Square ?* » Sous un cinquième, intitulé « Machines à sous » : Rudy, Kim, TransKom, Benz, Borya Goubenko.

Frau Benz était le lien entre le marché noir et

Munich, et le contact entre Rudy et Boris Benz. Si Borya Goubenko avait lui aussi des machines à sous, faisait-il partie de TransKom ? Quelle meilleure introduction pour Rudy auprès de ses étranges associés d'un gymnase du Komsomol qu'une ancienne idole du football ? Et si Borya était de TransKom, alors il connaissait Boris Benz.

Pour finir, Arkadi fit un croquis de la ferme, indiquant la route, la cour, les enclos, la grange, le hangar, le garage, le feu, la Volvo, la fosse. Il y ajouta une estimation des distances et une flèche indiquant le nord, puis il compléta le tout par un plan de la grange avec une esquisse du seau et de l'étamine ensanglantée.

Il pensa au chenil sous l'appartement de Kim, aux bocaux de sang de porc sur les rayonnages et au sang dans la voiture de Rudy. Cela le fit penser à Polina. Les téléphones publics n'acceptaient que de minuscules pièces de deux kopecks, mais il en trouva une dans ses poches et l'appela chez elle.

Sa voix avait le registre assourdi du demi-sommeil, puis fut aussitôt en plein éveil.

« Arkadi ?

— Jaak est mort, dit-il. C'est Minine qui reprend l'affaire.

— Vous avez des ennuis ?

— Je ne suis pas votre ami. Vous vous êtes toujours méfiée de ma façon de mener l'affaire. Vous aviez l'impression que l'enquête s'était égarée sur des sentiers improductifs.

— Autrement dit ?

— Tenez-vous à l'écart.

— Vous ne pouvez pas m'ordonner de faire ça.

— Je vous le demande. » Il murmura dans l'appareil : « Je vous en prie.

— Appelez-moi, dit Polina après un silence.

— Quand tout sera arrangé.

— Je vais prendre le fax de Rudy et le brancher sur mon numéro. Vous pourrez laisser un message.

— Faites attention. » Il raccrocha.

La fatigue l'accabla soudain. Il fourra les formulaires de télégramme dans la poche où se trouvait son pistolet et s'installa dans une position à demi assise au bout d'un banc. A peine eut-il les yeux fermés qu'il s'endormit à moitié. Il rêva moins qu'il n'eut l'impression de dévaler dans le noir une petite colline argileuse, de rouler paresseusement et sans un son en se laissant entraîner par la pesanteur. Au pied de la colline il y avait un étang. Quelqu'un devant lui plongea et des ondulations s'épanouirent en cercles blancs. Il toucha l'eau sans se débattre, sombra et s'endormit vraiment.

Deux yeux le dévisageaient au milieu d'un visage aux joues molles et mal rasées. Une main braquait un pistolet noir. Les doigts étaient pâles, calleux et mal assurés. Une autre main tout aussi sale tenait la carte d'identité d'Arkadi. En se réveillant complètement, il aperçut une brochette de décorations de guerre cousues sur une veste tachée. Il vit aussi que l'homme, un cul-de-jatte, se tenait sur un chariot en bois. Auprès des roues étaient posés deux blocs de bois tapissés de bandes de caoutchouc qui l'aidaient à se propulser. Le visage révéla des dents en métal et une haleine qui sentait les vapeurs d'essence. Une automobile humaine, songea Arkadi.

« Je cherchais juste une bouteille, expliqua l'homme. Je ne savais pas que j'allais tomber sur un foutu général. Je m'excuse. » Le pistolet était le Nagant. Il le tendit soigneusement à Arkadi, la crosse tournée vers ce dernier. Le policier reprit aussi sa carte.

L'homme hésitait. « Vous n'avez pas quelques pièces ? Non ? » Il reprit les blocs pour pousser son chariot. Arkadi consulta l'horloge. Il était cinq heures du matin. Il dit : « Attendez. »

L'inspiration lui était venue. Pendant que l'idée était encore fraîche, il posa auprès de lui son pistolet et sa carte, et sortit de sa poche le croquis de la ferme. Sur un formulaire vierge, il dessina de mémoire, du mieux qu'il put, l'intérieur du hangar : la porte, la table, les piles de magnétoscopes et d'ordinateurs, accrochés aux portemanteaux, la photocopieuse, les dominos, le journal au titre révélateur de *Groznyï* sur la table, le tapis de prière par terre. Se référant au plan de la ferme, il ajouta une flèche pointant vers le nord. Maintenant qu'il y repensait, le tapis était neuf, sans trace d'usure produite par les genoux et le front, et il était orienté est-ouest. Mais de Moscou, La Mecque était plein sud.

« Avez-vous une pièce de deux kopecks ? demanda Arkadi. Contre un rouble ? »

Le mendiant extirpa de sa chemise un porte-monnaie et en sortit une pièce. « Vous allez faire de moi un homme d'affaires.

— Un banquier. » Il utilisa le même téléphone sur lequel il avait appelé Polina. Il avait pour une fois l'impression d'avoir l'avantage. Rodionov n'avait pas l'habitude d'être ahuri et dans le noir, mais Arkadi, si.

CHAPITRE 14

A Vechki, à la lisière de la ville, la Moskova semblait hésiter au milieu des roseaux, répugnant à quitter un village où l'on n'entendait pas d'autre bruit que celui des grenouilles, où l'eau reflétait le vol matinal des alouettes et où la vapeur de l'aube s'enroulait en guirlandes autour des parterres de lis.

Arkadi avait fait du bateau par ici quand il était enfant. Belov et lui tiraient là des bordées, effarouchant les canards mais suivant respectueusement les cygnes venus passer l'été à Vechki. Le sergent tirait le bateau sur la plage, puis Arkadi et lui remontaient jusqu'au village par un dédale de petits chemins et de cerisaies pour acheter de la crème fraîche et des bonbons acidulés. Le soleil semblait toujours haut dans le ciel, par-delà les corbeaux alignés dont les silhouettes se découpaient sur le clocher de l'église.

Mieux encore, le village était entouré de la végétation luxuriante d'une vieille forêt en friche. Il y avait des rangées et des rangées de bouleaux, de frênes, de hêtres aux larges feuilles, de mélèzes, de sapins et de chênes que le soleil ne pénétrait que par rayons isolés et providentiels qui semblaient en quête de champignons. Tout était à la fois calme et en mouvement : l'humus tapissant le sol était perpétuellement creusé par les galeries des musaraignes et des taupes ; quand un lièvre quittait son gîte, il provoquait une explosion d'aiguilles et de feuilles ; des fauvettes et des mésanges débarrassaient les branches des chenilles, les piverts piquetaient les troncs dans le bourdonnement de violoncelle des insectes. Vechki était le fantasme de tous les Russes, le village des datchas de rêve.

Rien n'avait changé. Quand il se glissa dans les bois, il suivit des sentiers qui, même dans la brume, lui étaient familiers. Il retrouva les chênes solitaires, pas tout à fait aussi sombres ni aussi grandioses. Un bosquet de bouleaux aux feuilles pâles et tremblantes. Quelqu'un, un jour, avait essayé de planter une allée de pins, mais les plantes grimpantes et les arbustes avaient jailli tout autour et avaient fini par les abattre. Partout, des fougères, du lierre, des rameaux de rejets s'efforçaient de cacher le chemin.

A une quinzaine de mètres sur la gauche, un écureuil aux oreilles dressées se balançait sur une branche basse, suspendu la tête en bas pour regarder d'un mauvais œil un manteau gisant parmi les feuilles. Minine leva la tête, ce qui ne fit qu'agacer davantage l'écureuil. Arkadi repéra un caban enfoui dans les buissons et une jambe de pantalon sur la gauche de Minine. Il avança vers la droite, derrière un rideau de pins.

Il s'arrêta quand il aperçut la route. Elle était plus petite et la chaussée était plus décatie que dans son souvenir. Un homme qui faisait du jogging passa en survêtement, puis un Gitan aux joues creuses et aux yeux noirs fixés sur les bois. Une femme roulait à bicyclette, poursuivie par un terrier. Quand elle fut loin, il fit les quelques derniers pas pour sortir de la forêt.

Dans une direction, la route continuait sur une cinquantaine de mètres, puis virait à droite, approchant puis s'éloignant d'une haute grille, un carré noir encadré d'arbres verts. Dans la direction opposée, à dix mètres seulement, se trouvaient Rodionov et Albov. Le procureur eut l'air surpris de voir son commissaire, bien que ce fût le lieu et l'heure fixés. Il y a des gens qui n'aiment pas manquer ne serait-ce qu'une nuit de sommeil, songea Arkadi. Rodionov marchait d'un pas raide, l'air furieux comme si le temps était froid au lieu d'être le prélude à l'agréable journée d'été qui s'annonçait. Albov, lui, semblait reposé, en pantalon de flanelle et veste de tweed, et une légère odeur de lotion après-rasage flottait autour de lui. « J'ai dit à Rodionov que nous ne vous repérerions jamais, dit-il en guise de salut. Vous avez dû venir ici souvent.

— Vous étiez censé retourner à votre bureau, dit Rodionov, et faire un rapport sur ce qui s'est passé à la ferme. Et voilà que vous commencez par disparaître, puis vous m'appelez pour me demander de vous retrouver au milieu de nulle part.

— Ça n'est pas tout à fait nulle part, dit Arkadi. Marchons un peu. » Il s'avança en direction de la grille.

Rodionov marchait auprès de lui. « Où est ce rapport ? Où êtes-vous allé ? »

La route était encore plongée dans l'ombre. Albov

leva un regard approbateur vers le soleil qui pénétrait jusqu'à la moitié d'un mur d'arbres. « Staline avait un certain nombre de datchas dans les environs de Moscou, n'est-ce pas ? interrogea-t-il.

— Celle-ci était sa préférée, dit Arkadi.

— Votre père s'y est rendu fréquemment, j'en suis sûr.

— Staline aimait boire et discuter toute la nuit. Au matin, ils venaient se promener par ici. Vous remarquerez que les plus grands arbres sont des sapins. Derrière chaque sapin se trouvait un soldat qui avait pour consigne de rester absolument silencieux et hors de vue. Evidemment, les temps ont changé. »

De chaque côté de la route on entendait un fracas de branches brisées, comme si des souris aux pieds lourds essayaient de suivre leurs pas.

Rodionov était exaspéré. « Vous n'avez pas rédigé de rapport. »

Il bondit en arrière quand Arkadi plongea la main dans son blouson. Mais, au lieu du Nagant, il en tira une liasse de feuilles jaunes couvertes d'une écriture régulière.

Rodionov reprit : « Il va falloir taper ça sur les formulaires appropriés, c'est aussi bien. Nous reverrons ça ensemble au bureau.

— Et ensuite ? » dit Arkadi.

Rodionov se sentait encouragé. Un rapport, même à la main, était un geste de capitulation.

« Nous sommes tous secoués par la mort de notre ami le général Penyaguine, dit Rodionov, et je comprends à quel point vous avez dû être bouleversé par le meurtre de votre inspecteur. Rien néanmoins ne justifie votre disparition ni vos folles accusations.

— Quelles accusations ? » fit Arkadi en continuant à marcher. Jusque-là il n'avait pas mentionné ses premiers coups de fil à Albov et à Borya Goubenko. Pas plus que ne l'avait fait Albov.

« Votre comportement désordonné, reprit Rodionov.

— Désordonné de quelle façon ? demanda Arkadi.

— Votre disparition, répéta Rodionov. Votre refus très peu professionnel de coopérer à l'enquête sur l'affaire Penyaguine, simplement parce qu'on ne veut pas vous la confier. Votre fixation sur l'affaire Rosen. Le fait de vous retrouver à Moscou vous a mis sous pression. Dans votre propre intérêt, un changement s'impose.

— Hors de Moscou ? demanda Arkadi.

— Ce n'est pas un limogeage, dit Rodionov. Il se commet des crimes dans d'autres villes que Moscou, dans des coins vraiment chauds. Je prête toujours des enquêteurs là où on en a besoin. Si vous ne vous occupez pas de l'affaire Rosen, vous êtes disponible.

— Pour aller où ?

— A Bakou. »

Arkadi ne put s'empêcher d'éclater de rire. « Bakou n'est pas simplement en dehors de Moscou, c'est en dehors de la Russie.

— On m'a demandé la fine fleur de mes hommes. C'est une chance pour vous d'avoir cet honneur. »

Entre la guerre civile tripartite opposant les Azéris, les Arméniens et l'armée, sans parler des luttes de la mafia pour le trafic de la drogue, Bakou était un mélange de Beyrouth et de Miami. Il n'y avait pas d'endroit plus facile au monde pour voir disparaître un enquêteur.

Vingt mètres en arrière, Minine déboucha sur la route en époussetant les feuilles collées à son manteau, ce qui était le signal convenu pour que les autres hommes émergent du couvert des arbres. Le Gitan revint de son pas de jogger vers Minine.

Arkadi avait l'impression que la promenade était devenue un véritable défilé. « Un nouveau départ, dit-il.

— C'est comme ça qu'il faut voir les choses, convint Rodionov.

— Je pense que vous avez raison ; il est temps pour moi de quitter Moscou, reprit Arkadi. Mais ce n'est pas à Bakou que je pensais.

— Ce n'est pas à vous de décider où vous allez, fit Rodionov. Ni quand. » Ils avaient atteint la porte. De près, elle n'était pas noire mais vert foncé, avec une passerelle enjambant des doubles battants de bois renforcés de plaques d'acier et des miradors de chaque côté. Devant, une barrière à rayures était destinée à éloigner le curieux — mais comment résister ? Arkadi s'approcha et passa les mains sur la peinture laquée entretenue encore avec amour. C'est par là que s'engouffraient les longues limousines pour parcourir une cinquantaine de mètres jusqu'à la datcha, pour les dîners de minuit et la rédaction après minuit des listes de noms, grâce auxquelles des hommes et des femmes, alors même qu'ils dormaient, passaient du royaume des vivants à celui des morts. On amenait parfois des enfants à la datcha pour décorer une garden-party ou offrir un bouquet, mais toujours durant la journée, comme s'ils n'étaient en sécurité qu'à la lumière du soleil.

C'était la Porte du Dragon, songea Arkadi. Même si le dragon était aujourd'hui défunt, la porte aurait dû encore être calcinée par son souffle et la route labourée par ses griffes. Des ossements auraient dû pendre des branches. Les soldats en longs manteaux au moins rester en guise de statues. Au lieu de cela, surveillant du haut du mirador, il n'y avait que l'objectif à grand angle d'une caméra de surveillance.

« Taisez-vous, fit Albov en regardant l'objectif. Souriez. Il y a d'autres caméras sur la route ? demanda-t-il à Arkadi.

— Tout le long. Les récepteurs de contrôle sont dans la datcha. Ils sont activement surveillés et on enregistre tout sur cassette. Après tout, c'est un domaine historique.

— Naturellement. Faites quelque chose pour Minine, murmura Albov à Rodionov. Nous ne voulons pas employer la force. Faites quitter les lieux à cet imbécile. »

Désorienté, mais rayonnant de bonne volonté, Rodionov fit signe à Minine tandis qu'Albov se tournait vers Arkadi avec l'air d'un homme qui compte honnêtement les points. « Nous sommes des amis soucieux de votre bien-être. Nous avons toutes les raisons de vous rencontrer ouvertement. Alors, quelqu'un surveille un écran de contrôle de télévision en se demandant si nous observons les oiseaux ou si nous sommes des historiens amateurs.

— Je crains que Minine ne passe ni pour l'un ni pour l'autre, fit remarquer Arkadi.

— Pas Minine », reconnut Albov.

Rodionov redescendit la route pour chasser Minine.

« Vous avez dormi ? demanda Albov à Arkadi.

— Non.

— Dîné ?

— Non.

— C'est épouvantable d'être poursuivi. » Il paraissait sincère. Il semblait aussi maîtriser la situation, comme si Rodionov avait été autorisé à présider la rencontre dès l'instant qu'on suivait l'ordre du jour. La caméra à la porte de la datcha de Staline avait changé tout ça. Albov gardait sa cigarette au coin des lèvres tout en parlant. « Le coup de téléphone était habile.

— Penyaguine avait votre numéro.

— Alors c'était évident.

— Les meilleures idées sont toujours évidentes. » Arkadi avait également appelé Borya, comme Albov devait maintenant le savoir. La question était sous-entendue : quels autres numéros de téléphone avait donc notés Penyaguine ?

Lorsque Rodionov revint, Albov prit le rapport dans la poche du procureur. « Des formulaires de télégramme, dit-il. Il a passé toute la nuit au centre télégraphique. »

Rodionov jeta un coup d'œil à la caméra et marmonna : « Nous couvrions les gares de chemin de fer, les adresses connues, les rues.

— Moscou est une grande ville, dit Arkadi, venant à la rescousse du procureur.

— Avez-vous envoyé des télégrammes ? demanda Albov à Arkadi.

— Nous pourrons le savoir, fit observer Rodionov.

— Dans un jour ou deux, reconnut Arkadi.

— Il nous menace, dit le procureur.

— Avec quoi ? fit Albov. Voilà la question. S'il sait quelque chose sur Penyaguine, sur l'inspecteur ou sur Rosen, il a l'obligation légale d'en informer son supérieur, c'est-à-dire vous, ou l'enquêteur chargé de l'affaire, qui est Minine. Sinon, on le considérera comme un dément. Les rues aujourd'hui sont pleines de déments, personne ne l'écoutera. Il a l'obligation aussi d'obéir aux ordres. Si vous l'envoyez à Bakou, c'est là qu'il ira. Il peut rester toute la journée sous cette caméra. C'est une impasse ; il n'y a pas de projecteur, alors vous pourrez le ramasser ce soir, et demain il se réveillera à Bakou. Renko, laissez-moi vous dire une chose que l'expérience m'a apprise. On ne s'arrête pas de courir à moins d'avoir quelque chose à échanger. Vous n'avez rien, n'est-ce pas ?

— Non, avoua Arkadi, mais j'ai d'autres plans.

— Lesquels ?

— Je comptais poursuivre l'enquête Rosen. »

Rodionov baissa les yeux vers la route. « C'est Minine maintenant qui est chargé de ça.

— Je ne gênerai pas Minine, protesta Arkadi.

— Comment pourriez-vous ne pas le gêner ? interrogea Albov.

— Je serai à Munich.

— A Munich ? » Albov pencha la tête de côté comme si dans les bois un oiseau avait poussé une nouvelle note. « Qu'est-ce que vous rechercheriez à Munich ?

— Boris Benz », répondit Arkadi. Il ne mentionna

pas le nom de la femme car il n'était pas sûr de son identité.

Dans le silence, Rodionov se crispa, comme un homme qui vient de manquer une marche.

Albov baissa les yeux, regarda autour de lui et finit par afficher un sourire où l'étonnement se mêlait à l'admiration.

« Vous savez, dit-il à Rodionov, il a ça dans le sang. Quand les Allemands ont envahi la Russie, qu'ils ont déferlé jusqu'aux portes de Leningrad et de Moscou et que Staline a perdu des millions d'hommes tandis que toute l'Armée rouge battait en retraite dans le plus grand désordre, un seul commandant de blindés n'a jamais reculé. Les Allemands croyaient avoir pris au piège le général Renko. Ce qu'ils ne comprenaient pas, c'est qu'il était heureux derrière leurs lignes et que plus la situation devenait sanglante et confuse, plus il aimait cela. Le fils est exactement pareil. Est-il pris au piège ? Non, il est ici, là, Dieu seul sait où il va surgir ensuite.

— Il y a un vol direct pour Munich à sept heures quarante-cinq demain matin, déclara Arkadi.

— Vous croyez vraiment que le bureau du procureur va vous laisser quitter le pays ? demanda Albov.

— J'en suis absolument sûr », répliqua Arkadi. Il avait eu cette certitude dès qu'il avait vu la réaction de Rodionov au nom de Boris Benz, un sursaut instinctif exprimant la colère et la peur d'un porc qu'on égorge. Jusqu'alors, le nom aurait pu n'avoir aucune signification, mais en un instant, Arkadi avait estimé, comme l'aurait dit Rudy, la valeur marchande élevée de Boris Benz.

« Même si le ministère le voulait, ça ne dépend pas de nous, observa Rodionov. Les enquêtes à l'étranger dépendent de la sécurité de l'Etat.

— L'autre jour, vous expliquiez à Petrovka que maintenant que nous sommes membres d'Interpol, nous travaillons directement avec nos collègues étrangers. Je n'aurais qu'un sac de voyage. Pas de contrôle douanier.

— Moi, fit Rodionov, je ne pourrais pas partir demain si je le voulais. Il faut obtenir un passeport pour l'étranger et un ordre de mission du ministère. Ça prendrait des semaines.

— Il y a douze bureaux au comité central. Tout ce qu'ils font, c'est délivrer des passeports et des visas sur-le-champ. Vol Lufthansa 84, précisa Arkadi. N'oubliez pas. Les Allemands sont ponctuels.

— Il y a bien une solution, dit Albov. Si vous ne voyagez pas comme policier, comme fonctionnaire du bureau du procureur, mais à titre privé. Si le ministère peut vous fournir un passeport et si vous avez les dollars américains ou les marks allemands, alors vous achetez tout simplement un billet d'avion et vous décollez. En fait, nous venons d'ouvrir un consulat à Munich. Vous pourriez prendre contact et recevoir vos frais de voyage là-bas. La question est seulement de savoir où vous trouveriez les devises fortes pour le billet.

— Et la réponse est... ? interrogea Arkadi.

— Je pourrais vous les prêter. Vous pourriez me rembourser à Munich.

— L'argent, observa Arkadi, doit venir du procureur.

— Alors, dit Albov, c'est comme ça que ce sera fait.

— Pourquoi ? protesta Rodionov.

— Parce qu'il s'agit d'une enquête plus délicate que nous ne l'avions cru tout d'abord, expliqua Albov. Les investisseurs étrangers, et surtout les Allemands, sont très sensibles aux scandales du nouveau capitalisme soviétique. Nous tenons à laver le nom de tous, y compris de gens dont nous n'avons jamais entendu parler. Car même si le commissaire traque des fantômes, nous ne voulons pas dresser des obstacles sur son chemin. D'ailleurs, nous ne savons pas tout ce qu'il sait, ni quelles mesures téméraires il croit devoir prendre pour sauvegarder son indépendance.

— Il n'a jamais dit ce qu'il savait.

— Parce qu'il est désespéré, ce n'est pas complètement idiot. Il a fourré des formulaires de télégramme dans votre poche et vous ne vous en êtes même pas aperçu. Je soutiens Renko. Je suis de plus en plus impressionné par ses dons d'adaptation. Je me demande pourtant, reprit Albov en se tournant vers Arkadi, je me demande si vous avez considéré le fait que, dès l'instant où vous mettez le pied dans l'avion, vous perdez votre autorité. En Allemagne, vous serez un citoyen comme les autres — moins encore, un citoyen soviétique. Pour les Allemands, vous ne serez qu'un réfugié, car pour eux tous les Russes sont des réfugiés. Deuxièmement, vous perdrez votre crédibilité ici. Vous ne serez plus un héros pour vos amis. Personne ne croira aucune mise en garde, aucun signal d'alarme ni aucune information que vous aurez laissée derrière vous, car ici aussi on vous jugera comme un réfugié. Et les réfugiés mentent, les réfugiés disent n'importe quoi pour sortir de Russie. On ne croit rien de ce qu'ils racontent. La seule chose que je puisse vous promettre, c'est que vous regretterez d'être parti.

— Je n'y vais que pour cette affaire, dit Arkadi.

— Vous voyez, vous mentez déjà. » Albov posa sur Arkadi un regard compatissant. Il semblait devoir faire un effort pour se souvenir d'un homme moins intéressant. « Rodionov, vous feriez mieux de vous y mettre. Vous avez pas mal de choses à faire pour vous assurer que votre commissaire ne manque pas son vol. Les papiers nécessaires, les fonds, je ne sais quoi, tout cela en un jour. » Se tournant de nouveau vers Arkadi, il demanda : « Pourquoi ne pas voyager sur Aeroflot ?

— Lufthansa.

— Vous voulez une compagnie où les ceintures de

sécurité ferment. Je vous comprends », conclut Albov.

Rodionov recula, exclu de la conversation, jetant des coups d'œil furtifs, à l'affût de quelque autre signal d'Albov. Au bout de la route, Minine et ses hommes avaient reconstitué un groupe désemparé, abandonné.

« Allez », dit Albov.

Il ouvrit un paquet de Camel Light et craqua une allumette pour Arkadi et pour lui-même. Il le fit avec délicatesse, conservant l'ultime langue de flamme pour la cellophane qu'il laissa brûler et s'envoler dans la brise du matin. Puis son attention revint à la porte. Tandis que le soleil se levait, les arbres de chaque côté semblaient grandir, se préciser, devenir encore plus verts, passer par des stades subtils de lumière et d'ombre. Une lueur blanchâtre baignait la passerelle, comme si l'édifice était en feu. En même temps, la porte elle-même plongeait davantage dans l'ombre et par contraste semblait plus sombre, reflétant les deux hommes.

Arkadi comprit soudain ce qu'Albov avait voulu dire à propos du remboursement. « Vous serez à Munich ?

— Certains de mes meilleurs amis sont à Munich », répondit Albov.

DEUXIÈME PARTIE

Munich
13 août– 18 août 1991

CHAPITRE 15

Federov, attaché consulaire qui vint accueillir Arkadi à l'aéroport, lui montra au passage des sites intéressants comme s'il avait personnellement bâti Munich, creusé le lit de l'Isar, doré l'Ange de la Paix et posé en équilibre les dômes sur les deux clochers jumeaux de Frauen Kirche.

« Le consulat ici est nouveau, mais j'étais à Bonn, tout ça m'est donc assez familier », observa Federov.

Ce ne l'était pas pour Arkadi. Il lui semblait que le monde tournoyait autour de lui, plein de véhicules en folie et de signes inintelligibles. Les rues étaient si propres qu'on les aurait crues en plastique. Des cyclistes en short et bronzage d'été occupaient la chaussée sans être broyés sous les roues de chaque car qui passait. Les fenêtres étaient en verre et non pas incrustées de crasse. Il n'y avait de queue nulle part. Des femmes en jupes courtes portaient non pas des filets à provisions, mais de grands sacs aux couleurs vives arborant des noms de boutiques ; jambes et sacs avançaient en rythme et à grands pas.

« C'est tout ce que vous avez apporté ? dit Federov en regardant le fourre-tout d'Arkadi. Vous aurez deux valises quand vous repartirez. Combien de temps restez-vous ?

— Je ne sais pas.

— Vous n'avez un visa que pour deux semaines. »

Il chercha quelque indice sur son passager, mais

Arkadi regardait les murs d'un jaune bavarois lisse comme du beurre, avec des balcons d'où ne dégoulinait aucune traînée ; le stuc ne s'écaillait pas et les portes n'étaient pas couvertes de graffitis ou d'injures. Dans la vitrine d'une pâtisserie, des cochons en massepain gambadaient parmi les gâteaux au chocolat.

Au début, Federov adopta l'attitude prudente d'un jeune homme qu'on a envoyé prendre livraison de marchandises douteuses. Mais bientôt, il fut dévoré de curiosité. « En général, quand quelqu'un comme vous arrive, il y a un comité d'accueil et un programme officiel. Je tiens à vous avertir qu'il n'y a absolument rien de prévu pour vous.

— Tant mieux. »

Les piétons attendaient comme des troupes massées au feu rouge, qu'il y eût de la circulation ou non. Au vert, les voitures fonçaient ; on se serait cru dans une ruche de BMW. La rue s'élargit en une avenue bordée de demeures de pierre avec des perrons gardés par des grilles en fer et des lions de marbre. Des enseignes annonçaient des galeries d'art et des banques arabes. La place suivante était bordée d'une rangée de bannières médiévales avec des logos de sociétés. Arkadi regarda un homme qui, malgré la chaleur, marchait en culotte de cuir et chaussettes montantes.

Le consulat était un immeuble de sept étages sur Seidelstrasse. Une salle d'attente lambrissée abritait des fauteuils de cuir noir au chrome étincelant. Derrière une vitre à l'épreuve des balles se trouvait un bureau de réception avec trois écrans de contrôle de télévision. Federov glissa sous la vitre le passeport d'Arkadi posé sur un plateau à une réceptionniste qui avait l'air russe jusqu'au bout des ongles, lesquels étaient longs et brillants comme de la nacre. Comme elle s'apprêtait à pousser vers eux un registre, Federov bloqua le plateau en disant : « Il n'a pas besoin de signer. »

Il prit l'ascenseur pour emmener Arkadi au deuxième étage, longea un couloir où s'alignaient de petits bureaux, passa devant une salle de conférences avec des caisses et des sièges encore enveloppés dans des emballages de polystyrène, puis lui fit franchir une porte métallique avec une plaque annonçant en allemand « Affaires culturelles ». Là, se trouvait un homme aux cheveux gris, avec un costume à l'occidentale de bonne coupe et un air soucieux. Il n'y avait que deux fauteuils dans la pièce et il fit signe à Arkadi de prendre l'autre.

« Je suis le vice-consul Platonov. Je sais qui vous êtes », annonça-t-il à Arkadi. Il n'esquissa même pas une poignée de main. « C'est tout », dit-il à Federov, qui aurait bien pu n'être que de la fumée tant il disparut rapidement.

Platonov avait le dos voûté d'un joueur d'échecs. Il avait l'air d'un homme qui a un problème, agaçant mais pas trop grave, quelque chose qu'il pourrait résoudre en un jour ou deux. Arkadi ne pensait pas que ce fût son bureau habituel. Les murs sentaient encore la peinture fraîche. Une photographie aérienne de Moscou à la tombée du jour, pas encore accrochée, était appuyée contre le mur le plus proche. Sur la paroi du fond, des affiches : danseurs du Bolchoï et du Kirov, trésors de l'Arsenal du Kremlin, bateaux de plaisance sur la Volga. Le reste du mobilier était constitué par une table pliante, un téléphone et un cendrier.

« Que pensez-vous de Munich ? interrogea Platonov.

— C'est une belle ville, très riche, répondit Arkadi.

— Après la guerre, ce n'était que des décombres, pire que Moscou. Ça en dit long sur les Allemands. Vous parlez allemand ?

— Un peu.

— Mais vous parlez quand même allemand ? » Platonov paraissait croire qu'Arkadi venait de passer aux aveux.

« Dans l'armée, j'ai été deux ans en poste à Berlin. J'écoutais les Américains, mais j'ai quand même appris un peu d'allemand.

— Allemand et anglais.

— Pas bien. »

Platonov devait avoir une bonne soixantaine d'années, estima Arkadi. Un diplomate du temps de Brejnev ? Il fallait être un homme tout à la fois souple et robuste.

« Pas bien ? répéta Platonov en croisant les bras. Savez-vous combien d'années ça nous a pris pour ouvrir un consulat soviétique ? Munich est la capitale industrielle de l'Allemagne. Ici sont les investisseurs que nous avons besoin de rassurer. Nous n'avons même pas fini d'emménager et voilà que nous avons un enquêteur qui arrive de Moscou ? En avez-vous après quelqu'un du personnel du consulat ?

— Pas du tout.

— Je m'en doutais. En général, on nous rappelle à Moscou avant de nous annoncer la mauvaise nouvelle, dit Platonov. Je me demandais si vous n'étiez pas du KGB, mais ils ne veulent même pas vous voir. D'un autre côté, ils ne vous arrêtent pas.

— C'est bien aimable de leur part.

— Non, c'est inquiétant. Ce qu'on ne veut surtout pas, c'est un policier qu'on ne contrôle plus.

— C'est une expérience que j'ai connue moi aussi, dut reconnaître Arkadi.

— A part notre personnel, il n'y a pas tellement de Soviétiques à Munich. Des directeurs d'usines et des banquiers en stage chez les Allemands, une troupe de danseurs de Géorgie. A qui vous intéressez-vous ?

— Je ne peux pas le dire. » Arkadi supposait que l'on enseignait aux représentants du ministère des Affaires étrangères tout un assortiment d'expressions encourageantes et de petits sourires publics, autant de menus gestes qui signifiaient qu'ils étaient encore humains. Platonov, toutefois, semblait se satisfaire d'un regard hostile et direct qui ne vacilla même pas tandis qu'il ouvrait un étui pour y prendre une cigarette.

« Juste pour que nous nous comprenions bien, peu m'importe après qui vous en avez. Je me fiche de savoir s'il y a une famille assassinée qui baigne dans son sang à Moscou. Aucun meurtrier n'est aussi important que la réussite de ce consulat. Les Allemands ne vont pas donner des centaines de millions de deutschemarks à des meurtriers ; nous avons cinquante ans d'histoire déplorable à rattraper. Il nous faut des relations paisibles, normales, aboutissant à des prêts et à des accords commerciaux qui vont assurer le salut de *toutes* les familles de Moscou. Ce que nous ne voulons à aucun prix, ce sont des Russes se poursuivant dans les rues de Munich.

— Je comprends très bien, fit Arkadi, s'efforçant d'être aimable.

— Vous n'avez ici aucun statut officiel. Si vous contactez la police allemande, on nous préviendra aussitôt et nous dirons que vous êtes ici simplement en tant que touriste.

— J'ai toujours été curieux de visiter la Bavière, le pays de la bière.

— Nous allons garder votre passeport. Ça veut dire que vous ne pouvez aller nulle part ni descendre dans aucun hôtel. Nous avons pris pour vous une chambre dans une pension de famille. En attendant, je vais déployer tous mes efforts pour vous faire rappeler à Moscou — demain si possible. Je vous conseille d'oublier toute enquête. Visitez les musées, achetez des cadeaux, goûtez de la bière. Amusez-vous. »

La pension était située au-dessus d'une agence de voyages turque, à un demi-pâté de maisons de la gare de chemin de fer. Le logement comprenait deux pièces avec un lit, un matelas sans draps, une commode, une chaise, deux tables et une armoire qui s'ouvrait pour révéler une cuisine miniature. Les toilettes et la douche étaient au fond du couloir.

« Il y a des Turcs au deuxième étage », annonça Federov en levant le doigt. Il désigna la planche. « Des Yougoslaves au rez-de-chaussée. Ils travaillent tous chez BMW. Vous pourriez aller les rejoindre. »

Les lumières fonctionnaient. Celle du réfrigérateur s'alluma lorsque Arkadi ouvrit la porte et il n'y avait pas d'œufs de cafard dans les coins. Même la penderie avait une ampoule et il avait remarqué en entrant dans l'immeuble que les couloirs sentaient le désinfectant et non pas la pisse.

« Voici donc le paradis. Ce n'est pas tout à fait aussi magnifique que vous le pensiez, n'est-ce pas ? demanda Federov.

— Ça fait un moment que vous n'êtes pas venu à Moscou », remarqua Arkadi.

Il ouvrit la fenêtre de derrière. Elle donnait sur l'arrière de la gare et sur les voies, des rubans d'acier brillant au soleil. Ce qui était bizarre, c'est qu'il se sentait aussi désorienté que s'il se trouvait dans un fuseau horaire différent, à l'autre bout du monde, alors qu'il n'avait fait qu'un vol de quatre heures.

Federov s'attardait sur le seuil. « Je trouve que vous ne pourriez avoir un nom qui sonne aussi mal que "Renko" — je veux dire pour quelqu'un qui se rend en Allemagne. J'ai entendu parler de votre père. Il a peut-être été un héros dans son pays, mais ici, on le considérait comme un boucher.

— Non, il était boucher chez lui aussi.

— Ce que je veux dire, c'est que, avec un nom comme le vôtre, vous auriez peut-être intérêt à rester ici et à ne pas mettre le nez dehors.

— La clé ? » fit Arkadi tendant la main au moment où Federov s'apprêtait à partir.

Avec un haussement d'épaules, Federov la lui donna. « A votre place, commissaire, je ne me ferais pas de souci. S'il y a une chose dont un Russe n'a pas à s'inquiéter en Allemagne, c'est d'être volé. »

Resté seul, Arkadi s'assit sur le rebord de la fenêtre pour fumer une cigarette en solitaire. C'était une coutume russe de s'asseoir avant de partir en voyage, alors pourquoi pas en arrivant ? Pour prendre officiellement possession d'une chambre au mobilier succinct et sans serrure. Surtout avec une abominable cigarette russe. En bas, sur les voies, il aperçut un train rouge et noir luisant qui se dirigeait à petite vitesse vers la gare. Dans la locomotive, un mécanicien arborait une casquette grise de général. Il se souvenait du train qu'il avait vu à la gare de Kazan, avec l'homme torse nu dans la locomotive, et de la façon dont l'avant-bras de la femme qui faisait équipe avec lui était appuyé sur son épaule. Il se demanda où ils étaient maintenant. A tracter des fourgons autour de Moscou ? A rouler à travers la steppe ?

Il revint vers le lit et ouvrit son fourre-tout. Des poches de son pantalon froissé, il exhuma la liste des trois numéros de téléphone, écrite de la main de Penyaguine, le fax de Rudy et la photo identifiée de Rita Benz. D'un blouson roulé en boule, il sortit la cassette vidéo. Les vêtements qui représentaient toute sa garde-robe de voyage prirent place sur deux cintres et dans un tiroir de la commode. Il glissa les numéros, les fax et la photo avec la cassette dans son étui. C'étaient ses richesses et son bouclier. Puis il compta l'argent qu'il avait soutiré à Rodionov. Cent deutschemarks. Combien de temps le touriste ordinaire tiendrait-il avec ça en Allemagne ? Une journée ? Une semaine ? il faudrait déployer des trésors de prévoyance et de paranoïa pour survivre beaucoup plus longtemps.

Fourrant la cassette à l'intérieur de sa chemise, Arkadi sortit et traversa en courant un boulevard jusqu'à la gare, qui de l'extérieur avait les proportions gigantesques d'un musée moderne. A l'intérieur, la lumière filtrait à travers du verre dépoli et un grillage à pigeons. Pas de bandes de gens de

Kazan en blouson noir, pas d'écrans de télévision affichant avec somnolence le départ des trains, pas de bar des Rêves. Au lieu de cela, des librairies, des restaurants, des marchands de vins, un cinéma qui passait des films érotiques. A un kiosque, on vendait des plans de la ville en français, en anglais, en italien, aucun en russe. Muni de la version anglaise, Arkadi repartit vers la rue et suivit une foule qui se déversait par l'entrée principale.

L'odeur de bon café et de chocolat à une terrasse le fit presque tomber à genoux, mais il avait si peu l'habitude des restaurants, si peu même l'habitude de manger qu'il poursuivit son chemin dans l'espoir de repérer une camionnette de glacier. Il centrait son attention non pas sur les étalages des boutiques, mais sur les reflets dans la vitrine. A deux reprises, il entra dans des magasins et ressortit aussitôt pour voir si quelqu'un l'attendait. Un touriste regarde les monuments. Arkadi, lui, avait un champ de vision étroit qui excluait les foules, les fontaines et les statues pour repérer le détail révélateur comme un visage soviétique, une démarche chaloupée ou une habitude, comme celle de porter une alliance à la main droite. Les conversations en allemand autour de lui étaient comme la rumeur du ressac. Il eut l'impression de s'éveiller quand il déboucha sur une large place entourée de beaux immeubles avec des motifs en brique et des pignons à degrés qui montaient jusqu'à des flèches de tuiles rouges. Sur un côté de la place se dressait une mairie de style gothique en pierres grises. Des centaines de gens déambulaient, étaient installés à des tables avec des chopes de bière ou levaient les yeux vers le carillon de la mairie avec ses danseurs et ses musiciens grandeur nature. Arkadi regarda autour de lui. Des hommes d'affaires en costumes discrets et cravates de soie, des femmes vêtues d'élégants tailleurs noirs, des jeunes gens en T-shirts, shorts et sacs à dos en vacances d'été. Le volume de leurs voix montait. Dans un coin, il y avait une librairie avec trois étages de livres. D'une autre boutique, s'échappaient de doux relents de tabac. Et l'odeur un peu sure de la bière émanait d'une porte ou d'une autre. Du haut d'une colonne de marbre, une madone dorée observait la scène.

Il acheta un cornet de glace, préférant exprimer son choix par gestes plutôt que de mettre à l'épreuve sa maîtrise de l'allemand. La crème était si épaisse qu'on aurait dit du sucre glacé. Il dépensa quatre marks pour des cigarettes. Malgré tout, il était conquis par Munich. Il descendit dans la station de métro de la place, acheta un ticket et sauta dans la première rame pour s'en retourner d'où il était venu.

Deux Turcs au regard lointain se tenaient à la barre de part et d'autre d'Arkadi. La place en face de lui était occupée par une femme avec un jambon sur les genoux, qu'elle berçait comme un bébé.

Quelles étaient les chances que quelqu'un l'eût suivi ? Pas bien grandes, étant donné la difficulté qu'il y avait à filer quelqu'un dans un milieu urbain. Selon la technique soviétique, surveiller une cible mobile et sur ses gardes exigeait de cinq à dix véhicules et de trente à cent personnes. Arkadi ne le savait pas personnellement car jamais il n'avait disposé d'assez de personnel ni de voitures pour suivre quelqu'un.

Il descendit à la gare et regagna la même salle d'attente où il se trouvait une heure auparavant. Il y avait des téléphones fixés aux murs ici et là, mais au premier étage il trouva des cabines et des annuaires pour les différentes villes disposés sur un comptoir en acier inoxydable. A Moscou, les annuaires étaient si rares qu'on les gardait dans des coffres, mais ceux-ci n'étaient même pas enchaînés.

Ils étaient déconcertants en raison de la similitude et de l'étrangeté des noms allemands, bourrés de redoutables consonnes, et à cause de la variété des annonces qui occupaient plus de la moitié des pages.

A la rubrique « Benz », le seul Boris qu'il trouva avait une adresse sur Königinstrasse. Il n'y avait pas trace d'une société intitulée TransKom.

La cabine téléphonique avait une porte en plastique transparent arrondie. Arkadi décida qu'il savait juste assez d'allemand pour s'adresser à une opératrice. Il crut comprendre qu'elle n'avait aucun numéro au nom de TransKom.

Alors il appela Boris Benz.

Ce fut une femme qui répondit. « *Ja ?*

— *Herr Benz ?* fit Arkadi.

— *Nein.* » Elle se mit à rire.

« *Herr Benz ist im Haus ?*

— *Nein. Herr Benz ist auf Feriengereist.*

— *Ferien ?* » En vacances ?

« *Er wird zwei Wochen lang nicht im München sein.* »

Absent pour deux semaines ? Arkadi demanda : « *Wo ist Herr Benz ?*

— *Spanien.*

— *Spanien ?* » Pour deux semaines en Espagne ? Les nouvelles ne s'arrangeaient pas.

« *Spanien, Portugal, Marookko.*

— *Nein Russland ?*

— *Nein, er macht Ferien in der Sonne.*

— *Kann ich sprechen mit TransKom ?*

— *TransKom ?* » Le nom semblait nouveau à la femme. « *Ich kenne TransKom nicht.*

— *Sie ist Frau Benz ?*

— *Nein, die Reinmachefrau.* » La femme de ménage.

« *Danke.*

— *Wiedersehen.* »

En raccrochant, Arkadi songea que c'était à peu près le genre de conversation qu'il pouvait avoir sans faire de dessin. Il avait donc parlé à une domestique qui avait dit que Boris Benz était en vacances pour deux semaines encore et qui n'avait jamais entendu parler de TransKom. La seule véritable information était que Benz était parti vers le sud chercher le soleil méditerranéen. C'est apparemment ce que faisaient les Allemands. Le temps qu'il soit de retour à Munich, Arkadi serait sans doute rentré à Moscou. Il prit dans la cassette le fax de Rudy et composa sur le cadran le numéro qui figurait en haut de la page.

« Allô », répondit une femme en russe.

Arkadi dit : « J'appelle à propos de Rudy. »

Après un silence : « Rudy qui ?

— Rosen.

— Je ne connais pas de Rudy Rosen. » Il y avait quelque chose de négligé dans la voix, comme si la femme avait une cigarette au coin de la bouche.

« Il m'a dit que vous vous intéressiez à Red Square, dit Arkadi.

— Nous nous intéressons tous à Red Square. Et alors ?

— Qu'est-ce que c'est, une plaisanterie ? »

Elle raccrocha. En fait, elle réagit comme l'aurait fait n'importe quelle personne à une question aussi stupide, se dit Arkadi. Ce n'était pas une raison de lui en vouloir parce qu'il avait échoué.

Au même étage, il trouva une rangée de consignes automatiques pour deux deutschemarks par jour. Il fit une nouvelle fois le tour du hall avant de revenir, d'introduire des pièces dans la fente, de placer la cassette dans un casier vide et de mettre la clé dans sa poche. Il pouvait maintenant rentrer à son appartement ou ressortir dans la rue sans crainte de perdre sa pièce à conviction, ce qui lui parut un véritable exploit, étant donné l'état de confusion dans lequel il était.

Ou une bien maigre réussite compte tenu du temps dont il disposait — d'après Platonov, un jour.

Il retourna au comptoir des annuaires, ouvrit celui de Munich, feuilleta les pages jusqu'à la lettre « R » et « Radio Liberté-Radio Free Europe ». Quand il composa le numéro, une standardiste répondit seulement : « RL-RFE. »

Arkadi demanda en russe à parler à Irina Asanova, puis attendit ce qui lui sembla une éternité avant de l'avoir en ligne.

« Allô ? »

Il croyait être préparé, mais il fut en fait si bouleversé de l'entendre qu'il n'arrivait plus à parler.

« Allô. Qui est à l'appareil ?

— Arkadi. »

Il reconnut sa voix, mais après tout, il avait écouté ses émissions. Elle n'avait aucune raison de se souvenir de la sienne.

« Arkadi qui ?

— Arkadi Renko. De Moscou, précisa-t-il.

— Tu appelles de Moscou ?

— Non, je suis ici à Munich. » Le silence dans l'appareil était tel qu'il crut avoir été coupé.

« Etonnant, finit par dire Irina.

— Est-ce que je pourrais te voir ?

— J'ai entendu dire qu'on t'avait réhabilité. Tu es toujours commissaire ? » On avait l'impression, à l'entendre, que la surprise cédait rapidement la place à l'irritation.

« Oui.

— Pourquoi es-tu ici ? interrogea-t-elle.

— Pour une enquête.

— Félicitations. Si on te laisse voyager, ils doivent avoir une grande confiance en toi.

— Je t'ai écoutée à Moscou.

— Alors, tu sais que j'ai une émission dans deux heures. » Il y eut en arrière-fond un bruit de papiers froissés pour souligner combien elle était occupée.

« J'aimerais te voir, dit Arkadi.

— Peut-être d'ici une semaine. Téléphone-moi.

— Je veux dire : bientôt. Je ne vais pas rester longtemps ici.

— Ça n'est pas le bon moment.

— Aujourd'hui, fit Arkadi. Je t'en prie.

— Je suis désolée.

— Irina.

— Dix minutes », dit-elle, une fois qu'elle lui eut fait clairement comprendre qu'il était bien le dernier homme sur terre qu'elle avait envie de voir.

CHAPITRE 16

Un taxi conduisit Arkadi jusqu'à un jardin public où le chauffeur lui désigna une allée qui l'amena jusqu'à de longues tables, des châtaigniers et un pavillon en bois de cinq étages en forme de pagode. Irina lui avait dit de demander : « La Muraille de Chine. » A l'ombre de grands hêtres, des dîneurs transportaient d'énormes chopes de bière et des assiettes en carton qui croulaient sous du poulet rôti, des côtelettes, de la salade de pommes de terre. Même les détritus que la brise soufflait sous ses pas sentaient assez bon pour vous exciter l'appétit. Il y avait dans le clapotis des conversations et le rythme régulier de la consommation une langueur sensuelle et imprévue. Munich était encore irréel pour lui. Puis brusquement, il eut l'appréhension, non pas de marcher dans un rêve, mais d'être le cauchemar de quelqu'un qui visitait le monde réel.

Il avait craint de ne peut-être pas reconnaître Irina, mais il n'y avait pas à se tromper. Elle avait des yeux un peu plus grands, apparemment plus sombres, et elle avait toujours une qualité qui accaparait égoïstement la lumière rien que pour elle. Ses cheveux bruns avaient des reflets plus roux et étaient coupés plus court, donnant à son visage une expression plus sévère. Elle portait une croix d'or sur un chandail noir à manches courtes.

« Tu es en retard. » Elle serra la main d'Arkadi.

« J'ai voulu me raser », expliqua-t-il. Il avait acheté un rasoir jetable qu'il avait utilisé à la gare. Des coupures au menton témoignaient de sa précipitation.

« Nous allions partir, reprit Irina.

— Ça fait longtemps, dit Arkadi.

— Stas et moi avons un bulletin d'informations à préparer. » Elle n'avait pas l'air excitée ni nerveuse, simplement pressée par un emploi du temps chargé.

« Pas encore tout à fait. » Un homme, à la silhouette squelettique enveloppée dans un chandail vague et un pantalon flottant, avec des yeux brillants de tuberculeux, arriva avec trois chopes de bière moussantes. Il était russe, Arkadi le devina aussitôt. « Stas. Est-ce que je vous appelle camarade commissaire ?

— Arkadi ira très bien. »

Le squelette au chandail s'assit auprès d'Irina et posa une main sur le dossier de sa chaise.

« Vous permettez ? » Arkadi prit le siège en face d'eux et dit à Irina : « Tu as l'air en pleine forme.

— Toi aussi, dit Irina.

— Je ne crois pas que personne soit florissant à Moscou », dit Arkadi.

Stas leva sa chope et dit : « Videz vos verres. Les rats quittent le navire. Tout le monde vient ici en visite. La plupart essaient de rester. En fait, presque tous cherchent à trouver du travail à Radio Liberté. On en voit tous les jours. Enfin, qui peut le leur reprocher ? »

Il suivit des yeux une fille plantureuse qui ramassait les chopes vides. « Etre servi par des Valkyries. Quelle vie ! » Arkadi but poliment une gorgée. « Il paraît que tu...

— Alors Arkadi, interrompit Stas, vous avez eu une carrière plutôt mouvementée. Membre de la jeunesse dorée de Moscou, membre du parti communiste, étoile montante du bureau du procureur, héros qui a sauvé notre chère dissidente Irina, des années d'exil en Sibérie pour expier cet unique geste honorable et voilà maintenant que vous êtes non seulement le chouchou du procureur mais son ambassadeur à Munich, ce qui vous permet de traquer votre amour perdu, Irina. Je bois au romanesque. »

Irina éclata de rire. « Il plaisante.

— Je comprends », fit Arkadi.

C'était drôle ; au cours d'interrogatoires, on l'avait mis à nu, arrosé au jet, insulté et frappé, jamais pourtant il ne s'était senti aussi embarrassé qu'à cette table. Outre qu'il était mal rasé, se dit-il, son visage stupide était sans doute rouge comme une tomate et donnait à penser qu'il était fou. De toute évidence, il était fou depuis des années, pour avoir imaginé un lien entre lui et cette femme qui manifestement ne partageait avec lui aucun souvenir de ce genre. Dans quelle mesure avait-il rêvé tout cela : le temps qu'ils avaient passé cachés dans son appartement, les coups de feu, New York ? En isolement psychiatrique, quand les médecins lui injectaient de la sulfazine dans la moelle épinière, on disait toujours qu'il était fou ; maintenant, devant cette chope de bière, il s'avérait qu'ils avaient raison. Il chercha une réaction sur le visage d'Irina, mais elle avait l'impassibilité d'une statue.

« Ne prends pas ça personnellement. Stas est toujours comme ça. » Elle alluma une des cigarettes de ce dernier sans en offrir. « Arkadi, j'espère que tu vas t'amuser un peu à Munich. Je suis désolée de ne rien avoir le temps de faire avec toi.

— C'est dommage, fit Arkadi en levant sa chope.

— Mais tu vas trouver des amis au consulat, et tu seras occupé par ton enquête. Tu as toujours été un travailleur acharné, ajouta Irina.

— Un bourreau de travail, dit Arkadi.

— Ce doit être une lourde responsabilité de représenter Moscou. Le procureur a envoyé son visage humain.

— C'est gentil de dire ça. »

Ainsi il était « le visage humain » de Rodionov ? C'était ce qu'elle pensait ?

« Ça me rappelle, fit Stas, que nous devrions faire une mise à jour du taux de criminalité à Moscou.

— Une étude sur la détérioration de la situation ? demanda Arkadi.

— Exactement.

— Vous travaillez ensemble ? interrogea Arkadi.

— Stas écrit les bulletins, répondit Irina. Je ne fais que les lire.

— D'une voix suave, précisa Stas. Irina est la reine des émigrés russes. Elle a brisé des cœurs de New York à Munich et dans toutes les stations intermédiaires.

— Vraiment ? demanda Arkadi.

— Stas est un provocateur.

— C'est peut-être ce qui fait de lui un écrivain.

— Non, répondit Irina. Non, c'est ce qui le fait tabasser aux manifestations sur la place Rouge. Il est passé chez les Américains en Finlande, et le procureur général soviétique pour qui tu travailles l'a déclaré coupable de crime d'Etat assorti d'une peine de mort. C'est amusant, n'est-ce pas ? Un policier de Moscou peut venir ici, mais si jamais Stas retournait à Moscou, il disparaîtrait. Ce serait la même chose pour moi si j'y retournais.

— Même moi, reconnut Arkadi, je me sens plus en sécurité ici.

— Qu'est-ce que c'est, votre affaire ? Qui recherchez-vous ? interrogea Stas.

— Je ne peux pas vous le dire, fit Arkadi.

— Stas a peur que ce ne soit moi ton affaire, dit Irina. Nous avons récemment vu pas mal de visiteurs à Munich. Des membres de la famille, des amis d'avant notre départ.

— Départ ? demanda Arkadi.

— D'avant notre passage à l'Ouest, corrigea Irina. De chères vieilles grand-mères et d'anciennes âmes sœurs qui n'arrêtent pas de nous dire que tout va bien et que nous pouvons rentrer chez nous.

— Rien ne va bien, déclara Arkadi. Ne rentre pas.

— Il se peut qu'à Radio Liberté nous ayons une meilleure idée de ce qui se passe en Russie que vous, observa Stas.

— Je l'espère, pensa Arkadi. Les gens qui sont à l'extérieur d'une maison en feu ont généralement une meilleure vue que ceux qui sont à l'intérieur.

— Ne t'inquiète pas, annonça Irina. J'ai déjà expliqué à Stas que ce que tu disais n'avait pas beaucoup d'importance. »

Le soupir d'un tuba marqua le début d'une valse. Des musiciens en culottes de cuir avaient fait leur entrée à la terrasse du pavillon. A part cela, Arkadi ne voyait pas grand-chose en dehors d'Irina. Les femmes aux autres tables étaient nourries à la bière, minces, brunes, blondes platinées, en pantalons et en jupes, et toutes avec ce même air solide des Allemandes. Avec ses grands yeux slaves et son assurance, Irina était unique comme une icône à un pique-nique. Une icône familière. Arkadi aurait pu tracer dans le noir son profil, depuis les cils en passant par la courbe de la joue jusqu'à la douceur de la bouche ; pourtant, elle avait changé et Stas avait trouvé la bonne formule. A Moscou, elle avait été une flamme dans le vent, d'une franchise si désespérante qu'elle était un danger pour tous ceux qui l'approchaient. La femme qu'était devenue Irina avait quelque chose de plus froid et de plus maîtrisé. La reine des émigrés russes attendait seulement que Stas eût terminé sa bière pour pouvoir partir.

Arkadi lui demanda : « Tu aimes Munich ?

— Comparé à Moscou ? Comparé à Moscou, se rouler dans du verre pilé est agréable. Comparé à New York ou à Paris ! c'est agréable, mais un peu calme.

— Tu as l'air d'avoir été partout.

— Et toi, demanda-t-elle, tu aimes Munich ?

— Comparé à Moscou ? Comparé à Moscou, se rouler dans les deutschemarks est agréable. Comparé à Irkoutsk ou Vladivostok ? Il fait plus chaud. »

Stas reposa sa chope vide. Arkadi n'avait jamais vu quelqu'un d'aussi mince engloutir de la bière aussi vite. Irina aussitôt se leva, prenant le commandement, prête à regagner en hâte la vie réelle.

« Je voudrais te revoir », dit Arkadi malgré lui.

Irina l'examina. « Non, ce que tu veux, c'est que je te dise que je suis désolée que tu aies été envoyé en Sibérie, navrée si tu as souffert par ma faute. Arkadi, je suis vraiment navrée. Voilà, c'est fait. Je ne crois pas que nous ayons autre chose à nous dire. » Là-dessus, elle s'en alla.

Stas s'attarda un peu. « J'espère que vous êtes un salaud. Je déteste quand la foudre tombe sur un homme qui ne le mérite pas. »

Comme elle était grande, Irina semblait voguer entre les tables, ses cheveux flottant dans son sillage comme un drapeau.

« Où vous a-t-on logé ? demanda Stas.

— En face de la gare. » Arkadi lui donna l'adresse.

« C'est une sorte de taudis », fit Stas, surpris.

Irina finit par disparaître dans une foule qui arrivait de l'autre côté de la tour.

« Merci pour la bière, dit Arkadi.

— Je vous en prie. » Stas s'élança sur les pas d'Irina, manœuvrant autour des tables avec un boitillement qui semblait plus un geste délibéré qu'un handicap.

Arkadi resta assis car il n'osait pas marcher. Il avait l'impression d'avoir parcouru un long chemin pour se faire renverser par un camion. Les tables ne cessaient de se remplir et il aurait voulu voir la brasserie se refermer sur lui. La bière ici avait un effet sédatif, donnant des conversations calmes et raisonnables. Des couples jeunes et vieux buvaient sagement. Des hommes aux sourcils en bataille se concentraient sur des échiquiers. Le pavillon était à peu près aussi chinois qu'une pendule à coucou. Qu'importe, il s'était aventuré dans un village où on ne le connaissait pas, où on ne lui faisait ni bon ni mauvais accueil. Il s'habituerait à être invisible. Il but une gorgée de bière.

Ce qui était vraiment terrible, parfaitement effrayant, c'était qu'il avait très envie de revoir Irina. Si humiliante qu'eût été l'expérience, il se rendait compte qu'il en accepterait davantage pour être avec elle, ce qui révélait chez lui un goût du masochisme dont il ignorait jusque-là l'existence. Leur rencontre avait été grotesque au point d'en être comique. Cette femme, ce souvenir qu'il gardait dans une annexe de son cœur et qu'il avait retrouvée après si longtemps, cette femme semblait à peine se rappeler son nom. Il y avait là une disproportion dans l'émotion qui était — pour reprendre le mot qu'elle avait employé — étonnante. Ou bien une preuve de folie. S'il se trompait à propos d'Irina, peut-être se trompait-il à propos de l'histoire qu'il croyait avoir partagée avec elle. Instinctivement, il se palpa le ventre et sentit à travers la chemise le sillon de la cicatrice. Qu'est-ce que ça prouvait ? Peut-être s'était-il un jour ouvert l'abdomen avec un parapluie en allant à l'école, ou bien avait-il été coincé par une statue de Lénine dans sa chute. Dans la moitié de ses effigies, Lénine désignait l'avenir. C'était un doigt dangereux et bien connu.

« Qu'est-ce qu'il y a de si drôle ?

— Pardon ? fit Arkadi en sortant de sa rêverie.

— Qu'y a-t-il de si drôle ? » La place en face de lui était occupée par un gros homme au visage coloré et à la chemise blanche impeccable. Un petit bonnet de laine était juché sur une tête rouge et dénudée comme une rotule. D'une main, il tenait une bière et, de l'autre, il protégeait un poulet rôti entier. Arkadi remarqua que toute la table était occupée par des gens au coude à coude, brandissant des pilons, des côtes de porc, des bretzels, des chopes de bière.

« Vous vous amusez ? » demanda l'homme au poulet.

Arkadi haussa les épaules plutôt que de révéler un accent russe.

Le regard de l'homme se posa sur son blouson soviétique. Il dit : « Vous aimez bien la bière, la bonne chère, la vie ? C'est agréable. Nous avons travaillé quarante ans pour avoir ça. »

Le reste de la table n'écoutait pas. Arkadi s'aperçut qu'il n'avait rien mangé à part un cornet de glace. La table était si chargée de victuailles qu'il n'en avait presque pas besoin. L'orchestre glissa de Strauss à Louis Armstrong. Il termina sa bière. Bien sûr, il y avait des brasseries à Moscou, mais on n'y trouvait ni chopes ni verres, aussi les clients utilisaient-ils des boîtes de lait en carton. Comme aurait dit Jaak : « L'Homo sovieticus a encore gagné. » Mais tout le monde n'en convenait pas. Quand Arkadi déplia un plan, l'homme assis en face de lui hocha la tête, ses soupçons maintenant confirmés.

« Encore un Allemand de l'Est. C'est une invasion. »

Battant en retraite, Arkadi se dirigea vers les immeubles les plus proches au-delà de la ligne des arbres et qui s'avérèrent être les bureaux d'IBM et la tour d'un Hilton. Le hall de l'hôtel aurait pu être une tente arabe. Chaque fauteuil, chaque canapé était occupé par un homme drapé dans les voiles blancs de sa djellaba et de son chèche. Nombre d'entre eux étaient des hommes âgés avec des cannes, des chariots et des chapelets ; Arkadi supposa qu'ils étaient venus à Munich pour se faire soigner. Des jeunes gens bruns en pantalons occidentaux et chemises à col boutonné jouaient à chat. Leurs sœurs et leurs mères étaient en tenues arabes ; les femmes mariées portaient des masques en plastique décoré ne révélant que leur menton et leur front, et laissaient dans leur sillage un lourd parfum.

A l'entrée de l'hôtel, un jeune Arabe en photographiait un autre à côté d'une Porsche rouge toute neuve. Quand le garçon qui posait s'assit sur une aile, l'alarme de la voiture se déclencha dans un hurlement de sirène et un clignotement de tous les feux. Tandis que les garçons couraient autour de la voiture en tapant sur le capot, le concierge et le portier les regardaient avec une absence d'expression étudiée.

Arkadi retrouva le chemin par lequel il était venu en taxi, suivant le côté est du jardin public jusqu'au musée de Prinzregentenstrasse. Des voitures filaient sous les lampadaires. Mais le ciel était déjà plus sombre qu'une nuit d'été à Moscou et la façade classique du Haus der Kunst semblait presque n'avoir que deux dimensions.

L'idée vint à Arkadi que le côté ouest du jardin public était bordé par la Königinstrasse, où habitait Boris Benz. Les maisons avaient la grandeur qui convenait à une « rue de la Reine » ; c'étaient des hôtels particuliers derrière des jardins pleins de roses et des grilles avec des plaques qui annonçaient « *Achtung ! Hund !* »

Benz habitait entre deux énormes maisons construites dans le goût *Jungendstil,* la forme allemande de l'Art nouveau. On aurait dit un couple de matrones lorgnant au-dessus de leurs éventails. Coincé au milieu se trouvait un garage qui avait été rénové pour abriter des cabinets médicaux. Le bouton du second étage était celui de Benz. La lumière était éteinte. Arkadi, à tout hasard, appuya dessus. Pas de réponse.

De chaque côté de la porte, un panneau de vitraux permettait d'observer les visiteurs. A l'intérieur, sur une petite table, un vase de bleuets séchés et trois piles bien rangées de courrier.

Pas de réponse quand Arkadi pressa le bouton du bureau du premier étage. Quand il essaya avec celui du rez-de-chaussée, une voix répondit et Arkadi déclara : « *Das ist Herr Benz. Ich habe den Schlüssel verloren.* » Il espérait avoir bien dit qu'il avait perdu sa clé.

La porte s'ouvrit avec le tintement d'un carillon. Arkadi tria rapidement le courrier des médecins : journaux médicaux et publicité pour l'entretien des voitures et les salons de bronzage. La seule lettre pour Benz provenait de la Bayern-Franconia Bank. Un nommé Schiller avait écrit son nom à la main au-dessus de l'adresse de l'expéditeur.

La personne qui avait laissé entrer Arkadi n'avait pas pleinement confiance. La porte du rez-de-chaussée s'ouvrit et un visage sévère avec une coiffe d'infirmière apparut en demandant : « *Wohnen Sie hier ?* » La femme avait les yeux sur le courrier.

« *Nein, danke.* » Il recula jusqu'à la porte, surpris qu'elle l'eût laissé aller aussi loin.

Arkadi ne connaissait pas grand-chose aux coutumes de l'Ouest, mais il trouva bizarre qu'une domestique confiât à un interlocuteur inconnu combien de temps durerait l'absence de son employeur et qu'elle se fût montrée si patiente avec son allemand rudimentaire. Pourquoi faisait-elle le ménage dans l'appartement si Benz était parti ? Il s'interrogea à propos de la lettre. A Moscou, les gens qui voulaient déposer de l'argent faisaient la queue avec leur livret. A l'Ouest, les banques envoyaient des relevés de compte, mais l'enveloppe arrivait-elle couramment avec une mention personnelle ?

Il remonta Königinstrasse sur environ deux cents mètres, traversa jusqu'au jardin public et alla se promener dans une allée bordée de chênes et d'érables avant de s'asseoir sur un banc d'où l'on voyait la maison de Benz. C'était l'heure où les Munichois promenaient leurs chiens. Ils préféraient les petits formats : carlins et teckels guère plus grands que leurs bouteilles de bière. Ce défilé fut suivi d'un cortège de couples d'un certain âge élégamment vêtus, certains avec des cannes assorties. Arkadi n'aurait pas été surpris de voir des carrosses déboucher derrière eux sur Königinstrasse.

Des gens entraient dans la maison et en sortaient. Les docteurs s'en allaient au volant de longues limousines sombres. L'infirmière à l'air sévère finit par émerger, lança à la rue un regard d'adieu comme pour lui dire de bien se tenir en son absence et elle s'éloigna dans la direction opposée.

A un certain moment, Arkadi se rendit compte que les lampadaires étaient plus brillants, l'allée plus sombre, la nuit noire. Il était onze heures du soir. Tout ce dont il était sûr, c'était que Herr Benz n'était pas rentré.

Il était une heure du matin quand il regagna la pension. Il n'aurait su dire si on avait perquisitionné les pièces en son absence : elles semblaient tout aussi dépouillées qu'avant. Il se souvint qu'il aurait dû acheter de quoi manger. Il y avait tant de choses qu'il oubliait de faire. Il nageait ici en pleine abondance et on aurait cru qu'il avait décidé de mourir de faim.

Il s'assit à la fenêtre avec sa dernière cigarette. La gare était tranquille. Des feux rouges et verts éclairaient le dépôt, mais aucun train ne se déplaçait. Sur le côté de la place se trouvait une gare routière. Elle était fermée aussi. Des bus vides s'alignaient dans la rue. Çà et là, des phares passaient, courant après... après quoi ?

Quelle est la chose que nous désirons le plus dans la vie ? Le sentiment que quelqu'un quelque part se souvient de nous et nous aime. C'est encore mieux si nous les aimons en retour. On peut supporter n'importe quoi si cette idée tient bon.

Que pourrait-il y avoir de pire que de découvrir combien pareille supposition peut relever de l'ignorance et de la stupidité ?

Mieux vaut donc ne pas chercher.

CHAPITRE 17

Le matin, Arkadi reçut la visite de Federov qui se mit à aller et venir dans l'appartement comme un employé d'hôtel venu inspecter le mini-bar.

« Le vice-consul m'a demandé de passer vous voir hier, mais vous n'étiez pas là. La nuit dernière non plus. Où étiez-vous ?

— Je visitais, dit Arkadi, je me promenais dans la ville.

— Comme vous n'avez aucune lettre d'introduction pour la police de Munich, aucun mandat officiel et pas la moindre idée de la façon dont mener une enquête ici, Platonov craint que vous ne vous attiriez des ennuis et que vous n'en créiez à tout le monde. » Il jeta un coup d'œil dans la chambre. « Pas de couvertures ?

— J'ai oublié.

— En fait, si j'étais vous, je ne me donnerais pas cette peine. Vous ne serez pas ici assez longtemps. » Federov ouvrit la penderie et inspecta les tiroirs. « Toujours pas de valise ? Vous allez rapporter tout ce que vous achetez dans vos poches ?

— A vrai dire, je n'ai pas encore fait de courses. »

Federov revint à la cuisine et ouvrit le réfrigérateur. « Vide. Vous savez, vous êtes un vrai Soviétique d'aujourd'hui. Vous avez si peu l'habitude des produits alimentaires que vous ne pouvez même pas en acheter quand il y en a partout. Détendez-vous, c'est du vrai, ici. C'est le pays de Dame Tartine. » Il lança un sourire à Arkadi. « Vous avez peur qu'on vous prenne pour un Russe ? C'est vrai qu'ils nous méprisent tellement qu'ils vont jusqu'à nous payer des millions de marks en frais de déménagement pour nous faire quitter la RDA, et qu'ils nous construisent des casernements en Russie simplement pour nous voir partir. Raison de plus pour acheter pendant que vous pouvez. » Il referma la porte du réfrigérateur et frissonna comme s'il venait de regarder dans une tombe. « Renko, vous pourriez être parti d'une minute à l'autre. Vous devriez traiter ça comme des vacances.

— Comme un lépreux en vacances ?

— Quelque chose comme ça. » Federov tapota une cigarette sur son paquet et l'alluma. La première chose dont Arkadi avait envie le matin n'était pas forcément une cigarette, mais il y avait une chose qu'on pouvait dire des Russes chez eux, même des policiers : c'était qu'ils partageaient.

« Ça doit être assommant pour vous de vérifier ce que je mange au petit déjeuner.

— Ce matin, il faut que j'emmène à l'aéroport le chœur des femmes de Biélorussie, que j'accueille une délégation de distingués artistes d'Etat de l'Ukraine, que je les installe, que j'assiste à un déjeuner où se trouveront des représentants de la Mosfilm et des studios Bavarian Film, puis que je supervise une réception pour le Groupe de danses folkloriques de Minsk.

— Je suis désolé des complications que j'ai causées. » Il lui tendit la main. « Je vous en prie, appelez-moi Arkadi.

— Gennadi. » Federov lui serra la main sans chaleur. « Dès l'instant que vous comprenez à quel point vous êtes assommant.

— Vous voulez que ce soit moi qui donne de mes nouvelles ? Je pourrais vous passer un coup de fil plus tard.

— Non, je vous en prie. Contentez-vous de faire ce qui est normal. Des courses. Achetez des souvenirs. Soyez de retour ici pour cinq heures.

— Cinq heures. »

Federov se dirigea vers la porte. « Allez prendre une bière à la Hofbraühaus. Prenez-en deux. »

Arkadi but un café à un bar de la gare. Federov avait raison : sorti de Russie, il ne savait pas mener une enquête. Il n'avait pas de Jaak ni de Polina. Sans mandat officiel, il ne pouvait se faire aider par la police locale. De minute en minute, il se sentait plus un étranger que chez lui. Le comptoir regorgeait de pommes, d'oranges, de bananes, de tranches de saucisse et de pieds de porc, tout cela à vendre, mais il se surprit à amorcer le geste de rafler un paquet de sucre. Il s'arrêta. C'était bien la main d'un Soviétique d'aujourd'hui, se dit-il.

Au bout du comptoir se trouvait un homme presque identique à lui, avec la même pâleur et le même blouson froissé, sauf qu'il volait tout à la fois du sucre et une orange. Le voleur lui adressa un clin d'œil complice. Arkadi jeta un regard autour de lui. A chaque extrémité du hall central se trouvaient deux soldats en uniforme gris avec des fusils-mitrailleurs. Ils appartenaient aux forces antiterroristes, Munich avait ses problèmes aussi.

Il se joignit à un groupe de Turcs passant devant le bar et se dirigeant vers le métro. Arrivé aux marches, il tourna les talons et suivit la foule qui montait en hâte vers les sorties de la gare. Dehors, il s'arrêta au bord du trottoir, attendant avec tous les bons Munichois que le feu passe au vert, puis il fila soudain tout seul, bien que le feu fût encore rouge, se faufilant à travers les voitures jusqu'au milieu de la rue, avant de repartir en courant, toujours seul, vers les gens alignés sur le trottoir d'en face et qui l'observaient, horrifiés.

Arkadi fit un détour par une galerie marchande et ressortit sur la place piétonne de la veille. Tout en marchant, il cherchait sans succès dans chaque cabine un annuaire téléphonique, jusqu'au moment où, dans un parking d'une rue annexe, il découvrit un kiosque jaune, un banc et un annuaire. Une petite femme dont le manteau lui descendait jusqu'aux pieds se tenait auprès du kiosque et regardait constamment sa montre, comme si Arkadi était en retard. La sonnerie du téléphone retentit et elle se glissa pour prendre possession de la cabine.

Un panneau sur la porte indiquait que c'était une des rares cabines publiques allemandes où l'on pouvait *recevoir* des appels. La femme eut une conversation explosive mais brève, qui s'acheva quand elle raccrocha d'un air décidé. Elle fit coulisser la porte, annonça : « *Ist frei* », et s'éloigna.

Le téléphone était son seul espoir. A Moscou, les annuaires étaient pratiquement inexistants et les cabines publiques soit mises à sac, soit hors service. Et quand les téléphones sonnaient, on les laissait généralement sonner dans le vide. A Munich, les cabines étaient entretenues comme des salles de bains — mieux que des salles de bains. Quand la sonnerie retentissait, les Allemands répondaient.

Arkadi chercha la Bayern-Franconia Bank AG et demanda à parler à Herr Schiller. Il croyait qu'il allait déranger quelque employé, mais une certaine qualité de silence à l'autre bout du fil lui fit comprendre que son appel avait été transmis à un autre niveau.

Une nouvelle opératrice demanda : *Mit wem spreche ich, bitte ?*

— *Das Sowietische Konsulat* », fit Arkadi. Il attendit encore. Un côté de la rue était occupé par un grand magasin dans la vitrine duquel s'étalaient des lainages, des boutons de corne, des chapeaux de feutre, tous les accessoires de l'identité bavaroise. Sur le trottoir d'en face, des gens entraient dans un garage et en sortaient. Des voitures montaient et descendaient les rampes, des BMW et des Mercedes avançant pare-chocs contre pare-chocs, comme des abeilles d'acier dans une ruche géante.

Une voix autoritaire se fit entendre à l'autre bout du fil et demanda en russe : « Ici Schiller, est-ce que je peux vous aider ?

— Je l'espère. Etes-vous déjà venu au consulat ? demanda Arkadi.

— Non, je regrette... » A l'entendre, ce n'était pas un grand regret.

« Comme vous le savez, nous sommes ici depuis assez peu de temps.

— Oui, fit-il assez sèchement.

— Il y a un peu de désordre au consulat », reprit Arkadi.

La réponse arriva, à la fois prudente et amusée. « Comment ça ?

— Il s'agit peut-être d'un malentendu ou d'une erreur de traduction.

— Ah oui ?

— Nous avons été contactés par une certaine firme qui veut se lancer dans une entreprise à capitaux mixtes en Union soviétique. Bien entendu, c'est une bonne chose : c'est à cela que sert le consulat. Ce qui est particulièrement prometteur, c'est que cette société prétend pouvoir assurer le financement en devises fortes.

— En deutschemarks ?

— Une somme tout à fait importante en deutschemarks. J'espérais que vous pourriez nous donner l'assurance que ces fonds sont bel et bien disponibles. »

Un profond soupir à l'autre bout du fil évoquait l'effort nécessaire pour expliquer les finances à de jeunes enfants. « Cette société peut avoir un budget suffisant, des fonds propres, un prêt d'une banque ou d'autres institutions, il y a de nombreuses combinaisons possibles, mais la Bayern-Franconia ne peut vous fournir de renseignements que si elle est associée dans l'affaire. Je vous conseillerais d'étudier leurs références bancaires.

— C'est précisément là où je voulais en venir. Ils nous ont laissé entendre — à moins que nous ne les ayons mal compris — que leur société était associée à la Bayern-Franconia et que tout le financement viendrait de vous. »

Des accents d'une gravité nouvelle se firent entendre dans l'appareil. « Quel est le nom de cette société ?

— TransKom Services. Elle s'occupe d'activités de loisirs.

— Notre banque n'a pas de filiale ayant des activités en Union soviétique.

— C'est bien ce que je craignais, fit Arkadi. Mais la banque aurait-elle pu s'engager dans ce genre de financement ?

— La Bayern-Franconia n'estime malheureusement pas que la situation économique en Union soviétique soit assez stable pour encourager actuellement les investissements.

— C'est bizarre. Il a fréquemment utilisé le nom de la Bayern-Franconia au consulat, déclara Arkadi.

— C'est une chose qu'à la Bayern-Franconia nous prenons au sérieux. A qui ai-je l'honneur de parler ?

— Gennadi Federov. Nous aimerions savoir, aujourd'hui si possible, si la banque est ou non derrière la TransKom.

— Je peux vous joindre au consulat ? »

Arkadi marqua un temps approprié pour avoir l'air de consulter un emploi du temps. « Je serai absent presque toute la journée. J'ai un chœur biélorussien que je dois accueillir à l'aéroport, puis des artistes ukrainiens, un déjeuner avec les gens de la Bavarian Film, et ensuite des danseurs.

— Vous avez l'air très occupé.

— Pourriez-vous m'appeler à cinq heures ? proposa Arkadi. Je m'arrangerai pour être libre à cette heure-là. La meilleure façon de me joindre, c'est de m'appeler au 271-60-20. » Il lisait en même temps le numéro de la cabine téléphonique.

« Comment s'appelait le représentant de TransKom ?

— Boris Benz. »

Il y eut un silence. « Je vais regarder cela.

— Le consulat vous remercie de votre aide.

— Herr Federov, je m'intéresse à la bonne réputation de la Bayern-Franconia. Je vous téléphonerai à cinq heures précises. »

Arkadi raccrocha. Sans doute le banquier allait-il vérifier l'identité de son interlocuteur en appelant aussitôt le consulat sur le numéro figurant dans l'annuaire pour demander un Gennadi Federov qui serait tranquillement en train d'apporter des bouquets à l'aéroport. Il espérait que le banquier ne se montrerait pas assez curieux pour demander quelqu'un d'autre au consulat.

En sortant de la cabine, il eut la sensation d'un changement : un pied qui s'engageait sur le pas d'une porte ou un acheteur soudain pétrifié devant un étalage. Il envisagea de retourner dans le grand magasin jusqu'au moment où il aperçut son propre reflet dans la vitrine. Etait-ce bien lui ? Cette pâle apparition en blouson froissé ? A Moscou, il pouvait passer pour un épouvantail parmi d'autres ; au milieu des robustes dévoreurs de saucisses de Munich, il était terriblement unique. Il ne pouvait pas plus se perdre parmi la foule des touristes et des gens qui faisaient des courses sur la Marienplatz qu'un squelette ne pouvait se cacher en portant un chapeau.

Arkadi revint vers le garage et remonta une rampe sous un panneau jaune et noir qui annonçait AUSGANG ! Une BMW qui dévalait la pente freina dans un crissement de pneus et trembla sur ses amortisseurs tandis qu'il se plaquait contre le mur. La tête bovine du chauffeur se tourna vers lui en criant : « *Kein Eingang ! Kein Eingang !* »

Au premier niveau, des voitures se croisaient entre les rangées de piliers de béton, en quête d'une place libre. Arkadi espérait trouver une sortie donnant sur la rue opposée, mais toutes les flèches pointaient vers un ascenseur central avec des portes d'acier et une file d'Allemands assez bien habillés pour monter au ciel. Il trouva un escalier de secours menant à l'étage suivant, où il retrouva la même scène de voitures faisant rugir leurs moteurs à essence ou cliqueter leurs diesels, tout en tournant autour du même groupe de gens attendant l'ascenseur.

Un nombre plus réduit de voitures avait gagné l'étage suivant. Arkadi vit un certain nombre de places vides et une porte peinte en rouge à l'autre bout du hall. Il était à mi-chemin quand une Mercedes émergea de la rampe et vint se glisser parmi les places libres. La voiture était un modèle ancien, une carrosserie blanche craquelée comme du vieil ivoire, avec la résonance métallique d'un pot d'échappement crevé. Elle s'arrêta dans l'obscurité sous une lampe qui manquait. Arkadi avançait, une main dans sa poche, comme un homme qui cherche ses clés. Dès qu'il eut dépassé la dernière voiture, il se mit au trot. Il aurait dû étudier davantage l'allemand, songea-t-il. L'inscription sur la porte rouge disait : KEIN ZUTRTT ; « Entrée interdite », traduisit-il trop tard. Le montant avait un cadran à chiffres incorporé qu'il tripota une seconde avant de renoncer et de se retourner vers la Mercedes.

Laquelle avait disparu. Mais elle n'était pas partie, car les murs retentissaient de ses tremblements rhumatisants. Comme c'était la seule voiture à ce niveau, le son semblait amplifié. Il entendait le claquement des cylindres, la pétarade d'un échappement desserré. Le conducteur avait dû passer derrière l'ascenseur, se dit-il, ou bien dans un des parkings de côté : ces coins-là n'étaient pas éclairés, un bon endroit pour se cacher.

Pour regagner l'escalier de secours, il fallait traverser un espace découvert où il n'y avait pas de pilier ni de voiture garée pour le protéger. Il y avait une autre sortie, en descendant par la rampe « montée », au mépris de l'interdiction KEIN EINGANG ! placardée de chaque côté. Il se glissa entre les voitures, mais il était déjà à l'entrée de la rampe quand il comprit son erreur. La Mercedes blanche attendait. Elle avait reculé dans la rampe pour le surveiller.

Arkadi fit la course avec la voiture jusqu'à l'escalier. Il ne savait pas ce qui semblait le pire, du bruit de ses poumons ou de celui de la voiture derrière lui, encore que le chauffeur parût vouloir rester sur les talons d'Arkadi plutôt que chercher à l'écraser. Arkadi se précipita vers la première place de côté occupée par une voiture. La Mercedes s'arrêta, bloquant le passage et le chauffeur descendit.

A pied, les chances étaient différentes. Un extincteur d'incendie était accroché à la paroi. Arkadi s'en empara et le fit rouler sur le sol, obligeant le conducteur à des sautillements particulièrement disgracieux. Arkadi le frappa au moment où il trébuchait. Tandis que l'homme essayait de se relever, Arkadi arracha le tuyau de caoutchouc de l'extincteur, l'enroula autour du conducteur et le traîna jusqu'à la lumière.

Même avec le cou ainsi coincé jusqu'au menton et aux oreilles, l'automobiliste était manifestement Stas. Arkadi déroula le tuyau et Stas vint s'affaler contre une roue.

« Bien le bonjour, dit Stas en se palpant le cou. On peut dire que vous êtes à la hauteur de votre réputation. »

Arkadi s'accroupit auprès de lui. « Pardonnez-moi. Vous m'avez fait peur.

— Moi, je vous ai fait peur, à vous ? Mon Dieu. » Il avala prudemment sa salive. « C'est ce qu'on dit des dobermans. » Il eut un hoquet et se tâta la poitrine.

Arkadi craignit tout d'abord que Stas n'eût une crise cardiaque, jusqu'à ce qu'il le vît sortir un paquet de cigarettes. « Vous avez du feu ? »

Arkadi lui tendit une allumette.

« Et merde, fit Stas. Prenez-en une. Tabassez-moi, volez-moi mes cigarettes.

— Merci, dit Arkadi en acceptant. Pourquoi me suiviez-vous ?

— Je vous surveillais. » Stas s'éclaircit la voix. « Vous m'aviez dit où vous étiez descendu. Je n'arrivais pas à croire qu'ils avaient fait venir de Moscou leur policier préféré pour le loger dans un trou pareil. J'ai vu cette fouine de Federov partir et je vous ai suivi jusqu'à la gare. Je vous aurais vite perdu dans la foule, mais vous vous êtes arrêté pour téléphoner. Quand je suis revenu avec la voiture, vous étiez toujours là.

— Pourquoi faites-vous ça ?

— Je suis curieux.

— Vous êtes curieux ? » Arkadi remarqua une femme qui sortait de l'ascenseur et qui resta pétrifiée, ses sacs se balançant comme des pendules, à la vue de deux hommes assis par terre près d'une voiture. « Curieux de quoi ? »

Stas s'installa plus confortablement.

« A propos d'un tas de choses. Vous êtes censé venir faire une enquête, mais vous m'avez l'air d'un homme qui a des problèmes. Vous savez, quand cette merde de Rodionov, votre patron, était à Munich, le consulat a fait tout un foin autour de lui. Il a même visité la station et il nous a accordé une interview. Là-dessus vous arrivez et le consulat cherche à vous enterrer.

— Qu'est-ce qu'a dit Rodionov ? ne put s'empêcher de demander Arkadi.

— Démocratisation du Parti... modernisation de la milice... caractère sacré de l'indépendance du policier. Le bla-bla habituel. Et vous, ça vous dirait de donner une interview ?

— Non.

— Vous pourriez parler de ce qui se passe au bureau du procureur général. Parler de tout ce que vous voulez. »

Un autre ascenseur arriva et la femme aux sacs s'y engouffra avec la rapidité de quelqu'un qui s'en va alerter les autorités.

« Non. » Arkadi tendit la main pour aider Stas à se relever. « Je suis désolé de cette erreur. »

Stas resta sur le sol, comme s'il se fichait d'être un

tas d'os, comme si dans n'importe quelle position il pouvait l'emporter dans une dispute. « Il est tôt. Vous pourrez tabasser d'autres gens cet après-midi. Venez donc avec moi à la station.

— A Radio Liberté ?

— Vous n'aimeriez pas voir le plus grand centre du monde d'agitation antisoviétique ?

— C'est Moscou. J'en viens. »

Stas sourit. « Juste une visite. Vous n'avez pas besoin de donner d'interview.

— Alors pourquoi voudrais-je venir ?

— Je croyais que vous vouliez voir Irina. »

CHAPITRE 18

Maintenant qu'ils roulaient dans la Mercedes de Stas, Arkadi se demandait comment il avait pu croire que c'était la voiture d'un Allemand. Un tapis élimé recouvrait la place du passager. La banquette arrière disparaissait sous une tonne de journaux. A chaque virage, des balles de tennis roulaient autour de ses pieds, et à chaque cahot des nuages volcaniques montaient du cendrier.

Dans un cadre aimanté sur le tableau de bord il y avait la photo d'un chien noir. « Laïka, expliqua Stas. En l'honneur de la chienne que Khrouchtchev a envoyée dans l'espace. Je n'étais qu'un gosse en ce temps-là et je me suis dit : notre premier exploit dans l'espace, c'est d'envoyer un chien mourir de faim ? J'ai compris à cet instant qu'il fallait que je m'en aille.

— Vous êtes passé à l'Ouest ?

— Oui, à Helsinki, et j'en ai fait dans mon froc tellement j'avais peur. Moscou a prétendu que j'étais un espion. Le Jardin Anglais est plein d'espions comme moi.

— Le Jardin Anglais ?

— Vous y êtes déjà allé », répondit Stas.

Lorsqu'ils débouchèrent sur un boulevard qui longeait le musée néo-grec de la Haus der Kunst, Arkadi commença à reconnaître les lieux. A gauche, c'était Königinstrasse, la « rue de la Reine » où habitait Benz. Stas prit à droite, puis longea le parc. Pour la première fois, Arkadi remarqua un panneau qui annonçait ENGLISCHER GARTEN. Stas s'engagea dans une rue à sens unique bordé d'un côté par les courts de terre battue rouge d'un club de tennis et, de l'autre, par un haut mur blanc. Une sombre rangée de hêtres qui poussaient le long du mur empêchait de voir de la rue ce qu'il y avait derrière. Des vélos étaient appuyés contre une rampe d'acier qui courait le long du trottoir.

« Quand je me réveille le matin, dit Stas, je demande à Laïka : "Quelle est la chose la plus perverse que je puisse faire aujourd'hui ?" Je crois que cette journée va être une de mes journées les plus intéressantes. »

Le stationnement se faisait en diagonale devant les courts de tennis. Stas prit un porte-documents, ferma la voiture à clé et entraîna Arkadi sur le trottoir d'en face, puis il lui fit franchir une porte aux volets d'acier surveillée par des caméras et des miroirs. A l'intérieur, se trouvait un ensemble d'immeubles de stuc blanc avec d'autres caméras fixées aux murs.

Comme quiconque avait grandi en Union soviétique, Arkadi avait de Radio Liberté deux images contradictoires. Toute sa vie, la presse avait décrit la station comme une façade pour la CIA et son abominable collection de pantins et de traîtres russes. En même temps, tout le monde savait que Radio Liberté était la source d'informations la plus fiable sur les poètes russes disparus et les accidents nucléaires.

Pourtant, même si Arkadi avait lui-même été accusé de trahison, il ne se sentait pas à l'aise avec Stas et n'aimait pas l'endroit où ils allaient.

Il s'attendait à trouver des Marines américains, mais dans le hall de réception de la station, les gardes étaient allemands. Stas exhiba sa carte et tendit son porte-documents à un garde qui le fit passer dans la boîte plombée d'un détecteur à rayons X. Un autre garde fit signe à Arkadi de venir dans un bureau protégé par une épaisse vitre à l'épreuve des balles. Le bureau était plus grand, les sièges plus confortables ; à cela près, il y avait une similitude d'aspect entre les halls de réception américains et soviétiques, un même style international pour accueillir le pacifiste en voyage. Comme le terroriste poseur de bombes.

— Passeport ? demanda le garde.

— Je n'en ai pas, répondit Arkadi.

— Son hôtel ne le lui a pas rendu, expliqua Stas. C'est la légendaire efficacité allemande dont on nous parle tant. Ce monsieur est un visiteur important. Le studio l'attend dès maintenant. »

A contrecœur le garde accepta l'échange d'un permis de conduire soviétique contre un laissez-passer de visiteur. Stas décolla le verso et plaqua le carton sur la poitrine d'Arkadi. Une porte vitrée coulissa et ils s'engouffrèrent dans un couloir aux murs peints couleur crème.

Arkadi s'arrêta avant d'aller plus loin. « Pourquoi faites-vous ça ?

— Je vous ai dit hier que ça ne me plaisait pas quand la foudre tombait sur un homme qui ne le méritait pas. Eh bien, vous avez toutes les marques d'un corps un peu roussi.

— Ça ne va pas vous attirer d'ennuis de m'amener ici ? »

Stas haussa les épaules. « Vous ne serez qu'un Russe de plus. La station en est pleine.

— Et si je rencontre un Américain ? demanda Arkadi.

— Ne vous occupez pas de lui. C'est ce que nous faisons tous. »

Le couloir avait une épaisse moquette américaine au lieu d'un étroit chemin soviétique. Moitié marchant, moitié boitillant, Stas l'entraîna devant des vitrines illustrant des nouvelles transmises par Radio Liberté à l'Union soviétique : le pont aérien de Berlin, la crise des missiles de Cuba ; Soljenitsyne, l'invasion de l'Afghanistan, l'affaire du 747 coréen, Tchernobyl, la répression dans les pays Baltes. Toutes les photographies avaient des légendes en anglais. Arkadi avait l'impression de glisser à travers l'Histoire.

Si les corridors étaient impeccables et très américains, la pièce où travaillait Stas offrait le spectacle anarchique d'un atelier russe : bureau avec chaise à roulettes, meuble anonyme recouvert d'un châle près de la fenêtre, classeurs en bois, gros appareils de montage pour cassettes audio, fauteuils. Voilà pour la couche inférieure. Le bureau était occupé par une machine à écrire manuelle, un appareil à traitement de texte, un téléphone, des verres d'eau et des cendriers. Sur le châle étaient posés deux ventilateurs électriques, deux haut-parleurs stéréo et un second écran d'ordinateur. Une radio portable et un clavier informatique de rechange étaient posés sur le classeur. Sur le magnétophone il y avait des bandes, en vrac ou en bobines. Partout — sur le bureau, sur l'appui de la fenêtre, sur le meuble, sur le fauteuil — s' entassaient en équilibre instable d'impressionnantes piles de revues et de journaux. Un téléphone mural pendait au bout d'un prolongateur en accordéon. D'un coup d'œil, Arkadi devina qu'à part la machine à écrire et le téléphone du bureau, rien de tout cela ne fonctionnait.

Il se pencha pour admirer les photos accrochées aux murs.

« Un gros chien. » C'était le même animal brun et velu dont le portrait était encadré sur le tableau de bord de la Mercedes. Ici, l'objectif avait saisi Laïka dans la voiture, là en train de saccager un bonhomme de neige ; une autre photo la montrait affalée sur les genoux de Stas. « Quelle race ?

— Un croisement de rottweiler et de berger allemand. Un caractère très germanique. Ça rassure. » Il déblaya les journaux étalés sur le fauteuil et suivit le regard d'Arkadi qui parcourait la pièce. « Oh, on nous a donné toute cette saloperie électronique avec des logiciels inutilisables. J'ai tout débranché, mais je garde ça ici parce que ça fait plaisir aux patrons.

— Où travaille Irina ? »

Stas referma la porte. « Au fond du couloir. Le département russe de Radio Liberté est le plus important. Il y a aussi des services pour les Ukrainiens, les Biélorusses, les Baltes, les Arméniens, les Turcs. Nous émettons dans différentes langues pour différentes républiques. Et puis il y a la RFE.

— La RFE ? »

Stas s'installa sur la chaise de bureau. « Radio Free Europe, qui dessert les Polonais, les Tchèques, les Hongrois, les Roumains. Radio Liberté et la RFE emploient des centaines de gens à Munich. Pour nos auditeurs russes, la voix de Radio Liberté, c'est Irina. »

Un grattement à la porte l'interrompit. Une femme aux cheveux blancs en bataille, aux sourcils blancs et au nœud papillon de velours noir, entra d'un pas traînant avec une liasse de bulletins dans les mains. Son corps s'était empâté mais elle inspecta le costume étriqué d'Arkadi avec le regard langoureux d'une coquette vieillissante. « Cigarette ? » Elle avait la voix plus basse qu'Arkadi.

Stas prit pour elle un paquet dans un tiroir. « Ludmilla, vous êtes toujours la bienvenue. »

Stas lui alluma sa cigarette et Ludmilla se pencha en avant en fermant les yeux. Quand elle les ouvrit, ils étaient posés sur Arkadi. « Un visiteur de Moscou ? demanda-t-elle.

— Non, répliqua Stas, l'archevêque de Canterbury.

— Le DA aime bien être au courant des allées et venues dans la station.

— Alors, il devrait être flatté », dit Stas.

Ludmilla lança à Arkadi un dernier regard appuyé, puis repassa la porte, laissant derrière elle comme une traînée de méfiance.

Stas s'offrit une cigarette et en proposa une à Arkadi. « C'est notre système de sécurité. Nous avons des caméras et des vitres à l'épreuve des balles, mais ça n'est rien auprès de Ludmilla. Le DA est notre directeur adjoint pour la sécurité. » Il regarda sa montre. « A raison de deux pas par seconde et trente centimètres par pas, Ludmilla sera dans son bureau dans exactement deux minutes.

— Vous avez des problèmes de sécurité ? demanda Arkadi.

— Le KGB a fait sauter le service tchèque il y a quelques années. Certains de nos collaborateurs sont morts empoisonnés ou électrocutés. On pourrait dire que nous avons des problèmes d'anxiété.

— Mais elle ne sait pas qui je suis.

— A n'en pas douter, elle a vu les papiers d'identité que vous avez laissés à la réception. Ludmilla sait qui vous êtes. Elle sait tout et ne comprend rien.

— Je vous ai mis dans une situation difficile et je vous empêche de travailler », fit Arkadi.

Stas feuilleta les bulletins. « A cause de ça, c'est la moisson quotidienne des rapports d'agences de presse, des journaux et des lignes sur écoute. Je m'en vais parler aussi à nos correspondants à Moscou et à Leningrad. A partir de ce flot d'informations, je vais distiller environ une minute de vérité.

— Le journal dure dix minutes.

— J'invente le reste. » Il s'empressa d'ajouter : « Je plaisantais. Disons que j'étoffe. Disons que je ne veux pas mettre Irina dans la position d'expliquer aux Russes que leur pays est un cadavre en décomposition, un Lazare qui a dépassé le stade de la résurrection et qu'ils devraient s'allonger sans même essayer de se relever.

— Maintenant, dit Arkadi, vous ne plaisantez pas.

— Non. » Stas se renversa en arrière pour exhaler un long panache de fumée ; lui-même en fait n'était guère plus large qu'un tuyau de cheminée tordu, songea Arkadi. « D'ailleurs, j'ai toute la journée pour éplucher ça et qui sait quelles catastrophes dignes d'intérêt peuvent surgir entre maintenant et l'heure de l'émission ?

— L'Union soviétique est un terrain fertile ?

— Je dois rester modeste. Je ne fais que récolter. Je ne sème pas. » Stas demeura un moment silencieux. « A propos de vérité, je peux fort bien admettre que le commissaire le plus sanguinaire, le plus cynique de toute l'Union soviétique ait pu tomber amoureux d'Irina, mettre en danger sa famille et sa carrière et même tuer pour elle. Après cela, à ce que l'on m'a dit, vous avez reçu une réprimande du Parti, mais votre seul châtiment a été un bref séjour à Vladivostok où vous vous la couliez douce dans la flotte de pêche à trier des papiers dans un bureau. Ensuite, on vous a fait revenir à Moscou pour aider les forces les plus réactionnaires à juguler les hommes d'affaires entreprenants. On m'a raconté que le bureau du procureur avait du mal à vous contrôler parce que vous étiez un membre du Parti avec des relations très haut placées. Alors, quand vous nous avez retrouvés à la brasserie hier, vous n'étiez pas l'apparatchik rondouillard auquel je m'attendais. J'ai remarqué autre chose. » Il fit rouler en avant sa chaise avec une surprenante agilité. « Montrez-moi votre main. »

Arkadi obéit et Stas lui fit ouvrir la paume pour regarder les cicatrices qui la sillonnaient latéralement. « On ne se fait pas ce genre de coupures avec du papier, dit-il.

— Des filins de chalut. Le matériel de pêche est vieux, alors les filins s'effilochent.

— A moins que l'Union soviétique n'ait changé davantage que je ne l'aurais cru, remonter un chalut n'est guère la récompense habituelle pour un favori du Parti.

— Il y a longtemps que j'ai perdu la confiance du Parti. »

Stas examina les cicatrices comme un chiromancien. L'idée vint soudain à Arkadi que Stas possédait ce degré supérieur de concentration qu'on avait après des années d'infirmité ou de lit. « Vous courez après Irina ? demanda-t-il.

— Ce qui m'amène à Munich n'a rien à voir avec elle.

— Et vous ne pouvez pas me dire de quoi il s'agit ?

— Non. »

Le téléphone sonna. La poussière semblait s'élever au bruit de la sonnerie, mais Stas se contenta de regarder tranquillement l'appareil comme s'il lui faisait signe d'un rivage lointain. Il consulta sa montre. « Ça doit être le directeur adjoint. Ludmilla vient de lui raconter qu'un célèbre policier de Moscou a infiltré la station. » Il examina Arkadi. « Je suis en train de me dire que vous devez avoir faim. »

La cafétéria de la station était à l'étage en dessous. Stas conduisit Arkadi jusqu'à une table où une serveuse allemande en corsage tyrolien noir et blanc prit leur commande : schnitzels et bière. De jeunes Américains au teint frais sortirent dans le jardin. Les tables à l'intérieur étaient occupées par une population d'émigrés, plus âgée et majoritairement masculine, qui s'attardait sous un nuage de cigarettes.

« Le directeur ne va pas vous chercher ici ? interrogea Arkadi.

— A notre cantine ? Jamais. Je déjeune en général

à la Muraille de Chine, c'est là où Ludmilla ira en premier. » Stas alluma une cigarette, s'éclaircit la gorge et inhala la fumée tout en balayant la salle de son regard pétillant. « Ça me rend nostalgique de voir l'empire soviétique. Les Roumains sont assis à leur table là-bas, les Tchèques ici, les Polonais ailleurs, les Ukrainiens là-bas. » De la tête il désigna des ressortissants d'Asie centrale en chemise blanche à manches courtes. « Les Turkmènes au fond. Ils détestent les Russes, évidemment. Le problème, c'est qu'aujourd'hui ils n'hésitent pas à le dire.

— Les choses ont changé ?

— Pour trois raisons. Un, l'Union soviétique a commencé à tomber en morceaux. Sitôt que les nationalités ont commencé à se prendre à la gorge là-bas, il est arrivé la même chose ici. Deux, la cantine a cessé de servir de la vodka. Maintenant, on ne peut avoir que du vin ou de la bière, ce qui est un carburant bien faible. Trois, au lieu de la CIA, nous sommes maintenant dirigés par le Congrès.

— Alors vous n'êtes plus une façade de la CIA ?

— Ça, c'était le bon vieux temps. La CIA au moins savait ce qu'elle faisait. »

La bière arriva en premier. Arkadi la but à petites gorgées respectueuses car elle était bien différente de la bière soviétique, âcre et boueuse. Stas n'avait pas tant l'air de boire que de s'emplir l'estomac.

Il reposa un verre vide. « Ah ! la vie d'émigré. Rien que parmi les Russes, il y a quatre groupes. New York, Londres, Paris et Munich. Londres et Paris sont plus intellectuels. A New York, il y a tant de réfugiés qu'on peut passer sa vie sans parler anglais. Mais à Munich, le groupe est vraiment prisonnier du temps. C'est là qu'on trouve le plus de monarchistes. Et puis il y a la Troisième Vague.

— Qu'est-ce que la Troisième Vague ?

— Oh, fit Stas, l'afflux le plus récent de réfugiés. Les anciens émigrés ne veulent avoir aucun rapport avec eux. »

Arkadi avança une hypothèse. « Vous voulez dire que la troisième vague, ce sont les juifs ?

— Exact.

— C'est tout à fait comme au pays. »

Pas tout à fait. Bien que la cafétéria résonnât de conversations en langues slaves, la chère était purement allemande et Arkadi sentait cette solide nourriture se transformer instantanément en sang, en os et en énergie. Bien rassasié, il regarda autour de lui avec plus d'attention. Les Polonais, observa-t-il, avaient des costumes, pas de cravate et l'expression d'aristocrates provisoirement à court de fonds. Les Roumains avaient choisi une table ronde pour mieux conspirer. Des Américains étaient assis seuls à écrire des cartes postales comme des touristes consciencieux.

« Vous avez vraiment reçu ici le procureur Rodionov ?

— Comme exemple de la Nouvelle Pensée, de la modération politique, de l'amélioration du climat pour les investissements étrangers, répondit Stas.

— Vous *personnellement,* vous avez eu Rodionov ici ?

— Personnellement, je n'y toucherais pas avec des pincettes.

— Alors qui l'a reçu ?

— Le président de la station est un grand adepte de la Nouvelle Pensée. Il croit aussi à Henry Kissinger, au Pepsi-Cola et aux McDo. Mais tout ça ne veut rien dire pour vous. Parce que vous n'avez jamais travaillé à Radio Liberté. »

Une serveuse apporta à Stas une autre bière. Avec ses yeux bleus et sa jupe courte, elle avait l'air d'une grosse fille surchargée de travail. Arkadi se demandait ce qu'elle pensait de sa clientèle d'Américains rayonnants et de Slaves querelleurs.

Un grand Géorgien avec des cheveux bouclés et un nez aquilin de comédien vint s'installer à leur table. Il s'appelait Rikki. Les présentations faites, il eut un petit signe de tête distrait à l'intention d'Arkadi puis se lança aussitôt dans le récit de ses malheurs.

« Ma mère est en visite ici. Elle ne m'a jamais pardonné d'être passé à l'Ouest. Gorbatchev est un homme charmant, affirme-t-elle ; il n'enverrait jamais des gaz sur des manifestants à Tbilissi. Elle m'a apporté une petite lettre de repentir à signer pour que je puisse rentrer en Russie avec elle. Elle est si gaga qu'elle me conduirait droit en prison. Elle se fait radiographier les poumons pendant qu'elle est ici. On ferait mieux de lui examiner le cerveau. Vous savez qui d'autre arrive ? Ma fille. Elle a dix-huit ans. Je ne l'ai jamais vue. Elle arrive aujourd'hui. Ma mère et ma fille. J'adore ma fille — c'est-à-dire, je crois que j'adore ma fille, parce que je ne l'ai jamais rencontrée. Nous nous sommes parlé au téléphone hier soir. » Rikki alluma une nouvelle cigarette au mégot de la précédente. « J'ai des photos d'elle, bien sûr, mais je lui ai demandé de se décrire pour que je la reconnaisse à l'aéroport. Les enfants qui grandissent changent tout le temps. Apparemment, je vais à l'aéroport accueillir une fille qui ressemble à Madonna. Quand j'ai commencé à faire mon propre portrait, elle m'a dit : "Décris ta voiture."

— C'est dans ces moments-là que la vodka nous manque », observa Stas.

Rikki sombra dans le silence.

« Dites-moi, demanda Arkadi, quand vous émettez vers la Géorgie, pensez-vous souvent à votre mère et à votre fille ?

— Bien sûr, dit Rikki. Qui à votre avis les a invitées ici ? Je suis simplement surpris qu'elles soient venues. Et je suis surpris aussi de voir qui elles sont maintenant.

— Avoir un être cher en visite, c'est un peu un mélange de réincarnation et d'enfer, remarqua Arkadi.

— Oui, quelque chose comme ça. » Rikki leva les yeux vers la pendule murale. « Il faut que j'y aille,

Stas, tu me couvres, je t'en prie. Ecris quelque chose, ce que tu veux. Tu es un homme merveilleux. » Il se leva pesamment et s'éloigna d'un pas de tragédien vers la porte.

« Un type charmant », murmura Stas. Il retournera là-bas. La moitié des gens qui sont ici rentreront à Tbilissi, à Moscou ou à Leningrad. Ce qui est insensé, c'est que nous sommes les gens les mieux renseignés. Nous sommes les seuls qui disent la vérité. Mais nous sommes russes, alors nous aimons les mensonges aussi. Pour l'instant, nous sommes dans un état d'extrême confusion. Nous avons eu un chef du service russe, très compétent, extrêmement intelligent. Un transfuge comme moi. Il y a une dizaine de mois, il est retourné à Moscou. Pas en visite : il est repassé à l'Est. Un mois plus tard, il est devenu un porte-parole de Moscou qui parle à la télévision américaine pour dire que la démocratie est vivante et en bonne santé, que le Parti est un ami de l'économie de marché et le KGB un garant de la stabilité sociale. Il est très bon : c'est normal, il a fait son apprentissage ici. Il présente son dossier de façon si crédible que les gens de la station se demandent : rendons-nous un réel service ou sommes-nous des fossiles de la guerre froide ? Pourquoi ne rentrons-nous pas tous à Moscou ?

— Vous le croyez ? interrogea Arkadi.

— Non. Il me suffit de regarder quelqu'un comme vous et de demander : "Pourquoi cet homme-là est-il en fuite ?" »

Arkadi laissa la question sans réponse. Il dit : « Je croyais que j'allais voir Irina. »

Stas désigna la lampe rouge allumée au-dessus de la porte et fit entrer Arkadi dans une salle de régie. Un technicien avec un casque sur la tête était assis devant sa console faiblement éclairée ; à part cela, la pièce était sombre et silencieuse. Arkadi s'assit au fond sous les bobines d'un magnétophone qui tournait. Des aiguilles dansaient sur des cadrans de contrôle.

De l'autre côté de la vitre insonorisée, Irina était assise à une table hexagonale capitonnée avec un micro au milieu et un éclairage au plafond. En face d'elle était installé un homme en chandail noir d'intellectuel. Quand il parlait, il envoyait des postillons comme un chauffeur projette des gouttes de sueur devant sa chaudière. Il plaisantait en riant de son propre humour. Arkadi se demanda ce qu'il disait.

Irina avait la tête légèrement penchée de côté, dans l'attitude de quelqu'un qui écoute avec attention. Ses yeux, dans l'ombre, semblaient des reflets creux. Ses lèvres entrouvertes esquissaient la promesse d'un sourire, à défaut du sourire lui-même.

L'éclairage n'était pas flatteur. Des muscles gonflaient le front de l'homme et ses sourcils formaient comme deux haies au-dessus du trou noir de ses yeux. Mais la lumière baignait les traits réguliers d'Irina et teintaient d'or le contour de sa joue, ses cheveux qui flottaient librement, son bras. Arkadi se rappelait la mince meurtrissure bleue qu'elle avait sous l'œil droit, à la suite d'un interrogatoire ; la marque avait disparu maintenant et son visage semblait sans défaut. Elle avait devant elle un cendrier, un verre d'eau et le sujet de son entretien.

Elle dit quelques mots, ce qui eut le même effet que si elle avait soufflé sur des braises. L'homme aussitôt s'anima, agitant ses mains comme une hache.

Stas se pencha sur la console et augmenta le son.

« C'est tout à fait mon avis ! lança l'homme au chandail. Les agences de renseignements tracent toujours des profils psychologiques des dirigeants nationaux. Il est encore plus nécessaire de comprendre la psychologie des peuples eux-mêmes. Ça a toujours été le domaine de la psychologie.

— Pourriez-vous nous donner un exemple ? demanda Irina.

— Rien de plus facile ! Le père de la psychologie russe a été Pavlov. Il est surtout connu dans le monde pour ses expériences sur les réflexes conditionnés, notamment pour ses travaux sur les chiens — il les habituait à associer l'idée de manger avec le tintement d'une sonnette, si bien qu'au bout d'un moment, ils commençaient à saliver rien qu'en entendant la sonnerie.

— Quel rapport ont les chiens avec la psychologie nationale ?

— Simplement ceci : Pavlov a signalé qu'il y avait certains chiens particuliers qu'il n'arrivait pas à entraîner à saliver au son de la sonnerie ; en fait, il n'arrivait pas à les entraîner du tout. Il parlait à leur propos de phénomène atavique, de régression vers leurs ancêtres loups. Ils ne servaient à rien en laboratoire.

— Vous parlez toujours de chiens.

— Attendez. Là-dessus Pavlov a développé sa théorie. Il a appelé ce trait atavique un "réflexe de liberté". Il disait que le même "réflexe de liberté" existait dans les populations humaines tout comme chez les chiens mais à des degrés différents. Dans les sociétés occidentales, le "réflexe de liberté" était très marqué. Dans la société russe, au contraire, il y avait selon lui un "réflexe d'obéissance" dominant. Il ne s'agissait pas d'un jugement moral, mais seulement d'une observation scientifique. Et depuis la révolution d'Octobre et soixante-dix ans de communisme, vous pouvez imaginer à quel point ce "réflexe d'obéissance" s'est accentué. Je dis donc simplement que nous devrions être réalistes dans ce que nous espérons d'une démocratie authentique.

— Qu'entendez-vous par "réaliste" ? interrogea Irina.

— Qu'il ne faut pas en demander trop. » Il exsudait la satisfaction d'un homme décrivant la mort d'un réprouvé.

Le technicien intervint depuis la cabine de régie.

« Irina, nous avons du feed-back quand le professeur s'approche du micro. Je vais repasser la bande. Faites une pause. »

Arkadi s'attendait à entendre de nouveau la conversation, mais le technicien l'écouta dans son casque tandis que le son continuait à arriver dans la régie à partir du studio.

Irina ouvrit son sac pour prendre une cigarette et le professeur sauta presque par-dessus la table pour lui donner du feu. Comme elle se déplaçait, ses cheveux s'écartèrent, révélant l'éclat d'une boucle d'oreille. Son corsage de cachemire bleu était plus élégant que tout ce qu'Arkadi aurait imaginé qu'elle porterait dans une station de radio. Quand son regard croisait celui de son invité, celui-ci semblait se tortiller de ravissement.

« C'est un peu sévère, vous ne trouvez pas ? Comparer des Russes à des chiens ? » demanda-t-elle.

Le professeur croisa les bras, toujours drapé dans son autosatisfaction. Mais non. Réfléchissez-y. Ces individus qui ne voulaient pas obéir, voilà longtemps qu'ils ont tous été tués ou qu'ils sont partis. »

Arkadi lut du mépris dans les yeux d'Irina, comme une flamme qui s'éteint. Ou peut-être s'était-il trompé, car elle répliqua par des propos encore plus aimables. « Je vois ce que vous voulez dire, fit-elle. C'est un autre type de gens qui quittent maintenant Moscou.

— Précisément ! Les gens qui arrivent aujourd'hui, ce sont les familles qu'on avait laissées là-bas. Ce sont des traînards, pas des chefs. Je ne porte pas là un jugement moral, je fais seulement une analyse des traits de caractère.

— Il n'y a pas que des familles, corrigea Irina.

— Non, non. D'anciens collègues que je n'avais

pas vus depuis vingt ans surgissent dans tous les coins.

— Des amis.

— Des amis ? » C'était une catégorie qu'il n'avait pas envisagée.

La fumée s'était rassemblée autour du plafonnier et dessinait autour d'Irina une auréole presque palpable. C'était le contraste chez elle qui était stupéfiant. Un masque à la bouche charnue et aux grands yeux, des cheveux bruns à la coupe sévère mais qui effleuraient avec douceur ses épaules. Elle étincelait comme de la glace.

« Ça peut être embarrassant, reprit Irina. Ce sont des gens convenables et c'est si important pour eux de vous voir. »

Le professeur se pencha en avant, tout prêt à compatir. « Vous êtes la seule qu'ils connaissent.

— Vous ne voulez pas leur faire de mal, mais ce qu'ils attendent relève du rêve.

— Ils ont vécu dans un état d'irréalité totale.

— Ils ont pensé à vous chaque jour, mais le fait est qu'il s'est écoulé trop de temps. Voilà des années que vous ne pensez plus à eux, dit Irina.

— Vous avez vécu une vie différente dans un monde différent.

— Ils veulent reprendre là où vous vous êtes arrêté, poursuivit Irina.

— Ils vous étoufferaient.

— Ils sont pleins de bonne volonté.

— Ils s'empareraient de votre vie.

— Et qui sait où vous vous êtes arrêté ? dit Irina. Tout cela, c'est mort.

— Il faut être amical mais sévère.

— C'est comme voir un fantôme.

— Menaçant ?

— Plus pitoyable que menaçant, déclara Irina. Il faut vous poser la question : après tout ce temps, pourquoi viennent-ils ?

— S'ils vous écoutent à la radio, je n'ai pas de mal à imaginer le fantasme.

— On ne cherche pas à être cruel.

— Vous ne l'êtes pas, lui assura le professeur.

— Il me semble simplement... Il me semble qu'en fait ils seraient plus heureux s'ils restaient à Moscou avec leurs rêves.

— Irina ? fit l'ingénieur du son, réenregistrons les deux dernières minutes. Je t'en prie, rappelle au professeur de ne pas trop s'approcher du micro. »

Le professeur cligna des yeux en essayant de regarder dans la régie. « Compris », dit-il.

Irina écrasa sa cigarette dans le cendrier. Elle but une gorgée d'eau, ses longs doigts autour du verre argenté. Lèvres rouges, dents blanches. Cigarette brillante comme un os brisé.

L'entretien recommença sur Pavlov.

Honteux, Arkadi s'enfonça aussi profondément qu'il le put dans son fauteuil et dans l'ombre. Si l'ombre avait été de l'eau, il se serait volontiers noyé.

CHAPITRE 19

Le téléphone de la cabine sonna à cinq heures précises.

« Ici Federov, fit Arkadi.

— Ici Schiller, de la Bayern-Franconia Bank. Nous avons parlé ce matin. Vous aviez des questions à propos d'une firme appelée TransKom.

— Merci de rappeler.

— Il n'y a pas de TransKom à Munich. Aucune banque locale ne connaît cette société. J'ai consulté divers bureaux d'Etat et il n'y a pas de TransKom enregistré en Bavière au titre des assurances sociales.

— Vous avez fait les choses consciencieusement, observa Arkadi.

— Je crois que j'ai fait tout votre travail.

— Et Boris Benz ?

— Herr Federov, nous sommes dans un pays libre. Il est difficile d'enquêter sur une personne privée.

— Est-il employé à la Bayern-Franconia ?

— Non.

— A-t-il un compte en banque chez vous ?

— Non, mais même si c'était le cas, il serait protégé par la règle de la confidentialité du déposant.

— A-t-il un dossier à la police ? demanda Arkadi.

— Je vous ai dit tout ce que je pouvais.

— Quelqu'un qui fait état d'une association fictive avec une banque l'a probablement fait plus d'une fois. Il pourrait être un criminel professionnel.

— Il reste des criminels professionnels, même en Allemagne. Je ne sais absolument pas si Benz en est un. Vous m'avez dit vous-même que vous aviez peut-être mal compris ce qu'il vous avait dit.

— Mais maintenant, le nom de la Bayern-Franconia Bank se trouve dans les archives du consulat, fit remarquer Arkadi.

— Supprimez-le.

— Ça n'est pas si simple. Avec un contrat aussi important, il ne manquera pas d'y avoir une enquête.

— Ça me semble être votre problème.

— Benz apparemment a montré des documents de la Bayern-Franconia précisant les engagements financiers de la banque. Il a emporté les papiers avec lui, mais Moscou va vouloir savoir pourquoi maintenant la banque se retire. »

La voix à l'autre bout du fil articulait soigneusement.

« Il n'y a eu aucun engagement financier.

— Moscou se demandera pourquoi la Bayern-Franconia ne s'intéresse plus à Benz. Si la banque se trouve injustement impliquée par un criminel, pourquoi ne se montre-t-elle pas plus coopérative quand il s'agit de le retrouver ? fit Arkadi.

— Nous avons coopéré sur tous les plans. » Schiller semblait convaincant, mais il y avait cette lettre qu'il avait envoyée à Benz.

« Alors, vous ne voyez pas d'inconvénient à ce que nous envoyions quelqu'un vous voir ?

— Envoyez-le, je vous en prie. Qu'on en finisse.

— Il s'appelle Renko. »

Le troisième étage du consulat soviétique grouillait de femmes aux corsages surchargés de broderies et aux vastes jupes à rayures vives : on aurait dit des œufs de Pâques roulant pêle-mêle dans le couloir. Comme chacune d'elles tenait un bouquet de roses à la main, négocier le corridor impliquait de ne ménager ni son énergie ni ses excuses.

Le bureau de Federov était entouré de seaux d'eau. Il leva le nez d'une pile de visas avec un grognement qui annonçait qu'il avait déjà épuisé son quota journalier de diplomatie. « Qu'est-ce que vous foutez ici ?

— Charmant accueil », fit Arkadi. Le bureau était petit et sans fenêtre, le mobilier moderne et un peu miniature. Peut-être son occupant éprouvait-il l'impression indéfinissable et cauchemardesque de devenir plus gros chaque fois qu'il allait à son travail. Et de se mouiller de plus en plus aussi. Une tache d'humidité sur la moquette montrait l'endroit où l'on avait renversé un seau. Arkadi remarqua que Federov avait le bas de son pantalon et l'extrémité de ses manches trempés, qu'il avait des pétales de rose au revers de sa veste et que son nœud de cravate était resserré et tout de guingois. « On se croirait chez un fleuriste.

— Si nous avons besoin de vous parler, nous irons vous voir. Ne venez pas ici. »

Outre les passeports, il y avait sur le bureau des feuilles de papier à en-tête du consulat, un ensemble stylo porte-mine et une paire de téléphones tout neufs et étincelants comme si l'on venait de les brancher.

« Je veux mon passeport, dit Arkadi.

— Renko, vous perdez votre temps. Tout d'abord, c'est Platonov qui a votre passeport, pas moi. Ensuite le vice-consul va le garder jusqu'à ce que vous soyez dans l'avion de Moscou, c'est-à-dire demain si tout va bien.

— Je pourrais peut-être me rendre utile. Vous m'avez l'air débordé. » Arkadi désigna de la tête le vestibule.

« Le chœur folklorique de Minsk ? Nous en avons demandé dix, ils nous en ont envoyé trente. Il va falloir qu'ils dorment entassés comme des blinis. Je vais essayer de les aider, mais s'ils insistent pour tripler leur nombre de visas, ça va compliquer les choses.

— C'est à ça que sert un consulat, répondit Arkadi. Je peux peut-être vous aider. »

Federov prit une profonde inspiration. « Non. Je pense que vous êtes la dernière personne que je choisirais comme assistant.

— Nous pourrions peut-être nous retrouver demain pour déjeuner, prendre le thé ou même pour dîner ?

— Demain, je n'ai pas une minute. Le matin, délégation de catholiques ukrainiens, déjeuner avec le chœur folklorique, dans l'après-midi rendez-vous avec les catholiques à la Frauenkirche et le soir reprise d'une pièce de Bertolt Brecht. Une journée bien remplie. D'ailleurs, pendant ce temps-là, vous volerez sans doute vers Moscou. Maintenant, si vous permettez, j'ai vraiment du travail. Si vous voulez me rendre service, ne revenez pas.

— Est-ce que je pourrais au moins donner un coup de fil ?

— Non. »

Arkadi tendit la main vers le téléphone. « Les

lignes pour Moscou sont toujours occupées, peut-être que d'ici j'y arriverai.

— Non. »

Arkadi décrocha le combiné. « Ça ne va pas être long.

— Non. »

Comme Federov empoignait l'appareil, Arkadi lâcha prise et l'attaché consulaire trébucha en arrière, renversant un autre seau d'eau. De l'autre côté du bureau, Arkadi tenta de le rattraper ; au lieu de cela, il fit tomber tous les passeports. Des petits livrets rouges atterrirent sur la moquette, dans des flaques d'eau, dans des seaux.

« Espèce d'idiot ! » lança Federov. Il s'affairait autour des seaux pour récupérer les passeports avant qu'ils ne coulent. Arkadi prenait à pleines mains du papier à lettres du consulat pour éponger l'eau.

« Ça ne sert à rien, dit Federov.

— J'essaie de vous aider. »

Federov tamponnait des passeports sur sa chemise pour les essuyer. « Ne m'aidez pas. Allez-vous-en tout simplement. » Une idée lui vint soudain, aussi palpable qu'un crissement de freins. « Attendez ! » Sans quitter Arkadi des yeux, il remit tous les passeports sur son bureau. Le souffle court, il les compta soigneusement, non pas une mais plusieurs fois, et s'assura que les contenus, même s'ils étaient humides, étaient encore intacts. « Bon. Vous pouvez vous en aller.

— Je suis vraiment navré, fit Arkadi.

— Contentez-vous de partir.

— En sortant, voulez-vous que je prévienne les gens de l'étage en dessous que de l'eau s'est renversée ?

— Non. Ne parlez à personne. »

Arkadi considéra les seaux renversés, la plaine inondée de la moquette. « C'est dommage, un bureau tout neuf.

— Eh oui. Adieu, Renko. »

La porte s'ouvrit et une femme coiffée d'un feutre tout emperlé passa la tête par l'entrebâillement. « Cher Gennadi Ivanovitch, que faites-vous ? Quand allons-nous manger ?

— Dans une seconde, répondit Federov.

— Nous n'avons rien avalé depuis Minsk », dit-elle. Elle prit courageusement position sur le pas de la porte et d'autres chanteuses folkloriques accoururent à la rescousse. Comme elles envahissaient la pièce, Arkadi s'éloigna dans la direction opposée, se glissant entre les jupes et les rubans, évitant les épines.

Dans une boutique polonaise de matériel d'occasion près de la gare, Arkadi trouva une machine à écrire manuelle avec des touches comme des pattes d'araignée, une mallette en plastique minable et des caractères cyrilliques. Il la retourna. Un matricule militaire figurait sur le socle.

« Armée rouge, dit le propriétaire du magasin. Ils évacuent l'Allemagne et ce que les salauds ne veulent pas emporter, ils le vendent. Ils vendraient les chars s'ils le pouvaient.

— Je peux l'essayer ?

— Allez-y. » L'homme s'éloignait déjà pour accueillir un client mieux habillé et plus susceptible d'acheter.

Dans la poche de sa veste, Arkadi prit du papier à en-tête plié et introduisit une feuille dans la machine. Le papier provenait du bureau de Federov. Dans le haut figurait l'en-tête gravé du consulat soviétique, avec faucille et marteau disposés dans des gerbes de blé doré. Arkadi avait envisagé d'écrire en allemand, mais il ne se fiait pas à sa maîtrise des caractères gothiques. D'ailleurs, pour une certaine rondeur de style, seul le russe ferait l'affaire.

Il écrivit :

Cher Herr Schiller, ce mot d'introduction est destiné à vous présenter A. K. Renko, un commissaire principal du bureau du procureur de Moscou. Renko a été chargé d'enquêter sur des problèmes concernant un projet d'association entre certaines organisations soviétiques et la firme TransKom Services, et notamment sur les déclarations de son représentant, Herr Boris Benz. Comme les activités de TransKom et de Benz peuvent être préjudiciables tout à la fois au gouvernement soviétique et à la Bayern-Franconia Bank, j'espère que nous trouverons un intérêt mutuel à résoudre cette affaire aussi rapidement et aussi discrètement que possible.

Avec mes meilleurs sentiments.

G. I. Federov.

Arkadi trouva que la conclusion avait un accent noblement fédérovien. Il retira la feuille et la signa d'un large paraphe.

« Alors elle marche ? demanda le propriétaire du magasin.

— Etonnant, n'est-ce pas ? fit Arkadi.

— Je peux vous la laisser à un bon prix. A un excellent prix. »

Arkadi secoua la tête. En vérité, il ne pouvait rien se permettre du tout. « Vous avez beaucoup d'acheteurs pour une machine à écrire russe ? »

Le propriétaire ne put s'empêcher de rire.

La lumière était toujours éteinte dans l'appartement de Benz. A neuf heures, Arkadi renonça. Grâce à quelques détours, la moitié de son chemin de retour passait par des parcs et des jardins publics : Englischer Garten, Finanzgarten, Haufgarten, Botanischer Garten. Il se demanda si c'était la consolation des lapins : le trottinement étouffé dans les allées, les douces branches des arbres, le baume des ombres. De temps en temps, il s'arrêtait dans le noir pour tendre l'oreille. Un étudiant passait, le nez dans un livre, se hâtant vers la flaque de lumière du lampadaire suivant. Ou bien un homme qui faisait du jogging à un rythme lent et sérieux. Il n'entendit aucun bruit de pas qui s'arrêtait brusquement. On aurait dit que, en quittant Moscou, il avait franchi les confins du monde. Il avait disparu. Il était en chute libre. Qui avait besoin de le suivre ?

Il émergea du Jardin Botanique à cent mètres de la gare. Il traversait la rue pour s'assurer que la cassette vidéo était toujours dans le casier de la consigne lorsqu'il vit des piétons s'écarter d'une voiture qui faisait un demi-tour interdit. L'indignation civique était si forte qu'il ne vit pas la voiture. Il resta sur le terre-plein central du boulevard, passa rapidement devant la gare et longea les voies de triage. Ce n'était pas un exemple de bonne technique de survie que de se trouver au milieu d'une grande artère où les voitures circulaient rapidement. La rue la plus proche était Seidlstrasse, où étaient situés sa chambre et, un peu plus loin, le consulat soviétique. Comme une voiture ralentissait derrière lui, il se retourna pour faire face à une Mercedes un peu délabrée qu'il connaissait bien. Stas était au volant.

« Je croyais que vous vouliez voir Irina.

— Je l'ai vue, répondit Arkadi.

— Vous avez filé avant même qu'elle ait terminé son interview. Vous étiez dans la régie et, une seconde plus tard, vous aviez disparu.

— J'en ai assez entendu », dit Arkadi.

Sans se soucier des panneaux HALTEN VERBOTEN, Stas fit allègrement signe de passer aux voitures entassées derrière lui dans la voie rapide. « Je me suis mis à votre recherche parce que j'ai cru que quelque chose n'allait pas.

— A cette heure-ci ? demanda Arkadi.

— J'avais du travail. Je suis venu quand j'ai pu. Ça vous plairait d'aller à une soirée ?

— Maintenant ?

— A quel autre moment voulez-vous ?

— Il est presque dix heures. Pourquoi aurais-je envie d'aller à une soirée ? »

Derrière Stas, des conducteurs criaient, klaxonnaient et faisaient des appels de phares, autant d'efforts auxquels il restait insensible. « Irina sera là, précisa-t-il. En fait, vous ne lui avez pas encore parlé.

— J'ai bien reçu son message. Deux fois dans la même journée.

— Vous croyez qu'elle ne veut pas vous voir.

— Quelque chose comme ça.

— Pour un homme qui vient de Moscou, vous êtes bien sensible. Ecoutez, dans une seconde nous allons être dévorés vivants par des Porsche en colère. Montez dans la voiture. Nous passerons juste quelques minutes à cette soirée.

— Pour une nouvelle tournée d'humiliations ?

— Vous avez mieux à faire ? »

La réception avait lieu au troisième étage d'un appartement empli de ce que Stas appelait des « rétro-nazis ». Les murs étaient à carreaux rouges, blancs et noirs, avec des drapeaux nazis. Sur les étagères, des casques, des Croix de Fer, des masques à gaz dans leur boîte ou à côté, des munitions de divers calibres, des photos de Hitler, son moulage dentaire, un portrait de la nièce de Hitler en robe du soir avec le sourire un peu forcé d'une femme qui sait que tout cela va mal finir. Le thème de la soirée était le premier anniversaire de la démolition du mur de Berlin. Des fragments du Mur — du ciment gris et granuleux — étaient noués de crêpe noir comme des cadeaux d'anniversaire. Les gens envahissaient les escaliers, les fauteuils et les canapés, tout un mélange de nationalités avec assez de Russes fumant assez de cigarettes pour vous piquer les yeux. Ludmilla émergeait de cette brume comme une méduse aux longs filaments ; elle regarda Arkadi en clignant des yeux et disparut.

Stas l'avertit : « Quand on voit Ludmilla, le directeur adjoint n'est pas loin. »

Au buffet, Rikki servait un coca à une fille en chandail de mohair. « Depuis que je suis allé la chercher à l'aéroport, ma fille et moi n'avons rien fait d'autre que des courses. Dieu merci, les magasins fermaient à sept heures. »

Elle avait environ dix-huit ans, arborait un rouge à lèvres comme une enseigne lumineuse, et ses cheveux blonds aux racines brunes étaient ramenés en chignon. « En Amérique, dit-elle en anglais, les centres commerciaux sont ouverts toute la nuit.

— Votre anglais est excellent, observa Arkadi.

— En Géorgie, répondit-elle, personne ne parle russe.

— Ils sont toujours communistes, ils jouent simplement d'une autre flûte, déclara Rikki.

— Est-ce que ça a été un moment d'émotion pour vous, demanda Arkadi, de voir votre père après tout ce temps ?

— J'ai failli ne pas reconnaître sa voiture. » Elle serra Rikki dans ses bras. « Il n'y a pas de base américaine par ici ? Pas de centres commerciaux ? » Son regard s'éclaira en voyant approcher un jeune Américain athlétique en chemise à col boutonné, nœud papillon et bretelles rouges, qui lança à Stas et à Arkadi un regard accusateur. Ludmilla rôdait dans son sillage.

« Ce doit être l'invité surprise que nous avions à la gare aujourd'hui », dit-il. Il gratifia Arkadi d'une énergique poignée de main démocratique. « Je suis Michael Healey, le directeur adjoint chargé de la sécurité. Vous savez, votre patron, le procureur Rodionov, est venu visiter la station. On a déroulé le tapis rouge pour lui.

— Michael est également directeur adjoint chargé des tapis, dit Stas.

— Ça me rappelle, Stas, est-ce qu'il n'y a pas une circulaire de sécurité précisant que les hôtes soviétiques officiels doivent être soumis à un contrôle préliminaire ? »

Stas éclata de rire. « La sécurité de la station est si totalement compromise qu'un espion de plus ne changerait pas grand-chose. Est-ce que ce soir n'en est pas un parfait exemple ?

— J'adore votre sens de l'humour, Stas, dit Michael. Renko, si vous voulez de nouveau rendre visite à la station, tâchez de me prévenir. » Il s'éloigna en quête de vin blanc.

Stas et Arkadi prirent du whisky. « Qu'est-ce que ce soir a de si spécial ? interrogea Arkadi.

— A part le premier anniversaire de la chute du Mur ? Le bruit court que l'ancien chef de la section russe va venir ce soir nous rejoindre. Mon ancien ami. Même les Américains l'adoraient.

— C'est celui qui est repassé à l'Est ?

— Le même.

— Où est Irina ?

— Vous verrez. »

Leur hôte arriva de la cuisine portant un gâteau glacé de chocolat noir avec un mur de Berlin en sucre candi entouré de bougies rouges allumées. « Heureux anniversaire, Chute du Mur !

— Tommy, fit Stas, cette fois vous vous êtes surpassé.

— Je suis un idiot sentimental. » Tommy était le genre de gros homme qui devait sans arrêt rentrer sa chemise dans sa ceinture. « Est-ce que je vous ai montré mes souvenirs du Mur ?

— Attention aux bougies », lui rappela Stas.

Mais la première note de la chanson d'anniversaire fut interrompue par des bruits dans l'escalier, une vague d'excitation qui se répandit dans l'appartement et un mouvement général pour accueillir les nouveaux arrivants. Le premier à paraître sur le seuil était le professeur qu'Irina avait interviewé à la station. Il se débarrassa d'une écharpe qu'on aurait dite taillée dans un cilice et il tint la porte grande ouverte pour Irina, qui semblait arriver en glissant sur une bulle. Arkadi devina qu'elle avait bien mangé et bien bu dans un bon restaurant. Du champagne et quelque chose de meilleur que du bortsch. Sans doute était-elle venue directement de la station, ce qui expliquait pourquoi elle lui avait paru habillée avec tant de recherche là-bas. Si ses yeux remarquèrent Arkadi, ils n'exprimèrent ni intérêt ni surprise. Derrière, arrivait Max Albov, portant jetée sur ses épaules la même veste élégante qu'il avait quand Arkadi l'avait rencontré pour la première fois rue Petrovka. Tous les trois riaient d'une plaisanterie qui les avait amusés tout au long des trois étages.

« C'est quelque chose que Max a dit », expliqua Irina.

Tous se penchèrent vers eux, désireux de participer. Max eut un haussement d'épaules modeste. « J'ai simplement dit : “J'ai l'impression d'être le fils prodigue.” »

Il y eut aussitôt des « non » de protestation, des explosions de rires, des applaudissements. L'effort de l'ascension et la chaleur de l'accueil avaient mis des couleurs aux joues de Max. Il glissa son bras sous celui d'Irina.

Quelqu'un se rappela soudain. « Le gâteau ! »

Les bougies d'anniversaire s'étaient consumées. Le Mur de sucre candi avait sombré dans une flaque de cire.

CHAPITRE 20

Le gâteau avait un goût de cendre et de goudron. La soirée toutefois prit un nouveau départ et devint même un événement avec Max Albov installé sur un canapé dont Irina occupait le centre. Ils régnaient de concert, la belle reine et le roi cosmopolite.

« Quand j'étais ici, les gens disaient que j'étais de la CIA. Quand je suis allé à Moscou, on a dit que j'étais du KGB. Pour certains esprits, ce sont les seules réponses imaginables.

— Tu es peut-être aujourd'hui une vedette de la télévision américaine, dit Tommy, mais tu restes le meilleur chef de la section russe que nous ayons jamais eu.

— Merci. » Max accepta un whisky en modeste témoignage d'estime. « Mais ces temps-là sont finis. J'avais fait tout ce que je pouvais accomplir ici. La guerre froide était terminée. Non seulement terminée, mais démodée. Le moment était venu de cesser de chanter les louanges des Américains, si amicaux qu'ils aient pu être. J'ai eu le sentiment que si je voulais maintenant vraiment aider la Russie, l'heure était venue de rentrer.

— Comment t'a-t-on traité à Moscou ? demanda Rikki.

— Ils voulaient mon autographe. Tu sais, Rikki, tu es une vedette de la radio en Russie.

— En Géorgie, corrigea Rikki.

— En Géorgie », concéda Max. Il se tourna vers Irina. « Tu es la voix la plus connue de la radio russe. » Il passa au russe : « Ce que vous voulez vraiment savoir, c'est si le KGB m'a cuisiné, si j'ai lâché des secrets qui auraient pu nuire à la station ou à l'un de vous. La réponse est non. Cette époque-là est passée. Je n'ai pas vu le KGB, je n'ai même rencontré personne du KGB. A dire vrai, les gens à Moscou ne s'inquiètent pas de nous ; ils sont trop occupés à essayer de survivre et ils ont besoin d'aide. C'est pour ça que je suis parti.

— Certains d'entre nous, lui fit remarquer Stas, ont des condamnations à mort suspendues au-dessus de leur tête.

— On efface par centaines ces vieilles sentences

des registres. Allez donc demander au consulat. » Max repassa à l'anglais pour élargir son auditoire. « Il n'y a sans doute rien de pire qui attende Stas à Moscou qu'un mauvais repas. Ou, dans son cas, de la mauvaise bière. »

Arkadi croyait que le style de Max repousserait Irina, mais ce n'était pas le cas. A l'exception de Rikki et de Stas, ils étaient tous, Russes, Américains, Polonais, sinon convaincus, du moins sous le charme. Avait-il souffert de son retour en enfer ? Manifestement non. Pas de cheveux roussis, mais plutôt l'air rayonnant de santé d'une célébrité.

« A Moscou, qu'avez-vous fait exactement pour aider le peuple russe affamé ? demanda Arkadi.

— Camarade commissaire, fit Max en le saluant.

— Vous n'avez pas besoin de m'appeler "camarade". Ça fait des années que je ne suis plus membre du Parti.

— Quand même moins longtemps que moi, fit observer Max. Moins longtemps qu'aucun de nous à Munich. Quoi qu'il en soit, *ancien* camarade, je suis heureux que vous me posiez cette question. Je les ai aidés de deux façons par ordre d'importance décroissante. D'abord en créant des entreprises à capitaux mixtes. Ensuite en trouvant l'homme le plus affamé, le plus désespéré de Moscou et en lui faisant obtenir un prêt pour qu'il puisse venir ici. On pourrait croire que cet homme serait plus reconnaissant. Au fait, comment progresse votre enquête ?

— Lentement.

— Ne vous en faites pas, vous rentrerez bien assez tôt. »

Cela ne gênait pas tant Arkadi de se faire embrocher comme un papillon sur une épingle que de voir son image dans les yeux d'Irina. Regarde-moi ce moustique, cet apparatchik, ce gorille à une soirée civilisée. Elle écoutait Max comme si elle-même n'avait aucun souvenir personnel d'Arkadi. Elle se tourna vers Albov. « Max, pourrais-tu me donner du feu ?

— Bien sûr. Tu t'es remise à fumer ? »

Arkadi quitta le cercle des admirateurs et se retrouva au bar. Stas l'avait suivi. Il alluma une cigarette et inhala si profondément que ses yeux semblaient luire comme des braises.

« Vous avez vu Max à Moscou ? demanda-t-il à Arkadi.

— On me l'a présenté comme un journaliste.

— Max était un excellent journaliste, mais il peut être ce qu'il veut là où il veut. Max représente le stade suivant de l'évolution : l'homme de l'après-guerre froide. Les Américains voulaient quelqu'un qui connaisse les affaires soviétiques. En fait, il leur fallait un Russe qui ait l'air d'un Américain, c'est son cas. Pourquoi Max s'intéressait-il à vous ?

— Je n'en sais rien. » Arkadi trouva de la vodka cachée derrière du bourbon.

Pourquoi les gens boivent-ils ? Un Latin pour être amoureux, un Anglais pour se détendre. Les Russes, songea Arkadi, étaient plus directs : ils buvaient pour être ivres, et c'était ce dont il avait envie maintenant.

Ludmilla était déjà là. Elle émergea de la brume de fumée, l'œil aux aguets, nœud papillon autour du cou, et elle lui prit son verre. « Tout le monde rend Staline responsable, fit-elle.

— Ça me paraît très injuste. » Arkadi chercha un autre verre entre les bouteilles et le seau à glace.

« Tout le monde est paranoïaque, affirma-t-elle.

— Moi compris. » Il n'y avait de verres nulle part.

Ludmilla baissa la voix qui avait déjà un ton de conspiratrice. « Saviez-vous que Lénine a vécu à Munich sous le nom de Meyer ?

— Non.

— Vous saviez que c'était un juif qui a abattu le tsar ?

— Non.

— Toutes les mauvaises choses, les purges et les famines, c'était l'œuvre des juifs de l'entourage de Staline pour détruire le peuple russe. Il était le jouet des juifs, leur bouc émissaire. C'est quand il a commencé à prendre des mesures contre les médecins juifs qu'il est mort.

— Saviez-vous, demanda Stas à Ludmilla, que le Kremlin a exactement autant de salles de bains que le Temple de Jérusalem ? Réfléchissez-y un peu. »

Ludmilla battit en retraite.

Stas emplit un verre pour Arkadi. « Je me demande si elle va faire un rapport là-dessus à Michael. »

Il promena dans la pièce un regard sardonique qui n'épargnait personne. « C'est un drôle de mélange ici. »

La soirée s'épanouissait en discussions ici et là. Arkadi alla se réfugier dans l'escalier avec un autre misanthrope, un Allemand arborant la tenue noire des intellectuels. Une fille sanglotait au bas des marches. A toute réception russe qui se respecte, il y avait des discussions et une fille en larmes au pied de l'escalier, se dit Arkadi.

« J'attends pour parler à Irina », déclara l'Allemand. Il avait une vingtaine d'années, un regard furtif et s'exprimait dans un anglais nerveux.

« Moi aussi », répondit Arkadi.

Il y eut un silence qu'Arkadi trouva reposant jusqu'au moment où le jeune homme balbutia : « Malevitch était à Munich.

— Et Lénine, ajouta Arkadi. Ou bien était-ce Meyer ?

— Je parle de l'artiste.

— Oh, l'artiste. Ce Malevitch-là. » Le peintre de la Révolution russe. Arkadi se sentit un peu stupide.

« Il y a une tradition de contacts entre l'art russe et l'art allemand.

— Tout à fait. » Personne ne pouvait discuter là-dessus, songea Arkadi.

Le jeune homme inspecta ses ongles rongés à vif. « Le carré rouge symbolisait la révolution. Le carré noir symbolisait la fin de l'art.

— Absolument. » Arkadi vida d'un trait la moitié de sa vodka.

Le garçon se mit à rire comme s'il venait de se rappeler un détail dont il pouvait le faire profiter. « En juin 1918, Malevitch a dit : "Dans l'espace, les ballons de football des siècles emmêlés se consumeront dans les étincelles des ondes lumineuses bouillonnantes."

— Les ondes lumineuses bouillonnantes ?

— Les ondes lumineuses bouillonnantes.

— Etonnant. » Arkadi se demanda ce que Malevitch pouvait bien boire.

Irina n'était jamais seule assez longtemps pour permettre à Arkadi de l'aborder. Tandis qu'il manœuvrait entre les groupes, il fut happé par Tommy qui l'entraîna devant une gigantesque carte punaisée au mur, une carte de l'Europe de l'Est avec les positions allemandes et russes à la veille de l'invasion hitlérienne marquées par des svastikas et des étoiles rouges.

« C'est formidable, fit Tommy. Je viens d'apprendre qui était votre père. Un des grands esprits militaires de la guerre. Ce que j'aimerais faire, c'est marquer exactement sa position quand les Allemands ont déferlé. Si vous pouviez me montrer cela, ce serait formidable. »

C'était une carte de la Wehrmacht. Les noms de villes et de fleuves étaient en allemand. Des lignes largement espacées prenaient d'assaut la steppe ukrainienne ; des gouttes signalaient des marécages en Bessarabie, des svastikas étaient massés pour foncer sur des fronts séparés vers Moscou, Leningrad, Stalingrad.

« Je n'en ai aucune idée, déclara Arkadi.

— Pas la moindre ? Il vous a laissé des anecdotes ? interrogea Tommy.

— Simple question de tactique, dit Max qui les avait rejoints. Se cacher dans un trou et poignarder son ennemi dans le dos. Ça n'est pas une mauvaise tactique quand on est envahi et écrasé. » Il se tourna vers Arkadi. « Vous sentez-vous écrasé et envahi ? Je retire ma question. Ce qui m'intéresse toutefois, c'est que le père devienne général et le fils commissaire. Il y a là une similitude, une commune tendance à la violence. Qu'en pensez-vous, professeur ? Vous êtes médecin. »

Le psychologue qui était arrivé avec Max était toujours dans son sillage. Il risqua : « Peut-être une mauvaise adaptation à la société normale.

— La société soviétique n'est pas une société normale, fit Arkadi.

— Alors, racontez-nous, reprit Max. Expliquez-nous pourquoi vous êtes policier. Votre père avait choisi de tuer des gens. C'est pour ça que les hommes deviennent généraux. Dire qu'un général a horreur de la guerre, c'est dire qu'un écrivain déteste les livres. Vous, vous êtes différent. Vous choisissez d'arriver *après* le meurtre. Vous avez le sang mais sans l'amusement.

— Un peu comme la victime, observa Arkadi.

— Alors, qu'est-ce qui vous attire ? Vous vivez dans une des pires sociétés au monde et, par-dessus le marché, vous en choisissez le plus mauvais rôle. Quelle est cette attirance morbide ? Trier les cadavres ? Envoyer un désespéré de plus en prison jusqu'à la fin de ses jours ? Comme dirait mon ami Tommy : qu'est-ce que ça vous apporte ? »

Ce n'étaient pas de mauvaises questions. Arkadi se les était posées à son propre sujet. « Une autorisation, dit-il.

— Une autorisation ? répéta Max.

— Mais oui. Quand quelqu'un est tué, pendant une brève période les gens doivent répondre à des questions. Un policier a l'autorisation d'accéder à différents niveaux et de voir comment le monde est bâti. Un meurtre, c'est un peu comme une maison qu'on ouvre en deux ; on voit quel étage est au-dessus d'un autre et quelle porte donne sur une autre.

— Le meurtre mène à la sociologie ?

— A la sociologie soviétique.

— En supposant que les gens soient sincères. J'avancerais l'hypothèse qu'ils mentent.

— Les meurtriers aussi. »

Arkadi observa que l'escorte de Max s'était regroupée autour d'eux. Stas observait un coin de la pièce. Irina discutait dans le couloir qui menait à la cuisine, tournant le dos à cette conversation. Arkadi regrettait déjà d'avoir ouvert la bouche.

« A propos de réponse sincère, depuis combien de temps écoutez-vous Irina à la radio ? demanda Max.

— Environ une semaine. » Pour la première fois, Max parut vraiment surpris. « Une semaine ? Irina fait ce bulletin d'informations depuis longtemps. Je m'attendais à vous entendre répondre que cela faisait des années que vous étiez fidèlement assis devant votre radio.

— Je n'avais pas de radio. » Arkadi jeta un coup d'œil en direction du couloir. Irina avait disparu.

« Il y a une semaine, vous en avez trouvé une ? Vous voici maintenant à Munich ! Précisément à cette soirée ! Voilà une stupéfiante coïncidence, dit Max. Difficile d'expliquer cela par le pur hasard.

— C'était peut-être de la chance, fit Stas en intervenant dans la conversation. Max, nous voudrions en savoir plus sur votre nouvelle carrière à la télévision. Comment est vraiment Donahue ? Parlez-nous un peu de votre entreprise mixte à capitaux mixtes. J'ai toujours pensé à vous comme à un chef spirituel, pas comme à un homme d'affaires.

— Mais Tommy allait nous parler de son livre.

— Nous en arrivions justement à la partie intéressante », affirma Tommy.

Arkadi s'esquiva. Il trouva Irina dans la cuisine, prenant des cigarettes dans une cartouche ouverte sur le comptoir. Tommy était un chef qui travaillait dans le désordre ; des épluchures de carottes et des feuilles de céleri étaient répandues sur des planches à hacher et autour d'ustensiles ménagers en plastique de couleurs vives. Un poste de télévision portable était posé sur un rayonnage plein de livres de cuisine. Une affiche représentant une mère aryenne était suspendue au mur. La pendule annonçait deux heures du matin.

Irina craqua une allumette. Arkadi se souvint que, lors de leur première rencontre, elle lui avait demandé du feu, pour voir comment il réagissait. Ce soir elle ne lui demanda rien.

Cette première fois, il s'en souvenait, il était imperturbable. Maintenant il avait la bouche sèche, le souffle court, il ne trouvait pas ses mots. Pourquoi essayait-il une troisième fois ? Tenait-il à explorer jusqu'à quel niveau d'humiliation il pouvait descendre ? Ou bien était-il une sorte de chien de Pavlov qui insistait pour recevoir des coups de pied.

Ce qui était étrange, c'était qu'Irina semblait à cent pour cent la même et pourtant pas du tout la même. Non qu'elle eût changé : c'était plutôt un amalgame entre quelqu'un qu'il connaissait et une parfaite étrangère qui se serait installée dans ce corps familier, non pas récemment mais voilà longtemps. Elle croisa les bras. Le cachemire et l'or qu'elle portait étaient bien loin des chiffons et des écharpes qu'elle arborait à Moscou. L'image qu'il avait gardée d'elle lui convenait toujours, mais seulement comme un masque. Derrière, il y avait un regard différent.

Arkadi avait marché sur la glace de l'Arctique. Il n'y faisait pas aussi froid que dans cette pièce. C'était l'ennui quand on connaissait intimement une femme. Quand on n'est plus le bienvenu, on est banni dans les ténèbres. On fait sa rotation autour d'un soleil qui vous tourne le dos.

« Comment es-tu arrivé ici ? demanda-t-elle.

— C'est Stas qui m'a amené. »

Elle fronça les sourcils. « Stas ? On m'a dit qu'il t'avait aussi emmené à la gare. Je t'ai dit que c'était un provocateur. Ce soir il va un peu trop loin...

— Tu te souviens de moi ? demanda Arkadi.

— Bien sûr que oui.

— On ne dirait pas. »

Irina poussa un soupir. Même lui se trouvait pitoyable.

« Bien sûr que je me souviens de toi. C'est simplement que je n'ai pas pensé à toi depuis des années. A l'Ouest, c'est différent. J'ai dû survivre, trouver du travail. J'ai rencontré un tas de gens différents. Ma vie a changé, j'ai changé.

— Ne le regrette pas », dit Arkadi. A l'entendre, ils étaient comme deux plaques tectoniques se déplaçant dans des directions différentes. Elle était froide, analytique, précise.

« Je n'ai pas trop nui à ta carrière ?

— Un simple hoquet russe.

— Ne me donne pas mauvaise conscience, dit-elle, bien qu'Arkadi n'eût rien laissé paraître de tel.

— Non. J'avais des espérances exagérées. Peut-être que ma mémoire me jouait des tours.

— Pour te dire la vérité, c'est à peine si je t'ai reconnu.

— Je suis devenu si beau que ça ? » demanda Arkadi. Pas une très bonne plaisanterie.

« On m'a dit que tu te débrouillais bien.

— Qui t'a dit ça ? » demanda Arkadi.

Irina alluma une seconde cigarette au mégot de la première. Pourquoi les Russes éprouvent-ils le besoin de brûler tout le temps un peu, se demanda-t-il. Elle le regardait à travers les volutes de fumée, le visage encadré par ses cheveux. Il s'imaginait la tenant dans ses bras. Non, ce n'était pas de l'imagination : c'était un souvenir. Il se rappelait le poids de la joue d'Irina contre sa main, la douceur de son front.

Irina haussa les épaules. « Pendant des années, Max a été un ami et un supporter. C'est merveilleux de le revoir ici.

— Il a l'air populaire en effet.

— Personne ne sait pourquoi il est retourné à Moscou. Il t'a aidé, alors tu n'as aucune raison de te plaindre.

— J'aurais bien voulu être ici », dit Arkadi.

Si je traversais la pièce, songea-t-il. Si je traversais la pièce et que je la touche simplement, ce contact pourrait-il être un pont ? Non, disait le visage d'Irina.

« Il est trop tard maintenant. Tu ne m'as jamais suivie. Tous les autres Russes qui sont ici ont émigré ou sont passés à l'Ouest. Toi, tu es resté.

— Le KGB disait...

— J'aurais compris si tu étais resté un an ou deux, mais tu t'es éternisé, tu m'as laissée seule. Je t'ai attendu à New York ; tu n'es pas venu. Je suis allée à Londres pour être plus près ; tu n'es jamais venu. Quand j'ai découvert où tu étais, tu faisais exactement ce que tu avais fait avant : membre de la police dans un Etat policier. Maintenant te voici enfin, mais pas pour me voir. Tu es ici pour arrêter quelqu'un.

— Je ne pouvais pas venir sans..., fit Arkadi.

— Est-ce que tu as cru, demanda Irina, que j'allais t'aider ? Quand je pense à l'époque où j'avais vraiment envie de te voir et où tu n'étais pas là. Dieu merci, Max, lui, était là. Max et Stas et Rikki : tout le monde ici a eu le courage, d'une façon ou d'une autre, de nager, de courir ou de sauter par une fenêtre pour s'échapper. Tu ne l'as pas fait, alors ça ne te donne aucun droit de critiquer ou de questionner l'un d'entre eux, ni même d'être avec eux. Pour moi, tu es mort. »

Elle emporta avec elle un paquet de cigarettes et

sortit de la cuisine tandis que Tommy arrivait en dansant, fredonnant un air de polka, pour prendre des olives et des chips. Ses jambes étaient ivres. Il avait sur la tête un casque allemand. Dans le casque il y avait un trou.

Arkadi connaissait cette impression.

CHAPITRE 21

La Bayern-Franconia Bank était un palais bavarois de blocs de calcaire entassés sous un toit de tuiles rouges. L'intérieur était tout en marbre, en bois sombre et partout on entendait le discret ronronnement des ordinateurs calculant de mystérieux taux d'intérêt et taux de change. Tandis qu'on le conduisait jusqu'à un ascenseur puis le long d'un couloir aux corniches rococo, Arkadi se sentait intimidé, comme s'il pénétrait en intrus dans l'église d'un rite étranger.

Il y avait chez Schiller quelque chose de rembourré et de posé. Assis très droit derrière son bureau, il devait avoir dans les soixante-dix ans, des yeux bleu clair dans un visage rose. Ses cheveux argentés dégageaient un front étroit. Une pochette de batiste dépassait de la poche d'un costume sombre de banquier. Un homme en jean et blouson, avec un visage hâlé surmonté de cheveux blonds, se tenait aux côtés de Schiller. Il avait les mêmes yeux bleus et la même expression de mépris contenu que son aîné.

Schiller examinait la lettre qu'Arkadi avait tapée sur le papier à lettres de Federov. « Vous êtes bien le commissaire principal soviétique que vous prétendez être, n'est-ce pas ? demanda-t-il.

— J'en ai peur. »

Arkadi lui tendit sa carte d'identité rouge. Il n'avait

pas remarqué jusque-là à quel point les coins étaient usés, la reliure déchirée. A bout de bras, Schiller inspectait la photo. Même rasé, Arkadi avait l'impression de s'être assis sur ses vêtements avant de s'habiller. Il lutta contre l'envie d'effacer un pli de son pantalon.

« Peter, tu veux examiner ça ? demanda Schiller.

— Vous permettez ? » demanda l'autre homme à Arkadi. C'était le genre de courtoisie qu'on manifestait à un suspect.

« Je vous en prie. »

Peter alluma la lampe de bureau. Comme il tenait une page sous la lumière, son blouson se retroussa, dévoilant un baudrier et un pistolet.

« Pourquoi Federov n'est-il pas venu avec vous ? demanda Schiller à Arkadi.

— Il vous présente ses excuses. Il est avec un groupe de catholiques ce matin et puis ensuite avec des chanteuses folkloriques de Minsk. »

Peter lui rendit ses papiers d'identité. « Vous permettez que je passe un coup de fil ?

— Allez-y », fit Arkadi.

Peter utilisa le téléphone tandis que Schiller surveillait son visiteur. Arkadi leva les yeux. Au plafond, des chérubins dodus avec de petites ailes étaient peints en train de voler sur un ciel de plâtre. Des murs bleu de Dresde donnaient à la pièce une coloration d'un gris sombre. Des portraits à l'huile d'ancêtres banquiers étaient accrochés entre des gravures de navires marchands. On aurait dit que les bons bourgeois avaient été d'abord embaumés, puis peints. Sur un rayonnage s'alignaient des revues de droit international classées par année et, sous un dôme de cristal, il y avait une pendule en cuivre dont le balancier s'enroulait autour d'une tige. Il remarqua une photo en noir et blanc de décombres et de murs calcinés. Un toit s'était effondré comme une tente sur un mur de brique. Une baignoire était posée dans la rue pour servir d'abreuvoir. Des gens en uniformes gris de personnes déplacées étaient groupés autour de la baignoire. « Une photo intéressante pour une banque, dit-il.

— Mais c'est la banque, fit Schiller. C'est ce bâtiment-ci après la guerre.

— Très impressionnant.

— La plupart des pays se sont remis de la guerre », observa sèchement Schiller.

Peter finit par avoir quelqu'un en ligne. « Bonjour, fit-il en consultant la lettre ; est-ce que Federov est là ? Où pourrais-je le trouver ? Pourriez-vous me dire exactement à quelle heure ? Non, non, merci. » Il raccrocha et acquiesça de la tête en direction d'Arkadi. « Un groupe religieux et des chœurs.

— Federov est un homme très occupé », dit Arkadi.

Schiller reprit : « Votre Federov est un idiot s'il pense que la Bayern-Franconia Bank se considère comme obligée d'enquêter sur un citoyen allemand. Et seul un crétin pourrait imaginer la Bayern-Franconia formant une société mixte avec un partenaire soviétique.

— C'est tout Federov, fit Arkadi, comme si les enfantillages de l'attaché consulaire étaient légendaires. Tout ce que je sais, c'est qu'on m'a dit de régler cette affaire discrètement. Je comprends fort bien que la banque ne soit nullement obligée de prêter son concours.

— Nous n'en avons pas l'envie non plus, précisa Schiller.

— Je ne vois pas pourquoi vous le feriez, dit Arkadi. J'ai dit à Federov qu'il devrait informer les ministères et traiter cette affaire au grand jour. Alerter Interpol, laisser les choses aller en justice, plus ce sera public, mieux ça vaudra. Voilà comment protéger la réputation d'une banque.

— Le nom de la banque pourrait être protégé en le faisant simplement disparaître des rapports sur Benz, suggéra Schiller.

— C'est vrai, reconnut Arkadi. Mais la situation à Moscou étant ce qu'elle est, personne au consulat n'est disposé à prendre cette responsabilité.

— Et vous, demanda Schiller, vous pourriez ?

— Oh oui.

— Grand-père, tu veux mon avis ? demanda Peter.

— Bien sûr, fit Schiller.

— Demande-lui combien il veut pour laisser la banque tranquille. Cinq mille deutschemarks ? S'il partage avec Federov, dix mille ? Toute cette histoire à propos de Transkom, Benz et la Bayern-Franconia, ils l'ont inventée de A à Z. Il n'y a pas de rapport, pas de lien. Je n'ai qu'à le regarder pour savoir qu'il ment. Je le sens. C'est du racket. Je suggère que nous appelions les autres banques pour leur demander si elles ont été contactées par Federov et par Renko, si elles ont entendu une histoire de société à capitaux mixtes et d'enquête. Tu devrais appeler tout de suite le consul général, protester officiellement, puis prendre un avocat. Qu'est-ce que tu en penses ? »

La bouche du banquier semblait n'avoir presque pas de lèvres, pas assez en tout cas pour esquisser un sourire. Mais il n'y avait rien de vieilli ni de faible dans son regard. Ses yeux soupesaient Arkadi comme s'il était de la petite monnaie.

« Je suis d'accord, dit Schiller. On n'a sans doute jamais vu une histoire aussi bidon. D'un autre côté, Peter, tu n'as jamais rencontré un banquier soviétique. Il est vrai que la banque n'a pas connaissance des prétentions avancées par l'individu qu'a décrit le consulat soviétique, pas plus qu'elle n'a de rapport avec lui. Nous ne nous sentons absolument pas obligés de donner la moindre assistance au consulat. Toutefois, si l'Histoire nous a appris une chose, c'est que la calomnie est une peinture qui tient bien : qu'on le mérite ou non, ça ne se lave jamais complètement. »

Il resta silencieux, comme s'il avait un moment quitté la pièce, puis il se reprit et regarda Arkadi.

« La banque ne prêtera son concours à aucune enquête, mais dans le seul but de vous rendre service, mon petit-fils Peter se propose de vous assister, dès l'instant que l'on garde la discrétion la plus totale sur cette affaire. »

A regarder le visage de Peter, songea Arkadi, on n'y voyait pas les traces d'un enthousiasme délirant.

« A titre tout à fait officieux, précisa Peter.

— En quoi pouvez-vous nous aider ? » demanda Arkadi.

Peter exhiba une bien plus jolie carte d'identité que celle d'Arkadi. Cuir authentique, dorures, avec une photo couleurs en veste verte et casquette du lieutenant Schiller, Peter Christian, police de Munich. Arkadi n'en demandait pas tant. Mais il était pris à son propre piège car, s'il n'acceptait pas cette proposition, les Allemands rappelleraient le consulat inlassablement jusqu'au moment où ils obtiendraient Federov.

« Je serais très honoré », déclara Arkadi.

La voiture de police de Peter Schiller était une BMW vert et blanc, avec radio et téléphone sous le tableau de bord, gyrophare bleu sur la banquette arrière. Il avait bouclé sa ceinture de sécurité, ne manquait jamais d'utiliser son clignotant, cédait le passage aux cyclistes qui déboîtaient, passant devant les piétons massés en formations dociles et qui attendaient que le feu passe au rouge pour traverser. Il avait l'air un peu trop grand pour la voiture. Sans doute aussi se serait-il fait un plaisir d'écraser quiconque se hasardait sur la chaussée quand le feu était au vert.

« Je parie que votre radio et votre téléphone marchent, dit Arkadi.

— Bien sûr que oui. »

Bizarrement, Arkadi regrettait la conduite meurtrière de Jaak et les ruées suicidaires des piétons moscovites. On aurait dit que Peter entretenait sa forme en soulevant des bouvillons. Il avait un caban jaune. Arkadi remarqua que le jaune était la couleur la plus populaire à Munich. Un jaune diarrhée-moutarde-or.

« Votre grand-père parle bien le russe.

— Il l'a appris sur le front de l'Est. Il était prisonnier de guerre.

— Votre russe est excellent aussi.

— Je pense que tous les policiers devraient le parler », déclara Peter.

Ils roulaient vers le sud, en direction des deux clochers de la Marienkirche dans le centre de la ville. Peter rétrograda pour laisser passer un tramway aussi bien entretenu qu'un jouet. Il fallait se donner du mal, songea Arkadi, pour conserver un hâle comme celui de Peter Schiller. Ski en hiver, natation en été.

« Votre grand-père a dit que vous vous proposiez de nous assister. Vous avez des renseignements à nous donner ? » demanda-t-il.

Peter le regarda droit dans les yeux avant de réagir. « Boris Benz n'a pas de casier judiciaire. En fait, tout ce que nous savons sur lui, c'est que, à en croire le Bureau d'immatriculation des véhicules, Benz a les cheveux blonds, les yeux bruns, qu'il est né en 1955 à Potsdam, à côté de Berlin, et qu'il n'a pas besoin de lunettes pour conduire.

— Marié ?

— A une certaine Margarita Stein, une juive soviétique. Son dossier à elle est où ? Moscou, Tel-Aviv... Qui sait ?

— C'est déjà un début. Pas de dossier aux impôts ni à la Sécurité sociale ? Pas de dossier militaire ou médical ?

— Potsdam est en RDA. *Etait* en RDA. Vous comprenez, nous ne formons maintenant qu'une seule Allemagne, mais de nombreux dossiers est-allemands n'ont pas encore été transférés à Bonn.

— Et les communications téléphoniques ?

— Tst-tst. Sans une ordonnance du tribunal, les

conversations téléphoniques sont protégées par la loi. Nous avons des lois ici.

— Je comprends. Vous avez aussi un contrôle douanier. Avez-vous vérifié de ce côté-là ?

— Benz pourrait être chez lui, il pourrait être n'importe où en Europe de l'Ouest. Depuis la CEE, il n'y a plus de véritable contrôle des passeports.

— Quel genre de voiture conduit-il ? » interrogea Arkadi.

Peter sourit ; il commençait à s'amuser. « Il y a une Porsche 911 blanche immatriculée à son nom.

— Numéro d'immatriculation ?

— Je ne crois pas que je sois autorisé à vous communiquer davantage de renseignements.

— Quels renseignements ? Téléphonez à Potsdam et demandez qu'on envoie son dossier ici.

— Pour une affaire privée ? C'est absolument contraire à la loi. »

Les voitures tournaient autour d'un obélisque et puis s'éloignaient sans rien du tourbillon désordonné d'un rond-point moscovite. Là-bas, surtout en hiver, camions et voitures particulières abordaient les ronds-points avec toute la discipline d'un troupeau de yaks. Ici, automobilistes, cyclistes et piétons semblaient avoir reçu leurs consignes pour la journée. On aurait dit une maison de repos de la taille d'une ville. Peter souriait comme un homme capable de jouer toute la journée.

« Il y a beaucoup de meurtres ici ? demanda Arkadi.

— A Munich ?

— Oui.

— Des crimes de bière.

— De bière ?

— Oktoberfest, Fasching. Des ivrognes. Ce ne sont pas de vrais meurtres.

— Pas comme les crimes de vodka ?

— Vous savez ce qu'on dit de la criminalité en Allemagne ? demanda Peter.

— Qu'est-ce qu'on dit ?

— C'est contre la loi », dit Peter.

Arkadi reconnut les arbres du Botanischer Garten. Dès que la BMW s'arrêta au feu rouge, il descendit et se pencha pour fourrer dans le blouson de Peter un bout de papier. « C'est un numéro de fax de Munich. Tâchez de trouver qui en est le propriétaire, si ça n'est pas contraire à la loi. De l'autre côté, il y a un numéro de téléphone. Vous pouvez m'appeler là-bas à cinq heures.

— C'est votre numéro au consulat ?

— Je n'y serai pas. C'est un numéro privé. »

Ma minute privée à la cabine téléphonique, se dit Arkadi.

« Renko ! cria Peter tandis qu'Arkadi gagnait le trottoir. Laissez la banque tranquille. »

Arkadi continua à marcher.

« Renko ! » Peter ajouta un autre avertissement. « Racontez à Federov ce que j'ai dit. »

Armé d'un savon et d'une corde, Arkadi regagna la pension, lava son linge et l'accrocha pour le faire sécher. De l'étage en dessous montait une douce odeur d'agneau épicé. Il n'avait pas faim. Une telle léthargie l'envahissait que c'est à peine s'il pouvait faire un geste. Planté près de la fenêtre, il regardait la rue en bas et la gare de triage avec les trains qui évoluaient lentement. Les rails brillaient d'un éclat argenté comme des traces d'escargot ; il y avait peut-être une cinquantaine de lignes parallèles et autant d'aiguillages pour faire passer une locomotive d'une voie à une autre. Avec quelle facilité, et sans s'en apercevoir, un homme suit une voie parallèle à l'existence qu'il se proposait d'avoir, puis se retrouve, des années plus tard, à constater que l'orchestre est parti, les fleurs mortes et l'amour passé. Il devrait être un vieillard, barbu et courbé, débarquant avec une canne, au lieu d'arriver simplement trop tard.

Il se laissa tomber sur son lit et sombra aussitôt

dans un sommeil lourd. Il rêva qu'il était dans une locomotive. Il était le mécanicien, torse nu et assis devant une batterie de cadrans et de manettes. Un ciel bleu filait derrière la fenêtre de la cabine. Une main de femme était posée, légère, sur son épaule. Il n'osait pas se retourner de crainte qu'elle pût ne pas être là. Ils roulaient le long de la mer. Sans rails, la machine avançait sur la plage, on ne sait comment. Des vagues au loin reflétaient les rayons du soleil, d'autres plus proches ondulaient paresseusement les unes sur les autres avant de venir mourir sur le sable ; des mouettes qu'on aurait dit sorties d'une gravure plongeaient dans l'eau. Etait-ce sa main à elle ou le souvenir de sa main ? Il se contenait de ne pas regarder et de laisser le train rouler tout seul. Mais soudain les roues s'arrêtèrent dans un crissement. Le soleil disparaissait dans la mer. Des vagues montaient en énormes murailles noires entraînant des datchas, des voitures, des miliciens, des généraux, des lanternes vénitiennes et des gâteaux d'anniversaire. Affolé, Arkadi ouvrit les yeux. Il était sur son lit dans le noir. Il regarda sa montre. Dix heures du soir. Il avait dormi dix heures, laissant passer l'heure du coup de téléphone de Peter Schiller à la cabine — s'il avait jamais appelé.

On frappait à la porte. Se levant, il écarta les chemises et les pantalons en train de sécher qui pendaient sur son passage.

Il ne reconnut pas son visiteur, un Américain massif avec des cheveux filasse et un sourire hésitant.

« Je suis Tommy, vous vous souvenez ? Vous êtes venu à une soirée chez moi hier.

— Ah oui, l'homme au casque. Comment avez-vous su où me trouver ?

— C'est Stas. Je l'ai tanné jusqu'à ce qu'il me donne votre adresse ; ensuite j'ai simplement frappé à toutes les portes jusqu'au moment où je suis tombé sur vous. On peut parler ? »

Arkadi le fit entrer et chercha une chemise et des cigarettes.

Tommy portait une veste en velours côtelé un peu tendue aux boutonnières. Il se balançait sur ses pieds et ses poings serrés pendaient mollement. « Je vous ai dit hier soir que j'étais un spécialiste de la Seconde Guerre mondiale. Ce que vous, vous appelez "la grande guerre patriotique". Votre père était un des plus brillants généraux du côté soviétique. Naturellement, j'aurais aimé parler un peu plus de lui avec vous.

— Je ne crois pas que nous aurions parlé de lui. » Arkadi s'assit pour enfiler des chaussettes.

« Justement. A vrai dire, je suis en train d'écrire un livre sur la guerre vue du côté soviétique. Je n'ai pas besoin de vous rappeler les sacrifices qu'a faits le peuple soviétique. D'ailleurs, c'est la seule raison pour laquelle je travaille à Radio Liberté : pour avoir des renseignements. Quand quelqu'un d'intéressant passe, je l'interviewe. J'ai appris que vous risquiez de quitter Munich bientôt, alors je suis venu. »

Arkadi cherchait ses chaussures. Il n'écoutait pas très attentivement Tommy. « Vous interviewez les gens pour la station ?

— Non, juste pour moi, pour le livre. Je ne m'intéresse pas seulement à la tactique militaire ; je m'intéresse aussi au choc des personnalités. J'espérais que vous pourriez me donner un aperçu sur votre père. »

Par la fenêtre, la gare de triage brillait de toutes les lumières de ses signaux. Arkadi voyait des faisceaux de torches électriques courir autour de wagons de marchandises et il entendait le bruit sourd des attelages qui s'accrochaient. « Qui vous a dit que je partais bientôt ? demanda-t-il.

— On me l'a dit.

— Qui ça ? »

Tommy se dressa sur la pointe des pieds. « Max.

— Max Albov. Vous le connaissez bien ?

— Max était à la tête du service russe. Je suis aux

Archives rouges. Nous avons travaillé des années ensemble.

— Les Archives rouges ?

— La plus grande bibliothèque d'études soviétiques de l'Ouest. C'est à Radio Liberté.

— Vous étiez ami avec Max.

— J'aimerais croire que nous sommes toujours amis. » Tommy brandit un magnétophone. « Bref, ce que je voulais voir avec vous, pour commencer, concernait la décision de votre père, malgré l'invasion, de rester derrière les lignes allemandes et de mener des opérations de guérilla. »

Arkadi demanda soudain : « Vous connaissez Boris Benz ? » Tommy se balança en arrière et dit : « Nous nous sommes rencontrés une fois.

— Comment ?

— Juste avant le départ de Max pour Moscou. Personne, bien sûr, ne savait qu'il partait. Il était avec Benz.

— Vous n'avez pas vu Benz depuis ?

— Non. C'était purement par hasard. Max et moi avons été surpris de le voir.

— Vous n'avez rencontré Benz qu'une fois et pourtant vous vous souvenez de lui ?

— Etant donné les circonstances, oui.

— Qui d'autre était là ? »

Comme Tommy se tortillait, son pan de chemise apparut sous sa veste. « Des employés, des clients. Personne que j'aie vu depuis. Ce n'est peut-être pas un bon moment pour une interview.

— C'est le moment idéal. Où a eu lieu votre rencontre avec Benz et Max ?

— Red Square.

— A Moscou ?

— Non.

— A Munich ?

— C'est une boîte.

— Vous pensez que ce serait ouvert maintenant ?

— Bien sûr.

— Montrez-moi, fit Arkadi en ramassant une veste. Je vais tout vous raconter sur la guerre et vous, vous allez me parler de Benz et de Max. » Tommy avala sa salive et rassembla son courage. « Si Max était encore à Liberté, je ne pourrais pas vous dire un mot...

— Vous avez une voiture ?

— Si on veut », fit Tommy.

Arkadi n'était encore jamais monté dans une Trabant est-allemande. C'était une baignoire en fibre de verre avec des ailerons. Ses deux cylindres émettaient une pétarade rhumatisante, des gaz délétères s'écoulaient non seulement du tuyau d'échappement mais d'un radiateur à paraffine posé sur le plancher de la voiture entre ses pieds. Ils roulaient avec les vitres avant baissées, celles de l'arrière étaient fermées avec de la colle. Chaque fois que passait une Audi, une Mercedes, la Trabant tanguait dans son sillage.

« Qu'est-ce que vous en pensez ? demanda Tommy.

— J'ai l'impression de circuler dans un fauteuil roulant, dit Arkadi.

— C'est plus un investissement qu'une voiture, expliqua Tommy. La Trabi est une curiosité historique. A part le fait que c'est un véhicule lent, dangereux et polluant, c'est sans doute la réussite technologique la plus efficace du monde aujourd'hui. Elle fait du quatre-vingts kilomètres à l'heure et roule au méthane ou au goudron — sans doute même à la lotion capillaire.

— Ça m'a l'air plutôt russe. »

En vérité, auprès de la Trabant, la Jigouli avait l'air d'une limousine de luxe. Elle faisait paraître somptueuse une Fiat Polska.

« Dans dix ans, ce sera une voiture de collection », assura Tommy.

Ils avaient atteint les faubourgs, une zone noire où des panneaux lumineux menaient à différentes autobahns. Quand Arkadi se retourna pour voir si personne ne les suivait, le siège faillit se rompre sous lui.

« Toute cette affaire germano-russe est si incroyable, dit Tommy. Historiquement, avec les Allemands allant toujours vers l'est et les Russes toujours vers l'ouest et quand on ajoute à ça les lois raciales nazies faisant de tous les Slaves des *Untermenschen* seulement bons à faire des esclaves. Hitler d'un côté, Staline de l'autre. Ça, c'était une guerre. »

Un nouveau sourire d'orgueil et de camaraderie plissait son visage. C'était un homme seul, constata Arkadi. Qui d'autre roulerait ainsi tard le soir avec un policier russe ? Lorsqu'un camion-citerne approcha dans la voie rapide pour les doubler et passa en rugissant dans un formidable appel d'air, la Trabi vibra violemment dans l'onde de choc. Tommy rayonnait de plaisir.

« Le moment où j'ai le mieux connu Max, c'était avant d'arriver aux Archives rouges, quand je dirigeais le service de supervision des programmes. Je ne créais par les programmes ; j'avais mon équipe qui en examinait le contenu. Radio Liberté a ses propres règles. Nos anticommunistes les plus farouches, par exemple, sont des monarchistes. Bien sûr, nous sommes censés vanter les mérites de la démocratie, mais il se glisse parfois un peu d'antisémitisme, parfois un peu de sionisme. C'est un numéro d'équilibriste. Nous traduisons aussi des programmes pour que le président de la station sache ce que nous diffusons. En tous les cas, ma vie était plus facile quand Max était à la tête du service russe. Il comprenait les Américains.

— Pourquoi croyez-vous qu'il soit retourné à Moscou ?

— Je n'en sais rien. Nous avons tous été stupéfaits. De toute évidence, il avait dû prendre contact avec les Soviétiques avant de revenir, et ils ont monté ça en épingle quand il est arrivé à Moscou. Mais personne ici n'en a souffert. Il n'aurait pas été le bienvenu à la soirée si ç'avait été le cas.

— Qu'est-ce que pensent de lui les Américains de la station ?

— Au début, le président Gilmartin était dans tous ses états. Max a toujours été le favori. Ça a été un choc de se dire que le KGB avait infiltré Radio Liberté. Vous avez rencontré Michael Healey à ma soirée. Le directeur adjoint. Il a mis toute la station sens dessus dessous pour chercher des taupes. Il semble maintenant que Max soit retourné là-bas simplement pour gagner de l'argent. Comme un capitaliste. On ne peut pas le lui reprocher.

— Est-ce que Michael a parlé à Benz de Max ?

— Je ne crois pas que Michael était au courant pour Benz. On ne tient jamais à voir Michael mettre le nez dans sa vie. D'ailleurs, tout ça s'est très bien arrangé. Max est revenu en odeur de sainteté. » Et Tommy précisa : « Il est passé sur CNN. »

Arkadi pivota sur son siège pour regarder encore une fois derrière eux. Si quelque chose le tracassait, il n'y avait pourtant rien d'autre en vue que le vague halo de la ville.

Devant eux, la route bifurquait au nord vers Nuremberg, au sud vers Salzbourg. Tommy prit à droite et, sitôt qu'ils furent sortis du virage et qu'ils eurent pris un passage souterrain, Arkadi aperçut ce qui lui sembla être un îlot rose dans l'obscurité. Il ne savait pas à quoi il s'était attendu à voir les murs du Kremlin ou les coupoles de Saint-Basile se dresser comme des fantômes près de l'autobahn ? En tout cas, à autre chose qu'un simple bâtiment d'un étage en stuc blanc encadré de néons rouges, avec un carré de lumière rouge saignant dans l'air près d'une enseigne qui annonçait RED SQUARE et, en cursives plus modestes : « Sex-Club ». En descendant de la Trabi, il se dit que rien de ce qu'on rêve n'est aussi étrange que ce qu'on voit.

L'intérieur du club était tellement baigné de lumières rouges qu'on avait du mal à y voir quelque chose, mais Arkadi remarqua quand même des femmes en porte-jarretelles, bas noirs, soutiens-gorge pigeonnants et corsets. La tonalité générale était donnée par des samovars en cuivre sur les tables et des étoiles fluorescentes aux murs.

« Qu'est-ce que vous en pensez ? fit Tommy en rentrant un pan de chemise sous sa ceinture.

— On dirait les derniers jours de la Grande Catherine », fit Arkadi.

C'était intéressant de voir combien les hommes étaient intimidés dans un établissement de prostitution. Ils avaient l'argent, le choix, la possibilité de partir. Les femmes étaient des servantes, des esclaves, des matelas. Pourtant le pouvoir, du moins avant le sexe, était inversé. Mollement étendues comme des chattes sur des causeuses, les femmes en sous-vêtements lorgnaient leurs clients. Les hommes, eux, avaient les tics des gens en petite tenue. Des soldats américains étaient plantés devant un bar en fer à cheval. Quand une prostituée les abordait, ils exécutaient nerveusement un numéro de charme et de séduction tandis que la femme gardait une telle expression de nonchalance et d'ennui qu'on aurait pu la croire endormie. Ce qui stupéfia Arkadi, c'était que les femmes étaient vraiment des Russes. Il l'entendait à leur accent et aux murmures qu'elles échangeaient, il le voyait à la pâleur de leur peau, à leurs yeux un peu en amande. Il aperçut une femme en soie rose, aussi large aux épaules qu'une fille de ferme de la steppe qui se serait aventurée à l'Ouest en sous-vêtements. Elle chuchotait quelque chose à une amie plus délicate aux grands yeux d'Arménienne, moulée dans un collant de dentelle noire. En les regardant, il ne put s'empêcher de se poser des questions sur leur présence ici. En quoi des prostituées russes d'importation différaient-elles des Allemandes du cru ? En adresse, en docilité, en dextérité ? Elles le montraient du doigt. Elles l'avaient repéré : il était russe, lui aussi. Il se demanda à quel point il avait désespérément besoin d'amour, ou du moins d'un ersatz. Ce besoin irradiait-il de lui, ou bien avait-il l'air aussi mort qu'une allumette brûlée ?

Il rappela à Tommy : « Vous disiez que Max Albov était revenu à Munich en odeur de sainteté.

— C'est vrai, fit Tommy, je crois que nous respectons Max davantage. Je parie qu'il va gagner des millions.

— En faisant quoi ? Il l'a dit ?

— Du journalisme à la télévision.

— Il a parlé d'une entreprise à capitaux mixtes.

— Des actifs, des avoirs. Il dit qu'un homme qui n'arrive pas à gagner de l'argent à Moscou ne trouverait pas de mouches sur une merde.

— Voilà qui est séduisant. Peut-être que tout le monde devrait retourner à Moscou.

— C'était ça l'idée. »

Tommy ne parvenait pas à détacher son regard des femmes. Il était tout rouge et congestionné rien qu'en sentant leur seule proximité ; il lissait sa chemise contre son ventre, passait ses gros doigts dans ses cheveux, autant de signes d'une excitation qu'Arkadi ne partageait pas. L'amour, c'était la brise dans la montagne, le lever du soleil et le nirvana ; le sexe, c'était une partie de jambes en l'air dans les feuilles ; le sexe monnayé avait un goût de ver de terre. Mais qui était-il donc pour porter un jugement, lui qui depuis si longtemps n'avait connu ni sexe ni amour ? Un homme trouve que l'amour vénal est vulgaire et abrutissant, un autre le trouve simple et direct. Est-ce que celui-là a moins d'imagination ou plus d'argent ?

Chaque race a ses traits particuliers. D'un héritage tartare, certaines gardaient des yeux étroits et bridés. Il y avait des Slaves au visage ovale et au front arrondi. Aux lèvres minces, à la peau pâle comme la neige. Mais aucune de ces femmes ne ressemblait à Irina. Elle avait les yeux plus larges et plus profonds, un type plus byzantin que mongol, avec un regard à la fois plus ouvert et plus dissimulé. Elle avait un visage moins ovale, une mâchoire plus fine, une bouche plus pleine, mieux dessinée. C'était curieux : à Moscou il entendait Irina cinq fois par jour. Ici, c'était le silence.

Il songeait parfois à d'autres existences normales qu'Irina et lui auraient pu connaître. Amants. Mari et femme. La façon ordinaire dont les gens vivent, dorment et se réveillent ensemble. On arrive même peut-être à se détester et à décider de partir, mais dans des conditions normales, pas avec une vie coupée en deux. Pas avec un rêve qui a tourné à l'obsession.

La fille en rose arriva avec son amie et demanda du champagne.

« Bien sûr. » Tout paraissait une bonne idée à Tommy.

Ils s'installèrent tous les quatre à une table dans le coin. La femme en rose s'appelait Tatiana, sa copine en collant Marina. Tatiana avait les racines des cheveux brunes et une savante queue de cheval blonde, Marina avait ses cheveux noirs ramenés sur une joue meurtrie. Tommy, jouant les maîtres de maison, fit les présentations : « Mon copain Arkadi.

— Nous savions qu'il était russe, fit Tatiana. Il a l'air romantique.

— Les pauvres ne sont pas romantiques, répliqua Arkadi. Tommy l'est bien plus que moi.

— On pourrait s'amuser ici », proposa Tommy. Arkadi regarda une femme s'avancer lentement, en ondulant des hanches, vers une nouvelle bataille, entraînant un soldat derrière un rideau de perles, en direction des chambres du fond. « Vous voyez beaucoup de Russes ici ? demanda-t-il.

— Des routiers, fit Tatiana avec une grimace. En général nous avons une clientèle plus internationale.

— J'aime bien les Allemands, fit Marina d'un ton songeur. Ils se lavent.

— C'est important », concéda Arkadi.

Tatiana fit passer sa coupe de champagne sous la table pour en corser le contenu avec une flasque d'alcool et elle en fit généreusement autant pour Arkadi et pour Marina. Une fois de plus, la vodka venait subvertir le système. Marina se pencha sur son verre en murmurant : « *Molto importante.*

— Nous parlons italien, expliqua Tatiana. Nous avons tourné deux ans en Italie.

— Nous étions avec la compagnie de ballet du Piccolo Bolchoï, précisa Marina.

— Qui n'avait pas nécessairement de rapport avec les ballets du Bolchoï, fit Tatiana en gloussant.

— Nous dansions quand même. » Marina se redressa sur son fauteuil pour mettre en valeur un cou musclé.

« Des petites villes, mais tellement de soleil, une telle musique, fit Tatiana, évoquant ses souvenirs.

— Nous sommes parties, il y avait en Italie dix autres prétendues compagnies de ballets russes, qui nous avaient toutes copiées, fit Marina.

— Je crois que l'on peut dire que nous avons répandu l'amour de la danse », déclara Tatiana. Elle versa à Arkadi une seconde rasade. « Tu es sûr que tu n'as pas d'argent ?

— Elle est toujours attirée par les hommes qu'il ne faut pas, fit Marina.

— Merci bien, fit Arkadi s'adressant à toutes les deux. Je cherche deux amis. L'un s'appelle Max. Russe, mais mieux habillé que moi, parlant anglais et allemand.

— Nous n'avons jamais vu personne comme ça, observa Tatiana.

— Et Boris, ajouta Arkadi.

— Boris, c'est un nom très répandu, remarqua Marina.

— Son nom de famille est quelque chose comme Benz.

— C'est un nom populaire, ici aussi, dit Tatiana.

— Comment le décririez-vous ? demanda Arkadi à Tommy.

— Grand, beau garçon, sympathique.

— Il parle russe ? demanda Tatiana.

— Je ne sais pas. Avec moi il n'a parlé qu'allemand », fit Tommy.

Benz était une créature si nébuleuse, rien qu'un nom sur un formulaire à Moscou et sur une lettre à Munich, qu'Arkadi se trouva soulagé de rencontrer quelqu'un qui avait pu voir l'homme en chair et en os.

« Pourquoi parlerait-il russe ? interrogea Arkadi.

— Le Boris auquel je pense est très international, répondit Marina. Je dis seulement que son russe est excellent.

— Il est allemand, dit Tatiana.

— Tu n'as pas couché avec lui.

— Toi non plus.

— Mais Tima, si. Elle m'a fait des commentaires.

— Des commentaires ? fit Tatiana d'un air très collet monté.

— Nous sommes amies.

— Quelle salope ! Je te demande pardon », ajouta Tatiana en voyant que Marina était blessée. Elle dit à Arkadi : « C'est un saucisson polonais, qu'est-ce que je peux vous dire ?

— Est-ce que Tima est ici ?

— Non, mais je peux vous la décrire, fit Tatiana. Rouge, quatre roues motrices, répondant aussi au nom de "Bronco".

— Je sais ce qu'elle veut dire, fit Tommy, sautant sur l'occasion de se mêler à la conversation. C'est en bas sur la route. Je vais vous conduire, t

— C'est dommage que tu n'aies pas d'argent », lança Tatiana à Arkadi. Etant donné les circonstances, il estima que c'était le plus beau compliment auquel il pouvait s'attendre.

Une douzaine de Jeep, de Trooper, de Pathfindern et de Landcruiser étaient concentrées à l'écart de la grand-route, une prostituée attendant au volant de chaque voiture. Les clients se garaient sur le bas-côté pour faire leurs transactions. Une fois le prix fixé, la femme éteignait l'ampoule rouge qui annonçait qu'elle était disponible, le client montait dans la voiture et ils s'en allaient loin de la foule et de la lumière des phares qui passaient sur l'autoroute. Une vingtaine de véhicules étaient déjà stationnés là, au bord d'un champ tout noir.

Tommy et Arkadi longèrent à pied les voitures allumées, puis se dirigèrent vers l'attroupement, s'écartant pour laisser passer une Trooper. Tommy se montrait un guide empressé. « Elles travaillaient dans des caravanes en ville, jusqu'au moment où les résidents se sont plaints de la circulation tard la nuit. Ici, on les voit moins. Elles sont saines, les médecins leur font passer une visite une fois par mois. »

Les lunettes arrière des voitures les plus éloignées avaient toutes leurs rideaux tirés. Une Jeep s'agitait d'un côté à l'autre, comme si elle courait sur place.

« A quoi ça ressemble une Bronco ? » demanda Arkadi.

Tommy désigna un des modèles les plus grands, mais la voiture était bleue. Elles étaient toutes très hautes sur roues, tout à fait ce qu'on rêverait d'avoir pour traverser la toundra.

« Qu'est-ce que vous en pensez ? demanda Tommy.

— Elles ont toutes l'air en bon état.

— Je parle des femmes. »

Arkadi sentit un changement chez son interlocuteur. « Tommy, qu'est-ce que vous voulez *vraiment* dire ?

— Je veux dire que je pourrais vous prêter de l'argent.

— Non merci. »

Tommy se dandinait d'un pied sur l'autre, puis tendit à Arkadi ses clés de voiture. « Ça ne vous ennuie pas ?

— Vous êtes sérieux ? demanda Arkadi.

— Puisqu'on est là, autant en profiter. » Tommy parlait par rafales, rassemblant son courage. « Bon Dieu, ça ne prendra que quelques minutes. »

Arkadi était abasourdi et se trouva stupide de réagir ainsi. Qui était-il donc pour juger autrui ? Encore une seconde, et Tommy allait le supplier. Il prit les clés. « Je vous attendrai dans la voiture. »

La Trabi était garée de l'autre côté de la rue. De là, il vit Tommy se diriger droit vers une Jeep, se mettre aussitôt d'accord sur un prix et faire le tour pour monter du côté passager. La Jeep recula dans l'obscurité.

Arkadi alluma une cigarette et trouva un cendrier, mais pas de radio. Quelle voiture parfaitement socialiste, conçue pour des gens ignorants et ayant de mauvaises habitudes : il était à cet égard le conducteur rêvé.

Des phares passaient sur la route, leurs faisceaux se mêlant. Sans doute cela tenait-il moins au faible taux de criminalité en Allemagne qu'à la définition qu'on donnait du crime lui-même. A Moscou, la prostitution était illégale. Ici, c'était un commerce réglementé.

Une Trooper vint se garer à la place abandonnée par la Jeep. La conductrice alluma sa lumière rouge, tapota ses boucles en se regardant dans le rétroviseur, se remit du rouge à lèvres, rajusta son soutien-gorge, poussant ses seins en avant, et prit un livre de poche. La femme dans la voiture de devant regardait avec des yeux qu'on aurait dit peints sur ses paupières. Ni l'une ni l'autre n'avait l'air d'une Tima. Arkadi supposa que c'était une abréviation de Fatima, aussi cherchait-il une fille au type vaguement islamique. A cette distance, les lumières étaient douces comme la flamme d'une bougie. Chaque pare-brise faisait penser à une icône, chacune avec sa Vierge dépérissant d'ennui.

Au bout de vingt minutes, il commença à s'inquiéter à propos de Tommy. Une image des voitures à l'écart de l'attroupement s'imposait à son esprit. Une voiture qui se balançait de plus en plus fort sur ses ressorts, son rideau bien tiré. S'il y avait un endroit où sexe et violence pouvaient se mélanger, c'était bien ici. Le bruit de quelqu'un qu'on étranglait et qu'on rossait ? De l'extérieur, on pourrait prendre ça pour des cris d'amour.

C'était une crainte déraisonnable, mais il fut quand même soulagé de voir Tommy qui revenait en traversant la route d'un pas léger. L'Américain s'engouffra dans la voiture et se glissa derrière le volant. Un peu essoufflé, il demanda : « J'ai été parti longtemps ?

— Des heures », répondit Arkadi.

Tommy s'appuya au dossier pour rentrer sa chemise dans son pantalon et boutonner sa veste. Avec son retour, des relents de parfum et de sueur envahirent la petite voiture, comme les vestiges d'un voyage dans un pays exotique. Il était si fier de lui qu'Arkadi se demanda s'il trouvait souvent le courage d'aborder une prostituée.

« On en a vraiment pour son argent. Vous êtes sûr que vous ne voulez pas changer d'avis ? demanda-t-il.

— Je préfère vous croire sur parole. Allons-y. »

La porte d'Arkadi s'ouvrit. Peter Schiller dut s'accroupir pour être à leur niveau.

« Renko, votre téléphone ne répondait pas. »

La BMW de Peter était garée dans l'obscurité, en retrait de la grand-route. Bras et jambes écartés, Arkadi était appuyé au flanc de la voiture tandis que Peter le palpait de haut en bas. D'où ils étaient, ils voyaient très bien la concentration de véhicules, les voitures garées sur le bas-côté et Tommy rentrant à Munich tout seul au volant de sa Trabant.

« Moscou est un mystère pour moi, fit Peter en passant les mains au creux des reins d'Arkadi, à l'intérieur de ses cuisses et le long de ses poignets et de ses chevilles. Je n'y suis jamais allé et je n'ai aucun espoir d'y aller, mais il me semble qu'un commissaire principal ne devrait pas travailler dans une cabine téléphonique. Comme vous ne répondiez pas, j'ai vérifié le numéro.

— J'ai horreur de rester dans un bureau.

— Vous n'avez pas de bureau. Je suis allé au consulat et j'ai parlé à Federov. Je l'ai arraché à des chanteuses. Il ne sait rien de votre enquête, il n'a jamais entendu parler d'aucun Boris Benz et je crois pouvoir dire qu'il aimerait bien n'avoir jamais entendu parler de vous.

— Il n'y a jamais vraiment eu d'affinités entre nous », reconnut Arkadi.

Comme il essayait de se retourner, Peter lui appuya le visage contre le toit de la voiture. « Il m'a dit où trouver la pension. La lumière était éteinte. J'ai attendu en me demandant quelle était la meilleure façon de m'occuper de vous. De toute évidence, vous avez choisi la Bayern-Franconia au petit bonheur pour faire du racket. Il est non moins clair que vous avez fait ça tout seul, pour gagner quelques deutschemarks pendant vos vacances. Un petit peu de libre entreprise russe. J'ai envisagé les protestations d'usage auprès de divers ministères et d'Interpol jusqu'au moment où je me suis rappelé combien mon grand-père déteste toute publicité autour de la banque. C'est une banque d'affaires, qui ne traite pas avec le public, elle n'a pas besoin de publicité, surtout pas de celle que vous lui feriez. J'ai donc alors pensé à vous emmener quelque part pour vous tabasser jusqu'à ce que vous soyez une masse sanguinolente.

— Ça n'est pas contraire à la loi ?

— Vous rosser à tel point que vous n'oseriez raconter à personne ce qui est arrivé.

— Bah, fit Arkadi, vous pouvez toujours essayer. »

Arkadi n'avait pas d'arme et Peter avait un pistolet, un Walther d'après ce qu'il en avait aperçu à la banque. Il était pratiquement sûr que Peter Christian Schiller ne tirerait pas, du moins pas avant d'avoir ordonné à Arkadi de s'éloigner de la BMW car une balle risquerait de traverser le tissu peu résistant et de répandre des éclats de verre et du sang à l'intérieur de sa belle automobile. Si Peter avait envie de le frapper, Arkadi ne savait pas s'il résisterait. Au point où il en était, qu'importaient un peu de sang et quelques dents cassées ? Il se redressa et se retourna.

Le caban jaune de Peter flottait autour de lui dans une brise qui soufflait du champ. Il tenait son pistolet braqué vers le sol. « Là-dessus, qu'est-ce que je vois : votre ami dans la Trabi. Je me suis dit : voilà un pauvre diable d'Allemagne de l'Est. Plus personne ne conduit de Trabi si on peut l'éviter. On en voit quelquefois près de l'ancienne frontière, mais pas ici. Dix minutes plus tard, il sort de la pension avec vous. Ça m'a paru plus normal que vous ayez un Ossie comme complice.

— Un “Ossie” ?

— Un Allemand de l'Est. Vous choisissez la victime, vous exhibez une lettre venant du consulat. J'ai noté le numéro d'immatriculation, mais la voiture appartient à un certain Thomas Hall, ressortissant américain, résidant à Munich. Pourquoi un Américain conduirait-il une Trabi ?

— Il assure que c'est un investissement. Vous nous avez suivis ?

— Ça n'était pas difficile. Je n'ai jamais rien vu d'aussi lent.

— Alors, demanda Arkadi, qu'allez-vous faire ? »

Ce qu'il y avait de merveilleux dans un visage allemand, c'était qu'on y lisait facilement les affres de la réflexion. Même dans la pénombre, Peter semblait ravagé par la fureur d'un côté et dévoré par la curiosité de l'autre.

« Vous êtes un bon ami de Hall ?

— Je n'avais jamais rencontré Tommy avant hier soir. J'ai été surpris de le voir aujourd'hui.

— Hall et vous êtes allés à un sex-club ensemble. Ça se fait plutôt entre amis.

— Tommy disait qu'il avait vu Benz là-bas. Les femmes du club ont dit que nous devrions regarder par ici.

— Vous n'avez jamais parlé à Hall avant hier soir ?

— Non.

— Vous n'avez jamais communiqué avec lui avant hier soir ?

— Non. Où voulez-vous en venir ? demanda Arkadi.

— Renko, vous m'avez donné ce matin un numéro de fax à retrouver. Je l'ai fait. Le fax appartient à Radio Liberté. Il se trouve dans le bureau de Thomas Hall. »

Après tout, se dit Arkadi, la vie vous réservait encore des surprises. Voilà qu'il venait de passer la soirée avec quelqu'un qui avait tout l'air d'un innocent pour découvrir finalement que c'était lui le plus stupide des deux. Pourquoi n'avait-il pas vérifié lui-même les numéros de Radio Liberté ? Combien d'autres informations avait-il éliminées ainsi ?

« Vous croyez que nous pourrons rattraper Tommy ? » demanda Arkadi.

Peter hésitait et Arkadi l'observait avec intérêt pour voir quelle décision il allait prendre. L'Allemand le dévisageait à son tour avec une telle intensité qu'Arkadi pensa au vieux numéro de music-hall où un homme fait semblant d'être le reflet d'un autre.

Peter finit par dire : « Pour l'instant, la seule chose dont je sois sûr, c'est que je peux rattraper une Trabant. »

Ils revinrent par le même itinéraire que celui qu'avait emprunté Tommy, mais à une vitesse différente. Peter fit monter la BMW à deux cents kilomètres-heure, comme s'il pilotait dans le noir sur une piste qu'il connaissait bien. Il ne cessait de jeter des coups d'œil à Arkadi, qui aurait préféré le voir garder les yeux fixés sur la route.

« Vous n'avez jamais parlé de Radio Liberté à la banque, fit Peter.

— Je ne savais pas que Liberté était dans le coup. Ce n'est peut-être pas le cas.

— Nous n'avons pas besoin d'une guerre civile entre Russes ici. Nous préférerions vous voir tous rentrer chez vous et vous massacrer là-bas.

— C'est une possibilité.

— Si Liberté est impliquée, les Américains aussi.

— J'espère bien que non.

— Vous n'avez jamais travaillé avec des Américains ?

— Vous, si, devina Arkadi rien qu'au ton de Peter.

— J'ai fait un stage au Texas.

— Comme cow-boy ?

— Dans l'aviation. Les chasseurs à réaction. »

Dans un virage, un panneau passa à toute allure. Arkadi songea qu'il n'y avait rien de tel que la vitesse pour faire apprécier à un homme le bombement d'une chaussée. « Dans l'aviation allemande ?

— Certains d'entre nous s'entraînent là-bas. On risque moins de heurter quelque chose si on s'écrase.

— Ça tient debout.

— Vous êtes du KGB ?

— Non. C'est Federov qui vous a dit ça ? »

Peter eut un petit rire sardonique. « Federov a juré que vous n'en faisiez pas partie. J'espère bien. Mais si vous n'êtes pas du KGB, pourquoi vous intéressez-vous à Radio Liberté ?

— Tommy a envoyé un fax à Moscou.

— Disant quoi ? interrogea Peter.

— *Where is Red Square ?* »

Ils roulèrent en silence jusqu'au moment où un point rose apparut devant eux.

« Il faut que nous parlions à Tommy », dit Arkadi. Il sortit une cigarette. Vous permettez ?

— Ouvrez la vitre. »

L'air s'engouffra apportant avec lui une odeur âcre qui lui serra la gorge.

« On fait brûler du plastique, observa Peter.

— Et des pneus. »

Le point rose grandit, s'évanouit et réapparut, gros et de couleur plus soutenue. Il disparut puis réapparut à nouveau contre l'arc-boutant d'un pont — une torche surmontée par une épaisse colonne de fumée se courbant sous le vent. De plus près, la torche devenait un météore s'efforçant rageusement de s'enfoncer dans la terre.

« Une Trabi », fit Peter en passant devant.

Ils revinrent à pied avec le vent dans le dos, se protégeant le nez et la bouche de leurs mains. La Trabant était une petite voiture encore plus compacte après avoir heurté le pilier du pont. Pourtant les flammes étaient énormes, d'un rouge festonné de bleus et verts chimiques, et la fumée était noire comme du pétrole. La Trabi ne brûlait pas simplement de l'intérieur, elle brûlait de partout, le plastique des parois, du capot et du toit fondant en même temps, de telle sorte que les flammes dégoulinaient sur les banquettes. Les pneus se consumèrent comme des cercles de feu.

Ils firent le tour de l'épave, au cas où Tommy aurait réussi à se dégager.

« J'ai déjà vu ce genre d'incendie, dit Arkadi. S'il n'est pas dehors maintenant, il est mort. »

Peter battit en retraite. Arkadi essaya d'approcher, rampant à quatre pattes sous de la fumée. La chaleur était trop forte, un souffle brûlant qui faisait fumer sa veste.

A la faveur d'une saute de vent, il aperçut dans la

voiture le genre de portrait qu'un artiste découpe aux ciseaux dans du papier noir. Il se consumait aussi.

Peter remonta dans la BMW, recula un peu plus loin que l'incendie et inspecta la route avec son projecteur jusqu'au moment où il trouva des traces de pneus. Il s'arrêta, descendit et posa son gyrophare bleu sur le toit. C'était sans doute un excellent policier, se dit Arkadi.

Trop tard pour Tommy. Dans des tonalités violettes, une portière en plastique se décortiquait. Puis le toit en plastique se recourba, et un violent courant d'air ascendant fit tourbillonner les flammes comme une fleur de la passion se dépliant et se repliant.

CHAPITRE 22

« Vous savez, autrefois on vous aurait gazé, ligoté et expédié chez vous dans une caisse. Nous ne faisons plus les choses de cette façon. Maintenant que nos relations avec les Allemands se sont améliorées, ce n'est plus nécessaire, expliqua le vice-consul Platonov.

— Ah non ? demanda Arkadi.

— Les Allemands le font pour nous. D'abord, je vous expulse d'ici. » Platonov retira une chemise accrochée à un fil tendu à travers la pièce, examina un plan de Munich étalé sur la table, le petit pain et le jus de fruits auprès de l'évier, puis il déposa la chemise entre les mains de Federov. « Renko, je sais qu'ici vous vous sentez chez vous, mais comme c'est le consulat qui loue cette chambre, nous pouvons faire ce que nous voulons. Pour l'instant, je peux vous signaler comme étant en état de vagabondage, ce qui est le cas puisque j'ai votre passeport et que sans ce document vous ne pouvez descendre nulle part ailleurs. »

Federov tira la fermeture à glissière du fourre-tout d'Arkadi et jeta la chemise dans la gueule béante. « Les Allemands expulsent les vagabonds étrangers, surtout les vagabonds russes.

— C'est une question d'économie, expliqua Platonov. C'est déjà suffisant, à leur avis, de s'occuper des Allemands de l'Est.

— Si vous pensez à demander l'asile politique, oubliez ça. » Federov vida la commode et s'affaira dans la pièce comme l'énergique attaché consulaire qu'il était. « C'est démodé. Plus personne ne veut de transfuges en provenance d'une Union soviétique démocratique. »

Arkadi n'avait pas revu le vice-consul depuis son arrivée à Munich, mais Platonov, visiblement, ne l'avait pas oublié. « Qu'est-ce que je vous avais dit ? Visitez les musées, achetez quelques cadeaux. Vous auriez pu vous faire l'équivalent d'une année de salaire rien qu'en achetant ici et en revendant à votre retour. Je vous avais prévenu que vous n'aviez pas de statut officiel et je vous avais demandé de ne pas contacter la police allemande. Et qu'est-ce que vous avez fait ? Non seulement vous êtes allé directement trouver les Allemands, mais vous avez aussi impliqué le consulat.

— Vous vous êtes retrouvé dans un incendie ? » dit Federov en reniflant une veste.

Arkadi avait lavé les vêtements qu'il portait la nuit dernière, il avait également pris une douche, mais à n'en pas douter ses cheveux et sa veste devaient encore empester la fumée.

« Renko, reprit Platonov, deux fois par semaine je prends le thé avec des industriels et des banquiers bavarois pour les convaincre que nous sommes des gens civilisés, avec qui ils peuvent faire des affaires en leur prêtant sans risque des millions de deutschemarks. Là-dessus, vous débarquez, vous commencez à jouer les gros bras et à vouloir faire du racket. Federov m'a dit qu'il avait eu beaucoup de mal à convaincre un lieutenant de la Polizei qu'il ne faisait pas partie d'une conspiration visant à escroquer les banques allemandes.

— Vous aimeriez avoir la visite de la Gestapo ? » demanda Federov. Il déversa dans le sac de voyage portefeuille, porte-monnaie, brosse à dents et pâte dentifrice. Il confisqua la clé du placard de consigne et le billet de la Lufthansa qu'il fourra dans sa poche.

« Est-ce qu'il a mentionné une banque en particulier ? demanda Arkadi.

— Non. » Federov inspecta le réfrigérateur et constata qu'il était vide.

« Est-ce que les Allemands ont fait une protestation officielle ?

— Non. »

Pas même depuis l'accident survenu à la voiture ? Voilà qui était intéressant, se dit Arkadi. « Je vais avoir besoin de mon billet d'avion, dit-il.

— En fait, non. » Platonov posa sur la table un billet de l'Aeroflot. « Nous vous renvoyons à Moscou aujourd'hui. Federov va vous mettre dans l'avion.

— Mon visa est valable encore une semaine, protesta Arkadi.

— Considérez-le comme annulé.

— Il me faudrait de nouvelles instructions du bureau du procureur. Jusque-là, je ne peux pas partir.

— Le procureur Rodionov est difficile à joindre. Je commence à me demander pourquoi il a envoyé un commissaire avec un visa de touriste, ce qui ne vous donne aucune véritable autorité. Cette affaire est trop bizarre. » Platonov s'approcha de la fenêtre et regarda vers la gare de triage. Par-dessus l'épaule du vice-consul, Arkadi vit des trains qui glissaient sur des rails, les banlieusards matinaux juchés sur les marchepieds. Platonov secoua la tête d'un air admiratif. « Ça, c'est de l'efficacité.

— Je ne pars pas, annonça Arkadi.

— Vous n'avez pas le choix. Ou bien nous vous mettons dans l'avion, ou bien ce sont les Allemands qui le feront. Pensez à l'effet que ça ferait dans votre dossier. Je vous propose une solution en douceur, dit Platonov.

— Tout ça parce que je suis expulsé ?

— C'est aussi simple que ça, fit Platonov, et absolument légal. Je tiens vraiment à maintenir de bonnes relations diplomatiques.

— Je n'ai encore jamais été expulsé », observa Arkadi. Arrêté, exilé, mais jamais simplement expulsé. La vie devenait extrêmement subtile, se dit-il.

« C'est la dernière mode. » Federov ôta le reste de la lessive du fil où elle séchait et la jeta dans le fourre-tout.

La porte s'ouvrit. Dans le couloir apparut un chien noir dont Arkadi supposa qu'il faisait partie du processus d'expulsion ; l'animal avait des yeux noirs comme de l'agate et, à en juger d'après sa taille et l'épaisseur de son poil, il avait l'air d'un croisement avec un ours. Il s'avançait d'une démarche assurée et considérait les trois hommes avec la même méfiance.

Des pas inégaux suivirent et Stas passa la tête par la porte. « Vous allez quelque part ? demanda-t-il à Arkadi.

— On m'y envoie. » Stas entra, sans se soucier de Platonov ni de Federov, bien qu'Arkadi fût certain qu'il savait qui ils étaient ; il avait toute sa vie étudié les apparatchiks soviétiques et un homme qui passe sa vie à étudier les vers les reconnaît quand il en voit. Federov s'apprêtait à laisser tomber le fardeau qu'il avait dans les bras, mais quand le chien se retourna, il serra les vêtements contre lui.

« Je vous ai envoyé Tommy hier soir, vous l'avez vu ? demanda Stas à Arkadi.

— Je suis désolé pour Tommy.

— Vous avez appris l'accident ?

— Je l'ai vu, fit Arkadi.

— Je veux savoir ce qui s'est passé.

— Moi aussi », dit Arkadi.

Stas avait les yeux un peu plus brillants que d'habitude. Lorsqu'il regarda Platonov et Federov avec les bras chargés, le chien l'imita. Son regard revint au fourre-tout. « Vous ne pouvez pas partir », déclara-t-il, comme si c'était une décision.

Platonov intervint. « C'est la loi allemande. Comme Renko n'a pas d'endroit où séjourner, le consulat accélère son retour en Russie.

— Descendez chez moi, proposa Stas à Arkadi.

— Ça n'est pas si simple, dit Platonov. Les invitations faites à des citoyens soviétiques doivent être formulées par écrit et approuvées à l'avance. Son visa a été annulé et il a déjà son nouveau billet pour Moscou, alors c'est impossible.

— Pouvez-vous partir maintenant ? » demanda Stas à Arkadi.

Arkadi reprit sa clé de consigne et son billet de la Lufthansa à Federov et dit : « En fait, j'ai presque fini mes bagages. »

Stas s'engagea dans le flot de la circulation qui déferlait vers le centre de la ville. Bien que ce fût un jour d'été gris, il avait ouvert les vitres car l'haleine du chien faisait de la condensation. L'animal occupait la banquette arrière de la voiture et Arkadi avait l'impression qu'il ne serait toléré devant son sac qu'aussi longtemps qu'il aurait des gestes lents. Quand il était parti, Platonov et Federov avaient l'air d'un couple de croque-morts voyant leur cadavre s'en aller par la porte.

« Merci.

— J'avais quelques questions à vous poser, répondit Stas. Tommy était un imbécile et il conduisait une voiture ridicule. La Trabi ne dépassait pas le soixante-quinze à l'heure et n'aurait jamais dû circuler sur une autoroute, je ne comprends pas comment il a pu en perdre le contrôle et heurter si violemment un pilier.

— Moi non plus, dit Arkadi. Je doute qu'il reste assez de vestiges de la voiture pour révéler quoi que ce soit à la police. Elle a brûlé jusqu'au bloc moteur et à l'arbre de transmission.

— C'était sans doute cette saleté de radiateur. Un radiateur à paraffine sur le plancher d'une voiture, vous vous rendez compte ? C'est très dangereux.

— Tommy n'a pas longtemps souffert. Si le choc ne l'a pas tué, la fumée l'a fait. On voit les flammes, mais on est d'abord asphyxié par le gaz.

— Vous avez déjà assisté à ce genre d'accident ?

— A Moscou, j'ai vu un homme mourir dans l'incendie d'une voiture. Ça a simplement pris un petit peu plus longtemps parce que c'était une meilleure voiture. »

Penser à Rudy lui rappela Polina. Et aussi Jaak. Il se dit que s'il rentrait à Moscou vivant, il se montrerait beaucoup moins critique, il apprécierait davantage l'amitié et il se méfierait terriblement de toutes les voitures et de tous les incendies. Stas, lui, conduisait comme un fou. Au moins il regardait la route, laissant le chien surveiller Arkadi.

« Est-ce que Tommy vous a emmené à Red Square ?

— Vous connaissez cet endroit ?

— Renko ! Il n'y a pas beaucoup de raisons de se trouver sur cette route à une heure pareille. Pauvre Tommy. Un cas de russophilie fatal.

— Ensuite nous sommes allés sur un parking, une sorte de bordel mobile.

— Un endroit merveilleux si vous êtes en quête d'une maladie qui vous mine. D'après la loi allemande, les femmes passent un contrôle médical pour le sida tous les trois mois, ce qui signifie qu'ils appliquent davantage leur esprit scientifique à la bière qu'ils boivent qu'aux femmes avec lesquelles ils couchent. De toute façon, essayer de faire l'amour dans une Jeep peut vous rendre bossu pour le restant de vos jours et j'ai assez d'infirmités comme ça. Je croyais que vous deviez tous les deux discuter des célèbres batailles de la Grande Guerre patriotique.

— Nous l'avons fait un moment.

— Les Américains veulent toujours parler de la guerre, observa Stas.

— Vous connaissez Boris Benz ?

— Non. Qui est-ce ? »

Il n'y avait pas eu la moindre trace de duplicité ni de pause pour réfléchir. Les enfants mentaient en faisant les clowns et en écarquillant les yeux. Les adultes se trahissaient par de petits gestes, en détournant les yeux vers un souvenir ou en barbouillant le mensonge avec un sourire.

« Pourriez-vous vous arrêter à la gare ? » demanda Arkadi.

Quand Stas se glissa entre les cars et les taxis du côté nord de la gare, Arkadi sauta à terre, laissant son sac de voyage dans la voiture.

« Vous revenez ? demanda Stas. J'ai l'impression que vous voyagez avec peu de bagages.

— J'en ai pour deux minutes. »

Federov avait le cerveau comme du pain rassis, mais il était capable de reconnaître une clé de consigne s'il en voyait une, et peut-être même en retiendrait-il le numéro. Le premier dépôt d'Arkadi était consommé et il dut payer un supplément de quatre deutschemarks au préposé pour ouvrir le placard et récupérer la cassette vidéo, ce qui le laissa avec soixante-quinze marks pour le restant de son séjour.

Quand il sortit dans la rue, un agent de la circulation essayait de faire déplacer la minable Mercedes de Stas pour laisser passer un car de touristes italiens. Le car était astiqué comme une gondole et avait un klaxon qui débitait furieusement quelques notes de musique. Plus le car klaxonnait, plus le policier criait et plus le chien ripostait en aboyant. Quant à Stas, assis à son volant, il fumait une cigarette.

« Ce n'est pas l'opéra, dit-il à Arkadi. Mais pas loin. »

Arkadi commençait à se repérer. Il reconnut les lieux quand Stas prit au nord en direction du musée et à l'est vers le Jardin Anglais. Il remarqua qu'une Porsche blanche qu'il avait vue à la gare était à cinquante mètres derrière eux.

« Alors, demanda Stas, qui est Boris Benz ?

— Je ne le sais pas vraiment. C'est un Allemand de l'Est qui habite Munich et qui fait des voyages à Moscou. Tommy a dit qu'il l'avait rencontré. C'est lui que nous cherchions hier soir.

— Si Tommy et vous étiez ensemble, pourquoi ne vous êtes-vous pas trouvé dans l'accident ? Pourquoi n'êtes-vous pas mort aussi ?

— La police m'a ramassé. Je rentrais dans une voiture de police quand nous avons vu l'incendie.

— On n'a pas dit que vous étiez là.

— Il n'y avait aucune raison. Un rapport d'accident est un document bref et simple. »

Peter avait identifié Arkadi comme étant « un témoin qui a observé le défunt en train de consommer de l'alcool dans un club érotique au bord de la route ». Description succincte mais véridique, se dit-il. Il ajouta : « Surtout dans un accident impliquant une seule voiture et quand le véhicule a brûlé si totalement qu'il n'en reste pratiquement rien. Il n'y a plus matière à rapport.

— Je crois qu'il y a plus que cela. Qu'est-ce que ce Benz faisait à Moscou ? Pourquoi n'enquêtez-vous pas à un niveau plus officiel ? Où Tommy a-t-il rencontré Benz ? Qui les a présentés ? Pourquoi la police vous aurait-elle fait sortir de la voiture de Tommy ? S'agissait-il d'un accident ?

— Est-ce que Tommy avait des ennemis ? demanda Arkadi.

— Tommy n'avait pas beaucoup d'amis, mais il n'avait aucun ennemi. Pourquoi ai-je ce pressentiment que quiconque vous aide se fait aussitôt des ennemis ? Je n'aurais pas dû vous l'envoyer. Il était incapable de se protéger.

— Et vous ? »

Bien qu'il n'eût remarqué aucun signal de la part de Stas, Arkadi sentit sur sa nuque le souffle chaud du chien.

« Elle s'appelle Laïka, mais elle est très allemande. Elle adore le cuir et la bière, et se méfie des Russes. Elle fait une exception dans mon cas. Nous sommes presque arrivés. » Il désigna un immeuble qui ressemblait à un jardin de géraniums à la verticale. « Chaque balcon est un petit jardin. Un vrai paradis bavarois. Tenez, le balcon avec le cactus, c'est le mien.

— Merci, mais je ne vais pas rester », dit Arkadi.

Stas tourna devant l'immeuble et coupa le moteur. « Je croyais que vous aviez besoin d'une chambre.

— J'avais besoin d'échapper au consulat. Vous êtes très généreux. Merci, dit Arkadi.

— Vous ne pouvez pas vous en aller comme ça. Ecoutez, la vérité, c'est que vous n'avez pas d'endroit où dormir.

— Exact.

— Et que vous n'avez pas beaucoup d'argent.

— Exact.

— Mais vous croyez pouvoir survivre à Munich ?

— Exact. » Stas dit au chien : « Il est tellement russe. » Il se tourna vers Arkadi. « Vous imaginez qu'un destin particulier vous protège ? Savez-vous pourquoi l'Allemagne a l'air si propre ? Parce que chaque nuit les Allemands ramassent des Turcs, des Polonais et des Russes, et qu'ils les mettent dans des prisons sanitaires jusqu'au moment où ils les rapatrient.

— Peut-être que j'aurai de la chance. Vous êtes apparu au moment où j'avais besoin de vous.

— C'est différent. »

Stas n'alla pas plus loin : la Porsche arrivait à leur hauteur. La voiture de sport avança et recula, comme pour examiner Arkadi et Stas. Une vitre électrique s'abaissa, révélant le conducteur qui portait des lunettes noires de bateau attachées avec un cordon rouge. Son sourire parut découvrir plus de deux rangées de dents.

« Michael, fit Stas.

— Stas. »

Michael avait ce genre de voix américaine qui dominait le vrombissement d'un moteur de voiture. Arkadi se rappela avoir été brièvement présenté au directeur adjoint de la station à la soirée chez Tommy. « Vous êtes au courant pour Tommy ?

— Oui.

— C'est triste. » Michael observa un moment de silence.

« Oui. »

Michael redescendit sur terre. « Je venais justement vous parler de ça.

— Vraiment ?

— Parce que j'ai entendu dire que votre ami de Moscou, le commissaire Renko, était hier soir avec notre Tommy. Et qui est-ce que je vois ici ? Renko en personne.

— Je partais, dit Arkadi.

— Bon, parce que le président de la station aimerait vraiment échanger quelques mots avec vous. » Michael ouvrit la portière du côté passager de la Porsche. « J'ai juste besoin de vous, pas de Stas. Je vous ramènerai, c'est promis. »

Stas lança à Arkadi : « Si vous croyez que Michael est une forme de salut, vous êtes fou. »

Michael conduisait la Porsche d'une main et de l'autre utilisait un téléphone cellulaire. « Monsieur, j'ai le camarade Renko en remorque. » Il fit un sourire à Arkadi. « En remorque. Oui monsieur, parfaitement. Nous avons passé un blanc entre des émetteurs radio. Ces téléphones fonctionnent sur des ondes qui se propagent comme la lumière. » Il coinça le combiné contre son épaule pour changer de vitesse. « Monsieur, nous serons là dans une seconde. J'aimerais que vous attendiez mon arrivée. Dans une seconde. » Il reposa l'appareil sur son support entre les deux sièges baquets et offrit à son passager un aperçu de ses lunettes noires et de son sourire étincelant. « Il ne comprend rien à la technique. Eh bien, Arkadi, je me suis renseigné sur vous et vous êtes un type intéressant. D'après ce que j'ai appris, vous êtes un indépendant. Je vous ai trouvé dans le dossier d'Irina. On peut maintenant affirmer que vous êtes aussi dans le dossier de Tommy. Est-ce que ce sont simplement les ennuis qui vous suivent ou quoi ?

— Vous suiviez Stas ?

— Je reconnais que oui, et il m'a conduit droit jusqu'à vous. Le petit crochet par la gare m'a fichu la frousse. Qu'est-ce que vous êtes allé prendre à la consigne ?

— Un bonnet de fourrure et un ordre de Lénine.

— Ça ressemblait à une petite boîte en plastique. Un genre de boîte très familier. Je n'arrive pas à le situer et ça m'exaspère. Vous savez, en tant que directeur adjoint chargé de la sécurité, j'ai d'excellentes relations avec la police locale. Je peux savoir par des voies détournées ce que Tommy et vous faisiez hier soir, ou bien vous pouvez tout simplement me le dire. Il n'y a qu'une façon qui vous donnera un crédit supplémentaire.

— Un crédit supplémentaire ?

— Laissez-moi m'exprimer plus simplement : de l'argent. Ce que nous ne pouvons pas nous permettre, c'est le moindre mystère à propos de la mort d'un de nos employés. Nous espérions que les tristes jours de la guerre froide étaient derrière nous. A mon avis, ils le sont.

— Pourquoi ? Vous risqueriez de perdre votre place ? On pourrait fermer la station ?

— Je pense à l'avenir.

— Tout comme Max Albov.

— Max est un gagneur. C'est une vedette. Comme Irina, si elle soignait un peu plus son anglais et si elle choisissait un peu mieux ses amis. » Il jeta un coup d'œil à Arkadi. « Le président Gilmartin va vous poser des questions sur Tommy. Gilmartin est à la tête de Radio Liberté et de Radio Free Europe. Il est la voix des Etats-Unis et c'est un homme occupé. Alors, si vous voulez faire le malin, eh bien allez vous faire voir et vous n'aurez qu'à manger des biscuits pour chien. Mais si vous êtes sincère, alors il y aura une prime pour vous.

— Ça paie d'être sincère ?

— Parfaitement ! » »

La Porsche se dégagea du flot de la circulation comme un hors-bord, et Michael sourit comme si Munich dansait dans son sillage.

Ils passèrent sur la rive est de la ville, devant des maisons grandes comme des palais. Certaines d'entre elles étaient modernes : plâtre nu et tubulures d'acier style Bauhaus ; d'autres avaient un air presque méditerranéen, avec des portes vitrées et des palmiers en pot. Quelques-unes étaient soit des spécimens ayant survécu par miracle, soit des reconstitutions dans le plus pur *Jugendstil ;* des demeures aux façades couvertes de vigne vierge et aux avant-toits arrondis.

Michael s'arrêta dans l'allée de la plus superbe de ces maisons. Sur la pelouse, un homme installait une table avec un parasol.

Michael fit traverser le gazon à Arkadi. Bien qu'il ne tombât pas une goutte, l'homme portait un imperméable et des bottes en caoutchouc. La soixantaine, un beau front et des bajoues, il observait l'arrivée de Michael avec un mélange d'exaspération et de soulagement.

« Monsieur, voici le commissaire Renko. Le président Gilmartin, annonça Michael.

— Enchanté. » Gilmartin donna à Arkadi une poignée de main de sportif puis chercha dans une boîte à outils posée sur la table une paire de pinces étincelante. Il y avait déjà une clé anglaise et un tournevis dans l'herbe.

Michael ôta ses lunettes de soleil et les laissa pendre à leur cordon. « Vous auriez dû m'attendre, monsieur.

— Ces foutus Allemands se plaignent toujours de mon antenne parabolique. Ils m'agacent. Il m'en faut une et c'est le seul endroit avec une vue dégagée sur les satellites, à moins de l'installer sur le toit, et alors les boches pousseraient les hauts cris. »

En regardant de plus près, Arkadi constata que le parasol était en fait un camouflage, du tissu à rayures tendu sur une antenne parabolique de trois mètres de diamètre. L'antenne et la table étaient solidement scellées dans le sol.

« C'est une bonne idée d'avoir mis des bottes, dit Michael.

— Voilà assez longtemps que je fais de la radio pour savoir qu'on ne prend jamais assez de précautions », dit Gilmartin. Puis, s'adressant à Arkadi, il reprit : « Ça faisait trente ans que j'étais à la radio jusqu'au jour où j'ai décidé que je n'aimais pas la façon dont évoluait ce média. Je voulais avoir de l'impact.

— Tommy, lui rappela Michael.

« Oui. » Gilmartin regarda fixement Arkadi. « Le Moyen Age, Renko. Nous avons eu des ennuis dans le passé. Des meurtres, des cambriolages, des bombes. Vous avez fait sauter notre section tchèque voilà quelques années. Vous avez tenté de poignarder notre chef en Roumanie dans son garage. Electrocuté un de nos plus charmants collaborateurs russes. Mais nous n'avons jamais perdu un Américain, pourtant c'était l'époque où, de l'aveu général, nous appartenions à la CIA. Epoque préhistorique. Nous sommes financés par le Congrès maintenant.

— Nous sommes une entreprise privée, dit Michael.

— Enregistrée dans le Delaware, je crois. Ce que je veux dire, c'est que nous ne sommes pas des agents secrets.

— Tommy était un type inoffensif, ajouta Michael.

— Le type le plus inoffensif que j'aie jamais rencontré, dit Gilmartin. D'ailleurs, le temps de la castagne est censé être du passé, alors qu'est-ce que vous, un policier soviétique, faisiez avec Tommy quand il est mort ?

— Tommy s'intéressait d'un point de vue historique à la guerre contre Hitler, expliqua Arkadi. Il m'a posé quelques questions sur des gens que j'avais connus.

— Il n'y a pas que ça, fit Gilmartin.

— Il y a beaucoup plus, reconnut Michael.

— La station est comme une grande famille, reprit Gilmartin. Nous veillons les uns sur les autres. Je veux connaître toute la vérité.

— Par exemple ? demanda Arkadi.

— Etait-ce une affaire de sexe ? Je ne parle pas de vous et de Tommy. Je veux dire : est-ce une histoire de femmes ?

— Le président, précisa Michael, veut dire que, si Washington examine les affaires de Tommy, va-t-on trouver du linge sale ?

— Peu leur importe, poursuivit Gilmartin, que la prostitution soit légale en Allemagne. Les règles de vie américaines sont fixées à Peoria. La moindre rumeur de scandale ici provoque toujours des accusations de corruption et de vie à grandes guides.

— Et des réductions de budget, ajouta Michael.

— Je veux savoir tout ce que Tommy et vous avez fait hier soir », dit Gilmartin.

Arkadi prit son temps pour choisir ses mots. « Tommy est venu à la pension où j'étais descendu. Nous avons parlé de la guerre. Au bout d'un moment, j'ai dit que j'aimerais prendre un peu l'air, alors nous sommes montés dans sa voiture et nous avons roulé. Nous avons vu en effet un groupe de prostituées sur le bas-côté de l'autoroute. A ce moment-là j'ai laissé Tommy, et il est rentré seul en voiture. Sur la route de Munich, il a eu un accident.

— Est-ce que Tommy a couché avec une prostituée ? demanda Gilmartin.

— Non, répondit Arkadi en mentant.

— A-t-il parlé à une prostituée ? demanda Michael.

— Non, fit Arkadi, mentant toujours.

— A-t-il parlé à des Russes à part vous ? interrogea Michael.

— Non. » Ça faisait la troisième fois qu'Arkadi mentait.

« Pourquoi vous êtes-vous séparés ? demanda Gilmartin.

— Moi, je voulais voir une prostituée. Tommy a refusé de rester.

— Comment êtes-vous rentré à Munich ? demanda Michael.

— La police m'a ramassé sur le bas-côté de la route.

— Triste nuit de débauche, observa Gilmartin.

— Rien de tout cela n'était la faute de Tommy », fit remarquer Arkadi.

Michael et Gilmartin échangèrent des regards qui étaient comme une conversation silencieuse ; puis le président leva les yeux et examina le ciel. « C'est fichtrement mince.

— Mais si Renko n'en démord pas, ce n'est pas si mal. Après tout, il est russe. Ils n'auront pas un an pour le cuisiner. Et puis, rappelez-vous, Tommy conduisait une Trabant est-allemande, ça n'est pas une voiture qui tient très bien la route. C'est là-dessus que nous allons tout centrer : la voiture était dangereuse. » Michael tapota le dos d'Arkadi. « Vous avez probablement de la chance d'être en vie.

— Ça doit être un choc d'avoir perdu Tommy, dit Arkadi à Gilmartin.

— C'est plutôt une tragédie personnelle. Il ne jouait aucun rôle de décideur. Documentation et traductions, n'est-ce pas ?

— Oui, monsieur, dit Michael.

— Bien que ce soit important, s'empressa d'ajouter Gilmartin. Michael parle bien mieux le russe que moi, mais je crois pouvoir dire que sans nos remarquables traducteurs, les Russes de notre équipe deviendraient fous. »

L'attention de Gilmartin revint à son autre préoccupation. Il braqua ses pinces sur des boulons qui avaient roulé dans un pli du diagramme. « Vous vous y connaissez en antennes paraboliques ? demanda-t-il à Arkadi.

— Non.

— J'ai bien peur d'avoir déplacé quelque chose qui ne soit plus dans l'alignement, avoua Gilmartin.

— Monsieur, nous allons réfléchir à la poussée du vent, contrôler le signal et nous assurer que vous n'avez endommagé aucun câble, dit Michael. Ça semble être du bon travail.

— Vous croyez ? » Rassuré, Gilmartin recula d'un pas pour mieux voir son œuvre. « Vous savez, ce serait encore plus convaincant si nous disposions quelques chaises et que nous décidions les gens à utiliser vraiment ça comme un parasol.

— Monsieur, vous ne voudriez quand même pas que des gens boivent de la limonade au pied d'une antenne parabolique ?

— Non », fit Gilmartin. Il se gratta le menton avec sa pince. « Peut-être juste les voisins. »

CHAPITRE 23

Stas vivait seul... enfin pas tout à fait. Traverser le vestibule, cela voulait dire se frayer un passage entre Gogol et Gorki. Les poètes, de Pouchkine à Volochine, occupaient un placard. Les nobles pensées de Tolstoï emplissaient des rayonnages au-dessus d'une stéréo suédoise, d'une rangée de disques compacts et d'un récepteur de télévision. Quotidiens et magazines étaient empilés par année. Le moindre faux pas, se dit Arkadi, et un homme pouvait mourir enseveli sous une avalanche de nouvelles défraîchies, de musique, de fantasmes et de romanesque.

« Je n'aime pas, précisa Stas, considérer cela comme du désordre. Je préfère y penser comme à une existence remplie à ras bord.

— On est au bord de l'inondation, observa Arkadi.

— Les hôtels manquent d'âme », répondit Stas.

Laïka était assise près de la porte. Arkadi distinguait à peine ses yeux à travers les poils, mais il les sentait qui suivaient chacun de ses gestes.

« Merci, mais j'ai une course à faire », dit-il.

Après la visite au président de la station, Arkadi avait passé le reste de la journée à surveiller la maison de Benz. Le soir était maintenant tombé et de la lumière filtrait de la chambre. Il avait décidé de voyager dans le métro jusqu'à l'heure de la fermeture, ou bien d'acheter un billet pour un train matinal afin de pouvoir attendre à la gare. De cette façon il serait plus un voyageur qu'un vagabond. Il n'était passé chez Stas que pour prendre son sac.

Une question ne cessait de s'imposer à l'esprit d'Arkadi. Elle était si évidente que c'était difficile de ne pas la poser. « Où est descendu Max ?

— Je ne sais pas. Un verre avant que vous ne partiez, proposa Stas. J'imagine que vous avez une longue nuit devant vous. »

Sans laisser à Arkadi le temps de protester, de

contourner le chien et de franchir la porte, son hôte était dans la cuisine et déjà de retour avec deux verres et une bouteille de vodka. La vodka était frappée. « C'est le luxe », dit Arkadi.

Stas emplit les verres jusqu'à moitié. « A Tommy. »

Au passage, la vodka glacée crispa un peu le cœur d'Arkadi. L'alcool semblait n'avoir aucun effet sur Stas ; il était un roseau fragile qui tenait tête au flot. Il remplit les verres. « A Michael, proposa-t-il. Et au serpent qui le mordra. »

Arkadi but à ce toast et reposa son verre sur une pile de journaux, hors de portée de Stas. « Il y a une chose qui m'intrigue. Vous vous donnez beaucoup de mal pour embêter les Américains. Pourquoi ne vous mettent-ils pas à la porte ?

— Les lois sociales allemandes. Les Allemands ne veulent pas avoir d'étrangers sur leurs listes de chômeurs, alors dès l'instant où on a un travail, il est pratiquement impossible de le congédier. A la station, il y a des réunions entre la direction américaine et le personnel russe. Conformément à la loi, les rapports sont rédigés en allemand. Ça rend les Américains fous. Michael essaie de me flanquer dehors une fois par an. C'est merveilleux : c'est comme affamer un requin. D'ailleurs, j'ai préparé de bons programmes.

— Vous aimez bien l'embarrasser ?

— Je vais vous dire ce qui l'embarrasse vraiment. C'est quand les juifs du personnel ont accusé la station d'antisémitisme, ont porté l'affaire devant un tribunal allemand et ont *gagné*. Ça, c'est gênant. Je ne veux pas que Michael oublie des épisodes comme ça.

— Quand Max est reparti pour Moscou, est-ce que ce n'était pas embarrassant ? »

Stas prit une profonde inspiration. « Ça l'était pour moi et pour Irina. En fait, ça l'était pour tout le monde. Nous avions déjà eu des problèmes de sécurité.

— C'est ce qu'a dit Michael. Une explosion ?

— C'est pour ça que nous avons maintenant les grilles et les hauts murs. Mais avoir le chef de la section russe qui repart pour Moscou, c'est un problème de sécurité à un niveau différent.

— J'aurais cru que Michael détesterait Max encore plus que vous.

— Vous auriez cru, fit Stas en regardant son verre vide. Je connais Max depuis dix ans. J'ai toujours été frappé de voir comment il pouvait naviguer entre les Américains et nous. Il changeait, selon l'endroit où il était et les gens avec qui il se trouvait. Vous et moi sommes Russes. Max a un côté fluide. Il change de forme. Quel que soit le récipient, il en adopte les formes. Dans une situation mouvante, il est le roi. Il est rentré de Moscou plus homme d'affaires que jamais. Les Américains ne peuvent pas s'empêcher de croire Max parce que pour eux il est comme un miroir. Pour eux, il a l'air d'un autre Américain.

— De quel genre d'affaires s'occupe-t-il ?

— Je n'en sais rien. Avant de partir, il disait qu'on pourrait faire fortune avec l'effondrement de l'Union soviétique. Il disait que c'était comme une énorme faillite ; mais il y avait encore des actifs. Qui est le plus grand propriétaire terrien d'Union soviétique ? Qui possède les plus vastes immeubles de bureaux, les meilleurs hôtels, les seuls appartements convenables ?

— Le Parti.

— Le parti communiste. Max disait que tout ce que le Parti avait à faire, c'était de changer de nom, de se baptiser compagnie et de procéder à une restructuration. On vide les actionnaires, on garde les avoirs. »

Arkadi ne savait pas très bien à quel moment il avait posé son sac par terre, mais il se retrouva assis sur le divan. Du pain, du fromage et des cigarettes jonchaient la table. Une lampe posée sur le sol éclairait dans trois directions. La porte-fenêtre du balcon était ouverte sur les bruits de la rue et l'air de la nuit.

Stas emplit de nouveau les verres. « Je n'étais pas un espion. Le KGB qualifiait les manifestants et les transfuges soit d'espions, soit de malades mentaux. Ce sont des choses que les Russes comprennent. Ce à quoi je ne m'attendais pas, c'était à ce que les Américains voient un complot du KGB dans l'envoi du dangereux Stas chez les Occidentaux sans méfiance. Il y a des gens à la CIA qui l'ont cru. *Tout* le FBI l'a cru. Le FBI ne croit *aucun* transfuge. Jésus pourrait partir de Moscou à dos d'âne, on ouvrirait un dossier sur lui.

« Il y a eu de véritables héros. Pas moi. Des hommes et des femmes qui ont rampé à travers des champs de mines pour passer en Turquie, ou essuyé des tirs de mitrailleuses pour gagner la cour d'une ambassade. Qui ont sacrifié des carrières et abandonné leurs familles. Et pour quoi ? Pour la Tchécoslovaquie, la Hongrie, pour l'Afghanistan. Ce qui ne veut pas dire qu'ils n'étaient pas compromis. Vous, vous comprenez, mais pas les Américains. Nous avons grandi au milieu d'informateurs. Parmi nos amis, dans nos familles il y a toujours eu des mouchards. Même parmi les héros, il y en avait. C'est très complexe. Une femme, une ancienne maîtresse de Moscou, vient en visite à Munich. Michael veut savoir pourquoi je la vois, alors que tout le monde sait que c'est une informatrice. Mais ça ne veut pas dire que je ne l'aime pas encore. Nous avons à Liberté un écrivain dont la femme a travaillé dans une base militaire pour apprendre le russe aux officiers américains ; elle baisait avec eux et recueillait des renseignements pour le KGB de façon à avoir une vie convenable en Europe de l'Ouest. Elle a passé deux ans en prison. Ça ne veut pas dire que son mari ne l'a pas reprise. Nous lui parlons tous. Qu'allions-nous faire ? Faire comme si elle était morte ?

« Ou bien nous arrivons déjà compromis. Un artiste, un de mes amis, a été convoqué par le KGB avant de quitter Moscou. On lui a dit : "Nous ne vous avons jamais mis dans un camp, alors, sans rancune. Tout ce que nous espérons, c'est que vous n'allez pas nous calomnier devant la presse occidentale. Après tout, nous estimons que vous êtes un merveilleux artiste, et vous ne vous rendez sans doute pas compte à quel point c'est difficile de survivre à l'Ouest, alors nous aimerions vous accorder un prêt en dollars. Nous n'en parlerons à personne et vous n'avez pas besoin de signer de reçu. Dans quelques années vous nous rembourserez, avec ou sans intérêt, quand vous pourrez, c'est juste entre nous." Cinq ans plus tard, il leur a officiellement envoyé un chèque en demandant un reçu, mais il lui a fallu tout ce temps pour comprendre qu'il s'était compromis pour trois fois rien et il a annulé son chèque. Combien d'autres prêts de ce genre y a-t-il ?

« Ou alors, nous devenons fous. Il y a cet écrivain qui s'est rendu à Paris. Un auteur célèbre qui avait survécu au Goulag et qui écrivait sous le nom de plume de Teitlebaum. On a découvert qu'il fournissait des renseignements au KGB. Il a écrit un texte pour se défendre en disant que non, non, ce n'était pas lui qui donnait des renseignements, c'était Teitlebaum !

« Et de temps en temps, reprit Stas, on nous tue. Nous ouvrons une lettre piégée, on nous pique avec la pointe d'un parapluie empoisonné, ou bien nous nous enivrons à mort. Même de cette façon, à une époque, nous avons été des héros. »

Laïka était allongée comme un sphinx au milieu du plancher. Arkadi ne pouvait pas voir les yeux de la chienne, mais il sentait leur force. Elle pouvait dresser l'oreille en entendant une voiture particulièrement bruyante dans la rue trois étages plus bas, mais son attention restait fixée sur lui. « Vous n'avez pas à vous justifier devant moi.

— Je le fais, parce que vous n'êtes pas comme les autres. Vous n'êtes pas un dissident. Vous avez sauvé Irina, mais tout le monde veut sauver Irina, ça n'est pas forcément un acte politique.

— C'était plus personnel, reconnut Arkadi.

— Vous êtes resté. Les gens qui connaissaient Irina étaient au courant de votre existence. Vous étiez le fantôme. Elle a essayé une ou deux fois de vous contacter.

— Pas que je sache.

— Ce que j'essaie de dire, c'est que nous avons fait le sacrifice d'être des soldats dans le bon camp. Qui savait que le cours de l'Histoire allait changer ? Que l'Armée rouge se réduirait à des camps de mendiants en Pologne ? Que le Mur allait tomber ? On croyait que l'Armée rouge était un danger. On s'inquiète maintenant à l'idée de voir deux cent quarante millions de Russes dévorer tout sur leur passage jusqu'à la Manche. Radio Liberté n'est plus tout à fait la ligne de front. On ne brouille pas nos émissions ; nous avons maintenant des correspondants à Moscou ; nous interviewons régulièrement les gens du Kremlin.

— Vous avez gagné », conclut Arkadi.

Stas termina la bouteille et alluma une cigarette. Son étroit visage était pâle, ses yeux comme deux flammes d'allumette.

« Gagné ! Alors pourquoi est-ce seulement maintenant que j'ai l'impression d'être un émigré ! Disons que vous quittez votre terre natale parce qu'on vous a expulsé ou parce que vous estimiez pouvoir rendre davantage de services à l'extérieur qu'à l'intérieur ? Les démocrates du monde entier applaudissent à votre noble effort. Mais ce n'est absolument pas grâce à moi si l'Union soviétique est tombée à genoux et a tendu son long cou. C'était l'Histoire. C'était la force de gravité. La bataille ne se livre pas à Munich, mais à Moscou. L'Histoire nous a fait échouer ici et s'est orientée dans une direction différente. Nous ne faisons plus figure de héros ; nous avons l'air d'imbéciles. Les Américains nous regardent — pas Michael ni Gilmartin, ce qui les intéresse eux, c'est de garder leur situation et de maintenir la station en vie — mais les autres Américains lisent les gros titres sur ce qui se passe à Moscou et nous regardent en disant : "Ils auraient dû rester." Peu importe qu'on nous ait chassés, que nous ayons risqué nos vies ou que nous ayons voulu sauver le monde ; aujourd'hui les Américains disent : "Ils auraient dû rester." Ils regardent quelqu'un comme vous en disant : "Vous voyez, lui est resté."

— Je n'avais pas le choix. J'ai conclu un marché. Si je restais, ils laissaient Irina tranquille. D'ailleurs, c'était il y a longtemps. »

Stas contempla son verre vide. « Si vous aviez eu le choix, vous seriez parti avec elle ? »

Arkadi resta silencieux. Stas se pencha en avant et de la main repoussa la fumée pour voir plus distinctement. « Vous l'auriez fait ?

— Je suis russe. Je ne pense pas que j'aurais pu partir. »

Stas ne dit rien.

Arkadi ajouta : « Le fait que *moi* je sois resté à Moscou n'a certainement pas eu d'effet sur l'Histoire. C'était peut-être moi l'imbécile. »

Stas s'agita, passa dans la cuisine et revint avec une autre bouteille. Laïka continuait à surveiller Arkadi au cas où il brandirait contre son maître une bombe, un pistolet ou un parapluie à la pointe acérée.

« Irina a eu une période difficile à New York. A Moscou, elle était dans le cinéma ? demanda Stas.

— En fait, elle était étudiante jusqu'au moment où elle a été chassée de l'université. Alors elle a travaillé à la Mosfilm comme costumière, dit Arkadi.

— A New York, en effet, elle a dessiné des costumes, elle a été maquilleuse, elle est tombée sur une bande d'artistes et a travaillé dans des galeries d'art, d'abord là-bas, puis à Berlin, sans cesser de se défendre contre ses sauveurs. Le schéma était toujours le même. Un Américain tombait amoureux d'Irina et puis calculait que c'était une bonne action politique. Je crois que Radio Liberté a dû être un soulagement pour elle. Il faut rendre justice à Max : il a été celui qui a reconnu combien elle était bonne. Au début, elle n'appartenait pas à l'équipe, elle faisait juste des remplacements, mais il a déclaré qu'il y avait une qualité dans sa voix à la radio, qui donnait l'impression qu'elle parlait à quelqu'un qu'elle connaissait. Les gens écoutaient. Au début, j'étais sceptique, car elle n'avait aucune formation professionnelle. Il m'a chargé de lui apprendre à garder ses marques et à surveiller la pendule. Les gens ne se doutent absolument pas de la vitesse à laquelle ils parlent. Irina pouvait parcourir un script une fois et le savoir par cœur. Avec un peu d'entraînement, elle est devenue la meilleure. »

Stas ouvrit la bouteille. « Nous étions donc là, Max et moi, comme deux sculpteurs travaillant sur la même superbe statue. Naturellement, nous sommes tous les deux tombés amoureux d'Irina. Nous faisions tout ensemble : Max, Stas et Irina. Des dîners, du ski dans les Alpes, des excursions musicales à Salzbourg. Un trio inséparable. Ni Max ni moi ne prenant l'avantage sur l'autre. En réalité, je ne skiais pas. Je restais à lire dans le chalet, certain que Max ne prenait aucune avance romanesque sur les pentes parce que, en fait, notre trio était un quatuor. »

Il servit la vodka. « Il y avait toujours cet homme dans le passé d'Irina. Celui qui lui avait sauvé la vie et qui était resté, celui qu'elle attendait. Comment pouvait-on battre un héros comme ça ?

— Ça n'était peut-être pas nécessaire. Peut-être qu'elle a fini par en avoir assez d'attendre », murmura Arkadi.

Ils burent en même temps, comme deux galériens enchaînés à la même rame.

« Non, protesta Stas. Je ne parle pas d'une époque lointaine. Quand Max est parti pour Moscou l'année dernière, j'ai pensé que je restais maître du terrain. Mais j'ai été manœuvré dans des proportions que je n'avais pas prévues, et d'une façon qui ne fait que prouver le génie de Max. Parce que vous savez ce que Max a fait ?

— Non, avoua Arkadi.

— Max est revenu. Max l'aimait et il est revenu pour elle. C'était ce que moi je ne pouvais pas faire et ce que vous, vous n'avez jamais fait. Maintenant, c'est lui le héros et je suis relégué au rang de simple "ami cher". »

La vodka faisait briller le regard de Stas. Arkadi se demanda s'il l'avait jamais vu *manger*. Il fit tourner la vodka dans son verre, de telle sorte qu'elle roulait autour des bords comme du mercure. « Qu'était Max avant de venir à l'Ouest ?

— Il était metteur en scène. Il est passé à l'Ouest à l'occasion d'un festival de cinéma. Mais Hollywood ne s'intéressait pas à son œuvre.

— Quel genre de films avait-il faits ?

— Des épopées guerrières, on tuait des Allemands, des Japonais, des terroristes israéliens... Le train-train. Max avait quand même les goûts d'un metteur en scène célèbre. Costumes sur mesure, bon vin, belles femmes.

— Où est-il descendu à Munich ? demanda une nouvelle fois Arkadi.

— Je ne sais pas. Ce que je cherche à vous dire, c'est que mon dernier espoir, c'est vous.

— Max m'a roulé aussi.

— Non, je connais Max. Il n'attaque que quand il y est obligé. Si vous n'étiez pas une menace, il serait votre meilleur ami.

— Vous parlez d'une menace ! En ce qui concerne Irina, c'est comme si j'étais mort. » C'était le terme qu'elle avait employé dans la cuisine de Tommy, comme un couteau qu'elle aurait trouvé sur la table.

« Mais vous a-t-elle dit de partir ?

— Non.

— Alors elle n'a pas vraiment pris sa décision.

— Peu importe à Irina que je reste ou que je parte. Je ne pense même pas qu'elle me voit.

— Voilà des années qu'Irina ne fume plus. La première fois qu'elle vous a vu, elle a demandé une cigarette. Elle vous voit. »

Laïka tourna la tête vers le balcon, se dressa sur ses pattes de devant et se mit debout, les oreilles dressées. Stas fit signe à Arkadi de rester silencieux, puis il tendit la main vers le commutateur et éteignit la lumière.

La pièce était plongée dans l'obscurité. Dehors on entendait les pétarades des Volkswagen et le timbre d'une bicyclette chassant un piéton de la piste cyclable. Plus près, Arkadi entendit des semelles de caoutchouc qui approchaient, une balustrade qu'on enjambait, l'atterrissage en douceur d'un homme corpulent sur le balcon. Laïka était invisible, mais Arkadi la repéra en l'entendant grogner dans l'obscurité. Comme un pas s'avançait sur le balcon, il sentit le chien se ramasser pour attaquer.

On entendit quelqu'un prendre son souffle et une voix plaintive qui disait : « Stas, je t'en prie, Stas ! »

Stas ralluma la lampe. « Couchée, Laïka. Tu es une bonne fille. Couchée, couchée. »

Rikki entra en trébuchant par la porte-fenêtre. Arkadi avait rencontré l'acteur géorgien devenu présentateur de radio à la cafétéria de la gare et à la soirée de Tommy. A chaque fois, Rikki lui avait paru angoissé, ou du moins théâtral. C'était la même chose cette fois-ci. Il avait le dos d'une main hérissé d'épines. « Le cactus, gémit-il.

— Je les ai changés de place », expliqua Stas.

Arkadi alluma la lumière extérieure. Sous une lampe accrochée au mur, il y avait une table en fer, deux chaises, un seau empli de canettes de bière vides et des cactus en pot disposés en demi-cercle, dont certains ressemblaient à des pelotes d'épingles avec de courtes épines et d'autres à des baïonnettes en dents de scie.

« C'est un système d'alarme », expliqua Stas.

A chaque aiguille que Stas retirait, Rikki avait un sursaut. « Tous les gens ont des géraniums sur leur balcon. Moi, j'ai des géraniums. C'est une fleur charmante, lui dit-il.

— Rikki habite à l'étage au-dessus », expliqua Stas en lui retirant la dernière épine.

Des marques de piqûres parsemaient la main de Rikki. Il les contempla d'un regard consterné.

« Vous faites toujours des visites de cette façon ? interrogea Arkadi.

— J'étais coincé. » La mémoire lui revenant, il entraîna Stas et Arkadi loin du balcon. « Elles sont à ma porte.

— Qui ça ? demanda Stas.

— Ma mère et ma fille. Toutes ces années où j'ai attendu pour les voir, et voilà maintenant qu'elles sont ici. Ma mère veut emporter le téléviseur. Ma fille veut repartir avec ma voiture.

— Ta voiture ? fit Stas.

— *Sa* voiture, dès l'instant où elle sera en Géorgie, expliqua Rikki à Arkadi. Dans un moment de faiblesse, j'ai dit qu'elle pouvait le faire. Mais j'ai une BMW toute neuve. Qu'est-ce qu'une fille va faire avec ça en Géorgie ?

— S'amuser, répondit Arkadi.

— Je savais que ça arriverait. Ces gens n'ont aucun contrôle sur eux-mêmes. Ils sont si avides que ça me fait honte. » Le visage de Rikki prit une expression tragique.

« Ne réponds pas à ta porte, conseilla Stas, et elles vont s'en aller.

— Pas elles, fit Rikki en levant les yeux au plafond. Elles attendront que je sorte.

— D'ici, fit Arkadi, vous pouvez descendre par l'escalier.

— Je leur ai dit d'attendre une minute, déclara Rikki. Je ne peux pas disparaître purement et simplement. A un moment il faudra bien que j'ouvre la porte.

— Alors, pourquoi venir ici ? demanda Stas.

— Tu as du cognac ? » Rikki examinait sa main qui commençait à enfler.

« Non. De la vodka, proposa Stas.

— Il faudra faire avec. » Il se laissa guider jusqu'à un fauteuil et accepta un verre. « Voici mon plan : qu'elles prennent une autre voiture.

— Tu es allé la chercher à l'aéroport, remarqua Stas. Elle connaît ta voiture. Elle lui plaît beaucoup.

— Je dirai que c'est la tienne... Que je te l'ai empruntée pour l'impressionner.

— Ah. Et quelle voiture comptes-tu lui laisser prendre ? demanda Stas.

— Stas, murmura Rikki en battant des cils. Stas, nous sommes des amis très proches. Ta Mercedes a dix ans, tu l'as achetée d'occasion — c'est une niche à chien, si je peux parler franchement. Ma fille a un certain goût. Elle jettera un coup d'œil à ta voiture et refusera d'y toucher. J'espérais que nous pourrions échanger nos clés. »

Stas servit deux nouvelles vodkas et dit à Arkadi : « Vous ne vous en douteriez pas aujourd'hui, mais Rikki un jour s'est enfui à la nage par la mer Noire. Il avait une combinaison et une boussole. Il a plongé sous les filets et les champs de mines, il a nagé sous les patrouilleurs. C'était une évasion héroïque. Et le voilà aujourd'hui qui se cache de sa fille.

— Tu ne veux pas faire l'échange ? demanda Rikki.

— La vie t'a rattrapé. Je crois que ta fille va te faire payer des années de négligence, fit Stas. La voiture, ça n'est qu'un début. »

La vodka semblait coller à la gorge de Rikki. Il se leva avec dignité, sortit sur le balcon et cracha par-dessus la balustrade.

« Qu'elle aille se faire voir ! Et toi aussi ! » dit-il à Stas. Il posa le verre sur la table du balcon et se hissa jusqu'au tuyau d'écoulement qui courait le long de la façade de l'immeuble. Pour un homme de sa corpulence, il était encore agile. Arkadi le vit enjamber le balcon de l'étage au-dessus. Au moment où il agitait les jambes, il y eut une pluie de pétales de géraniums.

Arkadi s'éveilla sur le divan. A sa montre, il était deux heures du matin. Il n'y a pas de trou plus profond que deux heures du matin, l'heure où la peur règne sur le monde. Stas avait à deux reprises éludé la question. Où Max était-il descendu ?

Par nature, les Russes n'aimaient pas les hôtels. Les visiteurs séjournaient chez des amis. D'autres amis savaient à quelle adresse. L'idée que Max était allongé aux côtés d'Irina amena Arkadi à plonger son regard dans les ténèbres bleutées de la chambre. Il les imaginait au lit, comme si cela se passait de l'autre côté de la table du living-room. Il croyait voir le bras de Max entourant sa taille, il croyait entendre Max humer le parfum de ses cheveux.

Il craqua une allumette. Des sièges, un bureau et des rayonnages émergèrent de l'ombre pour s'approcher de la flamme. Il repoussa sa couverture. Sur le bureau, il avait aperçu le téléphone. En tâtonnant il trouva un petit carnet d'adresses. D'une seule main, maladroitement, il craqua une autre allumette, ouvrit le carnet et trouva « Irina Asanova » et son numéro de téléphone. La flamme lui léchait les doigts.

Il l'éteignit et décrocha le téléphone. Allait-il lui dire qu'il était désolé de la réveiller mais qu'ils devaient absolument parler ? Elle avait déjà clairement déclaré qu'elle n'avait rien à lui dire, surtout si Max était couché à côté d'elle. Arkadi pouvait la mettre en garde. Comme il paraîtrait jaloux et idiot, avec Max couché là.

Ou bien, quand elle répondrait, il pourrait demander Max. Ça serait une façon de lui faire comprendre qu'il était au courant. Ou bien, si elle demandait qui était à l'appareil, il pourrait répondre « Boris », puis voir comment elle réagirait.

Arkadi composa le numéro, mais quand il commença à porter le combiné à son oreille, il eut le poignet comme paralysé. Des dents humides retenaient sa main et le téléphone. Lorsqu'il fit mine de le porter à son oreille, les mâchoires resserrèrent leur étreinte. Il approcha son autre main de l'appareil, et un grognement lui résonna dans le bras. A l'autre bout du fil, il entendit les deux sonneries caractéristiques d'un téléphone allemand. « Allô ? » fit Irina.

Arkadi essaya de libérer son bras et les mâchoires se refermèrent.

« Qui est à l'appareil ? » demanda Irina.

Le chien était pendu de tout son poids à son bras.

Il y eut un déclic, puis la tonalité.

Comme Arkadi laissait retomber son bras, l'emprise des mâchoires se desserra. Quand il eut raccroché, les dents le lâchèrent. Il sentit le chien qui attendait pour s'assurer qu'il ne touchait plus au téléphone.

Sauve-moi, songea Arkadi. Sauve-moi de moi-même.

CHAPITRE 24

Le secret était que le principal repas de Stas, c'était le petit déjeuner. Foie, saumon fumé, salade de pommes de terre et plusieurs tasses de café. Il avait aussi le magnétoscope et l'énorme poste de télévision d'un célibataire.

Utilisant la commande à distance, Arkadi se passa la cassette. En accéléré, défilèrent sur l'écran des moines, Marienplatz, la brasserie en plein air, la circulation en ville, une grande brasserie, des cygnes, l'opéra, l'Oktoberfest, les Alpes, encore une brasserie en plein air. Arrêt sur image. Il rembobina jusqu'au début de la dernière scène. Un jardin avec le soleil qui filtrait à travers le feuillage sur un mur de chèvrefeuille où s'affairaient des abeilles. Des convives étaient là, épuisés par l'effort d'un lourd déjeuner, à l'exception de la femme installée à une table. Il arrêta l'image au moment où elle levait son verre.

« Je ne l'ai jamais vue, fit Stas. Ce qui me stupéfie, c'est que je n'ai jamais mis les pieds dans cette brasserie en plein air. Je croyais que je les connaissais toutes. »

L'écran s'anima de nouveau. La femme levait plus haut son verre. Des cheveux blonds partirent en arrière dans un mouvement presque violent, découvrant un collier en or reposant sur un cachemire noir, des lunettes de soleil en ailes de papillon, des, ongles rouges et des lèvres qui promettaient en russe : « Je t'aime. »

Stas secoua la tête. « Je me souviendrais d'elle.

— Elle n'était pas à Radio Liberté ? demanda Arkadi.

— Ça m'étonnerait.

— Une amie de Tommy ?

— C'est possible, mais je ne l'ai jamais rencontrée. »

Arkadi essaya une autre tactique. « J'aimerais voir où travaillait Tommy.

— Les Archives rouges ? La prochaine fois que j'essaie de vous faire entrer, les gardes appelleront Michael. Ça m'est égal de l'agacer, mais il dira simplement aux gardes de ne pas vous donner de laissez-passer.

— Michael est à la station en permanence ?

— Non. Entre onze heures et midi, il joue au tennis au club de l'autre côté de la rue, mais il emporte son téléphone partout.

— Vous serez à la station ?

— Je serai à mon bureau jusqu'à midi. Je suis un rédacteur, moi. Je transforme en mots sur un écran d'ordinateur le déclin et la chute de l'Union soviétique. »

Quand Stas fut parti, Arkadi tapota le divan, lava la vaisselle et repassa les vêtements que Federov avait fourrés dans son sac la veille. Arkadi avait des meurtrissures au poignet, mais la peau n'était pas écorchée ; Stas avait vu les marques mais n'avait rien dit. A chaque pas que faisait Arkadi du divan à l'évier puis jusqu'à la planche à repasser, il était suivi de Laïka. Pour l'instant, la chienne jugeait son comportement acceptable.

Tout en repassant, Arkadi regarda une nouvelle fois la cassette. Au moment où la caméra faisait un panoramique, il se rendit compte qu'il regardait peut-être le patio d'un restaurant plutôt qu'une brasserie à l'extérieur. On servait des repas dans une salle, mais la lumière dehors était trop vive pour qu'on pût voir à travers les fenêtres.

Que savait-il d'elle ? Elle aurait fort bien pu à une époque être une « putana » de Moscou appelée Rita. Elle pouvait être Frau Benz qui parcourait le monde. La seule preuve tangible de son existence, c'était cette cassette. Il remarqua cette fois qu'à sa table le couvert était mis pour deux. Elle avait une présence presque théâtrale. Le collier d'or était très teuton, mais les angles de son visage étaient résolument russes. Un maquillage épais — ça aussi, c'était plutôt russe. Il regrettait que pas une fois elle n'ôtât ses lunettes. Lentement ses lèvres esquissèrent un sourire et dirent à Rudy Rosen : « Je t'aime. »

Laïka gémit, se dirigea vers le poste de télévision et se rassit.

Arkadi rembobina en faisant plusieurs arrêts sur

image. Ses lunettes. Quand on la voyait se reculer de la table. S'éloigner des autres convives. La vigne vierge et les abeilles. Un chariot avec du linge de table, des ustensiles de cuisine, des carafes d'eau. Du stuc, du chèvrefeuille. Une fenêtre avec un carreau qui reflétait la personne tenant la caméra. C'était là une autre question : qui avait filmé ? Un homme aux épaules résolument larges, en chandail canari qui se détachait sur un mur d'arbres. De vrais arbres, cette fois, pas des silhouettes découpées. Arkadi se souvint de Borya disant : « Le pro, Polly. Le pro. »

Il fit avancer la cassette. Des moucherons volaient dans le soleil. Des abeilles s'agitaient et des clients retrouvaient une sorte de vie. La femme aux lunettes de soleil répétait : « Je t'aime. »

Au garage Léopold, une Mercedes à la carrosserie allongée, avec un téléphone de voiture rouge, était garée près de la cabine du gardien. Se souvenant des Arabes au Hilton, Arkadi grimpa la rampe jusqu'au niveau suivant, choisit une BMW qui n'avait pas l'air trop lourde et la secoua énergiquement. La voiture s'éveilla aussitôt, tous ses feux se mettant à clignoter tandis qu'un klaxon retentissait. Il fit subir le même sort à des Mercedes, des Audi, des Daimler et des Maserati, jusqu'à ce que l'étage tout entier retentît d'un concert d'alarmes. Lorsqu'il vit le gardien monter la rampe en courant, il dévala précipitamment l'escalier.

Dans la cabine se trouvaient le composteur de tickets, un registre, des outils et un long couteau pour ouvrir les portières de voitures fermées à clé. Le couteau exigeait de patients efforts qu'Arkadi n'avait pas le temps de faire. Il prit une clé anglaise. Quand il brisa la vitre de la Mercedes, l'alarme de la limousine se joignit au chœur des sirènes mais, cinq secondes plus tard, il sortait du garage avec le téléphone à la main.

A Moscou, il était commissaire principal attaché

au bureau du procureur ; ici, après moins d'une semaine à l'Ouest, voilà qu'il était un voleur. Il savait qu'il aurait dû se sentir coupable ; au lieu de cela, il se sentait vivant. Et même assez malin pour couper le téléphone.

Il était onze heures passées lorsqu'il arriva à Radio Liberté. De l'autre côté de la rue, dissimulés par des voitures garées et une clôture métallique, se trouvaient un clubhouse, des tables de jardin et des marches descendant jusqu'à des courts de tennis en terre battue où des joueurs en blanc et en couleurs pastel marchaient le long de la ligne de fond et échangeaient des balles coupées. Quel monde délicieux, se dit Arkadi. Imaginez un peu : avoir le loisir, en plein milieu de la journée, de se mettre en short et de courir après une balle pelucheuse en suant à grosses gouttes. Il regarda dans la Porsche de Michael. Son téléphone portatif rouge, son sceptre en plastique, n'était plus là.

Michael se trouvait sur un court près du clubhouse. Il portait un short avec un chandail à col en V et jouait avec l'indolente aisance de quelqu'un qui a touché sa première balle de tennis au berceau. Son adversaire, qui tournait le dos à Arkadi, frappait des coups désordonnés et se déplaçait avec les mouvements incertains d'un homme qui marche sur un trampoline. Derrière lui, et juste dans le champ de vision de Michael, se trouvait une table avec le téléphone, antenne déployée. L'autre table était vide.

Tandis qu'Arkadi réfléchissait à la façon dont il allait s'y prendre, il observa que la vie offrait ses propres distractions. Le partenaire de Michael tapait des balles à droite, à gauche et par-dessus la tête de Michael jusque dans le grillage. A d'autres moments, il manquait complètement la balle. Parfois, il avait l'air de s'empêtrer dans son short. Le jeu ne lui semblait pas seulement totalement étranger, mais comme venant d'une planète où la gravité serait différente.

Lors d'une brève conférence au filet, Arkadi fut surpris d'entendre son nom. Comme l'adversaire regagnait son carré de service, il eut l'occasion de bien le regarder. Federov. Le service suivant de l'attaché consulaire passa par-dessus le treillage et la balle vint rebondir dans un autre court où jouaient deux femmes. Elles portaient de courtes jupes révélant de longues jambes hâlées, et elles parurent considérer l'arrivée de la balle comme une impolitesse. Michael s'avança jusqu'au grillage et s'excusa d'un ton qui donnait à penser qu'il compatissait. Brandissant sa raquette et faisant beaucoup trop de bruit pour un court de tennis, Federov accourut à son tour. Pendant ce temps, Arkadi s'était approché de la table et avait procédé à l'échange des téléphones.

De l'autre côté du clubhouse, se trouvaient deux poubelles à recyclage, l'une orange pour les matières plastiques, l'autre verte pour le verre. Arkadi jeta le téléphone dans la poubelle orange, puis repassa devant les courts de tennis, franchit la grille de la station sous l'œil des caméras, passa devant la cabine du garde du parking et monta les marches qui menaient à la réception.

Quand on l'appela, Stas descendit au bureau, quelque peu étonné de le voir, tandis que les gardes essayaient de joindre Michael. « Ça sonne.

— Nous n'avons pas toute la journée », dit Stas.

Le garde raccrocha, gratifia Arkadi d'un regard méfiant et d'un laissez-passer. Une fois déclenché le verrou électrique de la porte, il se retrouva dans le vestibule à la moquette crème de Radio Liberté. On avait changé les panneaux d'affichage, signe d'une bonne organisation du travail. Des photographies tirées sur papier glacé montraient le président Gilmartin faisant visiter les bureaux à des représentants de la radio hongroise et applaudissant des groupes folkloriques de Minsk. Des techniciens chargés de bobines de magnétophone allaient et venaient dans le couloir. Il aperçut par une porte ouverte les cheveux gris de Ludmilla.

« Vous êtes venu pour poser une bombe dans le bureau du directeur ou dans celui de Michael ? Dans quel pétrin me suis-je mis ? demanda Stas.

— Où se trouvent les Archives rouges ?

— L'escalier est entre la machine à café et le distributeur de sandwiches. Joyeux bombardement. »

Quand Tommy avait affirmé que les Archives rouges étaient la plus grande bibliothèque sur la vie soviétique en dehors de Moscou, Arkadi s'était imaginé les lampes pâlottes et les piles de livres poussiéreuses de la bibliothèque Lénine. Comme d'habitude, il n'était pas prêt à affronter la réalité. Il n'y avait pas de lampes dans les Archives rouges, seulement un éclairage d'aquarium dispensé par de grands plafonniers. Pas de livres non plus, rien que des dossiers sur microfilms, des classeurs métalliques motorisés qui glissaient sur des rails. Au lieu d'une salle de lecture, il y avait une machine qui grossissait les microfiches pour leur donner des dimensions lisibles. Arkadi passa une main respectueuse sur un dossier. Comme si les anciens Russes, Pierre le Grand et la Grande Catherine et la prise du Palais d'Hiver avaient été réduits à la taille d'une tête d'épingle. Il fut soulagé de trouver quelque chose d'aussi primitif qu'une boîte en bois avec des fiches en caractères cyrilliques.

Tous les documentalistes qui griffonnaient à leur bureau étaient américains. Une femme avec un corsage plein de petits nœuds se montra ravie de voir un Russe.

« Où était le bureau de Tommy ? demanda Arkadi.

— Dans la section *Pravda.* » Elle soupira et désigna une autre porte. « Il nous manque.

— J'imagine.

— C'est qu'il y a tant d'informations qui arrivent ces jours-ci, dit-elle. Autrefois, il n'y en avait pas du tout et maintenant il y en a trop. J'aimerais bien que ça ralentisse un peu.

— Je comprends ce que vous voulez dire. »

La section *Pravda* était une salle étroite, rétrécie encore par des étagères où s'alignaient des exemplaires reliés de la *Pravda* d'un côté et des *Izvestia* de l'autre. Au fond de la pièce, un magnétoscope enregistrait une émission d'un poste de télévision en couleurs. La station devait avoir une antenne satellite car, bien que le son fût bas, Arkadi se rendit compte qu'il regardait le journal télévisé soviétique. Sur l'écran, une foule misérablement vêtue s'efforçait de renverser un camion. Quand il se retrouva sur le côté, les gens se précipitèrent vers l'arrière. Un gros plan du chauffeur montra son nez ensanglanté. Un autre plan du camion pris sous un autre angle révélait le nom d'une coopérative qui produisait du suif. Les manifestants sortaient du camion en brandissant des os et de la viande noire. Arkadi comprit à quel point il avait été conditionné par quelques jours de régime allemand où bière et nourriture coulaient à flots. Etait-ce si terrible que cela ? se demanda-t-il. Etait-ce vraiment si terrible là-bas ?

Derrière le téléviseur se trouvait le bureau de Tommy, couvert de journaux, de marques de tasses et de balles de mitrailleuse utilisées comme presse-papiers. Dans le tiroir du milieu il y avait des crayons, des agrafeuses, des blocs de papier et des trombones. Dans les tiroirs latéraux, des dictionnaires russe-anglais et allemand-anglais, des westerns en livres de poche, de gros livres d'histoire militaire, des manuscrits et des lettres de refus. Il n'y avait même pas de prise de téléphone pour un fax.

Arkadi regagna la salle des classeurs et demanda à la femme : « Est-ce que Tommy avait un fax quand il travaillait à la supervision des programmes ?

— Peut-être bien. La Direction des programmes est dans un autre quartier de la ville. Il aurait fort bien pu en utiliser un là-bas.

— Combien de temps est-il resté là-bas ?

— Un an. Je regrette que nous n'ayons pas de fax ici. C'est un des à-côtés intéressants quand on est chef. Un des privilèges, dit-elle, son visage s'éclairant comme si elle décrivait des récompenses. Nous avons beaucoup d'informations ici. Tout ce qui concerne l'Union soviétique. Sur n'importe quel sujet.

— Max Albov. »

Elle prit une profonde inspiration et ses doigts se mirent à jouer avec les nœuds de son col. « Ma foi, vous n'êtes pas loin. Bon. » Elle allait s'éloigner et s'arrêta. « Vous vous appelez ?

— Renko.

— Vous êtes un visiteur ?

— Je viens voir Michael.

— Alors... » Elle leva les bras au ciel.

Max constituait un filon qui semblait s'insinuer d'un casier de microfiches à l'autre. Arkadi s'installa devant l'agrandisseur et se mit à dérouler des années de *Pravda,* d'*Etoile Rouge* et de *Soviet Film* décrivant la carrière cinématographique de Max, son passage à l'Ouest, ses mois de service à Radio Liberté, l'instrument de désinformation de la CIA, ses scrupules de conscience, son retour au pays natal et sa dernière incarnation à la télévision américaine en tant que journaliste et commentateur respecté.

Deux vieux articles de *Soviet Film* attirèrent l'attention d'Arkadi. « Pour le metteur en scène Maxim Albov, le plus important dans un scénario, c'est la femme. "Trouvez une belle actrice, éclairez-la comme il faut et votre film est déjà à demi réussi." »

Pourtant, les films qu'il avait tournés avaient toujours été des films d'action, exaltant l'audace et les sacrifices de l'Armée rouge et des gardes-frontières contre les maoïstes, les sionistes et les moudjahidin.

« Un des effets spéciaux montrant un char israélien en feu a posé des problèmes extrêmement difficiles, car l'équipe du film n'avait pas les détonateurs ni le plastic qu'elle avait demandés. Ce fut le metteur en scène lui-même qui improvisa pour tourner cette scène particulièrement réussie.

« Albov : "Nous filmions dans les environs de Bakou, près d'un complexe chimique. Les cinéphiles ne savent pas que c'est d'abord la chimie que j'ai étudiée. Je savais qu'une combinaison de soude rouge et de sulfate de cuivre permettait de provoquer une explosion spontanée sans détonateur. Comme l'essentiel était de bien synchroniser, nous avons testé quarante ou cinquante échantillons différents avant de filmer, ce que nous avons fait avec une caméra commandée à distance derrière un écran de plexiglas. C'était une scène de nuit et l'effet obtenu quand le char israélien s'enflamme est spectaculaire. Hollywood ne pourrait pas faire mieux." »

Arkadi sursauta quand la porte des archives s'ouvrit avec fracas pour livrer passage à Michael et Federov. Toujours en short de tennis. Federov avait les jambes d'un blanc phosphorescent. Il avait une raquette à la main. Michael tenait un téléphone. Ils étaient accompagnés des gardes de la réception et de Ludmilla, dont les yeux brillaient comme ceux d'un carlin hargneux. « Utilisez mon bureau, fit Ludmilla. Il est tout à côté du vôtre. Comme ça, votre secrétaire n'aura pas à l'enregistrer. Il disparaîtra purement et simplement. »

Cette suggestion plut à Michael. Ils s'entassèrent dans une pièce au mobilier noir avec des cendriers disposés comme des urnes contenant les restes de récents disparus. Aux murs se trouvaient des photographies de la poétesse Tsvetaïeva, qui avait émigré avec son mari, un assassin soviétique. Même pour des Russes, ç'avait été un mariage agité.

Les gardes poussèrent Arkadi jusqu'à un canapé. Federov s'affala sur le divan et Michael se jucha sur le bord du bureau.

« Qu'est-ce que vous avez foutu de mon téléphone ?

— Vous l'avez à la main », répondit Arkadi.

Michael laissa l'appareil retomber sur le bureau. « Ça n'est pas le mien. Vous savez où est le mien. Vous avez échangé ces foutus téléphones.

— Comment est-ce que je pourrais faire ça ? demanda Arkadi.

— C'est comme ça que vous avez réussi à passer à la réception.

— Pas du tout, répliqua Arkadi, on m'a donné un laissez-passer de visiteur.

— Parce qu'ils n'ont pas pu me joindre au téléphone, dit Michael. Parce que ce sont des idiots.

— A quoi ressemble votre téléphone ? »

Michael s'entraînait même à respirer. « Renko, Federov et moi avons eu aujourd'hui une discussion à votre sujet. On dirait que vous n'arrêtez pas de causer des problèmes.

— Il a refusé d'obéir à un ordre du consul lui enjoignant de rentrer à Moscou. » Federov était ravi d'être introduit dans la conversation. « Il a un ami ici à la station qui s'appelle Stanislav Kolotov.

— Stas ! Je l'interrogerai plus tard. C'est lui qui vous a envoyé aux archives ? demanda Michael à Arkadi.

— Non, je voulais simplement voir où Tommy travaillait.

— Pourquoi ?

— Il parlait de son travail de façon si intéressante.

— Et les dossiers sur Max Albov ?

— Ça m'a l'air d'un personnage fascinant.

— Mais vous avez dit à la documentaliste en chef que c'est moi que vous veniez voir.

— Je suis en effet venu vous voir. Hier, quand vous m'avez emmené chez le président Gilmartin, vous m'avez promis de l'argent.

— Vous avez raconté n'importe quoi à Gilmartin, fit Michael.

— C'est vrai que Renko a besoin d'argent, observa Federov.

— Bien sûr qu'il a besoin d'argent. Tous les Russes ont besoin d'argent, lança Ludmilla.

— Vous êtes sûr que ce n'est pas votre téléphone ? demanda Arkadi.

— C'est un téléphone volé, dit Michael.

— La police devrait relever les empreintes qu'il y a dessus, dit Arkadi.

— Oh, naturellement, ce sont mes empreintes qu'il y a dessus maintenant. La police ne va pas tarder. Ce qu'il y a, Renko, c'est que vous aimez foutre la merde. Mon travail à moi, c'est d'arrondir les angles. Je suis arrivé à la conclusion que tout se passera beaucoup plus simplement si vous rentrez à Moscou.

— C'est l'impression qu'on a au consulat aussi », dit Federov.

Quand Arkadi changea de position sur le canapé, il sentit sur chacune de ses épaules la main d'un garde.

« Nous avons décidé de vous reconduire à l'avion, dit Michael. Considérez que c'est chose faite. Le communiqué que mon ami Sergueï ici présent va envoyer à Moscou dépendra pour une large part de votre attitude qui, jusqu'à maintenant, a été consternante. Il pourrait expliquer que votre travail ici a été à ce point couronné de succès que vous êtes rentré plus tôt que prévu. D'un autre côté, j'imagine qu'un policier envoyé pour avoir envenimé les relations entre les Etats-Unis et l'Union soviétique, pour avoir abusé de l'hospitalité de la République allemande et pour avoir volé un objet appartenant à cette station sera accueilli plutôt fraîchement. Avez-vous envie de nettoyer des latrines en Sibérie jusqu'à la fin de votre misérable existence ? Vous avez le choix.

— J'aimerais vous aider, fit Arkadi.

— Voilà qui est mieux. Qu'est-ce que vous cherchez à Munich ? Pourquoi êtes-vous venu fureter à Radio Liberté ? En quoi Stas vous aide-t-il ? Où est mon téléphone ?

— J'ai une idée, suggéra Arkadi.

— Dites toujours, fit Michael.
— Appelez.
— Appeler qui ?
— Vous-même. Peut-être que vous entendrez une sonnerie. »

Il y eut un long silence. « Alors, c'est ça ? Renko, vous êtes pire qu'un trou du cul, vous êtes un suicide ambulant.
— Vous ne pouvez pas me renvoyer, dit Arkadi. Nous sommes en Allemagne. »

Michael sauta à bas du bureau. Il avait le pas souple d'un athlète, une légère marque de lunettes de soleil autour des yeux et il émanait de lui une odeur un peu goudronneuse de sueur et de lotion après-rasage. « C'est pour ça que vous allez partir. Renko, vous êtes un réfugié. Que voulez-vous que les Allemands fassent de gens comme vous ? Je crois que vous connaissez le lieutenant Schiller. »

Les gardes remirent Arkadi sur ses pieds. Rapide comme un chien, Federov se leva d'un bond.

Un cendrier, un téléphone et un télécopieur occupaient le bureau de Ludmilla et, comme Michael traversait à grandes enjambées la pièce pour ouvrir la porte à Peter Schiller, Arkadi vit que, à côté du bouton envoi, le fax portait le numéro d'où on avait appelé Rudy Rosen en demandant : « *Where is Red Square ?* »

Peter dit : « Il paraît que vous rentrez à Moscou.
— Regardez le fax », répondit Arkadi.

Cela semblait être l'occasion que le lieutenant attendait. Il tordit le bras d'Arkadi derrière son dos et lui bloqua le poignet, l'obligeant à se dresser sur la pointe des pieds. « Partout où vous allez, vous faites du gâchis.
— Regardez donc.
— Vol, violation de domicile, refus d'obéissance à la police. Encore un touriste russe. » Peter poussa Arkadi vers la porte. « Voulez-vous m'apporter le téléphone que vous avez trouvé, dit-il à Michael.

— Nous retirons notre plainte pour accélérer le processus de rapatriement, dit Michael.

— Le consulat a modifié son visa, renchérit Federov. Nous avons une place pour lui sur le vol d'aujourd'hui. Tout cela peut se faire très discrètement.

— Oh, pas question », dit Peter. Il tenait Arkadi comme un trophée. « S'il a enfreint la loi allemande, il est entre mes mains. »

CHAPITRE 25

La cellule était comme une salle de bains finlandaise : quinze mètres de carrelage blanc, carrelage bleu aux murs, un lit en face d'un banc, des toilettes dans le coin. Par souci d'hygiène, de l'autre côté des barreaux en acier inoxydable, était enroulé un tuyau. La ceinture et les lacets d'Arkadi étaient dans une boîte à côté du tuyau. Un policier en uniforme qui avait l'air à peine plus vieux qu'un boy-scout passait toutes les dix minutes pour s'assurer qu'Arkadi ne s'était pas pendu avec sa veste.

Un paquet de cigarettes arriva en milieu d'après-midi. Bizarrement, Arkadi ne fumait pas autant que d'habitude, comme si la nourriture avait réduit l'appétit de ses poumons.

On lui apporta son repas sur un plateau en matière plastique à compartiments : du bœuf dans une sauce brunâtre, des beignets, des carottes avec du fenouil, du pudding à la vanille, des couverts en plastique.

Quand il avait appelé le numéro de fax depuis la gare, la voix était celle de Ludmilla. Pourtant, même si elle avait connu Rudy, elle ne savait pas qu'il était mort quand elle avait demandé : « *Where is Red Square ?* »

L'espace vital attribué à chaque citoyen soviétique était de cinq mètres carrés, aussi cette cellule était-elle une véritable suite. Et puis, une prison soviétique, c'était un vrai manuscrit. Sur les plâtres des murs étaient griffonnés des messages personnels et des proclamations. « Le Parti boit le sang du peuple ! » « Dima tuera les salauds qui l'ont dénoncé ! » « Dima aime Zeta pour toujours ! » Et des dessins : des tigres, des poignards, des anges, des femmes plantureuses, des sexes en érection, une tête de Christ. Mais le carrelage d'ici était vitrifié, cuit au four et résistant à tout graffiti.

Le vol d'Aeroflot avait dû décoller maintenant, il en était certain. La Lufthansa avait-elle un vol de nuit ?

Tout en faisant un oreiller de sa veste, Arkadi trouva dans une poche intérieure une enveloppe froissée et reconnut son propre nom tracé d'une écriture fine et tremblante. C'était la lettre de son père que Belov lui avait donnée et qu'il trimbalait depuis plus d'une semaine, d'une tombe russe à une cellule allemande, comme une capsule de cyanure oubliée. Il roula le papier en boule et le jeta en direction des barreaux. Au lieu de passer au travers, la boulette de papier en heurta un et tomba dans la rigole au milieu du carrelage. Il la lança encore et de nouveau elle rebondit pour venir rouler à ses pieds.

Le papier était tout froissé. Quels pouvaient bien être les mots d'adieu du général Kyril Renko ? Après toute une vie de malédictions, quelle était l'ultime malédiction ? Dans la guerre entre le père et le fils, quel était le dernier coup ?

Arkadi se rappelait les formules favorites de son père. « Petit veau » quand Arkadi était un jeune garçon. « Poète », « tantouse », « trouillard » et « eunuque » étaient réservés à l'étudiant. « Lâche », naturellement, quand Arkadi refusa d'entrer à l'école d'officiers. Et depuis lors, bien sûr, « raté ». Quelle dernière flèche lui avait-il réservée ? Les morts avaient toujours un certain avantage.

Cela faisait des années qu'il n'avait pas parlé à son père. A ce stade peu brillant de sa carrière, dans ce trou carrelé, était-ce le bon moment pour le laisser lui décocher un coup de poignard posthume ?

Il y avait une certaine ironie dans cette situation. Même mort, le général avait toujours l'instinct d'un bourreau.

Arkadi aplatit l'enveloppe sur le sol. Il décolla le coin du rabat, glissa un doigt par l'interstice et ouvrit avec précaution car il n'aurait pas été surpris si son père avait laissé une lame de rasoir. Mais non, la lettre elle-même ferait office de rasoir. Quels étaient les mots les plus détestables, les plus blessants qu'il pouvait entendre ? Qu'est-ce qui valait encore la peine de siffler du fond de la tombe ?

Arkadi souffla dans l'enveloppe, ce qui souleva une demi-feuille de papier pelure. Il lissa le papier et le brandit à la lumière.

L'écriture était si pâle et si chaotique que c'était plus une onde de choc venant d'un lit de mort qu'une lettre écrite d'une main qui pouvait à peine tenir une plume. Le général n'avait tracé qu'un mot : « Irina. »

CHAPITRE 26

La circulation la nuit sur Leopoldstrasse était un flot sinueux de phares, de vitres, de terrasses de café et de chrome.

Tout en conduisant, Peter alluma une cigarette. « Désolé pour la cellule. Il fallait que je vous mette quelque part où vous seriez hors d'atteinte de Michael et de Federov. D'ailleurs, vous les avez vraiment baisés. Vous devriez être fier. Ils n'arrivent pas à comprendre comment vous avez échangé les téléphones. Ils me montraient sans arrêt la voiture, le court de tennis, la voiture. »

Il rétrograda et se faufila devant d'autres voitures. Arkadi avait parfois l'impression que Peter maîtrisait à peine son envie de rouler sur le trottoir pour avancer.

« Apparemment le téléphone de Michael est spécial. Il a un système de brouillage pour la sécurité. Il était dans tous ses états parce qu'il allait être obligé d'en faire venir un nouveau de Washington.

— Il a retrouvé son téléphone ? demanda Arkadi.

— C'est merveilleux. C'est la *Schlag,* la crème fouettée sur le gâteau. Il a suivi vos conseils. Après le départ de Federov, Michael a remis son pantalon, composé son propre numéro et arpenté la rue jusqu'au moment où il a fini par découvrir son téléphone qui sonnait tout doucement au fond d'une poubelle. C'est un peu comme retrouver un chaton égaré.

— Alors il n'y a pas de motif d'inculpation ?

— On vous a vu quitter le garage où on a volé le premier téléphone mais, quand j'en ai eu terminé avec lui, le gardien ne savait pas si vous étiez petit ou grand, blanc ou noir. En insistant un peu, il pourrait fournir un signalement plus précis. L'essentiel est que vous êtes toujours ici et que c'est à moi qu'il faut dire merci.

— Merci. »

Peter eut un large sourire. « Vous voyez, ça n'était pas si difficile. Les Russes sont si susceptibles.

— Vous ne vous sentez pas apprécié à votre juste valeur ?

— Dites plutôt "ignoré". C'est parfait que Russes et Américains s'entendent si bien, mais ça ne veut pas dire qu'ils ont le droit de vous réexpédier à Moscou quand ils en ont envie.

— Pourquoi n'avez-vous pas regardé le fax de Michael quand je vous l'ai dit ?

— Je savais déjà. Après la mort de votre ami Tommy, j'ai appelé le numéro. C'est la femme qui a répondu. Je suis comme ça : quand quelqu'un est tué, ça ne me rend pas moins curieux, mais plus curieux. » Il tendit à Arkadi le paquet de cigarettes. « Vous savez, j'ai bien aimé votre coup des téléphones. Nous devons nous ressembler. Si vous n'étiez pas un tel menteur, nous pourrions faire une bonne équipe. »

Sur l'autoroute, Peter passa en surmultipliée, la vitesse qui lui donnait le plus de satisfaction. « Vous reconnaissez que vous avez inventé cette histoire à propos de la Bayern-Franconia et Benz. Pourquoi avez-vous choisi la banque de mon grand-père ? Pourquoi l'appeler *lui* ?

— J'ai vu une lettre qu'il avait écrite à Benz.

— Vous avez cette lettre ?

— Non.

— Vous l'avez lue ?

— Non. »

Les panneaux kilométriques défilaient rapidement. Les ponts se succédaient au-dessus d'eux dans un rugissement.

« Vous n'avez pas un collègue à Moscou que vous pourriez appeler ? demanda Peter.

— Il est mort.

— Vous n'avez jamais l'impression que vous portez la poisse ? »

Peter avait dû faire plus attention à leur trajet qu'il n'y paraissait, car il changea brusquement de vitesse et freina au pied d'une bretelle de sortie ombragée par des frênes blancs. La Trabant de Tommy avait disparu.

Peter laissa la BMW rouler lentement en arrière. « On voit bien que la chaussée n'est pas seulement calcinée, elle a éclaté. Je me suis demandé comment une malheureuse petite Trabi a pu heurter le ciment avec une force pareille ? Les portières repliées, bloquées. Le volant tordu. Il n'y a que les traces de pneus de la Trabi. Pas un éclat de verre, pas de fragment de feux arrière. Mais en revenant sur l'autoroute, vous regarderez les marques de dérapage. »

Deux apostrophes sombres partaient de la route vers la rampe.

« Vous avez fait des prélèvements ?

— Oui. Des pneus au carbone de mauvaise qualité. On ne peut même pas les rechaper, ni les brûler ni les recycler. Ce sont des pneus de Trabi. Les enquêteurs croient que Tommy s'est endormi et a perdu le contrôle de sa voiture. Les accidents mortels impliquant une seule victime et une seule voiture sont toujours les plus difficiles à reconstituer. A moins que ce n'ait été un accident entre deux voitures, avec un véhicule plus grand arrivant par-derrière et poussant violemment la Trabi sur la rampe. Si Tommy avait de la famille et des ennemis, le dossier serait encore ouvert.

— Il est fermé ?

— L'Allemagne a tant d'accidents de la route, de terribles accidents sur l'autobahn, que nous ne pouvons pas enquêter sur tous. Si vous voulez tuer un Allemand, faites-le sur la route.

— Y avait-il des traces de brûlures dans la voiture, un indice quelconque d'incendie volontaire ?

— Non. »

Peter fonça en marche arrière et, effleurant à peine la pédale de frein, fit pivoter la voiture sur elle-même. Arkadi se rappela qu'il avait piloté des avions à réaction. Au Texas, où il y avait moins de risques de rencontrer des obstacles.

« Quand Tommy était en train de brûler, vous avez crié que vous aviez déjà vu un feu comme ça avant. De qui s'agissait-il ?

— D'un trafiquant. » Arkadi se reprit. « D'un banquier du nom de Rudik Rosen. Il a cramé dans une Audi. Les Audi brûlent bien aussi. Quand Rudy était mort, il a reçu un fax de l'appareil que nous avons vu à Radio Liberté.

— L'expéditeur croyait qu'il était vivant ?

— Oui.

— Quel genre d'incendie de voiture était-ce ? Court-circuit ? Collision ?

— C'était différent de celui-ci. Un incendie volontaire. Une bombe.

— Différent ? J'ai encore une question. Avant que ce Rosen ne meure, étiez-vous dans sa voiture avec lui ?

— Oui.

— Pourquoi est-ce la première chose que je croie vraiment ? Renko, vous continuez à mentir pour tout le reste. Il n'y a pas que Benz d'impliqué dans tout ça. Qui d'autre ? N'oubliez pas, il y a un avion qui part pour Moscou demain. Vous pourriez vous retrouver à bord.

— Tommy et moi recherchions quelque chose.

— Quoi donc ?

— Une Bronco rouge. »

Devant eux, des feux arrière s'alignaient sur le bas-côté de la route. Sur la plate-forme on distinguait les silhouettes plus hautes des véhicules garés sur l'accotement. Peter zigzagua brièvement entre eux et, après quelques mètres, finit par s'arrêter. Des silhouettes s'écartèrent précipitamment, se protégeant les yeux derrière leurs bras. Dans la boîte à gants il prit des torches pour Arkadi et pour lui. Quand ils sortirent, ils furent accostés par des hommes furieux de voir arriver ces intrus sur leur territoire. Peter fit une clé au bras à l'un et montra les dents à un autre de façon suffisamment convaincante pour qu'il batte en retraite sans demander son reste. Il semblait y avoir deux côtés chez Peter Schiller, se dit Arkadi. L'idéal aryen et le loup-garou. Rien entre les deux.

Peter se fraya un chemin parmi les femmes attendant le client, tandis qu'Arkadi longeait les véhicules qui avaient reculé jusqu'au fond de l'aire de stationnement pour faire leurs petites affaires. Comme il ne savait pas à quoi ressemblait une Bronco, il devait lire le nom de la marque sur chaque voiture. Un bronco, n'était-ce pas un cheval sauvage ? Non, ce n'était pas ce bruit-là. C'était plutôt le battement d'un tambour humide ou, dans les profondeurs de la carrosserie, l'accouplement des tourterelles.

Il n'y avait pas de Bronco rouge, mais Peter revint de l'autre côté du parking pour dire qu'il y en avait une qui venait de partir avec une nommée Tima au volant. Il ne semblait pas découragé. Peut-être roulait-il un peu plus vite quand ils eurent regagné l'autoroute.

Arkadi imaginait la nuit flottant derrière eux comme une écharpe. Le reste de Munich vivait tranquillement selon un horaire fixe, avalait ses céréales, allait au travail à bicyclette et payait pour faire l'amour. Peter évoluait comme s'il tournait à un plus haut régime.

« Je pense que quand vous étiez dans la Trabi à attendre Tommy, quelqu'un vous a vu. Là-dessus, le pauvre Tommy est rentré chez lui et quelqu'un l'a suivi. Ce n'était pas un accident. C'était un meurtre, mais ils ont cru que c'était vous qu'ils tuaient.

— Vous voulez qu'on roule jusqu'à ce que quelqu'un essaie de nous tuer ?

— Je fais ça pour m'éclaircir les idées. Est-ce que vous suivez quelqu'un depuis Moscou ? Ou bien quelqu'un vous a-t-il suivi ?

— Au point où j'en suis, je suivrais n'importe quoi. Y compris une étoile.

— Mon grand-père par exemple ?

— Peut-être que votre grand-père est impliqué et peut-être pas. Franchement, je n'en sais rien.

— Avez-vous déjà rencontré Benz ?

— Non.

— Avez-vous parlé à quelqu'un qui a rencontré Benz ?

— Oui, Tommy. Ralentissez », fit Arkadi. Ils aperçurent, arpentant le bas-côté, une fille en blouson et bottes de cuir rouges et, comme ils passaient, il constata qu'elle avait les cheveux noirs et un visage rond d'Ouzbek. « Stop. »

Elle était furieuse et pas d'humeur à faire de l'auto-stop. Son allemand semblait un dialecte russe. « Cet *Arschloch* m'a jetée de ma voiture. Je le tuerai.

— A quoi ressemblait ta voiture ? » interrogea Arkadi.

Elle frappa le sol de sa botte. « *Scheisse.* Tout ce que j'ai est resté là-dedans.

— Nous pourrons peut-être la retrouver.

— Des photos et des lettres personnelles.

— Nous chercherons. Quelle est la marque de la voiture ? »

Elle détourna les yeux vers l'obscurité et réfléchit encore. L'Ouzbékistan est bien loin, songea Arkadi. Ses jambes paraissaient maigres et glacées. « Ça ne fait rien, dit-elle. Je m'en occuperai toute seule.

— Si quelqu'un a volé ta voiture, il faut le signaler à la police. »

Elle l'examina, puis inspecta la BMW, avec son antenne supplémentaire et son projecteur. « Non.

— Tima, demanda Arkadi, c'est le diminutif de quoi ?

— Fatima. » Elle ajouta aussitôt : « Je n'ai jamais dit que je m'appelais Tima.

— Est-ce qu'il a pris la voiture avant-hier soir ? »

Elle croisa les bras. « Vous m'avez surveillée ?

— Tu viens de Samarkand ou de Tachkent ?

— Tachkent. Comment en sais-tu aussi long ? Je ne t'ai rien dit.

— Vers quelle heure a-t-il pris la voiture, ce soir ? »

Elle reprit un air calme et se remit à marcher, en se dandinant sur ses talons. Les Ouzbeks avaient jadis été les Hordes d'Or de Tamerlan qui avaient déferlé de Mongolie jusqu'à Moscou. Triste fin que de tapiner maintenant au bord de l'autobahn.

Ils patrouillèrent sur le parking du Red Square : pas de Bronco rouge. Un contingent d'hommes d'affaires descendait bruyamment de fourgonnettes pour entrer dans le sex-club.

« On s'encanaille, observa Peter. Des gens de Stuttgart. Ici, ils ne toucheront qu'à la bière et puis ils rentreront sauter leur femme jusqu'à plus soif. »

En passant, il décocha un coup de pied à un petit caillou.

Quand ils reprirent la route, Peter était plus calme, comme s'il était parvenu à une décision. Arkadi, lui aussi, était détendu, il s'habituait à la vitesse.

Comme ils approchaient, la ville s'étalait, non pas comme un feu de brousse, mais plutôt comme un champ de bataille de moucherons.

Il y avait une Bronco rouge garée devant l'appartement de Benz. Pas de lumière aux fenêtres. Ils passèrent deux fois devant, se garèrent à côté du pâté de maisons suivant et revinrent à pied.

Peter resta dans l'ombre d'un arbre tandis qu'Arkadi gravissait les marches du perron et pressait le bouton correspondant à l'appartement. Aucune voix ne répondit dans l'interphone. Aucune fenêtre ne s'éclaira à l'étage.

Peter vint le rejoindre. « Il est parti.

— La voiture est ici.

— Il est peut-être allé marcher.

— A minuit ?

— C'est un Ossie, dit Peter. Combien de voitures peut-il avoir ? Renko, agissons en policiers et voyons ce que nous pouvons trouver. »

Il tendit une torche à Arkadi, l'emmena jusqu'à la Bronco et déplia les pinces d'un couteau suisse. Le chrome du pare-chocs avant était intact, mais la bande de caoutchouc qui le protégeait se mit à étinceler sous le faisceau de la torche. Peter s'accroupit et parvint à extraire du caoutchouc ce qui ressemblait à des filaments de verre.

« Une des raisons pour lesquelles il est pratiquement impossible de recycler une Trabi, c'est que la caisse en fibre de verre se casse en éclats très acérés. » Il laissa tomber des fragments dans une enveloppe. « Morte ou vivante, une Trabi est très difficile à manier. »

Peter envoya par radio le numéro d'immatriculation de la Bronco. Pendant qu'ils attendaient une réponse, il vida le contenu de l'enveloppe dans le cendrier, puis approcha la flamme de son briquet des filaments. Ils s'allumèrent comme du petit-bois ; des volutes de cendre noire s'élevèrent sur une fumée brune et des relents familiers et toxiques remplirent la voiture.

« Pure Trabi. » Peter éteignit la flamme en soufflant dessus. « Mais ça ne prouve rien. Il ne reste pas assez de la Trabi de Tommy pour faire la comparaison avec ça, mais même un avocat serait obligé de reconnaître que la Bronco a heurté quelque chose. »

Des phrases en allemand crépitèrent rapidement dans la radio. Peter nota sur un carnet « Fantasy Tours » et l'adresse de Boris Benz.

« Demandez, fit Arkadi, combien de voitures sont immatriculées au nom de Fantasy. »

Peter posa la question, puis écrivit sur le carnet le chiffre « 18 ». Et aussi : « Pathfinder, Navaho, Cherokee, Trooper, Land Rover. »

Il raccrocha le téléphone. « Vous disiez que vous n'aviez jamais rencontré Benz.

— J'ai dit que Tommy avait rencontré Benz.

— Vous avez dit que Tommy et vous étiez sur l'autoroute parce que vous recherchiez Benz. Vous êtes d'abord allés au sex-club.

— Tommy l'avait vu là il y a un an.

— Qui était l'intermédiaire ? Comment se sont-ils rencontrés ? »

Arkadi avait réussi à ne pas mentionner le nom de Max parce que celui-ci n'était qu'à un pas d'Irina. Ce serait un résultat bien décevant, se dit-il, s'il avait fait tout ce chemin rien que pour l'impliquer dans l'enquête de Peter.

« Pourquoi se rencontraient-ils ? interrogea Peter. Tommy voulait parler à Benz de la guerre ?

— Je suis certain que Tommy lui en a parlé. Il interviewait des gens pour un livre sur la guerre. C'était une obsession chez lui. Son appartement est un véritable musée de la guerre.

— J'y suis allé.

— Qu'est-ce que vous en avez pensé ? »

Les yeux de Peter semblaient chargés d'énergie, comme s'ils avaient capté de l'électricité sur la radio. Il tira une clé de sa poche. « Je crois que nous devrions visiter de nouveau ce musée. »

Les svastikas s'étalaient sur deux murs. La carte de la Wehrmacht en occupait un troisième. Sur les rayonnages, se trouvait la collection de Tommy : masques à gaz, maquettes de panzers, enjoliveur de la limousine de Hitler, assortiment de munitions, chaussure à talonnette de Goebbels. Une pendule en forme d'aigle annonçait minuit.

« J'étais déjà venu, annonça Peter. Je n'ai fait qu'entrer et sortir. Normalement, nous ne perquisitionnons pas au domicile des victimes d'accidents de la circulation. »

Sur la table où avait fondu le gâteau d'anniversaire du mur de Berlin, était posée une machine à écrire avec des notes, du papier et des fiches. Peter déambulait dans l'appartement, réglant des jumelles, essayant un brassard et une casquette de SS, comme un acteur lâché dans un magasin d'accessoires. Il prit un casque, celui que Tommy portait à la soirée.

« Hélas, pauvre Jürgen, je l'ai bien connu. »

Il reposa le casque et prit un moulage dentaire.

« Les dents de Hitler », déclara Arkadi.

Peter ouvrit le moulage. « *Sieg heil !* »

Arkadi sentit ses cheveux se dresser sur sa nuque.

« Savez-vous pourquoi nous avons perdu la guerre ? demanda Peter.

— Pourquoi avez-vous perdu la guerre ?

— Ça m'a été expliqué par un vieil homme. Nous faisions de la marche dans les Alpes. Nous étions sur une haute prairie entourée de fleurs sauvages où nous nous étions arrêtés pour déjeuner. Nous nous sommes mis à parler de la guerre. Il disait que les nazis avaient commis “des excès”, mais que la véritable raison pour laquelle l'Allemagne avait perdu la guerre, c'était le sabotage. Il y avait des ouvriers dans les usines de munitions qui abîmaient délibérément la poudre des obus pour rendre nos armes inefficaces. Sans cela, nous aurions pu tenir jusqu'à une paix honorable. Il décrivait les grands-pères et les jeunes garçons combattant dans les ruines de Berlin, poignardés dans le dos par ces saboteurs. C'est des années plus tard que j'ai appris que ces saboteurs étaient des Russes et des juifs, de la main-d'œuvre esclave qu'on affamait. Je me souviens des fleurs, de cette vue magnifique, des larmes qui brillaient dans ses yeux. »

Il reposa le moulage, vint rejoindre Arkadi près de la table et se mit à feuilleter les fiches, les notes et les feuilles de papier. « Qu'est-ce que vous cherchez ? demanda Arkadi.

— Des réponses. »

Ils fouillèrent les tiroirs du bureau et de la table de nuit, les dossiers entassés dans les classeurs, les carnets d'adresses cachés sous le lit. Finalement, à côté du téléphone de la cuisine, des numéros sans nom étaient inscrits au crayon sur le mur. Peter eut un rire qui sonnait un peu faux, désigna un numéro du doigt et le composa sur le combiné.

Etant donné l'heure, on répondit rapidement à l'autre bout du fil. « Grand-père, j'arrive avec mon ami Renko. »

Le vieux Schiller trottinait en peignoir de soie et pantoufles de velours. Son salon était jonché de tapis d'Orient et ses lampes avaient des abat-jour en vitraux.

« De toute façon, je ne dormais pas. Le milieu de la nuit, c'est le meilleur moment pour lire. »

Le banquier semblait faire une distinction nette entre le travail et la vie personnelle. Sur les rayonnages s'alignaient non pas de gros volumes sur les réglementations bancaires, mais des livres d'art allant des tapis d'Orient aux céramiques japonaises. Des objets d'art — un bronze grec représentant un dauphin, des crânes mexicains en jade, un chien chinois en albâtre — étaient disposés sous de petits projecteurs, placés là par quelqu'un qui avait pris grand soin de mettre en valeur des objets éclectiques de taille modeste mais d'une rare qualité. Une sombre icône de Madone était à l'emplacement traditionnel, dans un coin en hauteur qui aurait été le « beau coin » d'une maison de paysans russes d'avant la Révolution. Le bois épais était fendu et le visage de la Madone était voilé de fumée, ce qui faisait paraître encore plus lumineux ses yeux.

Schiller versa du thé dans une tasse dorée. Il portait un corset sous sa robe de chambre, constata Arkadi, et il se penchait avec raideur, comme s'il avait le torse en marbre à partir de la taille.

« Je suis désolé, je n'ai pas de confiture. Je me souviens que les Russes aiment boire leur thé avec de la confiture. »

Peter marchait de long en large.

« Marche, lui dit son grand-père. Ça fait du bien au tapis. » Il se tourna vers Arkadi. « Quand il était enfant, Peter faisait un kilomètre en aller et retour sur ce tapis. Il a toujours eu trop d'énergie. C'est plus fort que lui.

— Pourquoi l'Américain avait-il ton numéro ? interrogea Peter.

— Pour son livre, pour son idiotie de livre. C'est le genre d'homme qui rôde dans les cimetières en s'imaginant qu'il a une carrière. Il n'arrêtait pas de me harceler, mais j'ai refusé de me laisser interviewer par lui. J'imagine qu'il a donné mon nom à Benz.

— La banque n'avait rien à voir là-dedans ? » demanda Arkadi.

Schiller se permit l'esquisse d'un sourire. « La Bayern-Franconia n'investirait pas plus en Union soviétique que sur la face cachée de la lune, Benz m'a contacté personnellement.

— Benz est un maquereau, déclara Peter. Il a toute une équipe de prostituées sur l'autobahn. A propos de quoi voulait-il te contacter ?

— D'immobilier.

— C'était pour affaires ? » demanda Arkadi.

Schiller but une gorgée de thé. La tasse était en porcelaine avec un bord doré. « Avant la guerre nous avions notre propre banque à Berlin. Nous ne sommes pas bavarois. » Il lança à son petit-fils un regard soucieux. « C'est le problème de Peter ; il n'a pas été élevé pour être un rustre alcoolique. Bref, la famille vivait à Potsdam, en dehors de la ville. Nous avions aussi une maison d'été sur la côte. Je les ai décrites bien des fois à Peter. Des endroits magnifiques. Nous avons tout perdu. Banque, maisons, tout s'est retrouvé en secteur soviétique et puis en République démocratique allemande. Nous avons d'abord été dépouillés par les Russes, puis par les Allemands de l'Est.

— Avec la réunification, observa Arkadi, je croyais qu'on avait restitué les propriétés privées.

— Oh, oui. L'ancienne Allemagne de l'Est est aujourd'hui hantée par des fantômes juifs. Mais ça ne nous a avancés à rien parce que la nouvelle loi ne s'applique pas aux biens confisqués de 45 à 49, époque à laquelle nous avons perdu les nôtres. C'est du moins ce que je croyais jusqu'au jour où Benz est apparu sur le pas de ma porte.

— Qu'est-ce qu'il a dit ? demanda Arkadi.

— Il s'est présenté comme une sorte d'agent immobilier. Il m'a annoncé qu'on n'était pas très sûr de la date précise à laquelle la maison de Potsdam avait été confisquée. Quand la région était sous contrôle russe, de nombreuses propriétés sont simplement restées vides pendant des années. On avait perdu ou brûlé les archives. Benz disait qu'il pourrait peut-être me fournir la documentation adéquate pour soutenir ma revendication. » Schiller se tourna avec difficulté dans son fauteuil. « C'était pour toi aussi, Peter. Il disait qu'il pourrait sans doute nous aider pour la ferme et pour la maison d'été aussi. Que nous pourrions les récupérer.

— Pour combien ? demanda Peter.

— Pas contre de l'argent. Contre des informations.

— Des informations bancaires ? »

Schiller parut offusqué. « Des questions d'histoire personnelle. » Le banquier fit glisser ses pantoufles. Il avait les pieds marbrés de bleu avec des ongles jaunis. Il lui manquait deux doigts. « Des gelures. Je devrais vivre en Espagne. Peter, tu sais où est le cognac. J'ai des frissons.

— Qu'avez-vous fait sur le front de l'est ? » interrogea Arkadi.

Schiller s'éclaircit la voix. « J'étais avec un détachement spécial.

— Spécial en quoi ?

— Je comprends ce que vous voulez dire. D'autres détachements spéciaux raflaient les juifs. Je n'ai rien fait de tel. Mon détachement rassemblait des œuvres d'art. Mon père voulait m'éviter d'aller sur le front, alors il m'a fait affecter à un groupe de SS qui suivait l'avance des troupes. J'étais tout seul, plus jeune que vous deux. Il m'a dit que je pourrais protéger l'art. Il avait raison : sans nous, des milliers de toiles, de pièces de joaillerie, de livres irremplaçables auraient disparu dans des sacs à dos, auraient été brûlés, fondus, ou auraient totalement disparu. Nous sauvions littéralement la culture. Les listes étaient déjà établies. Goering en a rédigé une, Goebbels une autre. Nous avions des équipes de charpentiers, d'emballeurs, nos propres trains. La Wehrmacht avait ordre de dégager les voies rien que pour nous permettre d'acheminer notre cargaison. Ça a été un automne extrêmement mouvementé. Quand l'hiver est venu, nous piétinions devant Moscou et là, c'était vraiment la guerre, même si nous ne le savions pas. »

Avec du cognac, le thé était meilleur. Le banquier s'agitait dans son fauteuil. L'idée vint à Arkadi que pour le vieil homme chaque mouvement était douloureux.

« C'était là-dessus que Tommy voulait vous interroger ? demanda Arkadi.

— En partie, fit Schiller.

— Tu m'as dit, intervint Peter, que tu avais été fait prisonnier devant Moscou et que tu avais passé trois ans dans un camp. Tu m'as dit que vous aviez capitulé quand vos fusils avaient gelé.

— Ce sont mes pieds qui ont gelé. A dire vrai, quand j'ai été fait prisonnier, je me cachais dans un wagon de marchandises. Les SS ont été abattus sur place. J'aurais connu le même sort si les Russes n'avaient pas ouvert quelques caisses et trouvé des icônes à l'intérieur. J'ai subi un interrogatoire un peu musclé. J'ai accepté d'établir des listes de ce que nous avions emmené. Et puis, le cours de la guerre s'est renversé. Je n'ai jamais été dans un camp, pas un seul jour. J'ai voyagé avec l'Armée rouge, d'abord pour rechercher ce que les SS avaient expédié. Puis, à mesure que nous progressions vers l'ouest, j'ai fait fonction de conseiller auprès des unités spéciales du ministère soviétique de la Culture ; j'aidais à repérer et à envoyer à Moscou les œuvres d'art allemandes. Staline a dressé une liste, Beria aussi. Nous en avons renvoyé même davantage car nous avons retrouvé ce que les SS avaient pris dans différents pays : les dessins de Koenig venant de Hollande, les toiles de Poznan appartenant à la Pologne. Nous avons vidé le musée de Dresde, la Bibliothèque royale de Prusse, les collections des musées d'Aix-la-Chapelle, de Weimar, de Magdebourg.

— Autrement dit, fit Peter, tu as collaboré.

— J'ai servi l'Histoire. J'ai survécu. Et je n'étais pas le seul. Quand les Russes sont arrivés à Berlin, où crois-tu qu'ils sont allés ? Pendant que la ville brûlait, que Hitler était encore en vie, ils étaient dans les musées. Des Rubens, des Rembrandt, l'or de Troie a disparu, des trésors qu'on n'a jamais revus.

— Vous étiez là-bas ? demanda Arkadi.

— Non, j'étais encore à Magdebourg. Quand nous avons eu terminé là-bas, les Russes m'ont offert une vodka. Ça faisait trois ans que nous étions ensemble. A cette époque, je portais même un manteau de l'Armée rouge. Ils m'ont enlevé le manteau, fait faire quelques pas dans une ruelle, m'ont tiré dans le dos et m'ont laissé pour mort. Tu vois, Peter, des questions d'histoire personnelle.

— Qu'est-ce qui intéressait surtout Benz ? interrogea Arkadi

— Rien de particulier. » Schiller réfléchit. « En fait, j'avais l'impression qu'il contrôlait sa liste d'après la mienne. Au fond, c'était un rustre, un vrai bâtard de caserne. Au bout du compte, nos seuls sujets de conversation, c'était la façon de fabriquer des caisses. Les SS avaient engagé des menuisiers de la firme Knauer de Berlin, les transporteurs d'objets d'art les plus qualifiés de l'époque. Je lui ai montré des croquis. Il s'intéressait bien plus aux clous, au bois utilisé et à la documentation qu'à l'art lui-même.

— Qu'entendez-vous par "bâtard de caserne" ?

— C'est un terme banal, répondit Schiller. Combien d'Allemandes ont eu des bébés de soldats étrangers en garnison ici ?

— Benz est né à Potsdam, reprit Arkadi. Vous dites que son père était russe.

— C'est l'impression qu'il donnait, fit Schiller.

— Quand je pense à toutes les histoires que tu as pu me raconter sur la défense de l'Allemagne..., soupira Peter. Tu étais un voleur, d'abord dans un camp et puis dans l'autre. Pourquoi ne m'as-tu pas dit tout ça plus tôt ? Pourquoi aujourd'hui ? »

Le banquier rechaussa ses pantoufles. Il se tourna le plus complètement qu'il put vers Peter. Il possédait cette redoutable combinaison que donne l'âge : une fragilité de coquille d'œuf et une sincérité brutale. « Ça ne te regardait pas. Le passé avait disparu. Maintenant, ça te concerne. Tout a un prix. Si nous pouvons récupérer notre maison et nos terres, si nous pouvons rentrer chez nous, Peter, c'est le prix que tu auras à payer. »

Peter déposa Arkadi devant l'appartement de Stas et démarra en trombe pour s'enfoncer dans la nuit.

Arkadi ouvrit la porte avec la clé de la maison que Stas lui avait remise. Laïka le renifla sans bruit et le laissa entrer. Il alla dans la cuisine et se prépara un souper tardif avec des biscuits pour chien, du thé, de la confiture et des cigarettes.

Des pas traînants résonnèrent dans le vestibule. Stas s'appuya au chambranle de la porte, vêtu d'un pyjama dont la veste n'allait pas avec le pantalon, et considéra Laïka et les biscuits. « Salope.

— Je vous ai réveillé, dit Arkadi.

— Je ne suis pas réveillé. Si je l'étais, je vous demanderais où diable vous êtes allé. » D'un pas de somnambule il tituba jusqu'au réfrigérateur et y prit une bière. « De toute évidence, vous me considérez comme le portier, le concierge, le petit lutin qui cire vos chaussures. Alors, où êtes-vous donc allé ?

— J'étais avec mon nouveau collègue allemand. Il

est maintenant d'un fol enthousiasme. En retour, je l'ai égaré du mieux que j'ai pu. »

Stas s'assit. « Vous ne pouvez pas plus égarer un Allemand que vous ne pouvez le diriger. »

Néanmoins, Arkadi avait égaré Peter par omission, en s'abstenant de mentionner Max à cause d'Irina. Peter était maintenant convaincu que son grand-père était le seul lien entre Tommy et Benz. « J'ai tablé sur son sentiment de culpabilité nationale.

— Si vous arrivez à trouver un Allemand qui se sente coupable, voilà un sentiment que vous devriez exploiter. Dans l'ensemble, j'ai constaté que c'était un pays d'amnésie généralisée, mais si vous êtes tombé sur un Allemand qui a des remords, je peux vous garantir que personne au monde n'a jamais eu un sentiment de culpabilité plus fort. Exact ?

— Pas mal. »

Stas renversa la bouteille en arrière, de telle sorte qu'elle semblait en équilibre sur ses lèvres, puis il la reposa vide. « De toute façon, je ne dormais pas. Je me disais que si j'étais resté en Russie, je serais probablement mort dans un camp. Ou bien peut-être qu'on m'aurait seulement pressuré jusqu'à ce que je sois aussi plat qu'un blini.

— Vous avez eu raison de partir.

— Ce qui m'a permis d'avoir une énorme influence sur les événements mondiaux. Je me moque de la station, mais le budget de Liberté est inférieur à ce que coûte un seul bombardier stratégique.

— Vraiment ?

— Sans compter que pour moi c'est une situation grâce à laquelle je ne paie pas d'impôts.

— Ça a l'air bien. »

Stas fixa la pendule de la cuisine. L'aiguille des secondes avançait par cliquetis bien audibles, un bruit comparable à celui d'une clé tournant inlassablement dans une serrure. Laïka s'approcha de lui et vint poser sa tête ébouriffée sur ses genoux.

« Peut-être, dit Stas, que j'aurais dû rester. »

CHAPITRE 27

Le matin, un épais brouillard fit réapparaître les phares. Les bicyclettes surgissaient et s'évanouissaient comme des spectres.

Irina habitait à un pâté de maisons du jardin public, dans une rue où se mêlaient hôtels particuliers, ateliers d'artistes et boutiques. Tous les immeubles étaient surchargés de motifs *Jugendstil,* sauf le sien, qui était simple et moderne. Bien que ses fenêtres fussent en retrait, Arkadi repéra son balcon, une balustrade de chrome devant un mur de plantes grimpantes, exubérantes et brillantes dans l'humidité. Il se posta à un arrêt d'autobus au bout de la rue, l'endroit le plus logique et le moins voyant pour attendre.

Le balcon donnait-il directement sur la cuisine ? Il imaginait la chaleur de l'éclairage, l'odeur du café. Il croyait voir aussi Max s'en resservir une tasse, mais il lui fallait éliminer Max de son esprit, sous peine de sombrer dans une jalousie paralysante. Peut-être Irina irait-elle en voiture jusqu'à la station. Pis encore, peut-être partirait-elle avec Max. Il se concentra sur l'espoir qu'elle était seule, qu'elle essuyait une tasse et une soucoupe, qu'elle enfilait son imperméable et qu'elle allait prendre le bus.

Une camionnette de livraison vint se garer au milieu du pâté de maisons. Le chauffeur descendit de la cabine, ouvrit les portes arrière, descendit des portemanteaux au moyen d'une plate-forme hydraulique et les poussa à l'intérieur d'un magasin de confection. Les essuie-glaces de la camionnette marquaient la cadence, même si c'était moins de la pluie qui tombait que de fines gouttelettes qui restaient suspendues dans les airs, déposant sur les voitures un vernis étincelant. Arkadi descendit du trottoir pour mieux voir la maison d'Irina, quand un bus arriva et l'obligea à remonter. Des voyageurs s'engouffrèrent et poinçonnèrent leurs tickets à un appareil automatique. Tous autant qu'ils étaient : c'était ce qu'il y avait de stupéfiant.

Le bus démarra et la camionnette de livraison repartit. Il fallut une minute à Arkadi pour remarquer que le mur couvert de plantes grimpantes sur le balcon d'Irina était d'un vert plus foncé, ce qui signifiait qu'on avait éteint les lumières de son appartement. Il surveilla encore une minute sa porte avant de se rendre compte qu'elle était partie pendant que la camionnette lui bloquait la vue. Il pensait qu'avec ce temps elle allait prendre le bus ; au lieu de cela, elle était partie dans la direction opposée, vers le parc, et il l'avait manquée.

Arkadi parcourut en courant toute la longueur de la rue jusqu'au jardin public. Des parapluies oscillaient de tous côtés. Un Turc coiffé d'un cône de papier journal en guise de chapeau circulait à bicyclette entre les pare-chocs des limousines. De l'autre côté de la rue, l'Englischer Garten se dressait comme un mur de gigantesques hêtres. Au bout de la rue, une femme en imperméable blanc franchit une des grilles d'entrée du parc.

Il s'élança entre les voitures. La station de radio était de l'autre côté du parc, en diagonale. A la grille, des allées partaient vers la gauche et vers la droite. On appelait l'Englischer Garten le « poumon vert » de Munich. Il avait une rivière, des ruisseaux, une forêt, des lacs — tout cela voilé maintenant par le brouillard, plongeant le parc dans un air froid qui incita Arkadi à serrer sa veste autour de son cou.

Pourtant, il pouvait l'entendre ; du moins entendait-il quelqu'un qui marchait. Se souvenait-il de sa démarche ? Longues enjambées, toujours sûre d'elle. Elle avait horreur des parapluies, elle détestait la foule. Il se précipita à la poursuite de l'écho, sentant que la moindre hésitation faisait gagner du terrain à Irina. Si elle était bien devant lui. L'allée ne cessait de sinuer. Au-dessus de sa tête, les êtres se perdaient dans un nuage. Les chênes étaient plus petits, courbés comme des mendiants. Là où l'allée franchissait un ruisseau, de la vapeur montait de l'eau, comme une marée fantomatique. Une créature ressemblant à une énorme chenille flairait les feuilles humides. De plus près, elle se révéla être un teckel à poil dur. Son maître le suivait de près, en imperméable jaune, avec un sac et une pelle.

Plus loin, Irina avait disparu — si c'était bien elle. Au long des années, de loin, à combien de femmes avait-il prêté ses traits ? C'était l'illusion de sa vie, son cauchemar.

Arkadi avait le parc pour lui tout seul. Il entendait la lente condensation des gouttes de brouillard sur les feuilles, le bruit sourd des noix de hêtre tombant sur la terre détrempée, l'envol d'oiseaux invisibles. Là où les ombres se dissipaient, il constata qu'il était arrivé au bord d'une vaste prairie, complètement perdue dans un cercle de verdure. Un instant, de l'autre côté, il aperçut une forme blanche.

Courant sur l'herbe, il avait le souffle haletant et le pas lourd d'un cheval de ferme. Lorsqu'il parvint à l'endroit où il avait entrevu une tache blanche, elle avait de nouveau disparu. Maintenant il savait quelle direction elle avait prise. Un chemin longeait un rideau roux d'érables et le brouillard qui montait avec langueur d'un autre ruisseau. Il entendit de nouveau des pas et, là où les érables s'arrêtaient, il la vit, un sac sur son épaule. Son manteau, en fait, était plus argenté que blanc, et il réfléchissait la lumière. Elle était tête nue et ses cheveux semblaient plus sombres sous la pluie. Elle jeta un coup d'œil derrière elle puis continua à marcher, plus vite qu'auparavant.

Ils marchaient du même pas, à dix mètres l'un de l'autre, en descendant une avenue de sapins. Là où l'allée se rétrécissait pour devenir un sentier qui traversait un bouquet de bouleaux, elle ralentit, puis s'arrêta et s'appuya contre le fût blanc d'un bouleau pour lui permettre de la rattraper.

Ils reprirent leur marche en silence. Arkadi avait l'impression d'être un homme qui avait approché une biche. Un seul mot de travers, se dit-il, et elle filerait pour de bon. Quand elle lui jeta un coup d'œil, il n'osa pas essayer de soutenir son regard ni d'y lire quelque chose. Du moins marchaient-ils côte à côte. En soi, c'était déjà une victoire.

Il regrettait d'avoir si piètre allure. Ses chaussures étaient maculées d'herbe, ses vêtements humides lui collaient dans le dos. Il se sentait trop maigre et sans doute ses yeux avaient-ils l'éclat de ceux qui ont toujours faim.

Ils arrivèrent au bord d'un lac. L'eau était noire et calme. Irina contempla leurs reflets, contempla l'homme et la femme qui les regardaient dans l'eau, et dit : « C'est la chose la plus triste que j'aie jamais vue.

— Moi ? demanda Arkadi.

— Nous. »

Des oiseaux se rassemblaient. Le parc en était plein ; des colverts à la tête de velours, des canards sauvages, des canards siffleurs et des sarcelles surgirent du brouillard, brisant la surface de l'eau pour y faire naître des giclées de lumière. Des alouettes traçaient des paraphes acrobatiques ; des oies se laissaient tomber comme des sacs.

Ils s'assirent sur un banc.

« Il y a des gens, dit Irina, qui viennent ici chaque jour pour nourrir les oiseaux. Ils apportent des bretzels grands comme des roues. »

Il faisait si froid que leur haleine formait de la condensation.

« Je compatis avec ces oiseaux, dit-elle. La différence, c'est que tu n'es jamais venu. Je ne te pardonnerai jamais.

— Je le vois bien.

— Et maintenant que tu es ici, je me sens de nouveau comme une réfugiée. C'est une impression que je n'aime pas.

— Personne n'aime ça.

— Mais ça fait des années que je suis à l'Ouest. J'ai gagné le droit d'être ici. Arkadi, rentre chez toi. Laisse-moi tranquille.

— Non. Je ne partirai pas. »

Il s'attendit presque à la voir se lever et quitter le banc. Il l'aurait suivie ; que pouvait-il faire d'autre ? Mais elle resta. Elle le laissa lui allumer une autre cigarette. « Une mauvaise habitude, remarqua-t-elle. Comme toi. »

Le désespoir saturait l'air. Le froid pénétrait sa veste légère. Il sentait les battements de son cœur éveiller des échos sur l'eau. Une collection ambulante de mauvaises habitudes, voilà ce qu'il était. Ignorance, insubordination, manque d'exercice, rasoirs émoussés.

Tant d'oiseaux arrivaient, les uns fondant à la verticale en groupes, d'autres émergeant séparément du brouillard, en tournoyant, qu'Arkadi se mit à songer au navire-usine à bord duquel il avait passé une partie de son exil, et il se rappelait comment les mouettes envahissaient les airs au-dessus de la poupe pour attraper les poissons qui débordaient des filets. Il se souvenait de s'être trouvé dans la brise au-dessus de la rambarde arrière en train de se rouler une cigarette, quand une mouette avait plongé pour lui arracher le papier et l'emporter comme un butin. « Trouve le canard russe, dit-il.

— Où est-il ?

— C'est celui avec les plumes sales et un bec tordu et qui fume une cigarette.

— Il n'y a pas d'oiseau comme ça.

— Mais tu as regardé, je t'ai vue. Imagine le jour où les canards russes entendront vraiment parler de ce lac, un lac avec des bretzels : ils viendront ici par millions.

— Les cygnes aussi ? »

Une cohorte de cygnes glissait d'un air impérieux au milieu des canards. Quand un malard résistait, le cygne qui nageait en tête allongeait son long cou crémeux, ouvrait son bec jaune vif et reniflait comme un porc.

« Un Russe. Il s'est déjà infiltré », dit Arkadi.

Irina s'écarta d'Arkadi pour l'examiner. « C'est vrai que tu as l'air épouvantable.

— Je ne peux pas en dire autant de toi. »

Elle attirait la lumière. Les gouttelettes de brouillard perlaient sur ses cheveux comme des joyaux. « On m'a dit que tu te débrouillais si bien à Moscou, dit-elle.

— Qui t'a raconté ça ? »

Elle hésita. « Tu n'es pas ce à quoi je m'attendais. Tu es ce dont je me souvenais. »

Ils marchaient à pas lents. Arkadi se rendait compte qu'elle s'était rapprochée dangereusement : leurs épaules par instants s'effleuraient.

« Stas a toujours été curieux à ton sujet. Je ne suis pas surprise que vous soyez amis. Max dit que vous êtes tous les deux des produits de la guerre froide.

— Tout à fait. Je suis comme un morceau de marbre qu'on trouve dans les ruines antiques. Tu le ramasses, tu le retournes dans ta main en te demandant : "Qu'est-ce que c'était ? Un fragment d'abreuvoir ou une noble statue ?" Il faut que je te montre quelque chose. » Il tira de sa poche une enveloppe, l'ouvrit et lui montra le papier avec le mot unique griffonné dessus.

« Mon nom, fit-elle.

— C'est l'écriture de mon père. Je n'avais pas eu de ses nouvelles depuis des années. Ça doit être à peu près la dernière chose qu'il ait faite avant de mourir. Tu lui as vraiment parlé ?

— Je voulais te joindre sans créer de problèmes, alors j'ai essayé ton père. »

Arkadi essaya d'imaginer la scène. Cela lui faisait penser à une colombe s'engouffrant dans une chaudière, même si, ces dernières années, son père était une chaudière un peu refroidie.

« Il m'a raconté quel héros tu étais, comment on avait essayé de te briser mais que tu avais forcé le bureau du procureur à te reprendre, qu'on t'avait confié les affaires les plus difficiles et que tu t'en étais toujours brillamment sorti. Il était fier. Il n'arrêtait pas. Il m'a dit qu'il te voyait souvent et que tu m'écrirais.

— Quoi d'autre ?

— Que tu étais trop occupé pour les femmes, mais qu'elles te poursuivaient toujours.

— Rien de tout cela ne t'a paru sonner faux ?

— Il m'a dit que le seul problème avec toi, c'est que tu étais un fanatique et que parfois tu te mettais à la place de Dieu. Il y avait certaines choses que Dieu seul pouvait juger.

— Si j'avais été le général Kyril Renko, je n'aurais pas été aussi pressé de voir le visage de Dieu.

— Il disait qu'il pensait de plus en plus à toi. Est-ce que tu as eu des femmes ?

— Non. J'ai passé quelque temps dans une clinique psychiatrique, ensuite j'ai traversé la Sibérie, et puis je pêchais. Les occasions étaient limitées. »

Elle l'arrêta. « Je t'en prie. Je me souviens de la Russie. Il y a toujours des occasions. Et quand tu es rentré à Moscou, tu devais avoir une femme là-bas.

— J'étais amoureux. Je ne cherchais pas de femme.

— Amoureux de moi ?

— Oui.

— Tu es vraiment un fanatique. »

Ils marchaient le long d'un étang parsemé de duvets neigeux et où de fines bouclettes de pluie étaient comme de petites perles. Etait-ce le même lac que tout à l'heure ?

« Arkacha, qu'est-ce que nous allons faire ? »

Ils quittèrent le parc pour un café près de l'université où il y avait des machines en acier inoxydable qui sifflaient dans des pots de lait et des posters sur l'Italie — pistes de ski des Dolomites, maisons napolitaines — accrochés aux murs. Les autres clients étaient des étudiants attablés devant des livres ouverts et des tasses de café grandes comme des bols. Ils s'installèrent à une table près de la fenêtre.

Arkadi raconta comment il avait traversé la Sibérie d'Irkoutsk à Norilsk, jusqu'à Kamchatka et la mer.

Irina parla de New York, de Londres, de Berlin. « Travailler pour le théâtre à New York était bien, mais je ne voulais pas m'inscrire au syndicat. Ils sont comme les syndicats soviétiques — pire. J'étais serveuse. A New York, les serveuses sont fantastiques. Si dures et si vieilles qu'on croirait qu'elles ont servi Alexandre le Grand ou les pharaons. De rudes travailleuses. Et puis il y a eu une galerie d'art. Ils voulaient quelqu'un avec un accent européen. Je faisais partie de l'ambiance de la galerie et j'ai recommencé à m'occuper d'art. Mais personne alors ne s'intéressait à l'avant-garde russe. Tu sais, tu t'attendais à me voir en Russie et moi je m'attendais à te voir entrer dans une galerie de Madison Avenue, bien habillé, avec une cravate et de bonnes chaussures.

— La prochaine fois, il faudra coordonner nos rêves.

— Bref, Max était venu voir le bureau de Radio Liberté à New York. Il était producteur d'une émission sur l'art russe, il m'a interviewée et m'a dit que si jamais je venais à Munich et que j'avais besoin de travail, je n'avais qu'à l'appeler. Un an plus tard, c'est ce que j'ai fait. Je travaille encore un peu pour des galeries berlinoises. Elles recherchent constamment des œuvres appartenant à l'art révolutionnaire car les prix maintenant sont phénoménalement élevés.

— Tu parles de l'art de notre Révolution défunte et discréditée ?

— Ça s'arrache chez Sotheby's et chez Christie's. Les collectionneurs en redemandent. Tu as des ennuis, n'est-ce pas ?

— *J'avais* des ennuis. Plus maintenant.

— Je veux dire dans ton travail.

— Le travail a ses hauts et ses bas. Les gens bien meurent et les mauvais disparaissent avec le butin. Ma carrière semble passer par une mauvaise période, mais j'envisage de prendre des vacances, un congé loin de mes activités professionnelles.

— Pour faire quoi ?

— Je pourrais devenir allemand. Par transitions, bien sûr. D'abord, je me transformerais en Polonais, puis en Allemand de l'Est, et enfin en Bavarois accompli.

— Sérieusement ?

— Sérieusement. Je porterais des vêtements différents chaque jour et je débarquerais dans ta vie jusqu'au moment où tu dirais : " C'est exactement à cela que devrait ressembler Arkadi Renko, c'est le costume qu'il lui faut."

— Tu n'abandonnerais pas ?

— Pas maintenant. »

Arkadi expliqua comment l'haleine d'un troupeau de rennes se cristallisait et tombait comme de la neige. Il parlait de la ruée des saumons sur l'île Sakhaline, des aigles à tête blanche des Aléoutiennes et des trombes d'eau qui dansaient autour de la mer de Béring. Il n'avait jamais pensé auparavant à la somme d'expériences que son exil lui avait fait connaître, à quel point elles étaient uniques et magnifiques, quelle preuve éclatante elles donnaient qu'aucun homme ne pouvait être sûr de ne pas avoir un jour à ouvrir les yeux.

Ils déjeunèrent d'une pizza réchauffée au micro-ondes. Délicieuse.

Il lui raconta comment le premier souffle de vent de la journée balayant la taïga faisait frissonner les millions d'arbres comme des oiseaux noirs qui prennent leur envol. Il parla des incendies de puits de pétrole qui brûlaient tout au long de l'année, comme des balises qu'on pouvait voir de la lune. Il lui décrivit la façon de passer d'un chalutier à l'autre sur la glace de l'Arctique. Autant de sons et de visions qui ne s'offraient pas à la plupart des policiers.

Ils burent du vin rouge.

Il lui parla de ceux qui travaillaient à l'étripage de la cale sombre où l'on vidait les poissons à bord d'un navire usine, et lui montra comment chaque individu était un esprit séparé dont les fantasmes s'échappaient des plats-bords ou des ponts — un défenseur du Parti qui prenait la mer en quête d'aventure, un botaniste qui rêvait des orchidées de Sibérie, chacun comme une lampe sur un monde séparé.

Après avoir terminé le vin, ils prirent du cognac.

Il décrivit Moscou tel qu'il l'avait trouvé à son retour. La scène centrale, un champ de bataille où s'affrontaient seigneurs de la guerre et entrepreneurs, et derrière, aussi immobiles qu'un rideau de scène peint, huit millions de gens qui faisaient la queue. Il y avait pourtant des moments parfois, à l'aube quand le soleil était assez bas pour découvrir une rivière dorée et des coupoles bleues, où l'on avait l'impression que toute la ville était susceptible de rédemption.

La chaleur dégagée par les clients et la vapeur des machines avaient déposé sur la vitre une pellicule de condensation qui estompait la lumière et les couleurs de la rue. Quelque chose attira le regard d'Irina et elle essuya la vitre. Max était dehors. Depuis combien de temps les regardait-il ?

Il entra et déclara : « Vous avez l'air d'une paire de conspirateurs, tous les deux.

— Venez vous asseoir, proposa Arkadi.

— Où étais-tu ? » demanda Max à Irina. Son expression passa de l'inquiétude au soulagement, puis de nouveau à l'inquiétude. « Tu n'as pas mis les pieds à la station de toute la journée. Les gens se faisaient du mauvais sang, on te cherchait. Toi et moi étions censés aller à Berlin.

— Je bavardais avec Arkadi, dit Irina.

— Tu as fini ? demanda Max.

— Non. » Irina prit une des cigarettes d'Arkadi et l'alluma. Elle donna à ce geste l'apparence d'une insouciance appuyée. « Max, si tu es pressé, va à Berlin. Je sais que tu as des affaires à régler là-bas.

— Nous avons tous les deux des affaires à régler là-bas.

— Les miennes peuvent attendre », déclara Irina.

Max resta un moment totalement immobile, examinant Irina et Arkadi, puis il laissa tomber sa brusquerie aussi facilement que son chapeau dont il secoua les gouttes de pluie. Arkadi se rappela la description de Stas disant de lui que c'était un être fluide, toujours le maître des situations changeantes.

Max sourit, approcha une troisième chaise, s'installa et fit un petit signe de tête à Arkadi. « Renko, je suis stupéfait de vous voir encore ici.

— Arkadi, expliqua Irina, m'a raconté ce qu'il faisait ces dernières années. C'est différent de ce que j'avais entendu.

— Il a sans doute été modeste, fit Max. On prétend qu'il était le chouchou du Parti. Un statut bien mérité, j'en suis certain. Qui sait ce qu'il faut croire ?

— Moi, fit Irina, je sais. » Elle souffla la fumée de sa cigarette dans la direction de Max.

Il l'écarta d'un geste, regarda sa main comme s'il avait touché une toile d'araignée et leva les yeux vers Arkadi. « Alors, comment marche votre enquête ?

— Pas bien.

— Pas d'arrestations imminentes ?

— Loin de là.

— Et vous devez être à court de temps ?
— Je songeais à abandonner toute l'affaire.
— Et ?
— Et à rester.
— Vraiment ? fit Irina.
— Vous plaisantez, fit Max. Vous auriez fait tout le voyage jusqu'à Munich pour renoncer ? Où est votre devoir patriotique, votre orgueil ?
— Je n'ai plus beaucoup de patrie et certainement aucun orgueil.
— Arkadi n'a pas besoin d'être le dernier homme à rester en Russie, lança Irina.
— Vous savez, il y a des gens qui y retournent, des gens qui voient les occasions à saisir, fit remarquer Max. C'est l'heure d'apporter sa contribution, pas de s'enfuir.
— Voilà une remarque intéressante, observa Irina, venant de quelqu'un qui s'est enfui deux fois.
— C'est hilarant », renchérit Stas. Il referma la porte du café et s'y adossa, trempé et mimant l'épuisement. « Irina, la prochaine fois que tu disparais, laisse une adresse. Je n'avais jamais pris autant d'exercice depuis que j'ai dressé Laïka à rapporter. »
Ses vêtements semblaient à tordre, mais il restait debout et concentrait son attention sur Max.
« Ça va ? demanda Irina.
— Je vais peut-être vomir. Ou je vais peut-être prendre une bière. Max, vous faisiez un cours sur la moralité politique ? Je regrette d'avoir manqué ça. C'était une conférence brève ? »
Max répondit : « Stas ne me pardonne pas d'être retourné en Russie. Il n'a pas accepté l'idée que le monde a changé. C'est triste. Parfois des hommes intelligents se cramponnent à des réponses simples. Même le fait que vous soyez à Munich prouve combien les choses ont changé. Vous ne prétendez pas être un réfugié politique, n'est-ce pas ? » Il se pencha vers Irina. « Que Renko reste ou parte, je ne vois pas ce que ça a à voir avec nous. »

Irina ne dit rien. Comme un homme qui sent un gouffre se creuser, Max approcha sa chaise et baissa le ton. « J'ai envie de savoir de quel genre de folles histoires Renko t'a régalée. Tout d'un coup, il semble avoir rassemblé tout un public ici.

— Ils étaient probablement plus heureux sans nous, observa Stas.

— Je tiens seulement à vous rappeler que Renko n'est pas un héros sans tache. Il reste alors qu'il devrait partir, il part alors qu'il devrait rester. C'est le spécialiste des contretemps.

— Contrairement à toi, fit Irina.

— Je tiens aussi à faire remarquer, reprit Max, que ton héros est probablement venu te trouver parce qu'il avait peur.

— Pourquoi aurait-il peur ? interrogea Irina.

— Demande-le-lui, fit Max. Renko, vous n'étiez pas avec Tommy quand il a eu son fatal accident l'autre soir ? Vous n'étiez pas avec lui juste avant ?

— C'est vrai ? demanda Irina à Arkadi.

— Oui.

— Stas, Irina et moi, poursuivit Max, nous ne savons absolument pas dans quel genre d'affaire désagréable vous êtes impliqué. Mais ne serait-il pas possible que Tommy soit mort parce que vous l'avez entraîné là-dedans ? Pensez-vous vraiment que vous devriez entraîner Irina aussi ?

— Non, reconnut Arkadi.

— Je suggère seulement, dit Max à Arkadi, en levant une main pour couper court aux protestations de Stas, je suggère seulement que vous êtes venu trouver Irina tout simplement parce que vous voulez vous cacher.

— Max, déclara Stas, vous êtes vraiment une merde.

— Je voudrais entendre la réponse », dit Max.

De l'eau dégoulinait du menton de Stas. Max semblait impossible à émouvoir. Pendant un moment, on n'entendit que le tintement de la porcelaine sur le comptoir et le sifflement de la vapeur.

« J'ai entendu Irina à la radio à Moscou, déclara Arkadi. C'est pour ça que je suis venu.

— Vous êtes un vrai fan, fit Max. Demandez-lui donc un autographe. Rentrez à Moscou et vous pourrez l'entendre cinq fois par jour.

— Nous pourrions l'emmener à Berlin, suggéra Irina.

— Quoi ? fit Max d'une voix blanche.

— Tu as raison, dit-elle, Arkadi devrait quitter Munich. Rien ne nous rattache à lui. Avec nous, il sera en sûreté.

— Non », fit Max incrédule. Arkadi comprit qu'il en était arrivé à une conclusion radicalement différente ; il avait soigneusement et solidement bâti un raisonnement logique et sans faille qui ne comportait qu'une issue : la perspective de voir Arkadi disparaître de l'horizon. Irina avait négligé tout cela. « Non, je n'emmène pas Renko à Berlin.

— Alors pars sans moi, déclara Irina. Arkadi et moi nous nous débrouillerons très bien ici.

— Nous ne descendons pas dans un hôtel, précisa Max. Nous serons dans le nouvel appartement.

— C'est un grand appartement, observa-t-elle. Tu pourras l'avoir pour toi tout seul si tu veux. »

Max retrouva son calme, mais pendant un moment Arkadi perçut chez lui une des raisons pour lesquelles l'homme était rentré de Moscou. La pire des raisons.

L'amour s'enroule comme un serpent et broie deux hommes en même temps.

TROISIÈME PARTIE

Berlin
17 août — 20 août 1991

CHAPITRE 28

Max conduisait une Daimler, une limousine avec des boiseries dignes d'un meuble ancien et la sonorité d'une trompette bouchée. Son attitude était amicale, comme s'ils étaient partis en virée, comme si ç'avait été son idée de sortir à trois.

Le paysage allemand s'étendait sous des rideaux de pluie. Assise à l'avant, Irina était la seule source tangible de chaleur dans la voiture. Elle s'était adossée à la portière pour inclure Arkadi dans la conversation quand elle parlait, presque comme pour en exclure Max.

« L'exposition te plaira. C'est une exposition russe, mais certaines pièces n'ont jamais été exposées à Moscou, du moins en public.

— C'est Irina qui a rédigé le catalogue, dit Max. Elle devait vraiment être là-bas.

— Il s'agit seulement de la provenance des toiles, Arkadi, mais les tableaux en eux-mêmes sont très beaux.

— Est-ce que les critiques ont le droit d'utiliser le mot beau ? demanda-t-il.

— Dans le cas précis, ils sont superbes. »

Arkadi était ravi de l'entendre parler de cet autre aspect de sa vie, de ce mélange nouveau et indépendant de connaissances et d'opinions. Il était maintenant, grâce à son expérience, passé maître dans l'art de haler des filets et de vider le poisson. Pourquoi ne serait-elle pas devenue experte en art ? Max semblait tout aussi fier.

De la banquette arrière, il n'aurait pu dire à quel endroit exactement ils franchirent ce qui avait été l'ancienne frontière est-allemande. Comme la route était plus étroite, ils durent ralentir pour laisser passer du matériel agricole qui surgissait et disparaissait dans le brouillard. Quand la route fut dégagée, ils reprirent leur course en avant comme s'ils étaient tous les trois dans une bulle emportée par une rivière gonflée par la pluie.

Arkadi avait l'impression que le temps était suspendu. Cela tenait en partie à la maîtrise de soi que possédait Max. Arkadi croyait que Max avait voulu le tuer à Moscou ; au lieu de cela, il le laissait s'échapper à Munich. Il était sûr que Max aurait voulu le voir mort à Munich, et pourtant voilà qu'il l'emmenait en voiture à Berlin. D'un autre côté, Arkadi ne pouvait toucher à Max. A quel titre aurait-il pu le faire ? Il ne pouvait même pas poser de questions sans qu'Irina l'accuse de se servir encore d'elle, sans la perdre une seconde fois.

« Puisque Irina va être occupée demain, proposa Max, laissez-moi vous faire visiter la ville. Vous êtes déjà venu à Berlin ?

— Dans l'armée. Il était en garnison là-bas », répondit Irina à la place d'Arkadi. Il fut surpris qu'elle s'en souvînt.

« Vous faisiez quoi ? demanda Max.

— J'écoutais les conversations du commandement américain que je traduisais pour le commandement soviétique.

— Comme toi à Radio Liberté, Max », observa Irina.

Elle lançait de plus en plus des attaques sarcastiques contre Max et les parois de la bulle en tremblaient. Pourtant, c'était dans la luxueuse voiture de Max qu'ils roulaient, et c'était lui aussi qui avait fixé la destination. « Je vais vous montrer le nouveau Berlin », dit-il à Arkadi.

Quand ils atteignirent la ville tard dans la soirée, la pluie avait cessé. Ils s'engagèrent sur l'Avus, la vieille piste automobile qui traverse les bois de Berlin, puis se dirigèrent droit vers le Kurfürstendamm. Au lieu du piétinement ordonné de la Marienplatz de Munich, le Ku'damm était le théâtre d'un affrontement chaotique entre magasins ouest-allemands et acheteurs est-allemands. Bloc après bloc, des foules en ternes vêtements socialistes grouillaient autour de vitrines où s'étalaient des foulards de soie italiens et du matériel photographique japonais. Leurs visages avaient l'expression boudeuse et tendue de parents pauvres. Un groupe de skinheads défilait en blouson de cuir et bottes. Des réverbères étaient juchés au faîte de piliers ouvragés datant de l'époque nazie. Sur des tréteaux on vendait des morceaux du Mur, avec ou sans graffitis.

« C'est épouvantable, c'est un vrai gâchis, mais c'est vivant, expliqua Irina. C'est pourquoi le marché de l'art a toujours été ici. Berlin est la seule ville internationale d'Allemagne.

— C'est la ville, précisa Max, qui se situe entre Paris, Moscou et Istanbul. »

Il désigna un marchand ambulant avec un portemanteau auquel pendaient des uniformes. Arkadi reconnut les parements gris et les épaulettes bleues d'un manteau de colonel de l'aviation soviétique. Le vendeur lui-même, du col à la ceinture, était constellé de médailles et de décorations militaires soviétiques. « Vous auriez dû garder votre uniforme », remarqua Max.

Stas avait obligé Arkadi à accepter cent deutschemarks avant de quitter Munich ; il n'avait jamais été plus riche et ne s'était jamais senti plus pauvre.

Ils passèrent devant le fronton démoli de l'église du Kaiser Guillaume II, éclairée par des projecteurs.

Derrière elle se dressait une tour de verre couronnée par une étoile Mercedes. Max quitta le boulevard et s'engagea sur une route sombre qui longeait un canal. Malgré tout, la boussole interne d'Arkadi commençait à fonctionner. Avant même d'arriver sur Friedrichstrasse, il savait qu'ils se trouvaient dans ce qui avait été jadis Berlin-Est.

Max descendit la rampe d'un garage. Comme ils approchaient, les lumières du garage s'allumèrent automatiquement. Une odeur de ciment frais les frappa aux narines comme le chlore d'une piscine. Des boîtiers électriques pendaient à des fils le long des murs.

« De quand date cet immeuble ? demanda Arkadi.

— Il est encore en construction, expliqua Max.

— Crois-moi, dit Irina, personne ne saura que tu es ici. »

Max ouvrit la porte de l'ascenseur avec une clé. La cabine avait des appliques en cristal et le sol était un parquet sans éraflures. Il s'empara du sac de voyage d'Irina. Avec son fourre-tout, Arkadi avait l'impression d'être un ouvrier portant un sac à outils.

Ils s'arrêtèrent au troisième étage. Max ouvrit une porte donnant sur un living-room avec mezzanine. « C'est juste un studio. Il n'est malheureusement pas meublé, mais l'électricité et la plomberie sont posées et vous n'aurez pas de loyer à payer. » Il remit cérémonieusement la clé de la porte à Arkadi. « Nous serons deux étages plus haut.

— Tu seras en sécurité, fit Irina. C'est ça l'essentiel.

— Merci », dit Arkadi.

Max fit entrer Irina dans l'ascenseur. Il l'avait, et c'était déjà bien.

La clé avait des indentations acérées et fraîchement découpées, parfaites pour ouvrir un cœur, se dit Arkadi, à condition de travailler avec diligence entre les côtes.

Pas de lit, literie, de sièges ni de commode. Des murs nus. La salle de bains était tout en carreaux qui brillaient comme des dents. Il y avait un réchaud dans la cuisine mais pas d'ustensiles de cuisine. S'il avait eu des provisions, il aurait dû les tenir dans ses mains au-dessus de la flamme.

A chacun de ses mouvements, le bruit de ses pas éveillait des échos disproportionnés. Il essaya d'écouter les bruits venant de deux étages au-dessus. A Munich, il avait redouté la possibilité qu'Irina couchât avec Max. Maintenant, au-dessus de sa tête, il en avait la certitude. A quoi ressemblait l'appartement de Max ? En extrapolant, Arkadi se représenta la peinture sur les murs, l'encaustique sur les parquets. Le reste, il pouvait se l'imaginer.

Il se demanda s'il n'aurait pas mieux fait de rester à Munich.

Choisir, c'était le luxe de déposer un bulletin de vote, d'essayer des chaussures, d'hésiter sur un menu et de décider entre du caviar rouge et noir.

Il avait été obligé de venir à Berlin. S'il ne l'avait pas fait, il aurait perdu Irina, sans parler de Max. De cette façon, il les avait tous les deux. Comme un homme qui est fier d'avoir une bonne longueur de corde autour de son cou.

L'ascenseur était fermé à clé. Arkadi prit l'escalier de secours jusqu'au garage, dont il força un peu la porte pour sortir dans la rue. Friedrichstrasse était une grande artère mais ses lampadaires projetaient aussi peu de lumière que des éclairages de bordures de trottoir. A part lui, la rue était vide. Tous ceux qui étaient réveillés étaient à l'Ouest.

Il repéra la pointe d'une tour de télévision et sut aussitôt qu'Alexanderplatz était sur sa droite, Berlin-Ouest sur sa gauche. Le plan qu'il avait dans son esprit datait d'une décennie environ, mais aucune grande ville d'Europe n'avait aussi peu changé que Berlin-Est durant ces quarante dernières années.

L'avantage du modèle soviétique, c'était qu'on réduisait au minimum la construction et l'entretien, si bien que les souvenirs soviétiques avaient tendance à être excellents.

Pour Arkadi, Munich était un territoire vierge. Pas Berlin. Jour après jour, il avait eu pour mission, quand il était dans l'armée, d'écouter les radios des voitures de patrouille anglaises et américaines lorsqu'elles traversaient le Tiergarten jusqu'à Potsdamer Platz en passant par Stresemann et Koch jusqu'au poste de contrôle Charlie, puis jusqu'à Prinzenstrasse et retour. Il les suivait depuis l'instant où elles quittaient leur parc de stationnement. C'était sa promenade quotidienne à lui.

Même si Arkadi marchait d'un pas vif, la jalousie restait avec lui, telle une ombre qui le précédait à grandes enjambées, se recroquevillait au lampadaire suivant, pour s'élancer de nouveau en avant.

Sur Unter den Linden, les immeubles de bureaux avaient ce côté massif et fragile de l'architecture soviétique. Le plus grand édifice était d'ailleurs l'ambassade d'URSS. Des Trabant étaient garées en épi. Des silhouettes passaient sous les tilleuls. Un homme s'avança, levant une main et une cigarette comme un point d'interrogation. Arkadi hâta le pas, surpris de paraître séduisant à qui que ce fût.

Il approchait des projecteurs de la porte de Brandebourg et de la silhouette familière de la Victoire dans son chariot quand la ville s'ouvrit sur une soudaine étendue d'étoiles et de pelouses. Ce n'était pas un parc, mais une large crête de coteaux verdoyants qui s'étiraient au nord et au sud. Au-dessus, une légère brise faisait déferler des vagues de cris d'insectes. Son premier réflexe fut de reculer. Puis il comprit que c'était là que se trouvait le Mur, ce qui était la même chose que dire : « C'est là où se trouvaient les Pyramides. »

En fait, autour de la Porte, il y avait eu deux Murs, qui l'isolaient comme un morceau de Grèce en plein milieu, si bien que ce n'était pas une porte mais un terminus puisque de chaque côté la vue était bloquée. Le Mur était alors un horizon blanc de quatre mètres de haut. Il y avait aussi un no man's land de miradors ronds ou rectangulaires, de barbelés, de chevaux de frise, de poteaux antichars, de champs de mines antipersonnel. En ce temps-là, partout des lumières crépitaient comme des décharges électriques.

Le vide laissé par la destruction du Mur et de tout ce matériel qui l'accompagnait était plus immense que ne l'avait été sa présence. Une image lui revint qui était plus une association d'idées qu'un souvenir. Il se trouvait exactement à cet endroit une nuit d'été, voilà bien longtemps. Il ne s'était rien passé de spécial sauf qu'il avait remarqué un maître-chien dont les deux bêtes trottaient d'un air excité au pied du mur intérieur. L'homme était un Allemand de l'Est, pas un Soviétique, et il encourageait les chiens tout en les contrôlant, exactement comme la conductrice sur son piédestal tenait légèrement les rênes de ses chevaux. Les chiens reniflaient le sol, puis se retournèrent, tirant sur leur laisse dans la direction d'Arkadi. Il eut la crainte irraisonnée — il n'était qu'un jeune officier qui n'avait rien fait de mal — que c'était lui qu'on traquait, que les bêtes pouvaient sentir son séditieux manque de ferveur. Il avait tenu bon et les chiens s'étaient détournés avant d'approcher. Mais, depuis lors, il ne regardait jamais la porte de Brandebourg sans voir dans la silhouette sur le chariot un maître-chien avec ses animaux.

Arkadi s'avança sous les lumières et traversa à longs pas prudents. De l'autre côté, c'était le Tiergarten, un parc aux parterres bien entretenus et aux allées bien éclairées. Il lui fallut vingt minutes pour traverser le Tiergarten dans toute sa longueur et contourner le jardin zoologique jusqu'à la station de métro du Zoo. Là, les rames émergeaient pour rouler au-dessus de la rue. C'était la seule station que les

Berlinois de l'Ouest avaient le droit d'utiliser pour se rendre à l'Est. C'était aussi là qu'arrivaient les Soviétiques quand ils venaient à l'Ouest.

Au niveau de la rue, une grande partie de ce dont Arkadi se souvenait était couverte de peinture au pistolet. Les guichets de change étaient fermés, mais un trafic de drogue tardif fleurissait devant les portes. Au-dessus, les choses avaient moins changé. Les mêmes rails à voies étroites passaient sur les mêmes viaducs, sous la même verrière. Il y avait encore des casiers de consigne disponibles vingt-quatre heures sur vingt-quatre. Il y entreposa la cassette vidéo qu'il avait apportée de Munich.

Sous la station, des cabines téléphoniques s'alignaient dans la rue. Arkadi déplia un bout de papier et composa le numéro que lui avait donné Peter Schiller.

Peter répondit à la huitième sonnerie, l'air agacé. « Où êtes-vous ?

— A Berlin. Et vous ? demanda Arkadi.

— Vous savez bien que je suis à Berlin. Vous avez téléphoné cet après-midi pour dire que je devais rouler toute la journée sous cette foutue pluie pour être ici. Vous savez que c'est un numéro de Berlin. Avec qui êtes-vous ? »

Un train entra en gare. Le fracas descendit jusqu'à la poutre métallique à laquelle était accroché le téléphone. « Bon, fit Arkadi. J'essaierai de vous appeler demain à midi au même numéro. Peut-être qu'à ce moment-là j'en saurai plus.

— Renko, si vous croyez que vous pouvez mener... »

Arkadi raccrocha. C'était consolant de savoir que Peter enrageait quelque part non loin de là, plus près que Munich, mais pas assez près pour pouvoir lui mettre la main dessus.

Il refit le même chemin pour rentrer par le parc. Une fois de plus il s'attendit à voir une barrière de ciment si violemment illuminée qu'elle se dressait comme un mur de glace. Une fois de plus il ne traversa rien que des décombres couverts d'une herbe printanière et de fleurs qui hochaient la tête.

Il se dit qu'il devrait avoir plus la foi.

CHAPITRE 29

C'était un matin clair et sec, sans un nuage dans le ciel. Arkadi et Max suivaient le même chemin que celui qu'il avait emprunté tout seul la nuit précédente. Irina était à la galerie où elle donnait un coup de main avant le vernissage.

Max était le genre d'animal qui aimait se chauffer au soleil. Il portait un costume couleur beurre-frais. Les vitrines devant lesquelles ils passaient renvoyaient le reflet d'un homme qui semblait sans cesse importuné par son compagnon lui réclamant de la petite monnaie, un repas, ou lui proposant une affaire. Il posait alors une main sur le bras d'Arkadi comme pour dire : « Regardez un peu en quelle compagnie je suis. » Leurs regards se croisaient et, dans le petit centre noir de son iris, Arkadi pouvait lire que Max n'avait pas couché avec Irina la nuit dernière et que son lit n'était pas plus confortable que le parquet nu d'Arkadi.

« C'est un rêve pour les promoteurs, observa Max. Ce côté-ci de Berlin a toujours eu de la gueule. L'université, l'Opéra, la cathédrale, les grands musées ont toujours été à Berlin-Est. Nous autres, Soviétiques, nous avons construit autant de monstruosités que nous le pouvions, mais nous n'avons jamais eu ni l'argent ni l'énergie des promoteurs capitalistes. Berlin-Ouest a des boutiques qui ont la plus forte valeur immobilière du monde. Imaginez un peu la valeur de Berlin-Est. Voyez-vous, à notre insu, nous autres Russes, nous l'avons sauvé. Nous assistons littéralement à une métamorphose, c'est Berlin-Est qui sort de son cocon. »

Friedrichstrasse était différente à la lumière du jour. Dans l'obscurité, Arkadi n'avait pas vu combien de bâtiments officiels n'avaient plus que leurs quatre murs. L'un d'eux n'était plus qu'une façade en bois avec des fenêtres peintes autour des fondations d'un magasin des Galeries Lafayette qui allait prendre sa place. Un autre était emmailloté sur cinq étages dans de grosses bâches. Bien que la rue fût relativement déserte comparée au Ku'damm, de tous côtés montait la rumeur de l'invisible circulation des pelleteuses, des bulldozers et des grues.

« Est-ce que, demanda Arkadi, vous êtes propriétaire de l'immeuble où nous avons passé la nuit dernière ? »

Max se mit à rire. « Vous êtes trop méfiant. Je cherche une vision, vous cherchez des empreintes. »

Il y avait encore des Trabant sous les tilleuls, mais les Volkswagen, les Volvo et les Maserati l'emportaient. Des immeubles éventrés s'échappaient la poussière de la pierre qu'on attaquait et le gémissement des foreuses électriques. Sur des vitrines blanchies à la chaux, des panneaux annonçaient l'ouverture prochaine des bureaux de Mitsubishi, d'Alitalia et d'IBM. De l'autre côté de la rue, à l'ambassade soviétique, le perron était désert et aucune lumière ne brillait aux fenêtres. Dans une petite rue adjacente, un café avait disposé sur le trottoir des chaises et des tables blanches. Ils s'assirent et commandèrent du café.

Max consulta sa montre, un chronomètre de plongée avec un bracelet en or. « J'ai un rendez-vous dans une heure. Je suis l'agent de l'immeuble où vous avez dormi. Pour un ancien Soviétique, l'immobilier, c'est presque la rédemption. Avez-vous des investissements ?

— A part des livres ? demanda Arkadi.

— A part des livres.

— A part un poste de radio ?

— A part un poste de radio.

— J'ai reçu un pistolet en héritage.

— Autrement dit, non. » Max marqua un temps. « On peut arranger quelque chose. Vous êtes intelligent, vous parlez anglais et un peu allemand. Avec des vêtements convenables, vous seriez tout à fait présentable. »

Une cafetière arriva avec des petits pains aux graines de pavot et de la confiture de fraises. Max emplit leurs tasses. « Le problème c'est qu'à mon avis vous ne vous rendez pas compte à quel point le monde a changé. Vous êtes un spécimen du passé. C'est comme si vous arriviez de la Rome antique à la poursuite de quelqu'un qui a offensé César. Votre conception du crime est démodée, c'est le moins qu'on puisse dire. Pour rester, il faudrait que vous abandonniez tout cela, que vous l'effaciez de votre esprit.

— Que je l'efface ?

— Comme les Allemands. Berlin-Ouest a été rasé, alors ils sont repartis de zéro et en ont fait une vitrine du capitalisme. Comment avons-nous réagi ? Nous avons construit le Mur qui constituait, bien sûr, un vrai piédestal pour Berlin-Ouest.

— Pourquoi n'investissez-vous pas à Berlin-Ouest ?

— C'est dépassé. Franchement, Berlin-Ouest n'est rien. C'est une île, un club pour libres penseurs et objecteurs de conscience. Mais un Berlin uni serait la capitale du monde.

— Ça me paraît en effet très visionnaire.

— Ça l'est. Pardonnez-moi de vous le dire, mais le Mur était une réalité encore plus grande que votre enquête. Aujourd'hui le Mur a disparu et Berlin est enfin libre de s'épanouir. Pensez-y : plus de deux cents kilomètres de Mur abattus, mille kilomètres carrés supplémentaires au centre de Berlin à mettre en valeur. C'est la plus grande opportunité immobilière de la seconde moitié du XXe siècle. »

Il y avait une telle conviction dans le regard de Max qu'Arkadi comprit qu'il avait rencontré un vendeur. Max vendait l'idée de l'avenir, et elle était irrésistible. Les preuves du futur bordaient la rue. Ses échos insistants retentissaient partout. Le seul immeuble silencieux, c'était l'ambassade soviétique, dont la silhouette massive dépassait des arbres comme un mausolée.

« Est-ce que Michael, dit Arkadi, partage votre vision ? Pour un homme qui est le directeur adjoint chargé de la sécurité de la station de radio, il n'a pas traîné à vous faire bon accueil à votre retour.

— Michael est un peu désespéré. Si les Américains lâchent la station, il se retrouvera avec un style de vie à l'européenne et sans compétences particulières. Il n'a pas de diplôme de gestion ; il a simplement une Porsche. S'il est capable de s'adapter à une nouvelle situation, ce devrait être la même chose pour vous.

— Comment ferais-je ?

— C'est votre enquête qui vous a amené ici. Ce que vous faites à partir de là est une tout autre question. Allez-vous de l'avant ou faites-vous demi-tour ?

— Qu'en pensez-vous ?

— Je vais être franc avec vous, dit Max. Peu m'importerait s'il n'y avait pas Irina. Irina fait partie de Berlin. Elle est prête à en tirer profit. Pourquoi voulez-vous la priver de cela ? Elle n'a jamais eu l'occasion de profiter de l'argent.

— Elle peut le faire sans vous, non ?

— Oui. Je ne me décris pas comme quelqu'un de totalement innocent, mais on ne fait pas fortune en disant : "Merci" et "S'il vous plaît". Je parie que, quand on a inventé la roue, elle a roulé sur quelqu'un. » Max s'essuya la bouche. « Je comprends l'emprise que vous avez sur Irina. Chaque émigré a des remords à propos de quelqu'un.

— Vraiment ? A propos de qui avez-vous des remords ? »

Un bon vendeur ne se laissait pas démonter par l'insolence. Max répondit : « Ce n'est pas une question de moralité. Il ne s'agit même pas de vous ou de moi. C'est simplement que j'ai la capacité d'évoluer et pas vous. Vous êtes peut-être un héroïque policier, mais vous êtes un personnage du passé. Il n'y a rien pour vous ici. Soyez honnête et demandez-vous ce qui est le mieux pour Irina : aller de l'avant ou revenir en arrière ?

— Ça dépend d'elle.

— Voyez-vous, Renko, le fait que vous connaissiez la réponse est en soi un aveu. Bien sûr que la décision dépend d'Irina. Ce qu'il y a, c'est que vous et moi savons ce qui vaut le mieux pour elle. Nous arrivons de Moscou. Nous savons tous les deux que, même si elle retourne là-bas, je peux la protéger mieux que vous. Je doute que là-bas vous surviviez plus d'un jour. Alors, c'est de régression affective que nous parlons, n'est-ce pas ? Deux malheureux réfugiés qui s'aiment ? Avec l'ambassade soviétique qui cherche à vous déporter ? Je crois que vous auriez besoin d'un protecteur influent et, sincèrement, je n'en vois pas d'autre que moi. Dès l'instant où vous aurez pris la décision de rester, vous devrez laisser tomber votre enquête. Irina vous lâcherait instantanément si elle pensait que vous restez pour une autre raison que pour elle.

— Si vous savez cela, pourquoi ne lui avez-vous pas dit que c'était après vous que j'en avais ? »

D'un soupir, Max lui rendit hommage. « Irina malheureusement a encore une haute opinion de vos talents. Elle pourrait penser que vous avez raison. Nous sommes chacun enfermés dans un dilemme. Vous d'un côté, moi de l'autre. Nous coexistons. C'est pourquoi la moralité n'a rien à voir là-dedans. C'est pourquoi nous allons devoir trouver un arrangement. »

Après que Max eut payé les consommations et qu'il eut pris congé, Arkadi s'en alla tout seul sous les arbres jusqu'à la porte de Brandebourg où la Victoire arborait sa teinte vert-de-gris ordinaire. Des martinets tournoyaient autour d'elle en gobant des insectes. Il se glissa parmi les touristes jusqu'à la prairie. Bien que ses chaussures et son bas de pantalon fussent mouillés, une tiédeur estivale montait du sol. L'herbe était constellée de fleurs blanches et chaque pas faisait jaillir de minuscules nuées d'insectes. Les abeilles s'affairaient entre des touffes de trèfle, après la période d'inaction de temps humide. On avait tracé une allée pour les vélos, et des cyclistes en casque et tenue moulante roulaient en file indienne, filant comme des fanions dans un cortège. Se rendaient-ils compte qu'ils pénétraient sans autorisation sur le site du nouveau Berlin de Max ?

Comme il avait le temps, Arkadi remonta le Ku'damm jusqu'à la station de métro du Zoo. Il avait l'impression d'être au milieu d'une armée de Berlinois de l'Est qui avaient envahi la ville en bon ordre mais qui s'étaient débandés la première fois qu'ils avaient vu sur le trottoir un étalage de chaussures de course. Les Berlinois de l'Ouest avaient battu en retraite derrière les balustrades des cafés et, même là, ils étaient harcelés par des Gitans brandissant des tambourins et des bébés. Deux Russes poussaient un portemanteau d'uniformes. Arkadi repéra un assortiment de morceaux de Mur avec des certificats d'authenticité. Sur une autre table, il trouva un système de pilotage automatique et un altimètre provenant d'un hélicoptère de l'Armée rouge. Sans doute pourrait-il trouver l'hélicoptère tout entier s'il arpentait assez longtemps le Ku'damm. Il arriva à la station du Zoo à midi pile et appela le numéro de Peter. Cette fois, il n'y eut pas de réponse.

Au-dessus de sa tête, une rame était arrivée, lâchant d'autres régiments d'Ossies qui dévalaient les marches jusqu'à la rue. Indécis, Arkadi se laissa porter par la foule et traversa la rue jusqu'au pied de l'église commémorative, grise et fracassée comme un tronc d'arbre frappé par la foudre, et où des gens avec des sacs à dos étaient installés sur l'escalier pour regarder un prestidigitateur ambulant. Un car de touristes japonais les mitrailla au passage avec leurs appareils photo.

Le Berlin d'autrefois avait été divisé en deux et était gouverné essentiellement par les Russes et les Américains. Aujourd'hui, c'était à peine si Arkadi voyait un touriste américain. Peut-être pourrait-il rester comme statue, se dit-il: *Le Dernier Russe,* dans la pose d'un camelot essayant de vendre un pin's de Lénine.

Arkadi revenait par la pelouse quand il aperçut quatre sections du Mur qu'on avait laissées là comme des pierres tombales. Ainsi Max avait tort, songea-t-il ; tout le monde ne voulait pas raser le Mur et se tourner aussitôt vers les caisses enregistreuses. Quelqu'un estimait qu'un mémorial avait sa place.

Tout à côté se trouvait une grue de chantier avec une double flèche pour les constructions élevées. A environ soixante-dix mètres du sol, tout en haut de la flèche supérieure, un panier carré était accroché au contrepoids. Arkadi vit, se détachant sur le ciel, une silhouette grimper par-dessus le rebord du panier et sauter. Bras et jambes déployés, il plongea dans le vide et disparut derrière les fragments du Mur.

Arkadi hâta le pas. De près, les morceaux de Mur avaient chacun quatre mètres carrés et avaient été soigneusement peints de toutes les couleurs du symbole de la paix, puis on avait ajouté au pistolet des christs, des yeux symboliques, des barreaux de prison, des noms et des messages en différentes langues. Derrière les dalles de ciment, des gens étaient installés à des tables disposées sur du gravier. Un panneau annonçait CAFÉ DU SAUT.

Une camionnette proposait des sandwiches, des cigarettes, des sodas et de la bière. Les clients étaient des cyclistes, des couples âgés avec des chiens en laisse attachés à leur chaise, un couple d'hommes d'affaires au teint assez basané pour être des Turcs et un groupe d'adolescents, le soleil étincelant sur les rivets de leurs blousons.

Le sauteur, un garçon vêtu d'un pantalon de treillis et d'un maillot de corps, se balançait la tête en bas à quelques mètres au-dessus du sol. Arkadi comprit qu'il n'avait jamais heurté la terre et qu'il était attaché avec des cordons élastiques qui allaient de ses chevilles jusqu'au sommet de la grue. La flèche s'abaissa pour le laisser atteindre le sol, les mains en avant. Il détacha les élastiques et se remit sur ses pieds, un peu étourdi, sous les applaudissements des cyclistes et les acclamations tribales de ses amis.

Arkadi s'intéressait aux deux hommes d'affaires. Ils étaient bien habillés, mais ils avaient amassé sur leur table des bouteilles de bière en quantité impressionnante. Ils avaient le corps épais et ils étaient affalés, la tête baissée dans une attitude qui lui parut familière. Ils étaient assis à l'autre bout et ne le regardaient pas, mais l'un d'eux avait d'affreux cheveux qu'on n'oubliait pas, longs sur la nuque, courts sur le côté, avec une frange orange sur le dessus. Sans aller jusqu'à applaudir, ils suivaient le spectacle avec attention.

Un second personnage se trouvait encore dans la cage bien au-dessus des tables. Il remonta les cordons et parut s'asseoir. Un moment plus tard, il grimpa sur le bord de la cage et se balança, tenant un câble d'une seule main. Un schnauzer se mit à aboyer et son maître lui fourra une saucisse dans la gueule pour le faire taire. La silhouette là-haut avait l'air d'essayer de trouver un endroit pour atterrir.

« *Dvai !* » cria l'homme aux cheveux bizarres, lassé d'attendre. « Allez ! » Comme les pêcheurs crient quand quelqu'un est lent à remonter un filet.

La silhouette sauta. Il tomba, les bras et les jambes en ailes de moulin à vent. Cette fois Arkadi vit les élastiques qui pendaient derrière lui. Il supposa que de soigneux calculs tenaient compte du poids du sauteur, de la distance au sol et de la tension maximale des élastiques. Le visage qui fonçait vers le sol était blanc, les yeux écarquillés, la bouche béante. Arkadi n'avait jamais vu personne sembler se poser autant de questions sur ce qu'il venait de faire. Il entendit un claquement quand l'élastique se tendit, puis le plongeur remonta sur à peu près un quart de la hauteur. Il rebondit vers le bas, plus lentement et en s'agitant davantage. Il avait maintenant le visage tout rouge et l'ovale de sa bouche avait repris forme humaine. Deux filles en blouson de cuir se précipitèrent pour aider leur héros à reprendre contact avec la terre. Tout le monde applaudit à l'exception des deux hommes d'affaires qui riaient si fort qu'ils s'en étranglaient. Celui qui avait les cheveux bizarres se renversa en arrière pour reprendre haleine. C'était Ali Khachboulatov.

Arkadi avait vu Ali pour la dernière fois avec son grand-père Makhmoud au marché de voitures du port Sud à Moscou. Ali frappa la table de sa main comme un corps qui heurte le sol et se remit à rire à gorge déployée. Quand une bouteille vide roula de la table sur le gravier, Ali ne daigna même pas la ramasser. L'autre homme à la table était aussi un Tchétchène, plus âgé, avec des sourcils brossés en éventail. Les gosses en blouson de cuir trouvèrent leurs rires vexants mais, après avoir jeté quelques prudents coups d'œil, ils laissèrent les deux hommes tranquilles. Ali déploya ses bras comme des ailes, fit semblant de voleter puis de tomber. D'un geste, il fit taire les éloges que lui prodiguait son compagnon pour son numéro de mime, il leva son verre et alluma une cigarette d'un air satisfait.

Personne d'autre n'avait envie de sauter pour distraire Ali. Au bout d'un quart d'heure, il partit avec l'autre Tchétchène pour se diriger vers Potsdam Platz où ils montèrent dans un cabriolet Volkswagen noir et s'éloignèrent. Arkadi ne pouvait pas les suivre à pied, mais il regarda d'un œil intéressé dans la direction du Ku'damm.

Devant le grand magasin Ka-De-We, il trouva deux Tchétchènes appuyés sur l'aile d'une Alfa Romeo. En remontant le Ku'damm, devant le grand rectangle en verre du Centre Europa, quatre mafiosi de Lioubertsi étaient entassés dans une Golf. Dans une petite rue qui s'appelait la Fasanenstrasse, il y avait d'élégants restaurants avec des portes-fenêtres et des bouteilles de vin sur des râteliers, et aussi de petits Tchétchènes velus installés dans la niche d'un des établissements. Au pâté de maisons suivant, un mafioso du Grand Bassin patrouillait devant les boutiques.

Arkadi retourna à la station du Zoo. Ni les annuaires ni l'opératrice n'avaient d'abonné au nom de TransKom ou de Boris Benz. Il y avait un numéro au nom de Margarita Benz. Arkadi appela.

A la cinquième sonnerie, Irina répondit : « Allô ?

— C'est Arkadi.

— Comment vas-tu ?

— Je vais bien. Pardonne-moi de te déranger.

— Mais non, je suis contente que tu aies appelé, fit Irina.

— Je me demandais à quelle heure était le vernissage ce soir. Et si c'est habillé.

— A sept heures. Tu nous retrouveras ici, Max et moi. Ne t'inquiète pas pour ta tenue. Fais comme les intellectuels allemands. Dans le doute, porte du noir. Ils ont tous l'air de veufs. Arkadi, tu es sûr que ça va bien ? Est-ce que Berlin te déconcerte complètement ?

— Non, en fait ça commence à me paraître familier. »

L'adresse de Margarita Benz n'était qu'à deux cents mètres de là, sur Savigny Platz. En chemin, Arkadi passa devant quelques magasins d'électronique avec des écriteaux en polonais. Des voitures polonaises étaient garées devant. Des hommes déchargeaient des sacs d'où sortaient des arômes de mauvaises saucisses socialistes, et chargeaient des magnétoscopes.

Il découvrit l'adresse sur une porte un peu surchargée juste à côté de Savigny Platz. Sur le bouton du second étage on pouvait lire GALERIE BENZ. Il hésita, puis tourna les talons.

Savigny Platz était un carré avec deux petits jardins publics jumeaux, entourés chacun d'une grande haie. On apercevait un jardin à la française avec des soucis et des pensées. Dans la profondeur des haies on avait aménagé des tonnelles pour les amoureux.

Un détail dans la palissade soigneusement taillée de la haie lui fit traverser le jardin jusqu'à l'angle. De l'autre côté de la rue se trouvait la terrasse d'un restaurant à l'ombre d'un hêtre. En passant, il entendit le tintement des couverts. Un garçon versait du café devant un buffet encadré de chèvrefeuille accroché à un mur jaune. Quatre tables étaient occupées, deux par des types genre cadres supérieurs qui mangeaient d'un air affairé, deux par des étudiants, la tête appuyée sur les mains. Les tables à l'intérieur étaient dissimulées aux regards par les reflets de la rue. Sur les carreaux, la haie du parc avait l'air d'un solide mur de verdure.

C'était la brasserie bavaroise en plein air de la cassette de Rudy. Arkadi avait cru que c'était à Munich parce que cette séquence avait été insérée dans un documentaire sur la ville, hypothèse si stupide quand il y réfléchissait que cela lui en donnait des crampes d'estomac. Il avait faim, mais c'était sa stupidité qui le tenaillait.

Un serveur le dévisageait. « *Ist Frau Benz hier ?* » demanda Arkadi.

Le garçon jeta un coup d'œil à la table du fond, la même où elle était assise sur la cassette. De toute évidence sa table habituelle.

« *Nein.* »

Pourquoi avoir inséré Margarita Benz dans cette cassette ? La seule raison que pouvait trouver Arkadi était : pour servir de moyen d'identification si elle n'avait jamais rencontré Rudy avant et si elle ne voulait pas lui donner son nom. Mais elle était le genre de femme à avoir sa table dans un élégant restaurant berlinois. Qu'est-ce que pouvait bien avoir à faire avec elle un trafiquant de devises de Moscou ?

Le garçon le dévisageait toujours. « *Danke.* » Arkadi recula, apercevant son reflet dans la vitre, comme si lui aussi était entré dans la cassette.

En rentrant à l'appartement, Arkadi acheta des couvertures, une serviette, du savon et un chandail d'un noir intellectuel. A six heures trente, Max et Irina passèrent le prendre en descendant au garage.

« Vous êtes mince, vous pouvez porter un truc comme ça », fit Max. Drapé dans un blazer à boutons de cuivre, il avait l'air de débarquer d'un yacht.

Irina était vêtue d'un ensemble rose qui accentuait le roux de ses cheveux. Elle était si nerveuse et si excitée que dans l'ascenseur on aurait dit une lumière supplémentaire.

Arkadi était fasciné par toute cette vie nouvelle qu'elle avait. « C'est une grande exposition, dit-il. Tu ne veux pas me dire de quoi il s'agit ?

— C'est une surprise, répondit-elle.

— Vous vous y connaissez en art ? demanda Max à Arkadi comme s'il s'adressait à un enfant dans la conversation.

— Ça, déclara Irina, Arkadi le reconnaîtra. »

La Daimler longea le Tiergarten jusqu'à Kantstrasse. Irina se tourna vers Arkadi, ouvrant de grands yeux dans la pénombre nacrée de la limousine. « Tu vas bien ? Je me suis inquiétée quand tu as téléphoné.

— Il a téléphoné ? demanda Max.

— Quoi que ça puisse être, dit Arkadi, j'ai hâte de le voir. »

Irina tendit le bras et lui prit la main. « Je suis contente que tu sois venu, dit-elle. C'est parfait. »

Ils se garèrent sur Savigny Platz. En approchant de la galerie, Arkadi comprit qu'il allait assister à un événement culturel d'une certaine ampleur. Des hommes si distingués qu'ils auraient pu être le Kaiser escortaient des matrones festonnées de colliers et de bracelets. Des universitaires en noir arrivaient en cohortes, avec leurs épouses en vestes tricotées. On voyait même quelques bérets. Les photographes se pressaient autour de l'entrée de la galerie. Arkadi se glissa à l'intérieur tandis qu'Irina subissait une brève mitraillade de flashes. Dans le vestibule, une queue s'était formée devant un ascenseur en cuivre. Max les guida jusqu'à l'escalier, s'ouvrant un chemin jusqu'à la rampe en poussant les gens qui montaient à petits pas.

Au second étage, une voix rauque cria : « Irina ! » Les arrivants montraient leur invitation à un bureau, mais une femme au large visage slave et dont les yeux sombres détonnaient avec la crinière de cheveux dorés fit signe à Irina d'avancer. Elle portait une longue robe violette ressemblant à un vêtement sacerdotal. Son maquillage se craquelait quand elle souriait.

« Vos amis aussi. » Elle embrassa Max à trois reprises, à la russe.

« Vous devez être Margarita Benz, dit Arkadi.

— J'espère bien, sinon je me suis trompée de galerie. » Elle laissa Arkadi lui toucher la main.

Il songea à lui dire qu'ils s'étaient déjà rencontrés, d'une voiture à l'autre, elle avec Rudy et lui avec Jaak. Mais non, se dit-il, il allait se conduire en invité convenable.

On ouvrit les portes. La galerie était un loft haut de plafond, avec des cloisons mobiles installées pour créer d'un côté un espace ouvert, de l'autre un théâtre, et pour focaliser l'attention entre les deux. Arkadi n'avait d'yeux que pour Irina, Max, les serveuses, les visages en alerte des gardes, les visages tendus des employés à droite et à gauche.

Sur une estrade au milieu de la galerie se trouvait une caisse en bois rectangulaire patinée par les ans. Même si les coins étaient écornés, il était évident qu'elle avait été bien construite. A travers les taches, Arkadi distingua la marque à demi effacée de l'aigle, de la guirlande et du svastika des autorités postales du Troisième Reich.

Toutefois son regard avait été attiré par le tableau accroché seul au mur du fond. C'était une petite toile carrée peinte en rouge. Il n'y avait ni portrait ni paysage ni « image ». Il n'y avait pas d'autre couleur, rien que du rouge.

Polina en avait peint six presque comme celui-ci pour faire sauter des voitures à Moscou.

CHAPITRE 30

Arkadi reconnut aussi qu'il s'agissait de *Carré rouge,* un des tableaux les plus célèbres de l'histoire de l'art russe. Il n'était pas grand et ce n'était pas un vrai carré non plus, car le coin supérieur droit s'élevait de façon déconcertante. Et il n'était pas simplement rouge ; en approchant, il constata que le carré flottait sur un fond blanc.

Kazimir Malevitch, le fils d'un fabricant de sucre, était peut-être le plus grand peintre russe du siècle, assurément le plus moderne, même s'il était mort dans les années trente. On l'avait accusé d'être un idéaliste bourgeois et ses toiles étaient cachées dans les caves des musées mais, avec cette fierté perverse que la Russie tirait de la qualité de ses victimes, tout le monde connaissait les tableaux de Malevitch. Comme n'importe quel étudiant de Moscou, Arkadi avait osé peindre un carré rouge, un carré noir, un carré blanc... sans aboutir à autre chose qu'à du barbouillage. On ne sait comment Malevitch, qui avait été le premier à le faire, avait créé de l'art, et maintenant le monde entier s'inclinait devant lui.

La galerie s'emplissait rapidement. Dans une salle à part étaient exposés d'autres artistes de l'avant-garde russe, la brève explosion culturelle qui avait débuté avec les derniers jours du tsar, avait annoncé la Révolution, avait été réprimée par Staline et enterrée avec Lénine. Il y avait des esquisses, des céramiques et des couvertures de livres, mais aucun des emballages de chewing-gum dont avait parlé Feldman. La salle était presque vide car tout le monde était attiré vers ce simple carré rouge sur champ blanc.

« Je t'avais promis que ce serait une belle exposition », dit Irina. En russe, on employait le même mot pour dire « beau » et pour dire « rouge ». « Qu'est-ce que tu en penses ?

— J'adore.

— Tu as dit ce qu'il fallait. »

La toile était comme un reflet d'Irina : elle rayonnait.

« Félicitations, fit Max en arrivant avec des coupes de champagne. C'est un joli coup.

— D'où vient ce tableau ? » interrogea Arkadi. Il n'arrivait pas à imaginer le musée d'Etat russe prêtant à une galerie privée une de ses plus précieuses possessions.

« Patience, dit Max. La question est : qu'est-ce que ça va rapporter ?

— Ça n'a pas de prix, dit Irina.

— En roubles, dit Max. Les gens qui sont ici ont des deutschemarks, des yens et des dollars. »

Trente minutes après l'ouverture des portes, les gardes chargés de la sécurité poussèrent tout le monde vers le coin théâtre où le vidéaste qu'Arkadi se souvenait avoir vu à la soirée de Tommy attendait auprès d'un magnétoscope et d'un écran parabolique à rétroprojection. Comme il n'y avait pas assez de sièges, les gens s'assirent par terre et s'entassèrent le long des murs. Du fond de la salle, Arkadi surprit quelques-uns de leurs commentaires. C'étaient des passionnés et des collectionneurs, qui s'y connaissaient bien plus que lui, mais il y avait une chose que même lui savait : aucun *Carré rouge* de Malevitch n'était censé se trouver hors de Russie.

Irina et Margarita Benz gagnèrent les premiers rangs tandis que Max venait rejoindre Arkadi. Ce fut seulement quand le silence total régna dans la salle que la propriétaire de la galerie prit la parole. Elle avait une voix rauque avec un accent russe et, même si l'allemand d'Arkadi n'était pas assez bon pour lui permettre de saisir chaque mot, il comprit qu'elle mettait Malevitch au même niveau que Cézanne et que Picasso comme fondateur de l'art moderne, et peut-être un peu plus haut comme artiste le plus significatif et le plus provocateur, comme le génie de son époque. Arkadi s'en souvenait, le problème de Malevitch était qu'il y avait un autre génie résidant au Kremlin et que ce génie-là, Staline, avait décrété que les écrivains et les artistes soviétiques devaient être les « ingénieurs de l'âme humaine », ce qui dans le cas des peintres signifiait produire des tableaux réalistes sur des prolétaires bâtissant des barrages et des kolkhoziens moissonnant du blé et non pas sur des mystérieux carrés rouges.

Margarita Benz présenta Irina comme l'auteur du catalogue et, comme elle s'avançait, Arkadi la vit regarder par-dessus les rangées de fauteuils vers lui et Max. Même avec son chandail neuf, il se rendait compte qu'il avait plus l'air d'un invité indésirable que d'un protecteur des arts, alors que Max était tout le contraire et faisait pratiquement figure d'hôte. Ou bien Max et lui étaient-ils comme des serre-livres, destinés à faire la paire. Les lumières s'éteignirent. Sur l'écran apparut *Carré rouge*, en quatre fois plus grand que dans la réalité.

Irina s'exprimait en russe et en allemand. En russe pour lui, Arkadi le savait, en allemand pour tous les autres. « Vous trouverez des catalogues à la porte et ils vous donneront beaucoup plus de détails que tout ce que je vous dis maintenant. Il est important toutefois que vous ayez une compréhension visuelle de l'étude à laquelle cette toile a été soumise. Il y a certains détails visibles sur un écran que vous ne pourriez pas découvrir si on vous permettait de prendre en main le tableau pour l'examiner. »

C'était tout à la fois réconfortant et bizarre d'entendre la voix d'Irina dans le noir. C'était comme l'entendre à la radio.

Le carré rouge fut remplacé sur l'écran par une photo en noir et blanc d'un homme brun, sourcils sérieux, coiffé d'un grand feutre et revêtu d'un pardessus, debout devant une église du Kaiser Guillaume II intacte, celle qui était maintenant un mémorial de la guerre sur le Ku'damm. Irina poursuivit : « En 1927, Kazimir Malevitch se rendit à Berlin pour une rétrospective de ses œuvres. Il était déjà tombé en disgrâce à Moscou. Berlin à cette époque comptait deux cent mille émigrés russes. Munich avait Kandinsky, Paris avait Chagall, la poétesse Tsvetaïeva et les Ballets russes. Malevitch envisageait à son tour de quitter la Russie. L'exposition de Berlin comprenait soixante tableaux de Malevitch. Il apporta aussi avec lui un nombre indéterminé d'autres toiles — autrement dit, la moitié de la production de toute sa vie. Pourtant, quand on le rappela à Moscou en juin, il repartit. Sa femme et sa petite fille étaient encore en Russie. Et puis la section d'agitation et de propagande du comité central du parti communiste exerçait une pression plus forte sur les artistes, et les élèves de Malevitch firent appel à lui pour les protéger. Quand il prit le train pour Moscou, il laissa la consigne qu'aucune de ses œuvres ne fût renvoyée en Russie.

« A la fin de l'exposition de 1927 à Berlin, toutes les toiles furent mises en caisses par la firme spécialisée dans le transport d'œuvres d'art de Gustav Knauer et expédiées pour être entreposées au Provinzialmuseum de Hanovre, en attendant de nouvelles instructions de Malevitch. Certaines œuvres furent exposées là-bas mais, quand les nazis arrivèrent au pouvoir en 1933 et dénoncèrent l'"art dégénéré" qui comprenait bien sûr l'avant-garde russe, les tableaux de Malevitch regagnèrent leurs caisses de chez Knauer et furent cachés dans les caves du musée.

« Nous savons qu'elles s'y trouvaient encore en 1935, quand Albert Barr, le directeur du musée d'Art moderne de New York, se rendit à Hanovre. Il acheta deux toiles et les fit sortir d'Allemagne roulées dans son parapluie. Le musée de Hanovre décida qu'il était trop dangereux de conserver le reste de la collection Malevitch et renvoya les tableaux à un de ceux qui avait le premier accueilli Malevitch à Berlin, l'architecte Hugo Haring, qui les cacha d'abord dans sa maison puis, lors des raids aériens sur Berlin, dans sa ville natale de Biberach, dans le Sud.

« Dix-sept ans plus tard, la guerre étant terminée et Malevitch mort, les conservateurs du musée Stedelijk d'Amsterdam retrouvèrent l'itinéraire suivi par les caisses de Knauer jusque chez Haring, qui vivait encore à Biberach, et ils acquirent les toiles qui constituent aujourd'hui la plus vaste collection des œuvres de Malevitch à l'Ouest. Mais, d'après des photographies de l'exposition de Berlin, nous savons qu'il manque quinze toiles majeures. Nous savons aussi, d'après la qualité de la collection d'Amsterdam, que certaines des plus belles œuvres apportées à Berlin par Malevitch ne furent même pas exposées là-bas. Combien en manque-t-il, nous ne le saurons jamais. Ont-elles brûlé durant le Blitz de Berlin ? Ont-elles été détruites pendant le transport par un inspecteur des postes zélé qui avait découvert l'"art dégénéré" ? Ou bien, dans la confusion de la guerre, ont-elles simplement été mises en caisses, entreposées et oubliées à Hanovre ou dans le magasin à Berlin-Est de la société de transport Gustav Knauer ? »

Malevitch fut remplacé sur l'écran par une caisse un peu délabrée couverte de tampons et de documents jaunis. C'était celle exposée dans la galerie. Irina reprit : « Cette caisse est arrivée à la galerie un mois après la chute du Mur. Le bois, les clous, le mode de fabrication et les connaissements concordent avec les caisses Knauer. A l'intérieur se trouvait une peinture à l'huile sur toile de cinquante-trois centimètres sur cinquante-trois. La galerie a tout de suite compris qu'elle avait découvert soit un Malevitch, soit un faux magistral. Lequel des deux ? »

L'image de la caisse disparut et sur l'écran revint la toile dans ses dimensions réelles, comme une fascinante balise. « Il existe cent vingt-cinq peintures à l'huile de Malevitch. Leur rareté, aussi bien que leur importance dans l'histoire de l'art, explique leur cote extrêmement élevée, surtout quand il s'agit d'un chef-d'œuvre comme *Carré rouge*. La plupart des tableaux de Malevitch ont été cachés en Russie pendant cinquante ans car ils représentaient un art "idéologiquement incorrect". On les ressort aujourd'hui, comme des otages politiques revoyant enfin la lumière du jour. La situation cependant est compliquée par le nombre de contrefaçons qui inondent le marché de l'art occidental. Les mêmes faussaires qui produisaient autrefois de fausses icônes médiévales produisent aujourd'hui des contrefaçons d'œuvres d'art modernes. A l'Ouest, on s'appuie sur la provenance : les catalogues d'exposition, les certificats de vente qui fournissent les dates auxquelles l'œuvre d'art a été exposée, vendue et revendue. La situation en Union soviétique est différente. Quand un artiste était arrêté, son œuvre était confisquée. Quand ses amis apprenaient son arrestation, ils s'empressaient soit de cacher, soit de détruire les œuvres de lui qu'ils avaient en leur possession. Les œuvres d'art de l'avant-garde russe qui existent aujourd'hui sont des survivants qu'on a cachés dans des doubles fonds ou dissimulés derrière des papiers peints. Un grand nombre d'œuvres authentiques n'ont aucune provenance au sens occidental du terme. Exiger d'un survivant de l'Etat soviétique la provenance occidentale traditionnelle, c'est refuser d'admettre sa survie. »

Sur une cassette vidéo, des mains gantées de caoutchouc maniaient avec douceur *Carré rouge* et en prélevaient délicatement un fragment dont l'analyse montrait qu'il s'agissait de peinture de fabrication allemande et correspondant à l'époque en question. Irina fit remarquer que, quand ils le pouvaient, les Russes utilisaient toujours les matériaux artistiques allemands.

Il y avait des tableaux à l'intérieur de tableaux. Aux rayons X, *Carré rouge* donnait un négatif qui révélait un rectangle sur lequel on avait repeint. Aux ultraviolets, la couche de blanc de plomb virait au bleu. Sous un éclairage frisant, les touches de pinceau grossies étaient de brèves virgules horizontales avec des variations : un nuage de coups de pinceau ici, un déferlement là dans une mer de rouges divers, que venait parfois rompre une craquelure aux endroits où la peinture rouge ne s'était pas fixée à la peinture jaune dissimulée dessous.

« Même si la toile n'est pas signée, poursuivit Irina, chaque touche de pinceau est une signature. La facture, le choix des couleurs, les repentirs, l'absence de signature, même la craquelure est caractéristique de Malevitch. »

Arkadi aimait bien le mot craquelure. Il soupçonnait que sous un éclairage approprié, il pourrait lui aussi montrer certaines « craquelures ».

L'écran redevint blanc, puis la caméra passa sur une vue grossie de la texture de la toile et de l'apprêt mis en relief par l'éclairage oblique jusqu'au grain révélateur d'une empreinte digitale à peine perceptible à travers la peinture. Irina demanda : « Quelle main a laissé cette marque ? »

Un visage aux yeux tristes et profondément enfoncés dans leurs orbites envahit l'écran. La caméra recula pour montrer la tunique bleue et le visage chagrin du défunt général Penyaguine. Ce n'était guère quelqu'un qu'Arkadi s'attendait à rencontrer de nouveau, et surtout pas dans des cercles artistiques. Avec une plume, le général désignait des volutes et des triangles similaires dans le grossissement de deux empreintes digitales, l'une relevée sur *Carré rouge* de la galerie et l'autre sur un Malevitch authentifié du musée d'Etat russe. Une voix off traduisait. Arkadi songea qu'un technicien allemand aurait été plus rapide, mais il est vrai qu'un général soviétique était plus impressionnant. Il avait maintenant reconnu la voix off comme étant celle de Max. Elle demandait : « Concluriez-vous que ces empreintes sont celles du même homme ? »

Penyaguine regarda droit dans l'objectif de la caméra et prit un air énergique, comme s'il sentait combien son rôle de star allait être bref. « A mon avis, déclara-t-il, ces empreintes sont sans l'ombre d'un doute celles du même individu. »

Comme les lumières se rallumaient dans la salle, l'hôte qui avait le style Kaiser le plus marqué de l'assistance se leva et demanda d'un ton furieux : « Payez-vous un *Finderlohn ?*

— Une prime à l'inventeur », traduisit Max pour Arkadi.

Ce fut Margarita qui répondit à la question. « Non. Bien qu'un *Finderlohn* soit parfaitement légal, nous avons dès le départ traité directement avec le propriétaire du tableau. »

L'homme reprit : « Ces primes sont de scandaleuses rançons. Vous savez que je fais allusion aux sommes versées au Texas pour le trésor de Quedlinburg, qui a été volé en Allemagne par un soldat américain après la guerre.

— Aucun Américain n'est impliqué dans cette affaire, fit Margarita presque en souriant.

— Ce n'est qu'un des nombreux exemples d'art allemand pillé par les forces d'occupation. Tout comme la toile du XVIIe siècle entreposée au château de Reinhardsbrunn et volée par les troupes russes. Où est-elle maintenant ? Vendue aux enchères chez Sotheby's. »

Margarita le rassura : « Il n'y a pas de Russes impliqués ici non plus, à l'exception de Malevitch. Et, évidemment, j'ai moi-même des antécédents russes. Vous devez savoir qu'il est absolument interdit par la loi d'exporter d'Union soviétique des objets d'art de cette période et de cette qualité. »

L'amateur d'art semblait apaisé, mais il lança quand même sa flèche de Parthe. « La toile vient donc d'Allemagne de l'Est ?

— Oui.

— Alors, c'est une des rares bonnes choses qu'ils nous aient envoyées. »

Il obtint l'acquiescement général.

Le tableau était-il un Malevitch ? se demanda Arkadi. Laissons tomber le numéro d'amateur de Penyaguine. L'histoire de la caisse pouvait-elle être vraie ? C'était un fait que la plupart des œuvres existantes de Malevitch avaient été cachées ou transportées clandestinement jusqu'à des musées où elles trônaient maintenant. Il était l'artiste hors la loi du siècle.

Quelle provenance Arkadi avait-il à montrer en ce qui le concernait ? Pas même un passeport soviétique.

Margarita Benz se montrait une hôtesse sévère mais généreuse, maintenant ses invités à distance du tableau, interdisant les photographies et guidant son petit monde vers un buffet où l'on servait à profusion caviar, esturgeon fumé et champagne. Irina circulait de l'un à l'autre, répondant à des questions qui semblaient autant d'interrogations hostiles. Ce devait être l'effet de la langue allemande aux oreilles d'un étranger, se dit Arkadi ; si ces gens n'étaient pas contents, ils seraient partis. Malgré tout, la voir ici lui évoquait une cigogne blanche marchant parmi des corbeaux.

Deux Américains en cravate noire et souliers vernis communiaient devant les plateaux du buffet. « Cette pique à propos des Etats-Unis ne m'a pas plu. Rappelle-toi, la vente d'avant-garde russe chez Sotheby's a été une grosse déception.

— C'étaient toutes des œuvres mineures, pour la plupart des faux, répondit l'autre Américain. Une pièce majeure comme celle-ci pourrait stabiliser tout le marché. D'ailleurs, même si je ne l'ai pas, ça m'aura toujours valu un agréable voyage à Berlin.

— Jack, c'est justement de ça que je voulais te parler. Berlin a changé. C'est devenu résolument dangereux.

— Maintenant que le Mur est par terre, c'est dangereux ?

— C'est plein de... » Il jeta un coup d'œil à la ronde, prit son ami par le bras et chuchota : « J'envisage d'aller m'installer à Vienne. »

Arkadi chercha autour de lui ce qui aurait pu les effrayer. Il n'y avait que lui.

Une heure plus tard, le niveau sonore élevé et l'épaisseur de la fumée de cigarette témoignaient du succès de l'exposition. Arkadi battit en retraite dans le théâtre vidéo, regarda une cassette du Berlin d'avant-guerre composée en partie de séquences où l'on voyait des voitures tirées par des chevaux sur Unter den Linden et en partie de photographies de réfugiés russes ; il s'amusa avec l'appareil, faisant défiler la cassette en avant puis la ramenant en arrière. Les personnages sur l'écran étaient évidemment les réfugiés les plus exotiques et les plus séduisants de leur époque. Tous — écrivains, danseurs et acteurs — rayonnaient comme des plantes sous un éclairage de serre.

Il se croyait seul jusqu'au moment où Margarita Benz lui demanda : « Irina était très bonne ce soir, qu'en pensez-vous !

— Oui », dit-il.

La propriétaire de la galerie était plantée sur le seuil de la salle, un verre dans une main, une cigarette dans l'autre. « Elle a une voix magnifique. Vous l'avez trouvée convaincante ?

— Totalement », fit Arkadi.

Elle se glissa à l'intérieur. Il entendit l'épaule de sa robe effleurer le mur en approchant. « Je voulais vous voir un peu mieux.

— Dans l'obscurité ?

— Vous ne voyez pas dans l'obscurité ! Quel mauvais policier vous avez dû être. »

Son attitude était un étrange mélange, vulgaire et impérieux tout à la fois. Il se souvint des deux identifications contradictoires faites par Jaak d'après ses photos : Mme Boris Benz, citoyenne allemande, résidant au Soyouz, et Rita, prostituée payable en devises fortes, ayant émigré d'Israël cinq ans auparavant. Elle laissa tomber sa cigarette dans son verre, le posa sur le magnétoscope et tendit à Arkadi des allumettes pour qu'il puisse lui en allumer une autre. Les bouts de ses ongles étaient durs comme des pointes de herse. Lorsque Arkadi l'avait vue pour la première fois dans la voiture de Rudy, il s'était dit : c'est une Viking. Il pensait maintenant : c'est une Salomé.

« Vous avez trouvé un acheteur ? demanda-t-il.

— Max a dû vous dire qu'une toile comme ça ne se vend pas en une minute.

— Ça prend combien de temps ?

— Des semaines.

— A qui appartient la toile ? Qui est le vendeur ? »

Elle rit en soufflant la fumée de sa cigarette : « Quelles questions brutales !

— C'est ma première exposition. Je suis curieux.

— Seul l'acheteur a besoin de connaître le vendeur.

— Si c'est un bien russe...

— Soyez sérieux. Ici, personne ne sait à qui appartient quoi. Si c'est un bien russe, quiconque l'a en sa possession en est le propriétaire. »

Arkadi encaissa la rebuffade : « Combien pensez-vous en obtenir ? »

Elle sourit, et il sut donc qu'elle allait répondre : « Il existe deux autres versions de *Carré rouge*. Chacune est estimée cinq millions de dollars. » Elle dégusta le chiffre comme un bonbon. « Appelez-moi Rita. Mes proches amis m'appellent Rita. »

Malevitch apparut sur l'écran dans un autoportrait, avec un col haut, un costume noir et des ombres vertes d'anxiété sur le visage.

« Vous pensez qu'il voulait vraiment partir ? interrogea Arkadi.

— Il s'est affolé.

— Vous pouvez l'affirmer ?

— Oui.

— Comment êtes-vous partie, vous ?

— Mon cher, en me servant de mon cul. J'ai épousé un juif. Puis j'ai épousé un Allemand. Il faut de la volonté pour faire ce genre de chose. C'est pourquoi j'ai voulu vous voir ; pour savoir ce que vous étiez prêt à faire.

— Et qu'est-ce que vous en pensez ?

— Pas assez. »

Intéressant, songea Arkadi. Peut-être Rita était-elle meilleure psychologue que lui. « A entendre certains de vos invités, dit-il, j'avais l'impression qu'ils ont vu trop de Russes depuis la chute du Mur. »

Rita eut un rire méprisant. « Pas trop de Russes, trop d'autres Allemands. Berlin-Ouest était autrefois comme un club très fermé. Maintenant ça n'est qu'une ville allemande. Tous ces gosses de Berlin-Est ont grandi en entendant parler du mode de vie occidental, alors maintenant ils rappliquent et ils veulent être des punks. Leurs pères sont des nazis non repentis. Quand le Mur est tombé, ils sont arrivés en masse. Pas étonnant que les gens de Berlin-Ouest décampent à toutes jambes.

— Vous songez à décamper ?

— Non. Berlin, c'est l'avenir. C'est ce que va être l'Allemagne. Berlin est grand ouvert. »

Ils étaient assis tous les quatre pour un souper tardif dans le patio du restaurant de Savigny Platz. Max savourait la lente retombée de toute cette excitation comme le directeur d'une production théâtrale savoure un soir de première, et il prodiguait à Irina compliments et marques d'admiration comme si elle était sa vedette. Elle baignait dans l'éclat de la fête, elle semblait être au centre d'un cercle de bougies et de cristal. Rita occupait le même fauteuil que sur la cassette. En regardant Max, Irina et Arkadi, elle semblait préoccupée par un problème fondamental d'arithmétique.

Pour Arkadi, Max et Margarita commençaient à disparaître à son regard : il ne voyait qu'Irina. Leurs yeux se croisaient de façon aussi palpable que s'ils s'étaient touchés, si bien qu'il entretenait la conversation même quand il se taisait.

Le serveur déposa son plateau à côté de Max et désigna de la tête deux hommes en costume brillant qui approchaient par le jardin public. Ils avançaient lentement, comme s'ils promenaient un chien ; seulement, il n'y avait pas de chien.

« Des Tchétchènes. La semaine dernière, ils ont démoli un restaurant dans ce pâté de maisons, la rue la plus paisible de Berlin. Ils ont tué un serveur à coups de hache devant les clients. » Il se frotta un bras. « A coups de hache.

— Qu'est-ce qui s'est passé ensuite ? demanda Arkadi.

— Ensuite ? Ils sont revenus en disant qu'ils allaient protéger le restaurant.

— C'est scandaleux, dit Max. De toute façon vous êtes déjà protégé, n'est-ce pas ?

— Oui », s'empressa de confirmer le serveur.

Les Tchétchènes s'avancèrent jusqu'au restaurant. Arkadi avait vu l'un d'eux déjeuner avec Ali au café du Saut et l'autre était le frère cadet d'Ali, Beno, qui avait la taille et la démarche d'un jockey. « Vous êtes un ami de Borya, n'est-ce pas ? On nous a dit que vous aviez un appartement ici.

— Et vous, vous en avez un ? fit Max, jouant l'étonnement.

— Toute une suite. » Beno avait hérité du regard rusé et de la force de concentration de son grand-père, constata Arkadi : c'était lui le prochain Makhmoud, et non pas Ali. A la façon dont il s'adressait à Max, Arkadi doutait qu'il remarquât n'importe qui d'autre à la table. « Vous donnez une fête ? On peut se joindre à vous ?

— Vous n'avez pas l'âge.

— Alors nous nous retrouverons plus tard. »

Beno entraîna l'autre Tchétchène plus âgé dans la rue, comme deux grands voyageurs parfaitement à l'aise.

Quand Rita fit mine de signer l'addition, Max

insista pour payer, par générosité et aussi pour bien montrer qu'il contrôlait la situation. Mais il ne la contrôlait pas, se dit Arkadi. Ni lui ni personne.

CHAPITRE 31

Au milieu de la nuit, il s'éveilla, conscient qu'Irina se trouvait dans la chambre avec lui. Elle portait un imperméable, les pieds nus dans la mince flaque de clair de lune qui s'étalait sur le parquet. Elle annonça : « J'ai dit à Max que je le quittais.

— C'est parfait.

— Pas du tout. Il dit que dès l'instant où tu es arrivé à Munich, il a su que ça pourrait arriver. »

Arkadi se redressa. « Oublie Max.

— Max m'a toujours bien traitée.

— Demain nous irons ailleurs.

— Non, ici tu es en sécurité. Max veut t'aider. Tu ne sais pas à quel point il peut être généreux. »

Sa présence était envahissante. Sur l'ombre de sa silhouette, il aurait pu dessiner son visage, ses yeux, sa bouche. Il percevait son odeur et le goût qu'elle avait. En même temps, il savait combien était fragile l'emprise qu'il avait sur elle. Si elle surprenait chez lui le moindre soupçon à propos de Max, il la perdrait en un instant.

« Pourquoi n'aimes-tu pas Max ? demanda-t-elle.

— Je suis jaloux.

— C'est Max qui devrait être jaloux de toi. Il a toujours été bon pour moi. Il m'a aidée pour cette affaire de tableau.

— Comment ça ?

— C'est lui qui a amené le vendeur à Rita.

— Sais-tu qui est le vendeur ?

— Non. Max connaît un tas de gens. Il peut t'aider si tu le laisses faire.

— Comme tu voudras », fit Arkadi.

Il se pencha pour l'embrasser. Avant qu'il ait pu se lever, elle avait disparu.

Orphée était descendu aux enfers pour sauver Eurydice. A en croire la légende grecque, il l'avait trouvée dans le royaume de Hadès et l'avait entraînée vers la surface par une interminable succession de cavernes. La seule restriction imposée à Orphée par les dieux pour cette seconde chance était qu'il ne se retourne pas avant qu'ils eussent atteint la surface. En chemin, il sentit l'apparition qu'elle était commencer à se changer en un corps vivant et tiède.

Arkadi songea aux problèmes logistiques. De toute évidence, Orphée était passé le premier. Lui avait-il pris la main tandis qu'ils gravissaient les corniches de leur itinéraire souterrain ? Avait-il attaché au sien le poignet d'Eurydice comme s'il était le plus fort ?

Pourtant, quand ils avaient échoué, ce n'était pas la faute d'Eurydice. Alors même qu'ils approchaient de la lumière à l'entrée de la caverne par laquelle ils allaient pouvoir enfin s'évader, c'était Orphée qui s'était retourné et qui, de ce simple coup d'œil en arrière, avait de nouveau condamné Eurydice à mort.

Certains hommes ne pouvaient pas s'empêcher de se retourner.

CHAPITRE 32

Arkadi n'aurait pu dire si la visite d'Irina avait été réelle, car en apparence rien ne semblait changé. Max les emmena prendre un petit déjeuner dans un hôtel de la Friedrichstrasse, vanta les travaux de rénovation du restaurant, servit le café et étala les journaux par ordre d'importance des critiques.

« Le moment était bien choisi et l'exposition a eu les honneurs à la fois de *Die Zeit* et de la *Frankfurter Allgemeine.* Deux critiques prudentes mais positives, rappelant ce que l'art russe doit à l'appui des Allemands. Une mauvaise critique dans *Die Welt,* qui n'aime pas l'art moderne ni les Russes. Une plus mauvaise encore dans *Bild,* un torchon de droite qui préfère les faits divers concernant les stéroïdes ou le sexe. C'est un bon début. Irina, tu, as des interviews cet après-midi avec *Art News* et *Stern.* Tu t'en tireras mieux que Rita avec la presse. Plus important encore, nous dînons avec quelques collectionneurs de Los Angeles. Les Américains ne sont qu'un début ; les Suisses veulent nous parler ensuite. Ce qu'il y a d'agréable avec les Suisses, c'est qu'ils n'étalent pas les œuvres d'art qu'ils achètent, ils préfèrent les mettre dans un coffre. Ce qui me fait penser à une chose : nous allons retirer la toile de l'exposition à la fin de la semaine pour qu'elle soit plus accessible aux gens sérieux.

— L'exposition devait durer un mois, dit Irina, pour que le public puisse voir le tableau.

— Je sais. C'est une question d'assurance. Rita avait même peur d'exposer le tableau, mais je lui ai dit combien tu y tenais.

— Et Arkadi ?

— Arkadi. » Max poussa un soupir, pour bien montrer qu'il s'agissait d'un sujet de moindre importance. Il s'essuya la bouche. « Voyons ce que nous pouvons faire. Quand votre visa expire-t-il ? demanda-t-il à Arkadi.

— Dans deux jours. » Il était certain que Max le savait.

« C'est un problème parce que l'Allemagne n'accepte plus les réfugiés politiques venant d'Union soviétique. Il n'y a plus de danger sur le plan politique. » Il se tourna vers Irina. « Je suis désolé, mais c'est vrai. Tu peux rentrer à n'importe quel moment. Même s'il y a contre toi une accusation de trahison, tout le monde s'en fiche. Au pire, on ne te laissera pas entrer. Si tu étais avec moi, il n'y aurait aucun problème. » Il revint à Arkadi. « Ce qu'il y a, Renko, c'est que vous ne pouvez pas passer à l'Ouest, alors il va vous falloir obtenir de la police allemande une prolongation de votre visa. Je vous y conduirai. Il va vous falloir aussi un permis de travail et une carte de résident. Tout cela à condition, bien sûr, que le consulat soviétique coopère.

— Ce ne sera pas le cas, dit Arkadi.

— Oh, alors, c'est une autre histoire. Et Rodionov à Moscou ? Il ne veut pas que vous prolongiez votre séjour ?

— Non.

— Bizarre. Après qui en avez-vous ? Pouvez-vous me le dire ?

— Non.

— L'avez-vous dit à Irina ?

— Non.

— Max, intervint Irina, arrête. Quelqu'un cherche à tuer Arkadi. Tu as promis de l'aider.

— Ce n'est pas moi, fit Max. C'est Boris. Je lui ai parlé au téléphone et il n'est pas content du tout de te voir toi, ainsi que la galerie, liée à quelqu'un comme Renko, surtout quand nous approchons de l'aboutissement de nos efforts.

— Boris est le mari de Rita, expliqua Irina à Arkadi. Un Allemand type.

— Tu l'as déjà rencontré ? demanda Arkadi.

— Non. »

Max semblait peiné. « Boris craint que ton Arkadi n'ait des ennuis parce qu'il est compromis avec la mafia russe. Une seule allusion à ça et l'exposition serait une catastrophe.

— Je n'ai rien à voir avec la galerie », déclara Arkadi.

Max poursuivit. « Boris croit que Renko se sert de toi.

— Pour faire quoi ? » interrogea Irina.

Elle était bien venue pendant la nuit, se dit Arkadi ; il ne s'agissait pas d'un rêve. Elle guettait chez Max le moindre petit faux pas. On avait tracé de nouvelles lignes de front et Max s'était retiré vers l'arrière aussi prudemment qu'il le pouvait.

« Restez caché... Je ne sais pas, moi. Je ne fais que vous dire ce que pense Boris. Dès l'instant où tu tiens à ce que Renko soit ici, je ferai de mon mieux pour qu'il reste. C'est promis. Après tout, aussi longtemps que je l'aurai, je t'aurai toi. »

Ils jouèrent au couple occidental. Ils auraient pu s'appeler George et Jane. Tom et Sue. Ils firent des courses achetant pour Arkadi une chemise de sport qu'il enfila dans le magasin. Ils traversèrent le Tiergarten pour aller jusqu'au zoo, où sans se soucier des lions ils regardèrent les petites voitures tirées par les poneys. Ils ne virent pas de Tchétchènes ni de collectionneurs d'art. Aucun d'eux n'essayait de dire quoi que ce soit d'exceptionnel. La normalité était un charme trop facile à briser.

A deux heures, Arkadi la déposa à la galerie, puis se rendit à la station du Zoo pour mettre d'autres pièces dans son casier de consigne. Il essaya d'appeler Peter, mais n'obtint pas de réponse. Peter en avait assez, ou bien il avait cessé de s'intéresser à lui. Dans un cas comme dans l'autre, Arkadi avait perdu le contact.

A peine eut-il raccroché que le téléphone sonna. Arkadi recula. Sur le trottoir, des Africains vendaient à des Ossies ce qui semblait être des bagages français. Des gens avec des sacs à dos et des cheveux longs attendaient ensommeillés devant les bureaux de change. Personne ne s'avança pour répondre au téléphone. Il décrocha l'appareil.

« Renko, dit Peter, vous feriez un très mauvais

espion. Un bon espion n'appelle jamais deux fois du même endroit.

— Où êtes-vous ?

— Regardez de l'autre côté de la rue. Vous voyez l'homme avec ce beau blouson de cuir qui parle au téléphone ? C'est moi. »

Par beau temps, sortir de la ville en voiture était comme une promenade d'été. Ils roulèrent vers le sud parmi les sapins du Grünewald, puis auprès des eaux de la Havel en regardant les centaines de petites embarcations, leurs voiles prenant autant de soleil que le vent et ressemblant de loin à des mouettes.

« Il y a quelques avantages à être allemand. Au milieu de votre premier appel, j'ai entendu un train de votre côté. Comme ce sont des gens efficaces, le service des transports a pu me dire à quelle station de métro en surface des rames arrivaient exactement à cette heure-là. J'ai réduit la liste à la station du Zoo parce que, bien sûr, vous êtes russe. Le Zoo était la station que vous étiez susceptible de connaître. Vous ne pouviez pas manquer de vous diriger vers des endroits connus.

— Vous êtes brillant, c'est indéniable. »

Peter ne discuta pas. « Quand vous avez appelé hier de la station du Zoo, j'étais là à vous attendre. Je vous ai suivi dans Berlin. Vous avez remarqué que la ville avait changé ?

— Oui.

— Quand le Mur est tombé, il y a eu une explosion de joie. Berlin-Est et Berlin-Ouest réunis : ce fut une folle nuit d'amour. Ensuite, ce fut comme de se réveiller le matin pour découvrir que cette femme après qui vous vous languissiez depuis si longtemps vous a fait les poches et a pris votre portefeuille et les clés de votre voiture. L'euphorie avait disparu. Ce n'est pas le seul changement. Nous étions prêts pour l'Armée rouge. Nous n'étions pas prêts pour la mafia russe. J'étais derrière vous, hier. Vous les avez vus ?

— C'est comme à Moscou.

— C'est bien ce que je crains. Comparés à vos gangsters, les criminels allemands sont comme un chœur de Salzbourg. Les tueurs allemands font le ménage derrière eux. Les gens de la mafia russe se canardent simplement dans les rues. Les boutiques gardent leurs portes fermées à clé, engagent des gardes privés, vont s'installer à Hambourg ou à Zurich. C'est mauvais pour les affaires.

— Vous n'avez pas l'air bouleversé.

— Ils n'ont pas encore atteint Munich. La vie était ennuyeuse avant votre arrivée. »

Arkadi sentit qu'une fois de plus Peter avait pris son envol et que tout ce qu'il pouvait faire, c'était de voir où il allait atterrir. Il ne savait pas depuis combien de temps Peter le suivait et il s'attendait à entendre les noms de Max Albov, d'Irina Asanova, de Margarita Benz.

Quelque part dans les bois, parmi les villas et les chemins de campagne, la route franchit l'ancienne frontière est-allemande et Potsdam apparut. Du moins la partie de Potsdam comprenant des logements prolétariens et qui aurait pu sembler prometteuse sur un plan architectural : mais ce n'était en réalité que dix étages de balcons anonymes au ciment fendu.

Le vieux Potsdam était dissimulé derrière un rideau de hêtres. Peter se gara sur une avenue pleine de feuillages devant un hôtel particulier à trois étages. C'était le genre de résidence cossue avec une grille en fer forgé, un portique assez large et assez haut pour laisser passer une voiture à chevaux, des escaliers de marbre conduisant à une double porte, une façade néo-classique en pierre, des arabesques sculptées au-dessus des fenêtres assez hautes pour révéler des plafonds à caissons, une tour s'élevant au-dessus d'un toit de tuile. Malheureusement, une grande partie de la façade s'était effondrée, si bien qu'un échafaudage de fortune masquait le premier étage. Une rampe en bois courait sur un côté de l'escalier, l'autre était cassée. Certaines fenêtres étaient murées avec des briques, les autres avec des planches. Un arbre rabougri et de hautes herbes poussaient par le toit effondré de la tour. Le parc était depuis longtemps abandonné aux décombres et aux herbes folles. Une poudre ferreuse, composée de rouille, de suie et de la poussière des briques désagrégées, recouvrait la grille. Mais le bâtiment était habité ; de haut en bas, les balcons et les fenêtres rescapés étaient ornés de géraniums rouges et à travers les carreaux on apercevait de vagues lumières et des mouvements lents. Auprès de la grille un panneau annonçait CLINIQUE MÉDICALE.

« La maison Schiller, annonça Peter. C'est ça. Voilà pourquoi mon grand-père a tout vendu, pour cette ruine.

— Il l'a vue ? demanda Arkadi.

— Boris Benz lui a montré une photographie. Maintenant il veut revenir s'y installer. »

Des deux côtés, le bâtiment était bordé de demeures du même style et dans le même état de délabrement que la maison Schiller. Quelques-unes étaient en plus mauvais état. Il y en avait une masquée par le lierre comme une tombe antique. Sur une autre, un panneau proclamait VERBOTEN ! KEIN EINGANG !

« C'était l'allée des Banquiers, dit Peter. Chaque matin ils s'en allaient tous à Berlin, tous les soirs ils rentraient. C'étaient des gens cultivés, intelligents. Ils avaient un petit portrait du Führer quelque part. Ils fermaient les yeux quand les Meyer disparaissaient de cette maison par ici ou que la famille Weinstein n'était plus dans cette maison là-bas. Plus tard, ils pourraient acheter ces résidences pour un bon prix. Bah, on ne peut pas dire où les juifs vivaient en ce temps-là, n'est-ce pas ? Aujourd'hui, voilà que mon grand-père veut que nous fassions de nouveau des affaires en échange de ça. »

Une porte s'ouvrit à un balcon et une femme en

bonnet et tablier blancs sortit à reculons avec un fauteuil roulant qu'elle fit pivoter. Elle mit le frein et s'assit pour fumer une cigarette, surveillant tout cela d'un air de propriétaire.

« Qu'est-ce que vous allez faire ? » demanda Arkadi.

Peter poussa la grille. « Je devrais jeter un coup d'œil, vous ne croyez pas ? »

L'allée avait jadis été pavée et menait à une voûte d'entrée soutenue par des colonnes. Aujourd'hui, deux ornières passaient au milieu des mauvaises herbes et une des colonnes, depuis longtemps victime d'une collision, avait été remplacée par un tuyau d'égout. La porte principale arborait une croix rouge et un panneau RUHIG ! pour réclamer le silence, mais elle était ouverte et de l'intérieur parvenaient le son des radios et des relents d'antiseptique. Il n'y avait pas de bureau de réception. Le tour d'inspection de Peter leur fit traverser un hall d'acajou sombre débouchant sur une salle de bal transformée en réfectoire puis sur une immense cuisine divisée par des cloisons de parpaings en une petite cuisine avec cuves fumantes et une autre zone composée de baignoires carrelées et de cabinets de toilette.

Peter goûta la soupe. « Pas mauvais. Ils ont de bonnes patates jaunes en Allemagne de l'Est. J'étais à Potsdam hier soir, mais je n'ai rien trouvé là-bas.

— Où étiez-vous ?

— Aux archives de l'Hôtel de Ville de Potsdam, pour rechercher Boris Benz. » Il laissa retomber la louche dans la marmite et continua sa visite. « On n'a pas assez de choses sur lui, dit-il. Je me branche sur l'ordinateur fédéral et je vois son permis de conduire, sa résidence à Munich, son acte de mariage. Je vois qu'il est propriétaire d'une compagnie privée appelée "Fantasy Tours", dont les archives du personnel, les dossiers d'assurances et de sécurité sociale sont en ordre car ses employés, conformément à la loi, passent une fois par mois une visite pour le dépistage des maladies vénériennes. Mais ce qui n'apparaît nulle part, ce sont ses antécédents scolaires et professionnels.

— Vous me disiez que Benz était né ici à Potsdam et que de nombreux dossiers est-allemands n'avaient pas encore été transférés. »

Peter s'engouffra dans l'escalier. « C'est pourquoi je suis venu ici. Mais il n'y a aucun document ici au nom de Boris Benz. C'est une chose d'entrer un nom dans un ordinateur : on ne fait qu'ajouter quelques caractères sur l'écran. C'est beaucoup plus difficile d'insérer un nom sur un vieux registre d'école rédigé d'une écriture minutieuse. Quant aux dossiers professionnels ou militaires, ils ne servent à rien si on ne cherche pas du travail ou un emprunt dans une banque. Ça prouve seulement que Boris Benz a plus d'argent que d'histoire personnelle. Ah, ce devait être la chambre de maître. »

Ils regardaient une salle avec cinq lits d'un côté. Certains étaient occupés par des patients sous perfusion. Des photos de famille et des dessins au crayon étaient fixés aux murs. Les draps avaient l'air propres et le parquet bien astiqué. Quatre femmes vieillissantes en robe d'intérieur jouaient aux cartes. L'une d'elles leva les yeux. « *Wir haben Besucher !* » Des visiteurs !

Peter eut un hochement de tête approbateur pour chacune d'elles. « *Sehr gut, meine Damen. Schönen Foto. Danke.* » Rayonnantes, elles le regardèrent saluer de la main puis se retirer.

Les autres chambres avaient été transformées en salles communes et en salles de bains avec des baignoires en zinc. Le ventilateur d'un bureau expulsait de la fumée de cigarette par la porte ouverte. Ils montèrent au deuxième étage. Au plafond de la cage d'escalier, où jadis était accroché un lustre, se trouvait maintenant un néon.

« Je me suis demandé, dit Peter, comment Benz connaîtrait l'existence de mon grand-père ou ce qu'il a fait pendant la guerre s'il n'avait pas grandi ici ? Seuls les SS et les Russes le savaient. Il y a donc deux réponses possibles : soit il est russe, soit il est allemand.

— Laquelle à votre avis est la bonne ? demanda Arkadi.

— Il est allemand, dit Peter. Allemand de l'Est. Pour être plus précis, il était dans la Staatssicherheit. La Stasi. Leur KGB à eux. En quarante ans, la Stasi a créé des identités pour ses espions. Savez-vous combien de gens travaillaient pour elle ? Deux millions d'informateurs. Plus de quatre-vingt-cinq mille officiers. La Stasi possédait des immeubles de bureaux, des appartements, des hôtels, des comptes en banque qui se chiffraient par millions de marks. Où tous ces agents sont-ils passés ? Où a disparu l'argent ? Dans les dernières semaines avant la chute du Mur, les agents de la Stasi travaillaient comme des fous à se forger de nouvelles identités. Quand le peuple a pris d'assaut les bureaux, ils étaient vides et les principaux dossiers avaient disparu. Une semaine plus tard, Boris Benz a loué son appartement à Munich. C'est à ce moment-là qu'il est né. »

Le second étage, celui des domestiques, avait été aménagé en placards à médicaments et en chambres d'infirmières. De petites culottes séchaient sur un fil qui courait d'un coin à l'autre.

« Où les gens de la Stasi pouvaient-ils aller ? dit Peter. S'ils étaient importants, ils se retrouvaient en prison. Si c'étaient des agents sans importance avec "Stasi" sur leurs papiers, personne ne voulait les engager. Ils ne pouvaient pas tous se précipiter au Brésil comme une seconde vague de nazis. La Russie n'a pas besoin de milliers d'agents allemands. Tiens, qu'est-ce que c'est que ça ? »

Des seaux barraient l'accès d'un étroit escalier. Peter les écarta, avança et essaya la poignée d'une porte encastrée dans le plafond. Un châssis se débloqua et de la poussière tomba en pluie sur les marches lorsqu'il poussa la porte.

Ils se hissèrent à l'intérieur de la tour. Les croisées étaient gauchies, des sections du toit s'étaient effondrées et dans un coin un tilleul rabougri, prisonnier à vie de la tour. La vue était magnifique : des lacs et des collines s'étendant jusqu'à Berlin, une campagne verdoyante dans toutes les autres directions. Deux étages plus bas se trouvait le balcon avec l'infirmière et le fauteuil roulant. Elle avait ôté ses sandales et roulé ses bas jusqu'aux mollets. Elle leva le marchepied et inclina le fauteuil pour s'exposer plus directement au soleil, puis elle s'allongea paresseusement comme Cléôpâtre, sa cigarette au coin des lèvres faisant un point d'exclamation sur son corps alangui.

« Demandez-vous, dit Peter, où un Ossie peut bien trouver l'argent pour se payer dix-huit voitures neuves ? Et pour habiter à Munich ? Pour un homme qui n'a pas d'histoire personnelle, Benz est né avec des relations impressionnantes.

— Mais pourquoi ennuyer votre grand-père ? interrogea Arkadi. Qu'est-ce qu'il a obtenu à part des récits de guerre ?

— La Stasi, c'était plus que des espions, c'était des voleurs. Ils choisissaient les gens qui possédaient des objets de valeur. Ils ne se contentaient pas de les arrêter, on saisissait leurs économies à titre de "réparations envers l'Etat", leurs collections de tableaux et de pièces de monnaie finissaient dans la maison d'un colonel de la Stasi. Quand Benz a disparu, peut-être a-t-il emporté quelque chose et ne sait-il pas très bien quoi. Il y a encore tellement de choses cachées dans ce pays. Tellement. »

La réponse de Peter était une réponse parfaitement allemande, correspondant tout à fait à la personnalité de Boris Benz. Ce n'était pas la réponse d'Arkadi, mais il l'admirait néanmoins.

Peter demanda brusquement : « Qui est Max Albov ?

— Il m'a fourni un endroit pour descendre à Berlin. » Surpris, Arkadi essaya de passer à l'offensive. « C'est pour ça que je vous appelais. Vous avez mon passeport et sans lui je ne peux pas descendre dans un hôtel. Et puis je veux faire prolonger mon visa. »

Peter tâta une colonne avant de s'y adosser. « Votre passeport, c'est la laisse avec laquelle je vous tiens. Je ne vous reverrais jamais si je vous le rendais.

— Ce serait si grave que ça ? »

Peter éclata de rire, puis tourna son regard vers les arbres. « Je m'imagine grandissant ici. Courant dans le hall, grimpant sur le toit, me cassant le cou. Renko, je m'inquiète pour vous. Je vous ai suivi hier jusqu'à cet appartement de Friedrichstrasse. Albov est arrivé ici avant que je parte pour Potsdam et je l'ai reconnu à sa plaque minéralogique. D'après les vérifications que j'ai faites, c'est un type glissant comme une anguille. Ayant fui deux fois à l'Ouest, à n'en pas douter lié au KGB, un pseudo-homme d'affaires. Qu'est-ce qui a bien pu vous rapprocher tous les deux ?

— J'ai fait sa connaissance à Munich. Il m'a offert de m'aider.

— Qui est la femme ? Elle était avec lui dans la voiture.

— Je ne sais pas. »

Peter secoua la tête. « La bonne réponse est : « Quelle femme ? » Je m'aperçois maintenant que je n'aurais pas dû m'en aller, j'aurais dû camper sur Friedrichstrasse et surveiller. Renko, êtes-vous en sécurité ?

— Je ne sais pas. »

Peter accepta cette réponse. Il prit une profonde inspiration. « L'air de Berlin. C'est censé être bon pour vous. »

Arkadi alluma une cigarette. Peter en prit une. Du balcon en dessous leur parvint un bruit de ronflement qui se mêlait au bourdonnement des mouches dans le jardin. « L'Etat des Travailleurs, dit Peter.

— Et la maison ? demanda Arkadi. Est-ce que vous allez jouer les propriétaires, vous allez vous installer ? »

Peter s'appuya sur une balustrade, puis sur une autre. Il répondit : « J'aime bien être locataire. »

CHAPITRE 33

Le jour déclinait quand Peter déposa Arkadi à la station du Zoo. Un calme provisoire planait sur la ville, une pause entre l'après-midi et la soirée. De minute en minute, Arkadi découvrait ce qu'il serait prêt à faire pour rester avec Irina. La réponse semblait être : *n'importe quoi.*

Elle devait dîner avec des collectionneurs américains. Arkadi acheta des fleurs et un vase et traversa le Tiergarten jusqu'à la porte de Brandebourg, avec ses colonnes et ses frontons aussi hauts qu'un immeuble de cinq étages. Il vit à quel point ce pouvait être une promenade impressionnante, un boulevard qui traversait sur toute sa longueur la moitié ouest de la ville et qui continuait après la Porte jusqu'aux vieilles places impériales de la partie est. Quand le Mur était debout, ces cent mètres d'asphalte étaient le point le plus soigneusement observé de la terre : d'un côté par des miradors, de l'autre par des touristes qui grimpaient sur une plate-forme pour regarder bouche bée.

Au pied de la colonnade, se trouvaient une Mercedes blanche et un homme qui faisait rebondir sur sa tête un ballon de football. Vêtu d'un manteau en poil de chameau noué aussi nonchalamment qu'une robe de chambre, il faisait rouler le ballon sur son front, le laissait tomber sur son genou, sur son cou-de-pied, faisait passer le ballon sur son autre pied et le lançait de nouveau en l'air. Un joueur professionnel comme Borya Goubenko restait toujours aussi adroit à condition de se maintenir en forme. Il fit rebondir le ballon d'un genou à l'autre.

« Renko ! » Il fit signe à Arkadi d'approcher, sans cesser de jongler avec le ballon.

Comme Arkadi s'avançait, Borya lança le ballon plus haut. Les bras étendus comme un funambule, il le rattrapa avec l'extrémité du pied, le fit glisser sur son cou-de-pied et l'envoya sur sa tête. « Je ne me suis pas contenté de taper dans des balles de golf à Moscou, dit-il. Qu'est-ce que vous croyez ? Que je suis prêt à repartir défendre les buts de l'équipe de l'armée ?

— Pourquoi pas ? »

Quand Arkadi fut assez près, Borya recula pour laisser la balle retomber, puis il fit un pas en avant et la lui expédia de plein fouet dans l'estomac. Arkadi s'effondra. En atterrissant, il entendit le vase se briser. Ses jambes partirent dans différentes directions. Le sol se mit à tourner et, même allongé là, Arkadi n'arrivait pas à retrouver son équilibre. Il voyait trente-six chandelles.

Borya s'agenouilla et lui colla un pistolet contre l'oreille. Un Beretta, se dit Arkadi. « Vous méritez bien pire », dit Borya.

Le pistolet n'était pas nécessaire. Borya se leva, ouvrit la portière de la Mercedes côté passager, souleva Arkadi par son col et par l'arrière de sa ceinture — comme on expulse les ivrognes des stades de football — et le jeta à l'avant de la voiture ; il posa le ballon à l'arrière et se glissa au volant. L'accélération ferma la portière d'Arkadi.

« Si ça ne dépendait que de moi, déclara Borya, vous seriez mort. Vous n'auriez jamais quitté Moscou. Si des gens nous avaient vus vous tuer, et alors ?

Nous aurions acheté leur silence. Je crois qu'il y a chez Max une tendance à l'autodestruction. »

Arkadi avait du mal à respirer. Cela faisait si longtemps qu'on ne lui avait pas coupé le souffle de cette façon qu'il avait oublié à quel état d'impuissance cela vous réduisait. Les fleurs et le vase étaient fichus. Il avait l'impression d'avoir l'estomac concave. Il se rendit compte que Borya prenait un itinéraire touristique le long de la Spree, en allant plus ou moins dans la direction du couchant, et en roulant juste assez vite pour ôter à Arkadi l'idée de sauter en marche.

« Parfois, dit Borya, les gens intelligents compliquent exagérément les choses. Des plans superbes, aucun sens de l'exécution. Quel est l'exemple classique ? » Il claqua des doigts. « Vous savez bien, dans cette pièce.

— *Hamlet* ? fit Arkadi.

— *Hamlet,* c'est ça. On n'admire pas éternellement le ballon, on lui donne un coup de pied.

— Comme vous avez d'un coup de pied fait sortir la Trabi de la route à Munich ?

— Ça aurait pu résoudre nos problèmes. Ça aurait dû. Quand Rita m'a dit que vous étiez toujours en vie et que Max vous avait emmené ici, franchement, je n'en croyais pas mes oreilles. Qu'est-ce qui se passe donc entre Max et vous ?

— Je crois qu'il veut me prouver qu'il est le plus fort.

— Sans vouloir vous vexer, Max a tout et vous n'avez rien. » Borya eut un sourire. « C'est comme ça qu'on compte à l'Ouest. C'est lui le plus fort.

— Qui est le plus fort, demanda Arkadi, Borya Goubenko ou Boris Benz ? »

Borya eut un large sourire comme un petit garçon surpris à voler des biscuits. Il prit dans sa poche un paquet de Marlboro et en offrit une à Arkadi. « Comme dit Max, il nous faut des hommes nouveaux pour des temps nouveaux.

— Il vous fallait, dit Arkadi, un associé étranger pour votre entreprise à capitaux mixtes et c'était plus facile d'en créer un que d'en trouver un. »

Borya caressa le volant. « Le nom de Benz me plaît. Ça a une sonorité plus rassurante que Goubenko. Benz est un homme avec qui les gens ont envie de faire des affaires. Comment avez-vous trouvé ?

— Par des évidences. Vous étiez l'associé de Rudy, mais sur le papier c'était Benz son associé. Dès l'instant où j'ai compris que Benz n'avait qu'une existence fictive, vous étiez le candidat le plus vraisemblable. Ça m'a paru bizarre que la clinique dans votre maison de Munich m'ait cru une seconde et m'ait laissé entrer quand je me suis présenté sous votre nom. Je ne fais pas très allemand. Ensuite, vous avez commis l'erreur de filmer sur cassette la vitrine d'un restaurant alors que vous filmiez Rita. Votre reflet n'était pas un portrait parfait parce que vous teniez la caméra, mais sur un grand écran, un ancien champion de football se remarque encore.

— La cassette, c'était l'idée de Max.

— Alors, je devrais le remercier. »

Roulant vers le sud en direction du Ku'damm, ils passèrent devant une station-service avec des panneaux en polonais. Borya expliqua : « Vous savez ce que font les Polonais, ils volent une voiture, ils retirent le moteur, ils remontent la carrosserie sur un moteur pour lequel ils ont des papiers, même si c'est un tas de ferraille qui tourne à peine, et ils franchissent la frontière. Les douaniers vérifient le numéro du moteur et laissent passer la voiture. C'est comme une blague : combien faut-il de Polonais pour voler une voiture ? Si vous avez de l'argent, vous vous contentez de payer le douanier et de passer.

— Est-ce que c'est plus difficile de faire passer la frontière à un tableau ? demanda Arkadi.

— Vous voulez savoir la vérité ? J'aime bien cette toile. C'est une œuvre d'art rare. Mais nous n'en avons pas besoin. Sur ce point nous avons des opinions différentes. Nous nous en tirions très bien avec les machines à sous, les filles...

— C'est la spécialité de TransKom d'amener des prostituées de Moscou à Munich ?

— C'est légal. Une opportunité. Vous savez, Renko, le monde est en train de s'ouvrir.

— Alors pourquoi faire sortir la toile en fraude ?

— C'est ça la démocratie : j'ai été mis en minorité. Max veut le tableau et Rita adore l'idée d'être Frau Margarita Benz, propriétaire de galerie, au lieu d'une tenancière de boxon, ce qu'elle était. Après vous avoir manqué dans la Trabi, j'ai voulu vous descendre ici. De nouveau je me suis trouvé en minorité. Je n'ai rien contre vous, mais je voulais laisser Moscou derrière moi. Quand j'ai appris que vous étiez ici, j'ai explosé. Max affirme que vous ne direz rien, que vous êtes impliqué personnellement et que vous n'allez pas intervenir. Que vous faites partie de l'équipe. J'aimerais le croire, mais quand je vous ai suivi, je vous ai vu sauter en voiture avec un policier allemand et aller passer une journée à Potsdam. Mettez-moi dans n'importe quel pays du monde, et je reconnaîtrai la milice locale. Vous jouez un double jeu avec nous, Renko, et c'est une erreur. Nous vivons dans un monde nouveau pour nous deux et nous devrions en profiter au lieu de nous déchirer. Nous ne pouvons pas être des hommes de Neandertal jusqu'à la fin de nos jours. Je ne demande qu'à apprendre des Allemands, des Américains ou des Japonais. Le problème, ce sont les Tchétchènes. Ils vont bousiller Berlin comme ils ont bousillé Moscou. Ils mettent la main sur les affaires russes. C'est une honte qu'ils fassent venir les leurs. Ils se trimbalent avec des armes automatiques comme s'ils étaient chez eux, ils forcent la porte des restaurants, font sauter des magasins, kidnappent des enfants — des histoires horribles. Pour l'instant, la police allemande ne sait pas quoi faire parce qu'elle n'a jamais rien vu de pareil. Toute infiltration est impossible parce qu'il n'y a pas un policier qui puisse se faire passer pour un Tchétchène. Pas de près. Mais c'est vraiment une politique à courte vue de la part des Tchétchènes, parce qu'ils ont tant d'argent que s'ils l'investissaient ici actuellement, ils pourraient amasser une fortune. Je pourrais leur montrer comment aborder le côté positif des affaires. Rudy était un économiste, Max est un visionnaire, mais moi je suis un homme d'affaires. Je peux vous dire par expérience que les affaires, c'est fondé sur la confiance. A mon club de golf, je pense que mes fournisseurs me vendent de la bonne liqueur, pas du poison. Et eux pensent que je les paie en bon argent, pas en roubles. La grande idée civilisatrice du monde, c'est la confiance. Si Makhmoud voulait bien m'écouter, nous pourrions vivre en paix.

— C'est tout ce que vous voulez ?

— C'est tout ce que je veux. »

Ils roulaient au milieu des hordes maintenant familières du Ku'damm, parmi les enseignes au néon d'AEG, de Siemens, de Nike et de Cinzano, sous un ciel couleur lavande. Les ruines de l'église du Kaiser Guillaume II paraissaient déplacées parce que c'était le seul édifice en vue qui ne fût pas neuf. Juste derrière se dressait la paroi de verre du Centre Europa, où les lumières des bureaux commençaient à s'allumer. Borya laissa sa voiture au garage du Centre.

Dans son secteur commercial, le Centre Europa comptait plus d'une centaine de magasins, de restaurants, de cinémas et de boîtes de nuit. Borya entraîna Arkadi de tentation en tentation : les bars à sushi, les cinémas d'exclusivité, les perles de culture, les montres suisses et les salons de manucure. Une lueur calculatrice brillait dans son regard comme s'il envisageait d'étendre son terrain de golf.

« Makhmoud a confiance en vous. Avec vous, peut-être qu'il écouterait.

— Il est ici ? demanda Arkadi.

— Max peut bien dire que c'est comme si vous faisiez partie de l'équipe, mais si vous faites ça pour moi, cette petite chose de rien du tout, alors je saurai que vous êtes d'accord. Il est juste là-haut. Vous savez comme il prend soin de sa santé. »

Ils montèrent trois étages. Arkadi s'était imaginé qu'une rencontre avec Makhmoud Khachboulatov aurait lieu à l'arrière d'une voiture ou au fond d'un restaurant à l'éclairage tamisé, mais en haut de l'escalier, il découvrit un hall moquetté brillamment éclairé et un comptoir où s'alignait tout un choix de shampooings naturels, de lunettes de soleil et de vitamines en gélules. Moyennant soixante deutschemarks, le préposé leur fournit des serviettes, des sandales de caoutchouc et une chaînette métallique avec des clés de vestiaire.

« C'est un établissement de bains ? demanda Arkadi.

— Un sauna », répondit Borya.

Dans le vestiaire il y avait des armoires métalliques, des douches, des séchoirs à cheveux, des petits sachets de savon liquide offerts par la maison. Arkadi accrocha ses misérables vêtements sur des cintres, referma la porte à clé et glissa la chaîne à son poignet comme un bracelet. Borya eut plus de mal à entasser sa garde-robe. La plupart des hommes, quand ils se déshabillaient, avaient l'air contrefaits ou diminués. Un athlète comme Borya Goubenko devait passer sa vie à se déshabiller devant d'autres gens. Il avait une grande aisance. Auprès de lui, Arkadi paraissait sous-alimenté.

« Makhmoud vient ici ? interrogea Arkadi.

— Makhmoud est un dingue de la diététique. Où qu'il soit, à Berlin ou à Moscou, il passe une heure par jour dans un sauna.

— Combien y a-t-il d'autres Tchétchènes ici ? » Au marché aux voitures du port Sud, Makhmoud n'en avait jamais moins d'une demi-douzaine autour de lui.

« Quelques-uns. Détendez-vous, fit Borya. Je veux simplement que vous discutiez face à face avec Makhmoud. Pour je ne sais quelle raison, il vous aime bien. Et puis je tiens à ce que vous vous rendiez compte que tout ce que je fais ici est licite.

— C'est un lieu public ? »

Borya poussa la porte du sauna. « Ça ne pourrait pas l'être davantage. »

Arkadi était habitué aux établissements de bains utilitaires, aux torses pâles des Russes et aux relents d'alcool qui ruisselaient sous forme de sueur. Ici, c'était différent. Une véranda avec une forêt tropicale de plantes en plastique donnait sur une piscine couverte circulaire entourée de marches en marbre. Nageant, flottant, allongés dans des chaises longues, on apercevait des corps nus si roses qu'on aurait cru qu'ils venaient de se rouler dans la neige. Il y avait des hommes, des femmes, des garçons et des fillettes. La scène aurait paru imprégnée d'hédonisme si tout cela n'avait pas été aussi sérieux. Ces gens avaient l'air aussi en forme que des athlètes olympiques et aussi raides que des momies, certains drapés dans une serviette, d'autres sans rien. Un homme avec un petit bouc et un ventre à la toison grisonnante gravissait les marches d'un pas de sénateur. Les Tchétchènes étaient faciles à repérer. Deux d'entre eux, accoudés à la balustrade, regardaient une femme faire lentement des longueurs de piscine vêtue d'un bonnet de bain, de lunettes et de rien d'autre. Les Tchétchènes ne laissaient pas leurs femmes se promener toutes nues en public, mais ils ne voyaient aucune objection à ce que les Allemandes le fassent.

De jeunes enfants aux cheveux blonds comme du duvet d'oie débouchèrent en courant d'une salle à manger, leurs cris renvoyés par les baffles de cuivre au-dessus de la piscine. Arkadi entendit des dominos qu'on plaquait sur une table. Sans doute y avait-il d'autres Tchétchènes dans ce coin-là.

Borya entraîna Arkadi dans la direction opposée. Ils passèrent devant deux bassins plus petits et franchirent la porte de bois menant à un sauna sec. L'Allemand aux airs de sénateur était à l'intérieur. Ils grimpèrent sur des bancs pour gagner la zone la plus chaude. L'Allemand ne les regarda même pas. Il était assis près d'un thermomètre mural et se frictionnait le corps avec de la sueur comme si c'était du savon. Toutes les deux-trois secondes, il regardait la température. Son attention semblait entièrement concentrée sur sa transpiration. Les perles métalliques de la chaînette d'Arkadi étaient déjà brûlantes. Le sauna était bien isolé. On n'entendait plus du tout les bruits de la piscine.

« Où est Makhmoud ?

— Quelque part ici, dit Borya.

— Où est Ali ? » Si Makhmoud était dans les parages, il en allait de même de son garde du corps favori.

Borya porta un doigt à ses lèvres. On aurait dit une sculpture, à part la rosée de sueur qui commençait à perler sur sa tempe, sur sa lèvre supérieure et dans le creux de son cou, à la naissance de ses pectoraux. Il murmura : « La chaleur sèche, c'est trop long. Essayons le bain russe. »

Il descendit et Arkadi le suivit. Ils retrouvèrent les Tchétchènes accoudés à leur balustrade, en train de regarder la nageuse se sécher au bord de la piscine. Elle n'était pas jeune, mais de dos elle avait un corps athlétique et ferme dont elle pouvait être fière et elle se tournait dans tous les sens en s'essuyant longuement. Elle ôta son bonnet de bain, libérant des cheveux blonds et drus qu'elle secoua pour les peigner énergiquement avec ses doigts, puis qu'elle ramena en arrière, dégageant un visage large, slave, pas le moins du monde allemand, avec des yeux au regard si hardi et si méfiant qu'ils eurent tôt fait de jauger et d'éconduire aussi bien les Tchétchènes qu'Arkadi. C'était Rita Benz.

Borya poussa une porte portant l'inscription RUSSISCH DAMPFBADEN et Arkadi lui emboîta le pas, plongeant dans un nuage aromatisé. Le banc à côté de lui était vide. Il s'assit, tendit la main et rencontra un rebord de pierre. Une fontaine. L'unique lumière de la salle montait comme une lueur fuligineuse de quatre dalles de verre entourant la base de la fontaine. Il n'arrivait plus à voir Borya de l'autre côté.

Un sauna était un four qui cuisait lentement la sueur ; un bain russe était si saturé de vapeur que la transpiration ruisselait en un instant. Le parfum de cyprès aidait à dilater les pores. La sueur ruisselait du front d'Arkadi, coulait sur sa poitrine, s'amassait entre ses doigts de pied, emplissait chaque repli de son corps ; il avait l'impression d'être un gigantesque conduit de sueur. Il pensa à Rita et à la première fois où il l'avait vue dans la voiture de Rudy. Il l'avait regardée aujourd'hui de la même façon qu'elle regardait Rudy ce jour-là.

« Ali ? » fit la voix de Makhmoud dans le coin.

Arkadi se dirigeait déjà vers la porte quand Borya le frappa. Sa tête heurta le mur, il s'effondra sur le banc et de là sur le sol.

Il ne perdit pas tout à fait conscience, mais traversa plutôt une brève éclipse. Puis ses yeux s'ouvrirent et, moitié rampant, moitié nageant sur le carrelage, il se percha comme il put au bord du banc. Mis à part son piètre équilibre et un problème de compression des oreilles, il était entier. La question que les victimes de concussions se posaient toujours était : qu'est-ce qui s'est passé ? Voilà une seconde, il était au bain russe avec Borya et Makhmoud. Maintenant il semblait être seul.

La vapeur était rosée. Pour Arkadi cela voulait dire qu'il avait une coupure à la tête et que le sang lui coulait dans les yeux. Il découvrit une bosse sur le haut de son crâne mais pas de coupure. Il s'essuya le visage avec une serviette. Le bain était toujours un cube de vapeur rose.

Arkadi baissa les yeux. Les dalles de verre du sol étaient rouges. En manœuvrant pour faire le tour de la fontaine, il aperçut un pied rouge qui pendait du banc d'en face. Le pied l'amena à un petit corps desséché qu'il tira vers la lumière.

On aurait dit que Makhmoud dévorait une serviette. Il avait sur le cou et sur la poitrine tant de traces de blessures qui saignaient qu'on aurait dit qu'il avait servi de cible à une arme automatique, mais le manche entouré d'adhésif d'un poignard était planté dans son ventre flétri. Arkadi se souvint qu'il avait pudiquement noué sa serviette autour de sa taille. Borya, lui, la tenait à la main. Arkadi tâta son poignet. La chaînette et la clé avaient disparu.

On frappa à la porte. Comme Arkadi ne répondait pas, la porte s'ouvrit et Ali s'avança. Des nuages de vapeur sortirent par la porte ouverte. Le garde du corps semblait gras et robuste et ses cheveux pendaient en petites boucles autour de ses yeux. « Grand-père, tu ne crois pas que ça fait assez longtemps que tu es ici ? »

Arkadi ne dit rien. Il sentit Ali remarquer le fait que la vapeur aurait dû être blanche. Ali entra et referma la porte. Sa main potelée tâtonnait dans le brouillard. Arkadi monta sur le banc pour éviter que ses pieds ne fussent visibles à la lumière et il passa de l'autre côté.

« Où est-ce que tu... »

Pendant un moment il n'y eut rien que le bruit de l'eau coulant par-dessus la margelle de la fontaine. Puis il entendit Ali soulever le corps et le bruit de succion quand il retira le couteau. Maintenant que Makhmoud n'était plus sur les dalles de verre, il y avait davantage de lumière dans le bain. Arkadi vit les pieds d'Ali pivoter. « Qui est là ? » demanda Ali.

Arkadi resta silencieux. Deux Tchétchènes étaient derrière la porte et il y en avait d'autres encore dans différentes parties de l'établissement, songea-t-il. Ali n'avait qu'à appeler. « Je sais que tu es là », lança-t-il.

Quelque chose bougea dans la brume, un tourbillon de particules d'eau tandis qu'Ali donnait de grands coups de couteau dans les nuages de vapeur. Il était un peu gêné dans ses mouvements par la fontaine. Arkadi essaya de se glisser vers la porte et sentit une ligne brûlante lui traverser le dos. Il recula. Ali aussi avait perçu le contact. Son geste suivant heurta le bois à côté de la main d'Arkadi.

Arkadi décocha un coup de pied et Ali chancela. La fontaine bougea aussi. Une main saisit le pied d'Arkadi et le fit dégringoler sur le banc puis sur le carrelage. Ali s'empara d'une poignée de cheveux et tira en arrière la tête d'Arkadi, mais son mouvement le fit déraper sur le sol glissant et il perdit le couteau. Arkadi entendit le poignard tomber avec un bruit métallique de l'autre côté du bain.

Ils se bousculèrent tous deux dans la direction d'où venait le son. Ali était assez lourd pour repousser Arkadi et arriver le premier. Il se remit debout, comme un bouddha rouge se dressant parmi les nuages, l'arme à la main. C'était un couteau à désosser avec une longue lame étroite. Arkadi frappa. Ali glissa en arrière et revint à l'attaque. Arkadi esquiva un autre coup et Ali se pencha en avant pour conserver son élan. Comme il ne touchait rien, il commença à glisser. En tombant, il brandit sa lame et empoigna Arkadi. Ils dérapèrent maladroitement tous les deux pendant une seconde et se retrouvèrent sous la fontaine.

Ali se dégagea et vint s'asseoir sur le banc. Il baissa les yeux vers l'endroit où son ventre était fendu par une ouverture circulaire partant de la hanche gauche jusqu'à ses côtes droites. Il essayait de se tenir le ventre, mais il se vidait comme le contenu d'une tasse renversée. Ali aspira de l'air. Il n'arrivait pas à parler. Il avait l'expression d'un homme qui venait délibérément de sauter de très haut pour découvrir avec une horreur incrédule que cette fois il n'y avait pas de corde de sécurité. Il crut qu'Arkadi l'aidait à se relever, mais Arkadi en fait lui retirait du poignet la chaînette avec la clé.

Arkadi ramassa sa serviette et ses sandales et quitta le bain. Les deux Tchétchènes étaient descendus jusqu'à la piscine, bien que Rita ait disparu. Il se rendit compte qu'il était couvert de sang. Il plongea dans le bassin le plus proche qui était glacé et en ressortit, laissant des traînées rouges se dérouler dans l'eau. Il se rinça dans le second bassin chauffé et se sécha tout en passant dans les vestiaires.

Dans le placard d'Ali, il trouva son costume d'alpaga brillant, un sac Vuitton avec une mitraillette, trois chargeurs et un portefeuille Vuitton bourré de grosses coupures en deutschemarks. Arkadi s'habilla sans hâte et, en descendant l'escalier, il passa devant des employés de bureau qui se précipitaient pour se détendre après le travail et qui n'eurent pas l'air étonnés de voir à quel point un Russe pouvait être mal habillé. En sortant, il rendit ses sandales à la caisse.

CHAPITRE 34

Dans Friedrichstrasse, la porte du garage était encore entrouverte. Arkadi grimpa l'escalier jusqu'au quatrième étage. Il laissa les lumières éteintes pendant qu'il retrouvait son fourre-tout et changeait de vêtements. Les chaussures d'Ali étaient trop étroites ; il lui faudrait en trouver des neuves demain.

Le facteur temps était essentiel. Si Borya apprenait qu'on avait trouvé deux corps dans les bains, il serait rassuré. S'il découvrait que tous deux étaient des Tchétchènes, il serait sur ses gardes. La police diffuserait le signalement de l'homme qui était parti dans le costume d'Ali. Beno et les autres Tchétchènes seraient déjà à sa recherche.

Arkadi n'était pas un expert en armes, mais il reconnut la mitraillette comme étant un Scorpion tchèque, un pistolet automatique à canon court avec une très grosse crosse. Les chargeurs contenaient chacun vingt balles que la mitraillette pouvait cracher en deux secondes. L'arme parfaite pour Ali : avec un Scorpion, pas besoin de viser.

Quand la porte s'ouvrit derrière lui, Arkadi mit un chargeur en place et s'apprêta à ouvrir le feu.

Irina apparut sur le seuil, si pétrifiée qu'elle oscillait entre la lumière du couloir et l'obscurité de la pièce. Arkadi chercha à voir s'il y avait quelqu'un d'autre dans le couloir, puis la tira par le poignet et referma la porte.

« J'étais sûre de t'avoir entendu », dit-elle. Elle parlait d'une voix aussi grêle qu'un message enregistré.

« Où est Max ?

— Pourquoi as-tu une arme ?

— Où est Max ?

— Le dîner s'est terminé de bonne heure. Les Américains avaient un avion à prendre. Max est allé à la galerie voir Rita. Je suis venue ici pour te voir. Pourquoi es-tu dans le noir ? »

Quand elle essaya d'atteindre le commutateur, il repoussa sa main. Elle tenta d'ouvrir la porte et il la referma d'un coup de pied.

« Je n'arrive pas à y croire, Arkadi. Ça recommence. Ça n'est pas pour moi que tu es revenu, c'est pour quelqu'un d'autre. Tu t'es servi de moi encore une fois.

— Non.

— Mais si. Après qui en as-tu ? »

Arkadi resta silencieux.

« Qui d'autre ? demanda-t-elle.

— Max, fit-il, Rita. Boris Benz, sauf que son vrai nom est Borya Goubenko. »

Il la sentit qui s'écartait. Elle reprit : « Je croyais que le jour où je t'ai quitté était le pire de ma vie. Mais cette fois c'est encore pire. Tu es revenu et tu t'es surpassé. En deux jours, j'ai gâché mon existence.

— Tu...

— Il y a cinq minutes, j'étais à toi. Je me suis précipitée ici. Et qu'est-ce que je vois ? Le commissaire Renko.

— Ils ont tué un trafiquant de devises de Moscou.

— En quoi ça m'intéresse, les lois soviétiques ?

— Ils ont assassiné mon collègue.

— Pourquoi veux-tu que je m'intéresse à la police soviétique ?

— Ils ont tué Tommy.

— Les gens qui t'entourent se font tuer. Max ne me ferait jamais de mal. Max m'aime, il ferait n'importe quoi pour moi.

— Moi, je t'aime. »

Elle le frappa. D'abord du plat de la main, de toutes ses forces, puis avec ses poings. Il restait planté là comme un homme courbe la tête sous la bourrasque et tenait la mitraillette à bout de bras. Il la laissa glisser le long de sa jambe jusqu'au sol.

« Je veux voir ton visage », déclara Irina.

Elle trouva le commutateur et le tourna. Aussitôt, en voyant la stupeur se lire dans son regard, il comprit que quelque chose n'allait pas. Il leva la main et palpa une bosse douloureuse allant de sa tempe à son front. Elle avait gonflé depuis qu'il avait quitté l'établissement de bains.

Elle regarda la veste d'Ali sur le sol. Le dos était trempé, rouge comme un drapeau. Elle déboutonna la chemise qu'il portait. Il l'ôta et elle l'obligea à se retourner pour l'examiner. Il l'entendit qui retenait son souffle. « Tu es blessé.

— C'est superficiel.

— Tu continues à saigner. »

Ils allumèrent l'éclairage de la salle de bains. Dans

la glace de l'armoire à pharmacie, Arkadi constata qu'Ali lui avait donné un coup de couteau qui lui avait entaillé le dos puis l'épaule droite jusqu'à la ceinture. Irina essaya d'étancher le sang qui ruisselait sur son dos, mais un gant de toilette ne suffisait pas. Arkadi déposa le pistolet-mitrailleur dans la cuvette du lavabo, se déshabilla et monta dans la douche. Elle fit couler de l'eau fraîche et nettoya soigneusement la longue balafre rouge.

Ses muscles se crispaient et tremblaient sous le jet froid, puis se détendirent en sentant la main d'Irina sur son dos. Les doigts de la jeune femme trouvèrent une cicatrice sur ses côtes et, comme conduits par une mémoire tactile, ils allèrent jusqu'à une boursouflure sur sa jambe, puis remontèrent jusqu'à une petite crête au milieu de son ventre, comme s'il était une carte avec quatre membres.

Arkadi arrêta l'eau. Il sortit de la douche tandis qu'elle ôtait sa jupe et, en deux enjambées, se débarrassait de sa culotte. Il se souleva. Elle s'accrocha à son cou, noua ses jambes autour de la taille d'Arkadi et se cambra pour qu'il pût la pénétrer.

Tout en le serrant contre elle, elle s'ouvrait. Sa bouche était brûlante. Ses yeux étaient grands ouverts, comme si elle avait peur de les fermer. Leurs deux corps étaient enchevêtrés. Et il plongeait en elle jusqu'au plus profond. Ils se balançaient, le dos d'Arkadi contre le mur.

Elle poussait de petits cris brefs. Dans le miroir, il vit le mur taché de son sang. On aurait dit qu'ils remontaient ensemble d'un puits noir, se hissant jusqu'à la lumière sur une seule paire de jambes qui n'avait jamais été aussi solide. Elle était accrochée à lui, ses doigts crispés dans les cheveux d'Arkadi.

« Arkacha ! » Elle se renversa en arrière tandis qu'il s'enfonçait davantage en elle. Elle se cramponnait désespérément, sa bouche sur celle d'Arkadi, sur sa joue, contre son oreille, murmurant d'une voix aussi rauque que la sienne jusqu'au moment où ses dernières résistances cédèrent.

Comme les jambes d'Arkadi se dérobaient sous lui, ils s'agenouillèrent lentement sur le carrelage, puis il roula sur son dos tandis qu'elle le chevauchait.

Il y eut un moment de grande douceur. Elle fit passer son corsage par-dessus sa tête. Ses seins étaient nus, les pointes sombres et durcies. Il sentit son sexe qui se gonflait de nouveau.

Il s'emplit la bouche de son sein. Les cheveux d'Irina tombaient en rideau autour de son visage. Ses larmes ruisselaient le long de son cou et entre ses seins sur son torse, avec un goût doux et salé à la fois. Et un goût de pardon aussi. C'était l'absolution qu'elle lui donnait. Quand elle rejeta la tête en arrière, il aperçut sous son œil droit une délicate petite marque bleutée, sa cicatrice de Moscou à elle. Le chevauchant toujours, elle ferma les yeux comme s'il montait en elle le long de son épine dorsale jusqu'à sa gorge.

Elle se tordit pour passer sous lui et s'écarta pour mieux l'accueillir, levant haut les jambes. Il la fit glisser sur le carrelage. Elle l'entraînait toujours plus profondément en elle, comme s'ils se dépouillaient de leurs corps, des années perdues, de la souffrance. Comme s'ils se sauvaient l'un l'autre. Deux personnes dans une seule peau.

Ils étaient allongés sur le sol de la salle de bains comme s'ils étaient au lit, la tête d'Irina appuyée sur la poitrine d'Arkadi, une jambe posée sur la sienne, si bien qu'il sentait sa toison contre sa cuisse, comme un subtil contrat de confiance. Qu'importait s'ils avaient les flancs rouges du sang qui maculait le carrelage ? Si Orphée et Eurydice avaient émergé intacts des enfers, à quoi auraient-ils ressemblé ?

Même dans l'ombre, Irina paraissait épuisée. « Je crois que tu te trompes. Max n'est pas un tueur. Il est malin. Dès que les réformes ont commencé en Russie, il a dit que ce n'était pas une réforme, que c'était l'effondrement. Il était malheureux parce que notre relation n'avait pas pris la tournure qu'il espérait. Il voulait revenir en héros.

— En retournant là-bas ?

— En gagnant de l'argent. Il disait que les gens à Moscou avaient besoin de lui plus qu'il n'avait besoin d'eux.

— Il avait sans doute raison. » S'il s'était trompé, Max n'aurait jamais pu revenir en Allemagne.

« Il veut prouver qu'il est plus malin que toi.

— Il l'est.

— Oh non. Tu es brillant. J'ai dit que je ne te laisserais jamais plus m'approcher, et pourtant regarde où je suis.

— Tu crois que Max et moi pouvons dissiper notre malentendu ?

— Il t'a aidé à venir à Munich, à venir à Berlin. Il t'aiderait encore si je le lui demandais. Contente-toi d'attendre. »

Ils étaient assis par terre auprès de la fenêtre du living-room, les lumières éteintes. Ils étaient les réfugiés classiques, songea Arkadi, lui en pantalon, Irina avec sa chemise à lui. Maintenant que le sang avait séché, sa coupure dans le dos avait l'air d'une fermeture à glissière.

Où pouvaient-ils aller ? La police recherchait l'assassin de Makhmoud et d'Ali. S'ils avaient les mêmes méthodes que celles de la milice, les Allemands allaient diffuser son signalement, surveiller l'aéroport et les gares, alerter les hôpitaux et les pharmacies. Pendant ce temps, les gens de Borya et les Tchétchènes parcourraient les rues. Bien sûr, les Tchétchènes poursuivraient aussi Borya.

Passé minuit, il y avait peu de circulation. Avant de voir les voitures dans la rue, Arkadi put reconnaître leurs voix. Le bruit asthmatique des Trabant, le tic-tac d'une Mercedes diesel. Une Mercedes blanche passa aussi lentement qu'un chalutier.

« Tu veux m'aider ? demanda-t-il.

— Oui.

— Alors, habille-toi et remonte à ton étage. » Il lui donna le numéro de téléphone de Peter. « Dis où nous sommes à la personne qui répondra, et puis reste là-haut jusqu'à ce que je monte.

— Pourquoi n'y allons-nous pas ensemble ? Tu peux appeler, toi.

— Je te rejoins dans une minute. Continue d'appeler jusqu'à ce qu'on réponde. Parfois il ne décroche pas tout de suite. »

Irina ne discuta pas. Elle enfila sa jupe et sortit pieds nus dans le couloir. Le bref jaillissement de la lumière fut aveuglant.

En bas, la Mercedes blanche repassa. Arkadi entendit la note d'orgue de la Daimler avant de la voir approcher lentement de la direction opposée. Max et Borya devaient se protéger des Tchétchènes tout autant que les traquer. C'était Max qui allait monter, mais Irina avait raison, à elle il ne ferait rien.

Les deux voitures se croisèrent devant l'immeuble et continuèrent.

Dans quelques années, quand les promoteurs en auraient terminé, Friedrichstrasse serait comme toutes les autres grandes artères vibrantes de magasins, de fast-foods et de bars à espresso. Arkadi avait l'impression de monter la garde dans le cimetière du vieux Berlin-Est.

Les deux voitures réapparurent, chacune venant de la même direction qu'avant. Elles avaient dû faire le tour du pâté de maisons. La Mercedes se gara de l'autre côté de la rue. La Daimler s'engouffra dans le garage de l'immeuble.

Il n'y avait pas beaucoup de protection dans un appartement sans meubles. Arkadi posa son fourre-tout juste devant la porte, de façon que la première chose qu'on voie en entrant soit le sac. Il s'allongea à l'autre bout de la pièce, face à la porte, pour offrir une cible aussi étroite que possible. A travers les lames du parquet, Arkadi sentit l'ascenseur démarrer. Il ne pensait pas que Max serait seul. Les appliques de cristal de l'ascenseur éclairaient fort. Arkadi voulait voir les iris de Max et ceux des amis qui l'accompagneraient, éblouis, étroits comme des têtes d'épingle.

La mitraillette avait une crosse métallique brillante qu'Arkadi déploya et cala contre son épaule. Il poussa le sélecteur de tir sur la position automatique et déposa les trois autres chargeurs devant lui comme des cartes supplémentaires. La lumière du couloir bordait le rectangle noir de la porte. Dans cet encadrement, elle semblait vibrer.

Dans le couloir, l'ascenseur s'arrêta. Il entendit les portes coulisser, s'arrêter, puis se refermer. L'ascenseur continua jusqu'au cinquième étage.

On frappa. Irina se coula dans la pièce en fermant la porte derrière elle. Ses yeux découvrirent Arkadi. « Je savais que tu ne monterais pas.

— As-tu appelé ?

— Je suis tombée sur un répondeur. J'ai laissé un message.

— Tu viens de manquer Max, dit Arkadi. Il est en train de monter.

— Je sais. J'ai pris l'escalier. N'essaie pas de me faire partir sans toi. Je l'ai déjà fait une fois. Ça a été mon erreur. »

Arkadi gardait les yeux fixés sur la porte. Max serait sans doute momentanément surpris de constater qu'Irina n'était pas là, se dit-il. L'ascenseur resta quand même dix minutes au cinquième étage, plus longtemps que la normale, à moins que Max n'ait emprunté sans bruit l'escalier. Mais quand l'ascenseur repartit, il descendit directement jusqu'au garage et, quelques secondes plus tard, Irina vit la Daimler s'en aller, suivie de la Mercedes.

CHAPITRE 35

Irina dit : « J'imaginais toujours avec qui tu étais. Je ne sais pas pourquoi, je voyais quelqu'un de très jeune. Petite et brune, gaie, passionnée. Je pensais aux endroits où tu te promènerais, j'imaginais de quoi vous parleriez... Quand je voulais me torturer, je pensais à une journée à la plage : avec les couvertures, le sable, les lunettes de soleil, le bruit des vagues. Elle cherche une musique romantique sur la radio à ondes courtes quand tout d'un coup, elle tombe sur moi. Elle s'arrête, parce que après tout c'est une station russe. Puis elle tourne le cadran et tu la laisses faire, tu ne dis pas un mot. Alors je rêvais de ma vengeance. Elle fait un voyage en Allemagne. Par hasard nous partageons le même compartiment dans un train et, comme le trajet est long, nous bavardons. Et naturellement, je découvre qui elle est. Nous finissons en général sur un quai glacé dans les Alpes. C'est une femme charmante. Je la pousse quand même sous un train pour avoir pris ma place.

— C'est elle que tu tues, pas moi ?

— Je suis folle furieuse, mais je ne suis pas cinglée. »

Du plancher de l'appartement, la rue faisait un bruit de ressac. Des faisceaux de phares balayèrent le plafond.

Arkadi vit une voiture se garer à cinquante mètres à droite de la Friedrichstrasse. Il ne pouvait pas deviner la marque, mais il put voir que personne n'en descendait. Une seconde voiture vint se garer à cinquante mètres à gauche.

Au fil des heures, il lui parla de Rudy et de Jaak, de Max et de Rodionov, de Borya et de Rita. Pour lui, c'était un récit intéressant. Il se souvenait de sa promenade avec Feldman, le professeur d'art décrivant le Moscou révolutionnaire d'autrefois. « Les places seront nos palettes ! » Nous sommes nous-mêmes des palettes, se disait Arkadi. Des possibilités. A l'intérieur de Borya Goubenko, il y avait un Boris Benz. Chez une prostituée de l'Intourist connue sous le nom de Rita, se trouvait la propriétaire d'une galerie à Berlin, Margarita Benz.

« La question, dit Irina, est : qu'est-ce que nous pouvons être ? Si nous sortons de là vivants. Russes ? Allemands ? Américains ?

— Tout ce que tu voudras. Je serai comme de la pâte à modeler.

— La pâte à modeler n'est pas ce qui me vient à l'esprit quand je pense à toi.

— Je peux être américain. Je sais siffler et mâcher du chewing-gum.

— Autrefois, tu voulais vivre comme les Indiens.

— Il est trop tard pour ça maintenant, mais je peux vivre comme un cow-boy.

— Monter à cheval et lancer le lasso ?

— Conduire du bétail. Ou rester ici. Rouler sur l'autobahn, escalader les Alpes.

— Etre allemand ? C'est plus facile.

— Plus facile ?

— Tu ne peux pas être américain, à moins de t'arrêter de fumer.

— Ça, j'en suis capable », dit Arkadi, mais il alluma quand même une autre cigarette. Il exhala la fumée et la regarda monter.

Il écrasa le mégot par terre, porta un doigt à ses lèvres et fit signe à Irina de se déplacer. Il lui avait fallu un moment pour se rendre compte que le mouvement de la fumée était dû à un déplacement d'air sous la porte. Les cages d'escalier produisaient une aspiration, mais il n'aurait pas senti le courant d'air s'il n'avait pas été allongé sur le sol.

Il colla son oreille au parquet. C'est vrai, il pouvait vivre comme un Indien. Il entendit des pas étouffés dans le couloir.

Irina était debout contre un mur, sans essayer de se cacher ni de se faire toute petite.

De l'autre côté de son fourre-tout, Arkadi vit la lumière au bas de la porte, une barre blanche qui disparaissait à une extrémité.

Il se colla contre le parquet. S'il avait été un peu plus plat, il aurait pu se glisser sous la porte. Il lança un coup d'œil à Irina. Le regard de celle-ci ne le quittait pas, comme des mains empêchant un homme de tomber d'une falaise.

La porte s'ouvrit toute grande. La lumière entra et une silhouette massive et familière s'avança sur le seuil.

« Vous pourriez vous faire tuer comme ça, Peter », observa Arkadi.

Peter Schiller écarta le sac d'un coup de pied. Il ricana en apercevant Arkadi. « C'est un stand de tir ici ?

— Nous attendions d'autres gens.

— Je n'en doute pas. » Peter vit Irina qui soutint son regard sans broncher. « Renko, nous avons des Russes qui parcourent Berlin. Nous avons deux mafiosi morts au Centre Europa, poignardés par quelqu'un qui vous ressemblait. Qu'est-ce qui est arrivé à votre dos ?

— J'ai glissé. » Arkadi se remit debout et ferma la porte.

« Arkadi était avec moi, déclara Irina.

— Pendant combien de temps ? interrogea Peter.

— Toute la journée.

— Mensonges, dit Peter. C'est une guerre des gangs, n'est-ce pas ? Benz est en rapport avec l'un d'eux. Plus j'en sais sur l'Union soviétique, plus ça ressemble à une guerre des gangs qui n'a pas de fin.

— Dans une certaine mesure, reconnut Arkadi.

— Cet après-midi vous disiez que vous ne connaissiez même pas cette femme. Ce soir, elle est votre témoin. » Peter fit le tour de la pièce. Il avait la taille et la vigueur d'un Borya, mais avec quelque chose de plus wagnérien, songea Arkadi. Un Lohengrin qui se serait trompé d'opéra.

« Où est Benz ? demanda Arkadi.

— Envolé, dit Peter. Il a pris un avion pour Moscou il y a une heure. »

Le moment n'était pas mal choisi pour quitter Berlin. Peut-être Borya abandonnait-il complètement son identité Benz, se dit Arkadi. Peut-être qu'après cela on ne reverrait jamais Boris Benz. Eliminer Makhmoud était assurément une réussite plus importante que de se cramponner aux actifs de Fantasy Tours. Il était quand même surpris ; Borya n'était pas homme à se contenter de miettes.

« Benz a pris le même avion que Max Albov, précisa Peter. Ils sont partis tous les deux.

— Max venait ici », dit Irina.

Arkadi se rappela que l'ascenseur s'était arrêté à son étage avant de poursuivre jusqu'au cinquième. Max avait dû faire ses bagages. « Pourquoi irait-il à Moscou ?

— Ils ont pris un vol charter, dit Peter.

— Comment ont-ils pu trouver à la dernière minute un vol charter à une heure pareille ?

— Il y avait justement des tas de places disponibles à la dernière minute, expliqua Peter.

— Pourquoi ? »

Peter regarda tout à la fois Arkadi et Irina. « Vous n'avez pas entendu ? Vous n'avez pas de radio ni de télévision ici ? Vous devez être les seuls au monde à ne pas être au courant. Il y a eu un coup d'Etat à Moscou. »

Irina eut un petit rire. « Ça a fini par arriver.

— Qui a pris le pouvoir ? demanda Arkadi.

— Un prétendu Comité d'urgence. L'armée a fait son entrée en scène. C'est tout ce qu'on sait. »

Un coup d'Etat était une catastrophe prévisible, la somme de toutes les craintes russes accumulées, la nuit moscovite après le jour, et pourtant Arkadi était stupéfait. Stupéfait de l'être. Max et Borya avaient dû être surpris aussi.

« Avec toute cette confusion, pourquoi Max rentrerait-il ? demanda Arkadi.

— Ça n'a pas d'importance, fit Irina, du moment qu'ils ne viennent pas ici.

— Vous n'avez donc plus besoin de ça. » Peter prit la mitraillette des mains d'Arkadi, ramassa les chargeurs par terre et les fourra dans son ceinturon.

« Nous sommes en sûreté, dit Irina.

— Pas tout à fait. » D'un geste de la mitraillette, Peter leur fit signe de s'installer dans un coin. Arkadi avait mis le cran de sûreté. Peter l'ôta.

La pièce était toujours dans l'obscurité. Peter les distinguait sur la vitre mieux qu'ils ne pouvaient le voir, mais Arkadi vit le geste qu'il leur faisait de ne pas bouger. Sur le palier, la porte de l'ascenseur s'ouvrit. Irina prit la main d'Arkadi. Peter leur fit signe de s'allonger, puis il se retourna et tira à travers la cloison.

Le Scorpion n'était pas une arme particulièrement bruyante, même si les balles de 7,62 traversèrent le plâtre comme si c'était du papier. Peter longea la paroi, tirant à la hauteur de la taille et rechargeant tout en avançant. Quelques balles firent jaillir des étincelles sur des clous. Dans le couloir on entendait des cris de rage et de désarroi. Peter vida le second chargeur en tirant à la hauteur du genou. Quelqu'un dans le couloir finit par comprendre ce qui se passait et riposta. Un morceau de mur grand comme une soucoupe explosa dans la pièce. Le trou brillant servit de cible à Peter. Il tourna le dos au mur, dégagea le chargeur vide et introduisit le dernier. Un arc de trous dans la paroi lui répondit. Peter s'approcha du point le plus haut de l'arc, visa vers le bas et fit feu, restant aussi près du mur qu'un charpentier, entouré de rais de lumière. Il se déplaça de côté quand un seul coup de feu lui répondit, se remit en position, passa le canon de son arme par le trou qu'il agrandit en tirant quatre balles de plus. Il régla le tir sur la position manuelle, écouta s'il y avait des gémissements, puis tira une balle à travers la cloison à la hauteur des pieds. Il repassa en automatique et vida le chargeur en arrosant le palier. En dix secondes, Peter avait expédié quatre-vingts balles à travers la cloison. S'approchant de la porte, il laissa tomber le Scorpion et sa main se porta sur le baudrier accroché à sa ceinture pour y prendre son pistolet au cas où il en aurait besoin.

Ce n'était pas le cas. Quatre Tchétchènes étaient alignés sur le palier. Couverts de sang et de plâtre, on aurait dit des ouvriers victimes d'un accident du travail. Peter effectua son tri, d'une main braquant un pistolet prudent sur chaque tête tandis que de l'autre il tâtait le pouls sur la carotide. Deux des morts avaient des Scorpion, ce qui ne les avait pas avancés à grand-chose. Arkadi reconnut sous une couche de poussière le copain d'Ali qu'il avait vu au café du Mur. Il ne vit pas trace de Beno.

« Ils étaient garés dehors quand je suis arrivé, dit Peter. Deux dans chaque voiture.

— Merci, fit Arkadi.

— *Bitte.* » Peter savourait le mot comme une bouchée de satisfaction.

Les gens sont un peu ahuris quand ils se réveillent au bruit d'une fusillade. Dans un quartier de la ville où on construisait tellement, la première réaction est celle du bourgeois scandalisé à l'idée que quelqu'un enfreigne la loi et plante un clou avant l'aube.

Dans la rue, Arkadi aperçut les lueurs bleues de voitures de police qui flottaient au loin sur Friedrichstrasse, approchant sans sirène parce qu'on était au milieu de la nuit. Irina et lui suivirent Peter jusqu'à sa voiture. En démarrant, Peter se brancha sur la radio de la police. Les officiers qui répondirent durent d'abord repérer la bonne adresse, puis fouiller quatre étages afin de découvrir les corps. Il n'y avait pas de témoin dans l'immeuble. Arkadi savait que l'occupant d'un appartement de l'autre côté de la rue l'avait peut-être vu quitter l'immeuble, mais qu'y avait-il donc à décrire à part deux hommes et une femme aperçus à des centaines de mètres, de côté et dans l'obscurité ?

Peter dit : « On ne peut rien faire pour vos empreintes et vos traces de pas, il y en a dans tout l'appartement, mais elles ne seront pas faciles à identifier. Votre amie dit qu'elle n'a pas de casier judiciaire en Allemagne et on n'a aucune empreinte de vous.

— Et vous ?

— J'ai essuyé la mitraillette et les chargeurs, et je n'ai pas utilisé mon arme personnelle.

— Ce n'est pas ce que je voulais dire. Votre rôle dans tout ça ? »

Peter resta un moment silencieux avant de répondre : « Il y a un compte rendu officiel chaque fois qu'on utilise une arme à feu. Je ne tiens pas à expliquer pourquoi j'ai abattu quatre hommes sans avertissement et sans les avoir formellement identifiés. Et à travers une cloison ! Ç'auraient pu être des visiteurs demandant leur chemin ou des gens venant quêter pour Greenpeace ou pour mère Teresa. »

Il y avait de la poussière sur les doigts de Peter. Il s'essuya sur sa chemise.

« Je n'ai pas nécessairement envie d'expliquer comment j'aidais mon grand-père. C'est une guerre des gangs russe. Je ne vais pas la laisser tourner en un scandale public où il serait compromis.

— Si on retrouve ma trace dans cette affaire, Federov connaît votre nom, dit Arkadi.

— Avec le coup d'Etat, je pense que le consulat de Munich a d'autres chats à fouetter. »

Sur la fréquence de la police, un opérateur ordonnait à des ambulances de se rendre sur Friedrichstrasse. L'urgence de son ton contrastait avec le calme du Tiergarten et avec la masse arrondie des ombres du parc sous les étoiles du matin.

« Vous m'avez menti depuis le début, déclara Peter, mais je dois avouer que vos mensonges m'ont appris plus de choses que ceux que j'avais entendus jusque-là. Qu'est-ce que vous cachez donc, je me demande ? J'attends toujours la vérité.

— Si nous allons à Savigny Platz, dit Arkadi, je pourrai peut-être vous la montrer. »

Tandis qu'Arkadi restait assis sur un banc au pied d'un massif, son dos se crispa. Il lui fallait de l'aspirine ou de la nicotine, mais il n'avait pas de comprimés et il n'osait pas allumer une cigarette car les buissons autour de lui restaient sombres tandis que le ciel virait lentement au gris. Du banc où il était, il ne pouvait pas voir Peter et Irina, garés à cinquante mètres de là. Mais il apercevait les lumières de la galerie qui semblaient être restées allumées toute la nuit.

A Moscou, sous le même plafond de nuages, des chars roulaient dans les rues. S'agissait-il d'un putsch militaire ? Etait-ce le Parti qui revendiquait son rôle d'avant-garde du peuple ? L'œuvre de salut national avait-elle vraiment commencé ? Tout comme le Parti avait jadis protégé Prague, Budapest et Berlin-Est ? Il devrait y avoir au moins le grondement d'un tonnerre lointain.

Sauf sur Friedrichstrasse, les Allemands semblaient avoir dormi à poings fermés durant cette nuit. La télévision allemande avait fermé les yeux à l'heure habituelle. Arkadi supposait que les auteurs du coup d'Etat allaient au minimum arrêter un bon millier des principaux réformateurs, prendre le contrôle de la radio et de la télévision soviétiques, fermer les aéroports et interrompre les communications téléphoniques. Sans aucun doute le procureur Rodionov déplorait la nécessité d'un coup d'Etat mais, comme tous les Russes le savaient, mieux valait expédier rapidement les tâches désagréables. Ce qu'Arkadi ne comprenait pas, c'était pourquoi Max et Goubenko s'étaient empressés de rentrer. Comment un vol international pouvait-il se poser si les aéroports étaient fermés ? Ce serait un bon moment pour écouter Radio Liberté. Il se demanda ce que disait Stas.

Un petit crachin se mit à tomber. Puis ce fut le bruissement d'oiseaux invisibles dans les haies, comme l'excitation de figurants dans les coulisses. Au-dessus des massifs on voyait s'allumer les fenêtres des lève-tôt, on entendait monter la rumeur de la circulation et passer les balayeurs.

De l'autre côté de la haie, il y eut le clic-clac à deux temps de talons hauts. Rita apparut, en imperméable rouge coquelicot et chapeau assorti, marchant d'un pas vif entre les parterres qui occupaient la place, la main droite dans sa poche. Arkadi l'avait vue signer une note de restaurant ; il savait qu'elle était droitière. Lorsqu'elle déverrouilla la porte du rez-de-chaussée, elle garda la main dans sa poche et jeta un coup d'œil dans la rue derrière elle avant d'entrer.

Dix minutes plus tard, un garde armé sortit, bâilla, s'étira, puis s'éloigna d'un pas de bûcheron dans la direction opposée.

Après dix minutes encore, les lumières de la galerie s'éteignirent. Rita réapparut, ferma la porte à clé et entreprit de traverser la Plaza, en tenant par les poignées un sac de toile dans sa main gauche.

Arkadi arriva à sa hauteur du côté du sac au milieu de la place et dit : « En voilà une façon de traiter un tableau de cinq millions de dollars. »

Elle fut assez surprise pour s'arrêter. Sa première réaction n'échappa pas à Arkadi : c'était de la fureur. Le contenu du sac était enveloppé dans du plastique. « J'espère que c'est imperméable », ajouta-t-il.

Quand Rita voulut repartir, il saisit une poignée du sac. « Je vais appeler la police, dit-elle.

— Appelez donc. Je crois que la vie de la police allemande est d'un ennui incroyable — du moins elle le serait sans les Russes. La police adorerait entendre une histoire à propos de vous et de Rudy Rosen, même si les détails ne seraient pas de nature à vous aider beaucoup dans vos affaires. Alors, Max et Borya vous ont laissée toute seule ? »

Arkadi aimait le cran de Rita. Elle avait l'habitude de traiter avec des hommes. Une expression plus douce, plus raisonnable, se peignit sur son visage. « Je ne vais pas attendre que les Tchétchènes rappliquent. » Elle lui adressa un sourire neutre. « Est-ce qu'on peut parler à l'abri de la pluie ? »

Il songeait à se glisser sous une tonnelle, mais Rita lui fit traverser la rue jusqu'aux tables d'un patio protégé par un auvent. C'était le même restaurant que sur la cassette vidéo, et elle se dirigea vers la même table où elle avait levé son verre en disant « Je t'aime ». L'intérieur du restaurant était tout noir. Ils avaient le patio et la Plaza pour eux seuls.

Malgré l'heure matinale, Rita avait le visage maquillé, ce qui lui faisait un masque tout à la fois féroce et exotique. L'imperméable rouge qu'elle portait avait un aspect vernissé qui allait bien avec ses lèvres. Arkadi ouvrit sa fermeture à glissière.

« Pourquoi avez-vous fait ça ? demanda Rita.

— Disons que vous êtes une femme séduisante. »

Ils étaient assis, chacun avec une main sur le sac sous la table. Comme son imperméable était ouvert, les poches pendaient et elle ne pouvait les atteindre directement.

Arkadi demanda : « Vous souvenez-vous d'une fille russe du nom de Rita ?

— Je me souviens très bien d'elle, répondit Margarita. Une travailleuse. Ce qu'elle a appris, c'est qu'elle pouvait toujours faire affaire avec la milice.

— Et avec Borya.

— Les gens du Grand Bassin protégeaient les filles de l'hôtel. Borya était un ami.

— Mais, pour gagner vraiment de l'argent, il fallait que Rita sorte de Russie. Elle a épousé un juif.

— Ça n'est pas un crime.

— Vous n'êtes pas allée en Israël. »

Margarita leva sa main droite en exhibant ses ongles longs. « Vous voyez ces mains-là bâtir un kibboutz en plein désert ?

— Et Borya a suivi le mouvement.

— Borya avait une proposition parfaitement légale. Il avait besoin de quelqu'un pour l'aider à recruter des filles qui viendraient travailler en Allemagne et de quelqu'un pour les surveiller quand elles seraient là-bas. J'avais l'expérience.

— Ça n'est pas tout. Borya a acheté des documents qui ont créé un certain Boris Benz, ce qui était bien commode quand il s'est mis en quête d'un associé étranger à Moscou. De cette façon, il pouvait être les deux à la fois. Quand vous avez épousé Boris Benz, ça vous a permis de rester ici aussi.

— Borya et moi avons des rapports hors du commun.

— Et si un intrus vous appelait, vous pouviez jouer la femme de chambre de Herr Benz et dire qu'il était en vacances en Espagne.

— Une bonne putain sait jouer la comédie.

— Pensez-vous que l'identité de Boris Benz était une bonne idée ? C'était un point faible. Trop de choses en dépendaient.

— Ça a très bien marché jusqu'à votre arrivée. »

Arkadi inspectait les tables vides sans lâcher le sac. « Vous avez filmé une cassette vidéo ici et vous l'avez envoyée à Rudy. Pourquoi ?

— Comme moyen d'identification. Rudy et moi nous ne nous étions jamais rencontrés. Je ne voulais pas lui donner de nom.

— Ce n'était pas un mauvais bougre.

— Il vous aidait. Quand Rodionov nous a prévenus, le seul problème était de savoir comment se débarrasser de Rudy dans les meilleures conditions.

Il était au courant pour le tableau. Nous l'avons laissé croire que s'il le faisait authentifier, il pourrait faire la vente lui-même. Je lui ai remis une toile légèrement différente. Borya disait que s'il y avait une explosion assez violente, nous pourrions nous débarrasser de Rudy et donner en même temps à Rodionov une raison de liquider les Tchétchènes.

— Vous avez cru qu'à un moment Borya allait rester ici et devenir Boris Benz pour de bon ?

— Où préféreriez-vous être, à Moscou ou à Berlin ?

— Alors, sur la cassette, quand vous disiez "Je t'aime", vous vous adressiez à Borya.

— Nous étions heureux ici.

— Et vous étiez prête à faire pour Borya des choses que sa femme n'aurait jamais faites, comme retourner à Moscou pour remettre à Rudy une bombe incendiaire. Je m'étais demandé pourquoi une touriste manifestement aisée descendait dans un établissement aussi minable et loin du centre que l'hôtel Soyouz. La réponse était que c'était l'hôtel le plus proche du marché des trafiquants et que ça permettait de faire le trajet le plus court avec une bombe incendiaire qui n'avait pas de déclencheur à retardement. Vous avez été courageuse en prenant le risque de sauter vous aussi. Ça, c'est de l'amour. »

Rita s'humecta les lèvres. « Vous qui êtes si bon pour les questions, est-ce que je pourrais vous en poser une ?

— Allez-y.

— Pourquoi ne me demandez-vous rien à propos d'Irina ?

— Par exemple ? »

Rita se pencha en avant, comme si elle chuchotait dans une foule. « Ce que ça rapportait à Irina. Croyez-vous que Max lui payait ses vêtements et tous ses petits cadeaux parce qu'elle savait faire la conversation ? Demandez-vous un peu ce qu'elle était prête à faire pour lui ? »

Arkadi sentit la colère monter en lui.

« Ils ont été ensemble des années, dit Rita. Ils étaient pratiquement mari et femme, comme Borya et moi. Je ne sais pas ce qu'elle vous raconte maintenant. Je dis seulement que ce qu'elle fait pour vous, elle l'a fait pour lui. N'importe quelle femme ferait ça. »

Il avait les oreilles en feu. Une bande brûlante lui traversait le visage. « Qu'est-ce que vous essayez de me dire ? »

Rita pencha la tête de côté d'un air compatissant. « On dirait qu'elle ne vous a pas tout raconté. Toute ma vie j'ai connu des hommes comme vous. Il faut toujours que quelqu'un soit une déesse et que toutes les autres soient des putains. Irina a couché avec Max. Elle s'est vantée de ce qu'elle savait faire. » Rita l'invita à se pencher vers elle et baissa encore davantage la voix. « Je vous le dirai, et vous pourrez comparer. »

Dès qu'il sentit la tension se relâcher sur la poignée, Arkadi souleva le sac de toile. « Tirez et vous ferez un trou dans le tableau. Je ne crois pas qu'il soit assuré pour ça, dit-il.

— Salaud. »

Arkadi saisit le pistolet quand elle le posa sur la table. C'était le 6.35 de Borya. Il lui tordit le poignet et l'obligea à lâcher l'arme.

« Espèce d'ordure », dit Rita.

Borya l'avait trahie, il s'était enfui à Moscou et l'avait abandonnée avec ce pistolet minuscule. Arkadi retira les balles de la culasse, ôta le chargeur et jeta le pistolet vide sur les genoux de Rita. « Moi aussi, je vous aime », dit-il.

CHAPITRE 36

A une boutique de souvenirs de l'aéroport, Arkadi acheta un plateau et un châle de cotonnade dont la broderie représentait les rats de Hamelin. Dans une cabine des toilettes, il recouvrit la toile avec le châle, enveloppa le plateau dans du plastique à bulles, le fourra dans le sac de toile de Rita puis s'en fut rejoindre Peter et Irina dans un coin de la salle de transit.

« Songez, dit Arkadi, à tous les tableaux et manuscrits confisqués depuis soixante-dix ans à des artistes, des écrivains et des poètes, cachés par le ministère de l'Intérieur et le KGB. On ne jette rien. Les poètes reçoivent peut-être une balle dans la nuque, mais on fourre le poème dans une caisse et on l'enterre dans une cave. Et puis, à l'instant magique où la Russie rejoint le reste du monde, tout cela devient des biens précieux.

— Mais on ne peut pas le vendre, dit Irina. On ne peut légalement pas sortir d'Union soviétique les œuvres.

— Mais on peut les passer en fraude, suggéra Peter.

— Quelques pots-de-vin feront l'affaire, dit Arkadi. On a déjà fait franchir la frontière à des engins blindés, à des trains et à du pétrole brut. Sortir une toile est relativement facile.

— Malgré tout, fit Irina, la vente n'est pas valable si on ne respecte pas la loi russe. Les collectionneurs et les musées n'aiment pas être impliqués dans des querelles internationales. Rita ne pouvait pas vendre *Carré rouge* si le tableau venait de Russie.

— C'est peut-être un faux en provenance d'Allemagne, fit Peter. Il y avait des faussaires fantastiques à Berlin-Est, ils sont tous au chômage maintenant. Est-ce qu'on a vraiment examiné cette toile ?

— De fond en comble, répondit Irina. Elle a été

datée, passée aux rayons X et analysée. Elle a même l'empreinte du pouce de Malevitch.

— Tout ça peut être imité, observa Peter.

— Oui, admit Irina, mais il y a une chose curieuse à propos des faux. Il peut s'agir des meilleures imitations du monde, avec le bois, la peinture et la technique appropriés, n'empêche qu'ils n'ont pas l'air vrais.

— Voilà qui tourne au spirituel, fit Peter en s'éclaircissant la voix.

— C'est comme quand on connaît les gens, dit Irina. Au bout d'un moment, on apprend à distinguer le faux du vrai. Une toile est l'idée d'un artiste et les idées, ça ne s'imite pas.

— Combien disiez-vous que vaut ce tableau ? demanda Peter.

— Peut-être cinq millions de dollars. Ici, dit Arkadi, ce n'est pas grand-chose, mais en Russie ça fait quatre cents millions de roubles.

— A moins que ce ne soit un faux, fit remarquer Peter.

— *Carré rouge* est vrai, dit Arkadi, et il vient de Russie.

— Mais ils l'ont découvert dans une caisse de Knauer, dit Irina.

— La caisse est un faux, déclara Arkadi.

— La caisse ? » fit Peter en se redressant sur son siège. Arkadi le sentait remettre de l'ordre dans ses idées. « Je n'avais pas pensé à cela.

— Souvenez-vous, fit Arkadi, Benz ne s'intéressait pas aux œuvres d'art que votre grand-père avait volées. Il avait les siennes. Il s'intéressait aux caisses fabriquées par votre grand-père — avec les menuisiers de Knauer si vous vous rappelez.

— Joli raisonnement, fit Peter admiratif. Très joli. »

Arkadi déposa le châle sur les genoux de Peter. Celui-ci s'assit un peu plus droit. « Qu'est-ce que vous faites ?

— Pour l'instant, l'atmosphère culturelle est un peu perturbée à Moscou.

— Je n'en veux pas.

— Vous êtes la seule personne à qui je puisse le confier, dit Arkadi.

— Comment savez-vous que je ne vais pas disparaître avec ?

— Il y a une sorte de justice immanente à faire de vous un conservateur de l'art russe. D'ailleurs, c'est un échange. » Arkadi tapota la poche de sa veste où se trouvaient le passeport et le visa que Peter lui avait rendus, ainsi que le billet acheté avec l'argent d'Ali.

Cela n'avait pas été difficile de trouver des places sur le vol régulier de la Lufthansa pour Moscou. Il n'y avait rien de tel qu'un coup d'Etat militaire pour vous décimer une liste de passagers. Ce qu'Arkadi ne comprenait toujours pas, c'était pourquoi les dirigeants du nouveau Comité d'urgence autorisaient des avions à se poser.

Stas descendit en boitillant du vol en provenance de Munich avec un magnétophone et un appareil photo. Il débordait d'une bonne humeur perverse. « Quelle superbe idiotie ! Le Comité d'urgence n'a arrêté aucun des dirigeants démocrates. Maintenant la situation est bloquée. Les chars sont à Moscou, mais ils se contentent de tourner en rond. Les bonnes vieilles techniques répressives ne sont plus ce qu'elles étaient.

— Comment savez-vous ce qui se passe ? demanda Arkadi.

— Des gens nous appellent de Moscou », répondit Stas.

Arkadi était stupéfait. « Il y a des lignes téléphoniques qui fonctionnent ?

— C'est bien ce que je veux dire quand je parle d'idiotie.

— Est-ce que Michael sait que vous partez ?

— Il a essayé de m'arrêter. Il affirme que c'est un risque pour la sécurité et que ça peut poser des problèmes à la station si nous sommes pris. Il prétend que Max a appelé de Moscou pour dire que tout est calme là-bas et que je n'ai aucune raison d'être aussi excité.

— Est-ce qu'il sait qu'Irina part ?

— Il m'a posé la question. Il ne sait pas. »

Bien que l'embarquement eût commencé, Arkadi s'engouffra dans une cabine téléphonique. Un message enregistré répétait inlassablement que les circuits internationaux étaient occupés. La seule façon de passer, c'était d'appeler sans arrêt. Au moment où il allait renoncer, il aperçut un centre de fax public.

Polina avait dit qu'elle prendrait le télécopieur de Rudy. Installé au comptoir, il inscrivit son numéro de téléphone et le message : « Impatient de vous voir. Si vous avez une toile de chez l'oncle Rudy, pourriez-vous l'apporter avec vous ? Roulez très prudemment. » Il ajouta son numéro de vol avec l'heure d'arrivée, signa le message « Arkadi ». Puis il demanda un annuaire de fax et adressa un autre message à Federov : « Ai suivi vos conseils. Prière informer le procureur Rodionov de mon retour aujourd'hui. Renko. »

La préposée ouvrit de grands yeux ronds. « Vous devez avoir hâte de rentrer, dit-elle.

— Je suis toujours impatient quand je rentre », déclara Arkadi.

Irina lui fit signe de gagner la porte d'embarquement où Stas et Peter Schiller se regardaient comme s'ils appartenaient à des espèces différentes.

Peter prit Arkadi par le bras et l'entraîna à l'écart. « Vous ne pouvez pas me laisser avec ça.

— Je vous fais confiance.

— Ma brève expérience avec vous me donne à penser que c'est une malédiction. Qu'est-ce que je vais en faire?

— Accrochez-le à un endroit où la température est

constante. Soyez un donateur anonyme. Simplement, ne l'offrez pas à votre grand-père. Vous savez, l'histoire à propos de Malevitch n'était pas un mensonge. Il a bien apporté ces toiles à Berlin pour les mettre à l'abri. Pour le moment, faites comme lui.

— Il me semble que l'erreur de Malevitch a été de rentrer. Et si Rita appelle Moscou pour dire que vous avez emporté le tableau ? Si Albov et Goubenko savent que vous venez, ils vous attendront.

— J'espère bien. Je ne saurais pas où les chercher, alors il va falloir qu'ils me trouvent.

— Je devrais peut-être venir avec vous.

— Peter, vous êtes trop bon. Vous leur feriez peur. »

Peter se dandinait d'un pied sur l'autre.

« La vie, reprit Arkadi, ça ne peut pas être que des voitures rapides et des armes automatiques. Vous voilà enfin avec une tâche digne de vous.

— Ils vous tueront à l'aéroport ou à la sortie. Les révolutions, ça sert à régler les comptes. Qu'est-ce qu'un cadavre de plus ? Ici, au moins, je peux vous jeter en prison.

— Vous me tentez.

— Nous pouvons vous garder en vie et extrader Albov et Goubenko.

— On n'a jamais réussi à extrader personne d'Union soviétique. Et qui sait quel gouvernement sera en place demain ? Max pourrait se retrouver ministre des Finances et Goubenko, ministre des Sports. D'ailleurs, s'il y a une enquête normale à propos d'Ali et de ses amis, je pense que vous serez content que je sois loin. »

Le doux tintement d'un gong annonça le dernier appel pour l'embarquement. Peter dit : « Chaque fois que les Russes se requinquent, l'Allemagne descend la pente.

— Et vice versa, dit Arkadi.

— Rappelez-vous, il y a toujours une cellule qui vous attend à Munich.

— *Danke.*

— Soyez prudent. »

Peter scruta la file des passagers tandis qu'Arkadi rejoignait Stas et Irina. Au milieu de la rampe, Arkadi aperçut la tête de Peter qui dominait la foule, jouant encore son rôle d'arrière-garde. Quand il lui lança un dernier coup d'œil, Peter serrait le châle d'une main ferme et s'éloignait.

Le sac de toile tenait dans le compartiment à bagages. Arkadi s'installa au bord du couloir central, Stas près du hublot et Irina entre eux deux. Au moment du décollage, le visage de Stas avait une expression encore plus ironique que d'habitude. Irina serrait le bras d'Arkadi. Elle paraissait épuisée, le regard vide, mais pas malheureuse. Arkadi se dit qu'ils avaient tous les trois l'air de réfugiés si ahuris qu'ils partaient dans la mauvaise direction.

Un certain nombre de passagers semblaient être des journalistes et des photographes avec seulement des bagages à main. Personne n'avait envie de passer deux heures à récupérer ses valises quand une révolution était en marche.

« Le Comité d'urgence, déclara Stas, commence par dire que Gorby est malade. Trois heures plus tard, un des chefs de la conspiration est terrassé par une crise cardiaque. C'est un coup d'Etat bizarre.

— Vous n'avez pas de visa. Qu'est-ce qui vous fait croire qu'on vous laissera débarquer ? demanda Arkadi.

— Vous croyez, répliqua Stas, qu'aucun des reporters qui se trouvent ici a un visa valable ? Irina et moi avons des passeports américains. Nous verrons bien ce qui se passera quand nous arriverons là-bas. C'est l'histoire la plus formidable de notre vie. Comment pourrions-nous laisser passer ça ?

— Coup d'Etat ou non, vous êtes sur une liste de criminels d'Etat. Elle aussi. On peut vous arrêter.

— Vous y allez bien, dit Stas.

— Je suis russe. »

Malgré sa douceur, la voix d'Irina était catégorique. « Nous voulons y aller. »

L'Allemagne s'étendait sous l'appareil, non pas les routes droites et le patchwork des fermes de l'Ouest, mais des chemins de plus en plus étroits et de plus en plus sinueux à mesure qu'ils volaient vers l'est.

Irina avait la tête appuyée sur l'épaule d'Arkadi. Le contact de ses cheveux sur sa joue à lui était si normal qu'il en était irrésistible, comme s'il traversait brièvement une autre vie qu'il avait manquée. Il aurait voulu ne jamais atterrir.

Stas parlait d'un ton nerveux, comme une radio dont on a baissé le volume. « Historiquement, les révolutions tuent les gens au sommet. D'ordinaire, les Russes en font trop. Les bolcheviks ont massacré la classe dirigeante puis Staline a fait tuer les bolcheviks du début. Mais cette fois-ci, la seule différence entre le gouvernement de Gorby et celui du coup d'Etat, c'est que Gorby n'en fait pas partie. Avez-vous entendu le texte complet du communiqué publié par le Comité d'urgence ? Ces gens-là s'emparent du pouvoir pour protéger le peuple, entre autres choses, "du sexe, de la danse et de la flagrante immoralité". Pendant ce temps-là, des troupes ne cessent d'arriver à Moscou et les gens dressent des barricades pour protéger la Maison Blanche. »

La Maison Blanche était le siège du Parlement russe, au bord du fleuve, sur le quai de Presnya Rouge. Presnya était un vieux quartier auquel on avait donné le qualificatif honorifique de « Rouge » parce qu'on y avait érigé des barricades contre le tsar.

« Ça n'arrêtera pas les chars, reprit Stas. Ce qui s'est passé à Vilnius et à Tbilissi n'était qu'une répétition. Ils vont attendre la nuit. Pour commencer, ils enverront la sécurité intérieure avec des gaz paralysants et des canons à eau pour disperser la foule, et puis les troupes du KGB prendront d'assaut le bâtiment. Le général commandant la place de Moscou a fait imprimer trois cent mille formulaires d'arrestation, mais les membres du Comité ne veulent pas les utiliser. Ils pensent qu'en voyant les tanks, les gens vont filer.

— Et si, demanda Irina, Pavlov déclenchait la sonnette et que les chiens l'ignorent ? Ça changerait le cours de l'Histoire.

— Je vais vous dire ce qu'il y a d'autre de bizarre, dit Stas. Je n'ai jamais vu autant de journalistes rester à jeun aussi longtemps. »

La Pologne s'étalait, aussi sombre que le lit d'un océan.

Les chariots des hôtesses bloquaient les allées. La fumée des cigarettes circulait, en même temps que de grandes théories. L'armée faisait déjà mouvement pour mettre le monde devant le fait accompli. L'armée allait attendre la tombée de la nuit pour lancer son assaut afin qu'il y ait moins de photographes. Le Comité avait les généraux de son côté. Les démocrates avaient pour eux les anciens combattants d'Afghanistan. Personne ne savait de quel côté pencheraient les jeunes officiers tout juste rentrés d'Allemagne.

« Au fait, commença Stas, au nom du Comité, le procureur Rodionov a fait ramasser des hommes d'affaires et confisquer leurs biens. Pas tous les hommes d'affaires, juste ceux qui sont contre le Comité. »

Quand Arkadi ferma les yeux, il se demanda quel genre de Moscou il allait retrouver. C'était une journée sans pareille qui offrait tant de possibilités.

« Ça fait si longtemps, reprit Stas. J'ai un frère que je n'ai pas vu depuis vingt ans. Nous nous téléphonons une fois par an, pour la Nouvelle Année. Il a appelé ce matin en m'annonçant qu'il allait à l'immeuble du Parlement pour le défendre. C'est un petit homme bedonnant avec des gosses. Comment va-t-il arrêter un char ?

— Vous croyez que vous pourrez le trouver ? demanda Arkadi.

— Il m'a dit de ne pas venir. Vous vous rendez compte ? » Stas regarda un long moment par le hublot. De la buée s'était condensée en gouttes d'eau entre les doubles vitres. « Il m'a dit qu'il porterait une casquette de ski rouge.

— Qu'est-ce que fait Rikki ?

— Rikki est parti pour la Géorgie. Il a entassé sa mère, sa fille, sa télé et son magnétoscope dans sa BMW neuve et ils s'en sont allés. Je savais qu'il le ferait. C'est un homme merveilleux. »

Plus ils approchaient de Moscou, plus Irina ressemblait à la jeune fille qui en était partie, un peu comme quelqu'un retourne auprès d'un feu avec les joues qui brillent d'un éclat particulier. Comme si le reste du monde était un endroit intermédiaire et sans lumière. Comme si elle revenait avec un esprit de revanche.

Arkadi songea qu'elle pourrait l'entraîner et qu'il suivrait. Avec joie, une fois qu'il en aurait terminé avec Borya et Max.

Dans quelle mesure faisait-il tout cela pour régler ses comptes personnels, pour racheter un peu la mort de Rudy, de Tommy et de Jaak ? Les disparus mis à part, dans quelle mesure était-ce à cause d'Irina ? En finir avec Max n'effacerait pas les années où elle l'avait connu. Il pourrait appeler ça ses années d'émigrée, mais quand on regardait les choses d'un peu haut, la Russie était en tout point une nation d'émigrés. Tout le monde était plus ou moins compromis. La Russie avait une histoire d'une telle confusion que, quand arrivaient de rares moments de clarté, chacun tout naturellement se précipitait pour être témoin de l'événement.

En tout cas, Max et Borya avaient plus de chances

d'être des spécimens épanouis d'une nouvelle époque que lui.

Comme ils pénétraient dans l'espace aérien soviétique, Arkadi s'attendait à ce que l'appareil reçût l'ordre de faire demi-tour. Quand ils approchèrent de Moscou, il se dit qu'on allait détourner l'avion sur une base militaire, refaire le plein de carburant et les renvoyer d'où ils venaient. Lorsque les signaux annonçant qu'il fallait attacher les ceintures s'allumèrent, il y eut une extinction générale des cigarettes.

Par le hublot, on apercevait les bois familiers, les lignes électriques et les champs d'un vert grisâtre qui menaient à Cheremetievo.

Stas retint son souffle comme un homme qui plonge.

Irina tenait la main d'Arkadi comme si c'était elle qui le ramenait à la maison.

QUATRIÈME PARTIE

Moscou
21 août 1991

CHAPITRE 37

L'arrivée à Moscou n'était jamais une allée jonchée de roses, mais ce matin-là, même la triste ambiance habituelle était accentuée. Après les lumières de l'Ouest, la zone des bagages semblait sombre comme une caverne et Arkadi se demanda si les visages avaient toujours eu cet air hébété et les yeux ce regard fermé.

Michael Healey l'attendait à la douane avec un colonel de la police des frontières. Le directeur adjoint de Radio Liberté était vêtu d'un trench-coat avec plein de brides et observait les passagers derrière ses lunettes noires. La police des frontières, c'était le KGB, les hommes portaient des tuniques vertes avec des épaulettes rouges et leur visage était plissé dans une expression de perpétuelle méfiance.

« Cette ordure a dû prendre le vol direct de Munich. Merde.

— Il ne peut pas nous arrêter, dit Irina.

— Si, il le peut, déclara Stas. Un seul mot, et le mieux qui puisse nous arriver c'est qu'on nous remette dans l'avion.

— Je ne vais pas le laisser vous remmener, déclara Arkadi.

— Qu'est-ce que vous allez faire ? demanda Stas.

— Laissez-moi lui parler. Mettez-vous dans la queue. »

Stas hésita. « Si nous réussissons à passer, il y a

une voiture qui nous attend pour nous emmener à la Maison Blanche.

— Je te retrouverai là-bas, dit Arkadi.

— Promis ? » demanda Irina.

Dans ce décor, le russe d'Irina semblait différent, plus doux et plus ample. C'était pourquoi les plus belles icônes avaient des cadres très simples.

« J'y serai. »

Arkadi se dirigea droit sur Michael, qui suivait sa progression de l'air d'un homme ravi de constater que la gravité travaille en sa faveur. Le colonel semblait préparé à du plus gros gibier, ce fut à peine s'il remarqua Arkadi.

« Renko, dit Michael. Content d'être rentré ? Je crois malheureusement que Stas et Irina ne pourront pas rester. J'ai leurs billets pour le vol de retour à destination de Munich.

— Vous les dénonceriez vraiment ? demanda Arkadi.

— Ils désobéissent aux ordres. La station les a payés, nourris, logés et nous avons droit de leur part à une certaine loyauté. Je veux juste expliquer clairement au colonel que Radio Liberté refuse toute responsabilité en ce qui les concerne. Ils n'ont pas été envoyés ici en reportage.

— Ils veulent être ici.

— Alors, c'est à leur compte, et à leurs risques et périls.

— Vous allez couvrir les événements ?

— Je ne suis pas un reporter, mais j'en ai fréquenté beaucoup, je donnerai un coup de main.

— Vous connaissez Moscou ?

— Je suis déjà venu ici.

— *Where is Red Square ?* demanda Arkadi en anglais.

— Tout le monde sait où est la place Rouge.

— C'est ce que vous croyez. Un homme ici même, à Moscou, a reçu un fax il y a deux semaines lui demandant : "Where is Red Square ?" »

Michael haussa les épaules.

Devant Stas et Irina, des photographes croulant sous le matériel et les bagages à main avançaient dans un bruit de boîtes entrechoquées. Stas glissa un billet de cinquante deutschemarks dans son passeport et un autre dans celui d'Irina.

« Le fax venait de Munich, reprit Arkadi. En fait, il venait de Radio Liberté.

— Nous avons un certain nombre de télécopieurs, répondit Michael.

— Le message avait été envoyé par l'appareil de Ludmilla. Il était adressé à un spéculateur du marché noir qui était mort à ce moment-là, si bien que c'est moi qui l'ai lu. Le texte était en russe.

— Ça me paraît normal, il s'agissait d'un fax entre deux Russes.

— C'est ce qui m'a trompé, poursuivit Arkadi. De croire qu'il s'agissait de deux Russes et de la place Rouge. »

Michael semblait avoir trouvé quelque chose à mâchonner. Derrière ses lunettes noires, son regard restait calme, mais ses mâchoires étaient très actives.

« C'est au moment où on s'y attend le moins que les Russes peuvent être précis, continua Arkadi. Par exemple le fax demandait où était "Krassny Ploschad" ? En anglais, *Square* peut signifier une place ou une figure géométrique, mais en russe, la figure géométrique, c'est *Quadrat.* En anglais, Malevitch a peint *Red Square.* En russe, il a peint *Krassny Quadrat.* Je n'ai pas compris le message avant d'avoir vu le tableau.

— Où voulez-vous en venir ?

— *Where is Red Square* — la place Rouge — ne veut rien dire. *Where is Red Square* — le tableau — veut dire beaucoup de choses quand on s'adresse à un homme qui croit qu'il va avoir le tableau à vendre. Ludmilla ne pouvait pas se tromper de mot, aucun Russe ne le pouvait. Son bureau est près du vôtre, si je me souviens bien. En fait, elle travaille pour vous. Comment est votre russe, Michael ? »

Les Sibériens, la nuit, tuaient des lapins avec des torches électriques et des matraques. Les lapins s'asseyaient et fixaient de leurs yeux rouges le faisceau lumineux jusqu'au moment où la matraque s'abattait. Même à travers ses lunettes, Michael avait l'air pétrifié d'un lapin. Il répondit : « Tout ce que cela prouve, c'est que celui qui a envoyé le fax pensait que la personne à l'autre bout du fil était en vie.

— Absolument, reconnut Arkadi. Ça prouve aussi qu'on essayait de traiter avec Rudy. C'est Max qui vous a mis en rapport avec lui ?

— Il n'y a rien d'illégal dans le fait d'envoyer un fax.

— Non, mais dans votre premier message, vous demandiez à Rudy une commission. Vous cherchiez à éliminer complètement Max de l'affaire.

— Ça ne prouve rien, fit Michael.

— Laissons Max en juger. Je lui montrerai le fax. Il porte le numéro de Ludmilla. »

La file d'attente à la douane avança un peu et Stas Kolotov, criminel d'Etat, regarda directement à travers la vitre le fonctionnaire qui compara les yeux, les oreilles, la couleur des cheveux, la taille à la photo du passeport, puis se mit à feuilleter les pages.

« Vous savez ce qui est arrivé à Rudy, reprit Arkadi. Ne croyez pas que vous seriez plus en sûreté en Allemagne. Regardez ce qui est arrivé à Tommy. »

Stas récupéra son passeport. Irina glissa le sien par la fente du guichet et regarda le policier d'un tel air de défi que c'était une invite à l'arrestation. L'homme ne s'en aperçut même pas. Après avoir machinalement feuilleté les pages, il lui rendit son passeport et la queue progressa d'un cran.

« Michael, je ne pense pas que ce soit le moment d'attirer l'attention sur vous, fit Arkadi. C'est plutôt le moment de vous demander : "Qu'est-ce que je peux faire pour Renko de façon qu'il ne dise rien à Max ?" »

Malgré l'insistance de Stas, Irina s'arrêta de l'autre côté du contrôle des passeports. Arkadi articula « Allez-y » et Michael et lui regardèrent Stas l'entraîner vers la sortie.

Michael, en fait, avait quelque chose à dire. « Félicitations. Maintenant que vous l'avez fait entrer, elle va sans doute se faire tuer. N'oubliez pas, c'est *vous* qui l'avez ramenée.

— Je sais. »

Une équipe de télévision allemande négociait le prix à payer pour faire passer une caméra vidéo. Le Comité d'urgence, leur annonça un colonel des douanes, avait, ce matin même, interdit la transmission d'images vidéo par les reporters étrangers. Le colonel accepta une caution officieuse de cent deutschemarks pour s'assurer que l'équipe ne violait pas les lois proclamées par le Comité. Les autres équipes de télévision devant Arkadi avaient toutes dû conclure un arrangement financier avec les douanes avant de courir jusqu'à leurs voitures. Le passeport soviétique d'Arkadi fut une déception : comme un régime de faveur. Derrière sa caisse, l'officier des douanes lui fit simplement signe de passer.

Une porte aux deux battants ouverts conduisait à la salle d'attente où un comité d'accueil de familles en pleine émotion brandissait des bouquets enveloppés de cellophane. Arkadi chercha du regard les hommes à l'œil sec portant de gros sacs de sport. Comme les détecteurs de métal de Cheremetievo fonctionnaient de façon fantaisiste, les seules personnes dont on pouvait assurer qu'elles étaient sans arme et sans protection étaient les passagers qui arrivaient. Il serra le sac de toile contre sa poitrine en espérant que le message de Rita annonçant qu'il avait le tableau était bien passé.

Arkadi reconnut une petite silhouette en imperméable assise toute seule sur une rangée de chaises au milieu de la salle d'attente. Polina lisait un journal — ça ressemblait à la *Pravda*. Ce n'était pas difficile à deviner, reconnut-il, puisque la plupart des journaux avaient été interdits la veille. Il s'arrêta auprès du panneau où étaient affichés les vols pour allumer une cigarette. C'était stupéfiant. Dire qu'une nation tout entière pouvait vaquer à ses occupations en gardant les yeux baissés. Peut-être l'Histoire n'était-elle rien qu'un microscope. Combien de gens avaient en réalité pris d'assaut le Palais d'Hiver ? Tous les autres cherchaient du pain, essayaient de se réchauffer et de s'enivrer.

Polina écarta une mèche qui pendait devant ses yeux pour lancer un bref regard à Arkadi, puis elle lâcha son journal et sortit à grands pas. Par la baie vitrée, il la vit rejoindre un ami assis sur un scooter au bord du trottoir. L'ami se leva pour s'installer à la place arrière. Polina se percha devant, écrasa d'un geste rageur la pédale du démarreur et partit.

Arkadi s'avança dans la salle, s'assit à la place qu'elle venait de quitter et jeta un coup d'œil au journal qui annonçait : « Les mesures prises ne sont que provisoires. Elles ne signifient en aucune façon que le gouvernement renonce à de profondes réformes... »

Sous le journal se trouvaient des clés de voiture et un mot précisant : « Jigouli blanche, numéro X65523MO. Vous n'auriez pas dû revenir. » Traduit du « polinais », cela signifiait : « Bienvenue au pays ».

La Jigouli était garée au premier rang du parking de l'aéroport. Sur le plancher se trouvait un carré de toile couvert de peinture rouge. Arkadi ôta le plateau de son emballage en plastique, le remplaça par le tableau et remit le tout dans le sac de Margarita.

Il prit l'autoroute en direction de Moscou. En roulant dans l'obscurité d'un passage souterrain, il abaissa la vitre côté passager et lança le plateau dehors. Au début, la route lui parut normale. Les mêmes voitures mal entretenues roulaient à vive allure sur les mêmes nids-de-poule, comme s'il ne s'était absenté qu'une matinée. Puis, dissimulée aux regards par une haie d'aulnes, il aperçut la silhouette sombre d'un blindé ; dès l'instant où il en eut repéré un, il vit d'autres chars comme des taches sombres sur un écran de verdure.

Il n'y avait pas de blindés sur l'autoroute, pas trace en fait de militaires jusqu'à la route de Kourkino, où une file ininterrompue de transports de troupes blindés occupait la voie de droite. Des soldats en tenue de campagne étaient entassés dans les véhicules dont on avait ouvert les bâches. C'étaient des jeunes gens dont le vent faisait pleurer les yeux. A l'endroit où l'autoroute franchit le périphérique pour devenir la route de Leningrad, la caravane prit la bretelle de sortie et se dirigea vers la ville.

Arkadi accéléra puis ralentit tandis qu'une moto peinte en bleu métallisé et montée par deux hommes restait régulièrement à cent mètres derrière lui. Ils pouvaient tout simplement lui loger une balle dans la tête en passant. Sauf qu'ils ne voudraient pas prendre le risque de toucher à la toile.

Une petite pluie vint nettoyer la chaussée. Arkadi jeta un coup d'œil au tableau de bord. Pas d'essuie-glaces. Il alluma la radio et, après un morceau de Tchaïkovski, il entendit une voix expliquant comment conserver son calme. « Signalez toute agitation de provocateurs. Laissez les organismes responsables exercer leur devoir sacré. Souvenez-vous des tragiques événements de la place Tienanmen où de prétendus agents démocratiques ont provoqué un inutile bain de sang. » On insistait sur *inutile.* Il trouva aussi un poste émettant depuis la Maison des Soviets, qui dénonçait le coup d'Etat.

A un feu rouge, la moto s'arrêta derrière lui. C'était une Suzuki, le même modèle que lui et Jaak avaient admiré devant une cave de Lioubertsi. Le conducteur portait un casque noir, un blouson et un pantalon de cuir qui le moulaient comme une armure. Quand Minine sauta à bas du tan-sad, son imperméable flottant au vent, tandis qu'il maintenait son chapeau en place sur sa tête, Arkadi écrasa l'accélérateur, fonça au milieu de la circulation et planta là la moto.

La station de métro de Voikovskaïa était envahie de Moscovites descendus des trains à l'heure de pointe et qui inspectaient les nuages, boutonnaient leur imperméable avant de se résoudre à courir jusqu'à chez eux. Les esprits plus calmes flânaient à l'entrée pour acheter des roses, des glaces, des pirochkis. C'était une scène surréaliste tellement elle était normale. Arkadi commença à se demander si le coup d'Etat n'avait pas eu lieu dans une autre ville.

Des coopératives pas plus grandes qu'une cabane s'étaient installées derrière la gare. Il fit la queue devant celle où l'on vendait des gauloises, des lames de rasoir, du Pepsi-Cola, des pamplemousses en boîte et il s'acheta une bouteille d'eau minérale gazeuse ainsi qu'un grand flacon de déodorant « Romantique » à la lavande en aérosol. Il entra dans une boutique d'occasions qui vendait des montres sans aiguilles et des fourchettes sans dents et il acheta deux trousseaux de clés hétéroclites attachées à des anneaux métalliques. Il jeta les clés et garda les anneaux qu'il ajouta à l'eau minérale et au déodorant dans le sac de toile.

De retour dans sa voiture, Arkadi regagna l'avenue et patrouilla lentement jusqu'à ce qu'il eût retrouvé la moto devant le stade Dynamo. La circulation se faisait plus dense. Quand le boulevard périphérique Sadoïava se trouva bloqué par un cortège de camions transportant des troupes, il prit à gauche et les suivit jusqu'au moment où il put se faufiler par le boulevard Fadaïeva. Il commença par sentir, puis il vit les fumées d'échappement noires des blindés dont le moteur tournait au ralenti sur la place du Manège, le long de la muraille ouest du Kremlin. En traversant Tverskaïa, il aperçut la place Rouge, ses pavés inégaux occupés par des troupes gouvernementales alignées comme des haies.

Les clients sortaient du grand magasin de jouets le Monde des Enfants chargés d'animaux en peluche. Sur le trottoir, des femmes vendaient des bas et des chaussures usagés. Un coup d'Etat ? Ça aurait pu se passer en Birmanie, au Caire, en Afrique, ou sur la lune. La majorité des gens étaient trop épuisés. Si on tirait dans les rues, cela ne les empêcherait pas de faire la queue. Ils étaient des somnambules et, ce soir-là, Moscou était un centre de sommeil.

En face du magasin de jouets, de l'autre côté de la place, la Loubianka semblait tout aussi assoupie. Toutefois, derrière l'immeuble, une file de camionnettes sortaient par la porte.

Arkadi entra dans sa cour, gara la Jigouli entre les caisses de vodka à côté de l'église et ouvrit la grille d'une petite allée conduisant jusqu'à une falaise dominant le canal. Portant le sac de Rita, il entra par la porte de derrière d'un immeuble et prit l'escalier jusqu'au quatrième étage d'où il avait vue sur la cour et sur la moto bleue se traînant derrière une camionnette à cent mètres de là.

Arkadi plaignait Minine. N'importe quel autre jour, il aurait eu des voitures et des communications par radio. Quel souvenir gardait-il de son adjoint ? Un caractère impatient, une tendance à foncer. Minine descendit de la moto, le visage plissé par le doute. Il avait sur ses talons le conducteur de la moto, qui ôta son casque, libérant une longue chevelure noire. C'était Kim, qui maintenant cherchait Arkadi.

Il sortit par la porte de derrière, traversa un terrain vague qui débouchait sur un chemin de terre serpentant entre les murs arrière des ateliers et qui l'amena jusqu'à la rue où se trouvait la moto. En se retournant, il vit Minine presser les boutons du digicode de son immeuble.

La Suzuki était appuyée sur sa béquille, la roue avant inclinée. Elle avait une carrosserie de plastique bleu qui allait du pare-brise jusqu'aux tuyaux d'échappement — comme le capot d'un réacteur d'avion. On n'accédait pas facilement aux tuyaux d'échappement ; en revanche, tout ce qu'on ajouterait à cet endroit serait difficile à voir. Arkadi s'allongea sur le sol et sentit la longue cicatrice qui lui sillonnait le dos se rouvrir sous son poids. La Suzuki avait un système d'échappement comprenant quatre tuyaux qui devenaient deux puis un en partant des cylindres jusqu'au silencieux. Quand il secoua la bouteille d'eau minérale pour les arroser, les tuyaux crachotèrent. Il eut beau vider d'abord sur eux le contenu de la bouteille, il se brûla quand même les doigts en les glissant sous le capot pour faire passer les anneaux et fixer à l'échappement le flacon de déodorant. Il réussit pourtant à serrer fort les anneaux. Jaak aurait été fier de lui.

Quand Arkadi se remit debout, Minine et Kim avaient disparu. Il s'essuya les mains sur son blouson, accrocha le sac de toile à son épaule et suivit leur piste jusqu'à la maison. Il vit bouger les rideaux de sa fenêtre.

Minine arborait un sourire crispé. Il laissa Arkadi entrer dans l'appartement et refermer la porte avant de surgir hors du couloir de la chambre avec le grand Stechkine qu'il avait brandi devant l'appartement de Rudy. Un Stechkine était un fusil-mitrailleur comme le Scorpion, mais aussi laid. En fait, c'était ce qu'il y avait de mieux chez Minine.

La penderie s'ouvrit derrière Arkadi et Kim en sortit. Il avait le visage plat comme un valet de pique et il tenait un Malysh, la même arme qu'il trimbalait pour protéger Rudy voilà si longtemps. Il avait dû la cacher sous son blouson de cuir. Arkadi était impressionné : il avait le sentiment d'affronter une unité d'artillerie.

« Donne-moi le sac, fit Minine.

— Non.

— Donne-le-moi, dit Minine, ou je vais te tuer. »

Arkadi serra le sac contre sa poitrine. « La toile qui est à l'intérieur vaut des millions de dollars. Tu ne veux pas faire des trous dedans. C'est fragile. Si je tombais dessus, il ne vaudrait plus rien. Comment expliquerais-tu ça au procureur ? D'ailleurs, je ne voudrais pas saper ton autorité, Minine, mais je trouve qu'il n'y a rien de plus stupide que de placer une cible entre deux armes automatiques. » Il se tourna vers Kim : « Tu n'es pas d'accord ? »

Kim se déplaça sur le côté.

« C'est le dernier avertissement », annonça Minine.

Arkadi gardait le sac serré contre sa poitrine tout en ouvrant le réfrigérateur. Une sorte de mousse avait poussé en haut de la bouteille de kéfir. L'odeur lui fit refermer la porte.

« Je suis curieux, Minine. En quoi crois-tu que mettre la main sur ce tableau va sauvegarder la mission sacrée du Parti ?

— Cette toile appartient au Parti.

— Comme tant d'autres choses. Tu vas appuyer sur la détente ou non ? »

Minine laissa retomber son arme. « Peu importe que je tire ou non. A compter d'aujourd'hui, tu es mort.

— Tu travailles avec Kim. Tu n'es pas un peu gêné de te trimbaler sur la moto d'un fou meurtrier ? » Comme Minine ne répondait pas, Arkadi se tourna vers Kim.

« Ça ne te dérange pas de rouler en compagnie d'un policier ? L'un de vous deux devrait l'être. » Kim sourit, mais Minine transpirait littéralement de haine. « Je me suis toujours demandé une chose, Minine : qu'est-ce que tu me reproches ?

— Ton cynisme.
— Mon cynisme ?
— A propos du Parti.
— Bah. » Minine n'avait pas tort.

« Je me disais : "Le commissaire principal Renko, fils du général Renko." Je pensais que tu serais un héros. Je pensais que ce serait une expérience formidable de travailler côte à côte avec toi, jusqu'au moment où mes yeux se sont ouverts et où j'ai vu quel genre d'individu corrompu tu étais.

— Comment ça ?

— Nous étions censés enquêter sur des criminels mais avec toi, l'enquête tournait toujours contre le Parti.

— Ça s'est trouvé comme ça.

— Je t'observais pour voir si tu touchais de l'argent de différentes mafias.

— Je n'en touchais pas.

— Non, en effet. Tu étais d'autant plus corrompu que l'argent ne t'intéressait pas.

— J'ai changé, déclara Arkadi. Maintenant, je veux de l'argent. Appelle Albov.

— Qui est Albov ?

— Ou bien c'est moi qui m'en vais avec le tableau et tu auras perdu cinq millions de dollars. »

Comme Minine ne disait rien, Arkadi haussa les épaules et fit un pas vers la porte.

« Attends », fit Minine. Il s'approcha du téléphone mural du couloir, composa un numéro et revint dans le séjour avec le combiné. Arkadi examina ses rayonnages et prit son exemplaire de *Macbeth*. Le pistolet qui aurait dû se trouver derrière Shakespeare avait disparu.

Minine eut un instant de satisfaction. « Je suis venu ici pendant que tu étais en Allemagne. J'ai fouillé partout. » Quelqu'un répondit au téléphone car Minine se mit à parler rapidement dans l'appareil pour expliquer le manque de coopération d'Arkadi. Il leva les yeux. « Montre-moi le tableau. »

Arkadi souleva la toile hors du sac et la tira à moitié de son emballage en plastique.

« Il y a une erreur, dit Minine dans l'appareil. Il n'y a pas de tableau, rien qu'une toile. Elle est rouge. » Il plissa le front. « C'est ça ? Vous en êtes sûr ? » Il tendit le téléphone à Arkadi qui ne le prit qu'après avoir remis le tableau dans le sac.

« Arkadi ?

— Max, fit Arkadi comme s'ils ne s'étaient pas vus depuis des années.

— Je suis ravi d'entendre votre voix, et je suis très content que vous ayez apporté le tableau avec vous. Nous avons parlé à Rita qui était dans tous ses états et persuadée que vous alliez la livrer à la police allemande. Vous auriez pu rester à Berlin. Qu'est-ce qui vous a fait rentrer ?

— Là-bas, je serais resté en prison. C'est moi que la police recherchait, pas Rita.

— Exact. Borya vous a joué un sale tour. Je suis certain aussi que les Tchétchènes seraient ravis de savoir où vous êtes. Ça a été très malin de votre part de rentrer.

— Où êtes-vous ? demanda Arkadi.

— La situation étant ce qu'elle est, répondit Max, je ne tiens pas à le crier sur les toits. A vrai dire, je m'inquiète pour Rodionov et ses amis. J'espère qu'ils sont bien décidés à terminer rapidement cette affaire car, plus ils attendent, plus ça va être sanglant. Votre père aurait déjà liquidé les défenseurs de la Maison Blanche, n'est-ce pas ?

— Certainement.

— Il paraît que vous voulez conclure une sorte d'arrangement à propos du tableau. Lequel ?

— Un billet sur la British Airways pour Londres et cinquante mille dollars.

— Un tas de gens essaient de quitter la ville. Je peux vous donner tout ce que vous voulez en roubles, mais les devises étrangères sont en ce moment difficiles à trouver.

— Je vous repasse Minine. »

Sitôt qu'il eut rendu le combiné, Arkadi prit dans un tiroir auprès de l'évier un couteau à scie. Tout en laissant Minine rapporter chacun de ses gestes, il ouvrit la fenêtre et sortit du sac le tableau emballé. Comme Arkadi se mettait à scier, les bulles en plastique de l'emballage commencèrent à éclater.

« Attendez ! » fit Minine en redonnant l'appareil à Arkadi.

Max riait à l'autre bout du fil. « J'ai compris. Vous avez gagné.

— Où êtes-vous ?

— Minine va vous conduire.

— Il peut me montrer le chemin. J'ai une voiture.

— Il vaut mieux que je lui parle », dit Max.

Minine écouta d'un air buté avant d'aller raccrocher. « Tu n'as pas besoin de me montrer le chemin, dit Arkadi. Dis-moi simplement où il est.

— Il va y avoir un couvre-feu ce soir, au cas où il y aurait des barrages, il vaut mieux que nous partions tous ensemble. »

Kim eut un grand sourire. « Vite. Je veux revenir pour trouver la fille au scooter. » C'était la première fois qu'il ouvrait la bouche et ce n'était pas vraiment ce qu'Arkadi avait envie d'entendre.

« Nous avons vu Polina », déclara Minine. Il parlait d'un ton calme, mais il s'humectait fréquemment les lèvres. « Tu es dans un état épouvantable. On dirait qu'on t'a fait rouler par terre. On ne t'a pas trop bien traité en Allemagne.

— Les voyages, ça use », dit Arkadi. Faisant passer le sac d'une main à l'autre, il ôta son blouson tout taché. Le dos de sa chemise était noirci de sang séché et rougi par sa plaie qui venait de se rouvrir. Kim émit un petit sifflement. Dans la penderie, Arkadi choisit une veste un peu froissée mais plus propre, celle qu'il avait mise pour aller au cimetière. De la poche de sa veste il tira son héritage, le revolver de son père, le Nagant, une antique arme à feu avec un chien et une crosse en bois incurvés comme des apostrophes. Les quatre balles, comme de grosses pépites argentées, se trouvaient dans la poche aussi. Un bras passé par la poignée du sac, il ouvrit le barillet et le chargea. « Combien de fois est-ce que je te l'ai dit, Minine ? fit-il. Ne te contente pas de fouiller les placards, vérifie les vêtements aussi. »

Minine et Arkadi attendirent dans la cour tandis que Kim allait chercher sa moto. Le ciel était noir. La lueur des lampadaires et la pluie intensifiaient le bleu de l'église et donnaient un aspect huileux aux fenêtres de l'immeuble.

Arkadi se demanda si l'hypnotiseur de la télévision avait son émission ce soir. Il déclara : « J'ai une voisine qui prend mon courrier et des provisions dans mon réfrigérateur. Il n'y avait pas de courrier, pas de provisions.

— Elle savait peut-être que tu étais en voyage », dit Minine.

Arkadi laissa cet aveu lâché par inadvertance s'attarder un moment. Les gouttières de l'église étaient bouchées comme d'habitude et l'eau débordait en filets brillants. « Elle habitait juste en dessous de chez moi, reprit-il. Elle m'entendait toujours aller et venir et elle t'a probablement entendu. »

L'ombre de son chapeau jouait sur le visage de Minine.

« Pourquoi ne dis-tu pas que tu regrettes ? demanda Arkadi. Elle avait le cœur fragile. Tu n'avais peut-être pas l'intention de l'effrayer.

— Elle est intervenue.

— Pardon ?

— Elle a dépassé les bornes. Elle savait qu'elle était malade, moi pas. Je ne suis pas responsable des conséquences de ses actes.

— Tu veux dire que tu regrettes ? »

Minine appuya le canon du Stechkine là où le sac recouvrait le cœur d'Arkadi. « Je veux dire : ferme-la.

— Tu te sens exclu ? demanda Arkadi d'une voix

plus douce. Tu as l'impression que je te dépossède ? Ils sont en train de faire une révolution sans nous, ni toi ni moi ? »

Minine essaya de rester silencieux, mais il se dandinait sur ses pieds comme un lanceur de javelot impatient. « Je serai là quand l'action démarrera. »

Kim arriva sur sa moto et les suivit par le passage voûté qui donnait sur la ruelle. Arrivé à la voiture, Minine s'installa à la place du passager. « Je ne vais pas te laisser filer encore une fois. Je n'ai pas l'intention de faire un trajet de plus avec ce malade. »

Arkadi envisagea des compromis. S'il refusait, il ne trouverait pas Albov. Et puis, il avait pressé Minine comme un citron. « Prends ton arme dans ta main gauche », dit-il.

Quand Minine eut fait ce qu'on lui avait dit, le cran du sélecteur du Stechkine dépassait de ses jointures. Arkadi se pencha pour faire glisser le petit levier de la position automatique à celle du cran de sûreté. « Garde la main gauche à un endroit où je puisse la voir », ordonna-t-il.

La Jigouli avait un levier de vitesses à main. Arkadi posa le sac de toile auprès de son pied gauche et le Nagant sur ses cuisses.

Kim leur fit remonter le boulevard Tverskaïa en prenant la voie centrale, celle des voitures officielles. La pluie avait chassé la plupart des acheteurs. Place Pouchkine, une foule brandissait des bannières en se dirigeant vers l'immeuble du Parlement. Beaucoup d'entre eux, bien sûr, étaient des gosses, mais un nombre étonnant avaient l'âge d'Arkadi, sinon davantage, des hommes et des femmes qui étaient des enfants à l'époque de Khrouchtchev, à qui l'on avait accordé le grisant oxygène de cette réforme éphémère, qui n'avaient rien dit quand les chars soviétiques étaient entrés à Prague et qui, depuis lors, vivaient dans la honte. C'était l'essence de la collaboration. Le silence. Ils portaient des bonnets de laine par-dessus des calvities naissantes mais, par miracle, ils avaient retrouvé leur voix.

Place Maïakovski, la circulation s'arrêta pour laisser passer des blindés se dirigeant vers l'immeuble du Parlement en passant par le boulevard périphérique Sadoïava. « La division Taman, fit Minine d'un ton approbateur. Ce sont les plus coriaces. Ils vont monter les marches du Parlement. »

Mais Moscou était une si vaste scène que la plupart des gens ne semblaient même pas savoir qu'il y avait eu un coup d'Etat. Main dans la main, des couples allaient vers une salle de cinéma. Un kiosque ouvrit ses volets et, sans se soucier de la pluie, une queue de clients se forma.

Ils suivaient le macadam luisant de pluie. Après Tverskaïa, ce fut le périphérique. Kim fonçait. Quand ils roulaient vite, Arkadi n'avait pas peur de voir Minine lui tirer dessus. « Nous prenons la route de l'aéroport ? demanda-t-il.

— Tu prends du retard. Je ne veux pas manquer le feu d'artifice. »

Le long du lac Tchimki, ce fut soudain le calme, une zone d'ombre parmi les lumières de la ville, avec le bruit monotone des gouttes de pluie tombant sur l'eau. Une file de phares sortant par des fentes apparut, encore des blindés avançant à petite allure. On apercevait derrière eux la brume qui flottait sur le périphérique.

Des étincelles se mirent à jaillir dans le sillage de la moto, comme si son silencieux traînait par terre. Le bidon qu'Ardaki avait fixé aux tuyaux d'échappement contenait un tiers de propane qui se dilatait deux mille cent fois son volume. En s'enflammant, il jaillit une flamme comme celle d'une lampe à souder. Le feu léchait les flancs en matière plastique et sortait par les ouvertures et au-dessus du pneu arrière comme des jets enflammés qui semblaient pousser la moto en avant. Arkadi vit Kim regarder dans son rétroviseur à l'endroit d'où la lueur semblait d'abord jaillir, puis d'un côté à l'autre, et enfin baisser les yeux pour voir toute l'enveloppe de plastique se consumer comme un météore autour de ses jambes et de ses bottes. La moto se mit à tanguer d'une voie à l'autre. Ce devait être un instinct, songea Arkadi, d'essayer d'aller plus vite que le feu. Bien que la route franchît un bras du lac et qu'il n'y eût pas d'endroit pour faire demi-tour, Kim s'engagea sur le bas-côté.

« Arrête. Arrête la voiture ! » fit Minine en appuyant son arme contre la tête d'Arkadi.

La moto heurta un rail de sécurité et bascula pour former une cascade de flammes. Kim resta en selle pendant un long dérapage, puis la machine pivota de nouveau, tandis qu'un casque jaillissait du brasier. Comme Arkadi accélérait, Minine pressa la détente. Le coup ne partit pas. Il se souvint du cran de sûreté et fit passer son arme dans la main droite, mais Arkadi prit le Nagant et le braqua sur lui.

« Descends. » Il ralentit jusqu'à quinze kilomètres à l'heure, assez pour faire perdre l'équilibre à Minine quand il heurterait la chaussée. « Saute. »

Arkadi se pencha, ouvrit la portière du passager et poussa Minine. Mais au moment où elle s'ouvrait toute grande, Minine suivit le mouvement et resta accroché à l'extérieur, collé contre la vitre. Il la brisa avec son Stechkine, parvint à glisser ses coudes à l'intérieur et visa. Arkadi écrasa la pédale de frein. Au moment où Minine fit feu, la vitre latérale derrière Arkadi vola en éclats. La portière s'ouvrit toute grande et le chapeau de Minine s'envola. Loin derrière, la moto brûlait toujours. Les lumières de la passerelle du périphérique apparurent. Arkadi ouvrit de nouveau la portière d'un grand coup du pied droit et du gauche appuya à fond sur l'accélérateur. Le poids de Minine et la résistance de l'air rabattirent la portière. Minine se mit à tirer dès que le battant revint se plaquer contre la voiture, arrosant les vitres arrière et de côté tandis qu'Arkadi roulait sur le bas-côté et venait heurter l'angle de la passerelle.

L'obscurité sous la rampe d'accès était d'un calme total. Quand la Jigouli ressortit de l'autre côté, la portière côté passager pendait comme une aile brisée et Minine avait disparu.

Arkadi n'avait plus de guide, mais il était pratiquement certain maintenant qu'il revenait à un endroit qu'il connaissait. Il épousseta les éclats de verre répandus sur le sac. L'air s'engouffrait par la portière béante et les fenêtres brisées.

Arkadi se souvint que les automobiles soviétiques ne cessaient d'évoluer et qu'elles étaient de moins en moins équipées d'accessoires en option.

Celle-ci était le dernier modèle.

CHAPITRE 38

La première fois qu'Arkadi avait traversé le village, des femmes vendaient des fleurs sur le côté de la route. Pas ce soir. L'endroit semblait abandonné, aucune fenêtre n'était allumée, comme si la maison elle-même s'efforçait de se cacher. Des tournesols se courbaient sous la pluie. Une vache, surprise par ses phares, jaillit d'un jardin.

Sur la route, l'eau s'accumulait en flaques dans les traces des chenilles. Les chars avaient ramolli la boue et là où ils étaient passés à deux de front, ils avaient roulé sur les barrières et les arbres fruitiers. La Jigouli était une voiture à traction avant et Arkadi fonçait en seconde comme s'il pilotait un canot.

Les champs de part et d'autre du village étaient plus plats, la route plus droite, mais plus défoncée. Sur cinq cents mètres, le bas-côté droit avait été labouré par des traces de chenilles émergeant d'un champ. La boue se dressait comme des briques, montrant comment les tanks avaient manœuvré pour gagner la route, faisant avancer une chenille pour pivoter sur l'autre. On aurait dit un défilé militaire, songea Arkadi, sauf qu'il était parti d'un champ de patates.

Le reste du chemin était assez facile pour qu'il n'utilise que ses veilleuses. Des prés s'étendaient en rangées allant du gris au noir et, avec la pluie, la route avait l'air d'une digue entre des étendues d'eau.

Il n'y avait pas d'incendie cette fois pour le guider. Roulant entre des enclos jusque dans la cour de la ferme collective Lénine, il vit les tracteurs et les moissonneuses rouillés attendant comme des accessoires de théâtre, le garage où il avait découvert la voiture du général Penyaguine, l'abattoir, le hangar bourré de biens de consommation. Au milieu de la cour, la fosse où il avait découvert Jaak et Penyaguine débordait.

Arkadi descendit de voiture, glissa sous sa veste le revolver dans sa ceinture et s'avança en tenant le sac contre sa poitrine. A chaque pas, un lait fait d'un mélange d'eau de pluie et de chaux emplissait ses chaussures.

A l'autre bout de la cour, après la grange et le hangar, on apercevait des phares. En approchant, il constata que la voiture était une Mercedes et que les faisceaux lumineux étaient braqués sur une silhouette émergeant des casemates, celle qui était fermée à clé lors de sa première visite. Borya Goubenko peinait sous le poids d'une caisse rectangulaire et plate. Ses chaussures étaient encroûtées de boue, son manteau en poil de chameau maculé de vase. Il souleva la caisse jusqu'à l'arrière d'un camion de la ferme, le même d'où l'on avait vendu à Jaak un poste de radio à ondes courtes.

Sur le plancher du camion, Max disposa la caisse contre d'autres posées debout. « Vous avez failli nous manquer, lança-t-il à Arkadi. Nous nous préparions à partir. »

Borya semblait moins enchanté. Il était trempé, il avait les cheveux collés à son front, comme s'il avait joué toute la journée comme gardien de but par un temps pourri. Il regarda derrière Arkadi. « Où est Kim ?

— Kim et Minine ont eu des problèmes en route, expliqua Arkadi.

— Ça ne m'étonne pas, dit Max. J'aurais été déçu s'ils étaient arrivés jusqu'ici. En tout cas, je savais que vous viendriez.

— Il faut que j'aille en chercher d'autres. » Borya jeta un regard sombre à Max tout comme à Arkadi et repartit en pataugeant vers la casemate. La caisse qu'on venait de charger portait des estampilles à demi effacées : OUVRAGES DE RÉFÉRENCE ET DOCUMENTS CONFIDENTIELS DES ARCHIVES DU MINISTÈRE DE L'INTÉRIEUR D'UNION SOVIÉTIQUE.

« Comment va Irina ? demanda Max.

— Elle est heureuse.

— Une chose que j'avais oubliée à propos d'Irina, c'est son goût pour le martyre. Comment pouvait-elle vous résister ? » Max semblait stupéfait, un peu rêveur. « Je n'ai pas eu l'occasion de lui faire des adieux convenables à Berlin parce que Borya était pressé. Ce n'est pas un romantique. Un maquereau reste toujours un maquereau. Il se cramponne encore à ses prostituées et à ses machines à sous. Il veut changer, mais l'esprit criminel est si limité. Les Russes ne changent pas.

— Où est Rodionov ? demanda Arkadi.

— Il maintient le bureau du procureur dans la ligne du Comité d'urgence. Il y a là un tel ramassis de vieux tâcherons du Parti et d'ivrognes qu'auprès d'eux Rodionov fait figure de lumière. Bien sûr, le Comité l'emportera parce que les gens reconnaissent toujours le claquement d'un fouet. L'ennui, c'est que ce coup d'Etat est inutile. Tout le monde aurait pu être riche. Nous allons retomber maintenant dans un système qui compte les miettes. »

Arkadi désigna de la tête les caisses. « Ce ne sont pas des miettes qu'il y a là. Pourquoi les déménagez-vous si vous êtes sûr que le Comité va l'emporter ?

— Dans l'hypothèse hautement improbable où l'attaque échouerait, on va très vite retrouver l'itinéraire suivi par les blindés. Une fois que les gens seront ici, ils iront droit aux casemates et nous perdrions tout. »

Arkadi regarda dans la direction où Borya avait disparu. « J'aimerais voir.

— Pourquoi pas ? » fit Max en sautant à bas du camion, heureux de satisfaire sa curiosité.

L'espace à l'intérieur du bunker était restreint, conçu pour qu'une douzaine d'hommes tiennent pendant un holocauste nucléaire et vivent comme des singes autour d'un générateur ventilé de façon à pouvoir appeler par radio les troupes qui auraient été grillées sur le terrain. Le générateur, vibrant comme une Trabi, alimentait les lumières rouges d'un éclairage de secours. Borya était en train d'emballer un tableau dans une toile cirée.

« On est un peu à l'étroit, dit Max. Nous avons dû nous débarrasser des compteurs de radiation. De toute façon, ils ne fonctionnaient pas. »

Il balaya l'intérieur avec le faisceau de sa torche. On imaginait une mine avec des veines de malachite, de lazulite ou d'or plongeant dans le sol. Celle-ci était encore plus lumineuse. Certains des tableaux étaient dans des caisses, mais la plupart ne l'étaient pas et la lampe éclairait une toile couverte des rayures de Matiouchine, dans des couleurs aussi fraîches et aussi vives que le jour où elles avaient été peintes. Max promena la torche sur un palmier de Sarian, des cygnes de Vroubel, de radieux soleils de Iuon, une vache angélique de Chagall. Un ogre de Lissitzky recouvrait en partie des dessins érotiques d'Annenkov. Au-dessus d'un kaléidoscope de Popova se trouvait un coq de combat, avec ses plumes ébouriffées, peint par Kandinsky. Arkadi avait l'impression d'avoir pénétré dans une mine d'images, comme si toute une culture avait été enterrée là.

Max déclara fièrement : « C'est la plus grande collection au monde d'art russe d'avant-garde, en dehors de la galerie Tretiakov. Bien sûr, le ministère ne savait pas ce qu'il confisquait car la milice n'a aucun goût. Mais les gens à qui on a volé ces toiles le savaient, eux, et c'est ce qui compte, n'est-ce pas ? D'abord, la Révolution a confisqué toutes les collections privées. Les révolutionnaires eux-mêmes voulaient les tableaux les plus révolutionnaires. Après cela, Staline en quelques purges s'est débarrassé de ses vieux amis, et la milice a fait sa seconde moisson de grand art. Elle a continué, sous les gouvernements de Khrouchtchev et de Brejnev, en cachant tout cela dans les caves du ministère. Voilà comment on bâtit de grandes collections. Mettons cela au crédit de Rodionov car, quand on lui a confié la tâche de ranger les archives du ministère, il a reconnu *Carré rouge* et cette découverte l'a conduit à toutes ces toiles, qui sont du grand art, mais pas de la classe de *Carré rouge*. Il a eu aussi l'intelligence de comprendre que s'il pouvait faire lui-même main basse sur le tableau, il lui fallait quelqu'un de plus subtil à la fois pour le faire sortir de Russie et le mettre légalement sur le marché. Vous avez le tableau ?

— Oui, répondit Arkadi. Vous avez l'argent et le billet ? »

Borya jeta un coup d'œil autour de lui, de l'air blasé d'un homme qui savait combien les transactions pouvaient être compliquées. « On est un peu entassés ici, il nous faut plus de place. »

Max les entraîna dans l'abattoir. Le faisceau de la torche fit sortir de l'ombre des billots de boucher, des hachoirs à viande et des marmites de suif d'un mètre de haut. La vache était toujours pendue au crochet, exhalant une odeur de gaz des marais.

Max offrit des cigarettes. « Je ne suis pas surpris de vous voir. Ce que j'ai quand même du mal à croire, c'est que vous soyez disposé à conclure un accord. Ça ne vous ressemble pas.

— Pourtant, je suis là et voici le tableau, dit Arkadi.

— C'est ce que vous dites. Je trouve que cinquante mille dollars, c'est cher, étant donné qu'il n'y a personne d'autre à qui vous puissiez le vendre. Vous n'avez pas le certificat de provenance ni la caisse de Knauer.

— Vous avez donné votre accord.

— Ce soir particulièrement, c'est difficile de rassembler l'argent », dit Max.

Borya regarda la pluie qui tombait dehors. « Donnez le tableau.

— Vous êtes toujours pressé, dit Max. Nous pouvons arranger cela entre gens intelligents.

— Qu'est-ce qu'il y a entre vous deux ? demanda Borya. Je n'y comprends rien.

— Renko et moi avons des rapports d'un caractère tout à fait unique. Nous sommes déjà pratiquement associés.

— Comme l'autre soir à Berlin ? Quand vous êtes descendu de l'appartement, que Renko et la femme n'étaient pas là. Je commence à penser que j'aurais dû monter. Maintenant que j'y pense, c'est moi qui ai fait tout le travail.

— N'oubliez pas Rita, lui rappela Arkadi. Elle a dû beaucoup impressionner Rudy. »

Borya haussa les épaules puis sourit. « Rudy voulait se lancer dans le marché de l'art avec nous, alors on l'a laissé faire. Il croyait que quelqu'un venait de Munich avec un tableau fabuleux pour qu'il l'authentifie. Il ne savait pas qui était Rita parce qu'il n'avait pas une vie sexuelle très active.

— Contrairement à Borya, observa Max. Certaines personnes pourraient dire de Borya que dans ce domaine il a agi sans discernement. Il est à tout le moins bigame.

— Alors Rita lui en a apporté un, dit Borya. C'est Max qui l'avait peint. Il appelait ça un "effet spécial" comme au cinéma.

— Kim a ajouté sa propre bombe incroyablement rudimentaire parce que Borya exigeait que tout le contenu de la voiture brûle.

— Kim, dit Borya, sait faire toutes sortes de choses avec du sang.

— Il a mené une vie si bien remplie, Borya, dit Max. Rita et Kim. Avec TransKom nous avions une entreprise qui aurait pu devenir une vraie multinationale si seulement nous n'avions pas touché au jeu ni aux putains. C'est la même chose avec ce Comité d'urgence. Ils auraient peut-être pu tous devenir de vrais milliardaires, mais ils n'ont pas pu tolérer la moindre réforme. C'est comme d'avoir un associé parvenu au dernier stade de la syphilis, quand le mal s'attaque au cerveau. Et maintenant, nous récupérons simplement ce que nous pouvons.

— J'avais un ami qui s'appelait Jaak, un inspecteur. Je l'ai trouvé ici dans une voiture. Qu'est-ce qui s'est passé ? interrogea Arkadi.

— Il est arrivé au mauvais moment, répondit Borya. Il est tombé sur Penyaguine. Le général inspectait les communications dans l'autre casemate et votre inspecteur lui a demandé pourquoi il y avait un bataillon de chars et des troupes qui attendaient dans le champ. Il a pensé que ça allait recommencer comme en Estonie, qu'il allait y avoir un coup d'Etat et qu'il allait rentrer à Moscou pour donner l'alarme. Heureusement que j'étais là. Je vérifiais une expédition de magnétoscopes dans le hangar et je l'ai arrêté avant qu'il ne remonte en voiture. Mais Penyaguine s'est affolé.

— Borya, dit Max, n'aime pas les critiques qui en font trop.

— Penyaguine était censé être le chef de la Criminelle. On aurait pu croire qu'il avait déjà vu un cadavre, dit Borya.

— C'était un bureaucrate, dit Arkadi.

— Sans doute. Bref, Minine était censé venir enquêter, et c'est vous qui êtes arrivé le premier. » Borya regardait la fosse. Comme un homme qui n'ose pas se fier à sa bonne fortune, il dit : « Je n'arrive pas à croire que vous soyez revenu.

— Où est Irina ? dit Max.

— A Munich, mentit Arkadi.

— Laissez-moi vous dire où je crains qu'elle ne soit, répliqua Max. J'ai peur qu'elle ne soit revenue avec vous et qu'elle ne soit allée à la Maison Blanche où elle va probablement recevoir des grenades lacrymogènes et des balles. Le Comité est peut-être un ramassis de nullités du Parti, mais les troupes connaissent leur métier.

— Quand doit avoir lieu l'assaut ? demanda Arkadi.

— A trois heures, au milieu de la nuit. Ils utiliseront les chars. Ce sera rapide et sanglant et ils ne pourront pas épargner les journalistes, même s'ils le veulent. Savez-vous ce qui serait vraiment le comble de l'ironie ? Que cette fois ce soit moi qui sauve Irina. » Max laissa s'écouler un moment. « Irina est ici. Ne le niez pas. Vous avez encore une lueur de passion dans les yeux. Elle ne vous aurait pas laissé rentrer sans elle. »

Bizarrement, Arkadi se sentit incapable de le nier, pourtant un mensonge aurait été bien utile. Comme si un mot de trop risquait de la faire disparaître.

« Maintenant vous savez ce que vous vouliez savoir ? » demanda Borya à Max qui acquiesça. « Voyons le tableau. » Il s'empara du sac et l'ouvrit tandis que Max braquait le faisceau de sa torche sur l'emballage en plastique. « Tout à fait comme nous l'a dit Rita. »

Max souleva le tableau. « C'est lourd.

— C'est le tableau », protesta Borya.

Max déroula l'emballage. « C'est du bois, pas de la toile, et ça n'est pas la bonne couleur.

— C'est rouge, fit observer Borya.

— Rouge, dit Max, c'est tout ce que c'est. »

Arkadi pensa que cela ressemblait à une des meilleures tentatives de Polina. Un rouge vibrant au lieu d'un pourpre sombre, avec des coups de pinceau plus consistants.

« Je pense que c'est un faux, mais quel est votre avis ? » fit Max en braquant le faisceau droit dans les yeux d'Arkadi.

Borya donna un coup de pied derrière les mollets d'Arkadi puis, dans son élan, avança et lui en décocha un autre en pleine poitrine. Arkadi roula dans le noir. Il dégagea le Nagant coincé dans sa ceinture. Plus rapide, Borya sortit un pistolet et tira sur le sol, faisant gicler autour d'Arkadi des éclats de ciment.

Arkadi fit feu. Max était debout dans l'obscurité derrière la torche. Il tenait maintenant devant lui un bouclier d'un blanc phosphorescent assez brillant pour éclairer tout l'abattoir. La toile préparée par Polina s'était embrasée au passage de la balle et Borya clignait des yeux, abasourdi par cet embrasement. Quand il comprit ce qui se passait, il se retourna vers Arkadi et tira au hasard encore quatre balles.

Arkadi riposta et Borya tomba à genoux, dans les plis douillets de son manteau. Une rosette apparut à sa boutonnière. Arkadi tira une seconde fois au même endroit. Borya oscilla, se leva et voulut viser, mais son regard hésitait. Comme il commençait à s'écrouler, il posa les mains sur le sol, serrant toujours son arme, pour essayer d'empêcher le monde de tourner autour de lui. Sa tête roula, il se détendit et s'affala de tout son long sur le sol, comme s'il plongeait pour arrêter un coup de pied de penalty.

Sur le sol, le tableau émettait une lumière blanche qui dégageait une fumée toxique montant jusqu'au plafond. Max avait une manche en feu. Il se découpa un instant dans l'encadrement de la porte, comme un homme attaché à une torche. Puis il s'enfuit en courant et le seuil devint sombre.

La pièce s'emplissait d'un nuage chimique qui picotait les yeux d'Arkadi. Des flammes couraient le long des rigoles de sang creusées dans le ciment. Il avait mal à la poitrine mais il ne se sentait pas sérieusement blessé. Le coup de pied de Borya lui avait fait plier les genoux de façon bizarre et il avait les jambes engourdies. Il se traîna sur le sol pour récupérer sa veste et l'arme de Borya, un petit pistolet TK dont le chargeur était vide. Il rampa jusqu'à la porte, se hissa tant bien que mal pour pouvoir sortir debout, s'avança en trébuchant, vint s'appuyer au mur, aussi raide qu'une échelle, jusqu'à ce que les sensations lui reviennent.

A part la lueur provenant de l'abattoir et les phares allumés de la voiture, la cour était noire. La surface de la fosse à chaux semblait bouillonner, mais ça aurait pu être sous l'effet des gouttes de pluie. Aucune trace de Max, pas même en fumée.

Les phares de la Mercedes éclairèrent plus haut et l'ombre d'Arkadi sauta par-dessus la fosse. Il fit un pas en arrière et commençait à glisser ; aussi il se planta solidement sur le sol et tira la dernière balle du Nagant, bien qu'il fût si ébloui que c'est à peine s'il distinguait sa main, et encore moins la voiture. Le faisceau des phares pivota sur le côté, balaya la cour et éclaira la route qui entre les enclos menait au village. Les feux arrière dansaient entre les barrières jusqu'au moment où ils disparurent.

Arkadi arriva en clopinant jusqu'au marchepied du camion. Il avait encore l'impression que ses genoux n'avaient pas retrouvé leur place habituelle. Quand il ouvrit sa chemise, il constata qu'il avait le ventre criblé d'éclats de ciment — rien de très méchant, juste des plombs. Il aurait bien fumé une cigarette.

Il reboutonna sa chemise, enfila sa veste, puis ôta

les clés de contact du camion et ferma le hayon à clé. Boitillant jusqu'à la casemate, il ferma la porte pour que la pluie n'entre pas.

A la dernière lueur de l'incendie. Arkadi traversa la cour en trébuchant jusqu'à la Jigouli. La voiture avait les vitres béantes et l'aile enfoncée d'une épave. Max avait de l'avance. D'un autre côté, la Jigouli était faite pour les routes russes.

CHAPITRE 39

Sa radio ne captait aucun poste. Il aurait aussi bien pu être en train de traverser l'Antarctique.

Il en aurait vu davantage dans l'Antarctique. La neige reflétait la lumière et les champs de patates l'absorbaient. L'homme n'avait pas besoin de chercher des trous noirs dans l'univers quand il y avait des champs de pommes de terre.

Le temps qu'il regagne la grand-route, sa jambe s'était tellement raidie après le coup de pied de Borya qu'il ne savait plus s'il embrayait ou non.

Le périphérique était une ligne de lumières qui clignotaient. Au-dessus de la ville, des balles traçantes sillonnaient le ciel. Il essaya de nouveau la radio. Du Tchaïkovski, bien sûr. Et un avis pour annoncer qu'il y avait un couvre-feu. Arkadi éteignit la radio. L'air qui s'engouffrait par les vitres brisées lui donnait l'impression de faire sa rentrée dans l'atmosphère.

Sur la route de Leningrad, des transports de troupes blindés arrêtaient les piétons mais laissaient passer les voitures, si bien qu'il y avait de longs espaces de route et de trottoirs vides, puis des faisceaux de projecteurs qui s'entrecroisaient et des véhicules militaires avançant avec lenteur. La Jigouli, avec sa portière tordue et sa carrosserie enfoncée, n'attira pas l'attention. La nuit, un conducteur pouvait remarquer que Moscou était une série de cercles concentriques et à quel point la ville ressemblait à des orbites de lumière dans le vide.

Les métros et les bus ne fonctionnaient pas, mais des gens recommençaient à surgir de l'obscurité, individuellement ou par groupes de dix ou vingt, se dirigeant vers le sud. A un coin de rue, il n'y avait pas de troupes ; à un autre, elles étaient massées en nombre. Dans le quartier de Presnaïa, la rue Belovaïa était bloquée par des blindés ; leurs moteurs au ralenti résonnaient comme si les machines réfléchissaient avant d'agir. La milice n'était nulle part dans les rues.

Arkadi gara sa voiture et se joignit à la foule des piétons sur les trottoirs. Un flot d'hommes et de femmes déferlait vers le fleuve. De toute évidence, certains se connaissaient, car on entendait des murmures. Mais la plupart étaient silencieux, comme si chacun ménageait son souffle pour la marche, et comme si ce souffle, visible sous la pluie, était suffisant pour communiquer. Personne n'évoqua ni ne regarda de travers la chemise ensanglantée d'Arkadi. A son grand soulagement, sa jambe recommençait à fonctionner, genou compris.

Arkadi se laissa entraîner. Comme le pas s'accélérait, il se retrouva en train de courir avec la foule pour dévaler une petite rue transformée en impasse par des camions militaires garés pare-chocs contre pare-chocs. Mais quelqu'un tira la bâche recouvrant un camion et les gens s'aidèrent à grimper dessus comme s'ils escaladaient un échalier.

De l'autre côté du camion, le large quai de Presnaïa s'incurvait entre le fleuve et la Maison Blanche. C'était un bâtiment relativement neuf, un édifice en marbre de quatre étages, avec deux ailes et qui semblait flotter à la lueur des bougies portées par des milliers de gens. Le groupe d'Arkadi s'inséra en file indienne entre des cars et des bulldozers qu'on avait rassemblés pour former une barricade.

En chemin, il entendit toutes sortes de rumeurs. Le Kremlin était entouré de blindés prêts à descendre la perspective Kalinine jusqu'à la Maison Blanche. Des troupes anti-émeutes étaient stationnées devant le Bolchoï. Le Comité faisait décharger sur le quai des bidons d'essence arrivés par péniche. Des commandos avaient trouvé des tunnels permettant d'accéder à la Maison Blanche. Un hélicoptère d'assaut allait se poser sur le toit. Des agents du KGB répartis dans le bâtiment allaient mitrailler les défenseurs quand on donnerait un signal secret. Ça allait être comme la Chine ou la Roumanie, mais en pire.

Des gens se groupaient autour de petits feux de détritus pour se réchauffer et autour de cierges plantés sur des autels improvisés. Des gens qui de toute leur vie n'étaient allés à aucune manifestation publique qui n'eût été organisée et dirigée. Pourtant leurs pas les avaient amenés ici.

Il n'y avait pas beaucoup de moyens d'atteindre la Maison Blanche car le pont sur le fleuve était barricadé des deux côtés. Arkadi repéra Max parmi les gens arrivant de la perspective Kalinine. De loin, il ne semblait pas avoir beaucoup souffert de leur rencontre. Il gardait une main dans la poche de sa veste, mais évoluait avec une assurance qui faisait s'écarter la foule.

A un coin de la Maison Blanche, un char venu défendre l'édifice était décoré de guirlandes de fleurs. Les soldats qui constituaient l'équipage étaient de jeunes hommes aux yeux creux où brillaient la détermination et la peur. Les tourelles pivotèrent vers la perspective Kalinine où Arkadi entendit le crépitement d'armes automatiques.

Des étudiants jouaient de la guitare et chantaient le genre de chansons stupides où l'on parle de bouleaux et de neige, et qui en général rendaient Arkadi fou. Autour d'un autre feu, des rockers se réconfortaient en écoutant une cassette de hard rock. Des anciens combattants se tenaient par le bras en exhibant les rubans qui leur barraient la poitrine. Un bataillon de balayeuses municipales, des femmes en manteaux noirs avec des écharpes, était planté comme une rangée de témoins.

Arkadi s'arrangea pour ne pas perdre de vue Max puisque celui-ci semblait savoir quel chemin prendre. Il contourna une barricade qui s'édifiait à partir de madriers, de matelas, de fragments de grilles et de bancs publics. Elle était construite par des hommes avec des porte-documents et des femmes avec des sacs à provisions venus directement de bureaux ou de boulangeries sur les lieux du combat. Une fille en imperméable escalada la barricade improvisée pour attacher les trois couleurs russes sur la planche la plus haute. Polina regarda du haut de son perchoir sans voir Arkadi dans la foule en bas. Elle avait les joues en feu, les cheveux au vent, comme si elle chevauchait la crête d'une vague. Son ami de l'aéroport grimpa après elle, plus prudemment, tandis que le bruit des armes à feu reprenait.

Max se dirigeait vers le perron de la Maison Blanche. Comme Arkadi s'efforçait de le rattraper, il constata qu'il y avait une sorte de plan de défense. Derrière les barricades, des femmes s'étaient postées comme un anneau extérieur que les soldats devraient d'abord franchir. Puis venaient des troupes de choc de citoyens désarmés, une masse que les canons à eau ou les blindés devraient déloger. Derrière eux, des hommes plus jeunes et plus robustes s'organisaient en groupes d'environ une centaine. Au pied du perron de la Maison Blanche, des vétérans de la guerre d'Afghanistan étaient disposés par groupes de dix. Au-dessus d'eux, il y avait un cordon d'hommes avec des passe-montagnes sur le visage et des fusils en bandoulière. En haut des marches, des éclairs de magnésium jaillissaient autour de perches de micros, d'appareils photo et de caméras vidéo.

« Vous ? » Un milicien trapu saisit Arkadi par le bras.

« Excusez-moi. » Arkadi ne le reconnaissait pas.

« Vous avez failli m'écraser la semaine dernière. Vous m'avez surpris en train d'empocher de l'argent.

— Oui. » Arkadi s'en souvenait : c'était après l'enterrement.

« Vous voyez, je ne suis pas simplement quelqu'un planté dans la rue pour empocher des pots-de-vin.

— Non, pas du tout. Qui sont ces gens avec des cagoules ?

— Tout un mélange : des gardes privés, des volontaires. » Ce qui toutefois intéressait l'officier, c'était Arkadi. Il lui donna son nom, insista pour qu'Arkadi le répétât et lui serra la main. « Il faut une nuit comme celle-ci pour connaître vraiment quelqu'un. Jamais je n'ai été aussi saoul et je n'ai pas touché à une goutte d'alcool. »

Sur tous les visages on voyait une expression stupéfaite, comme si ces gens s'étaient aventurés individuellement pour laisser tomber le masque qu'ils avaient porté toute leur vie et montrer leur vrai visage. Des professeurs entre deux âges, des camionneurs musclés, de misérables apparatchiks et des étudiants insouciants déambulaient en ayant l'air de se reconnaître. Et, parmi tous ces Russes, pas une bouteille, pas une seule.

Les vétérans de la guerre d'Afghanistan avec leurs brassards rouges patrouillaient dans le périmètre. Nombre d'entre eux arboraient encore leur treillis et leur casquette du désert ; les uns tenaient des radios, les autres portaient des sacs pleins de cocktails Molotov. Tout le monde avait raconté comment ils étaient partis pour l'Afghanistan, étaient devenus des drogués et avaient perdu la guerre. C'étaient les mêmes qui avaient perdu leurs amis dans la poussière de Khost et de Kandahar, qui s'étaient battus dans la longue retraite sur la route de Salang, qui avaient évité le retour anonyme au pays dans des cercueils doublés de zinc. Ce soir, ils avaient un air très compétent.

Max avait les cheveux et une oreille un peu roussis et il avait changé de veste, mais il semblait remarquablement indemne pour quelqu'un qui avait eu le bras en feu à la ferme collective. Il s'arrêta auprès de fidèles massés autour d'un prêtre qui bénissait des crucifix au pied des marches de la Maison Blanche, puis il se retourna et aperçut Arkadi.

Un haut-parleur annonça : « L'assaut est imminent. Nous observons un black-out. Eteignez toutes les lumières. Que ceux qui ont des masques à gaz se préparent à les mettre. Ceux qui n'en ont pas n'ont qu'à nouer des chiffons humides sur leurs nez et sur leurs bouches. »

Les bougies disparurent. Dans l'obscurité soudaine, il y eut l'agitation de milliers de gens enfilant leurs masques ou nouant sur leur visage impassible des foulards et des mouchoirs, le prêtre lançait ses bénédictions derrière un masque à gaz. Max s'était éclipsé.

Le haut-parleur implorait : « Les journalistes, s'il vous plaît, n'utilisez pas vos flashes ! » Mais quelqu'un sortit par la porte de la Maison Blanche en haut du perron, et ce fut une explosion de flashes et de projecteurs. Arkadi vit Irina parmi les reporters et Max qui se dirigeait vers elle.

Le quai était plongé dans l'obscurité et la scène en son centre était illuminée comme dans une vraie production théâtrale. Les marches grouillaient de lumières et de journalistes échangeant des cris en italien, en anglais, en japonais et en allemand. Il n'y avait pas de coupe-file officiel pour le coup d'Etat, mais les reporters étaient des professionnels accoutumés à la bagarre et les Russes avaient l'habitude du désordre.

Max fut arrêté au milieu des marches par deux

hommes à cagoule. Il avait perdu la moitié d'un sourcil et une partie du cou était à vif, mais il ne semblait pas autrement troublé et avait l'air parfaitement maître de lui. Des cameramen se précipitaient du haut en bas du perron. Il engagea la conversation avec les gardes, rayonnant d'une assurance qui lui donnait la maîtrise de n'importe quelle situation, la faculté de contourner n'importe quel obstacle.

« ... vous pouvez m'aider, l'entendit dire Arkadi en le rattrapant. Je me rendais ici pour rejoindre mes collègues de Radio Liberté quand on a délibérément poussé ma voiture hors de la route. Dans l'explosion un homme a été tué et j'ai des contusions. » Il se tourna en désignant Arkadi. « Voici le conducteur de l'autre voiture. Il m'a suivi jusqu'ici. »

Les gardes avaient découpé des trous pour les yeux dans les bonnets de laine qui contrastaient avec leurs combinaisons brillantes. L'un était un costaud, l'autre était petit, mais tous deux avaient des fusils à canon scié qu'ils tenaient nonchalamment braqués sur Arkadi. Il n'avait même plus le revolver de son père et il était maintenant si exposé qu'il ne pouvait plus battre en retraite.

« Ce n'est pas un membre de la presse. Demandez-lui ses papiers », dit Arkadi.

Max maîtrisait la situation comme un metteur en scène de cinéma. On se serait cru sur un plateau : des marches de marbre trempées, des projecteurs dont les faisceaux se croisaient, les traînées féeriques de balles traçantes dans les nuages. « Mes papiers d'identité ont brûlé dans la voiture. Peu importe car une douzaine de reporters qui sont ici se porteront garants de moi. D'ailleurs, je crois reconnaître ce personnage. Il s'appelle Renko, il fait partie de la bande du procureur Rodionov. Demandez-lui donc *à lui* ses papiers. »

Des yeux sombres le dévisageaient à travers les cagoules. Arkadi devait reconnaître que Max avait bien choisi son moment ; révéler son identité ici risquait de le condamner.

« Il ment, déclara Arkadi.

— Est-ce que sa voiture à lui est endommagée ? Est-ce que mon ami est mort ? » Dans le brouhaha du perron, le murmure de Max portait d'autant plus. « Renko est un homme dangereux. Demandez-lui s'il a tué quelqu'un ou non ? Regardez, il ne peut pas le nier.

— Qui était votre ami ? » demanda le plus petit des deux gardes à travers sa cagoule. Bien qu'il ne vît pas son visage, Arkadi croyait avoir déjà entendu cette voix. L'homme aurait pu être un milicien, comme l'officier en bas des marches, ou bien un garde du corps privé.

« Borya Goubenko, un homme d'affaires, répondit Max.

— *Borya Goubenko ?* fit le garde, qui semblait connaître le nom. C'était un ami intime ?

— Pas intime, s'empressa de répondre Max, mais Borya s'est sacrifié pour m'amener ici, le fait est que Renko l'a tué brutalement et a essayé de me faire subir le même sort. Nous voici entourés par les caméras du monde entier. Ce soir, le monde aura l'œil sur ce perron et vous ne pouvez pas laisser un agent de la réaction comme Renko approcher qui que ce soit. L'essentiel est de le faire disparaître. S'il vous arrivait de trébucher et de lui tirer accidentellement une balle dans le dos, ce ne serait pas une perte pour l'humanité.

— Je ne fais jamais rien accidentellement », lui assura le garde.

Max commença à se glisser sur le côté afin de poursuivre son ascension. « Comme je vous le disais, j'ai des collègues ici.

— Je le sais bien. » Le garde ôta sa cagoule. C'était Beno, le petit-fils de Makhmoud. Il avait le visage presque aussi sombre que son masque, mais il était illuminé par un sourire. « C'est pour ça qu'on est venus, au cas où vous essaieriez de les rejoindre. »

Le plus grand des deux gardes tira Max en arrière par le pan de sa veste.

« Nous cherchions Borya aussi, dit Beno, mais si Renko s'est occupé de lui, alors nous pouvons nous concentrer sur vous. Nous allons commencer par vous interroger à propos de quatre cousins à moi qui sont morts dans votre appartement de Berlin.

— Renko, demanda Max, de quoi parlent-ils ?

— Ensuite nous parlerons de Makhmoud et d'Ali. Nous avons toute la nuit devant nous, dit Beno.

— *Arkadi,* supplia Max.

— Mais comme d'ici une heure ça va devenir dangereux par ici, poursuivit Beno, nous allons discuter ailleurs. »

Max se libéra de sa veste et dévala les marches en diagonale. Arrivé en bas, il glissa sur de la cire, s'écrasa par terre au milieu du cordon de vétérans, se remit sur ses pieds et se faufila parmi le cercle des fidèles assemblés autour du prêtre. Le plus grand des deux Tchétchènes se précipita derrière lui. Beno fit calmement un signe à un groupe dans la foule en tendant le bras dans la direction de Max. Avec sa chemise blanche il était facile à suivre.

Beno considéra Arkadi. « Vous restez ? Ça va être sanglant.

— J'ai des amis ici.

— Emmenez-les. » Beno remit sa cagoule et ajusta les trous devant ses yeux. Il descendit d'une marche. « Sinon... bonne chance. » Puis il plongea dans la foule.

Arkadi grimpa jusqu'aux lumières qui s'agitaient en haut des marches, arrivant juste au moment où un porte-parole apparaissait, protégé par des gardes tenant des boucliers pare-balles. Encerclé par les caméras, le porte-parole resta dehors juste assez longtemps pour annoncer qu'on avait repéré des tireurs d'élite sur les toits d'immeubles voisins. Il replongea à l'intérieur du bâtiment, mais les journalistes restèrent bien en vue pour vérifier les faits.

Irina était arrivée avec le porte-parole et resta dehors. « Tu es venu, dit-elle.

— Je te l'avais dit. »

Elle avait les yeux creux d'épuisement et brillants d'excitation en même temps. « Stas est à l'intérieur au premier étage. Il téléphone à Munich. Ils n'ont pas encore coupé les lignes. En ce moment même, il est à l'antenne.

— Tu devrais être avec lui, dit Arkadi.

— Tu veux que je m'en aille ?

— Non, je veux que tu restes avec moi. »

Tandis que d'autres balles traçantes sillonnaient le ciel, le haut-parleur insista vainement sur le black-out absolu. Des cigarettes réapparurent, à côté des masques à gaz : un parfait black-out russe, se dit Arkadi. En même temps qu'approchait sur le fleuve le bruit des vedettes de patrouille, les lumières d'un convoi apparurent sur la rive d'en face. Des femmes de la ligne extérieure avaient commencé à chanter et une partie de la foule reprit le refrain en se balançant, si bien que dans le noir on aurait dit la surface de la mer ou une prairie dans le vent.

« Attendons avec eux », dit Irina.

Ils descendirent les marches, franchirent le cordon de défense des vétérans d'Afghanistan et dépassèrent une rangée de bougies fraîchement allumées. D'autres anciens combattants dans des fauteuils roulants étaient arrivés et avaient fait passer des chaînes à travers les rayons de leurs roues. Des femmes les protégeaient avec des parapluies. Ça, se dit Arkadi, ça a dû faire un sacré défilé pour arriver jusqu'ici.

« Avance encore, dit Irina. Je ne suis pas descendue tout à l'heure. Je veux voir. »

Les gens étaient assis, debout, circulant d'un pas lent comme dans une foire. Ils auraient tous plus tard des souvenirs différents, Arkadi en était certain. L'un dirait que l'atmosphère autour de la Maison

Blanche était calme, sinistre, décidée ; un autre se souviendrait d'une ambiance de cirque. S'ils vivaient encore.

Toute sa vie, Arkadi avait évité les défilés et les manifestations. C'était la première à laquelle il fût jamais venu de son plein gré. On pouvait en dire autant, se doutait-il, des autres Moscovites qui l'entouraient. Des ouvriers du bâtiment qui constituaient les troupes intérieures pas rasées et désarmées. Des apparatchiks craintifs qui posaient par terre leur porte-documents pour se tenir par la main et former une chaîne humaine : à tel point qu'il y avait cinquante chaînes de cette sorte autour de la Maison Blanche. Des doctoresses qui, on ne sait comment, avaient récupéré des pansements dans les magasins vides des hôpitaux.

Il avait envie de voir chacun de leurs visages. Il n'était pas le seul. Un prêtre passait le long d'une rangée en donnant l'absolution. Il remarqua des artistes qui faisaient des portraits au crayon blanc sur du papier noir et qui les distribuaient en cadeaux.

Composition réalisée par JOUVE

IMPRIMÉ EN FRANCE PAR BRODARD ET TAUPIN
Usine de La Flèche (Sarthe)
LIBRAIRIE GÉNÉRALE FRANÇAISE - 43, quai de Grenelle - 75015 Paris.

ISBN : 2-253-07684-8 30/7684/1